U0438385

国家社科基金
后期资助项目

宋世瑞／著

清代笔记小说研究

上海古籍出版社

2021年度国家社科基金后期资助项目

（项目批准号：21FZWB040）

国家社科基金后期资助项目
出版说明

后期资助项目是国家社科基金设立的一类重要项目,旨在鼓励广大社科研究者潜心治学,支持基础研究多出优秀成果。它是经过严格评审,从接近完成的科研成果中遴选立项的。为扩大后期资助项目的影响,更好地推动学术发展,促进成果转化,全国哲学社会科学工作办公室按照"统一设计、统一标识、统一版式、形成系列"的总体要求,组织出版国家社科基金后期资助项目成果。

全国哲学社会科学工作办公室

前　言

与战国以来的笔记小说作品相比，清代的笔记小说虽然在个别领域没有出现诸如《山海经》《世说新语》《酉阳杂俎》等开创性作品，但它整体上具有诸体完备的特点，并带有总结性、交融性的特征：类型多样、作品繁多，笔记小说内部彼此交融、作家之间互相借鉴、传统笔记小说的坚守与笔记小说的近代化转型并存等，形成了一个争奇斗艳、瑰丽多奇的写作局面。

本书据有清以来书目中的小说家类、杂家类、杂史类、地理类编成《清代笔记小说简目》，然后按图索骥，查阅属于清代及与清代相关的笔记小说作品，然后对这些作品进行阅读和提要钩玄，在撰成《清代笔记小说叙录》（花木兰文化事业有限公司2023年版）一书（并辑出了文本中的重要序跋）的基础上，对清代笔记小说的创作情况进行梳理，包括对笔记小说的体式、变迁、批评思想、美学特征等进行研究。

本书收集清代近三百年的笔记小说文献1 700余种（顺治年间142种，康熙年间343种，雍正年间42种，乾隆年间302种，嘉庆年间149种，道光年间144种，咸丰年间61种，同治年间69种，光绪年间312种，宣统年间65种，写作年代不详者101种，计清代作品共1 730种），为避免与现今已经成书的各种笔记小说史、文言小说专题史叙述相重复并力图有所创新，笔者结合清代语境，不以"故事"为唯一标准，尽量扩大笔记小说的研究范围，以五个部分来论述有清一代笔记小说写作的诸多方面：

绪论部分主要考察了历代"小说"语词的意义指向，对晚清民国时期的"笔记小说"概念进行了辨析，并对目前学界之"笔记""小说笔记""说部笔记""子部小说""国学小说"等概念进行了辨析。绪论部分主要使用了概念史的研究方法。通过古今文献的考察，笔者将笔记小说的概念定义为：笔记小说是以书目中的小说家类为主要著录范围，具有子学的根本属性，它以文言散笔为话语形态，以载记、论议、考证、叙事为言说方式，具有"短书""小史""笔记"的形式和"小道可观"（"资考证、广见闻、寓教化、补史乘、遣永日、供谈笑、裨治体"）的价值定位，是雅文学中学术性与娱乐性兼备的一种文类。简言之,"笔记小说"是指一种以叙事为主而不排斥议论、考证、载记等方式的文言笔记作品。

第一章"清代笔记小说之类别与著述特征"把笔记小说分为野史笔记类、杂家笔记类、地理杂记类、故事琐语类四种类别,并据笔记小说文献,称之为"杂史小说""杂家小说""地志小说""子部小说"。这是纷繁复杂的笔记文献整理中的"正名"工作。在清代,此四类笔记小说各有特色,并有所融通:野史笔记类除有"类钞"成风的时代特点外,清代前中期的哀悼前朝与典雅平实、晚清民国时期的掌故之学与龙茸杂言、"文本互见"现象也是此类文献的共同特点。杂家笔记类除了宗宋的总体特征外,还有知识与雅趣、历史与当下、考证与评说、民间与庙堂、书卷与生活融于一体的著述特征,即征实的写作态度、考据的普遍性、大量辑录诗文文献与评语、经世之心、力图构建个人化的知识体系。地理杂记类除了集大成与近代化的特点外,又有作品来源中的"志乘之余"与游记见闻、书写特点的"体兼数家"与"考证"、叙述内容的人文性等特点。故事琐语类具有注重教化、偏于考证、鬼狐气息较浓厚、智识主义、体式众多、文体互渗、作家主体意识凸显等特征。

第二章"清代笔记小说之分期与变迁"是文学史的写法,历时性地介绍了顺治至宣统时期笔记小说的发展情况,叙述中为方便读者,笔者设置了五个发展时段,即顺治元年至康熙四十年、康熙四十一年至乾隆三十年、乾隆三十一年至嘉庆十年、嘉庆十一年至同治三年、同治四年至宣统三年。笔者从"观其会通"的理念出发,分别对清代笔记小说内部四类(野史笔记类、杂家笔记类、地理杂记类、故事琐语类)的消长情况进行了描述,并结合时代背景谈其变迁的原因,对有清一代的笔记小说发展情况,进行了八个方面的归纳。

第三章"清代笔记小说之体式及其特征"是专题性研究,"忆语体""阅微体""子不语体"之外,为清代笔记小说的四类别各有一代表体式起见,重点对有清一代分布于野史笔记类中的"世说体"、杂家笔记类中的"渔洋说部体"、地理杂记类中的"说粤体"、故事琐语类中的"板桥体""聊斋体"作品进行了源流探索,并对《玉剑尊闻》《广东新语》《板桥杂记》、"渔洋说部"、《聊斋志异》做了文本分析,其中"聊斋体"由《聊斋志异》"传奇以志怪"的笔法漫延开来,婚恋题材、人神路殊的主题以及绮靡的风格,是清代影响最大的一种笔记小说体式。

第四章"清代笔记小说批评之形式与内涵"是对清人的笔记小说批评思想进行研究,分日记、书目、序跋、评点四项,从而在小说话、小说文本、小说专论之外,对有清一代的笔记小说批评思想进行了整体性的把握。清人日记关于笔记小说的评论,主要集中于晚清时期,以征实为导向。书目中的提要是小说批评的一个侧面,除四库馆臣的"雅正"思想外,清代藏书家的精品意识也不可忽略。序跋是小说批评渊薮,多见文学性的观念,如写作姿态之"见闻所及,闲事笔疏"与"发愤著书",类别划分之考订家与小说家,功能指向之补史乘、资考证与寓劝诫等,皆足启发后人。评点研究是把笔记小说的评点分为"经史杂记体"与"文章小说体"两个系统,此两类系统亦可推衍及其他文类。

结论部分则对晚清及民国时期的笔记小说研究进行了展望,比如"笔记小说"与"笔记体小说"的使用不应混淆、"笔记"与"小说"要分开研究、传统与近现代笔记小说的接榫问题等。同时引出黄霖、欧阳健两位先生对"笔记小说"语词的批评意见,进而对"笔记""小说"的使用提出了自己的建议,最后认为《全元笔记》《全明笔记》《全清笔记》《全民国笔记》的编纂,还是要把笔记体小说或古体小说与笔记分别开来,避免出现如《全唐五代笔记》《全宋笔记》编纂中"小说"与"笔记"混淆并存的现象。

本书意在会通有清一代的笔记小说发展诸因素,笔者在搜集文献的过程中,秉持实事求是的研究理念,摸清了清代笔记小说文献的实存情况,并对晚清的文学写作情况有了更多的了解,对于光绪年间中西、古今小说观念之异,以及由此带来的观念冲突也有了较多新的理解。本书的出版,或将对小说与笔记研究的两个领域有所裨益。

目　录

绪论 …………………………………………………………… 1
　一、清代之"笔记小说" ……………………………………… 1
　二、晚清民国之"笔记小说" ………………………………… 7
　三、今日"笔记小说"之研究现状及问题所在 …………… 22
　四、本书"笔记小说"概念之义界 ………………………… 27

第一章　清代笔记小说之类别与著述特征 ………………… 32
　第一节　野史笔记类 ………………………………………… 33
　　一、野史与小说：叙事与"传闻异辞" …………………… 33
　　二、野史笔记与"杂史小说" ……………………………… 35
　　三、清代野史笔记类之著述特征 …………………………… 39
　第二节　杂家笔记类 ………………………………………… 47
　　一、杂家笔记与杂家小说 …………………………………… 48
　　二、清代杂家笔记类之著述特征 …………………………… 53
　第三节　地理杂记类 ………………………………………… 63
　　一、地理杂记与笔记小说 …………………………………… 65
　　二、清代地理杂记类之著述特征 …………………………… 71
　第四节　故事琐语类 ………………………………………… 80
　　一、笔记小说与"子部小说" ……………………………… 81
　　二、清代故事琐语类之著述特征 …………………………… 83
　结语 …………………………………………………………… 89

第二章　清代笔记小说之分期与变迁 ……………………… 91
　第一节　清代笔记小说写作的分期 ………………………… 91

第二节　顺治元年至康熙四十年：晚明小说的延续与新朝气象的展露 …… 95

第三节　康熙四十一年至乾隆三十年：杂家笔记的崛起与故事琐语类小说的消歇 …… 101

第四节　乾隆三十一年至嘉庆十年：野史笔记之外的"三体"并兴 …… 106

第五节　嘉庆十一年至同治三年：野史笔记写作的抬头与酝酿新变期 …… 110

第六节　同治四年至宣统三年：域外文明与诸体并兴 …… 119

结语 …… 131

第三章　清代笔记小说之体式及其特征 …… 135

第一节　世说体 …… 136
一、清代历史笔记的"类钞"之风 …… 136
二、"世说体"的目类：随事调整 …… 138
三、"世说体"的向度：记忆前朝与标榜之习 …… 140
四、"世说体"的功能："寓箴规""阐幽""励品""备亡" …… 141

第二节　渔洋说部体 …… 143
一、"渔洋说部"的命名 …… 144
二、"渔洋说部"概念下的作品 …… 147
三、"渔洋说部"的特征 …… 149
四、"渔洋说部"的影响 …… 155

第三节　板桥体 …… 161
一、"板桥体"的文本源头 …… 162
二、"板桥体"的形成 …… 165
三、"板桥体"的作品特征 …… 170

第四节　说粤体 …… 176
一、"说粤体"在清代的写作情况 …… 177
二、"说粤体"笔记小说的基本特征 …… 183

第五节　聊斋体 …… 187
一、《聊斋志异》的文本渊源 …… 188
二、《聊斋志异》的文本构成 …… 190

三、"聊斋体"的形成及其文本特征 …………………………… 196
结语 …………………………………………………………………… 200

第四章 清代笔记小说批评之形式与内涵 …………………………… 201
第一节 清代笔记小说批评之日记 …………………………… 201
一、晚清日记中的笔记小说作品 …………………………… 202
二、晚清日记中的笔记小说宏观评判 ……………………… 204
三、晚清日记中的笔记小说微观研究 ……………………… 206
四、晚清日记中的笔记小说批评特点 ……………………… 209
第二节 清代笔记小说批评之书目 …………………………… 213
一、清代书目概观 …………………………………………… 213
二、笔记小说在清代书目之多样化著录 …………………… 215
三、清代书目中的笔记小说批评 …………………………… 221
第三节 清代笔记小说批评之序跋 …………………………… 230
一、写作姿态、类别划分与功能指向 ……………………… 231
二、性质探讨与审美倾向 …………………………………… 236
三、小说史:兼综唐宋与本朝经典 ………………………… 242
第四节 清代笔记小说批评之评点 …………………………… 247
一、关于野史笔记之评点:考订、补阙、论史 ……………… 249
二、关于杂家笔记之评点:钩沉索隐、辨证讹谬 …………… 252
三、关于地理杂记之评点:订补文献、品评本文 …………… 259
四、关于故事琐语之评点:文章小说体 …………………… 262
结语 …………………………………………………………………… 271

结论 …………………………………………………………………… 273

附录 清代笔记小说简目 ……………………………………………… 278
顺治 …………………………………………………………………… 278
康熙 …………………………………………………………………… 284
雍正 …………………………………………………………………… 300
乾隆 …………………………………………………………………… 302
嘉庆 …………………………………………………………………… 316

道光 …………………………………………………… 323
咸丰 …………………………………………………… 330
同治 …………………………………………………… 332
光绪 …………………………………………………… 336
宣统 …………………………………………………… 351
年代不详作品 ………………………………………… 354
民国时期部分作品 …………………………………… 358

参考文献 …………………………………………… 366

后记 ………………………………………………… 374

绪　　论

　　从"笔记"作为一种写作方式的角度来看,宋代与清代是中国古代笔记发展史中并峙的两个高峰;从"小说是一种侧重刻画人物形象、叙述故事情节的文学样式"①的角度看,清代是"笔记小说继魏晋、唐宋之后,掀起第三个创作高峰,并最终结束其历史使命"②的一个时期,所以不论是研究笔记还是笔记小说,清代都是一个重点,目前关于这一时期的研究,也还有不少可开拓的余地。

　　本书是以清代作为研究时段、以清代以来的书目之"小说家类""杂家类""杂史类""地理类"著录的作品为研究范围、对"笔记小说"概念进行的一次历史性考察。在本次研究中,对于"笔记小说"的概念辨析和清代笔记小说的形态、变迁、体式、批评等问题,都进行了尝试性的探索。之所以称之为"尝试性",是因为学界目前关于"全清笔记""全清古体小说"或"全清笔记小说"的文献整理活动尚未完成,尚未出现如《全唐五代小说》《全唐五代笔记》《全宋笔记》之类文本齐全的断代小说全集或笔记全集,所以本书在研究中的论断或有不当之处。不过作为先行研究,会给学界提供一些小说史研究的线索,这也是本书的研究价值之一。本章使用概念史的研究方法,对"笔记小说"语词进行梳理,根据基本文献对其定义,并介绍本书的基本结构。

一、清代之"笔记小说"

　　"笔记"与"笔记小说"二语,自宋代以来即存在通用的现象。"笔记小说"之语大约始于南宋史绳祖《学斋占毕》,其卷二"蒁蓤二物"条云:"前辈笔记小说固有字误,或刊本之误,因而后生末学不稽考本出处,承袭谬误甚

---

① 童庆炳主编:《文学理论教程》,高等教育出版社,2008年,第193页。
② 苗壮:《笔记小说史》,浙江古籍出版社,1998年,第345页。

多，今略举其一端……"①同书卷四之"容斋五笔论孟子记舜事多误之言未审"条又云："洪文敏公景庐著《容斋五笔》，援引该洽，证据辨论极为精详，殆近世笔记之冠冕也。"②《懒真子录》与《容斋随笔》今日皆被视作笔记作品，然宋人通用之而不以为嫌，原因在于"笔记"为"小说"之一类，"笔记小说"可简称为"笔记"。故与"笔记小说"概念密切相关者，有"小说""笔记""笔记体小说""文言小说""说部笔记""随笔"等词语。

（一）清代之"小说"

民国刘咸炘《小说裁论》中云："著述之林，流失而大异于源，名误而淆其实者，莫如小说。"③自刘歆《七略》设置"小说家"以来，"小说"的范围日渐扩大，中古、近古时期的学者如刘知幾、胡应麟尝试从文体学的角度对"小说"区分类聚，故有"偏记小说"十家（偏记、小录、逸事、琐言、郡书、家史、别传、杂记、地理书、都邑簿）④、"小说家"六类（志怪、传奇、杂录、丛谈、辨订、箴规）之举。然至晚明已有"六经国史而外，凡著述皆小说也"⑤的论断，大约文献价值不高、文体卑下之作品，皆可称之为"小说"，故清初刘廷玑云："盖小说之名虽同，而古今之别则相去天渊。"⑥在清代语境下，"小说"恐怕也不完全是近代以来的以"人物、情节、虚构"为主体的小说概念所能藩囿，但它是一种可以完全包括"小说四体"⑦而有余的概念。具体而言，清人关于传统小说的意义，大致有如下几种：

一、谦称著述为"小说"，乃相对于经史等典章大册而言。张贞《渠丘耳梦录（乙集）》辑录有明曹振寰《训儿小说》，《（光绪）黄州府志》小说家类著录有《三成堂家训》，此皆为杂说之类，不过为儿孙训诫之意，亦《颜氏家训》之

---

① 〔宋〕史绳祖：《学斋占毕》卷四，《景印文渊阁四库全书》子部第 160 册，台湾商务印书馆，1983 年，第 27 页。案史绳祖所言之"笔记小说"，为马大年笔记《懒真子录》。本书中凡引条目，采用双引号和书名号作为文中小标题的标点符号。为便于读者检索和阅读，条目包括原有标题、笔者自拟标题（笔者自拟标题，多以首行数字为题目，以便于读者检索）。鉴于笔记文献的复杂性，笔者根据写作中的具体情形来决定采用何种符号，但以不影响读者阅读和检索为取舍标准。

② 〔宋〕史绳祖：《学斋占毕》卷四，《景印文渊阁四库全书》子部第 160 册，台湾商务印书馆，1983 年，第 57 页。

③ 刘咸炘：《推十书（增补全本）》丁辑第一册，上海科学技术文献出版社，2009 年，第 197 页。

④ "偏记小说"并非"笔记小说"之代称，而是以"偏记""小录"为题概括此类文献，为古代常见之标题方法，如《史籀》《仓颉》之类。

⑤ 见《醒世恒言序》，〔明〕冯梦龙：《醒世恒言》，《古本小说集成》本，上海古籍出版社，1994 年，第 1 页。

⑥ 〔清〕刘廷玑：《在园杂志》，中华书局，2005 年，第 82—83 页。

⑦ 今日小说文体可分为笔记体、传奇体、话本体以及章回体等四种，见孙逊、潘建国《唐传奇文体考辨》，《文学遗产》1999 年第 6 期，第 35 页。

流。"箴规"为明胡应麟《少室山房笔丛》"小说六家"之一,"《家训》《世范》《劝善》《省心》之类是也"。故此"小说"者,谦称著述为"小家珍说"之意。民国间刘咸炘注意于《阅微草堂笔记》"著书者之笔",据先秦诸子"说"之本义与"汉志小说"内容之"叙事而兼议论",认为纪昀《阅微草堂笔记》"直是随笔与著论之体,非小说也"①,是把《阅微》视作学者著述,故不称其为"小说"。

二、说唱文学为"小说"。梁章钜《归田琐记》卷七"小说"条云:"小说九百,本自虞初,此子部之支流也。而吾乡村里辄将故事编成七言,可弹可唱者,通谓之小说。据《七修类稿》云起于宋时,宋仁宗朝,太平盛久,国家闲暇,日欲进一奇怪之事以娱之,故小说兴。如云话说赵宋某年,又云太祖、太宗、真宗帝四帝,仁宗有道君。瞿存斋诗所谓'陌头盲女无愁恨,能拨琵琶说赵家',则其来亦古矣。"②此皆说话技艺之类,如评书、弹词之类,甚至戏曲也在"小说"之列。

三、虚构故事为"小说"。康、乾时期的李绂在其《穆堂别稿》卷四十四"古文辞禁八条"中云:"禁用传奇小说。小说始于唐人,凿空撰为新奇可喜之事,描摹刻酷,鄙琐秽亵,无所不至,若《太平广记》是也。"③雍正间林钝翁《姑妄言》第八回《总评》中云:"《金瓶梅》一书可称小说之祖。"④乾、道间梁绍壬《两般秋雨盦随笔》卷一"小说传奇"条云:"小说起于宋仁宗时,太平已久,国家闲暇,日进一奇怪之事以娱之,名曰'小说'。"⑤晚清韩邦庆《太仙漫稿例言》云:"小说始自唐代,初名'传奇'。历来所载神仙妖鬼之事,亦既汗牛充栋矣。"⑥上述四家之"小说"即为今日小说观念下的散文体虚构叙事文学,包括传奇、话本、章回之属,着重于奇幻与想象。鲁迅《中国小说史略》云"唐人始有意为小说",是为明清人小说观念的发挥。

四、"小说"指杂家笔记、轶事小说、志怪小说、通俗小说,但杂家笔记("说部杂家")更受关注,即晚清邱炜萲所谓"小说家言,必以纪实研理、足资考核为正宗",其《菽园赘谈》卷三中云:

> 本朝小说,何止数百家。纪实研理者,当以冯班《钝吟杂录》、王士

---

① 刘咸炘:《推十书(增补全本)》丁辑第一册,上海科学技术文献出版社,2009 年,第 220 页。
② 〔清〕梁章钜:《归田琐记》,中华书局,1981 年,第 132 页。
③ 〔清〕李绂:《穆堂别稿》,《续修四库全书》第 1422 册,上海古籍出版社,2002 年,第 618 页。
④ 〔清〕曹去晶:《姑妄言》,中国文联出版公司,1999 年,第 634 页。
⑤ 〔清〕梁绍壬撰,庄葳校点,《两般秋雨盦随笔》,《历代笔记小说大观》本,上海古籍出版社,2012 年,第 40 页。
⑥ 〔清〕韩邦庆:《海上花列传》,人民文学出版社,2014 年,第 567 页。

祯《居易录》、阮葵生《茶余客话》、王应奎《柳南随笔》、法式善《槐厅载笔》《清秘述闻》、童翼驹《墨海人名录》、梁绍壬《两般秋雨盦随笔》为优。谈狐说鬼者,自以纪昀《阅微草堂》五种为第一,蒲松龄《聊斋志异》次之,沈起凤《谐铎》又次之。言情道俗者,则以《红楼梦》为最。此外若《儿女英雄传》《花月痕》等作,皆能自出机杼,不依傍他人篱下。小说家言,必以纪实研理、足资考核为正宗,其余谈狐说鬼、言情道俗,不过取备消闲、犹贤博弈而已,固未可与纪实研理者絜长而较短也,以其为小说之支流,遂亦赘述于后。①

光绪四年冯一梅《群书札记序》中论述历代经、史、子、集、说部、丛书典籍时云:"说部之书,载见《汉志》者虽已无存,而其后《西京杂记》《风俗通义》《世说新语》《崔氏古今注》《颜氏家训》等书各记所闻,各书所见,至唐而《资暇录》《国史补》《酉阳杂俎》《尚书故实》《柳氏旧闻》《封氏闻见记》等书悉称赅博,至宋而《西溪丛语》《容斋随笔》《野客丛书》《梦溪笔谈》《石林燕语》《瓮牖闲评》《学斋占毕》《演繁露》等书,群抒辨论,元明以来,如陶九成《辍耕录》、杨升庵《丹铅录》诸书,尤指不胜计。"②此可见晚清时人对于"小说家"范围的认识。

盖自王世贞《弇州四部稿》设"说部"一类以来,晚明及清代士人往往以"说部"代指杂家笔记,如潘飞声《菽园赘谈序》云:"后世载籍,汗牛充栋,卷帙浩繁,经史注疏考证之书,阅者每有河伯望洋之叹。杂记一家即今之说部也,唐以前专重词章,宋以后多言考据,上揭经史之要义,下搜子集之精英。"③此"说部"即指杂家笔记一类而言。翟灏《通俗编》卷七亦云:"《新论》:'小说家合丛残小语,近取譬喻,以作短书。'按:古凡杂说短记,不本经典者,概比小道,谓之小说,乃诸子杂家之流,非若今之秽诞言也。"④

总而言之,清人所指的"小说",或指家训杂说、诗话词话,或指笔记体、传奇体、话本体、章回体小说,或指戏曲、评弹,或指杂家笔记,若考虑到"说部"一词的广泛使用,则杂史笔记与诗文评也在其范围之内,故清人所言之"小说"有多重意义。近代以来的所谓"小说是用散文写成的具有某种长度

---

① 〔清〕邱炜萲:《菽园赘谈》卷三,上海图书馆藏光绪刻本,第25页。
② 〔清〕朱亦栋:《群书札记》,《续修四库全书》第1155册,上海古籍出版社,2002年,第2页。
③ 〔清〕邱炜萲:《菽园赘谈》卷三,上海图书馆藏光绪刻本第1页。
④ 贾文昭:《中国古代文论类编(上册)》,海峡文艺出版社,1988年,第267页。

的虚构故事"①不过是其中意义之一。整体而言,清代的"小说"涵盖了今日所指的章回、话本、笔记、传奇四种小说文体并已扩展为经史子集四部;从等级观念来看,学术笔记(杂家笔记)位居高等,而通俗小说、戏剧处于末流。刘咸炘《文式附说·小说》引章太炎《与邓实书》及《四库总目》"小说三分法"后,以为:"小说者,叙事不雅驯而杂有议论,与史殊;立论不尽合中正,而用意侧出,与子殊。故不能以叙事文概之,亦不能以论著法绳之也。"②故中国古典小说的类别有古小说("汉志小说",即《汉书·艺文志》所载小说)、杂家笔记、杂史、志怪、传奇、游戏文、通俗小说(平话、章回)、弹词鼓词等。此即清代"小说"的基本情况,这也是一种整体模糊和局部清晰并存的状态,"整体模糊"是指多种小说观念并存,"局部清晰"是指诸如志怪、传奇、话本、演义等类型清晰明了。

(二)清代之"笔记小说""说部笔记""小说笔记""随笔"

如前所言,自宋代以来"笔记"与"笔记小说"即有通用之例,晚清陈衍《石遗室文集》卷九《元诗纪事叙》一文中亦用此法,云:"唐、宋、金诗皆有纪事,而元独无。钱竹汀先生病《元史》疏芜,欲采各家诗文集、笔记小说改修《元史》,恐违功令,改为《元诗纪事》,事详《汉学师承记》。"③"笔记小说"者,即元代笔记如《南村辍耕录》之类,然此类用法并不多见。与此词意相近而使用频繁者,或为"说部",如乾隆九年蔡寅斗《书隐丛说序》云:"考前史艺文志,凡分类之札记,概名曰说部,其称名也小矣,惟其称名小,故有事于此者,类出之游戏以为无聊遣兴之资。"④"杂记一家即今说部"⑤;或为"说部笔记",如清钱陈群云:"顾、王著工于仿古、昧于察书,编次即繁,所在舛陋,当时米芾、黄长睿、秦观各有专书以纠其失,其他见于古今诗文及说部笔记者,指摘不胜枚举。"⑥或为"小说笔记",如清王鸣盛云:"宋人小说笔记大率皆彭乘之类,有学识者不必看此等书,无益有损。"⑦或为"随笔",如王用臣《斯陶说林·例言》云:"是编采辑各书,随阅随记,不排比后先,不条分伦

---

① [英]福斯特(E. M. Forster)著,苏炳文译:《小说面面观》,花城出版社,1984年,第3页。
② 刘咸炘:《推十书(增补全本)》戊辑第二册,上海科学技术文献出版社,2009年,第917页。
③ [清]陈衍:《石遗室文集》,《续修四库全书》第1576册,上海古籍出版社,2002年,第230页。
④ [清]袁栋:《书隐丛说》,《四库全书存目丛书》子部第116册,齐鲁书社,1995年,第399页。
⑤ [清]潘飞声:《菽园赘谈序》,见上文所引。
⑥ [清]钱陈群:《香树斋诗文集》文集《续钞》卷五,《四库未收书辑刊》第9辑第19册,北京出版社,2000年,第409页。
⑦ [清]王鸣盛:《十七史商榷》卷四十八,《续修四库全书》第452册,上海古籍出版社,2002年,第435页。

次,如树木大小错杂成林,犹是小说家随笔例也。"①上述词语所涵盖的作品在书目中涵盖了史部杂史类、子部杂家类和小说家类、集部诗文评类等,今人通过《四库全书总目》诸提要可以看出②,其以文言言说的范围大致对应于胡应麟在《少室山房笔丛》中的"小说"③。"说部笔记""小说笔记"广泛应用的原因,大约是在《三国志演义》《水浒传》《西游记》《金瓶梅》《红楼梦》等通俗小说的冲击之下,清人欲将"小说"视为一种文体而非"小说家类"的意识有关。

于此可知,清人是以"说部笔记"来指称那些以笔记为写作方式、主要以文言为语体特征的"小说"作品。在清代的语境下,因"小说"一词范围过于宽泛,"笔记"为"小说"之一种,故于"小说"之后加一表示形式特征的语词以区分,如"说部笔记""小说笔记",意谓小说家类中的笔记作品,如同"小说演义"④之作为习惯用语一样。如前文所述,清代时期的"小说"具有多重意义,并非限于一义,但从整体性考虑,"演义"与"笔记"皆为小说形式上的区分⑤,此已与今日之"章回小说""笔记小说"相距不远,不过为一种语词的首尾互换而已。清代小说多种观念并存,并不影响笔记小说在清代的显现,所谓"小说笔记""说部笔记"的说法既是一种小说分类意识,也是晚清民国

---

① 〔清〕王用臣:《斯陶说林(上册)》,《海王邨古籍丛刊》本,中国书店,1991年,第6页。
② 详见拙稿《"说部"与"小说":〈四库全书总目〉之小说异名状态辨》,《文艺评论》2016年第10期。
③ 胡应麟《少室山房笔丛》云:"小说,子书流也。然谈说理道或近于经,又有类注疏者;纪述事迹或通于史,又有类志传者。他如孟启《本事》、卢瓌《抒情》,例以诗话、文评,附见集类,究其体制,实小说者流也。至于子类杂家,尤相出入。郑氏谓古今书家所不能分有九,而不知最易混淆者小说也,必备见简编,穷究底里,庶几得之,而冗碎迂诞,读者往往涉猎,优伶遇之,故不能精。"胡应麟之"小说",大致相当于清代中期四库馆臣在《四库全书总目》所言及的"说部"。见《少室山房笔丛》丙部《九流绪论·下》,中华书局,1958年,第374—375页。
④ 清钱大昕云:"古有儒、释、道三教,自明以来,又多一教曰小说。小说演义之书,未尝自以为教也,而士大夫、农、工、商、贾,无不习闻之,以至儿童妇女不识字者,亦皆闻而如见之,是其教较之儒、释、道而更广也。"见《潜研堂文集》卷十七《正俗》,载陈文和主编《嘉定钱大昕全集》(九),江苏古籍出版社,1997年,第272页。又袁枚云:"崔念陵进士诗才极佳,惜有五古一篇,责'关公华容道上放曹操'一事,此小说演义语也,何可入诗?"见《随园诗话》卷五,《续修四库全书》第1701册,上海古籍出版社,2002年,第323页。又李慈铭《越缦堂读书记》"醒世姻缘"条云:"无恨阅小说演义名《醒世姻缘》者书百卷,乃蒲松龄所作,老成细密,亦此道中之近理可观者。"见《越缦堂读书记》,辽宁教育出版社,2001年,第802页。"小说演义"者,即今日之章回体小说。
⑤ 笔记为说部之一种,说部可以涵盖笔记,如清凌扬藻《蠡勺编》卷三十五"经稗"条曰:"《经稗》六卷。建安郑方坤荔芗撰,采诸家笔记中说经之语,排次成书,以补传注之阙。因多采自说部,故取稗官之义,以稗为名。盖注之文,全释一经,或不免敷衍以足篇目,杂家之言,偶举一义,大抵有所独得,乃特笔于书,说多可取,良以此也。"(《蠡勺编》,《续修四库全书》第1155册,上海古籍出版社,2002年,第543页。)

时期"笔记小说"正式定名之前的尝试——如果考虑古人语境,称之为"小说笔记""说部笔记"亦无不可,即浦江清先生所云"用现代的名词来说明,小说即是笔记文学或随笔文学"①。但似乎不合于今日之用语习惯(可能是已经欧化的用语习惯)。鉴于晚清文学转型对笔记小说概念的影响,笔者对晚清民国时期的笔记小说概念需要花费笔墨进行辨析。

二、晚清民国之"笔记小说"

"小说"与"笔记"之分,缘于西方文学观念的渗入②。晚清民国③是新旧文化转型且是"笔记小说"频繁使用、概念几于定型的时期,如民国六年夏寅官《苦榴花馆杂记序》中云:"余幼时喜读名人笔记小说,嗜之过于经史。比宦游京外,广购各家丛书零本,不下数十百种。意欲于其中取关于考据词章政治掌故,撷为一篇,以便酒后茶余之谭助,卒卒未暇以为。今内侄汪子怴尘⋯⋯披览一过,词核义彰,谨饬有法,仿日下之《旧闻》,拟陈留之《风俗》。其间遗言轶事,人人耳目所及,出以怴尘之笔,遂觉精神脉络,曲折如生。"④其中所云"笔记小说",范围至广,非仅对叙事体小说而言,故关于本期的"笔记小说"使用情况,需要做一下详细的考察。

当代学界对"笔记小说"一语颇有微词。程毅中先生《读〈唐人笔记小说考索〉》云:"中国古代的'小说'和'笔记',都是很宽泛的概念,甚至可以说是两个模糊的概念。到底是小说的概念大于笔记,还是笔记的概念大于小说,目前研究者还未能取得共识。我觉得,如果把笔记小说看作古代小说的一个属类,相当于《四库全书总目》所谓的小说家杂事之属的作品,那么是

---

① 浦江清:《浦江清讲古代文学》,凤凰出版社,2010 年,第 169 页。
② 民国十八年一月十六日徐兆玮云:"《近十年之怪现状》乃笔记,而非小说。题为许指严编著,赵苕狂增补,实钞撮报章为之。或全为寓言,或体近小说,人物皆书某某年月,亦不详备,有待读者之考索,然轶事遗闻足称野史者固不乏也,中如《蒙古军歌》五首,为伍廷芳轶事所未载。《老博士大捣鬼》述伍秩庸介绍书,一与上帝,一与鬼卒,荒诞不经,为伍廷芳轶事所未载。此皆可采辑者。"(徐兆玮:《徐兆玮日记》第 5 册,黄山书社,2013 年,第 3098 页。)
③ 所谓晚清,当为道光至宣统时期。综合各种因素特别是从经济史的角度考虑,晚清从道光元年(1821)而不是道光二十年(1840)开始是比较合理的,"中国由白银净进口国变为净出口国的时间在 1820 年代,众所周知的原因是鸦片走私输入的不断扩大,中国从长期的贸易出超变为入超,白银的流向也由长期流入变为流出。1820 年代应该是一个标志性的时间,预示着中国社会经济的总危机即将到来。"(仲伟民:《茶叶与鸦片——十九世纪经济全球化中的中国》,中华书局,2021 年,第 249—250 页。)结合考虑政治、经济、时段等多项因素,笔者以为清代历史的分期可以有:顺治、康熙为前期,雍正、乾隆、嘉庆为中期,道光以后为晚期。所谓民国,是指 1911 年至 1949 年间。
④ 〔清〕汪怴尘:《苦榴花馆杂记》,中华书局,2013 年,第 1 页。

不是可以沿用刘知幾所谓的'偏记小说'的名称,也许更便于区别对待一些。"①又李剑国先生《文言小说的理论研究与基础研究》云:"笔记、笔记小说与志怪传奇等文言小说是两种不同的观照系统,不能搅和在一起。当我们使用笔记、笔记小说的概念时,不是在进行小说和小说史的表述,只是在说明一种文献类型。因此,笔者认为,在研究文言小说时应避免使用笔记小说的概念,除非是在以笔记为研究对象,而笔记研究与小说研究全然是两码事。"②黄霖先生以古今小说观念为切入点,认为当下的古典小说研究不应当混淆概念,"假如今天不接受百年来形成的新的小说观,再将古今两种小说观搅在一起的话,'笔记'与'小说'的糊涂账将永远算不清楚了"③。欧阳健先生从《全宋笔记》的编纂失误谈起,认为"笔记"与"小说"应当各自编纂,而不是"笔记"丛书当中有文言小说,文言小说丛书中也收录笔记作品,深中今日笔记编纂之病:"'笔记小说'的提法,是缺少传统渊源的,是一种无根据的误会。在唐之前,绝没有以'笔记'命名的书籍,更没有'笔记'是'以随笔记录为主的著作体裁'的观念。"④"笔记小说"这一概念之所以为学界质疑,其中的原因,除了中国"小说"在历史中存在着令人看起来名实不符的问题外,还在于晚清民初时期"小说"观念的急剧变化。施蛰存先生在思考古今"小说"异义时,认为"笔记小说"产生于明清时期人们对"小说"概念认识混乱的时期,"于是不得不加上一个说明体裁或内容的修饰语。如'笔记小说''演义小说''章回小说''公案小说''才子小说'(金圣叹称为'才子书')等"⑤。"笔记小说"概念的探究,实质上是笔记小说学术史的研究。

(一)晚清民国之"札记小说"概念

"笔记小说",或称"笔记说部"⑥,晚清民国学人对"笔记小说"的认识,实质上是他们对中国传统小说与笔记的认识,这种认识发生于西学东渐后,本土学者的某种热忱与焦虑,甚至与"救国图强"的民族意识联系起来,从思维方式来看不过是"中体西用"的翻版——可以说"笔记小说"是西学与清

---

① 苏古编选:《江苏古籍序跋与书评》,凤凰出版社,2000年,第352页。
② 李剑国:《文言小说的理论研究与基础研究——关于文言小说研究的几点看法》,《文学遗产》1998年第2期,第36页。
③ 黄霖:《小说、笔记与笔记小说——〈民国笔记小说萃编〉序》,《名作欣赏》2022年第25期,第10页。
④ 欧阳健:《在〈文学遗产〉古代小说研究论坛"的发言》,2022年11月12日。欧阳健先生认为"古体小说"一词更合乎历史事实,"而古小说(古体小说),则是贯穿始终的",故其《全清小说》的编纂,是以古体小说为收录范围的。
⑤ 施蛰存:《古今中外的"小说"》,《施蛰存七十年文选》,上海文艺出版社,1996年,第543—544页。
⑥ 见陈启蔚《中国笔记说部之研究》一文,《道南期刊》1939年11月,第5—8页。

学掺杂的结果——梁启超的"小说界革命"是这种混杂意识的初步实践,其中的一项工作就是"札记体小说"名称的提出。清人学者以经学著述为能事,考据之下,实事求是,然生平主要工作在于研经时所做之"笔记",或称"札记",故梁氏亦云:"大抵当时好学之士,每人必置一'札记册子',每读书有心得则记焉。……著专书或专篇,其范围必较广泛,则不免于所心得外撷拾冗词以相凑附,此非诸师所乐,故宁以札记体存之而已。"①又如乾隆末年纪昀作小说,亦自谦所作为"笔记","采掇异闻,时作笔记,以寄所欲言"②;同时也说明了本书的创作方式,"忆及即书,都无体例,小说稗官,知无关于著述"③。谦称自己所撰非有关于经史,不过小道而已。

故而在清代的传统小说观念里,"小说"的创作方式之一是"笔记""札记"之法,故可以创作方式代指某类作品,梁启超创"札记体小说"之名,并非偶然,实源于清代学术传统。1902 年,梁氏于《中国唯一之文学报〈新小说〉》一文里说明拟开辟小说专栏 15 种,其中有"札记体小说"与"传奇体小说"两种:"十一、札记体小说,如《聊斋》《阅微草堂》之类,随意杂录。十二、传奇体小说,本社员有深通此道、酷嗜此业者一二人,欲继索士比亚、福禄特尔之风,为中国剧坛起革命军,其结构词藻决不在《新罗马传奇》下也。题未定。"④传奇体小说指戏剧而言,札记体小说则是指传统的笔记形式的文言小说,从中也可见梁氏的体制分类意识,但梁氏之"小说"带有很浓的西学叙事背景。梁氏"札记体小说"提出后,为其他刊物所采用,如《竞立社小说月报》《小说新报》《大共和画报》等,都有"札记小说"栏目,不过就所发表的作品来看,多是今日视之为短篇小说的作品,语体及所写宗旨已经与《聊斋志异》《阅微草堂笔记》差异较大。新民丛报社社员又从篇幅上提出"短篇小说"与"章回小说"两种中国古代小说体⑤,对后世学者启发良多。

---

① 梁启超:《清代学术概论》,中华书局,2010 年,第 93—94 页。
② 清嘉庆五年盛时彦《阅微草堂笔记原序》,《阅微草堂笔记》,上海古籍出版社,1980 年,第 568 页。
③ 〔清〕纪昀:《滦阳消夏录序》,《阅微草堂笔记》,上海古籍出版社,1980 年,第 1 页。
④ 〔清〕梁启超:《中国唯一之文学报(新小说)》,《新民丛报》第 14 号,横滨新民丛报社,1902 年。
⑤ 1905 年新小说社编辑之《说部腋》中云:"小说九百,本自虞初,其中国说部之祖乎?若《杂事秘》《飞燕外传》,神州所传小说莫古于彼矣,顾皆寥寥千或数千言,以简峭之笔,含渊醇之味,蔚然文界一别子也。下逮有唐,作者百数十,体例一仿汉古。胡元以降,始有所谓章回体。一帙往往数十万言,附庸蔚成大国。斯固进步之征,然椎轮、太羹,不可忘也。矧椎轮之结构法、太羹之酿造术,亦有别途而竞进者邪。至今章回、短篇,两体并行不畸,中外一也。"(原文未见,转引自黄曼先生《晚清海归与小说》,华中师范大学出版社,2017 年,第 152 页。)

近代"札记体小说"虽兴，但仍有一批作家坚持旧的小说范畴，创作类似于《阅微草堂笔记》《聊斋志异》之类的作品，如孙寰镜、蒋景缄等，不过此时社会环境已变，原来自称为"笔记"的小说，此时则被称为"札记小说"，如1915年《小说大观》为《残梦斋随笔》所作之广告云："札记小说《残梦斋随笔》：此亦武林蒋景缄遗著，于诸小说外又换一副笔墨。蒋君多闻强识，以古证今，以今考古，有所心得辄笔诸书，而于历代文献、胜朝佚闻尤烂熟如数家珍，典雅名贵，不让蒲、纪二氏之专美于前也。"①此时新作旧著以"札记小说"称之，亦可见时代之变，而"札记体小说"之名称，一直到1930年代初，青木正儿所著之《中国文学概说》里有关小说的分类也还在使用，以与"传奇体小说"对举而言，实际上即今日"小说四体"当中的"笔记体小说"而已。

（二）晚清民国学者之笔记小说研究

晚清民国学人在对笔记小说的认识方面，有两个特点：其一是深受进化论的影响（即王元化先生《对于五四的再认识答客问》一文中所批评之"庸俗进化论"），如1908年罗普《红泪影序》云："中国小说之发达与剧曲同，皆循天演之轨线，由浑而之画，由质而之文，由简单而之复杂。"②他认为中国古代小说史由杂记体"进化"到章回体是一种自然的过程；蒋祖怡《小说纂要》亦云："中国小说形式上的嬗变，不外乎几种重要的现象：（1）由口语而为笔录，（2）由短制而成长篇。"③其二是民国学人深受西洋文学观念的影响，认识到小说在社会改造运动中的重要地位，刘锦藻《清续文献通考》卷二百七十四《经籍考十八》小说家类按语云："臣谨案：稗官野史，由来旧已。自汉班固立小说家于《艺文志》，厥后作者日以繁盛，泰西文学家亦多以小说鸣，且谓其移风易俗收效之捷，足抵演说，若即以小说为演说，尤足启发流俗之观念。"④刘锦藻是新旧小说观念过渡时期的人物，从中可见西洋文学观念的影响。1934年谭正璧《中国小说发达史》之《结语》云："因为西洋文学观念和作品的输入，使中国文人知道了小说在一切文学中所占的地位，因而抬高了小说家在社会上的地位，这也是中国人将觉醒的一种好现象。"⑤所以在对中国旧的小说进行整理时，也自觉或不自觉地采用西洋小说观念来区分"小说"与"非小说"作品。胡怀琛云："在'五四'以前，中国人

---

① 《小说大观》1915年第2期，第4页。
② 阿英编：《晚清文学丛钞·小说戏曲研究卷》，中华书局，1960年，第302页。
③ 蒋祖怡：《小说纂要》，南京正中书局，民国三十七年（1946），第97页。
④ 刘锦藻：《皇朝续文献通考》，《续修四库全书》第819册，上海古籍出版社，2002年，第313页。
⑤ 谭正璧：《中国小说发达史》，上海光明书局，民国二十四年（1935），第470页。

不曾认识西洋小说的真面目,在这时期内(即'五四'以后至1940年代,笔者注)我们除了认识西洋小说的真面目以外,还有人介绍了关于《小说原理》的西洋书,使我们更能了解小说是什么。也有人做了许多的整理中国小说史的工作。"①这些工作的成果,包括蒋瑞藻《小说考证》、鲁迅《中国小说史略》、胡适《中国章回小说考证》、刘咸炘《小说裁论》、谭正璧《中国小说发达史》、陈景新《小说学》、宗威《小说学讲义》、董巽观《小说学讲义》、金慧莲《小说学大纲》等。

　　进化论无疑会对笔记小说研究带来消极性的影响,民国学人也觉察到了这种理论的不适,即中国古代小说典籍与西洋"小说"不相契合的问题,如欧美的"短篇小说"与"笔记小说"概念上的冲突。1927年艸艸《辩笔记小说非short-story》一文对中国的笔记小说与西方的短篇小说(short-story)从目的、材料、作法等三个方面进行了对比,以为中国的笔记小说远逊于欧美的短篇小说,后来胡适亦以为"短篇小说"在描写范围与性质上与"笔记杂俎"是截然不同的②。进化论之外,欧美小说思想的输入,还带来了关于小说本体的思考,1924年杨鸿烈《什么是小说》针对刘半农在《新青年》第三卷第五号发表的关于"小说即是古文""小说就是文字的游戏"的观点进行反驳,他历述欧美及中国之班固《汉书·艺文志》、纪昀《四库全书总目》、王文濡《古今说部丛书序》、梁启超《论小说与群治之关系》、谢六逸论小说等涉及小说观点的著作后认为,在旧时代,"凡是用典雅的骈文或散文来记录碎杂的可惊可愕的事情的,就是小说"③。而在新时代,"小说是意味深长的事情之叙述。这个定义在形式方面是确定小说必须是叙述体的"④。杨氏代表了当时对小说的认识,但这个认识并不是根据古代文献来讲,其立足点在于欧美作家关于小说的定义。

　　晚清民国时期,中国学人在一种新的学术视野中对传统小说进行历时性和共时性的研究。历时性的研究突出表现在"史"的梳理上,既有专门著作,也有单篇史论。1907年王钟麒《中国历代小说史论》提出"小说之体"分为五种,代有兴替,即"记事之体盛于唐""杂记之体兴于宋""戏剧之体昌于元""章回弹词之体行于明清"。其中"杂记小说"者,"宋人所著杂记小说,予生也晚,所及见者,已不下二百余种,其言皆错杂无伦序,其源出于《青史子》。于古有作者,则有若《十洲记》《拾遗记》《洞冥记》及晋之《搜神记》,

---

① 胡怀琛:《中国小说概论》,上海世界书局,民国三十三年(1945),第52页。
② 胡适:《论短篇小说》,原载1918年3月《北京大学日刊》及1918年5月15日《新青年》第4卷第5号。
③ 杨鸿烈:《什么是小说》,《京报副刊》,1924年第15期,第3页。
④ 同上,第5页。

皆宋人之滥觞也"①。1910年张静庐《中国小说史大纲》从历时性的角度把中国小说分为九个时期,即寓言时期、神话时期、谈鬼说怪时期、杂记短篇时期、章回时期、散文长篇时期、骈散文长篇时期、黑幕小说时期、白话短篇时期。但其分期之法可谓体裁与断代的杂糅,如谈鬼说怪时期"起于汉,迄于清季"②,作品既有魏晋之《搜神记》,亦有清之《聊斋志异》《阅微草堂笔记》,其所论篇幅与内容芜杂,未免有些体例不纯。张氏的文体意识也有所体现,关于"杂记短篇时期"云:"杂记始于汉而盛于唐,其余风至今犹盛。"③又云"杂记一体,清代最盛,如蒲留仙之《聊斋志异》,纪晓岚之《阅微草堂》,王渔洋之《池北偶谈》"④等,他把杂记小说分为志怪、札记、志艳三个类别。"元代杂记小说颇少,像陆友仁之《研北杂志》,盛如将之《老学丛谈》等书,亦颇另碎。"⑤他也注意到了杂记小说在不同时期的变化。1925年刘永济《说部流别》从历时性的角度分中国古代小说为两汉六朝杂记小说、唐代短篇小说、宋元以来章回小说三个类别。刘永济先生并未对"杂记小说"作出说明,不过引《汉书·艺文志》《郡斋读书志》及《四库全书总目》来说明"此体草创,斯为初型"⑥。其中所言"杂记小说",即野乘、琐闻之类。

共时性的研究主要是对小说文体本身的研究,表现为形式研究与体制研究,最后归结为类型研究。1912年管达如《说小说》从语言、体制、性质对古代小说进行分类,其中体制上分小说为笔记体和章回体两类。章回体包括传奇(实际指戏曲)、弹词及通俗演义之属;而笔记体,"此体之特质,在于据事直书,各事各为起讫。有一书仅述一事者,亦有合数十数百而成一书者,多寡初无一定也。此体之所长,在文字甚自由,不必构思组织,搜集多数之材料。意有所得,纵笔疾书,即可成篇,合刻单行,均无不可。虽其趣味之浓深,不及章回体,然在著作中,实有无上之便利也"⑦。这种分类实际上是举一隅而概全体之法,章回体名下诸类别尤为杂乱。1915年吴曰法《小说家言》则从篇幅长短着手分类:"小说之体派,衍自'三言',而小说之体裁,则尤有别。短篇之小说,取法于《史记》之列传;长篇之小说,取法于《通鉴》之编年。短篇之体,断章取义,则所谓笔记是也;长篇之体,探原竟委,则所谓演义是也。"⑧1918年

---

① 天僇生:《中国历代小说史论》,《月月小说》1907年第1卷第11期,第2页。
② 张静庐:《中国小说史大纲》,上海泰东图书局,民国九年(1920),第38页。
③ 同上,第39页。
④ 同上,第24—25页。
⑤ 同上,第23页。
⑥ 刘永济:《说部流别》,《学衡》1925年第40期,第7页。
⑦ 管达如:《说小说》,《小说月报》1912年第3卷第7期,第1页。
⑧ 吴曰法:《小说家言》,《小说月报》1915年第6卷第6期,第2页。

蔡元培云:"清代小说最流行者有三,即《石头记》《聊斋志异》《阅微草堂笔记》是也。《石头记》为全用白话之章回体,评本至多而无待于注;《聊斋志异》仿唐代短篇小说,刻意求工,其所征引,间为普通人所不解,故早有注本;《阅微草堂笔记》则用随笔体,信手拈来,颇有老妪都解之概,故自昔无作注者。"①蔡元培此论,似乎在说清代有三体并存,即章回体、随笔体以及仿唐小说之《聊斋》体。1921年胡惠生把"小说"分为笔记体、演义体、传奇体、弹词体、四六传奇、鼓词。他将当时的戏曲、说唱文学也并入了小说当中,其中演义体指话本与章回小说,笔记体包括今日之传奇与笔记,其他诸体则是对戏曲、说唱文学的内部划分。胡氏云:"盖自唐以前,悉主文言,所谓笔记体也。至宋而演义体始出,混以市井俚俗之说,发为纪述议论之文。……泊乎后世,作者如林,蔚然兴起,与笔记体小说分道扬镳,同为小说之正宗。故当时佳作尚少,学人士子,笔墨所及,仍多从事于笔记体,岂以鄙俗不足道欤?然宋人笔记小说,亦与汉唐不同,文不如汉唐之精采,而理论过之,殆以议论胜也。"②"演义体起于有宋,其体裁亦源于纪传之文。惟笔记体小说,但为著述上事。演义则以演讲为事,不于著述上著工夫。"③笔记体小说以"著述"为事,与演义以"演讲"为主要方式究属不同。即"笔记"方式与"说话""演义"方式的不同。1923年胡怀琛在《最小》《小说世界》等期刊上发表的一系列有关短篇小说的文章如《短篇小说概说》《中国小说考源》等,把中国的小说从内容上分为稗史、寓言、神话三类,从形式上分为记载体、演义体、诗歌体三类。胡氏甚至把归有光文集中的《思子亭记》《项脊轩志》也作为短篇小说,可见其"短篇小说"的范围过于宽泛,与张舍我《申报·自由谈》所论"短篇小说"不同④。之后胡怀琛发表《中国小说研究》(1929年),又从三个方面即实质、形式、时代等对中国小说进行系统研究,实质上分为神话、

---

① 〔清〕纪晓岚著,吴波、尹海江、曾绍皇、张伟丽辑校:《阅微草堂笔记会校会注会评》,凤凰出版社,2012年,第1116页。
② 胡惠生:《小说丛谈:小说之始》,《俭德储蓄会月刊》1921年第2卷第5期,第8页。
③ 胡惠生:《小说丛谈:演义体、传奇体……》,《俭德储蓄会月刊》1921年第3卷第4期,第6页。
④ 张舍我认为短篇小说源出于欧美,成于近代,与中国传统的笔记小说并非一体,其《短篇小说之泛论》中云:"吾人试读今日报章杂志中之短篇小说而以严格之眼光批评之,大都不能副一短篇小说之名词也,其病在于受笔体与杂志体、传记体等文章之毒,而与短篇小说,混为一谈。"(黄霖编著:《历代小说话(九)》,凤凰出版社,2018年,第3756页。)其所论可谓卓识。张舍我认为短篇小说不可缺少"三要素"(情节、人物、单纯的情感),在笔记小说作品中并非完全存在,何况语言之不同耶。又吴小如先生也注意到了笔记小说如《聊斋志异》与西方短篇小说的不同,他在分析《红玉》一文时云:"《红玉》虽是蒲松龄笔下的一个短篇故事,却有着我国小说所独具的民族风格特点,有着我们古代小说中传统的表现手法,即它仍是一个有头有尾的故事,布局谨严,结构完整,与西方短篇小说只截取一个生活剖面的作法有所不同。"(《古文精读举隅》,《吴小如文集·讲稿编二》,中国书籍出版社,2022年,第303页。)

寓言、稗史,形式上分为记载体、演义体、诗歌体、描写体,时代上分为周秦小说、晋唐小说、宋元小说、清小说、最近小说。形式上的分类是为文体分类,演义体如《水浒传》《三国志演义》之类,诗歌体即纪事诗、戏剧及说唱文学,描写体指主要描写社会写实者如《儒林外史》《红楼梦》之类,而记载体则是"用作者的口气,记述一件事情"①。胡怀琛以为不论语言是文言还是白话,只要是闻见记之的作品即可称之为"记载体",这种分类还是有些随意,语言是文体的一个重要层次,不可能只谈创作方式来作为类别的依据。在胡怀琛提出记载体等小说三类的同年(1923年),叶楚伧把中国小说分为笔记、章回、别传三类:"笔记体的小说,大概都以为始于汉晋,比较看得远些的,也以为始于子书,我以为《论语》里,就有几段很好的笔记小说了……素以笔记小说的体裁,至迟须从周朝算起。"②"别传或者可以说是笔记小说的别派,所差不过别传是整个的写,不是别传可分写作几起罢了。"③叶氏把平话体列入章回来谈,还认为别传为笔记体小说之旁枝,与浦江清所论相同。1925年徐敬修在《说部常识》一书中,提出从派别、文体、篇幅、文字等四个方面进行分类,文体方面把小说分为纪载体、章回体、诗歌体三类,诗歌体为长短之记事诗,章回体为章回小说,而纪载体"此类小说,在我国小说进程中,占据时间最长,自周秦以至宋初,几全乎此种体例,无论为异闻,为杂事,为琐语,为别传,皆用此种体例也"④。把纪载体小说分为异闻、杂事、琐语、别传,很明显受到了《四库全书总目》小说家类的影响。关于清代小说,他分为演义类如《红楼梦》《儒林外史》,神怪类如《聊斋志异》《阅微草堂笔记》,志艳类如《板桥杂记》《淞滨琐话》,杂记类如《觚賸》《香祖笔记》《虞初新志》《春在堂随笔》等。此可谓内容与文体杂糅的一个分类。

中国传统小说的名称,由学者主张的如梁启超"札记体小说"到罗普的"杂记小说"、蔡元培的"随笔体"、胡惠生的"笔记体小说"之外,其间于名称固化起了很大作用的是上海进步书局刊发的小说丛书《笔记小说大观》⑤,主其事者王文濡,其刊行始于1915年之前⑥,至民国十三年(1924年)出齐,

---

① 胡怀琛:《中国小说研究》,上海商务印书馆,民国十八年(1929年),第104页。
② 叶楚伧:《中国小说谈》,《历代小说话(十二)》,凤凰出版社,2018年,第5103—5104页。
③ 同上,第5105页。
④ 徐敬修:《说部常识》,上海大东书局,民国十四年(1925年),第8页。
⑤ 小说选集、文集、丛书的作用,主要表现在"主流文坛的初步文体认知""新的小说文体走向经典化的起点""新文体在文学史话语权力的重新分配"三个方面,详见翁再红《走向经典之路:以中国古典小说为例》,南京大学出版社,2014年,第33页。
⑥ 今见1915年《小说大观》第4期之《新刊绍介》云:"本局笔记小说大观第一二辑出版以来,辱蒙各界欢迎,争先购阅,第三辑选辑尤精,均艺林罕见之本,不日出版。"

共九辑,每辑约 60 册。此丛书出版前后虽有诸如"说部""载记体""记载体"等名称出现,但为大众所认可的还是"笔记小说"这一名称①,而且从《笔记小说大观》所收录的作品来看,它似乎是从古代书目中的小说家类取材,故而合乎中国传统小说的范围,即用"笔记小说"取代"说部笔记"这一清代常用的、指代"小说"中这一庞杂文类的名称。此丛书所收作品虽合乎传统小说观,但在西学东渐的新形势下,还是被不少学人诟病,原因之一是收书过于庞杂,未免体例不纯,不合乎欧美小说"故事性"与"虚构性"的要求。

1930 年郑振铎在《中国小说的分类及其演化》一文中把中国古代小说分为三大类,即按篇幅分为短篇小说、中篇小说、长篇小说;其中短篇小说包括笔记小说、传奇小说、话本小说:

> 第一类是所谓"笔记小说"。这个笔记小说的名称,系指《搜神记》(干宝)、《续齐谐记》(吴均)、《博异志》(谷神子)以至《阅微草堂笔记》(纪昀)一类比较具有多量的琐杂的或神异的"故事"总集而言;范围固不能过于狭小,内容的审查,固不能过于严格,然也不能如前之滥,将一切"杂事"、"异闻"、"琐语"都包括了进去,有如近日出版的通俗本的《笔记小说大观》。我们应该将他们限于"故事类"的一个标准之下,或至少须是具有大多数的故事的。所谓"琐语"之类的东西,像《计然万物录》、《博物记》(汉唐蒙)、《博物志》(晋张华)、《清异录》(宋陶穀)、《杂纂》(唐李商隐)、《幽梦影》(清张潮)、《板桥杂记》(清余怀);所谓"异闻"之类中的《山海经》、《海内十洲记》、《神异经》;所谓"杂事"之类中的《摭言》(唐王定保)、《云溪友议》(唐范摅)、《北梦琐言》(宋孙光宪)、《归田录》(宋欧阳修)、《侯鲭录》(宋赵德麟)等等,都是不能算作"笔记小说"的。即在真正的笔记小说中,像《搜神记》、《虞初新志》之类,也不能算真正的小说,不过具体而微的琐碎的故事集而已。②

郑振铎对笔记小说的范围限制显然过严,另一方面也受进化论甚至鲁迅《中国小说史略》的影响,把唐传奇当作近代小说的开端,而把笔记小说当作处于低级阶段的"故事",自先秦至魏晋的笔记小说,"这期也可以说是笔记小

---

① 《民国笔记小说大观》之《编纂凡例》中云:"笔记小说是对文史掌故笔记著作的传统称谓。《四库全书总目提要》将掌故著作归于杂家及小说家等类,本世纪二十年代更有集古代掌故笔记著作之大型丛书《笔记小说大观》出版。承其绪命,本丛书名之曰《民国笔记小说大观》。"(《民国笔记小说大观》,山西古籍出版社,1995 年。各版前言皆有此一《编纂凡例》。)
② 郑振铎:《中国小说的分类及其演化》,《学生杂志》1930 年第 17 卷第 1 期,第 24—25 页。

说的时代。其大部分的作品,皆非正则的'小说',其小部分的作品则为故事的总集"①。郑振铎关于笔记小说概念的界定重在"小说"而非"笔记",是笔记形式与虚构故事的结合体;他同时把文言小说中的作品以文体对举为"笔记体"与"传奇体",似乎启发了当代古典小说研究者的文体分类。其后编《短篇小说集》也是据此为标准。又如1939年金受申所举的"笔记小说",有《龙城录》《酉阳杂俎》《太平广记》《阅微草堂笔记》《庸盦笔记》《啸亭杂录》《萤窗异草》《蓬窗异草》《谐铎》《夜谭随录》《小豆棚》《醉茶志怪》甚至《笔记小说大观》《清稗类钞》等,他以为中国小说的直接源头是笔记小说,而且历朝皆有不同的面目:

  在唐以前的笔记小说,有类短文,情节、描写都不完全具备小说条件。六朝唐以后,所有笔记小说,情节意境的轮廓,渐渐地扩大起来,美化起来,趣味起来。唐、五代、宋、元没有什么变化,到明代又有一度大进步,每篇有了头尾,内容也更显复杂。到了清代,由蒲留仙的笔记小说《聊斋志异》的倡始,作者全向繁缛华丽一方面作去,虽然纪文达公打算用劝善惩恶的体裁来挽救,已是不成功的了。②

  金受申的"笔记小说"并没有提到唐代的单篇传奇,但也是以故事性与笔记形式作为笔记小说演变的标准。可以看出,从梁启超到金受申,"笔记小说"概念的产生是以西方小说观念为先决条件、以叙事性小说文体为研究中心,明显偏向于故事性作品。

  到了1940年代以后,民国学人已开始有意识地消除进化论的负面影响,不再把中国小说的变迁看作一个单线发展的过程,而是在小说文献本身以及古代文化语境的基础上进行思考,主要的代表人物有王季思、浦江清。1940年王季思《中国笔记小说略述》对笔记小说的起源、演变、类型以及各个时期的特点进行了探讨:"在中国,所谓笔记小说,是和平话小说分道扬镳的。前者出于文人的手笔,后者出于说书人的口说;而前者的发源更早,门类更多。……明胡应麟《少室山房笔丛》分小说为志怪、传录、丛谈、辨订、箴规五类(笔者案:应为六类,少"传奇"一种),《四库全书》分小说为叙说杂事、纪述异闻、缀辑琐语三类,都是就笔记小说分的。不过所谓笔记,大都是随笔杂录的东西,常有一种里面包括好几种性质的作品的。"③王季思的"笔

---

① 郑振铎:《中国小说的分类及其演化》,《学生杂志》1930年第17卷第1期,第28页。
② 金受申:《谈话:笔记小说:〈萤窗异草〉情节繁缛》,《立言画刊》1939年第25期,第17页。
③ 王季思:《中国笔记小说略述》,原载《战时中学生》1940年第2期。今收入《王季思全集》第四卷《古典文学论文集》,河北教育出版社,2005年12月,第9—21页。

记小说"考虑到了当时读者对于"小说"的认知情况,也不完全拟古,故其认为笔记小说的范围应当摒除考证类笔记作品和通俗作品的干扰,对笔记小说进行较为清晰的范围限定:

> 笔记小说的范围、分类既难确定,现在只好就个人的意见,提出了两点限制:一、就笔记说,凡是纯属学术的讨论与考订的,如《困学纪闻》《日知录》《二十二史札记》《十驾斋养新录》,虽是笔记,却非小说。二、就小说言,凡属语体小说,源自平话或西洋说部者,如《宣和遗事》《拍案惊奇》,以及近人的白话小说,虽属小说,却非笔记,都不在本篇论说之列。至就内容性质而勉强分类,似乎可分作轶闻、怪异、诙谐三类(这只是就叙述之便分的,并不比前人分得更精密)。自然,一种笔记或笔记内的一篇文字,仍有包含上两类三类,甚至涉及经史考证、诗文评论的,因为笔记的性质是随笔杂记,本来是没有严格限制的。①

王季思针对笔记小说在不同时期的表现特色,把笔记小说分为四个时期,即魏晋到隋、唐五代、宋元明、清。他认为第一期的笔记小说还是"萌芽时期",唐代是笔记小说的新时期,"故事的结构大都完整,写情则凄惋生动,写景则铺张富丽,同当时的诗歌有很相似的作风",其原因在于唐代士子的"温卷"风气所致;宋代的笔记小说:"一、每节故事下面常附以议论;二、所记多同时人的故事。——即使所记系先朝或怪异的故事,也往往是对当时的社会意有所指的。""予尝谓:'唐人小说,情溢于辞;宋人笔记,味余于事。'"至于元明清时期的笔记小说,则云:"元明笔记小说,大体上继承宋代的作风,而明人更多穿凿附会、夸诞无聊的地方……到了清代,文字之狱屡兴,考据之风大盛;所以笔记的作风又有了转变,对于时政不敢讥评了;而因为他们书读得多,考据成了癖……对现社会既不敢议论,说鬼谈狐的风气,一时又盛。便偶然说到当时人物,也只是一些无关痛痒的事情……最足以代表当时作风的莫如纪昀《阅微草堂笔记》。"王季思对笔记小说的研究,明显有《四库全书总目》关于小说批评的影子,"笔记小说"对应于四库小说家类里的作品:他首先在于把"笔记"与"笔记小说"分开来,这与四库馆臣把"笔记"("说部")与"小说"分隶各家如出一辙,把笔记小说分为轶闻、怪异、诙谐三类也是源于四库小说家之"杂事、异闻、琐语"。《四库全书总目》

---

① 王季思:《中国笔记小说略述》,《王季思全集·第四卷·古典文学论文集》,河北教育出版社,2005年,第9—10页。下所引皆出此文,不再一一注明。

里也收录了不少传奇作品,王季思把传奇归入"笔记小说",也是有历史依据的,大体按照古代小说书目所著录的作品而言;但他也指出《四库全书总目》里有归类不清的地方:"如范镇的《东斋记事》,所载多赵宋先朝故事。《四库全书》收入杂事之类,可是其中如记蔡襄为蛇精、室韦人三眼、突厥人牛蹄之类,又应当归入纪述异闻一类。又如《南窗纪谈》,所记多北宋名臣言行,《四库》也收入杂事之类;可是其中如记袁州女子登仙、记庞籍见天书,却又属异闻了。"王季思对笔记小说在各个时期的不同风貌的概括以及社会批评与文本批评结合的方法,也是对纪昀等人小说思想的延伸。其关于笔记小说的研究范围,基本等同于我们今天的"文言小说"。

浦江清在西南联大教学时论及《聊斋志异》时讲道:"胡适有不正确的文学史观,认为中国文学史的进化是文言进化成白话,所以唐人传奇以后,宋元话本小说产生,文言小说便趋向没落了,戏剧到李渔时代已经重视宾白,有话剧化的趋势。这种看法是完全形式主义的。"[①]"中国以文言写故事有悠久的历史与优秀的传统,即:《左传》—《史记》—唐人传奇。宋元明时代,一方面用语体写作的小说与讲史繁兴,另一方面,传奇、志怪的笔记小说并未间断。"[②]浦江清批评了"进化论的文学史观",同时把中国小说分为语体小说和笔记小说两类,类似于王季思之平话小说与笔记小说,不过笔记小说包含志怪和传奇。浦江清与王季思论笔记小说的不同之处,在于后者是沿袭《四库全书总目》的观点并有所生发,而前者则以《汉书·艺文志》为出发点,强调笔记小说的正统性在于《汉志》而非《四库全书总目》。其《论小说》云:

> 《汉书·艺文志》的小说家并非与后世小说家绝无关系,而确是中国小说之祖,因为从魏晋到唐宋所发展的内容至为庞杂的笔记小说,正与之一脉相承。所以在纪元前后的中国人的对于小说的观念,并未斩断,反之,仍为后人所因袭,不过书籍愈来愈多,作者益复高明,内容增添,范围更扩大而已。从魏晋到南宋(三世纪到十三世纪)大约一千年中,发展的笔记小说,内容非常庞杂,包括神仙,鬼怪,传奇,异闻,冥报,野史,掌故,名物,风俗,名人佚闻,山川地理,异域珍闻,考订,训诂,诗话,文谈等等乃至饮食起居治身理家之言。[③]

浦江清的论述中关于"笔记小说"的内涵与四库馆臣在《四库全书总

---

① 浦江清:《浦江清讲明清文学》,北京出版社,2014 年,第 306 页。
② 同上,第 307 页。按引文中之"语体",即口语、白话之意。
③ 浦江清:《论小说》,《浦江清文选》,北京大学出版社,2010 年,第 135 页。

目》里时常提及的"说部"内容相当,不过,他认为:"《四库全书总目》的编者重新改订小说的意义时,他们认为小说只是记琐事、琐语、异闻的小书,把胡应麟的后面三类多半送到杂家类里面去了……所以四库书目的编者实立于尴尬的地位,于古于今,两失其依据,代表了几位十八世纪的学者对于小说的观念。"①此论有所欠缺,其实四库馆臣是明白传统小说的意义与范围的,不过他们把"小说"变为"说部",而这种称谓遍及于杂家与小说家,以显示在新的小说观念下对《汉志》以来的传统小说观念的一种保留。在对笔记小说传统意义进行考索的同时,他以笔记小说代替汉唐之"小说"、明清之"说部",亦是传统小说观念的延续,即小说的"古义"。在笔记小说中,浦江清认为唐传奇为笔记小说之另类,云:"现代人说唐人开始有真正的小说,其实是小说到了唐人传奇,在体裁和宗旨两方面,古义全失。所以我们与其说它们是小说的正宗,毋宁说是别派,与其说是小说的本干,毋宁说是独秀的旁枝吧。"②在笔记小说中,他对《聊斋志异》评价极高:"蒲松龄继承了这方面的传统,他以高度的文艺创作才能总结了志怪小说的成就,在唐人传奇小说外独立一帜,《聊斋志异》可谓集笔记小说之大成……如杜甫于诗。"③浦江清的"笔记小说"概念已经很清晰,传奇虽为其中一种,但不过是"旁枝",并非笔记小说的主体,此与缪荃孙所云"(小说家)至唐而歧小说、传奇为二类"④、林岗"(传奇是)笔记小说之变体"⑤、现当代文学领域"中国古代笔记小说泛指用文言写就的随笔、传记、杂录、琐闻、志怪、传奇之类的文学作品"⑥等论述相同。浦、王二公所言之"笔记小说",看似与今日之"文言小说"较为接近。

(三) 晚清民国学人关于"笔记小说"概念的分歧

清末民国学人对于笔记小说的认识与研究,既有共识也有分歧,共识在于笔记小说或笔记体小说是中国小说最先发生的一种文体,而且一直延续到清代;特点为体制较为短小,语言为文言,创作方式为随笔记录,文风多朴

---

① 浦江清:《论小说》,《浦江清文选》,北京大学出版社,2010年,第138页。
② 浦江清:《论小说》,《当代评论》第4卷第8期,第22页。周勋初在《唐人笔记小说考索》云:"从源流上看,篇幅短的传奇即是笔记小说,篇幅长而带有故事性的笔记小说也就是传奇。"(周勋初:《周勋初文集》第5册,江苏古籍出版社,2000年,第24页。)
③ 浦江清:《浦江清讲明清文学》,北京出版社,2014年9月,第307页。
④ 缪荃孙《醉醒石序》云:"《汉书·艺文志》,九流之外,别立小说一家,其原出于稗官……其力量转甚于九流。今唐以前书,止《燕丹子》存,至唐而歧小说、传奇为二类。或向壁虚造,或影射时政。唐人以为行卷,以其可以见笔力,可以见胸襟。而所撰遂盛行于世。"丁锡根编著:《中国历代小说序跋集(中)》,人民文学出版社,1996年,第799页。
⑤ 林岗:《口述与案头》,北京大学出版社,2011年,第227页。
⑥ 墨白:《〈陈州笔记〉的价值与意义》,《陈州笔记》,河南文艺出版社,2014年,第4页。

拙(唐代传奇为笔记小说之分枝),内容丛杂、包罗万象。分歧在于在西学背景下如何对待中国的传统小说,这主要表现在两个方面:一是从欧美近代小说观念出发对古代小说形态进行研究,其中把"笔记小说"视为小说发展中的初级阶段,这是一种叙事学的研究方法,也明显受了进化论的影响,不过他们从小说文体的角度催生出"笔记体小说"这个概念,也是新的小说观念下的一个贡献,如郑振铎就视笔记体小说为"故事总集"(他把传奇体小说从笔记小说里分离出来也是一种新的思路)。二是从中国古代文献入手,依据是《汉书·艺文志》与《四库全书总目》中有关小说的论述,将"笔记小说"或"笔记体小说"这个概念借用过来进行充实和提高,在学理上使其更加完善,其中以王季思、浦江清所论较为完备。但从古代小说观念出发研究笔记小说的学者群内部也有分歧,因为古代的小说观念也有多种,小说写作是"尚实"还是"尚虚"长期存在争议。王季思对《四库全书总目》中的小说思想有所发展,趋向叙事体小说的研究,属于"札记体小说""笔记小说"的概念;浦江清则完全立足于中国小说的传统意义即"古义"(源自《汉书·艺文志》),笔记与笔记体小说并重:"如有人把笔记文学撰为专史,而观其会通,那么倒是一部中国本位的小说史,也是很有意义的工作。"①实质上是在讲"笔记小说"是"汉志小说"(《汉书·艺文志》小说家类)的新形式。二公所谈之"笔记小说"之歧义处,今天看来,王季思所论属于笔记体小说,而浦江清所论属于"小说"与"笔记"并存的笔记小说。

简言之,晚清民国以来的学者当中,关于"笔记小说"概念或史或文本的研究,存在着它是一种文类还是一种小说文体的分歧,根本原因在于中国古代小说文献的复杂性与中西"小说"观念的差异。自梁启超、王季思到今日作为"小说四体"之一的"笔记体小说"概念,无疑是从文体角度进行定义的;民国王文濡之《笔记小说大观》丛书的编纂、浦江清的"笔记小说"论,则是从文类角度进行编纂、研究的,"笔记小说"的概念也与前者相异。可见今日学界的"笔记小说"的合理性争论,早已在晚清民国时期留下了伏笔。

另外,在民国另有一"笔记"概念存在,其义与浦江清之"笔记小说"相通,如民国十四年柴萼《梵天庐随录序》云:"《汉书·艺文志》有虞初《周说》九百四十三篇,是为中国稗官之祖。其书久佚,不知为说若何。汉魏之间,说部蔚起,私史偏录,足广异闻。裴氏注《三国志》,所引凡百有余种,而诸名臣列传,名族世谱,名人集等,尤不可悉数。自是以降,踵事增华。逮及李唐,是类著作汗牛充栋,然其词藻芳鲜艳丽,固足便词人之撷捃,而其叙述虚

---

① 浦江清:《论小说》,《浦江清文选》,北京大学出版社,2010年,第138页。

缈浮诞,则难供史家之采撷,抑亦有逊汉魏矣。宋人笔记最为丛博,识大识小,屠于一编,稽古述今,选词征物,资多识而森法戒,用意视昔深远,虽曰不免踳驳,要属言之有物。黄虞稷《千顷堂书目》别为六类,清代《四库书目》从之,厘然可观。明清两朝,不乏佳著,拾遗补阙,功在艺林,非徒可翼正史也。"①所论可谓中国小说一简史,其中亦有言及笔记者。又如民国十八年徐一士《凌霄一士随笔自序》云:"笔记体类至繁,或辨异同,或传人物,或系掌故,或采风俗,所期不违乎事实,而有益于知闻。如《啸亭杂录》《竹叶亭杂记》之详稽典制;《庸庵》《郎潜》《庸闲斋》之掇辑遗闻,胥称繁要,可参史乘;若留仙《志异》、纪氏《阅微》,或为工丽之章,或具闲逸之致,皆属寓言,别饶深意,流传久远,有由来也。"②根据徐一士文中所列诸笔记作品,皆为王文濡《笔记小说大观》所收之"笔记小说",此类文献在目录中广泛分布于杂家及小说家类中,表现有二:一为与笔记小说等同,如瓶庵《古今笔记平议》文中的"笔记"即指笔记小说而言:"比来主任《中华小说界》,遍购各种笔记小说读之,踵续前旨,随笔纪述,撮其要略,附以评议。"③又如醉隐《笔记小说中之好诗》:"清人笔记,有《萤窗异草》一种,亦谈狐说鬼之作,文笔雅饬,亦颇似《聊斋》。"④一为笔记小说为"笔记"之一部分,此时的"笔记小说"往往限于叙事性的笔记作品如野史、志怪之类,其中周作人、周劭、叶云君所论较为引人注目,如周作人《谈笔记》云:"杂家里我所取的只是杂说一类,杂考与杂品偶或有百一可取,小说家里单取杂事,异闻虽然小时候最喜欢,现在则用不着,姑且束之高阁。这实在是我看笔记最非正宗的一点。"⑤可见周作人的"笔记"是包括了古籍书目中子部杂家和小说家两个部分的。公西华(周劭)《谈清人笔记》云:

  清人笔记,大概可分为两种,一种是浪漫的,这一种谈狐说鬼,文人不得志往往为此。最大的成就而博得中外广大读者的,可以举《聊斋》为代表,次之则袁子才的《子不语》(《新齐谐》),纪晓岚的《阅微草堂笔记》,和《萤灯异草》等书。这一种书我在这里并不谈起,因为它们销行既广,家晓户诵,何必再行介绍。我要说起的是另一种的随笔偶记,这

---

① 柴小梵:《梵天庐丛录》,《民国笔记小说大观》第四辑,山西古籍出版社,1997年,第15—16页。
② 徐一士:《凌霄一士随笔》,《民国笔记小说大观》第三辑,山西古籍出版社,1997年,第8页。
③ 《中华小说界》1915年第2卷第1期,第1页。
④ 《新天津画报》1940年第9卷28期,第1页。
⑤ 周作人:《周作人集》,花城出版社,2004年,第667—668页。原载1937年《文学杂志》第一卷第一期。

种笔记是现实的,其内容同前文所说"翔罗一代故实,名人轶事,国家弊政,人物臧否",但并不枯涩,里面往往有幽默,有笑料,并不道学,并不严肃,清人在板起面孔做的所谓正统著述外,在这里还可见到他们嘻笑怒骂的真面目,令人读得下去,不会半途而废。而读者的好处,却在"开卷有益,掩卷有味"。①

可以看出,民国时期的"笔记小说""笔记"概念,范围包括了史部杂史、子部杂家、子部小说家的作品,与清人所云的"说部笔记"等同,也与浦江清的"笔记小说"相近。可见在民国时期,"笔记"与"笔记小说"也具有等同的意义,此与南宋史绳祖《学斋占毕》中所云可谓遥相呼应。

三、今日"笔记小说"之研究现状及问题所在

(一) 目前学界的研究成果

由于"笔记小说"与"笔记"的联系较为紧密,如《明清笔记丛刊》(上海古籍出版社,1981年)、《全唐小说》(山东文艺出版社,1993年)、《历代笔记小说集成》(河北教育出版社,1994—1996年)、《全唐五代笔记》(三秦出版社,2012年)、《全宋笔记》(大象出版社,2003年)等丛书,来新夏《清人笔记随录》与刘叶秋《历代笔记概述》皆是"笔记"与"小说"兼收,所以在本书的"文献综述和研究现状"部分里,笔者把与"笔记小说"有关的文献都收罗进来,尽量为读者提供较为全面的研究信息:

一是在"笔记小说""笔记""野史""风土志""古体小说"的文献搜集与整理方面,目前丛书类的有民国进步书局《说库》之清代部分,广陵书社《笔记小说大观》(民初王均卿主编,上海进步书局出版)清代部分,民国上海文明书局《清代笔记丛刊》(民国时期石印本),民国上海新文化书社《笔记小说大观丛书》,小横香主人主编之《清朝野史大观》(民国年间编,今有上海文艺出版社,1990年),台北新兴书局《笔记小说大观》(1962年)的清代部分,河北教育出版社《历代笔记小说集成》的清代部分(1996年),以及上海古籍出版社《明清笔记丛刊》(1981年)清代部分,上海古籍出版社《瓜蒂庵藏明清掌故丛刊》之清代作品(1983—1986年),齐鲁书社《清代笔记小说丛刊》(1986年),巴蜀书社《清代野史》(1—8辑)(1987年),北京古籍出版社《清代野史丛书》(1999年),齐鲁书社《清代笔记丛刊》(2001年),学苑出版社《清代学术笔记丛刊》(2005年),上海古籍出版社《清代笔记小说大观》

---

① 《谈风》1937年第17期,第411—412页。

（2007年），中华书局《历代史料笔记丛刊》（中华书局，1959—2007年）之清代部分，上海书店《历代笔记丛刊》（2009年）之清代作品，广陵书社《中国风土志丛刊》（2003年）及其《续编》（2015年）的清代部分等，近年来欧阳健先生致力于全清古体小说的编纂，其所主编《全清小说·康熙卷》（文物出版社，2023年）已经出版，后续工作当更加繁重。类书类的有徐珂《清稗类钞》（民国九年刊印），陆林主编《清代笔记小说类编》（黄山书社，1994年）等。从上述丛书中收录的作品来源看，它们绝大多数位于书目中的小说家类、杂家类，笔记小说作品的辨析工作较为重要。

二是在笔记小说的叙录方面，由于取舍标准各异兼之清代笔记小说数量巨大，与李剑国先生之《唐五代志怪传奇叙录》《宋代志怪传奇叙录》性质相同的"清代笔记小说叙录"2023年方才出版，"全清笔记"或"全清古体小说"的整理出版工作，近年也在廖可斌、欧阳健等先生的主持下得以实施。现阶段可供参考之叙录著作主要有宁稼雨《中国文言小说总目提要》（齐鲁书社，1996年），石昌渝主编之《中国古代小说总目·文言卷》（山西教育出版社，2004年），谢国桢《晚明史籍考》（上海古籍出版社，1981年），《明清笔记谈丛》（中华书局，1960年），《明末清初的学风》（上海书店，2004年）之《明清野史笔记概述》部分，《江浙访书记》（三联书店，1985年）等，来新夏《清人笔记随录》（中华书局，2005年），张舜徽《清人笔记条辨》（辽宁教育出版社，2001年）等。此外，一些小说研究专著如占骁勇《清代志怪传奇集研究》（华中科技大学出版社，2003年），詹颂《乾嘉文言小说研究》（国家图书馆出版社，2009年）的叙录部分也可资利用。

三是在专题研究方面，成果颇多。首先是作家、作品的专题研究，这一类的成果较多集中于蒲松龄《聊斋志异》、纪昀《阅微草堂笔记》及其续书的研究，代表性成果主要有吴波《阅微草堂笔记研究》（上海古籍出版社，2005年），高桂惠《艳与异的续衍辩证：清代文言小说"蒲派"与"纪派"的绮想世界——以〈萤窗异草〉为主的讨论》（《长庚人文社会学报》2008年第1卷第1期），文珍《王士禛笔记小说研究》（中国戏剧出版社，2009年），王海洋《清代仿〈聊斋志异〉之传奇小说研究》（安徽人民出版社，2009年）等论著。除此之外，关于"忆语体""世说体"系列作品的研究也在近几年进入了学者的视野，如冷银花《清代"世说体"小说研究》（暨南大学硕士学位论文，2007年），张琦《晚明"世说体"小说研究》（华东师范大学硕士学位论文，2014年），周易《明清〈世说新语〉文献整理与研究》（鲁东大学硕士学位论文，2015年）等。作家、作品之外的专题研究，多从文本入手，借鉴叙事学、"新批评"、文化学、民俗学、传播学等学科的理论进行阐释和交叉研究，如顾希佳《清代笔记中父子双拜堂型故事的比较研究》(《杭州师范学院学报》1999年第 2 期),顾希佳《清代笔记小说中的缢鬼受阻型故事》(《民间文化论坛》1999 年第 5 期),吴晓蔓《清代笔记小说中所见广东道教》(《岭南文史》2006年第 4 期),黄勇《道教笔记小说研究》(四川大学出版社,2007 年)的清代部分,周志霞《清代笔记小说中的城隍故事研究》(河北师范大学硕士学位论文,2007 年),汪荣祖《文笔与史笔——论秦淮风月与南明兴亡的书写与记忆》(《汉学研究》2011 年第 29 卷第 1 期),薛雅文《国家图书馆典藏〈阅微草堂笔记〉版本论述与视听文献初探》(《静宜中文学报》2012 年第 1 期),张泓《清代笔记小说对文字狱的述载——以〈子不语〉与〈阅微草堂笔记〉中的吕留良案为例》(《河北联合大学学报》2012 年第 5 期)等。在回归历史语境的期待下,也有部分研究者注意到了清代笔记小说创作的时代环境问题,如宋莉华《清代笔记小说与乾嘉学派》(《文学评论》2001 年第 4 期),倪惠颖《清代中期游幕背景下文人的戏剧活动和小说创作初探——以毕沅幕府为个案》(《明清小说研究》2011 年第 3 期)等。

　　四是笔记小说的史论研究与题材分类上,有吴礼权《中国笔记小说史》(商务印书馆,1993 年)及《清末民初笔记小说史》(台湾商务印书馆,2017 年),其将古代、近代笔记小说按内容分为志怪类、轶事类、国史派、事类派、杂俎派、丛书杂纂派等类别,苗壮《笔记小说史》(浙江古籍出版社,1998 年)将其分为杂史杂传类、地理博物类、志怪类、志人类(轶事、琐言、俳谐)等,陈文新《中国笔记小说史》(台湾商务出版社,1993 年)及赵明政《文言小说:文士的释怀与写心》(广西师范大学出版社,1999 年)把文言小说分为笔记体、传奇体(赵氏二体后复有杂史杂传体),其中笔记体分为轶事与志怪两种。上述著作皆以"叙事"作为衡量标准,陈文新甚至把笔记体小说视为中国古典小说的"前形态",带有进化论的色彩。刘叶秋《历代笔记概述》(中华书局,1980 年)中对笔记的"小说故事类、历史琐闻类、考据辨证类"三分法,对当下笔记及笔记小说的研究路径颇有参考价值。

　　五是从文体的角度展开对笔记小说的研究,这类研究可视为民国小说文体研究的深化,也是目前笔记小说研究的重中之重。作为笔记体小说的理论支点,"笔记体"概念也受到挑战,从《笔记小说大观》(广陵书社版)的"札记体"到蔡元培的"随笔体"、郑振铎的"笔记体","笔记体小说"的提出也有一个过程①,李剑

---

① 关于"笔记小说"概念由来的综述,见黄勇《道教笔记小说研究》第二章第一节《本书在何种意义上使用笔记小说概念》,但又过于简略,特别是"笔记小说"如何在晚清民国产生的过程方面。《道教笔记小说研究》,四川大学出版社,2007 年。

国以为"应避免使用笔记小说的概念"①,故而在笔记小说的"辨体"问题上,有不少学者及作家主张应当把"笔记"与"笔记小说"分开进行研究,施蛰存先生云:"'笔记小说'不是'小说'。说得明白些:'不是我们现代所谓小说。'《容斋随笔》、《子不语》,都是'笔记小说',都不是'小说'。《聊斋志异》中大部分不是小说,只有几篇唐人传奇式的作品,可以认为宋元人的'小说'。"②又如孙犁《谈笔记小说》(《采蒲台的苇:孙犁散文》,浙江文艺出版社,2015年),陶敏、刘再华《"笔记小说"与笔记研究》(《文学遗产》2003年第2期),等等,皆有类似表述。文体研究的专著类成果,除吴礼权、苗壮、陈文新等的笔记小说史专著外,有陈文新《中国小说的谱系与文体形态》(中国社会科学出版社,2012年),林岗《口述与案头》(北京大学出版社,2011年)等从笔记小说的概念、题材类别、审美特性、历史变迁的角度来论述清代之笔记小说。采用论文形式的成果中,主要有向冲《中国古代笔记体小说的文体形态及理论批评》(重庆师范大学硕士学位论文,2004年),谭帆、王庆华《中国古代小说文体流变研究论略》(《文艺理论研究》2006年第3期),王庆华《古代文类体系中"笔记"之内涵指称——兼论近现代"笔记小说"概念的起源及推演》(《华东师范大学学报(哲学社会科学版)》2010年第5期),黄东阳《由〈玉剑尊闻〉考察清初世说体之文体特质》(《东吴中文学报》2009年第17期),刘正平《笔记辨体与笔记小说研究》(《杭州师范大学学报(社会科学版)》2013年第6期),杨清惠《论〈阅微草堂笔记〉的异物书写及其文体美学》(《淡江中文学报》2016年第35期)等,也对笔记小说的从文体的角度进行了探讨。

综合来看,目前学界关于笔记小说的分类研究较为深入,参与专题研究的学者比较多,而且主要集中于笔记小说的叙事文学方面,关于清代笔记小说文类、内部诸要素及副文本批评话语的探讨还比较薄弱。在清代笔记小说的资料整理方面,目前还有开掘的余地。同时由于立论(概念理解)的差异,造成笔记小说研究在理论建构、作品取舍、类型划分、风格呈现等方面的不同。"笔记小说"的概念使用还有待规范之处。

(二)目前笔记小说研究中出现的问题

目前学界对笔记小说的研究,仍然存在较大争议。争议的原因,一是笔记小说丛书的编纂者与文体学研究者对笔记小说的概念之界定存在偏差,

---

① 李剑国:《文言小说的理论研究与基础研究——关于文言小说研究的几点看法》,《文学遗产》1998年第2期,第36页。
② 施蛰存:《古今中外的"小说"》,《施蛰存七十年文选》,上海文艺出版社,1996年,第545页。

前者循民国进步书局《笔记小说大观》之旧例,尽量扩大"笔记小说""笔记"之范围;后者则为追求文体之纯粹而欲删减笔记小说之种类,从而成一"笔记体小说"或"古体小说"。二是现今我们使用的"小说"这一叙事性文体概念,其名虽于古有征,而其实则袭自西方,以故事虚构为主要特点,无法全面概括古代小说语境的多层次性、意义之多重指向性,这就造成研究上的双重困境:

一是"正名"的问题。"笔记小说"概念下的作品,大多也可以冠以"说部笔记""小说笔记""笔记文""笔记""历史笔记""古小说""杂著""文言小说""子部小说""国学小说""史料笔记"等名称来加以研究,他们研究时使用的文献,大多与"笔记小说"重合。具体而言,清人之"说部笔记""小说笔记"称谓是以"笔记"限定部分"小说",以防落入通俗小说与戏曲等长篇形式的作品中去。"笔记""笔记文"意谓以笔记著述成书的作品,如朱琴《苏州古代笔记研究》(苏州大学博士论文,2011 年),郑宪春《中国笔记文史》(2004 年),张瑾《清代文人笔记研究》(吉林大学博士论文,2018 年),此多专注于笔记形式,尤重文学之美。"历史笔记",如姚继荣《清代历史笔记论丛》(2014 年),《元明历史笔记论丛》(2015 年),《唐宋历史笔记论丛》(与姚忆雪合著)(2016 年)诸作,皆以与历史有关的笔记著作作为研究对象,类于谢国桢《晚明史籍考》中之"野史笔记"。"古小说"是进化论下的产物,以为是古小说—唐传奇—宋话本—明清时期以"四大奇书"为代表的通俗小说之前的一种小说原始形态,而且以为这一形态到清代仍然存在,石昌渝先生《中国小说源流论》(三联书店,1994 年)就把"古小说"视作笔记小说、传奇小说产生之前的小说形态。"杂著"是指"内容丛杂"而言,无类可归,故称杂著,此一名称常为今日古典文献整理者所使用,亦往往附此类文献于别集之后,在清代此词语或指笔记,或指不归于正体之内的短篇杂文,如《竹轩杂著》《匏叶庵杂俎》中的赋、谢折、集经(读经札记)、寿序、题词、引、启、书、记、序、祭文、赞、铭、示稿之类;或指杂家笔记之类,如《澹园杂著》。"文言小说"相对于"白话(通俗)小说"而言,本是语体之别,不过仅就这一名称来说,就有袁行霈、侯忠义《中国文言小说书目》与宁稼雨《中国文言小说总目提要》因古今概念理解差异而导致入选作品的不同;目前学界以这一名称进行研究的成果较多,影响甚大①。"子部小说"见段国超、陈文新

---

① 专著有侯忠义、刘世林《中国文言小说史稿》(1993)、吴志达《中国文言小说史》(1994)、陈文新《文言小说审美发展史》(2002)、秦川《中国文言小说总集》(2006)、王恒展《中国文言小说发展研究》(2015)等。

等人的论述,大致以古代书目中特别是《四库全书总目》以来的子部小说家类作品作为研究对象;"国学小说"为王昕教授所创,颇与时下"国学热"相呼应,实义与"子部小说"较为接近①。

二是在"笔记小说"研究领域,对"笔记小说"的范围、取舍标准等存在着不统一的问题,或基于《四库全书总目》小说家类为囿于故事性的小说作品作为"笔记小说",如吴礼权、苗壮、陈文新等所著笔记小说史;或立足《汉书·艺文志》小说家观念泛化之,以至于涵盖了"笔记"方式下产生的所有作品——要之,在于立足今日小说观念以观古代作品内容中"虚构"与"写实"的分别来作为取舍的标准②。比较而言,叙事性作品的研究较为深入,而非叙事性的小说作品研究仍然存在着盲区,笔记小说的研究带有选择性遗漏的特点。

异名状态的存在与采用标准的歧义,一方面说明了学界对内容丛杂的笔记小说的认识莫衷一是;另一方面也说明学界仍未完全回归到古代的语境来梳理这一大类内容丛杂的笔记作品。笔者看来,或以刘叶秋《历代笔记概论》为理论基点,或以谢国桢、来新夏诸史学家有关野史笔记的成果作为研究路数,这就会出现现代名称与古代语境扞格不入以致以己意来取舍的情况。对此,学界的理论反思,主要集中在"小说"与"笔记"这两个名称、概念的辨析上,如陶敏、刘再华《"笔记小说"与笔记研究》(《文学遗产》2003年第3期),严杰《"笔记"与"小说"概念的目录学探讨》(《唐五代笔记考论》,中华书局,2009年)等,目前看来,这种文体上的辨析方式仍然无法厘清笔记小说与笔记的概念分歧。

四、本书"笔记小说"概念之义界

现当代文学界对笔记小说的定义,是以文学性为唯一标准的,表现为:一是偏重于篇幅短小的叙事体,类似于他们所说的"微型小说""小小

---

① 王昕先生云:"'国学小说'指历代史志中的子部'小说家类',它们是传统学术体系固有的一个组成部分……特征、内涵和价值可以概括为:首先,庞杂广泛的内容和编排方式,反映了传统学术的初级面目;其次,国学小说的学术性主要指通识性和实录精神;第三,国学小说保存了丰富的史料,为文学创作提供资源与墓本,体现传统学术的人文情怀与风骨。"(《论"国学小说"——以〈四库全书〉所收"小说家类"为例》,《中国人民大学学报》2015年第1期,第140页。)

② 侯忠义先生论"笔记""笔记小说""传奇志怪小说"之别云:"传奇志怪小说有完整的多为虚构想象的故事情节,以记叙神仙鬼怪为主;笔记小说或记叙神仙鬼怪,实验灵异,或记叙人事,有较完整的故事情节,亦有虚构想象成分;而笔记文主要记叙人事,一般没有小说意义上的情节,一般没有虚构想象成分。"(侯忠义主编:《话本与文言小说(下)》,辽宁教育出版社,2013年,第170页。)其实侯先生对笔记的认识还不够。

说",实际上是近代以来的"短篇小说",视野不免狭窄,标准不免严苛,割裂了中国古代语境下的"小说"意义;二是以文采的生动与否为标准,把"笔记小说"分为"小说"与"笔记",并且认为笔记小说的主体为笔记,故不如直接称为"笔记"更好些①。"短篇小说"与"笔记小说"并非一物,两者有不同的学术理路②,木心(孙璞)在谈到明代的笔记小说时,云:"明朝的笔记小说,文笔极好,很精练,极少字数把故事说完,还留有余韵。为什么?可能唐宋人爱写绝句,做文章精于起承转合。相比世界各国的短篇小说,中国的笔记小说可称独步。"③"笔记小说,首推《聊斋志异》。……《聊斋》好在笔法,用词极简,达意,出入风雅,记俚俗荒诞事,却很可观。此后赞美别人文字精深,称之聊斋笔法。"④木心是认识到"短篇小说"与"笔记小说"的差异的,并且指出这种小说的民族特色,故云"中国的笔记小说可称独步"。

现当代学术界对笔记小说的定义稍显复杂。通过以上的考察可知,清代"小说"意义的丰富性以及"笔记小说"在清代显现的大概脉络还是比较清晰的。笔记小说自先秦以来就是一个本然的存在,但同为"小说"的名称,在不同历史时期其意义指向与包含对象也有所差别。若依人物论述为笔记小说的变迁节点而言,则有东汉桓谭"小说短书"论、班固《汉志》"小说家"论、唐代刘知幾《史通·杂述》的"偏记小说"论、宋代郑樵《通志·校雠略》"小说最易混淆"论、明代胡应麟《少室山房笔丛·九流绪论》"小说六种"论、清代纪昀等《四库全书总目》"小说家三种"论、民国王季思"笔记体小说"、浦江清"笔记小说"论等。笔记小说的名称虽代有变迁,但据其内容来看,与今日学人界定的研究古代小说的四条原则(叙事原则、虚构原则、形象

---

① 见孙犁《谈笔记小说》一文,《采蒲台的苇·孙犁散文》,浙江文艺出版社,2015 年,第 263 页。美宇文所安等主编之《剑桥文学史·上卷》之"笔记与小说"部分,也称笔记小说为"笔记"。
② 晚清民国,是传统笔记小说最后的辉煌期。因士大夫阶层及其生存环境的消失,语体与传统学术的现代转换,笔记小说渐渐进入了一个消亡期,古典形态下的笔记小说"四体",因"小说界革命"而面貌得以改观的是故事琐语类小说,这也是中国古典小说转型的标志性事件之一,传统意义上的"笔记小说"开始瓦解,所谓议论、叙事、考证、载记的"叙述四体"之分,已逐渐让位于"叙事"一种,此后在学术界,笔记小说沿着"札记小说"与笔记体小说行进,从而"笔记小说"融入了今日文体学视角下的"四体"(笔记体、传奇体、话本体、章回体)之一。而在文学界,笔记小说由新兴的"短篇小说"(现代文为主要特征)所代替,短篇小说又分化出微型小说、小小说诸多名目。
③ 木心讲述,陈丹青笔录:《文学回忆录》,广西师范大学出版社,2013 年,第 440 页。
④ 同上,第 441 页。按陈丹青记录或有阙漏,所论笔记小说仅此两处。

原则、体制性原则)①大相异趣。

　　清代集中国传统学术之大成,同时也汇聚了多种小说观念,既有因循,也有新变,其中《四库全书总目》小说家类的小说思想对清代中后期的笔记小说发展影响甚巨,这种影响有:"以叙事为文本选择的中心、尚实存真的书写原则、道德劝诫的价值取向、采用笔记形式的散文作品。"②此种观念既与班固《汉志》、刘知幾《史通》、胡应麟《少室山房笔丛》的小说观念有别,也不合于今日之小说观念。《四库全书总目》中的小说思想是清代笔记小说观念的新变,但这种新变并未使笔记小说的形式与宗旨发生变化,其他非仅以叙事为中心的笔记小说仍沿各自的轨道运行。笔记小说研究,笔者以为是一种整体文本(作品集)的研究,而不是仅为"讲故事"而设立的名目,也并非仅对作品集中的"故事"进行研究。故本书的"笔记小说"并非仅以《四库全书总目》小说家类为标准进行研究,而是以清代以来的子部小说家为中心的作品集研究,与其说笔记小说是一种文体,不如说它是一种"理念"、一种文类,类似于小品文不是一种文体而是文类一样③,它是一种以叙事为中心而不排斥议论、载记、考证的、最合《汉志》小说家之体的笔记形式。有鉴于此,笔者对"笔记小说"作如下定义:

　　　　笔记小说是以书目中的小说家类为主要著录范围,具有子学的根本属性,它以文言散笔为话语形态,以载记、论议、考证、叙事为言说方式,具有"短书""小史""笔记"的形式和"小道可观"("资考证、广见

---

① 李剑国:《文言小说的理论研究和基础研究》,《文学遗产》1998年第2期。笔者以为,今日"小说四体"中的笔记体小说,在操作中有割裂破碎之嫌:一是从叙事的角度割裂了作品的完整性。如果仅以"讲故事"自限,叙事之外,载记、议论、考证则不当列入叙述当中。二是割裂了"传记以志怪"的作品集如《聊斋志异》的完整性,此类作品并非仅有篇幅较长的故事,也有大量的短制,两者若以"笔记体"划分,则不免被割裂成两样——既可以列入薛洪勣《传奇小说史》,也可以列入苗壮《笔记小说史》。
② 此为华东师范大学中文系谭帆老师在课堂上为诸生总结《四库全书总目》小说家类之语。
③ 从韵散分野的角度看,小品文属于散文,但它很难说是一种文体。吴承学《晚明小品研究》之《绪论》中云:"中国古代小品文历史悠久,但直到晚明,人们才真正把'小品'一词运用到文学之中,把它作为某类作品的称呼。而小品文在晚明也从古文的附庸独立为自觉的文体。……更准确地说,'小品'是一种'文类',它可以包括许多具体文体。事实上,在晚明人的小品文集中,如序、跋、记、尺牍,乃至骈文、辞赋、小说等几乎所有文体都可以成为'小品'。不过,综观大多数被称为'小品'的作品,仍然有其大体上的特点,它不是表现在对于体裁外在形式的规定,而主要在于其审美特性,一言以蔽之曰:'小。'即篇幅短小,文辞简约,独抒性灵,而韵味隽永,用晚明人形容晚明小品的话便是:'幅短而神遥,墨希而旨永。'"(吴承学:《晚明小品研究》,北京大学出版社,2017年,第5页。该书初版于1998年。)不过后来其在《中国古代文体形态研究》(北京大学出版社,2013年)中把小品文视为一种文体来研究,大约"文体"与"文类"概念外延有所交叉所致。

闻、寓教化、补史乘、遣永日、供谈笑、裨治体")的价值定位,是雅文学中学术性与娱乐性兼备的一种文类。

目前学界或称"笔记",或称"小说笔记",或称"说部笔记",或称"子部小说",或称"国学小说",名虽异而实多同,要皆为一家之言,《汉志》以来子史之著述。笔记小说跨具有史、子两部,然以子部为主体、史部为支流,史部支流实亦子学之一种。以时下的文学观念看来,大而言之,"笔记小说"与其说是一种文体,不如说它是一个分散的集合体,其内部体裁众多,如王文濡主编之《笔记小说大观》所收录的作品;小而言之,笔记小说为小说之一体,是叙事文学中的"小说四体"(章回体、话本体、传奇体、笔记体)之一,笔者认为称之为"笔记体小说"即可,"就是那些以记叙人物活动(包括历史人物活动、虚构的人物及其活动)为中心、以必要的故事情节相贯穿、以随笔杂录的笔法与简洁的文言、短小的篇幅为特点的文学作品"①。从而有别于与"笔记"相通的"笔记小说"②。参古酌今,从可操作的层面上说(即作品的小说意味③、笔记小说中非叙事因素的作品数量甚巨、小说文本内部诸因素的复杂性以及地理、杂史、杂家、小说家之间的相关性),本书研究中所使用的"笔记小说",既不同于今日专以叙事为能的"小说四体"之"笔记体小说",它不是中国古典小说的原始形态,也不完全等同于《笔记小说大观》(新兴书局版)之网络众家而乏理路的"笔记小说"④,更不是以往传奇小说

---

① 吴礼权:《中国笔记小说史》,商务印书馆国际有限公司,1993年,第3页。
② 《中国阅读通史·隋唐五代两宋卷》之《两宋编》第三章《笔记小说的勃兴》中,从目录学的角度谈到笔记或笔记小说:"古代四部分类体系中,子部有杂家类、小说家类。杂家源于先秦诸子,而杂糅儒墨名法各家之说,其中重在辨证者,称为杂考,兼具议论叙述者,称为杂说。小说家源出古时为王者陈说里巷风俗的稗官,至唐宋间,衍为三派:或叙述杂事,或记录异闻,或缀辑琐语。其中杂事一类,谈朝国政事,兼及里巷闲谈、辞章掌故,出入于杂史杂家之间。两类图书有相同之处,古人习惯称为说部,一般概称为笔记小说或笔记。"(王余光主编,黄镇伟著:《中国阅读通史·隋唐五代两宋卷》,安徽教育出版社,2017年,第303页。)案此"说部"是对清人"说部"范围的缩小,实针对文言作品而言。
③ 黄霖先生以为:"将'笔记小说'理解为用笔记体写成的、大致符合现代文体分类中具有'小说'意味的作品。它是'笔记'的,也就是不同于有完整故事的传奇,更不是通俗长篇之作,而是一些随意编录的零简短章;它是含有现代所理解的'小说'意味的作品,其核心是记事的,或实或虚,或真或幻均可,而不同于传统习用的内容没有边界、相互纠葛不清的'小说''笔记''说部''杂说'等名目了。"(黄霖:《小说、笔记与笔记小说——〈民国笔记小说萃编〉序》,《名作欣赏》2022年第25期,第10页。)
④ 如《笔记小说大观》中之游记如《澳门纪略》《海外纪事》《黄孝子寻亲纪程》、酒令谱录如《胜饮编》《酒令丛钞》《香乘》、杂史如《虎口余生记》《蜀难叙略》、纯考证作品如朱彝尊《孔子弟子考》《物异考》、陈廷炜《姓氏考略》、专业技术之书如《草庐经略》(军事技术)、诗话文论如《六一诗话》《珊瑚钩诗话》《本事诗》、类书如《古事比》等,皆不入此研究范围。

史、笔记小说史割裂作品集的作法,而是带有小说意味的笔记作品集。笔者因追逐叙事因素而网罗今日看来非小说的作品进入笔记小说领域,以达观照全局、会通小说与笔记的目的,而今日学界所使用之笔记体小说、子部小说、文言小说等概念,皆不足以完成此目标,故笔者称之曰笔记小说,且与浦江清先生所言相通。民国初年《古今小说评林》中所论之《虞初新志》《日下旧闻》《天禄识余》《说郛》《明季稗史》《说铃》《明季南北略》《对山书屋墨余录》《坐花志果》《板桥杂记》等,与本书之概念也较为接近。

第一章 清代笔记小说之类别与著述特征

刘咸炘《三术》中云："章先生之书，至精者一言，曰：为学莫大乎知类。刘咸炘进以一言曰：为学莫大乎明统，明统然后能知类。"[1]从"独特的表述意义和直观意义的智识方式"[2]及小说意味来看，笔记小说并非仅存在于清代书目中的"子部小说家类"，而是分处于子、史两部诸类别当中，所以笔记小说研究很重要的一个方面就是存在形式（类别）的研究。

在清代，关于四部典籍的分类以《四库全书总目》的体例最为完备，对后世影响甚巨，它把原先纷繁复杂的"小说"分别置于史部与子部诸家之下（即王渔洋所谓小说为"子、史之属"，见《居易录自序》），《四库全书总目》流行前后的书目中小说家类所著录的作品，仍然存在着标准不统一的问题，浦江清《论小说》一文中更是对《四库总目》的小说分类给予"于古于今，两失其据"的否定。考虑到清代"小说"的语境和小说写作情况，在刘知幾《史通·杂述》、胡应麟《少室山房笔丛》、四库馆臣《四库全书总目》、刘叶秋《历代笔记概述》、谢国桢《晚明史籍考》、吴礼权《中国笔记小说史》、苗壮《笔记小说史》等前辈诸贤论述的基础上，笔者把清代的笔记小说分为野史笔记类、杂家笔记类、地理杂记类、故事琐语类等四个类别[3]，此四种类别下的作品，或已被列入书目中之子部小说家类，或通过序跋自认的方式，或通过后来读者（学者）之"追认"[4]，或同类相从、内容上取其重者，皆可列入清代笔记小说的研究范围。

从书目的角度看，目前学界关于笔记小说类别的研究是以《四库全书总目》为起点而上溯之的结果，四库馆臣把此前书目中内容庞杂的"小说家"

---

[1] 刘咸炘：《中书》，《推十书〈增订全本〉》甲辑第1册，上海科学技术文献出版社，2009年，第6页。
[2] ［德］恩斯特·卡西尔：《语言与神话》，三联书店，1988年，第36页。
[3] "野史杂记"类作品相当于《五朝小说》中的"偏录"，"地理杂记"类相当于《五朝小说》中的"外乘"。其渊源有自如此。
[4] 此为谭帆老师提出的笔记小说研究对象的三个标准，而"同类相从"意为未列于上三项的小说作品，从内容、形式判断为小说作品，类于文论中"以意逆志"、校勘学中的"理校"。

分置于史部、子部诸家枝属之下(此亦关于笔记小说的观念新变①),故笔者采《四库全书总目》史部两类(史部杂史类、史部地理类杂记之属)分别为野史笔记类、地理杂记类,子部两家(子部杂家类、子部小说家类)分别为杂家笔记类、故事琐语类,清人或分别称之为杂史小说、杂家小说、地志小说、子部小说。其中子部小说即今"小说四体"中的"笔记体小说",其叙事为主的特征也较合乎今人之小说观念。

第一节 野史笔记类

所谓野史笔记,是采用笔记形式记录历史(事件、人物、风物、典制等)的一种民间话语。野史与正史相对,或称"稗史",或称"杂史",或称"私史",其地位介于"正史"与"小说"之间,它们与国史、正史相对而言,功能之一在于弥补正史、国史本身之不足,不过个人化色彩较浓,"近日之为国史者少,为野者多,国史容有讳忌,野史直恣胸臆"②。不论是国史还是野史,在"实录"与"隐讳"两方面皆不可兼得,两者是一种史学生态中的互动关系。私史的结撰活动带有民间色彩、采用笔记形式,以至于有"杂史小说"③"稗官野史"④之谓。

一、野史与小说:叙事与"传闻异辞"

不论是从起源上还是从功能上,野史与小说都存在着共性。两者都

---

① 民国五年秦光玉《冷官余谈序》云:"昔永昌张南园先生致仕家居,著有《南园漫录》十卷,盖仿宋洪迈《容斋随笔》、罗大经《鹤林玉露》而为之者也。《明史艺文志》编入小说家,至前清乾隆时纂《四库书目提要》,乃列之于部杂家类,允矣。"(〔清〕袁嘉谟:《冷官余谈》,《丛书集成续编》第91册,上海书店出版社,1994年,第937页。)
② 〔明〕朱荃宰:《文通》卷二《国史问》,《续修四库全书》第1713册,上海古籍出版社,2002年,第639页。
③ 《万历野获编》三十卷,明沈德符撰,《千顷堂书目》史部别史类、《观海堂书目》小说家杂事之属著录。此书为明代采用笔记形式之野史作品,沈德符自识为野史小说之流,其《小引》云:"夫小说家盛于唐而滥于宋,溯其初,则萧梁殷芸始有《小说》行世……以退耕而谈朝市,非僭则迂。谟野则获,古人已有之,因以署吾录。"《续编小引》云:"书生话言,疵误不少,姑存之以待后人之斥正,或比于《玄怪》《潇湘》诸录,差为不妄。"(〔明〕沈德符:《万历野获编》,上海古籍出版社,2012年,第1页。)
④ 雍正乙卯王澍《南村随笔序》云:"余往读新城王司寇《池北偶谈》《香祖笔记》及商丘宋少师《筼廊偶笔》诸书,有裨国家典故、足为后学津梁,直追汉魏、媲美唐宋,为本朝说部之冠,非若稗官野史荒诞不经者可同日语也。"(〔清〕陆廷灿:《南村随笔》,《四库全书存目丛书》子部第116册,齐鲁书社,1995年,第238页。)

起源于民间,皆为"道听途说""街谈巷议"之流,也都有"广见闻、资劝诫"的功能。野史与正史相比,在叙述上更有小说的意味,"假作真时真亦假,无为有处有还无",野史的"小说性"(叙事与虚构)似乎可以从古人关于"稗官""稗史""野史""杂史""小说""说部""寓言""虞初""齐谐""志怪""丛语""艺书""杂记""杂著""笔记""稗说""稗乘""脞说""丛谈""外传""小录"等名词的联用、对比中查找出来,如明代罗大纮云"间猎览野史逸乘稗官小说之属"①。周孔教云"(稗史)迂疏放诞、真虚靡测",这也是小说的有限度的虚构特征,故周氏又云:"虽稗官,实正史之羽翼也。嗣是以后,野不乏乘,《齐谐》《诺皋》种种递出,然谈飞升则鸡犬皆仙,道幽冥则鹅兔亦鬼,志怪而为疏属之贰负,述幻而为阳羡之书生,情感而为崔少府之弱女,诸如此类,大都皆载鬼一车之渺论,此第可以脍耳食者之口。"②野史的小说性,或称"诙谲","稗官野史之诙谲,无所不综"③;或称"凌杂猥冗",如明叶向高《黄离草序》云"(郭正域)于书无不读,即稗官野史凌杂猥冗之编,皆手自丹铅"④;或内容为祸福征应、怪异诞妄之类,如张萱《西园闻见录》云"(顾汝玉)乃博采经传格言,及稗官野史所记祸福征应之说以成书,曰《树德录》,曰《勤戒编》,海内争传诵之"⑤。士人或频称其内容"诬妄""缪谈""尤多不根""传闻异词"等。也就是说,野史本身并不排斥小说性,宋代陶越所著《五代史补》,清代书目列之于杂史类,而其自序云其书"虽同小说,颇资大猷,聊以备于阙遗"⑥,即指野史的小说性而言,又如明李默《孤树裒谈》是近于编年形式的杂史,然《四库全书总目》列之于小说家杂事之属,四库馆臣的理由是:"例则编年,体则小说,大抵皆委巷之谈。"⑦可见"体"(内容)是判别史著与小说的主要标准。

可见野史与小说存在着共生交叉的关系,所以会出现"小说即野史"

---

① 《紫原文集》卷九《义隐传》,《四库禁毁书丛刊》集部第140册,北京出版社,1997年,第73页。
② 〔明〕王圻纂:《稗史汇编》,《四库全书存目丛书》子部第139册,齐鲁书社,1996年,第520页。
③ 〔明〕叶向高:《苍霞续草》卷七,《四库禁毁书丛刊》集部第125册,北京出版社,1997年,第34页。
④ 同上,第153页。
⑤ 〔明〕张萱:《西园闻见录》卷十五,《续修四库全书》第1168册,上海古籍出版社,2002年,第419页。
⑥ 〔宋〕陶越:《五代史补》,《丛书集成续编》第二七四册,新文丰出版公司,1988年,第64页。
⑦ 〔清〕永瑢等:《四库全书总目》,中华书局,1965年,第1221页。

"野史即小说"的现象①。在通俗小说领域,"野史"作为小说的代称也很普遍,如《绣榻野史》《株林野史》《红楼梦》等,如《红楼梦》第一回(程乙本)石头云:"我想历来野史的朝代,无非假借汉、唐的名色;莫如我这石头所记,不借此套,只按自己的事体情理,反倒新鲜别致。"《青楼梦》第五十四回:"拜林便问:'道兄等观看何书?'五人道:'我们所买的是新出一部稗官野史,名曰《青楼梦》。'"甚至诗话也可称为稗官野史,如《诗话总龟后集》之附录月窗本序云:"诗昉《关雎》,诗话即稗官野史之类。"②在笔记小说领域,唐代刘知幾《史通·杂述》有"偏纪小录"(或称"偏记小说")十种:"是知偏记小说,自成一家,而能与正史参行,其所由来尚矣。""大抵偏记、小录之书,皆记即日当时之事,求诸国史,最为实录。然皆言多鄙朴,事罕圆备,终不能成其不刊,永播来叶,徒为后生作者削稿之资焉。"③准确一些说,与其说"偏记小说"有十类,不如说正史之外的"野史"有十类更合适,"其中'逸事''琐言''杂记'三类,近乎现代学者所说的历史小说、志人小说和志怪小说"④。野史的范围较广,明清时期甚或有直呼"野史"为小说者,地位与"稗官"等同,如明末清初藏书家毛晋《桯史跋》云:"唐迄宋元,稗官野史,盈箱溢箧,最著者《朝野佥载》《桯史》《辍耕录》者,不过数种。"⑤上三书在书目中出入于史、子两部或杂家、小说家,可见古人对其体性的认识也不一。

二、野史笔记与"杂史小说"

"野史"在宽泛意义上包括书目中的霸史、伪史、载记、杂史、杂传甚至杂家、小说家,而且"野史"与"杂史""稗史""杂录""杂传"的分类界限不是很清晰,如明代《澹生堂藏书目》把野史作为杂史之一种:"杂史之目,为野史,为稗史,为杂录,计三则"⑥,《世善堂藏书目录》则把"稗史、野史、杂记"并

---

① 在西方史学界,从"描述""叙事""分析"是历史著作编撰的三种基本方法(见英国约翰·托什《史学导论——现代历史学的目标、方法和新方向》第六章《编撰与解释》一章)之意义上说,本书的"野史笔记"不过是"作为描述的历史"而存在,"它要求想象力和对细节的把握,这些要求类似于对小说家或诗人的要求。"(《史学导论——现代历史学的目标、方法和新方向》,北京大学出版社,2007年,第147页。)史与小说的共通处,大约即在于此,这种共通处就通过野史笔记的形式表现出来。
② 〔明〕李易:《诗话总龟序》,郭绍虞主编、阮阅编:《诗话总龟后集》,人民文学出版社,1987年,第316页。
③ 〔唐〕刘知幾:《史通》卷十《杂述》,上海古籍出版社,1984年,第275页。
④ 陈平原:《中国散文小说史》,上海人民出版社,2014年,第219页。
⑤ 〔宋〕岳珂:《桯史》,中华书局,1981年,第184页。
⑥ 〔明〕祁承㸁:《澹生堂藏书目》,《续修四库全书》第919册,上海古籍出版社,2002年,第582页。

列为一类;而清代章学诚以为杂史为野史之一种,其《文献通考》卷一百九十五《经籍考二十二》"宋两朝艺文志"之案语云:"杂史、杂传,皆野史之流,出于正史之外者。盖杂史,纪、志、编年之属也,所纪者一代或一时之事;杂传者,列传之属也,所纪者一人之事。然固有名为一人之事,而实关系一代一时之事者,又有参错互见者。"①从而指出了杂史、杂传的文学性特征。

若以研究对象的明确性及与史学的相关性来考虑,则书目中"杂史"一类庶几与野史笔记类小说近之,汪中云:"历代之史,自《史记》至于《明史》,凡二十有二。自是以外,统为杂史。"②所云"杂史"的范围远比《隋书经籍志》要宽,而《四库全书总目》分史部为十五类,"杂史"居其一焉,其卷五十一《史部七·杂史类》小序述"杂史"之由来云:"杂史之目,肇于《隋书》。盖载籍既繁,难于条析。义取乎兼包众体,宏括殊名。故王嘉《拾遗记》、《汲冢琐语》得与《魏尚书》《梁实录》并列,不为嫌也。然既系史名,事殊小说。著书有体,焉可无分。今仍用旧文,立此一类。凡所著录,则务示别裁。大抵取其事系庙堂,语关军国。或但具一事之始末,非一代之全编;或但述一时之见闻,只一家之私记。要期遗文旧事,足以存掌故,资考证,备读史者之参稽云尔。若夫语神怪,供诙啁,里巷琐言,稗官所述,则别有杂家、小说家存焉。"③杂史为野史之一种,从属于民间话语还是官方话语来讲,杂史是野史之类的民间话语,如明代焦竑云:"前志有杂史,盖出纪传、编年之外,而野史者流也。然或屈而阿世,与贪而曲笔,虚美隐恶,失其常守者有之。于是岩处奇士,偏部短记,随时有作,冀以信己志而矫史官之失者多矣。夫良史如迁,不废群籍,后有作者,以资采拾,奚而不可? 但其体制不醇,根据疏浅,甚有收摭鄙细而通于小说者,在善择之而已。"④又云:"余观古今稗说,不啻千数百家。其间订经子之讹,补史传之阙,网罗时事,缀辑艺文,不谓无取;而肤浅杜撰,疑误观听者,往往有之。"⑤焦竑指出杂史作品的民间性与小说性,并指出了此类文献与正史品格有异。

杂史与小说的关系,四库馆臣也有困惑,《四库全书总目》卷一百四十一《小说家类二》案语云:"案纪录杂事之书,小说与杂史最易相淆。诸家著录,亦往往牵混。今以述朝政军国者入杂史,其参以里巷闲谈词章细故者则

---

① 〔元〕马端临:《文献通考》卷一百九十五经籍考二十二,《景印文渊阁四库全书》史部第327册,台湾商务印书馆,1986年,第323页。
② 〔清〕汪中:《策略谂闻》,《新编汪中集》,广陵书社,2005年,第254页。
③ 〔清〕永瑢等:《四库全书总目》,中华书局,1965年,第460页。
④ 〔明〕焦竑:《国史经籍志·杂史叙》卷三,《四库全书存目丛书》史部第277册,齐鲁书社,1996年,第340页。
⑤ 〔明〕焦竑:《焦氏笔乘自序》,《澹园集》附编一,中华书局,1999年,第1178页。

均隶此门。《世说新语》古俱著录于小说,其明例矣。"①四库馆臣以"述朝政军国者入杂史,其参以里巷闲谈词章细故者(隶小说家)"为标准来划分"杂史"与"小说",仍然有分类不清的缺点。野史笔记可谓位于史与小说的中间地带,亦可称"小书""小说",如宋末元初之王应麟云:"《晋史》所采多小书,若《语林》《世说》《搜神记》《幽明录》是也。曹、干两《纪》,孙、檀二《阳秋》,皆不之取。"②又云:"李仲信昼为《南北史世说》,朱文公谓:《南北史》凡《通鉴》所不取者,皆小说也。"③杂史与杂事小说往往混淆,源于史官的小说作品不过是史册余料而已。

故笔者以为,杂史作品与小说作品的区分办法:一是形式的区分。李更旺把杂史分为起居注体、人物传记体、谱牒体、史注体、类书体、丛书体等六体④,若就明末清初诸野史所用形式来看,还有编年体、纪事本末体。这就把编年类、纪事本末类、纪传类等剔除,只剩下笔记形式的作品。二是野史笔记类的作品,又以是否具有小说性(人物形象的塑造、想象与虚构)来分别"杂史"与"小说"。与正史相比,小说的本质特征在于修辞不同于正史中所谓"春秋笔法"⑤。野史可以采用变形、隐喻、夸张、互文、反复、反讽等修辞手法,而且未必皆以"征信"为目的。所以在自《隋志》以来至清中叶的书目中采用笔记形式的、具有小说性的杂史作品,可列入笔记小说研究的范围,或称之为"杂史小说":"杂史小说不同于正史,其特征在于杂中见异,或史的成分大于小说,或小说的色彩淹没了史,具有不同的史学和审美品位。"⑥杂史的小说色彩,是其列入文学研究的重要原因。

野史与稗史相近,明万历三十六年周孔教《稗史汇编序》云:"夫史者,记言记事之书也,国不乏史,史不乏官,故古有左史、右史、内史、外史之员。其文出于四史,藏诸金匮石室,则尊而名之曰'正';出于山臞巷叟之说,迂疏放诞、真虚靡测,则绌而名之曰'稗'。稗之犹言小也,然有正而为稗之流,亦有稗而为正之助者。"⑦故野史笔记类也有被称为"稗史小说"者:"稗史小说是史,但又不是正经的史,既有史性,又有小说性。它们是史的边缘,史的遗漏,或者说史余、野史。这两方面的含义相互矛盾,却又奇妙地统一在小说

---

① 〔清〕永瑢等:《四库全书总目》,中华书局,1965年,第1204页。
② 〔宋〕王应麟:《困学纪闻》,辽宁教育出版社,1998年,第270页。
③ 同上,第276页。
④ 详见李更旺《古代杂史诸体概述——古文献学札记之一》,《图书与情报》1985年第4期。
⑤ "春秋笔法"为史书书写的基本义例,即"微而显,志而晦,婉而成章,尽而不污,惩恶而劝善"。钱锺书以为"污"即"夸饰"之意,详见钱锺书《管锥编》,中华书局,1996年,第162页。
⑥ 杨义:《中国古典小说史论》,人民出版社,1998年,第86页。
⑦ 〔明〕周孔教:《稗史汇编》,北京出版社,1993年,第1页。

的文体之中,构成了稗史小说的本质特征。"①可见"稗史小说"若为并列结构,稗史即小说;若为偏正结构,则"稗史"为小说之一体。

宋明以来或有称之为"野史小说"者,如焦竑论修史云"野史小说,尤多不根"②。此"野史小说"为野史与小说等同之意,即王渔洋《池北偶谈》卷十《谈献六》之"纪载失实"条云:"鼎革时,小说纪载多失实。尝于史馆见一书曰《弘光大事记》……野史之不足信如此。"③不过就《四库全书》以来野史笔记类小说所处的位置("杂史类")来看,称之为"杂史小说"是比较合适的。但《四库全书总目》史部传记类之《东方类语》《米襄阳外纪》《苏米谭史》《苏米谭史广》《苏米志林》《桐阴旧话》《古欢录》,史部史抄类之《廿一史识余》《五国故事》,此皆类于小说,四库馆臣在以上作品的提要中也注意到了它们的小说性,这也说明史部中类于、近于小说者未必皆在杂史类,"杂史小说"的名目也有泛化之用。

"杂史小说"不过为笔记小说在史部的另外一种表现形式,具有与小说相通的特性,故耿文光云:"若夫记朝章、数国典、叙君臣之旧迹,述祖宗之美政,或详制作之由,或传宫禁之秘,如《龙川志略》《珍席放谈》《甲申杂记》《东斋纪事》、蔡绦《丛谈》、世宗《漫录》是也,虽间及他事不能画一,而习于掌故皆足补正史之遗。凡此之类入之于史则为史,从史中采出仍然小说也。"④野史、杂史与笔记小说并不存在天然的界限,内容上互通有无,但还要受到形式的限制。

据上可知,野史笔记类作品的特征有:一、叙事性,皆为记事文学。二、笔记形式。三、内容上"闻见异辞、传闻异辞"导致的不可避免的有限虚构现象,即"逞博炫奇"与"好怪而多诞"。明王世贞《明野史汇小序》以正史为标准对野史进行了批评,主要集中在三个方面,即"挟隙而多诬""轻听而多舛""好怪而多诞"⑤,这也从反面说明野史除了具有个性化创作的特点外,

---

① 罗书华:《中国小说学主流》,上海书店出版社,2007年,第3页。
② 〔明〕焦竑:《焦氏澹园集》卷五《修史条陈四事议》,《续修四库全书》第1364册,上海古籍出版社,2002年,第59页。
③ 〔清〕王士禛:《池北偶谈》,中华书局,1982年,第235页。
④ 〔清〕耿文光:《万卷精华楼藏书记》,北京图书馆出版社,1997年,第3478—3470页。
⑤ 王世贞云:"野史,稗史也。史失求诸野,其非君子之得已哉。野史之弊三:一曰挟隙而多诬,其著人非能称公平贤者,寄雌黄于睚眦,若《双溪杂记》《琐缀录》之类是也;二曰轻听而多舛,其人生长闾阎间,不复知县官事,谬闻而遂述之,若《枝山野记》《剪胜野闻》之类是也;三曰好怪而多诞,或创为幽异可愕以媚其人之好,不核而遂书之,若《客坐新闻》《庚己编》之类是也。其为弊均,然而其所由弊异也。舛诞者无我,诬者有我,无我者使人创闻而易辨,有我者使人轻入而难格。"(〔明〕王世贞:《弇州史料》后集卷四十,《四库禁毁书丛刊》史部第50册,北京出版社,1997年,第82页。)

还有虚构性的特征,即野史也有与故事琐语一样具有逞博炫奇的一般特征。

三、清代野史笔记类之著述特征

民国间刘咸炘在《〈野获编〉抄目》中叙述清前野史杂记云:

> 所贵乎稗史、杂记者,为能记当时士习民风史所不详者也。世之论书者,乃惟以其多记政事人物,足以参订传志者为贵,则史之疏忽,益无由补矣。唐以前,史家眼光尚能旁周,而记事之书亦少。唐以后,史乃益狭,而杂记亦日多,无所不载,适足以补史之遗缺。故欲观唐、宋、元、明者,不可不参杂记而专凭正史。顾杂记书出入史、子,其数甚多,网罗殊非易事。无已,惟择其最详而有体要者。唐代杂记传于今者,寥寥可数。宋则多矣,然距今稍远,亦本少猥滥,故著录者取之,刊传者重之,尚易求也。明代则世益近,书益多,冗琐益甚,而著传者仅记典制数家而已。沈景倩《万历野获编》(《四库》未收,亦不存目,盖在禁书中)实明世杂记之最详而有体要者。宣宗以前,事变无多,杂记本少。天启以后,则将及于亡,稗史多矣。惟英、宪以降至于万历,实风习最繁变之时,欲知其详,惟恃是书(指《万历野获编》)。①

刘咸炘所述清前野史杂记,注意到了此类文献的价值所在:"所贵乎稗史、杂记者,为能记当时士习民风史所不详者也。""适足以补史之遗缺。"并云唐以后此类文献增多,南宋晚明尤夥,其中《万历野获编》最称名著。

清代的野史笔记创作,也有一个起伏的过程。郑宪春《中国笔记文史》之"清代野史笔记"部分云:"清代野史笔记,不仅呈现出两头大、中间小的畸形;而在性质上,也呈现出两头多纯粹野史。总体上,清代野史以杂著面目出现较多,而所记又多琐屑。"②郑宪春先生所云是合乎历史事实的。清代初期野史笔记创作高峰兴起的原因在于明亡之后,士大夫在野寄怀,以保存故国文献为宏愿,同时亦有以史为鉴之意,同时顺、康两朝文禁尚为宽松;中期降入谷底的原因,则为严禁著史之文字狱使然,在乾嘉时期不过产生了《永宪录》《啸亭杂录》《丹午笔记》等寥寥几部记述本朝事迹的杂史作品而已;晚清文网松弛,兼之内忧外患、西学东渐、民族意识的高涨,野史笔记的

---

① 刘咸炘:《右书》,《推十书(增订全本)》甲辑第 2 册,上海科学技术文献出版社,2009 年,第 609 页。
② 郑宪春:《中国笔记文史》,湖南大学出版社,2004 年,第 914 页。

写作与编纂较为兴盛,且此风延续至民国年间而不息。

　　清代有《薛谐孟笔记》《琐闻录》《謏闻随笔》《烬宫遗录》《两都怆见录》《校补丛残》《啸亭杂录》《盾鼻随闻录》《养吉斋丛录》《皇朝琐屑录》《新燕语》等百余种野史笔记,其在清代野史总数中所占分量较小①,这种现象一是反映了野史著述所采用的"笔记"形式并不占主流,纪传体、纪事本末体、编年体仍然处于优势;二是在野的士大夫著述史书,其意亦在必征必信,或力求近于事实,而且许多野史作者本身就是历史事件的亲历者,对于具有小说意味的历史故事持有排斥态度。除了部分作品具有"类钞"的特征外(详见第三章),清代野史笔记类小说的著述特征主要有:

(一) 清代前中期:哀悼前朝的内容与典雅平实的文风

　　清代前中期的野史笔记类作品有四十余种,其内容主要为易代之变与记载明清典章制度。此类作品在顺康年间,主要内容在于悼亡故国及为乱世写照,"明清转接时期在中国历史上占有着特殊的地位。是本土民族的朝代为外来所征服。也就在这从汉族统治转到非汉族统治的过程中,产生了许许多多的小说故事、稗官野史,夹杂于官方与半官方的历史之中"②。在以上作品中,回忆性的占多数,除了回忆前朝掌故外,主要是记录易代之痛,其中包括天象与人事两个方面,即天象异变与时代混乱。天象异变在清代人的思维空间里代表"明运将终""天厌明德"的无奈情绪,反映了古代中国人的天人感应思维,李确《平寇志序》云:"呜呼,兴亡之理,岂非天命哉! 予读史至有明之季而叹……天厌明德,生盗贼以亡人国如此。"③雍正帝胤禛在《大义觉迷录》中亦言:"且以天地气数言之,明代自嘉靖以后,君臣失德,盗贼四起,生民涂炭,疆圉靡宁,其时之天地,可不谓之闭塞乎?"④又《明季北略》卷一《纪异》,所记为万历三十四年到泰昌元年之间变异之事:"自古有国家者,一代之兴,必有绝异之休祥著于始;一代之亡,亦必有非常之灾祲兆于前。验之天地,征之人物,断断不爽者。"⑤明之亡与宋朝相似,皆亡于

---

① 清全祖望云:"晚明野史,不下千家。"民国刘声木《苌楚斋随笔》卷十"明季野史书目"条引《南天痕》云"(明季野史)有九百七十四种。"今谢国桢《晚明史籍考》所著录之万历至康熙年间野史稗乘约有1 700余种,《中国野史集成》及其《续编》收录清代及民国野史510余种,而其中的使用笔记形式的野史笔记不过60余种。计清代野史笔记类笔记小说为110种左右。
② 见王成勉之《清史中的洪承畴》一文,《明清文化新论》,文津出版社,2000年,第477页。
③ 〔清〕彭孙贻:《平寇志》,《四库全书存目丛书》史部第55册,齐鲁书社,1997年,第758页。
④ 〔清〕胤禛撰:《大义觉迷录》,《四库禁毁书丛刊》史部第22册,北京出版社,2000年,第261页。
⑤ 〔清〕计六奇:《明季北略》,中华书局,1984年,第17页。

异族,从民族意识来讲明亡并非由其自身造成,故多有哀其不幸者,如戴名世云:"甚哉,明之亡也非其罪,岂不可哀也哉!自秦汉以来,天下承平之久,未有如明,而其败亡之祸,亦未有如明之烈者也。"①此类野史笔记尚实贵真、较少奇幻色彩,小说笔法除求真之外也注重文采,即谈迁《枣林外索》序云"或见闻共著,亦贵其冷隽"云云。此与晚清民初野史作品的浮诞之风大相径庭。明遗民著史具有保存故国文献的心态,如毛奇龄《武宗外纪》,体例仿《汉武帝外传》,但自云所述皆源自实录,并非臆造。清代前期野史笔记的创作主体多为明遗民,他们著史除了保存故国文献的目的外,也有自我写心的需要,如陆圻、计六奇、谈迁等。

随着黍离之悲的远去,清代中期记载典章制度的笔记则表现出典雅平实的风格来,如法式善《槐厅载笔》《清秘述闻》、昭梿《啸亭杂录》、吴熊光《伊江笔录》等,有保存本朝文献的目的,如吴熊光《伊江笔录自序》云:"乾隆戊戌荐升侍读,频岁随阿文成公谳狱治河,跋涉陕甘齐豫江浙等省,舍馆一定,阿每述国家掌故,遂得恭闻列圣宏规暨名卿伟绩,心焉识之。嘉庆二年后猥荷两朝恩遇,趋承前席,简畀连圻,偶遇盘错,静释文成绪论,斟酌错制,差免愆尤,尤始觉坐言起行,道在迩而非必求诸远也。迨己巳秋,效力伊江,就所记忆诸条录出,旋蒙赐还,再官郎署,自揣衰病侵寻,实难再任驱驰,请假归里,闭户养疴,因念文成遗诲,有系国家民生且多记注所未载,淹没良为可惜。此外余宦游所到,江浙复为幼龄生长诵习旧地,目染耳濡,参诸志乘,似非虚假,并附录焉。"②吴熊光为阿桂属下,文中所述顺治至乾隆诸帝政事、六部杂事、内外军事、边衅开端、英夷骚扰东南等,内中除记载事迹外,多有鞭辟入里之议论,鸦片战争前夜,在中土人物中可谓较有前瞻的士人。此类典籍虽在数量上不及易代杂史,然在保存文献、辨证史事方面具有重要意义,此类掌故之学虽有文字狱震慑下形成的潜气内转,但也要考虑平稳社会形态下历史书写的正常运转,此类文献可谓清代野史笔记的正统。

(二)晚清民国时期:掌故之学与龙茸杂言现象

1929年徐一士《凌霄一士随笔自序》中回顾清代笔记写作成绩时云:

> 笔记体类至繁,或辨异同,或传人物,或系掌故,或采风俗,所期不违乎事实,而有益于知闻。如《啸亭杂录》《竹叶亭杂记》之详稽典制;《庸庵》《郎

---

① 〔清〕戴名世:《孑遗录序》,《戴南山集》卷二,华文书局股份有限公司,1970年,第217页。
② 〔清〕吴熊光:《伊江笔录》,《续修四库全书》第1177册,上海古籍出版社,1996年,第475页。

潜》《庸闲斋》之掇辑遗闻,胥称简要,可参史乘;若留仙《志异》、纪氏《阅微》,或为工丽之章,或具闲逸之致,皆属寓言,别饶深意,流传久远,有由来也。在昔专制之朝,王者为防反侧,以非理示其权威,朱元璋以"殊""则"二字,轨行杀戮,胤禛、弘历,踵其故智,迭兴文狱,故以当时之人而为私家之著作,处境綦难,有时饰为颂扬,良非得已。至清之既亡,则野史如林,群言庞杂,秽闻秘记,累牍连篇,又过于诞肆,楚则失笑,齐亦未为得也。①

徐一士历述清代笔记门类及其代表作,文中特别指出晚清民初"野史如林"的现象,而《凌霄一士随笔》所载,有轶事、典制、职官、怪异等内容,以晚清民初轶闻为主,间有考证。每则有标题,如《清末民初改定新官制之议》《历代言官秩卑而责重》《督抚异称考》《吏部权力之盛衰》《王寿彭科场得意》《张之洞器重梁鼎芬》《避讳清帝名》《湘中怪诞之事》《徐世昌之弟徐世光宦鲁轶事》《〈归里清谭〉杂记》《与胡适之博士一席谈》《泰安岱庙之龙凤柏》等,此书可谓新思潮下笔记之作,其中不乏新学问气象,亦无笔记中滞涩之体,实属掌故家作品(瞿兑之以为宋代以后正史、杂史分途发展,"为救济史裁之拘束,以帮助读史者对于史事之了解,则所谓掌故之学兴焉"②)。徐一士又有《一士类稿》《一士谈荟》《亦佳庐小品》《曾胡谭荟》,并提要钩玄为《近代笔记过眼录》,此皆为有关晚清历史笔记之佳作。

"掌故之学"类于史部杂学,明其不为严肃写作、正式著述。因为此类有关政治的典籍增多,引起了晚清人的注意,关于此类"掌故之学"的历史追索及其内容,他们也进行了考索,如光绪二十二年谭献《养吉斋丛录序》中云:"古者柱下之史,孔氏所访,太史公之所掌,汉初与丞相同尊。掌故之学,为千载表仪。凡夫德礼政刑,质文兴废,一朝设施,流及后世,有以观采损益,为先进之从焉。六官分之,柱下合之,夫固盛业也哉。先正吴公策名载绩,飏历优贤,所以润色王廷,敷施疆域者,且数十年。博于闻见,洞于本末,行政之余日,奏议之勾稽,涉笔缀文,皆关掌故。循厥端绪,则朝章国典,沿革人文,而惩前毖后,保泰持盈,胥可言外得之。宫阃枢机,曹司侍从,以逮琐事轶闻,修举而件系,皆正史志表之端委。间有所闻异辞,正所以备考证。"③可见掌故之学,是以政治为中心的个人记录,是私史的一部分,可以与国史相发明,既可以单独成书,也可以与其他著作相掺杂,足以广见闻、资

---

① 徐一士:《凌霄一士随笔》,《民国笔记小说大观》第三辑,山西古籍出版社,1997年,第8页。
② 见瞿兑之《一士类稿自序》,徐一士《一士类稿 一士谈荟》,《民国笔记小说大观》第二辑,山西古籍出版社,1996年,第9页。
③ 〔清〕吴振棫:《养吉斋丛录》,北京古籍出版社,1983年,第1页。

考证。关于清代掌故之学的成就,光绪二十七年俞廉三《行素斋杂记序》中云:"自周秦之世诸子杂兴,汉唐以还,说部竞出,虽纯疵互见,雅郑分参,未尝不可与史乘相发明,订古今之得失,国朝谈掌故之书,以王文简《居易录》、阮吾山《茶余客话》、礼邸《啸亭杂录》为详正,近如潘文恭、王文勤两公,梁茝林中丞所著亦最称雅,今是书晚出,殆与颉颃,流传无疑。"①俞廉三以为清代有关掌故之学的名著有《居易录》《茶余客话》《啸亭杂录》《行素斋杂记》,也是颇有眼光的。其他如梁章钜《枢垣记略》、朱彭寿《旧典备征》、陈康祺《郎潜纪闻》、奕赓《括谈》《寄楮备谈》、吴振棫《养吉斋丛录》等,典雅平正一如乾嘉时期,无矫激之言、炫才之气,可谓晚清野史笔记中的清流派,如宣统三年朱彭寿《旧典备征自序》中述其书写作过程云:"余性甘淡静,自庚寅官中书后,公退多暇,惟以文史自娱,凡夫艺苑遗闻、中朝故事,涉猎所及,辄裁矮纸漫笔记之。岁月侵寻,忽忽廿载,聚书稍富,闻见日增,箧中丛稿所积遂亦尺许厚矣。年来蒿目时艰,百事废懒,久不复留意于斯。兄子联沅与小儿辈惧其日久散佚也,尝窃窃偶语,议付手民为梓行计。余谓此记问之学,只可自怡,一旦流布士林,恐宿儒病其浮疏,新学且嗤其陈腐也耳。顾念雪钞露纂,寒暑迭更,每当一灯荧然,罗书满几,潜心探讨,触类引申,往往因一事之搜求,检阅群编,钩稽累月,眼昏手茧,心力交疲,享寻之珍,良有不能自已者。"②朱彭寿"蒿目时艰"之下,"往往因一事之搜求,检阅群编,钩稽累月",不顾"宿儒病其浮疏,新学且嗤其陈腐"之讥,恪守此类笔记写作典雅平实的传统,其士人操守是难能可贵的。

与寥寥数部记载典章制度为主的掌故笔记相比,晚清及民国初期的"尨茸杂言"式野史笔记类小说则有六十余种,如《盾鼻随闻录》《俭德斋随笔》《舟车闻见录》《慧因室杂缀》《知过轩随录》《殁园纪事》《栖霞阁野乘》《阳秋賸笔》《啁啾漫记》《春冰室野乘》《悔逸斋笔乘》《九朝新语》《国闻备乘》《十叶野闻》《所闻录》《变异录》《异辞录》《秦鬟楼谈录》《小奢摩馆脞录》《春冰室野乘》《归庐谈往录》《清宫词》《儒林琐记》《清代之竹头木屑》《清稗琐缀》《慈禧琐记》《新燕语》等,民国还出现了一些总结性的野史笔记作品,如天嘏《满清兴亡史》(分章节叙事)、《满清外史》(把内容以论、章数个部分,如《首篇总论》后,下分《第一章满清称名之始》《第二章满洲头颅之异》《第三章满族之崇奉堂子》《第四章满族之握兵柄》《第五章宫中之秘密》,类于现代历史学著作体例),其他如《国朝掌故辑要》《皇朝琐屑录》《满

---

① 〔清〕继昌:《行素斋杂记》,国家图书馆"中华古籍资源库"(光绪二十七年刻本),第3页。
② 朱彭寿:《旧典备征》,中华书局,1982年,第17页。

清外史》《清朝野史大观》《满清野史》《清稗类钞》等，呈现出如徐一士所云乱世"群言庞杂，闻秘记，累牍连篇，又过于诞肆，楚则失笑，齐亦未为得也"的尨茸杂言局面。形成这种局面的原因，有保存故国文献的需要①，有乱世时期民族意识的觉醒（如宣传民族主义的《发史》《康雍乾间文字之狱》），以及报纸杂志的大量出现以及叙事文学的影响（如小说界革命）等。

此类作品较合乎所谓"笔记体小说"，目击耳闻，有兴亡之叹，如罗惇曧《拳变余闻序》云："余既为《庚子国变记》，复搜集记载，及连年旅京津所闻较确者，录为《拳变余闻》，兴至即书，不复次其先后，视《国变记》尤详尽矣。"②又如何德刚《春明梦录》二卷，为何氏回忆在吏部任职期间活动之记录，有清遗民口气，于晚清政局、对外交涉、清流洋务两派之争、晚清诸帝之处境、清代典制、内乱处置、科举弊端、财经账目、工程验收、同官往还等，皆为目击耳闻之事，叙述真切，于咸同光三朝危局，皆寓感叹焉，何德刚《平斋家言序》中云："余曩有课孙草之作，意虽不专属课孙，而究限于范围，举凡世事之推迁，人情之变幻，语焉殊未及详。回忆七十年来，身世所经历，耳目所接触，几如云烟过眼，渺然而无可捉拿，夜窗默坐，影事上心，偶得一鳞半爪，辄琐琐记之，留示家人。自丁巳迄去秋，裒然成帙，退居无事，略加编次，分为《春明梦录》《郡斋影事》《西江赘语》《客座琐（偶）谈》《家园旧话》五种，录而存之，只自成为一家言，本不足为外人道也。嗣友人以《春明》一录，可以存掌故而补遗佚，怂恿付梓，因复加刊削，属诸手民。非敢言问世也，亦藉以志世变已耳。"③遗民尚有怀古征实之意，对于部分反清或心向民国政府的士人来说，则民族意识极为强烈，如胡蕴玉《发史自序》中云是书写作缘起："呜呼！吾民族蒙辫发之耻，至于今已二百六十八年矣，习以为常，安之

---

① 宣统辛亥胡思敬《国闻备乘自序》云："国朝自庄廷鑨、吕留良、戴名世，连兴大狱，文字之禁极严，内外士夫罔敢谈国故者。予来京师，七年之间，经甲午、戊戌、庚子三大变，私叹史官失职，起居注徒戴空名。历朝纂修实录馆阁诸臣罕载笔能言之士，但据军机档册草率成书。凡一切内廷机密要闻，当时无人纪述，后世传闻异辞，家自为说，遂失是非褒贬之公。俯仰三百年庙堂擘画之勤，将相经营之苦，慨然于弓髯乔木之感，未尝不戚戚于怀也。同时在京好谈掌故者有汪合人穰卿、冒中郎鹤亭，询其著述，秘不肯示人。其出而问世者，多不脱小说余习，外此更无闻焉。甚矣，史才之不易也！予趋职之暇，时有所纪，久之遂成卷帙，大约见而知之者十之七八。士非忧患不能著书，不经乱世亦不能尽人情之变，予忝负言责，绠短汲深，自愧无丝毫补救，安敢自托于古人忧患著书之旨？聊存此篇，备异时史官采择，庶为恶者知所戒而好善者交勉，人情变极思迁，亦转移风气之一道也。自辛亥三月，予携此稿辞职出都，不半载而武昌乱作，欲再行赓续，而东西窜走，交游断绝，四方音问不通，遂长为山中人矣。"（胡思敬：《国闻备乘》，《近代稗海》第一辑，四川人民出版社，1985年，第206页。）此可见官方修史之匮乏，方导致野史之泛滥。
② 罗惇曧：《拳变余闻》，《满清野史正编》第1册，文侨书局，1972年，第401页。
③ 何德刚：《春明梦录》，《民国笔记小说大观》第三辑，山西古籍出版社，1997年，第3页。

若素,几自忘固有之头颅,认胡尾为本来之面目矣。贤人杰士,严夷夏之分,抱种族之戚,宁尽去其发,而不肯垂修修之尾以为汉族。羞世人论者,以为区区之发,无与乎兴亡之故。呜呼!是不知夫发之历史也。……今者壮士振臂长呼,夷虏闻声丧气。我汉族四万万人民,行将尽举其束缚之发而去之。而今而后,真可谓雪二百六十八年之耻而一洗之也。故老遗贤,精魂不灭,应亦含笑于地下也夫!"①从而把发辫视为民族屈辱的符号。此类士人在写作中于史实不甚考究,如《所闻录》之"衣服妖异"条述服饰为世变之预兆云:"清光绪中叶,辇下王公贝勒暨贵游子弟,皆好作乞丐状,争以寒乞相尚,不知其所昉。初犹仅见满洲巨室,既而汉大臣子弟,亦争效之。……后果未及十年,而有庚子之乱,联军入京,西后与载湉西狩,王公贝勒之陷敌被辱者,在在皆是,亦奇辱也。"②"说洪杨"系列中,洪秀全、杨秀清为焦点人物,作者多以平民视角载其轶事,如《洪杨轶闻》之"义妓"条云:"扬州朱九妹,年二十,才色双绝,兼善书算。粤军得之,献于秀清,宠爱备至。朱私誓不与俱生,暗以砒霜毒之,未遂而死。又金陵李氏女选入东王宫,藏寸许小刀于髻内,伺秀清被酒酣睡,直刺其喉。秀清适转身,误中左肩,立呼左右剥女皮,悬竿焚之,烈哉!闺阁之英也。秦淮妓女王忆香者,为伪都督施姓所得,佯为欢笑,醉以酒,抽刃杀之,而自经于后楼,则尤为罕见者矣。"③王韬《弢园笔乘》有《洪逆琐记》《记忠贼事》《记干贼事》《记英贼事》《记燕贼事》《记李贼事》《记侍贼事》《贼中悍酋记》《贼陷金陵记》,叙述也较为真切,并有对此历史事件反思之语:"逸史氏曰:乱之生也,虽曰天意,岂非人事哉?国家承平数百年,民不知兵,积弱生玩,积玩生猜,而桀黠枭鸷之徒,辄与官吏为仇,蠢然思动,若有不可以终日者。官吏惮其顽而耽于逸,动谓剿之难,不如抚之易也,贼于是乎得逞其志矣。洪逆蹂躏十六省,盘踞十三年,僭号称雄,分符窃命,岌岌乎非小弱也。然而群帅协力,挞伐斯张,熏穴捣巢,疾于雷电,果由时数使然耶?特扰攘久而民既厌乱,天心亦悔祸耳。不然,何前之奏功迟,而后之收效速也?是故能保民者,必自锄贼始;善弭贼者,必自治民始。"④宣统辛亥胡思敬《国闻备乘自序》中亦云"士非忧患不能著书,不经乱世亦不能尽人情之变"⑤,书中所述为晚清轶事,如《同城督抚不和》《广东十姊妹》《言路报馆网利之术》《张之洞抑郁而死》《三菱公司》《荣相谲谏》《孙文正恶杨杏城》《荣禄权略》

---

① 胡蕴玉:《发史》,《满清野史正编》第1册,文侨书局,1972年,第449—450页。
② 〔清〕汪诗侬:《所闻录》,《满清野史正编》第2册,文侨书局,1972年,第688—690页。
③ 〔清〕佚名:《洪杨轶闻》,《中国野史集成》第45册,巴蜀书社,1993年,第318页。
④ 〔清〕王韬:《弢园笔乘》,《清代野史》第6辑,巴蜀书社,1988年,第265页。
⑤ 〔清〕胡思敬:《国闻备乘》,上海书店出版社,1997年,第1页。

《教案》《本朝三大政》《盛杏荪办洋务》《兵权不轻假汉人》《太后七旬万寿》等。此书与陈夔龙《梦蕉亭杂记》、许指严《十叶野闻》、王树枏《德宗遗事》、金梁《光宣小记》、汪康年《汪穰卿笔记》、梁廷枏《夷氛闻记》、文廷式《知过轩随笔》及清社既屋后刘体智《异辞录》、刘禺生《世载堂杂忆》、李肖聃《星庐笔记》、朱克敬《暝庵杂识·二识》《雨窗消意录》、朱彭寿《安乐康平室随笔》、德龄《瀛台泣血记》《清末政局回忆录》《缥缈御香录》、裕容龄《清宫琐记》、[美]卡尔《清宫见闻杂记》、李岳瑞《悔逸斋笔乘》、张祖翼《清代野记》、王无生《述庵秘录》等，皆属此类杂史小说作品。此类笔记小说总体读来文意轻浅，甚至有半文半白之《满清外史》、胡蕴玉《胤禛外传》者。

民国时期有所谓"四大杂史笔记"者，即《春冰室野乘》《凌霄一士随笔》《花随人圣庵摭忆》《人物风俗制度丛谈》，为清代掌故之学与尨茸杂言的合流，而典雅平实是此四种杂史小说的基本风格。

(三)"文本互见"现象

在清代野史笔记类小说中，针对同一事件之记录，会在不同文本中屡次出现，如崇祯年间的天象异变与党争、清军入关后的残杀、南明朝廷的混乱、明季名士如钱谦益对时局的反应、雍正间年羹尧奢侈残暴、清末庚子拳乱等，这种"文本互见"现象并非有意为之，而是作家在同一文化基础上使用相同的话语模式进行的记录，也是一种历史的多元阐释。野史笔记的"文本互见"现象，在四种类别的笔记小说中是较为突出的，如"说洪杨"之《发园笔乘》《洪杨轶闻》《洪福异闻》《红羊佚闻》，"说清宫"之《清宫词》《瀛台泣血记》《清宫琐记》以及民国四大杂史笔记中有关洪杨妖异、曾李张左钩心斗角、慈禧光绪不和、英将戈登与李鸿章龃龉、刺马案、杨乃武案等传闻异辞的记录，其中不乏诬妄之谈，如《清代外史》第七篇《光绪宣统两朝》之"载湉之承大统"条载慈禧太后于清穆宗宾天后立载湉为帝，吏部主事吴可读斥责那拉氏"不为载淳立嗣，是心目中无亲生子，而贪握政权也。那拉氏大震怒，谓毋令此獠走。"①《清宫琐闻》则有所谓的"秘闻"，述立载湉为帝的缘由："西太后好食汤卧果。每日清晨，必用银二十四两购汤卧果四枚，皆金华饭馆为之供给。金华有柜伙史某，少年而白皙者也。常暗随李莲英至宫中游玩。一日，为西后瞥见，问其为谁。李莲英遂实奏。西太后不怒而喜，因将史留之宫中，昼夜宣淫。未几，遂生光绪。是时咸丰已死，此子不能蓄于宫中，乃命醇王养为己子。又将史杀于宫中以灭口。故同治死后，西太后不为之立子，而为之立弟，即立己子也。而吴可读不解其中原由，反面折廷争，卒以身

---

① 天嘏：《清代外史》，《清代野史》第 1 辑，巴蜀书社，1987 年，第 143 页。

殉。呜呼，冤哉！"①以讹传讹，小说意味甚为浓厚。

总之，顺、康时期文网尚宽，对野史写作的忌讳不多，此期野史笔记类小说的记载关乎明代朝事，带有不尚主观臆造的写作态度，如谈迁、计六奇、刘献廷皆注重实地调查与民间传闻的比较，李清《三垣笔记》亦多目击之事，这与晚清民初野史笔记的猥鄙荒诞之风不同。从艺术性上讲，清代前中期的水平要高于晚清，在记载传闻方面，晚清所记较有小说意味，并非枯燥的记录簿，而是注重生动与可读，所以它们不排斥文学性，但又把发挥文采限制在史学的范围内，避免陷入《汉武故事》《飞燕外传》《杂事秘辛》之类以虚构为主的叙事上去。即使目见耳闻的记录，也不乏可读性，如张怡《谀闻随笔》《谀闻续笔》、李清《三垣笔记》、陆圻《纤言》等叙述中以当事人口语入笔记，如《谀闻续笔》述清豫王入南京，"（弘光朝）诸臣望尘迎谒，候于正阳门瓮城内，有姜开先者，独议远迎，内一人曰：'今日之事，已丧心矣，何远迎为？'姜曰：'既已丧心，必丧尽乃成豪杰耳。'闻者咋舌。"《纤言》之"此不当耍"条所记为钱谦益事："乙酉五月十六日，（清豫亲王多铎）先拨二十骑同钱谦益阅城内事理，骑云：'得毋有伏兵耶？'钱以扇扑之曰：'此不当耍。'""丧尽乃成豪杰""此不当耍"大约皆为南京市民所记，《杨监笔记》更是以少见的口语书写而成，故耿文光所云"入之于史则为史，从史中采出仍然小说"的说法也是有道理的。整体上看，除《啸亭杂录》外，清代的野史笔记类作品群中少有可与《隋唐嘉话》《朝野佥载》《桯史》《双槐岁钞》《万历野获编》相比肩的作品。

第二节 杂家笔记类

杂家笔记类是一种注重知识性的文献类别，其内容既有理学家言，也有博物小品、志怪轶事、考据辩证、诗文欣赏，内容较为博杂，叙事、议论、载记、考证并存，以致清人所谓的小说"必以纪实研理、足资考核为正宗"②，即指

---

① 佚名：《清宫琐闻》，《清代野史》第2辑，巴蜀书社，1987年，第186页。
② 晚清邱炜蓤《菽园赘谈》卷三云："本朝小说，何止数百家，纪实研理者，当以冯班《钝吟杂录》、王士禛《居易录》、阮葵生《茶余客话》、王应奎《柳南随笔》、法式善《槐厅载笔》《清秘述闻》、童翼驹《墨海人名录》、梁绍壬《两般秋雨盦随笔》为优；谈狐说鬼者，自以纪昀《阅微草堂》五种为第一，蒲松龄《聊斋志异》次之，沈起凤《谐铎》又次之；言情道俗者，则以《红楼梦》为最，此外若《儿女英雄传》《花月痕》等作，皆能自出机杼，不依傍他人篱下。小说家言，必以纪实研理、足资考核为正宗，其余谈狐说鬼、言情道俗，不过取备消闲，犹贤博弈而已，固未可与纪实研理者絜长而较短，以其为小说之支流，遂亦赘述于后。"（《菽园赘谈》，上海图书馆藏光绪刻本，第25页。）

杂家笔记类而言。"杂家笔记"之称,大约始自四库馆臣之《四库全书总目》,此类型兴盛于宋代,与考证学不无关系,《四库总目》卷三十三经部三十三"经稗"条云:"宋代诸儒,惟朱子穷究典籍,其余研求经义者,大抵断之以理,不甚观书,故其时博学之徒多从而探索旧文,网罗遗佚,举古义以补其阙,于是汉儒考证之学遂散见杂家笔记之内。"①四库馆臣所谈的"杂家笔记",包括了杂家类六属(杂学、杂考、杂说、杂品、杂纂、杂编),而本书的"杂家笔记"是指杂家类杂说之属收录的作品,"议论而兼叙述"②,亦可称之为杂说笔记③,郑宪春先生称之为"杂著笔记"④。杂家笔记类作品的形式特征如陆以湉《冷庐杂识自序》中所云"随笔漫录、不沿体例"⑤,其内容包罗万象,但它更接近于士大夫自娱的兴味,也不乏炫才博学的倾向,故可列为笔记小说之一种。

一、杂家笔记与杂家小说

杂家与小说家本非泾渭分明。在先秦时期两者并非独立的学派,而得以厕身《汉志》"九流十家"者,不过云其文献类别而已,明李维桢《五杂组序》云:"昔刘向《七略》叙诸子凡十家,班固《艺文志》因之,儒、道、阴阳、法、名、墨、纵横、小说、农之外,有杂家云。其书盖出于议官,兼阴阳、墨,合名、法,知国体之有此,见王治之无不贯。小说家出于稗官,街谈巷语,道听涂说者之所造。两家不同如此。班言可观者九家,意在黜小说。后代小说极盛,其中无所不有,则小说与杂相似。"⑥杂家为集合诸子学说,小说家为诸子学说中叙事而兼议论之语,同为集合诸子治国理家之言,相异之处在于则言说中的功能大小。本非文体之别。明胡应麟《少室山房笔丛》分小说为六家(志怪、传奇、杂录、丛谈、辩订、箴规),并云"丛谈、杂录二类,最易相紊,又往往兼有四家,而四家类多独行,不可搀入二类者"⑦。"丛谈""杂录"相紊,即为杂家笔记之类,即李维桢所云"其中无所不有,则小说与杂相似"。清嘉庆二十五年赵怀玉《循陔纂闻序》云:

---

① 〔清〕永瑢等:《四库全书总目》,中华书局,1965 年,第 278 页。
② 同上,第 1006 页。
③ 关于杂说笔记的学理梳理,见拙稿《论杂说笔记在古代目录中的流变及其文类学意义》,《四库学》第 12 辑(2023 年 11 月)。
④ 郑宪春先生称宋代笔记中一类"形式与内容都是不拘一格"、兼备众体的文献为"杂著笔记"(《中国笔记文史》,湖南大学出版社,2004 年,第 429 页)。
⑤ 〔清〕陆以湉:《冷庐杂识》,中华书局,1984 年,第 1 页。
⑥ 〔明〕谢肇淛:《五杂组》,《续修四库全书》第 1130 册,上海古籍出版社,2002 年,第 337—338 页。
⑦ 〔明〕胡应麟:《少室山房笔丛》,中华书局,1958 年,第 374 页。

《隋书·经籍志》云:"杂者,兼儒、墨之道,通众家之意,盖出史官之职也。放者为之,不求其本,材少而多学,言非而博,是以杂错漫羡而无所指归。"盖言杂述之非易易也。又云:"小说者,街谈巷语之说也。《传》载舆人之诵,《诗》美询于刍荛,故道听途说,靡不毕纪。子曰:'虽小道必有可观。'"盖言小说之亦有取尔也。晋张华撰《张公杂记》一卷、《杂记》十一卷,宋徐益寿撰《记闻》二卷,梁沈约撰《俗说》三卷、《杂说》二卷、《袖中记》三卷,类杂家言也;梁颜协撰《琐语》一卷,殷芸撰《小说》十卷,伏梴撰《迩说》一卷,类小说家言也。后世乃合而一之,非复《经籍志》之旧矣。然要其旨归有在,体例固不足限也。①

可见在体例上,杂家与小说家的界限越来越不清晰。况且六朝以后,诸子论争渐熄,杂家已成无源之水,故真正意义上的杂家作品并不多,杂家易于与小说家合流。诸子百家(除儒家外)的著述数量也在减少,故《四库全书总目》单设"杂家类杂学之属"以明其意。与此同时,小说的范围却在扩大,赵翼云"近世说部书日多,宜于四部之外别立一部"②,故明人有"小说与杂相似"、清人有"后世乃合而一之"的感叹,《(嘉庆)扬州府志·艺文志》乃有"子部杂家小说类"的设置,使与其他部类并行,民国间李详《药裹慵谈自序》云:

余少接长老,好问轶事。四十年来,胸中所储,森然磊砢,又如杂赇纷纭,庋藏无所,因出其良售之。既论前古,又采当世,不必如赵歧之《决录》,聊附于裴启之《语林》,亦杂家小说也。③

《药裹慵谈》内容为轶闻、诗文评、文献辑录等,实为杂家笔记之书,李详谦称已著为"杂家小说",故杂家笔记类作品亦可称为"杂家小说"。

其实,通过《四库全书总目》的类目调整而进入杂家类的小说作品,皆可称为杂家小说,它与子部小说家类作品除了具有"体例固不足限"这一共同特征外,在清人的小说观念里还处于正宗地位,非志怪玄虚者可比。正宗的依据,在乎"有关实用""明体达用",其中也有如邱炜蒌所言的"考据"。沈

---

① 〔清〕周广业:《循陔纂闻》,《续修四库全书》第1138册,上海古籍出版社,2002年,第557页。
② 〔清〕汪瑔:《粟香二笔跋》,《续修四库全书》第1183册,上海古籍出版社,2002年,第506页。
③ 〔清〕李详:《药裹慵谈》,江苏古籍出版社,2000年,第2页。

德潜《书隐丛说序》中云:"说部之书,昉于宋临川王《世说新语》,后虞世南《北堂书钞》、徐坚《初学记》、白居易《六帖》继之,而宋代《太平御览》《册府元龟》《书林》《韵海》诸书,部序类居,尤称一代大观。然自北宋以后,香有谱、花有纪、侍女小名有录、叶子格戏有书,皆琐屑不足道,所谓不贤者识小,未必若是戋戋者也。其后家自为书,莫能胪举,惟南宋《容斋随笔》有关实用,至我朝顾宁人《日知录》综贯百家、上下千载,而一一断之于心,称为明体达用,非《说铃》《卮言》可比。自后嗣音者或寥寥焉。"①沈德潜历述小说之史,指出考据性因素的增加,如《梦溪笔谈》《容斋随笔》《困学纪闻》《日知录》作为考证笔记名著,无疑抬高了杂家及其关联的小说家的学术地位,后吴汝纶《求阙斋读书录序》中亦有同义之语云:"札记者,小说家之枝余也。自王伯厚、顾亭林辈以通儒为之,于是其业始尊,识者至谓出于古之议官,列之诸子杂家。"②杂家笔记可谓是笔记小说中最有学术色彩的一个类别。

  从《汉书·艺文志》小说家类"叙事而兼议论"的角度来看,后世杂家小说(杂家笔记类)是其一脉相承的传统小说,不过魏晋以后,此种小说内容中又加入了载记与考证两种因素而趋于完备,以至于民国以来学界对此类作品列入小说研究范围颇有异议,如刘咸炘云:"自学不专家,而著述轻易,文人偶记所见,以为笔语,或论理,或记事,或考证故事,或评论诗文,兼有传记、诸子、诗话、考证书之质,是当名之为杂记,自唐已有,而至宋尤多。目录家以其无可归,悉附之小说。自《新唐志》已收《刘宾客嘉话录》,《宋史·艺文志》益多。《四库总目》于杂家中开杂说一目,以收此类,小说中始稍清。"③其实,从中国小说的变迁史及杂家笔记作品中的叙事因素来看,列其于笔记小说研究范围,是比较合适的。

  在具体操作层面,杂家笔记类可从杂家类杂说之属入手。"杂说",其源头有二说:一为起于刘向父子之《说苑》《新序》,如康熙二十九年毛奇龄《天禄识余序》云:"刘宗正父子领校天禄,当时有《说苑》杂记诸书散行于世,而后之为杂说者宗之,如班令史之侍读禁中而作《白虎通》,蔡邕之校汉典而作《独断》是也,嗣此则唐宋诸家短裁促笔、各自为书,不必尽出秘府……夫杂说者有二:一则骋闻见以讨遗帙,即《说苑》杂记所自昉也,若此

---

① 〔清〕袁栋:《书隐丛说》,《四库全书存目丛书》子部第 116 册,齐鲁书社,1995 年,第 397 页。
② 任访秋主编:《中国近代文学大系(1840—1919)·散文集(2)》,上海书店出版社,1992 年,第 793 页。
③ 刘咸炘:《校雠述林》卷四《小说裁论》,《推十书(增补全本)》丁辑第 1 册,上海科学技术文献出版社,2009 年,第 208 页。

者虑其诞妄;一则夸记忆以肆驳辨,记《论衡》《独断》所由著也,若此者又虑其寡陋。"①毛奇龄的"杂说"两种,即是关于杂家笔记内容的概括,但其中也不乏小说在内,如《说苑》,虽有宗旨、有说理,但仍以叙事为主。二为源于《论衡》,四库馆臣云"议论兼叙述者为杂说",《四库全书总目》"杂家类杂说之属"按语中云:"杂说之源,出于《论衡》。其说或抒己意,或订俗讹,或述近闻,或综古义,后人沿波,笔记作焉。大抵随意录载,不限卷帙之多寡,不分次第之先后。兴之所至,即可成编。故自宋以来作者至夥,今总汇之为一类。"②可见杂家笔记的内容广泛,"或抒己意,或订俗讹,或述近闻,或综古义"。又杂家笔记或称"笔记杂著",寥寥数言,往往附作者文集之后③,并不独立成书,四库馆臣之《学问要编》提要云"考古人杂著笔记,往往编入诗文集"④,即指不分体裁之随笔记录,汇为一编充为文集之一部,如余国祯《见闻记忆录》,琐闻笔记与散文混为一书。

　　不论是单独成书的"杂说"集还是随附诗文集的"杂著",其创作的动机,一是文人随笔书写的生活方式。光绪二十四年许颂鼎《闲处光阴序》云:"日记之作,不域于篇幅,不囿于格律,文质短长无定法,议论事实无定体,可以证古,可以权今,凡学殖之所获,胸臆之所蕴,不可著于他文者,咸得于是寓之,故举笔易而成帙亦不难,然而因事抒写,无摹拟、无雕饰,则性情学殖之博狭浅深与才识之高下,悉流露于是而不可掩,亦岂粗涉于学而不得其会通者所能为哉!"⑤此"日记"者,即"笔记"作品。二是士大夫博古通今、经世济民的内在需求。明代王稺登《戒庵老人漫笔序》云:"盖不博古者,不曙千秋;不通今者,不镜当代;不语大,隘而不广;不语细,疏而弗当;不明经,不穷列圣渊源;不阅史,不识古今治乱;不谭词赋,风雅道衰;不探明理,精微统绝;不该览,不淹通;不搜罗,不闳肆;不论俗,不知万姓之隐;不述怪,不窥六合之外;不诙谐,不玩世;不神仙,不消摇;不表忠贞,人伦不显;不载凶侠,梼杌遁藏。"⑥笔记传统源远流长,自宋代以来成为一个引人注目的文化现象,

---

① 〔清〕高士奇:《天禄识余》,《四库全书存目丛书》子部第99册,齐鲁书社,1995年,第200页。
② 〔清〕永瑢等:《四库全书总目》,中华书局,1965年,第1057页。
③ 关于"杂著",若依清张谦宜《絸斋论文》卷四所论者,杂著包括有笔记、游记、尺牍、序跋、箴赞等,要以短文成篇者。
④ 〔清〕永瑢等:《四库全书总目》,中华书局,1965年,第1067页。
⑤ 〔清〕彭邦鼎:《闲处光阴》,《笔记小说大观》第十四编第10册,新兴书局,1983年,第6401页。
⑥ 〔明〕李诩:《戒庵老人漫笔》,《四库全书存目丛书》子部第111册,齐鲁书社,1995年,第1—2页。

故明曹学佺云"杂录诸书,宋时为盛"①,《毛诗传》云"升高能赋,可以为大夫",《世说》云:"名士不必须奇才,但使常得无事,痛饮酒,熟读《离骚》,便可称名士。"唐代以后,"赋""酒""诗"之外,"笔记"文学继之为士人身份的又一标志,缘在于可视为博学多识,此亦士人精神世界一大转变,而在清代尤以考据之笔记见其能,故李启祥云:"学问之道,固患空疏,然博而寡要,则涉猎虽广亦无当也。古人博极群书,偶有心得则随时札记,或辨析疑义,或畅发名言,积日既久,遂成简帙,去其糟粕,存其精英,往往萃毕生之精力以成必传之作。"②又如史澄主讲粤秀书院二十余年,余暇作《趋庭琐语》八卷,"或起居,或答问,或论事,或抒情,或质疑,或引证,或怀古,或鉴今"③,兴趣广泛,反映了清代士大夫自娱与育才的双重需要。

杂家笔记内容丛杂,可谓包罗万象,如裘君弘《妙贯堂余谭小引》中言,"有谈史者,有谈经者,有谈诗文者,有谈里巷琐屑或稗官小说、今古轶事者,有述前言往行不置一喙者,有间附鄙见或加评骘者"④,大致有议论、考据、叙事、鉴赏等,叙事又包括志怪、轶事、谐语以及掌故、博物、风土等。杂家笔记是文人写作生涯中的一个重要方面,如《履园丛话》为笔记二十四卷,分《旧闻》《阅古》《考索》《水学》《景贤》《耆旧》《臆论》《谭诗》《碑帖》《收藏》《书画》《艺能》《科第》《祥异》《鬼神》《精怪》《报应》《古迹》《陵墓》《园林》《笑柄》《梦幻》《杂记》等二十四类,其中《旧闻》《景贤》《耆旧》《杂记》为轶事类,《祥异》《鬼神》《精怪》《报应》《梦幻》为志怪类,《笑柄》为琐语类,《碑帖》《书画》《园林》为鉴赏类,《考索》为考据类,《说诗》为议论类。就叙事而言,如同道光五年孙原湘《履园丛话序》云是书"穷阴阳之变""昭天人之合""备野乘""寓庄于谐"⑤,皆小说叙事厕身杂家笔记之功用。天人合一及阴阳五行思想为小说在杂家笔记"荒诞因素"存在的思想基础之一,即与史学的"传闻异辞"靠拢,而且笔记的叙事性使其具有故事性,谐谑近于喜剧,而博物近于知远。

笔记小说以"辅翼风雅、增益见闻"为旨归,杂家笔记类作品中之学术笔记如《日知录》《潜邱札记》以及说理议论如《砚北杂录》《复堂杂说》《经史慧解》等也偶尔被著录在小说家之内,"自宋以来,凡考据经史、援证金石、核

---

① 〔明〕曹学佺:《纬略序》,《全宋笔记》第六编(五),大象出版社,2013年,第132页。
② 〔清〕李启祥:《菽园赘笔序》,《菽园赘笔》,上海图书馆藏光绪刻本,第1页。
③ 光绪十三年史澄《趋庭琐语自序》,《广州大典》第14辑第8册,广州出版社,2015年,第253页。
④ 〔清〕裘君弘:《妙贯堂余谭》,《续修四库全书》第1136册,上海古籍出版社,2002年,第577页。
⑤ 〔清〕钱泳:《履园丛话》,中华书局,1979年,第1页。

论文义,大抵皆具于诸说部中"①。说理议论"形而上",殊乏叙事;而考据笔记或可称为"考订家",虽为说部而别于叙事体小说,如王士禛的笔记作品后人均称之为"渔洋说部","体例在诗话小说之间"②,四库馆臣把它们分在不同的类别,《池北偶谈》《居易录》《香祖笔记》《古夫于亭杂录》《分甘余话》列入杂家类杂说之属,而《皇华纪闻》《陇蜀余闻》列入小说家类,而"渔洋说部"其实是包含了议论与叙事多种因素在内的作品集,所以既有经史的理性分析,也有诗文的蕴藉之美,与《聊斋》主以志怪者相异其趣,故陆以湉《冷庐杂识》卷六"聊斋志异"条云:"蒲氏松龄《聊斋志异》流播海内,几于家有其书。相传渔洋山人爱重此书,欲以五百金购之,此说不足信。蒲氏书固雅令,然其描绘狐鬼,多属寓言,荒幻浮华,奚裨后学? 视渔洋所著《香祖笔记》《居易录》等书,足以扶翼风雅,增益见闻者,体裁迥殊,而谓渔洋乃欲假以传耶?"③"体裁迥殊"者,一为故事琐语,一为杂家笔记。今日小说书目如宁稼雨先生之《中国文言小说总目提要》专设"杂俎"一门,意谓内容丛杂而有叙述故事的内容,故此类小说亦可称"杂俎小说"。

二、清代杂家笔记类之著述特征

民国十七年刘承幹《蕉廊脞录序》中罗列清代笔记名作时云:

> 昭代学术远轶前祀,说者谓经、小学之盛步武汉、唐,而史学则逊于宋、明,故志有清艺文者,于乙部之杂史、丙部之杂家,可著录者其难其慎。如阮氏《石渠随笔》、法氏《槐厅载笔》、胡氏《西清札记》、阮氏《茶余客话》、姚氏《竹叶亭杂记》、戴氏《藤阴杂记》、梁氏《枢垣纪略》、王氏《石渠余记》、唐氏《天咫偶闻》,先后作者,此为钜子。④

民国时期的学人对清代学术、文学多有总结之功,刘承幹所言清代笔记成就,多为康熙以后的作品,其中《茶余客话》《竹叶亭杂记》《藤阴杂记》《蕉廊脞录》为杂家笔记类作品,除此之外,王士禛"渔洋说部"、赵翼《檐曝杂记》、钱泳《履园丛话》、梁章钜《浪迹丛谈》《归田琐记》、王韬《瓮牖余谈》等,内容涉及轶事、志怪、诗话、谑语、典章制度、经史考证、理学家言、书画品鉴、药方医理、地理博物等,也是清人杂家笔记名作,如光绪元年钱徵《瓮牖

---

① 语出陈含光《翁方纲说部杂记跋》,《翁方纲说部杂记》,上海图书馆藏稿本,一卷。
② 〔清〕周中孚:《郑堂读书记》,上海书店出版社,2009年,第953页。
③ 〔清〕陆以湉:《冷庐杂识》,中华书局,1984年,第310页。
④ 〔清〕吴庆坻撰,张文其、刘德麟点校:《蕉廊脞录》,中华书局,1990年,第1—2页。

余谈跋》称王韬笔记有洞悉域外之功云:"自来说部书,当以唐人所撰者为最。有宋诸家,总觉微带语录气。元、明人力矫其弊,则又非失之诞,即失之略:故皆无取焉。惟我朝诸公,能力惩其失,而兼擅众长,盖骎骎乎集大成矣。然求其洪纤毕具,网罗中外各事,足以扩见闻、助惩劝、备搜采者,前之人或犹未逮,而要惟我外舅先生为创始。"①然钱徵以为"自来说部书,当以唐人所撰者为最",当是指唐传奇与唐杂史而言,至于杂家笔记,应以宋代笔记为代表。

笔者以为,有清一代杂家笔记类小说的最大特征,在于整体上的"宗宋"风气,民国十四年柴萼在其《梵天庐随录序》中评历代笔记成就,其中谈到宋代笔记时以为:"宋人笔记最为丛博,识大识小,羼于一编,稽古述今,选词征物,资多识而森法戒,用意视昔深远,虽曰不免踳驳,要属言之有物。"②宋代笔记作为文类范型一直影响到了民国,而这一风气可溯至晚明或者明中期,故明末清初之陈弘绪云:"说部诸书如沈存中《梦溪笔谈》、洪容斋《随笔》、王伯厚《困学纪闻》博极载籍,兼之辨析精当,直是案头三种大书,非他稗官家之可拟也。东坡《志林》、景纶《玉露》、经锄堂《杂志》、石林《避暑录》,随意点染,饶有风韵,亦令读者靡靡忘倦;若岳珂之《桯史》、高似孙之《纬略》,臃肿恎钉,绝少生动,真所谓诤痴符耳。"③钱穆论"清人宗宋"之风云:

治近代学术者当自何始?曰必始于宋。何以当始于宋?曰近世揭櫫汉学之名,以与宋学敌,不知宋学,则无以评汉宋之是非。且言汉学渊源者,必溯诸晚明诸遗老,然其时如夏峰、梨洲、二曲、船山、桴亭、亭林、蒿庵、习斋,一世魁儒者硕,靡不寝馈于宋学。继此而降,如恕谷、望溪、穆堂、谢山乃至慎修诸人,皆与宋学有甚深契诣;而于时已及乾隆,汉学之名,始稍稍起。而汉学诸家之高下浅深,亦往往视其所得于宋学之高下浅深以为判。道咸以下,则汉宋兼采之说渐盛,抑且多尊宋贬汉,对乾嘉为平反者。故不识宋学,即无以识近代也。④

宋笔记的经典地位,在清人著述中表现得极为明显。杭世骏《烊掌录序》云:"六艺之旨精微难窥,选事者辄复离文析辞,造端指事以疏导其所得,

---

① 〔清〕王韬:《瓮牖余谈》,《笔记小说大观》第13册,广陵书社,2007年,第10556页。
② 柴小梵:《梵天庐丛录》,《民国笔记小说大观》第四辑,山西古籍出版社,1997年,第15页。
③ 〔清〕陈弘绪:《寒夜录》卷下,《续修四库全书》第1134册,上海古籍出版社,2002年,第719页。
④ 钱穆:《中国近三百年学术史》,商务印书馆,1997年,第1页。

而厄言出矣。《浮休》《干撰》,吾议其浅;《齐谐》《诺皋》,吾病其诞;提挈盛轨,约有数家:王楙《丛书》辨而肆,沈括《笔谈》典而深,程大昌《演繁露》博而核,外此皆其支流余裔,屡更仆而不能悉其得失也。"①道光二十五年程庭鹭《校刻避暑录话序》云:"宋人杂说书,类皆足资博识,而石林老人《避暑录话》尤备轶事遗闻,复饶名言隽旨,昔人故多称引之。"②道光二十六年王曼寿《重论文斋笔录序》云:"(《重论文斋笔录》)前师伯厚而后事容斋者也。"③叶昌炽《缘督庐日记钞》卷十四中云:"(宣统壬子三月)十三日阅《梦溪笔谈》四册。宋人说部,洪容斋、王伯厚两公之外,无其敌人也。"④于此可见清人对宋代笔记的崇尚之意,故"案头三种大书"的阅读习惯及"宗宋"的写作策略,使清代的杂家笔记在体例、内容上皆不乏宋人笔记名著如《容斋随笔》《梦溪笔谈》《困学纪闻》的影子⑤,并在学问化、征实态度方面一以贯之。

  作为士大夫博学的表现方式,杂家笔记带有浓厚的知识性、学术性特点,章学诚云"涉猎之家有说部"⑥,"涉猎之家"者即泛览群书之读书人,"唐宋以来,文人学士多以风流淹雅相尚,生平游历所及,目见耳闻,随其意之所至,荟萃成一家言。散玑碎贝,辉映后先。盖小者之识,贤者亦不遗焉"⑦。其作品贯穿经史、表章文献,故有浓厚的书卷气,同时以垂典故、备法戒为旨归;杂家笔记是展示士人博学、雅趣的重要载体,可见著者之"才、学、识",所以他们比较看重作品的知识结构,作品以博学为旨归、雅趣为缘饰,即所谓"学问之散见、文章之余波"⑧,而其上乘之作必出专门名家之手,如谈迁精于史学而有《枣林杂俎》、王士禛邃于诗学而有"渔洋说部"等,其

---

① 〔清〕汪启淑:《焠掌录》,《续修四库全书》第 1152 册,上海古籍出版社,2002 年,第 395 页。
② 朱易安、傅璇琮等主编:《全宋笔记》第二编第 10 册,大象出版社,2006 年,第 355 页。
③ 〔清〕王端履:《重论文斋笔录》,《笔记小说大观》第 14 册,广陵书社,2007 年,第 10898 页。
④ 〔清〕叶昌炽:《缘督庐日记钞》,笔者所见为民国上海蟫隐庐石印本之复印本。
⑤ 宋笔记的影响是全方位的,杂家笔记类最为明显,然此影响力在野史杂记(如《苌楚斋随笔》)、地理杂记领域(如《八述奇》)也有诸多表现,如张德彝《八述奇凡例》中云:"昔宋洪迈成《容斋随笔》,后有续笔、三笔、四笔、五笔;张端义《贵耳集》有二集、三集。古人编纂,与时俱积,原不必统随一式。余八次出差,各就见闻笔录,故以述奇、再述、三述、四述、五述、六述、七述、八述而名之。"(清张德彝撰,钟叔河、张英宇校点:《八述奇》,岳麓书社,2016 年,第 10 页。)
⑥ 〔清〕章学诚著,仓修良编:《文史通义·外篇三》之《与林秀才书》,上海古籍出版社,1993 年,第 610 页。
⑦ 乾隆四十三年王嵩高《秋灯丛话序》,王棫《秋灯丛话》,《续修四库全书》第 1137 册,上海古籍出版社,2002 年,第 394 页。
⑧ 〔清〕焦袁熹:《此木轩杂著》,《续修四库全书》第 1136 册,上海古籍出版社,2002 年,第 455 页。

内容大要为议论、叙事、考证三项,王士禛曾云说部为"子史之属"①,即议论与叙事为主,后兼之以考据,故有三类之别,或言之为"述掌故、志旧闻、有资考订"②而已。故杂家笔记具有知识性与文学性相结合的著述特征,但与野史笔记类、故事琐语类等其他笔记小说类别的区分又是明显的:它不以叙事作为叙述的中心,所以辑录或记录轶事与志怪之事并非其主要目的。所以清代笔记除了宗宋的总体特征外,它还有知识与雅趣、历史与当下、考证与评说、民间与庙堂、书卷与生活融于一体的著述特征:

(一) 征实的写作态度

与宋人相比,清人笔记写作的征实态度要更为端正。光绪二十六年饶敦秩《桔芧琐言》云:"小品琐谈,无关宏纲,胜流鄙之,谓狸杂也,然清言妙绪中,往往具阅世观物之理,小道可观,此子部杂家之书自古不废也。庚子夏,予莅冕宁三载,山城小邑,民和政简,退食多暇,藉琐录以消永日,偶有所得,随笔记之,两阅月得二万余言,或为兴之偶寄,或为理所独得,庄矜之说论与隽永之清谈,错杂出之,无捡裁择别。其间肆欲轻言,或者不免,幸无诡谲怪诞、越理破道之说。"③与宋代相比,清人在写作中,"实事求是"成了一种自觉的追求。行文虽有忌讳,但并不影响学者的写作热情④,如史梦兰《止园笔谈》一书记载名人轶事、民间异闻、诗文文献、朝廷掌故、理学家言、经史考证、奇物名产等,对于明清历史人物如李自成、洪秀全叙述较详,光绪四年史梦兰《止园笔谈自序》中云:"园居无事,惟以卷轴破寂,偶有所触,辄赫蹄记之,以备遗忘……而概目之为笔谈云。至于诬漫失真之语,妖妄惑听之言则不敢阑入耳。"⑤又如李承衔《自怡轩卮言》为叙事兼议论之书,《凡例》中云:"议论叙事,随得随录,不复标题,以便流览,非故效河间五种体也。"⑥"河间五种体"即纪昀《阅微草堂笔记》,杂家笔记中力斥玄怪之录,表现出一种老儒循循然的风貌。即使到了晚清民国,此种写作态度仍然被

---

① 见王士禛《居易录序》云:"古书目录,经史之外阙有说部,盖子之属也,《庄》《列》诸书为《洞冥》《搜神》之祖,亦史之属也。"
② 同治十年潘祖荫《桥西杂记序》,《桥西杂记》,《续修四库全书》第 1181 册,上海古籍出版社,2002 年,第 25 页。
③ 〔清〕饶敦秩:《桔芧琐言》,南京图书馆藏光绪壬寅东湖饶氏古欢斋刻本。
④ 当代作家莫言在《回忆"黄金时代"》一文中,回忆起 1980 年代解放军艺术学院文学系作家们热火朝天的文学创作时云:"可见有一些禁区,并不妨碍文学的发展;完全无禁区,也未必产生伟大的作品。"此语亦可对应于清人的笔记写作上。
⑤ 〔清〕史梦兰著,石向骞主编:《史梦兰集 2·止园笔谈》,天津古籍出版社,2015 年,第 2 页。
⑥ 〔清〕李承衔:《自怡轩卮言》,《晚清四部丛刊》第 3 编第 80 册,文听阁图书有限公司,2010 年,第 7 页。

遵循,不过在时代环境下又有了新的含义,如民国十四年柴萼《梵天庐随录序》中所云"偶或旁及怪奇,无敢乖于真理"①,"真理"云云,反映出士大夫对中土实事求是精神与西方科学观念的联结之念。

　　清人的征实写作,首先表现为对于志怪、轶事的写作,据实记录,不敢随意发挥文学的想象与虚构,如对于轶事:"清代杂说笔记在叙述杂事中,表现出士林对历史、士风、女性甚至自我的一种理解,具有士大夫的知识趣味与审美观照。与轶事小说作品集相比,此类散乱杂处的'杂事小说',实录精神与道德理性较为明显,叙事也受到其他三项(议论、考证、载记)的约束,故而并不能以想象与虚构来实现个人文学性的表达。"②其次表现为存史之意。杂家笔记中隐藏了大量史事,这与清代的文化环境有关,这种写作表现为两个方面:一是述掌故。记录典章制度、朝廷故实皆为杂家笔记写作题中应有之义,故作者较为留心掌故,类于载记之作。此类写作尤为仕宦者所擅长、在野者所注目,如高士奇得康熙帝恩遇,著述多种有关朝廷典章制度者如《金鳌退食笔记》《天禄识余》,不过殊乏文采耳。王士禛历官多年,其笔记中多记国家典故,如《池北偶谈序》云其与同僚生徒过从,"则相与论文章流别,晰经史疑义,至于国家之典故,历代之沿革,名臣大儒之嘉言懿行,时亦及焉"③。此类掌故之书,往往注意于帝王活动,叙述中带有尊君的意识。二是记轶闻,包括史事、时事、志怪等。述掌故、记轶闻与史家相关,可观其史才、史识与史笔,故谈迁之《题枣林杂俎》云"说部充栋,错事见采,事易芜,采易凿,舍其旧而新是图"④。此多为耳闻之谈,如"渔洋说部"考订、诗话、掌故之外,兼及时事与轶闻⑤,其中不乏志怪,"或酒阑月堕,间举神仙鬼怪之事,以资喷噱;旁及游艺之末,亦所不遗"⑥。杂家笔记中多叙事迹,其中多为遣兴之作,非士子所重,无非"醒心目而助谈谐",然也是杂家笔记叙事性、文学性存在的必要条件。此类关于历史的记载,在缺乏杂史专著的康乾以及嘉庆初期表现得较为突出,尤其是"恩遇",往往置于卷首(唐宋人已有此法)以显示明忠诚心迹,具有明显的官方口吻,如阮元从弟阮亨撰《瀛洲

---

① 柴小梵:《梵天庐丛录》,《民国笔记小说大观》第四辑,山西古籍出版社,1999 年,第 15 页。
② 见拙稿《论清代杂说笔记与杂事小说》,《天中学刊》2023 年第 3 期。该论文发表时,期刊编委会易名为《以杂说笔记为中心的清代杂事小说考察》,无奈何也。
③ 〔清〕王士禛:《池北偶谈》,齐鲁书社,2007 年,第 1 页。
④ 〔清〕谈迁:《谈迁诗文集》,辽宁教育出版社,1998 年,第 274 页。
⑤ 嘉庆十六年周春《过夏杂录序》:"……兹《过夏杂录》六卷,乃癸卯计偕下第后所录,考订精详,不减洪容斋一流,间及时事,则渔洋山人《居易录》例也。"(〔清〕周广业:《过夏杂录》,《续修四库全书》第 1154 册,上海古籍出版社,2002 年,第 131 页。)
⑥ 〔清〕王士禛:《池北偶谈》,齐鲁书社,2007 年,第 1 页。

笔谈》十二卷,叙述阮元在两浙剿寇抚民、衡文校艺,记载当代矩公名士学术文采并过录考证周汉以来之金石铭文,可谓政事、文章、诗话、学术四者融合之作。此书前有《瀛洲笔谈卷首》,恭录御制诗并加以注解,述恩遇之意,行文中辑录奏议诏书诗意在存文献、资掌故。晚清李承衔《自怡轩卮言》辑录当时文稿奏议,亦有存史之意。

(二) 考据的普遍性

"乾嘉考据"导源于明代中期,晚明清初之后,清人习学"案头三大部书"外,顾炎武《日知录》也是他们宗法的对象(此即古典形态下之"四大笔记"),考证之风愈演愈盛,以至可与"四学"并列为五①,或为"孔门四科"之外新增者②,学者以"淹通博贯"为尚,"凡子史百家、稗官小说及汉晋唐宋以来名人文集,苟有一字之疑、一言之误,皆未尝轻而略之,必为之疏通证明,以羽翼夫经传也"③。随着《说文》之学的兴起,具有文学性与叙事性属性的杂家笔记作品也习见考证文的存在,如道光年间梁章钜著《归田琐记》,其书本之欧阳修《归田录》,"欧书多录朝廷遗事、士大夫笑谈,吾师亦同其意,而考订详明、包孕繁富"④。清人以考证为尚,以小学为根柢,云"清谈始于典午,说部盛于李唐,要其议论风旨无伤雅道、足资考据乃足尚尔"⑤。又以《容斋随笔》《困学纪闻》《日知录》为考据的文本经典,故袁栋《书隐丛说自叙》云:"近日说部书益出,而归于正大者绝少,我苏顾亭林先生《日知录》颇为中正之论,《容斋》五笔差为先声,余之为是也,略祖《容斋五笔》、亭林《日知》之意,书其欲言者以垂示子孙,不敢问世也。"⑥邱炜蒌《菽园赘谈》内容有诗话、域外文明、轶事、俗文学等,其中诗歌文献、域外事物记载详细,无虚诞之气,叙述中每有考证之语,如《缠足考》《朱子纲目乃伪书》《诗三百篇非孔子所删》等。郭梦星《午窗随笔》为仿"渔洋说部"之书,卷一为《易》《诗》

---

① 清嘉庆十八年翁广平《桂未谷札朴序》云:"古之学者有四:曰理之学,曰经学,曰史学,曰辞章之学……我朝学者始有考据专门,其大要本之'三通'、《玉海》等书。"(〔清〕桂馥:《札朴》:《续修四库全书》第 1156 册,上海古籍出版社,2013 年,第 2 页。)
② 清周中孚《郑堂札记》卷一云:"《日知录》十九曰:'孔门弟子不过四科,自宋以下之为学者则有五科,曰语录科。'案语录科近人耻不复为,而仍添一科曰考证科。"(《郑堂札记》,中华书局,1985 年,第 1 页。)
③ 清光绪四年冯一梅《群书札记序》,〔清〕朱亦栋:《群书札记》,《续修四库全书》第 1155 册,上海古籍出版社,2002 年,第 1 页。
④ 清许悙《归田琐记跋》,〔清〕梁章钜:《归田琐记》,《续修四库全书》第 1179 册,上海古籍出版社,2002 年,第 3 页。
⑤ 〔清〕章楹:《谔崖脞说》,《四库全书存目丛书》子部 116 册,齐鲁书社,1995 年,第 348 页。
⑥ 〔清〕袁栋:《书隐丛说》,《四库全书存目丛书》子部 116 册,齐鲁书社,1995 年,第 400 页。

《论语》及春秋至明代之史事考辨,卷二为历代官制、名物、科举考,卷三卷四为历日、历史地理、名物称呼考,考证亦繁富。

清代考证的普遍化,首先表现为清初顾炎武《日知录》至清末平步青《霞外攟屑》,贯穿有清一代而不衰,如清代中期周广业《循陔纂闻》"剖释经义,厘定史谬,又采杂史传记中之可以旁引曲证者一一书之"①,内容除博物、野史、杂论外,有名物考如"传国玺""渔鼓简板""棋枰""鸡鸣布""豆腐""假睛""轿""席帽""佛宇称寺""芦酒",天象考如"雷震""九天",文献考如"鹭子""建文事迹""《天禄识余》校对""戏曲之始",地理考如"会稽六陵考"等。晚清承乾嘉考据之余绪,杂说笔记中也每见考证之文,如况周颐《餐樱庑随笔》之《驴别称"卫"考》《〈天马媒〉传奇考》《日人作诗之初》《埃及古碑》《桃花源考》《"裙"考》等。其次表现为考证内容无所不及,如晚清俞樾《春在堂随笔》、蒋超伯《榕堂续录》《南漘楛语》、平步青《霞外攟屑》考证经史子集、俗文学、金石书画、方言俗语、域外文化科技等项,而文廷式《纯常子枝语》以中西文化比较之法考证中土古典学及西学,为晚清国人开眼看世界后,经世思潮下的"以汉学为宋学"②,是杂说笔记中中外融通之作。

(三)大量辑录诗文文献与评语

诗话、文话、曲话、小说话亦为士大夫怡情、博学之展示,此类文献或录当代巨公、隐逸节孝之作,或列叙历朝佳评,或述己作,皆有点评随之,如汪启淑《水曹清暇录》十六卷,"其体□本庞氏《文昌杂录》而间及时贤诗词,则又兼《能改斋》《苕溪渔隐》之长,洵所谓才大无所不有也"③。《能改斋漫录》为杂考之书,而《苕溪渔隐丛话》为诗话之体。大凡杂家笔记作品为时所重者多以诗文名家者所作,如王士禛为清初诗坛领袖,"渔洋说部""体例在诗话、小说之间"④,兼之考证经史、记录典故,可谓文学性、叙事性、知识性的结合。清代诗话(词话、文话、小说话)除了如《渔洋诗话》《静志居诗话》《北江诗话》等诗话专著外,散见于杂家笔记中的诗歌话语比较常见,这也是杂家笔记在内容上与其他三家的不同之一。阮元《小沧浪笔谈》《定香亭笔谈》、王端履《重论文斋笔录》、金武祥《粟香随笔》、方浚颐《梦园丛说》、

---

① 〔清〕周广业撰,祝鸿熹、王国珍点校:《周广业笔记四种(上)》,浙江古籍出版社,2013年,第1页。
② 光绪二十二年应德闳《愚虑录跋》,〔清〕陈伟:《愚虑录》,《续修四库全书》第1165册,上海古籍出版社,2002年,第679页。
③ 〔清〕汪启淑:《水曹清暇录》,《续修四库全书》第1138册,上海古籍出版社,2002年,第163页。
④ 〔清〕周中孚:《郑堂读书记》,上海书店出版社,2009年,第953页。

百一居士《壶天录》、李详《药裹慵谈》、许起《珊瑚舌雕谈初笔》等杂说笔记在叙事之外,辑录了大量佳士诗文及评论,如黄钧宰《金壶七墨》辑录《听秋阁诗谨录》《题壁诗》《金陵怀古》《送别诗》《水患诗》《懊恼词》《杂咏诗》《羊城日报(七则)》《西山游记(七则)》《北行日录七则》《重建永晖桥记》《奉题唐节母安甘庐图》《赋唐节妇事》《钦旌节妇唐母安甘庐记》等,而诗歌文献居多;《珊瑚舌雕谈初笔》有关诗文评者有《词贵好色不淫》《绣鞋诗》《四老诗》《题赵子昂画诗》《清和月》《蕉上吟》《叹贫诗》《古诗平仄》《诗忌偏枯》《辨韵》《诗同意不同》等,诗论中允;《粟香随笔》五笔四十卷仿"渔洋说部"、《容斋随笔》而作,于考证、叙事、载记之外,大量辑录晚清时人之诗词文较多,如《粟香随笔》卷一《赵惟熙诗稿》《会昌诗词》《绿波草堂诗》《蒋萼昆仲诗》《孙遇清诗》《故里诗情》,卷二《蒋纯诗》《诗有所本》《戴望诗》,卷三《居粤三诗人》《宦游粤东诗人》《过飞来寺诗》《王存善题画诗》,卷四《江阴诗人》《先祖家君诗》《作诗》《比泥高妙》《雄杰清峭》《塞上春词》等,其中诗论较少且新见无多,故可视为诗歌文献辑录之书,如《雄杰清峭》云:"文文山诗云:'半空夭矫起层台,传到刘安车马来。山上至晴山下雨,倚阑平立看风雷。'王阳明先生诗云:'昨夜月明峰顶宿,隐隐雷声在山麓。晓来却问山下人,风雨三更卷茅屋。'一以雄杰胜,一以清峭胜。"①评论寥寥,不成体系。此类"诗话"可视作专门诗学著作的余绪。

(四)经世之心

清代杂说笔记中寓经世之心者,大概仿自顾炎武《日知录》。《日知录》卷一至卷十五考证之中多寓经世之心,如卷一"朱子周易本义"条:"秦以焚书而五经亡,本朝以取士而五经亡。今之为科举之学者,大率皆帖括熟烂之言,不能通知大义者也。而《易》《春秋》尤为谬盭。"②卷十二"财用"条:"开科取士,则天下之人日愚一日;立限征粮,则天下之财日窘一日。吾未见无人与财而能国者也。然则如之何?必有作人之法,而后科目可得而设也。必有生财之方,而后赋税可得而收也。"③所言皆有关世用。此类经世之语,在清代嘉庆后的杂家笔记中较为醒目,其功能"可以昭劝惩,可以辨疑难,可以观会通,其有裨于经世之道,岂浅鲜哉"④。"隽词伟论,于经世学术多有裨益"⑤,如梁章钜《归田琐记》之《炮说》一文,有改造火器以御敌之意。又

---

① 〔清〕金武祥撰,谢永芳校点:《粟香随笔》,凤凰出版社,2017年,第104页。
② 〔清〕顾炎武著,〔清〕黄汝成集释,秦克诚点校:《日知录集释》,岳麓书社,1994年,第9页。
③ 同上,第434—435页。
④ 道光元年孙钦昂《佩渠随笔序》,《张调元文集》(下册),中州古籍出版社,2004年,第1页。
⑤ 光绪乙亥许奉恩《梦园丛说序》,《广州大典》第49辑第6册,广州出版社,2015年,第291页。

如毛祥麟《对山书屋墨余录》书中辑录斌椿《乘槎笔记》、曹千里《说梦》、丁韪良《格物入门》，有观历史兴亡、西学东渐之慨叹意，其中卷十六《机器局》《志泰西机器（三十一则）》倍加详细，不过师夷长技以制夷之意。晚清经世思潮兴起，是在清朝内外交困、士大夫因循故旧的情况下发生的，如宣统元年李维翰《洇东草堂笔记序》中云：

> 当词章、考据余风未熄之日，研究经世之学者，吾国固少其人，是盖有风气焉；多士争集而一二人背驰焉，群笑为不伦也，是抑有运会焉。朝廷康乐而一二人扼腕焉。众以为不经也，是以明知词章考据之无用，而当是时舍此之外无学学者学此而已，独有识之士默览家国盛衰之故，知时事之日亟，引天下为己任，方是时固不知其言之可用、道之可行也，至其言已验，方期以平时蕴蓄见诸实行而其人已往，只零楮断墨保存于家、流落于诸相知之故箧者，出以问世，以见其平生精究有用之学，而为吾国新旧学派交代时之山斗，抑亦可悲也已。①

经世之学是救国实学，王韬游历中外，熟悉外情，鼓吹变法图强，其《瓮牖余谈》卷一至卷三主要为洪杨之役如《张小浦中丞师殉难》《南楚双忠事》，域外奇女如《法国奇女子传》，西儒小传如《英人倍根》，经济之学如《煤矿论》《武试宜改旧章》《官盐说》《海运说》、志怪如《神怪》《说龙》等；卷四、卷五为欧美日地理、文字、科技等介绍，如《新金山》《米利坚颈地》《日本略记》《俄国弊政》《英国兵数》《西国造纸法》等；卷六至卷八为太平天国历史，如《洪逆颠末记》《记忠贼事》《贼陷金陵记》《汉口贼情》等，每见经世之意，故光绪乙亥蔡尔康《瓮牖余谈序》云："《瓮牖余谈》者，先生经世之书也。纪亚细亚洲、欧罗巴洲、阿非利加洲、亚墨利加州诸事迹，几于纤悉毕具。若粤匪中诸贼首之始末及贼之鸱张狼顾诸情形，并载于册；而于忠臣义士，节妇烈女，尤惓惓于怀，不忍须臾忘。"②在西学东渐的大变局下，关于传统文化与西方文化的融通，是摆在当时士大夫群体前的一项重要任务，此在杂家笔记中也有所反映，如黄世荣《味退居随笔》五卷《补遗》一卷，卷一说经义，考辨《书》《诗》《周礼》《礼记》《春秋左氏传》《国语》《尔雅》《论语》《孟子》以及字考、《〈列女传〉偶札》。卷二、卷三谈教育、经济、治道，即"时务"之类，如《治经》《学问》《造士之法》《取士之法》《艺术》《著述》《小学试士》《专

---

① 〔清〕沈宗祉：《洇东草堂笔记》，《清代学术笔记丛刊》第70册，学苑出版社，2006年，第280页。
② 〔清〕王韬：《瓮牖余谈》，《笔记小说大观》第13册，广陵书社，2007年，第10503页。

经》《取士》《学校教育》《女教》《家族》《孔子祀典》《水利》《治河》《鸦片》《理财》《制造》《刑法》《官妓》等。卷四即"杂俎"之类,若伦理、世风、外敌、医药、文献、饮馔、物产、矿物、怪异,如《家族伦理》《舅姑之服》《正朔服色》《八股及裹足之复》《日人破铁网》《日人长技在木枪》《邑志记载之误》《验方杂记》《煮鸭法》《制豆浆法》《杨九娘事异闻》《产异》《虾蟹异》等。卷五评俞樾、张之洞之文,如《群经平议》《古书疑义举例》《劝学篇》等。《补遗》涉及经学、训诂、史学、教育、医学等,如《说大戴礼记五则》《女部》《说十三经字数》《阻止妓女立学》《普通学科目》《艺学科》《三国演义与水浒传》《男女同等》《缠足之厄》等。内容庞杂,古今中外无所不有。此书内容除黄氏自撰之外,辑录他家之论也较多,其意在融通古今中西。因杂家笔记的写作讲究温柔敦厚,所以行文中主张革命的激切之语、反传统的过激之论并不常见。这也是杂家笔记表现出的整体的儒家"中和"风貌。

(五) 力图构建个人化的知识体系

民国十八年刘声木《苌楚斋随笔自序》中云:"杂说家体例至广,漫无限制,古人原有此类,故无施而不可也。"[①]笔记的内容看似杂乱无章,实则也有脉络可寻,从传统学术的角度看,随笔式之外,有目录式(经史子集、《汉书·艺文志》),正史式(以君恩居首,类于正史之本纪),类书式(首天文,后之以地理、人文、动植、域外)等。然而从个人实践的角度来看,不过经史子集四部之学而已,"吾生也有涯而知也无涯",一事不知乃遗士夫之羞,故清代士人在追求知识的最大化方面也是不遗余力,其意在构建一个个人化的知识体系,这突出表现在他们的杂家笔记中的类别意识,如王士禛《池北偶谈》分《谈故》《谈献》《谈艺》《谈异》四目,张调元《佩渠随笔》有《礼典》《政治》《地舆》《人物》《毓德》《广才》《游艺》《博闻》八目,梁章钜《退庵随笔》有《躬行》《交际》《学殖》《官常》《政事》《家礼》《家诫》《摄生》《知兵》《读经》《读史》《读子》《学文》《学诗》《学字》十五目,钱泳《履园丛话》设置二十四目(见前文),史澄《趋庭琐语》有《谈道》《敦伦》《立身》《贻谋》《处世》《从政》《养生》《辨药》《正俗》《纪事》十目,薛福成《庸庵笔记》有《史料》《轶闻》《述异》《幽怪》四目,沈宗祉《泖东草堂笔记》有《伦理》《理学》《经学》《小学》《文学》《地理》《历史》《格致》《算术》《政治》《教育》《心理》《武备》《礼俗》《实业》《宗教》《掌故》《时事》《医学》《杂录(遗嘱附)》二十目,周馥《负暄闲语》有《读书》《体道》《崇儒》《处事》《待人》《治家》《葆生》《延师》《婚娶》《卜葬》《祖训》《鬼神》十二目,以上数种笔记,皆是个人化的知

[①] 刘声木:《苌楚斋随笔》,《清代史料笔记丛刊》本,中华书局,1998年,第1页。

识体系,较之经史子集四部更为详细而有所取舍,如平步青《霞外攟屑》十卷,卷一《𦬊汋山房脞记》(掌故),记清代典制、馆阁文臣行述、科举、服饰、官阶等。卷二《执香峪疁话》(时事),记清代政事,包括清代财经、官场科场礼仪、各国使节往还、教案、招商局、近代西方科技事物等。卷三《辛夷垞蕞言》(格言),戒杀生、劝学、礼制等。卷四《夫栘山馆辑闻》(里事),辑录绍兴历代名士事迹、文献遗著,发扬乡贤之意。卷五《艳雪庵杂觚》,杂考诸书,包括文献、史事、小学等。卷六《玉树庐芮录》(校书),校录典籍。卷七《缥锦廛文筑》(论文),文章之考,文集为主。卷八《眠云舸酿说》(诗话),考诗话。卷九《小栖霞说稗》,通俗小说、戏曲之考。卷十《玉雨淙释谚》,考古今语,亦事物原始之意。是书分十类,诗话、文话、轶事、谚语、政事、典制、博物等皆以考证之眼出之,引书繁多,如《晋书》《傲轩吟稿》《绍兴府志》《柳亭诗话》《天香楼偶得》《西河合集》《南窗纪谈》《五总志》《俞楼杂著》《舆地碑记目》等,作者非以叙事议论而自限,也不以传统而作茧自缚,故将欧美文明亦采择入此书体系内。

总而言之,杂家笔记作为笔记小说的一种重要类别,是体现士人博学的重要著述形式,其内容的丰富性与知识的密度为其他诸类别所不及,甚至在作品中可见到诸种文体如诗话、史评、学术笔记等杂糅状态的存在。杂家笔记也由多种著述方式混合作用而成,如章楹《谔崖脞说》五卷包括"诗话""昔游""诧异""摭轶"等多项内容,故"或可佐人政事,或有关典故,或偶涉新奇以及考明物理、辨正异同者辄随笔掌记"①。清人的杂家笔记写作,是宋笔记经典化的一个阶段,王士禛效法宋人笔记而有所得,故其颇为自负地说道:"平生先后所撰著游历记志而外,则又有《池北偶谈》《香祖笔记》《古夫于亭杂录》诸种,未知视宋人何如?然备掌故而资考据,或亦不为无补。"②渔洋笔记内容以考证文、诗话(文话等)、叙事文并存为特色,在清代形成了一个"远希老学(指陆游《老学庵笔记》),近埒新城(指"渔洋说部")"③的笔记书写系列。

第三节 地理杂记类

地理杂记为古代小说之一种。咸丰三年蒋敦复《瀛壖杂志序》云:"今

---

① 〔清〕陆廷灿:《南村随笔》,《四库全书存目丛书》子部第116册,齐鲁书社,1995年,第239页。
② 〔清〕程哲:《蓉槎蠡说》,《续修四库全书》第1137册,上海古籍出版社,2002年,第179页。
③ 见〔清〕王应奎:《柳南续笔序》,《柳南续笔》,上海古籍出版社,2012年,第88页。

天下省、府、厅、州、县咸有志,此官书也;又有一家言入于说部,犹之正史之外有稗乘云尔。其书冠以地,如《荆楚岁时记》《益都耆旧》《洛阳伽蓝》诸记传是已,要与人物利病、习尚醇漓详绎之,不无小裨。"①乾隆二十三年潘荣陛《帝京岁时纪胜序》中云其书的创作动机:"昔刘宗正校书天禄,有《说苑》杂记诸书行于世,而后之为杂说者宗之。如班令史之侍读禁中而作《白虎通》,蔡邕之校汉典而作《独断》是也。嗣此则唐宋诸家,短裁促笔,各自为书,不必尽出秘府;致长安举人,净房佛殿,争相写记,为销夏之举,谓之夏课。元明以来,山人园客作稗官野乘,以夸讽闻见;故说者谓谈议之盛,至唐后始备,而不知《汉书·艺文》,已早有杂说千家,见于书目。……因自不揣鄙陋,敬以耳目之余,汇集为编,颜曰《帝京岁时纪胜》。而谬以促笔短裁,杂志街谈巷语,略记熙朝景物仪文之盛。"②又民国元年陈新佐《西村余录序》云:"小说九百,载于班书,今时所存汉小说类古雅可诵。降自唐宋,骚人词客不能以史笔自见者,则亦寄之稗乘以发其才:或纪朝野轶事,或详山川草木。要之,不蘵于正也。"③嘉庆二年阮元《扬州画舫录序》亦云地理之书采辑方市第宅、琐事俗谈,"此史家与小说家所以相通也"④。可见"杂志街谈巷语,略记熙朝景物仪文之盛""详山川草木"之地理杂记也是文人小说书写的重要内容,为说部之一家言。

然而此类作品异名较多,人们把这一大类以某一区域为书写对象、内容以描写乡土人物、地理、历史、古迹、轶闻、方物、祥异等作品,或称之为地记⑤,或称之为风土志⑥,或称之为风土笔记⑦,或称之为地理类杂记之属⑧,

---

① 〔清〕王韬:《瀛壖杂志》,《笔记小说大观》第13册,广陵书社,2007年,第10557页。
② 〔清〕潘荣陛:《帝京岁时纪胜》,北京古籍出版社,1983年,第3页。
③ 〔清〕孙益廷:《西村余录》不分卷,中科院图书馆藏清抄本。
④ 嘉庆二年阮元《扬州画舫录序》云:"或有以杨衒之、孟元老之书拟之者,元谓杨、孟追述往事,此录则目睹升平也。或有疑其采及琐事俗谈者,元谓长安志叙及坊市第宅,平江纪事兼及仙鬼、诙谐、俗谚。此史家与小说家所以相通也。"〔清〕李斗:《扬州画舫录》,中华书局,1960年,第6页。)民国李详引此阮序后云:"相国之文,每道着人痒处,此序是也。"(李详:《愧生丛录》,江苏古籍出版社,2000年,第19页。)
⑤ 见王琳老师《六朝地记:地理与文学的结合》一文,《文史哲》2012年第1期。
⑥ 见《中国风土志丛刊前言》,《中国风土志丛刊》第1册,广陵书社,2003年,第1—4页。
⑦ 来新夏先生云:"风土笔记为方志之支流,记一地物产民风、遗闻琐事,既可资掌故谈助之掇拾,又可备地方志料之采择。远之如《荆楚岁时记》,近之则明清以来名作迭出。有清一代,此体愈益发展,作者繁兴,各地多有风土笔记之作。"(来新夏:《结网录》,南开大学出版社,1984年,第273页)
⑧ 《四库全书总目》史部地理类有"杂记之属",四库馆臣以为可"备考核"。

或称之为地志小说①,或称之为方志小说②,或称之为"风土记"③——唐刘知幾《史通·杂述》"偏记小说"十家,"地理"居其三("郡书""地理书""都邑簿")焉;清嘉庆九年章铨《吴兴旧闻序》亦云:"尝观说部之书,每有专述一方典故者,若吴门近□□琐事之类是也。"④——因清代笔记小说作品如《颜山杂记》《东城杂记》《湖壖杂记》《浔阳蹠醢》《岭南杂记》《中州杂俎》《韩江见闻录》《永嘉闻见录》《西村余录》《瀛壖杂志》等在清代中叶以后的书目中(如《四库全书总目》《清通志·艺文略》《清文献通考·经籍考》等)多处于"地理类杂记之属"的位置,故本书把这一类内容以地理风物、文献掌故为主的笔记形式的作品统称之为地理杂记类小说。它与"方志丛谈类笔记小说"⑤皆可列入为《郑堂读书记》所谓的"地志小说"范围之内⑥,不过位置不同而已。

一、地理杂记与笔记小说

中国的历史记述并非完全按照一个"国家"整体来书写,它也有主流与支流、中央与地方之别。"施坚雅最近提出,中国应该以地理上宏观的'大区'(macroregion,有人将之译为宏观区域——译者)概念来研究,中国历史应该被分析为'一套互相纠结、层垒叠造的地方史和地区史'。"⑦相对于国家正史,有地方史志;地方志乘之下,则是出自私人撰写的地理杂记类笔记小说。阮元所谓"史家与小说家相通"的观点,也是基于地理之学上下沟通

---

① 清周中孚《郑堂读书记》卷六十五子部十二之三"五茸志逸"条云"是编专记松江一郡轶事,凡耳闻目见及涉猎地志小说,有可参庙谟、可资骚坛、可排孤愤、可助挥麈、可供捧腹者无不搜辑";又同卷"皇华纪闻"条云:"然采之地志小说之文为多,不足以正往事之诬,以备史氏之采择。"(周中孚:《郑堂读书记》,上海书店出版社,2009 年,第 1074 页。)关于"方志丛谈"类笔记小说的相关论述,见拙稿《清代方志与笔记小说——以清代前四朝官修方志为中心的考察》,(《中国地方志》2016 年第 11 期)。
② 见辛谷《"方志小说"探源》,《暨南学报(哲学社会科学)》1991 年第 1 期;钱道本《方志小说:一种值得关注的文化现象》,《中国地方志》2015 年第 5 期。
③ 刘珺珺《风土记探源》一文中云:"可以说'风土记'的范围最接近史部地理类的'杂记'之属'。"(《中国典籍与文化》2006 年第 2 期,第 53 页。)
④ 〔清〕胡承谋辑:《吴兴旧闻》,《中国风土志丛刊续编》第 19 册,广陵书社,2015 年。
⑤ 方志丛谈类笔记小说,详见拙稿《清代方志与笔记小说——以清代前四朝官修方志为中心的考察》,《中国地方志》2016 年第 11 期。明清方志对笔记小说持一种开放的态度,并视其为重要的地域历史与文学文献。
⑥ "地志小说"与其他形式的笔记小说相比,或为最为接近"小说起源于稗官论"之实证资料。清道光间陈昙云:"古者小说流出稗官,街谈巷议,有资考镜,故黄车使者采而录之。自《齐谐》志怪、干宝《搜神》,末学啜醨,侈言鬼神,而此风渺矣。"(《邝斋杂记》,《岭南文库》本,广东人民出版社,2015 年,第 327 页。)
⑦ 转引自〔美〕韩书瑞、罗友枝:《十八世纪中国社会》,江苏人民出版社,2008 年,第 137 页。

的功能而言。

方志为史家之一种,是集体创作、历史层累的史部类别,清顾千里在《广陵通典序》中言及此类文献历史云:"郡邑志乘,滥觞晋、宋,贺循《会稽》,刘损《京口》,陆、任所合,内多斯例。后此继之,盈乎著录。其为书也能使生是邦者晓前古事迹,至其地者验方今物土,洵为善矣。降及明叶,末流兹弊。事既归官,成由借手。府县等诸具文撰修,类皆不学。虽云但縻餐钱,虚陪礼靶,犹复俗语丹青,后生疑误。正失复贯,必也其人。"①与其他史体如编年、纪传、纪事本末、典章制度相比,其在编纂中也并非易事,光绪元年邹五云《瀛壖杂志跋》云:"史家中之体制,以志为难。邑乘外之简编,可传绝少。齿牙徒袭,则敷衍惜其纷繁;耳目未周,则纪载嫌其脱略。详方舆而遗人物,既愧淹通,考士女而缺山川,亦讥固陋。专收著述,挦扯者累牍连篇;务逞诙谐,猥琐者矜华斗靡。故知征文考献,成一家言;问俗观风,作千秋业,非易事也。"②而与方志相比,地理杂记虽在写作向度上归之于方志,为史部志乘之余。魏晋六朝以来,此类作品创作渐成潮流,代有名作,如晋嵇含《南方草木状》,萧梁宗懔《荆楚岁时记》,唐段公路《北户录》、刘恂《岭表录异》,宋范成大《桂海虞衡志》、周去非《岭外代答》、龚明之《中吴纪闻》,元陆友仁《吴中旧事》,明姜准《岐海琐谈》、黄汉《瓯乘》等,山川、古迹、园囿、风俗、物产、轶闻、异事、诗文、族群等,皆在叙述之列,其中记载博赡、考核精详、引征博洽、叙次典雅而结构详明者,可称此类作品之佳作,如同四库馆臣所云:"唐莫休符之《桂林风土记》、段公路之《北户录》、宋范成大之《桂海虞衡志》、明魏濬之《峤南琐记》、张凤鸣之《桂故》《桂胜》,皆叙述典雅,掌故可稽。"③

此类文献排比史料、采撷传闻、记载史事,具有个人化叙述的特点,如清代郑昌时《韩江闻见录》十卷,内容为以潮汕地理文献轶闻为主:卷一胜迹,多名人留题,如《丞相祠》《韩庙苏碑》《读书洞》《阳山老人》;卷二药方神术,如《三灵方》《三神术》《神语定解》《测字定解》;卷三人瑞神童,如《百二十岁贤母》《百岁夫人》《八岁神童》《弱冠县令》;卷四忠孝鬼神,如《子守训》《女搏虎》《孝子树》《劝友还符》《刀下逃魂》;卷五仙释事迹,如《阴那神僧》《金山道士》《指头点金》《利济诸善事》;卷六广东及外洋山海名胜,如《铜鼓嶂》《凤凰山》《两浮山》《暹罗陆归》《朝鲜梦归》《海防》《海潮》;卷七

---

① 清汪中:《新编汪中集》,《广陵通典》本,广陵书社,2005年,第119页。按《广陵通典》为汪中仿《通典》之意、辑录有关扬州史事以编年成书者。
② 〔清〕王韬:《瀛壖杂志》,《笔记小说大观》第13册,广陵书社,2007年,第10604页。
③ 〔清〕永瑢等:《四库全书总目》卷六十八史部二十四"广西通志"条,中华书局,1965年,第609页。

文士雅事及胜迹传说,如《韶石》《石母》《铜柱》《五羊石头》《午夜灯》《深夜读书》;卷八物异土产,如《龙虎之异》《龙马》《天硫黄》《宝鸭石》《云母粉》《桐包花子》;卷九诗歌文献辑录,如《韩山书院》《驱鳄行》《鹦鹉碑歌》《潮州二十四咏》《百怀人七绝》;卷十潮州文献,包括《易》学、韵学、诗学、文字学,如《韩江〈易〉学》《韵学通转叶说》《诗病说》《六书说》等。此书虽以辑录为主,然"经纬剪裁,一准史法,而又寓阐至理典则,事具首末,语成篇章,其殆小说家言、规以传记体且陶铸语录考据者乎?亦可以观世矣"①。又如孙同元《永嘉闻见录》一书记载温州地理名胜、历史沿革、名贤、诗文、故实等,多杂引他书如文集、地志、诗话等故典,吴钟骏《永嘉闻见录序》称赞此书作意云:"盖将以备方隅之纪载,俟轺轩之采获,其用心可谓厪矣。观其捃摭坠简、辨章旧闻,稽山川之形势、考廨宇之废兴,访残碣以正传讹,搜佚事以存故迹,旁及天时物产萌俗方言,靡不钜撝兼呈,旁罗附益广记而备言之。"②这种"有得即书,前后无次"③的随意写作姿态,也是地理杂记类作品个人化的表现。

　　清代方志与地理杂记类小说的形式,在体例上即可分别。方志的体例,如康熙二十二年编纂之《江南通志》七十六卷,在当时的各省通志中,是体例较为完备者:"前有凡例、目录,一《图考》,二《沿革表》,三《星野》,四《祥异》,五《疆域》,六《山川》,七《风俗》,八《城池》,九《兵制》,十《河防》,十一《江防》,十二《海防》,十三《水利》,十四《封建》,十五《户口》,十六《田赋》,十七《漕运》,十八《关税》,十九《盐政》,二十《驿传》,二十一《蠲恤》,二十二《物产》,二十三《职官》,二十四《公署》,二十五《学校》,二十六《选举》,二十七《祠祀》,二十八《陵墓》,二十九《古迹》,三十《帝王》,三十一《名宦》,三十二《人物》,三十三《孝义》,三十四《列女》,三十五《隐逸》,三十六《流寓》,三十七《仙释》,三十八《方技》,三十九《艺文》。"④然地理杂记类小说几无遵循这一体例者,如吴应箕《留都见闻录》,原目有十三,即《山川》《人物》《园亭》《官政》《科举》《书画》《器用》《交游》《服色》《寺观》《时事》《宴饮》《音乐》等。又如汪价之《中州杂俎》,仿《酉阳杂俎》体例,分天、地、人、物四函。天函子目五,曰《分野》《图谱》《余论》《杂识》《时令》;地函

---

① 辛巳(道光元年)洪肇楙《韩江闻见序》,清郑昌时撰,吴二持点校:《韩江闻见录》,暨南大学出版社,2018年,第1页。
② 〔清〕孙同元:《永嘉闻见录》,国家图书馆"中华古籍资源库"(光绪十四年刻本),第1页。
③ 〔清〕许承尧撰,李明回等校点:《歙事闲谭》,黄山书社,2001年,第35页。
④ 〔清〕耿文光:《万卷精华楼藏书记》卷四十六史部地理类,黑龙江人民出版社,1992年,第1300页。

子目十六,曰《建都》《封国》《郡邑》《纪乡》《纪山》《纪水》《纪室》《纪园》《纪寺》《纪塔》《纪观》《纪庙》《纪墓》《纪碑》《纪桥》《纪俗》;人函子目二十一,曰《帝迹》《圣迹》《贤迹》《官迹》《文迹》《武迹》《忠迹》《孝迹》《义迹》《节迹》《隐流》《羽流》《缁流》《术流》《技流》《女史》《老史》《儿史》《凶史》《异史》《人杂》;物函子目十四,曰《禽志》《兽志》《鳞志》《虫志》《草谱》《木谱》《花谱》《果品》《谷品》《菜品》《饮案》《食案》《器考》《物考》,体例较为随意,甚至有几无部类可言者如《鲊话》《瓯江逸志》等。可见与方志(最微者如《濮镇纪闻》《杏花村志》①)相比而言,地理杂记类的分目更为随意,内容也更具个人化的色彩,故耿文光《万卷精华楼》小说家类按语中,在论地理书与小说相近者时云:"小说家言,自古有之,《山海经》《穆天子传》乃史部之地理传记,而杂以迁怪不典之谈,夫是之谓小说也。"②指出了地志小说自身的特性。

从书目角度来看,自《隋书·经籍志》到《四库全书总目》中子史类目的不断调整来看,存在着部分作品从史部地理类调整到子部小说家类的现象,北宋《崇文总目》小说家类著录有《岭南异物志》《岭表录异》《潇湘录》《洛中纪异》《海潮说》,上五种明焦竑《国史经籍志》卷六《纠谬》改入"地理";又如《神异经》《十洲记》《山海经》等也有过这种由史到子的调整过程,或者说此类作品本身就并存有地理与小说两种属性。

地理杂记类小说的产生,首先出于广见闻的需要。康熙四十年苏轮《蜀

---

① 《(乾隆)濮镇纪闻》,胡琢纂。该书为浙江桐乡濮院镇志,今见美国国会图书馆藏写本,前有乾隆五十二年赵佑序、《例言》,卷首《总叙》,卷一《建置》(下分《开创》《沿革》《形胜》《兴废》《水道》《里至》《风俗》七目),卷二《人物》(下分《公占》《第宅》《寺院》《津梁》《坊巷》《园圃》《祠墓》《古迹》八目),卷三《记传》(下分《乡达》《隐居》《笃行》《壸范》《儒林》《艺事》《流寓》《方外》八目),卷四《风诗》,卷末《杂识》。《(康熙)杏花村志》十二卷卷首一卷卷末一卷,朗遂纂。该书为安徽池州杏花村志,《四库全书总目》著录。今见《四库全书存目丛书》史部第 245 册影印本。卷首《序文》《题辞》《凡例》《征启》《书目》《姓氏》,卷一《图序》《总图》《分图》,卷二《村中》《村南》《村北》,卷三《村东》《村西》,卷四《人物》《闺淑》《仙释》,卷五《题咏(七言绝句诗)》,卷六《题咏(五言古诗、七言古诗)》,卷七《题咏(五言律诗、七言律诗)》,卷八《题咏(五言排律诗、七言排律诗、五言绝句诗)》《词赋》,卷九《宸翰》(制、敕)、《文章》(碑记、记),卷十《文章》(序、引、启、檄、笺、疏、赞、教、上梁文、墓志铭、祭文、书事),卷十一《户牒》《族系(附录诗文)》《传奇》,卷十二《杂记》,卷末《书后》《后序》《跋》。此二卷后所谓"杂识""杂记"者,皆地志丛谈之类,地志小说也。

② 〔清〕耿文光:《万卷精华楼藏书记》,黑龙江人民出版社,1992 年,第 2863 页。按地理书与小说在先秦时期具有史的同源性,如《山海经》一书,神话、历史、地理、博物并存一体,后世分类隶属不一,如《四库全书总目》《八千卷楼书目》中列之于子部小说家类志怪之属,而在《述古堂藏书目录》列之于地理总志、《书目答问》列之于史部古史类。分目虽未为定论,然皆有凭据。

都碎事序》云:"自地皇氏画分疆域以后……其间山川、城郭、人物、变迁之事繁矣,正史、括地、统志、舆图而外,往往家自为书、人自为记,以补见闻所不逮。"①其次在于方志有所阙略,这为地志小说留下了写作空间。雍正六年厉鹗《东城杂记序》云:"每欲考里中旧闻遗事,而志乘所述,寥寥无几。"②光绪十年如孩老人《津门杂记叙》云:"自昔志与史合,陈寿志《三国志》即史也,后世州有志、县有志,而府又合州县以为志,诚以志者,记事载言,凡以备故实、资考镜也。顾志或百余年一修,或数十年一修,岁殊时移、文献无征,往往传播异词、真伪淆混,读书论世之君子常惜之。"③因为带有个人写作而非集体编纂的特点,所以可称为"一家之言"。不论是出自广见闻还是补史乘,此类文献都有关地方文化,而且进行了如同增补方志一般的活动,如乾隆间项映薇撰《古禾杂识》四卷,王补楼增补之,民国间吴受福续补:"二百年中,陵谷变迁,此书但记一乡习俗琐细事,而三先生于此寄遐思,托深慨,惓惓不能已,犹是诗人匪风下泉之旨,其于后世《伽蓝》《名园》《梦华》,盖其伦也。"④王韬《瀛壖杂志》也有此两项功能的表述,其《蘅花馆日记》中载其上书吴道普观察云:"瀚昔著有《瀛壖杂志》一卷,自谓于沪城掌故有所知……今闻荷汀黄先生欲修邑志,此不可失之机也。故谨缮写上呈,如蒙大人不弃,采厥刍荛,赐以刻赘,俾付手民,则感且不朽。"⑤以个人著述入之方志,也是对地方文化事业的一种贡献。

地志与小说混合产生的地理杂记类笔记小说,颇有秦汉稗官采风的遗存,其基本特征在于这类作品虽有地志的属性,但却带有笔记小说的特点,即《四库全书总目》在关于地理类杂记之属作品的介绍中所注意到的"小说之体",如《中州杂俎》提要云:"采摭繁富,用力颇勤,而多取稗官家言,纯为小说之体。"⑥《湖壖杂记》提要云:"是书盖续田艺蘅《西湖志余》而作……亦颇有考辨,而近于小说者十之七八。"⑦《吴中旧事》提要云:"此书纪其乡之轶闻旧迹,以补地志之阙,其体例则小说家流也。"⑧故周中孚有"地志小说"之称。四库馆臣在《平江记事》提要中云:"(《平江记事》)其体不全为

---

① 〔清〕陈祥裔:《蜀都碎事》,《四库全书存目丛书》史部第 250 册,齐鲁书社,1996 年,第 1 页。
② 〔清〕厉鹗:《东城杂记》,中华书局,1985 年,第 4 页。
③ 〔清〕张焘辑:《津门杂记》,《笔记小说大观》第 12 册,广陵书社,2007 年,第 9301 页。
④ 〔清〕项映薇著,范笑我点校:《古禾杂识》,文物出版社,2016 年,第 65 页。
⑤ 〔清〕王韬:《蘅花馆日记》,《上海图书馆藏稿钞本日记丛刊》本,上海科学技术出版社、国家图书馆出版社,2017 年,第 14 页。
⑥ 四库全书研究所整理:《钦定四库全书总目(整理本)》,中华书局,1997 年,第 1044 页。
⑦ 同上,第 1045 页。
⑧ 〔清〕永瑢等:《四库全书总目》,中华书局,1965 年,第 626 页。

地志,亦不全为小说。例颇不纯,无类可隶。以其多述古迹,姑附之地理类杂记中焉。"①"例颇不纯,无类可隶"恰恰是笔记小说困扰目录学家的一般特征,或亦是刘知幾《史通·杂述》之"偏记小说"十类中列"地理"一种的原因。

　　地理杂记的价值,首先是保存文献,补志乘之阙,即"考核典雅,足备志乘之遗"②,如王昌纪《五茸志逸序》云:"天下之事废兴成败而已,史官掌之;郡邑之事,修举沿革而已,载乘掌之;独有嘉言懿行、珠零玉碎表表在耳目间者,阙焉无闻……此吴子《五茸志逸》之所由作也。"③方俊《白下琐言序》历述《客座赘语》《金陵琐事》《金陵世纪》《金陵私乘》《白下余谈》《金陵闻见录》《白下琐言》等书后云:"异日贤守令重修志乘,征文考献,必将有取于是书。"④嘉庆丁丑丁晏《淮阴胜录自序》中亦云:"《淮阴胜录》者,予浏览群书所札记也,其间掌故文献,可补志乘之遗,而琐事丛杂,亦足以裨异闻,故录之也。"⑤可见地理杂记类作品确有史的特性。其次是个人文学意志的外化,也是文学活动创作的重要表现,即"可以备志乘采,亦可自成一家言"⑥。如段公路《北户录》述岭南风物,陆希声以为胜于志怪、琐语、轶闻之类小说:"近日著小说者多矣,大率皆鬼神变怪荒唐诞妄之事。不然,则滑稽诙谐,以为笑乐之资。离此二者,或强言故事,则皆诋訾前贤,使悠悠者以为口实,此近世之通病也。如君(段公路)所言,皆无有是,其著于录者,悉可考验。"⑦再次是它的教化功能,如宋龚明之《中吴纪闻自序》云:"不惟可以稽考往迹、资助谈柄,其间有裨王化、关士风者颇多,皆新旧图经及吴地志所不载者。至于鬼神梦卜杂置其间,盖效范忠文《东斋纪事》体;谈谐嘲谑亦录而弗弃,盖效苏文忠公《志林》体,皆取其有戒于人耳。"⑧陈琮《明斋小识序》中云:"凡乡邦之山川人物、舆俗土风以及邮亭歌咏之章、闾巷诙谐之语,有裨风俗关名教者,耳目所及,悉辑而录之,非时下说部家所能仿佛也。"⑨简言

---

① 〔清〕永瑢等:《四库全书总目》,中华书局,1965年,第626页。
② 见丁丙《善本书室藏书志》卷十二"东城杂记"条,《续修四库全书》第927册,上海古籍出版社,2002年,第302页。
③ 〔清〕吴履震:《五茸志逸》,《四库未收书辑刊》第10辑第12册,北京出版社,1997年,第2页。
④ 〔清〕甘熙:《白下琐言》,《笔记小说大观》第十五编第10册,新兴书局,1977年,第5998页。
⑤ 〔清〕丁晏辑,佚名批校:《淮阴胜录》不分卷,南京图书馆藏清末民初抄本。
⑥ 〔清〕王韬:《瀛壖杂志》,《笔记小说大观》第13册,广陵书社,2007年,第10559页。
⑦ 〔唐〕段公路:《北户录》,《全唐五代笔记》第3册,三秦出版社,2012年,第2129页。
⑧ 〔宋〕龚明之:《中吴纪闻》,《中国风土志丛刊》第35册,广陵书社,2003年,第2页。
⑨ 〔清〕诸联:《明斋小识》,《笔记小说大观》第二十一编,新兴书局,1977年,第5877页。

之,此类作品的价值功能与史家一脉相承,"补史乘""有戒于人""裨王化"皆是源自史学,不过作家的精神向度是更加接近于民间与故土而已。

总而言之,自秦汉以来以《山海经》为代表的地理书似乎与小说具有天然的联系,而在清代作为说部之一种的地理杂记类作品,它所具有的笔记形式、叙事因素、地理空间与史学指向、道德要求,都足以使它成为一种别具一格的存在形式,叙事中具有"杂说"与"传记"之体①,而其中的轶事与志怪,可谓是对本土文化的一种别样解读,故芎谷老人云:"窃闻雕虫小技,壮夫不为;老生常谈,大雅弗尚。然或纪方隅之琐屑,补志乘之疏遗,又未尝不可,仿佛虞初,追希鸿烈耳。仆本散材无用,逸事时聆,听之饱积于怀,忆之常抒以笔。奇行隐赜,留为文献之征;怪事异闻,欲俟輶轩之采。所录皆耳目闻见,岂曰姑妄言之;所载或巷说街谈,于此窃有取耳。"②尤可注意的是,地理类著作自《山海经》到《扬州画舫录》,有一个从地理到文学的转变过程。

二、清代地理杂记类之著述特征

在清代前中期,疆域版图的新开拓是"康乾盛世"的标志之一,原因在于清代在经济层面"出现了稳步而又集中进行的国内的移民垦殖,将云南、新疆、台湾和满洲以及许多少数民族群体纳入了汉人的世界"③。这就把关外与西域纳入了作家笔记小说写作的视野,不再如宋明时期,此类著述不过是使臣偶一为之。到了晚清,随着民族与边疆危机的加重,域外也成了书写的重点(如《瀛寰志略》)。在传统书写方面,顺康雍乾嘉五朝期间的作品,仍然承继前代地记记载之法,而道光后的地理杂记作品,域外因素增加(特别是沿海工商业城市的崛起)④,新事物、新思想、新词汇等大量涌入,近代化的色彩越来越明显。清代的地理杂记类作品,拓展了小说叙述的地理空间,

---

① 辛巳(道光元年)洪肇基《韩江闻见录序》中云小说二体在《韩江闻见录》中并存云:"说部,史外一体也。其考国家之典故,述忠臣孝子、高人奇士之轶事遗言,有与史相出入,为读史所必参者。顾其体别而为二:有杂说体者,张华《博物志》、王嘉《拾遗记》是也;有兼传记体者,柳子厚《龙城录》、东坡《志林》是也。此非沿波溯源,卓然得史家之法,而博观泛览乎!体裁辨别之宜者,岂容涉笔而缀书哉!"(清郑昌时撰,吴二持点校:《韩江闻见录》,暨南大学出版社,2018年,第1页。)
② 〔清〕刘世馨:《粤屑自序》,《粤屑》之《岭南文库》本,广东人民出版社,2015年,第185页。
③ 〔美〕韩书瑞、罗友枝:《十八世纪中国社会》,江苏人民出版社,2008年,第236页。
④ 光绪二年袁祖志《沪游杂记序》中述晚清新兴工商业城市云:"迨道光季年,五口通商,中外互市,遂成巨观。近则轮舶愈多,外海、长江四通八达。人物之至此者,中国则十有八省,外洋则廿有四国。猗欤盛哉!自生民以来未有若是之美备者也。向称天下繁华有四大镇:曰朱仙,曰佛山,曰汉口,曰景德。自香港兴而四镇逊焉;自上海兴而香港又逊焉。"(清葛元煦等:《沪游杂记 淞南梦影录 沪游梦影》,上海古籍出版社,1989年,第6页。)

呈现出江南与中原、塞外与岭南、域外与内地并兴的创作局面,作品如《坤舆外纪》《海录》《辽左见闻录》《天山客话》《粤西丛载》《潇湘听雨录》《中州杂俎》《滇南忆旧录》《吴语》《陇蜀余闻》《清嘉录》《燕京杂记》《红山碎叶》《杭俗遗风》《旧京琐记》《津门杂记》《塞外见闻录》《琉球实录》等,展现了地域文化的多样性,并且已经具有全球视野。集大成与近代性,是其度越前朝的最大特征。

若依文学性的标准来看,清代的地理杂记作品,当以屈大均《广东新语》、杨宾《柳边纪略》、汪价《中州杂俎》、罗天尺《五山志林》、李斗《扬州画舫录》、顾禄《清嘉录》、杨静亭《都门纪略》、张焘《津门杂记》、王韬《瀛壖杂志》、袁祖志《海上见闻录》为代表;不过就当时的影响力来说,《广东新语》《扬州画舫录》《都门纪略》无疑最大。三书卷帙较多,叙述详细,《广东新语》开清代"岭南杂记"之风、兼有面向西洋文明之气①,《扬州画舫录》处于江南文化中心,叙述兼合诸体文学,《都门纪略》以商贸便利性为中心,仿作者如《都门杂记》《都门汇纂》《新增都门纪略》《朝市丛载》《沪游杂记》《津门杂记》等,顺应了清代中后期地记之书实用化的需求。

除了上述集大成与近代化的特点外,清代地理类笔记小说在作品来源与书写层面中还具有以下特征:

(一)作品来源:"志乘之余"与游记见闻

康乾时期,因编纂《大清一统志》的需要,清代政府自上而下鼓励纂修方志,清廷分别于康熙十一年、二十二年、二十四年及雍正七年等连续发布诏书,督修方志,雍正帝甚至要求各州县志每六十年一修,"在清王朝的檄催督修之下,各地方志编修蔚然成风,形成中国方志编修的全盛时期"②。省、府、县甚至乡里,皆有志书纂修活动。方志的纂修,吸引了一大批学者文士及学者型官员从事于此类文化活动,如孔尚任、章学诚、阮元、章攀桂、张之洞、俞樾、孙诒让等。纂修方志一方面可以重新整理民间文献,起到补充故典的作用;一方面文人学士参与此项活动,沟通俗雅分界,也为处于社会底层的作家提供一种被官方认可的学术与文学活动,如《中州杂俎》《吴兴旧闻》《淄乘徵》《青社遗闻》《然犀志》《韩江闻见录》《芜城怀旧录》《汉口丛

---

① 屈大均著作虽遭禁毁,然此书在清代仍在传播,清初钮琇云:"著书之家,海内寥寥,近惟《日知录》《正字通》《广东新语》三书,可以传世。"(清钮琇《觚賸》卷八《粤觚》,《笔记小说大观》第8册,广陵书社,2007年,第6291页。)乾隆间此书易名为《焚余录》,李调元据此辑为《南越笔记》。又:王应奎《柳南续笔》卷四"正字通"条谓钮琇之言"贻误学者,良非浅细",亦可见此书在嘉道间亦为人所熟识。

② 郝玉屏主编:《甘肃方志通览》,兰州大学出版社,2007年,第83页。

谈》皆为方志之余,它们的作者汪价、胡承谋、毕际有、安致远、李调元等皆有从事纂修方志的经历,取方志所弃或暂时不用的材料,重新纂辑出版。这种地理类笔记小说为纂修方志之余料的现象在前代并不多见。在主政者看来,此类作品类于鸡肋,介于史与小说之间;但其中不乏可采者如《中州杂俎》,体制严谨,搜罗丰富。即使有作品曾单独刊刻,如《五茸志逸》《南吴旧话录》《瓯江逸志》《蜀都碎事》《清波小志》《阴晋异函》《前徽录》《清嘉录》《燕京岁时记》《燕京杂记》《台州札记》《瓯乘补遗》等,它们也如同前代的地理杂记作品一样,"使后之修志乘者得所取材"①,仍然有被编入史乘文献的可能。

除了"备志乘"之需而编纂此类作品外,地理杂记类的另外一个来源是游记见闻,此类作品或出于仕宦,或出于流寓,如黎士弘《仁恕堂笔记》、冯一鹏《塞外杂识》、谢济世《西北域记》、杨宾《柳边纪略》、方拱乾《宁古塔志》、王一元《辽左见闻录》、牛天宿《海表奇观》、陆祚蕃《粤西偶记》、洪亮吉《天山客话》、史善长《轮台杂记》、黄濬《红山碎叶》、夏仁虎《旧京琐记》、孙同元《永嘉闻见录》等,如黄濬曾于道光十八年遣戍新疆,后成《红山碎叶》一卷九十余则,记载新疆山川、风俗、物产暨当时见闻琐事,文笔雅洁,黄濬自序云:"新疆辟自纯皇帝,数十年间,生聚渐繁,蒸蒸然有中华气象,士大夫之干役其地者,类能纪其山川风俗,如《西域闻见录》《三州辑略》《新疆志略》诸书,盖以橐笔从戎,而不能旁搜远揽,集异编奇,非所以为豪也。余虽荷戟轮台,而趋走军门,未能出红山一步,其所听睹,不越兹区,故即以为书目。且古人著书,往往称林,余存光尺幅,不能志其远者大者,则其叶也,非林也,又古人有聚叶为薪、积叶成屋者,余既不能聚,又不能积,偶见偶闻,随时掇拾,则谓之碎叶而已矣。"②表现了士大夫在异质空间中,对于地记文学的一种写作习惯。此类文献对于历史地理的贡献,也不下于志乘。

(二) 书写特点:"体兼数家"与"考证"

在写作方面,清人多遵循前代关于地理杂记的写作方法,包括内容、体例,如汪价《中州杂俎》仿唐段成式《酉阳杂俎》体例,张岱《西湖梦寻》"其体例全仿刘侗《帝京景物略》,其诗文亦全沿公安、竟陵之派"③。同时也进行了文体融合的工作。所谓文体融合是指地理类笔记小说融合了游记体、日记体乃至野史体的写法,特别是游记体、野史体的渗入,使地理类小说增添

---

① 道光十三年洪颐煊《台州札记序》,洪颐煊辑《台州札记》,《洪颐煊集(二)》,上海古籍出版社,2018年,第539页。
② 〔清〕黄濬:《红山碎叶》,北京大学藏清刻本。
③ 〔清〕永瑢等:《四库全书总目》,中华书局,1965年,第665页。

了文学意味和史学深度,如徐霞客之子李寄的《天香阁随笔》、王士禛《陇蜀余闻》,以游历为主,同时讲述历史变革之轶闻。地理杂记类的诸家文类的融合现象并非至清代方为显现,如谢兰生《鹅湖客话》、张德彝《八述奇》之前,宋代范成大的《吴船录》即为游记体与日记体融合的地理杂记类作品。清代地理杂记类中的文类融合,更多是指实际的书写层面,作家对前朝某一作品的偏好而模拟、衍化之风,即"体兼数家"的写作。

1."体兼数家"

地志小说具有文献积累与个人创作相结合的特点,但个人创作并非完全向壁虚造,而是基于本地域的实际情况,所以相比其他笔记小说类别来说它更有史的属性,如《春明梦余录》《广东新语》《扬州画舫录》《东城杂记》《杭俗遗风》等,皆有地理、历史与小说融合的特点。

在此类文献中,个人的能动性大多表现为文献整理与历史记录,如屈大均谈及《广东新语》的写作云:"吾于《广东通志》,略其旧而新是详,旧十三而新十七,故曰《新语》。"①"旧十三"是旧志所已经记录者,"新十七"为新增加的内容,这些内容是岭南地区现实存在事物的记录,并非想象与虚构。在地理类小说的书写中,清代作者考虑的是师法对象的选择问题,如张贞《渠丘耳梦录》自序云其师法宋代笔记如张端义《贵耳集》、康与之《昨梦录》,从而为"抚掌之资"。融合前代文体,似乎是清人的一种普遍倾向,《广东新语》收录前代有关岭南的文献多种,潘耒以为此书"视《华阳国志》《岭南异物志》《虞海桂衡志》《入蜀记》诸书不啻兼有其美善哉!"②又如《扬州画舫录》,分《草河录》《新城北录》《城北录》《城南录》《城西录》《小秦淮录》《虹桥录》《桥东录》《桥西录》《冈东录》《冈西录》《蜀冈录》《工段营造录》《舫扁录》十四部,除《工段营造录》《舫扁录》外皆按地理分书之,除叙述地理变迁、采自故老传闻外,于旧志碑版多所用心,可谓集《世说新语》《水经注》《洛阳伽蓝记》《洛阳名园记》《东京梦华录》《都城纪胜》《录鬼簿》《板桥杂记》《池北偶谈》《畴人传》诸体于一书,名胜古迹、士女风情、民俗物象、志怪诗话、百工技艺、梨园优伶等皆述之,其中所述轶事类乎小传,辞旨清丽,备载江都文物盛景,是康乾时期著名的地志作品。袁枚谓此书与《洛阳名园记》《东京梦华录》为一类,阮元《扬州画舫录序》亦云:"或有以杨玄之、孟元老之书拟之者。元谓杨、孟追述往事,此录则目睹升平也。或有疑其采及琐事俗谈者,元谓《长安志》叙及坊市第宅,《平江纪事》兼及仙鬼、诙谐、

---

① 〔清〕屈大均:《广东新语》,《中国风土志丛刊》第 58 册,广陵书社,2003 年,第 14 页。
② 同上,第 7—8 页。

俗谚,此史家与小说家所以相通也。"①实则此书包含了多种小说体,故杭世骏评《东城杂记》云:"体兼数家,譬之《秦中岁时》《岭南异物》《襄阳耆旧》《益州名画》《洛阳伽蓝》《吴兴园圃》,合为一书,各臻厥美,求之簿录,古无其伦。"②虽不免溢美之词,"体兼数家"亦可见清代在此领域的集成之法,如梁佩兰评钱以垲之《岭海见闻》云:"其文博而该,精而核,古而隽,参错而善变。有类司马龙门者,有类班扶风者,有类《水经注》者,有类《尔雅》者,有类《草木状》《禽鱼疏》者。"③又如同治初范祖述撰《杭俗遗风》一书,此书作于洪杨之役后,浙省甫定,杭州人间天上,繁华落尽,作者有《洛阳伽蓝记》《东京梦华录》之感,遂兴《荆楚岁时记》之笔:"兹所记者,不过一切俗情,故曰《杭俗遗风》。忆自道光年间起,至咸丰以来三十年中,其制作之瑰丽,享用之奢华,千方斗巧,百计争妍,实有愈出愈奇之势,可称尽美尽善之观。兹于咸丰庚申辛酉,粤匪两次窜陷,男女除殉难几至百万外,其余皆被掳杀,间有先游他省,以及被胁逃出者,已十不获一矣。所在山水之胜,景物之华,莫不糟蹋殆尽,蹂躏荡然,可胜悼哉!"④全书分十二类,每则有标题,共一百七十则(原一百二十八则,民国间洪岳增补四十二则订):时序类,如《太岁上山》《三山香市》《六月夜湖》《除夕鼠粮》等,为节律之记如《荆楚岁时记》;乐善类,如《普济堂》《清节堂》《水陆道场》《残废院》等,载杭城恤老济贫之义举;声色类,如《戏班》《道情》《敲打焰口》《莲花乐》《猢狲戏》等,为曲艺杂技之类;婚姻类、寿诞类、丧事类,三类为喜庆祭祀哀诔之礼节;排场类,即卤簿、仪注之类;俦品类、女工类,如《设帐》《磨纸》《收生》《织袜摇纱》等,为女性职业介绍;饮食类,为杭城饮馔名品及著名菜馆,如《羊汤饭》《徽州馆》《红烧肉》《宋恒兴年糕》等,驰名类,举杭城特产及各行业中有名气者数事如《五杭》《各铺》《各艺》《女瞎子》等;备考类,述杭城名迹,盖存胜迹以备后世忆念之意,如《三个半》《梅花碑》《回回堂》《樟树神》《西湖异》等。该书集中记载了杭城未经兵燹之前的盛况。

2."训诂名义,率多精核"

训诂名物、考证地理的偏好,并非始自清人,四库馆臣评论《岭表录异》云:"记载博赡,而文章古雅……训诂名义,率多精核。"⑤可知在唐代已经有

---

① 〔清〕李斗:《扬州画舫录》,广陵古籍刻印社,1984年,第6页。
② 〔清〕厉鹗:《东城杂记》,中华书局,1985年,第2页。
③ 〔清〕钱以垲:《岭海见闻》,广东高等教育出版社,1992年,第11页。
④ 同治二年范祖述《杭俗遗风自序》,范祖述《杭俗遗风》(上海文艺出版社影印民国杭州六艺书局补辑本),上海文艺出版社,1989年影印本,第1页。
⑤ 〔清〕永瑢等:《四库全书总目》,中华书局,1965年,第623页。

此类著述活动,今日属于历史地理学家的研究范围。在清代开地理考证者,盖为顾炎武之《京东考古录》《山东考古录》《谲觚》①,"炎武,昆山人,最明于地理之学"②。清人论及本朝考证之学,往往举《日知录》为首,故地理杂记之叙述亦往往有考证之文,其意大约在于求真务实与博学之需。这种地理考证的活动,首先表现在古代地理书的疏证,如吴任臣之《山海经广注》十八卷《图》五卷、毕沅之《山海经新校正》十八卷、郝懿行之《山海经笺疏》十八卷《图赞》一卷《订伪》一卷、赵一清之《水经注释》四十卷《附录》二卷《刊误》十二卷、董佑诚之《水经注图说》四卷等;其次则是在地理叙述活动中,注意结合古代文献进行辨正,去伪存真,摒弃附会、浮诞之言,如吴骞《桃溪客语》、李调元《南越笔记》与《然犀志》、吴振棫《黔语》、郑昌时《韩江闻见录》等,其中不免引经据典,加以考证,足见其博学广识之能,故李调元《南越笔记自序》中云"自虞帝明庶务、孔门讲格物,而后之儒者遂不厌详细,举凡峙流夭乔、鹍飞喙息之侪,无不欲各尽其情实而自成一家言……征信而核实,畴见昔人著述诧为怪怪奇奇、惊心炫目者,至是又不觉知其或失则诬,或当于理,而因为之弃取焉"③;又如陈祥裔撰《蜀都碎事》四卷补遗一卷,此书仿自《金陵遗事》《武陵旧事》,所述为川中地理、物产、风俗、沿革、故实等,聂鼎元称此书"或得之见闻,或参之载籍,考证精确,典雅弘深"④,每引多注出处,如《渭南集》《北梦琐言》《丽情集》《帝王世纪》等,语皆典实,并录诗文,既类游记之体,复有考证之学,考证以案语出之,如卷一《摩诃池》出自《渭南集》,陈祥裔案语云:"按此池填为蜀藩正殿,西南尚有一曲,水光涟漪,隔岸林木蓊翳,游者寄古思焉。今改为贡院。"⑤此类考证也可以采用"正文+按语"的形式,如关涵《岭南随笔》卷六《南言略下》之"大娘小娘"条云:"东莞称女未字者为大娘,已字者为小娘。广州统称夫娘,犹言有夫之娘也。韶州人统称婆娘。"⑥关涵按语云:"《梦粱录》载议亲帖,即写第几娘子。《南史》刘孝绰妹称刘三娘女未出嫁,先得称娘。《辍耕录》云'南人妇之贱者称某娘',又云'庶人妻及大官国夫人并称娘子',则娘子之名达乎上下者也。《明皇杂录》载公孙大娘。李益呼霍小玉曰小娘,韩愈祭女挐亦曰小娘,

---

① 《谲觚》虽为顾亭林与鲁人往复辩难之地理考证书,然亦地志小说之一种。
② 〔清〕张之洞:《(光绪)顺天府志》卷一百二十二《艺文志一》,清光绪十二年刻十五年重印本(笔者自购扫描件)。
③ 〔清〕李调元:《南越笔记》,《中国风土志丛刊》第 57 册,广陵书社,2003 年,第 3—5 页。
④ 〔清〕陈祥裔:《蜀都碎事》,《四库全书存目丛书》史部第 250 册,齐鲁书社,1996 年,第 5 页。
⑤ 〔清〕陈祥裔:《四库全书存目丛书》史部第 250 册,齐鲁书社,1996 年,第 9 页。
⑥ 〔清〕关涵:《岭南随笔》,上海图书馆藏乾隆六十年刻本。

与此大小娘有别。娘与孃音同义异,《齐后妃传》冯娘、王娘、李娘、穆娘皆宫中之媵,均从娘。《隋书·韦世康传》'孃春秋已高'、杜甫诗'爷孃妻子走相送',子之称母俱从孃。《集韵》云:'娘者,少女之谓。孃者,母之称。'今人混而一之,失考者也。"①又如《黔语》卷下"飞山庙之误"条引《靖州志》《宋史》以辨贵阳飞山庙所祀北宋杨家将不合典实,故赵藩跋云此书"考证翔核,属辞典雅"②。故此类笔记小说的考证发展到了晚清,也出现了传世文献与出土文献的结合现象,如齐翀《三晋见闻录》一书,光绪二年方浚颐序云"此编乃雨峰先生主讲晋阳书院时所作,凡三晋名胜之区,物产、土风、异闻、轶事皆有纪载"③,内容有关山西文献如《碧落碑》《书库碑》《绛帖二则》《吴道子南极老人图》《裕公和尚道行碑》《老君堂后崖石刻》《唐太宗书晋祠之铭》,名迹如《纯阳宫》《小五台》《皋陶墓师旷故里》《伏牛台》《皋落故墟》《晋城故址》《女娲炼石补天处》,博物如《石炭》《榆次西瓜》《上党参》《长松草》《娑罗树》《羊羔酒》《豆叶粥》《并州剪刀》《太原酒》《藐姑仙人铜鞋》,风俗如《正月风俗》。三晋尧都,上古至隋唐古迹遍布,故此书叙述之中每寓考证之文如《曲沃辨》,文笔端雅,纪载翔实,考证有据,具有今日历史地理学的色彩。其他如刘献廷《广阳杂记》、陈祥裔《蜀都碎事》、顾禄《清嘉录》、孙同元《永嘉闻见录》、范锴《汉口丛谈》、马光启《岭南随笔》、姚礼纂《郭西小志》、张祥河《粤西笔述》、施鸿保《闽杂记》等,亦用地理名迹、古今风俗名物变迁考证之法。

(三)叙述内容的人文性

地理杂记类笔记小说,也属于人文地理学,内容多是据作者(流寓、仕宦文人)目见所写,所述历史轶闻、地理名胜、山川古迹、节庆民俗、族群风貌、物产气象、怪异琐语等,并非刻板的记录,而是一种文人化叙述,记录山川之秀丽、族群之奇异、物产之丰富,带有作者适度参与的理解借散文笔法出之,自然风光、人文景观之外,名人轶事、志怪异闻、诗词引述、野史传说、族群风俗等,是形成此类作品人文性特征的重要部分,文学性较强,故王士禛《黄山领要录序》中此类作品为"快笔"④散文。地理杂记类作品的人文性,表现在

---

① 〔清〕关涵:《岭南随笔》,上海图书馆藏乾隆六十年刻本。
② 顾久主编:《黔南丛书(点校本)》第10辑,贵州人民出版社,2010年,第329页。
③ 〔清〕齐翀:《三晋见闻录》,国家图书馆"中华古籍资源库"(光绪六年刻本),第1页。
④ 清王士禛《黄山领要录序》中云:"志者,史之属也。志录山水,与史传人物,虽各有体,然人物、山水皆有形有神。写生者略其形而取其神,则无不同。故以腐笔为之,则酱而无味;以庄笔为之,则郁而不畅;惟以快笔为之,旁见侧出,则飞腾耸峭,举无遁形,而神理出焉。史家快笔,千古独推子长,乃说者谓后世即有子长,脱未遇《史记》中人与其事,虽有笔,亦无所托以传。归熙甫亦自谓生平不得当世异人杰士、丰功伟烈书之以为憾事,良有(转下页)

三个方面:

一是对于人文节律的重视。人文节律通过时序中的节日活动来进行,可称时序之书,为《夏小正》《吕氏春秋·月令》之支流苗裔①,如《清嘉录》《帝京岁时纪胜》《燕京岁时记》《杭俗遗风》等作品,此类时序民俗,皆着意于历史底蕴较为深厚的地域,如三吴、京都等,以月日系事,述民俗轶事,其中《清嘉录》所记苏州风俗,即"自元日至于岁除,凡吴中掌故之可陈、风谣之可采者,莫不按节候而罗列之"②,类于《荆楚岁时记》,风格清雅,为清代风土记名作,如卷五"五月修善月斋"条云:

  释氏、羽流,先期印送文疏于檀越,填注姓字。至朔日,焚化殿庭,谓之"修善月斋"。是月,俗又称为"毒月",百事多禁忌。案《荆楚岁时记》:"五月,俗称恶月,多禁忌曝床、荐席及盖屋。"潘荣陛《帝京岁时纪略》:"京俗,五月不迁居,不糊窗槅。名曰'恶五月'。"(吴俗称善月,盖讳恶为善也。蔡铁翁诗:"俗忌三旬呼毒月。")③

二是文学作品如诗文、小说的大量存在。地理杂记类作品中存在大量的文学作品,如《韩江闻见录》《随园琐记》《浔阳跖醢》《颜山杂记》《广东新语》《五山志林》《殷上旧闻》《津门杂记》《汉口丛谈》《沮江随笔》《蜀都碎事》《黔语》《永嘉闻见录》《听雨楼随笔》等,叙述中除博物、名迹外,诗文、小说也是重要内容,今日所谓"地志小说"者,不仅"叙事"一种而已。诗文如范锴辑《汉口丛谈》(六卷)远溯明陈士元《江汉丛谈》地理杂记之意,卷一述武汉三镇水系(河流湖泊),引先秦至清代正史山经地志中有关汉口水利湖山之文而考辨之;卷二述镇坊市街,列图表以记街道房舍庙宇,叙述中多引他书中有关掌故及其变迁,复载晚清武汉风俗及竹枝词;卷三述人物,载汉口名士(包括流寓)如项大德、吴小韩、吴邦治、黄鹤鸣等及其诗文,并以按语增补史料、考证史实,可称风雅小传;卷四辑录轶事志怪,如北宋车盖亭诗案、正德年间流寇刘六攻汉阳城、张献忠破武昌、书天主教事等,辑录有魏晋封《竹中记》《因果录》等;卷五辑录前人汉口诗,作者如李白、刘长卿、姜夔、

(接上页)以也。余谓不然。无《史记》中人与其事,岂无宇宙之奇足与之相颉颃者?岂无足与相颉颃,其奇虽传,而犹未尽传者,于是假道云泉,借资松石,安在不可传其神于阿堵乎。"(清汪洪度:《黄山领要录》,《笔记小说大观》第13册,广陵书社,2007年,第10113页。)
① 见道光十年宛山老人《清嘉录序》,〔清〕顾禄:《清嘉录》,《笔记小说大观》第11册,广陵书社,2007年,第8769页。
② 〔清〕顾禄:《清嘉录》,《笔记小说大观》第11册,广陵书社,2007年,第8769页。
③ 同上,第8796页。

陆游、徐祯卿、查慎行、赵柳江、王兰泉、黄承吉、黄承煜等,可谓"武汉诗话";卷六述汉口青楼曲巷如义和轩巷、青莲楼及艺伎小传如陈小翠、小金凤、吴媺等及士妓往还诗词,文风典雅。

三是借地理以存史。地记本有存史的功能,清代此类作品较多,如《春明梦余录》《广阳杂记》《瓯江逸志》《西藏见闻录》《扬州画舫录》《粤滇杂记》《琉球实录》《北隅缀录》《沪游杂记》等,叙事、议论、考证、载记皆备,其中《西藏见闻录》上下二卷,为萧腾麟于乾隆二年驻守察木多时闻见记录,乾隆三十九年卢文弨《书后》云此书"治军暇,为详纪其土地物产风俗之殊异,有二十门以括之,名曰《西藏见闻录》"①。此书卷上十门,《事迹》述西藏地理沿革、历代事迹;《疆域》述四至界限、接壤国家;《山川》述西藏山川河道;《贡赋》述人员编制及赋税;《时节》述藏地风候节庆;《物产》述西藏土产(动植皮毛之类);《居室》述藏地房屋及其装饰;《经营》述藏地贸易活动;《兵戎》述藏兵、驻藏兵马;《刑法》述藏地刑罚。卷下十门,前有陈毅七律四首,《服制》述藏地上下服饰;《饮食》述藏地饮食如青稞面、奶酪之属;《宴会》述郡王宴会场面及礼仪;《嫁娶》述藏地婚俗;《医卜》言藏医药;《丧葬》述藏地丧礼;《梵刹》述藏地佛教寺院及王公宫殿;《喇嘛》述藏地僧人活动;《方语》为汉藏对译语;《程途》为驿站、城邑交通道里。此书叙述简洁,一门乃至有一则者,叙述中夹以评论,故蒋士铨序云"此编纪载之中,不遗论断,颂美而外,仍含劝讽,得史班书志之法"②,给予了很高的评价。

总而言之,清代前中期在地理类笔记小说的写作方面,取得了很大成就,地理杂记类笔记小说内容多样、体例各异,或重在叙述风土如《耳书》《鲊话》,或以志怪见长如《霭楼逸志》,或兼述杂史如《留都见闻录》《春明梦余录》。在传统文化集聚的江南地区,出现了合诸体文学于一身的地志小说《扬州画舫录》,同时在屈大均《广东新语》之后,也出现了一个以岭南作为书写对象的文学现象,如吴震方《岭南杂记》、钱以垲《岭海见闻》、汪森《粤西丛载》、范端昂《粤中见闻》、王庭筠《粤西从宦略》、罗天尺《五山志林》等。进入晚清以后,地记类作品仍然盛行不衰,如张焘《津门杂记》、黄协埙《淞南梦影录》、尹元炜《溪上遗闻集录》、王韬《瀛壖杂志》、丁丙《北隅缀录》《续录》、富察敦崇《燕京岁时记》、邹弢《沪游笔记》以及民国间的《芜城怀旧录》《泰县风俗谈》《歙事闲谭》等。不过随着新的贸易城市如天津、上海等的兴起及外洋事物的涌入,此类作品的内容也有了近代化的色彩,光绪二十一年徐宗亮《东游纪程序》云:

---

① 〔清〕萧腾麟:《西藏见闻录》,国家图书馆"中华古籍资源库"(抄本)。

② 同上。

游历纪事,唐宋以来著录多矣。上者,寻览山川,述古证今,冀有补于史学,是谓考据家。次者,流连景物,即事成题,借抒一时之兴,是谓辞章家。下者,追逐纷华,铺陈琐异,以诧人所未见,是谓小说家。三者虽殊,而无裨天下之用一也。泰西人入中国,于游历一端首载约章,视之綦重。久而知其游历诸人不惜重赀,不限程期,要以不虚此行为极。盖举天下风俗形势之大,胥归目击身亲,穷竟厥旨,备一日驰驱之用。此其觇国之术,夫固深且远矣。①

徐氏对此类"游历纪事"之书分为三类,考据、小说、辞章皆属于本书所言地志小说的内容,他对中西作一对比,明显也觉察到了此类"无裨天下之用一"的作品在面对西学时的不足,也预示了此类作品即将没落的可能。随着边疆地理之学的兴起,面对外患日亟,地理杂记类作品也被赋予了救国的责任,如姚莹《康輶纪行自叙》中所云:"今昔不同,要当随时咨访以求抚驭之宜,非图广见闻而已。"②随着出洋士人的增多,关于域外游览的笔记在晚清剧增,其中不乏以日记体记述者,如斌椿《乘槎笔记》、蔡钧《出洋琐记》、王韬《扶桑游记》、沈炳垣《星轺日记》、袁祖志《谈瀛录》等。本土与域外并存、地志与冶游同举,此亦晚清地理杂记之特色。

第四节 故事琐语类

故事琐语类笔记小说,或称为"稗官小说"③"虞初小说"④"子部小说"

---

① 〔清〕聂士成:《东游纪程》,《近代史料笔记丛刊》本,中华书局,2007年,第5页。
② 〔清〕姚莹:《康輶纪行》,《笔记小说大观》第12册,广陵书社,2007年,第9061页。
③ "稗官小说"之称,古人多有使用者,清盛时彦《阅微草堂笔记序》云:"文之大者为《六经》,固道所寄矣。降而为列朝之史,降而为诸子之书,降而为百氏之集,是又文中之一端,其言皆足以明道。再降而稗官小说,似无与于道矣。然《汉书·艺文志》列为一家,历代书目亦皆著录,岂非以荒诞悖妄者虽不足数,其近于正者,于人心世道亦未尝无所裨益。"(〔清〕纪昀著,汪贤度校点:《阅微草堂笔记》,上海古籍出版社,1980年,第567页。)光绪八年姚印诠《此中人语序》中云:"昔纪晓岚先生于书无所不览,于学无所不窥,而其所撰之书,不过稗官小说,皆谈果报之言以昭劝戒之旨,彼诚谓经史诸说浩如烟海,人未必尽肯观,不如稗官小说人人好之,为新奇悦目也。"(〔清〕程麟:《此中人语》,《笔记小说大观》第12册,广陵书社,2007年,第9267页。)刘叶秋先生在论述"野史杂记"与"稗官小说"的区别时道:"一般说来,稗官小说,多指志人、志怪两体的笔记小说,如晋张华的《博物志》、干宝的《搜神记》和晋裴启的《语林》、南朝宋刘义庆的《世说新语》之类……"(刘叶秋:《稗官小说与野史杂记》,《文史知识》1988年第3期,第22页。)其实刘叶秋先生也是约略言之,稗官小说的范围不尽限于志怪与志人两类,而是《四库全书总目》小说家类"杂事""异闻""琐语"之外,还包括传奇小说、通俗小说与戏曲、讲唱文学等。
④ 〔清〕吴寿昌《虚白斋存稿》卷九《细吟集(下)》之《经关将军庙作》诗云:"正史(转下页)

"国学小说",皆指向以《四库全书总目》小说家类的小说观念、以叙事为主要言说方式的小说作品集,此类小说文献大致可分为异闻类(志怪)、杂事类(轶事、志人)、琐语类(笑话、游戏文、博物)三种类型,此为笔记小说的狭义代称,今人称之为"笔记体小说",其与章回体、话本体、传奇体相并列,实则是指其中的故事性而言。

一、笔记小说与"子部小说"

笔者以为,目前学界所用之"子部小说"这个概念是值得商榷的。按照段国超先生的看法,子部小说有广义、狭义之分,广义的子部小说作品则如袁行霈、侯忠义所著之《中国文言小说书目》中所列,狭义的子部小说则是以《四库全书总目》小说家类著录的以叙事为中心的作品——"它的主体建构是兼有知识性和文学性的笔记体作品"[①]。陈文新教授以为"述诸理性而以治身理家为关注中心,可以说是子部小说的基本特征"[②]。"子部小说"的概念,似乎是在与"古体小说""文言小说""笔记小说"争取"正名"的合法性过程中提出来的:"即使从目录学意义上讲,从汉到清,从官修到私撰,大都采用子部小说家类的概念。以实求名,难道称之为子部小说不比称为文言小说更科学么!"[③]"子部小说、笔记小说和古小说,这三个术语的指称对象相同,说的都是中国古代目录学意义上的'小说',比较而言,'子部小说'在揭示这一类型小说的文类特征方面优势明显。"[④]"拙见以为,在中国小说史的教学和研究中,以'子部小说'取代'笔记小说'和'古小说',可能更加合理一些。"[⑤]

笔者以为,段、陈诸学者所论之"子部小说",恐怕在学理上尚不完善。首先从历时性的角度看,从《汉志》《旧唐志》《新唐志》到清代的《也是园书目》《四库全书总目》,小说家著录的内容有了很大变化,作品在历代书目中

(接上页)将军失载名,黔中庙食尚分明。虞初小说流传处,乌有先生有是生。"(〔清〕吴寿昌:《虚白斋存稿》,《四库未收书辑刊》第10辑第25册,北京出版社,2000年,第259页。)"虞初小说"另一义为虞初系列小说,如《虞初志》《虞初新志》《虞初续志》《虞初广志》等。

① 段国超、连杨柳、张晓明:《论子部小说》,《信阳师范学院学报(哲学社会科学版)》1989年第3期,第39页。
② 陈文新:《论子部小说的文类特征》,《文学遗产》2016年第1期,第137页。
③ 段国超、连杨柳、张晓明:《论子部小说》,《信阳师范学院学报(哲学社会科学版)》1989年第3期,第44页。
④ 陈文新:《论子部小说的文类特征》,《文学遗产》2016年第1期,第135页。
⑤ 同上,第143页。2017年5月10日,陈文新教授于《唐人传奇的文类特征》讲座(华东师范大学中文系主办)中认为,子部小说可与传奇小说、话本小说、章回小说并列,此亦"小说四体"之说。

的归属并不固定,并非是一以贯之的,如《山海经》,《隋志》入地理类,《四库全书总目》入小说类,《万卷精华楼读书记》又入之地理类;其次从共时性的角度来看,同一时期的小说书目,其选录标准并不一致,如清代,虽然《四库全书总目》小说家的分类思想和著录标准影响很大,在它之前的《(康熙)西江志经籍志》、《(雍正)浙江通志》、之后的《(咸丰)顺德县志》、《(同治)续纂江宁府志》小说家类仍沿袭《汉志》《隋志》的著录传统,甚至嘉庆年间的《扬州府志》设置"杂家小说类"这一门类以示"小说"包罗万象的特征;三是在目前小说分体研究的现实需要下,古代的子部小说家几乎包罗了所有可以被称为"小说"的文体,如传奇、笔记、话本、演义、戏曲、谱录、弹词以及类书、丛书、学术笔记等,这就使"子部小说"具有文献学、目录学的价值,但在小说辨体方面所起的作用就很有限。

虽然"子部小说"这个概念有不少问题,但并不妨碍把它纳入笔记小说中作为一个类别而不是同一层级来加以研究。但这也有个前提,即笔者在上述三种笔记小说的类别(野史笔记类、杂家笔记类、地理杂记类)进行划分、辨析的工作完成之后,才能把前贤所称的"子部小说"概念纳入笔记小说的研究范围中去,这样既可以解除近年来学界对"笔记小说"这一概念合理性的疑虑,也可以丰富笔记小说的内涵并扩大其外延。因这一类作品在《四库全书总目》流行后,大多位于为古代书目子部小说家类,而且学界依据"笔记小说"这个概念进行文本研究时,也集中于这一区域,或称子部小说为笔记小说之一体亦无不可。

笔者注意到前人在进行"子部小说"的探讨时,往往把《四库全书总目》作为立论的基础,就清代小说书目的影响力来说,《四库全书总目》小说家也无愧群目领袖,它以"雅正""叙事""考据"作为著录标准、小说类别的三分法(杂事、轶闻、琐语)以及笔记小说占主体的著录特征①,都对后世小说书目起到了示范效应。笔者以为,所谓"子部小说家类的笔记小说"(简称"子部小说")是指那些笔记形式的、纪事的小说作品集;从叙事的角度看来,子部小说又为"说部之正宗"②,其以"崇实疾虚与尚奇贵幻的理

---

① 《四库全书总目》小说家类也著录了不少传奇体小说,见王颖《"传奇"与〈四库全书总目〉小说分类》,《中国社会科学院研究生院学报》2008年第4期。
② 清朱作霖《墨余录叙》云:"逮官设虞初,委巷之琐言毕录……第原说部之正宗,实属史家之外乘。"(毛祥麟:《墨余录》十六卷,上海古籍出版社,1985年,第1页。)案清代"何为小说正宗"的问题,一为小说考证为正宗,一为小说叙事为正宗,上述观点文中已引用之;然又有以杂说笔记为正宗者,盛宣怀《教经堂谈薮跋》云:"是编纂掌故、谈考据、谈异闻、谈节烈、谈飞走,聚而为帙,固小说家之正宗,亦足为酒边灯下消闲之助。"(〔清〕徐书受:《教经堂谈薮》,《丛书集成续编》第91册,上海书店,1996年,第374页。)

论体系"①作为内在动力与"适度承认'小说'的虚构权力"②是它书写的主要特征,其类别不过志异与志常③或记载与述异④两种,四库馆臣分为轶事、志怪、琐语三种。故段国超、陈文新、王昕诸先生之"子部小说""国学小说"概念笼罩下之小说作品,实质上与明清人所指的"稗官小说"差别不大,故为保持笔记小说类别的逻辑统一性起见,"子部小说""国学小说""笔记体小说"在本书中称之为"故事琐语类笔记小说"。此一类别源自《四库总目》小说家类的作法,"故事"包含杂事、异闻,"琐语"为博物、笑话、游戏文等。刘叶秋先生《历代笔记概述》把笔记文献分为三类,其中有"小说故事类"一种,与本书的研究对象较为接近。

二、清代故事琐语类之著述特征

在故事琐语类作品群中,本书分为志人(杂事)⑤、志怪(异闻)与琐语(游戏文、笑话、博物、志艳)等三种⑥,其中琐语中的游戏文为文人率尔操觚之作,多编入文集(本书的研究对象为单行本);笑话多有改编辑录前代作品之举,如《古今笑史》《笑林广记》《笑得好》辑抄《古今谭概》;博物之作或入之杂家笔记,或入杂家谱录,源出于张华《博物志》;志艳与青楼文学相关。

清代笔记小说的整体风貌,在杂事、异闻写作领域,前辈学者如王季思、刘守华等总结为三项:一为注重教化,即道学气;一为偏于考证,即考据气;三为志怪数量较多,鬼狐气息较重⑦。笔者以为,此三个特点主要是针对清

---

① 段国超、连杨柳、张晓明:《论子部小说》,《信阳师范学院学报(哲学社会科学版)》1989年第3期,第40页。
② 陈文新:《纪昀何以将笔记小说划归子部》,《山西师范大学学报(社会科学版)》2001年第1期,第49页。
③ 所谓"志常",明祝允明《志怪录序》云:"语怪虽不如语常之为益,然幽诡之事,固宇宙之不能无。"(〔明〕祝允明:《祝子志怪录》,《续修四库全书》第1266册,上海古籍出版社,2002年,第577页。)
④ 叶德辉《观古堂书目》子部小说类分"小说家记载之属"与"小说家述异之属"两种,其中《四库全书总目》小说家类琐语之属已划归"记载之属"。
⑤ 明沈德符著有《万历野获编》与《敝帚轩剩语》,前者为杂史,而后者为杂事,清周星诒《敝帚轩剩语跋》云:"景倩先生《野获编》,纪胜国典章文物,博赡可信,竹垞太史极推重之。近活字刻本分类萃辑,出嘉善钱氏重定,非原书也。《野获编》分前后二集,专录掌故,其琐语卮词及记载书画词皆呈之,曰《剩语》,即此是也。"(〔明〕沈德符撰,〔清〕周星诒批校并跋:《敝帚轩剩语》,国家图书馆"中华古籍资源库"〔清钞本〕。)
⑥ 观《四库全书总目》小说家类琐语之属作品,类别仍较为杂乱,有笑话(如《广滑稽》)、轶事(如《世说》)、博物(如《博物志》)、志艳(如《板桥杂记》)、游戏文(如《豆区八友传》)、志怪(如《酉阳杂俎》)等,大约皆以言语相授、故事情节不突出者,故有"琐语"之称。
⑦ 前贤所言,盖袭自民国学人,如《古今小说评林》中云:"中国旧说部,综言以神怪者为多。有清以前,政体为专制,在野者或愤乎民隐之不能已,而不敢疾呼,致罹当时之忌讳,于是依托想象,效子虚乌有之例,以写陶郁之怀,其实非神怪也,亦寓言也。"(黄霖编著:《历代小说话(八)》,凤凰出版社,2018年,第3334页。)

代中后期的作品以及志怪小说如《阅微草堂笔记》《科场异闻录》《一斑录杂述》《里乘》《信征集随笔全集》而言(对于琐语类的作品也较少关注),顺康年间的故事琐语类作品还是与之有别的,如《今世说》《聊斋志异》《陇蜀余闻》《觚賸》等,语言清新活泼与富于知识性,这也是清前期叙事体小说的总体特征。因此,除了以上四个特点,清代故事琐语类小说还有以下几个特点:

（一）继承与创新：体式众多

清代故事琐语类小说中的杂事、异闻、琐语全面繁荣,数量远过前代任何一个时期。举凡每一类每一属,皆有代表性的作品,也几乎每一属都存在一个宗旨相同、风格一致的作品系列群。除了大量不知名的无派别的作品外,较著名的有:一是以王晫《今世说》为代表的"世说体",冷隽雅致,所述儒士言行,多褒奖之语,不过此"世说体"在清代除了文学性之外,还有别样的意义,让渡给野史笔记中来考量较为合适。二是以蒲松龄《聊斋志异》为代表的"聊斋体",特点是小说集中篇幅长短错落有致,短制简要凝练,长篇婉丽而多用传奇笔法。三是以袁枚《子不语》为代表的"子不语体",其以谐谑自娱为目的,遣词巧利而以征实为标准,惜仿作者较少。四是以纪昀《阅微草堂笔记》为代表的"阅微体",言语敦厚,词语古隽,世教味重,颇有老儒劝诫之心。除此以外,还有以余怀《板桥杂记》为代表的"板桥体"、以冒辟疆《影梅庵忆语》为代表的"忆语体"、以吴趼人为代表的晚清俳谐体小说等。其他还有游戏文如《美人判》《闺律》《汉林四传》《岂有此理》《乾嘉诗坛点将录》《天花乱坠》等,它们在清代也取得了长足的进步。与野史笔记类、地理杂记类、杂家笔记类相比,故事琐语类的体式众多,这也是其他三类所不能匹敌的。在此体式中,以"聊斋体"作品群的数量最巨,影响也最大。

（二）文体互渗：诗话、诗文、八股等文体对小说叙事的渗入

诗话与小说、地志与小说交融,可谓是以小说为载体,兼附诗文、诗话、词话的著述方式,如王士禛之《池北偶谈》《陇蜀余闻》《皇华纪闻》等,前文已言之。鬼诗、乩仙诗在清人小说中亦屡见不鲜,如史震林《西青散记》多乩仙诗,《阅微草堂笔记》多鬼诗,而褚人获《坚瓠集》关于诗词的辑录也很多。其他如八股文、游戏文、判词、考证文等,皆在小说叙事中加以运用,如《谐铎》卷一《讨猫檄》《祭蠹文》《隔牖谈诗》《垂帘论曲》《考牌逐腐鬼》借小说论诗文八股词曲,又如《无稽谰语》卷二《女庙留宾》、卷四《女鬼谈诗》皆为神鬼论诗,《燕闲笔记》卷一《有子降乩》为乩仙讲考证,《聊斋志异》之《席方平》为阴间书判词、《西青散记》之诗词往还等。诗文融入小说在前代即已

有之,如《穆天子传》西王母赠周穆王黄竹歌、《才鬼记》有《箕语》之设等,然而在清代,借小说论诗文、讲八股、做考证的现象较为突出,小说作家普遍具有"立言"的著述心理,精英主义观念之下,稗官小说文学地位不高,故写作小说中博设杂品、引诸文体以示博学;且士子多以科举为性命,谓"不治举业,何以救贫"①,所业者诗赋策论时艺,皆著述时习用之体。此皆可通过小说这一艺术形式来表现。

(三) 作家主体意识的凸显

笔记小说的特性之一为注重实录,然而注重实录并非完全排斥(也无法断然割舍)文学修辞与虚构想象,因为清代士子多是有神论者②,故韩藻《谐铎叙》云:"庄生放达,'秋水''马蹄';屈子离忧,'女萝''山鬼'。虽属寓言之义,终非垂教之书。至若干宝《搜神》,齐谐志怪,更驰情乎幻渺,觉涉笔于荒唐。"③首先从边际效益与传播学的角度来看,史书记载"所闻异辞、所见异辞、所传闻异辞"的客观存在。其次由于人对客观世界认识的相对性,志怪难以避免,故袁枚云:"怪力乱神,子所不语也。然龙血鬼车,《系词》语之;玄鸟生商,牛羊饲稷,《颂》《雅》语之。"④小说对史学叙事的吸收,主要为三:"以事系日,以日系月,以时系年"的历时性表述;"属辞比事"的词章安排;"三要五例"⑤的书写要求。在清代这种吸收已完成,即钱谦益所谓"寓史家于说家"之意⑥。小说本身的叙事在前代即已成型,实录并非评价作品优劣的唯一标准,小说关注更多的是如何修辞,即"天下至文,本无定质……要须自出机杼为一家言,虽墨卿游戏,三昧可参,不必高文典册始克与金石并寿也"⑦。

小说家主体意识的凸显,首先表现在副文本中,即小说集前后为说明题旨之序跋,如蒲松龄《聊斋自志》之"发愤著书"说、袁枚《子不语自序》之"小说游戏"说。其次是叙事后的评论,甚至"文后评"成为叙事的必备成分之一,如蒲松龄《聊斋志异》、曾衍东《小豆棚》、和邦额《夜谭随录》、长白浩歌

---

① 〔清〕赵翼:《檐曝杂记》,上海古籍出版社,2012年,第23页。
② 见拙稿《论清代士大夫群体的鬼神观》,《四库学》第14辑。
③ 丁锡根编著:《中国历代小说序跋集(上册)》,人民文学出版社,1996年,第162页。
④ 〔清〕袁枚:《子不语》,重庆出版社,2005年,第8页。
⑤ "三要"即义、事、文,见章学诚《文史通义·史德》。"五例"见《左传》,即微而显、志而晦、婉而成章、尽而不污、惩恶而劝善。
⑥ 清钱谦益《玉剑尊闻序》云:"临川善师迁固者也,变史家为说家,其法奇。慎可善师临川者也,寓史家于说家,其法正。"(〔清〕梁维枢:《玉剑尊闻》,上海古籍出版社,1986年,第28页。)
⑦ 〔清〕吴嵩梁:《耳食录序》,丁锡根编著:《中国历代小说序跋集(上册)》,人民文学出版社,1996年,第215页。

子《萤窗异草》、徐昆《柳崖外编》、张太复《秋坪新语》等,叙事之后的批评话语,或说明惩戒之意,或探讨叙事之法,或总结经验教训,或引他小说以阐释,或辨明故事真伪,或评论人物形象等,如张曦照《秦淮艳品》仿《二十四品》之意,类分《幽艳》《秾郁》《娟秀》《圆亮》《娇冶》《娴雅》《靓峭》《华娜》《妖隽》《流逸》《温腻》《憨纤》《嫣媚》《修腴》《灵和》《蒨妍》《绮昵》《聪姣》《甜丽》《冲韶》《韵宕》《摇脱》《淡默》《清婉》二十四目,每目书一人品鉴之,如双凤、翠凤、碧云、蓉君等。其法以先传记文后评论,如《摇脱》之桂如:"桂如,广陵人,大方不拘,有林下风。初来居怀素阁,现移居李二家。品以摇脱,赞曰:'脱然畦封,清洁可爱。弱柳绵飘,修篁粉退。画舻忽鸣,幅巾懒佩。娟娟裙钗,落落眉黛。骀荡丰神,疏慵意态。大方无隅,深闺自在。'"①再次是小说叙事以自我展示为中心,博收约取,不拘于一定之规,如《聊斋志异》中的小说篇幅长短错落,后世如纪晓岚责备其"一书而兼二体",实则是蒲松龄率性而书的自我表达,并非以前朝《搜神》与《莺莺》自我束缚。最后是清初中叶文艺小说观②的存在,如"聊斋体"的传抄与仿作,也证明了这种意识的广泛存在,即周春《影谭题词》中所云"文人多佗傺,块垒胸中横。嬉笑杂怒骂,聊以抒不平"③,即使仿《阅微草堂笔记》而力求实录的作品如俞鸿渐《印雪轩随笔》四卷,也有作者主体性的张扬,如道光二十七年汪俭佐《印雪轩随笔序》中云:"先生于近世小说家,独推纪晓岚宗伯《阅微草堂》五种,以为晰义穷乎疑似,胸必有珠;说理极乎微茫,头能点石。今观此制,何愧斯言。"④此书内容虽多言轶事狐鬼方外异物之类,然其内容有诗话如卷一"王渔洋诗骨不清"、卷四"诗文炼句贵自然",风俗如卷一"宣化小脚会"、卷三"休宁打标"、卷四"湖俗灯谜",史论时议如卷一"木兰事"、卷二"贾似道蒙蔽主上""番银入中国"、卷三"子房为韩之心""桃源避秦",游记如卷一"万全云泉山""焦山游",实为俞氏的一种自我展示,并非完全循纪晓岚笔记征实之故辙。

---

① 〔清〕张曦照:《秦淮艳品》,国家图书馆"中华古籍资源库"(清末刻本),第 36 页。
② 文艺小说观与著述小说观相对而言,罗书华云:"在小说发展上厚古薄今,对唐宋以前作品多有承认,而对唐宋以后小说则予以更多的批评。将'资考证'作为小说的特性与功能。所有这些都表明,四库馆臣所持的乃是一种与文艺小说相对的著述小说观。这种观念在纪晓岚对《聊斋志异》的批评中有着更为明晰的表达。他曾说:'《聊斋志异》盛行一时……"(罗书华:《中国小说学主流》,上海书店出版社,2007 年,第 189 页。)罗书华之前的王汝梅、张羽,主张中国古代有"史家"与"文家"两种小说观,见《中国小说理论史》(浙江古籍出版社,2001 年)。两说近似。然小说为文学创作或文学写作,并非著述,间有学术痕迹,亦非鲜见。
③ 丁锡根编著:《中国历代小说序跋集(上册)》,人民文学出版社,1996 年,第 209 页。
④ 〔清〕俞鸿渐:《印雪轩随笔》,南京图书馆藏道光刻本。

(四)"闲话""故事"在志怪小说叙事中的显现:"灭烛谈鬼""坐月说狐"与"以文言道俗情"

曾衍东《小豆棚序》云:"我平日好听人讲些闲话"①,和邦额《夜谭随录序》:"予今年四十有四矣,未尝遇怪,而每喜与二三友朋,于酒觞茶榻间灭烛谈鬼,坐月说狐,稍涉匪夷,辄为记载。"②王友亮《柳崖外编序》云:"以文言道俗情,又不雷同于古作者,无愧聊斋再世矣。"③"以文言道俗情"意为以雅言书写怪异之事,注重民间文学的故事性,蒲松龄亦云:"才非干宝,雅爱搜神;情类黄州,喜人谈鬼。闻则命笔,遂以成编。久之,四方同人,又以邮筒相寄,因而物以好聚,所积益夥。"④"故事"在历史上有多层涵义,《隋志》《旧唐志》《新唐志》《宋史》史部亦皆有"故事类",所收为诏令奏议、典章旧例之类的文献,故宋郑樵云:"古今编书所不能分者五:一曰传记,二曰杂家,三曰小说,四曰杂史,五曰故事。凡此五类之书,足相紊乱;又如文史与诗话,亦能相滥。"⑤章学诚云"史部之职官与故事相出入,谱牒与传记相出入,故事与集部之诏诰奏议相出入……非特如郑樵之所谓传记、杂家、小说、杂史、故事五,与诗话、文史之二类易相紊乱已也。"⑥其作为小说叙事的代称,至少在清代已经在普遍使用,如《豆棚闲话》第一回中云:"乡老们有说朝报的、有说新闻的、有说故事的"⑦,又如赵翼《扬州观剧》诗云:"故事何须出史编,无稽小说易喧阗。武松打虎昆仑犬,直与关张一样传。"⑧民间故事作为小说家的材料来源,其进入案头文学,即周春所云的"闲将生花笔,写此世俗情"⑨,要经过"以文言道俗情"这样一个故事加工阶段,如晚清薛福成撰有《庸庵笔记》六卷,分《史料》《轶闻》《述异》《幽怪》四类:《史料》为晚清军国之事,如《裕靖节殉难》《温壮勇公守六合》《庚申杭城之陷》《曾左二相封侯》;《轶闻》为杂事,如《入相奇缘》《某制军为乞丐》《查钞和珅住宅花园清单》《河工奢侈之风》;《述异》《幽怪》为异闻(徐一士《凌霄一士随笔》

---

① 〔清〕曾衍东:《小豆棚》,齐鲁书社,2004年,第3页。
② 〔清〕和邦额:《夜谭随录》,上海古籍出版社,1988年,第6页。
③ 〔清〕徐昆:《柳崖外编》,吉林大学出版社,1995年,第8页。
④ 丁锡根编著:《中国历代小说序跋集(上册)》,人民文学出版社,1996年,第134页。
⑤ 〔清〕郑樵:《通志》卷七十一《校雠略》第一,《景印文渊阁四库全书》史部第132册,台湾商务印书馆,1986年,第489页。
⑥ 〔清〕章学诚:《校雠通义·互著第三》,《丛书集成初编》本,上海商务印书馆,1937年,第8页。
⑦ 〔清〕艾衲居士:《豆棚闲话》,延边人民出版社,2001年,第3页。
⑧ 〔清〕赵翼:《瓯北集》卷三十七,《续修四库全书》第1447册,上海古籍出版社,2002年,第28页。
⑨ 丁锡根编著:《中国历代小说序跋集(上册)》,人民文学出版社,1996年,第209页。

云其好谈神怪),如《曾文正公始生》《桃花夫人示梦》《娶妾得泥佛》《大臣某公转生为光州牧女》《山东某生梦游地狱》《神护汉陵》等。全书以叙述为主体,虽间有评论如《四子书集注宜熟读》《庸闲斋笔记褒贬未允》《盾鼻随闻录当毁》,载记如《戒鸦片烟良法》等,然意在征实中,四类中故事性是非常突出的。在受到欧美短篇小说的影响下,笔记小说的叙事性特征进一步得到加强,虚构与想象也取得了合法地位,如《无竞庐丛谈》中就不乏科幻小说如《金星》者。晚清笔记小说渐有向以现代语文为主要表征的"短篇小说"过渡的趋势。晚清的"短篇小说"可谓是笔记与话本两种小说体的融合。

总而言之,以往的清代笔记小说史往往以《聊斋志异》为中心,对于乾隆三十一年"聊斋体"异军突起之前的小说创作几乎被忽略不计,事实是顺、康两朝的笔记小说创作一直就很兴盛,康熙四十年之前与乾隆三十年后的故事琐语类作品在数量上基本相等,且轶事与志怪有分庭抗礼之势。即使"聊斋体""阅微体"兴起以后,占据主体地位的不知名的创作仍然作为一种"潜流"的形式(逸出文学史之外)存在于笔记小说作品群中,而且这种状况一直延续到民国时期,如《霭楼逸志》的作者欧苏在《霭楼逸志序》里特别说明自己无意于追随《聊斋》《阅微》之体,劝善之类的小说书如《科场异闻录》,也与《聊斋》《阅微》无涉。在小说叙事中,乾隆后考据学对笔记小说的渗透有加强的趋势,甚至志怪小说里的"扶鸾",也会有乩仙与人通过辩论来考证经史,如顾公燮《燕闲笔记》卷一之《有子降乩》云:"一士人宿有子庙,次日请仙,忽有子降乩判云:'其"为仁之本欤"与"井有仁焉"之"仁"当作"人",宋儒误会未改,与上文其为人也孝悌不相联属。由此观之,王阳明谓当合下"巧言令色"为一章,非是。'"①以往的小说扶鸾,不过乩仙以韵语与人赠答而已。

总之,清代故事琐语类作品创作成就较大,出现了一批代表了清代小说叙事水平的作品,如《池北偶谈》《今世说》《板桥杂记》《聊斋志异》《谐铎》《新齐谐》《阅微草堂笔记》等,并有一批作家如袁枚、纪昀针对创作现状进行反思,出现了文艺小说观与著述小说观两种不同的创作倾向。不过总体而言,史学的实录精神在本期小说创作仍得到尊崇,笔记小说"资治体、助名教、供谈笑、广见闻"②"寓劝戒、广见闻、资考证"③的价值功能也与唐宋无异④。

---

① 〔清〕顾公燮:《燕闲笔记》三卷,复旦大学馆藏清吴枚庵抄本。
② 见曾慥《类说序》,侯忠义编:《中国文言小说参考资料》,北京大学出版社,1985年,第23页。
③ 此见《四库全书总目》小说家类序,〔清〕永瑢等:《四库全书总目》卷一四〇子部五〇,中华书局,1965年,第1182页。
④ 明嘉靖甲辰唐锦《古今说海引》云小说"可以裨名教、资政理、备法制、广见闻、考同异、昭劝戒",此与清人相比,要更为务实一些。(〔明〕陆楫等辑:《古今说海》,巴蜀书社,1988年。)

结　语

笔记小说的类别有野史笔记、杂家笔记、地理杂记、故事琐语,若依逻辑来看,不妨径称为"杂史小说""杂家小说""地志小说""子部小说"。它们在清代各时段的变迁,是文学诸体内部的流动过程,而变迁的原因,既有来自文学内部的变化,也有外部因素的影响,时代风潮的变化不仅影响到笔记小说的表现内容,也影响它的写作数量,如康熙四十年后野史笔记类作品的大量减少与清代史学转向及清廷大兴"文字狱"[①]相关,而嘉庆以后此类作品重又兴盛,其中原因在于思想管控的松弛。杂家笔记类终清一代都很兴盛,考据性因素又与考据学关系较为密切。清代《一统志》的屡次纂修,从制度上推动了地志小说的发展,清代地志小说的大量出现,可以说是一种修史制度下的衍生品。

1916 年瓶庵在《古今笔记平议》之"耳食录"条中对笔记各类别进行了等级划分,云:

> 大凡笔记小说,以识见理解独辟蹊径者为上,如《阅微草堂笔记》之类是也。次则遗闻轶事,有关掌故者,如《郎潜纪闻》《啸亭杂录》之类是也。次则考据经史,赏奇析疑,以资引证者,如《居易录》《容斋随笔》之类是也。若掇拾琐闻,泛记狐鬼,无关宏旨,等诸自郐矣。[②]

可以看出,瓶庵所论之"笔记小说"(与"笔记"同义)三类,基本上与本书笔记小说之故事琐语类、野史笔记类、杂家笔记类相对应,独缺少地理杂记类。况且《容斋随笔》缺乏故事性,与本书之笔记小说概念不相容。不过瓶庵对笔记小说三类的主要写作特征把握得也很准确。本章对各种类别著述特征的表述,也带有有清一代笔记小说的普遍性特征。在笔记小说作品群中,野史笔记类的杂史特征、杂家笔记的博学特征、地理杂记类的风土特征、故事琐语类的叙事性特征都足以使它们各自独立,但具体到某一部作品,则或兼有数种形式的特征,如《桃溪客语》具有杂家笔记与地理杂记两种属性,《只麈谈》体兼杂家笔记与故事琐语;《留都闻见录》《春明梦余录》体

[①] 清代文字狱对笔记小说的影响,主要表现在野史笔记领域,而对其他三家的影响比较小。
[②] 瓶庵:《古今笔记平议》,《历代小说话(七)》,凤凰出版社,2018 年,第 2921 页。

兼野史笔记与地理杂记两类;《吴兴旧闻》《扬州画舫录》《历下志游》既属于故事琐语类,也属于地理杂记类;《枣林杂俎》《庸庵笔记》《庭闻州世说》体兼杂史与小说;《枣林杂俎》《瓮牖余谈》跨野史笔记、地理杂记、故事琐语三类。王士禛的"渔洋说部"以及后来钱泳中的《履园丛话》等作品分跨杂家笔记类、地理杂记类、故事琐语类、野史笔记类等四个门类①,不过杂家笔记类的色彩更为浓厚一些。此即一部作品可以兼有多种属性,也是四种类别之间的模糊、交叉地带,这种模糊地带可称之为米歇尔·福柯所言的异质空间之并存带。从集大成的意义上讲,内容丛杂、无所不有的杂家笔记类作品如周亮工《书影》、王士禛《池北偶谈》、刘廷玑《在园杂志》、钱泳《履园丛话》,与《聊斋志异》《阅微草堂笔记》等叙事作品相比,更有资格获得"笔记小说"的代表权,也是清代叙述空间中异质并存的代表性作品群。

　　总体而言,作品在具体的归属上或有出入,但在各自的属性趋向上又各有自身之场域。自汉代《汉书·艺文志》②到清初尤侗《艮斋杂说自序》③中所云这一大类内容丛杂的"短书""小说"为经史之余沥,皆名之为"小说"或"说部",其中文献流变、聚集、分化,其间交错丛杂,四种类别之间既具有明晰的中心意义,又可以在客观叙述中相互补充,使笔记小说呈现出共同的知识性、人文性与叙事性特征。

---

① 这种一部作品跨多个类别的现象,所在多有,如晋陆翙《邺中记》、晋虞预《会稽典录》,皆为地志小说,《古今说部丛书》列之于"史乘"类;《西京杂记》《三辅旧事》《三辅故事》兼三体(地理杂记、野史笔记、稗官小说)而有之。《四库全书总目》小说家类中列明李本固《汝南遗事》、明杨德周《金华杂识》、明魏濬《峤南琐记》、明李绍文《云间杂说》、清汪为熹《鄾署杂抄》,它们也是地志小说作品,如可见地理杂记与稗官小说两间的模糊性。
② 《汉志》小说家序云:"小说家者流,盖出于稗官。街谈巷语,道听涂说者之所造也。孔子曰:'虽小道,必有可观者焉。致远恐泥,是以君子弗为也。'然亦弗灭也。闾里小知者之所及,亦使缀而不忘。如或一言可采,此亦刍荛狂夫之议也。"(〔汉〕班固:《汉书·艺文志》,商务印书馆,1955年,第39页。)
③ 康熙庚午尤侗《艮斋杂说自序》云:"溯书契年计之,则六经以下皆说也,然君子语大,天下莫能载焉,立乎上古以指今日。后有作者,皆其小者矣。"(〔清〕尤侗:《艮斋杂说·续说·看鉴偶评》,中华书局,1992年,第3页。)

第二章 清代笔记小说之分期与变迁

目前清代文学史书写的格局,是以诗文与通俗小说为中心①,留给笔记小说的空间不大,而且在这狭小的空间里,《聊斋志异》要占据大部分篇幅,这就给读者一种印象:笔记小说在清代的创作并不兴盛;清初人创作的大部分笔记小说是为《聊斋》的出现做准备或清中后期的小说是《聊斋志异》或《阅微草堂笔记》余风的延续②。事实或许是:清代笔记小说的创作兴盛,整体成就要高于前代,在承继前代志艳、地志、俳谐、杂史、诗话等笔记小说书写格局的基础上,兴起了"世说体""说粤体""渔洋说部体""板桥体""忆语体""聊斋体""阅微体"等多个体式。清代笔记小说内部诸体有着自己运行的轨迹,大多数作品之间、《聊斋》与其他作品之间并非从属关系,而是相得益彰、并行不悖。

第一节 清代笔记小说写作的分期

关于清代笔记小说的大概情形,民国时周劭在《谈清人笔记》一文中认为:

> 清人的随笔偶记,其开山祖大概由于晚明文坛盟主的王弇山(世贞),而乾嘉之时集其大成。以后道咸同光四代,一时盛极,差不多有些文名的文人除其所谓正当著述外,都要来一本笔记叙叙其见闻的书,这种流风余沫至民国初元还未尽泯,不过到现在受了西洋文学介绍的影响而寿终正寝罢了!这种辅助正统文学的著作,在17世纪到20世纪

---

① 如刘大杰《中国文学发展史》、郭延礼《中国近代文学发展史》等。
② 如吴志达《中国文言小说史》(齐鲁书社,1994年)、张俊《清代小说史》(浙江古籍出版社,1997年),胡益民《清代小说史》(合肥工业大学出版社,2013年),皆是此类小说史书写。

在中国文坛上着实占些地位,不容我们忽视的。①

从下文他所列举的作品如《啸亭杂录》《池北偶谈》《香祖笔记》《藤阴杂记》《浪迹丛谈》《归田琐记》《南省公余录》《茶余客话》《燕下乡脞录》《郎潜纪闻》《春在堂随笔》《茶香室丛钞》《重论文斋笔录》《浮生六记》《影梅庵忆语》《香畹楼忆语》《游山日记》《觚賸》《天禄识余》等来看,他的"笔记"包含了野史杂记、杂家笔记、故事琐语三种类别,杂家笔记类的作品数量较多,而且他所以为的清代笔记导源于王世贞《弇州四部稿》等晚明说部,是相对于笔记小说中的杂家笔记类、野史杂记类作品而言,并不具有普遍适用的意义。清代笔记小说内部诸类别的流变,恐怕还需要根据时代变化来具体分析。

清代文学史的分期,学界有不同意见,如郭英德先生在《明清文学史讲演录》里把清代文学分为顺治五年到康熙十七年、康熙十八年到道光二十九年、道光三十年到宣统三年三个阶段,其中康熙十八年到道光二十九年中又分为康熙十八年至雍正十三年、乾隆元年至嘉庆二年、嘉庆三年至道光二十九年三个时段;蒋寅先生在《清代文学的特征、分期及历史地位》一文中历述学界的分期观点后认为:"康熙中期、乾隆中期和咸丰初分别是清代诗歌发生转变的关节点,其间的雍正、道光属于过渡时期,究竟从前还是从后,按不同的诗歌史解释会有不同的归属。所以粗分则为四期,细分则为五期,差别只在道光以后是否再分为二。"②两位先生的分期皆有可取之处,但他们考虑的多是诗歌、通俗小说的变迁,很少关注笔记小说。与笔记小说有互动关联的"笔记",似乎是个参考,谢国桢先生在《明清笔记谈丛》一书里把中国明清两代的笔记文学分为七个时期,其中明末清初为第四期,康熙年间王士禛说部兴起为第五期,雍、乾两朝以后为第六期,鸦片战争以后为第七期。谢国桢注意到了清初野史笔记的兴盛,同时也批评王渔洋的笔记作品"除了颂圣以外,就是些吟风弄月、清逸淡远的文章,作为茶余酒后消闲解闷的小品。笔记的写作,淹淹毫无生气。这可以说是由盛到衰的时期"③。苗壮《笔记小说史》之"清代部分",则把笔记小说分为三期:"前期为顺治、康熙年间,中期为乾隆、嘉庆年间,后期为鸦片战争后的晚清时期。"④

从清代的出版情况、知识群体、文学趣味、学术风潮、政局变动以及笔记

---

① 周劭:《谈清人笔记》,《谈风》1937 年第 9 期,第 411—412 页。
② 蒋寅:《清代文学论稿》,凤凰出版社,2009 年,第 9 页。
③ 谢国桢:《明清笔记谈丛》,上海古籍出版社,1981 年,第 2 页。
④ 苗壮:《笔记小说史》,浙江古籍出版社,1998 年,第 351 页。

小说内部诸因素变化等情况来看,此近三百年的笔记小说发展前后还是有所变化的,考察这些变化不能不关注分期问题。鉴于清代是传统与现代、中学与西学融汇的一个时期,笔记小说的变迁,以康熙四十年、乾隆三十年、嘉庆十年、同治三年这四个时间节点分为四期较为合理。每一个节点的选择,在于有大量标志性的事件出现,在康熙四十年、乾隆三十年、嘉庆十年、同治三年左右都有一些标志性的事件发生。

康熙四十年前后,首先是出版业的全面恢复①,表现为大量小说丛书的出现。小说丛书的出版,在晚明亦很兴盛,易代之际使江南的出版业遭受打击,不仅表现为出版人才的缺失,与出版业紧密相关的经济恢复也需要一个过程。《昭代丛书》(康熙三十六年至康熙四十二年间刊刻)、《檀几丛书》(康熙三十四年刊刻)、《说铃丛书》(康熙四十四年刊刻)、《坚瓠集》(康熙三十年至康熙四十二年刊刻)、《寄园寄所寄》(康熙三十五年刊刻)皆在康熙四十年前后于江南地区刊刻。其次是明遗民群体的消退与馆阁文人成为引领文坛的领袖,李瑄云:"明遗民活动的时间范围大致从甲申(1644,明崇祯十七年,清顺治元年)到康熙三十年(1691)左右,约五十年。"②随着明遗民逐渐老去,他们所著之野史笔记中的"黍离之思"也渐成低音。王士禛等馆阁文人登上文坛中心,代表了新朝的气象,他们在此前后所创作的说部作品也成为在朝在野士人追捧的对象,如《皇华纪闻》《陇蜀余闻》《池北偶谈》《书影》《筠廊偶笔》等,康熙五十四年孔尚任在《在园杂志序》中云:"古今风尚,各擅一代,如清谈著于晋,小说著于唐,虽稗野之语,多有裨于正史。近代谈部说家,有栎园《书影》、钝翁《说铃》、西陂《筠廊偶笔》、悔庵《艮斋杂说》、渔洋之《居易录》《池北偶谈》《分甘余话》诸种,短则微言隽永,长则骈辞赡丽,皆窃义于晋唐之残编,固有所本也。"③乾隆四十三年王嵩高《秋灯丛话序》云:"唐宋以来,文人学士多以风流淹雅相尚……国朝商丘愚山、竹垞诸君子,诗话名者不一家,渔洋说部尤脍炙人口。"④明遗民活动的时期恰与清代前期笔记小说的发展轨迹相一致。

乾隆三十年的节点选择以《聊斋志异》的刊刻(青柯亭本)为标志。此后《聊斋志异》基本结束了在北方民间传抄的时代,进入到知识精英、江南文

---

① 《中国出版通史·清代卷(上)》以康熙二十年清军平定"三藩之乱"作为江南民间书业兴起的起点。见朱赛虹、曹凤祥、刘兰肖著《中国出版通史·清代卷(上)》,中国书籍出版社,2008年,第166页。
② 李瑄:《明遗民群体心态与文学思想研究》,巴蜀书社,2009年,第5页。
③ 〔清〕刘廷玑:《在园杂志》,中华书局,2005年,第1页。
④ 〔清〕王㭎:《秋灯丛话》,《续修四库全书》第1269册,上海古籍出版社,2002年,第395页。

化中心的视野,仿作者(《萤窗异草》)、反对者(《子不语》《阅微草堂笔记》)众多,围绕《聊斋志异》进行的评点活动(王金范、但明伦、冯镇峦、王芑孙、何守奇、方舒岩、王东序等二十二家①)也在展开。鉴于《聊斋志异》在清代中后期以及民国初年的巨大影响,此次由赵起杲、鲍廷博主持的出版活动具有重要意义。乾隆三十八年清廷正史开设四库馆,一个延续17年的文化工程拉开序幕,编纂《四库全书》、撰写《四库全书总目》的同时,也是大量禁毁野史笔记的一个时期。

嘉庆十年的选择,首先是《四库全书总目》的刊刻及其流布时间②,《四库总目》的影响力在嘉庆十年后与日俱增,以后的书目,多参照此书体例而成。其次纪昀去世于嘉庆十年(1805),其以《阅微草堂笔记》为代表的故事琐语类作品,将在以后独立一系。在所有影响文学变迁的外部因素中,"政治"无疑是最大的,这也是以政局变动为文学史分期的合理因素之一,如清初崇祯皇帝自缢殉国给明代遗民留下了极大的精神创伤,这也是他们文学创作的心态之一,如诗人吴梅村,刘献廷《广阳杂记》卷一载:"太原王茂京言:吴梅村于壬子元旦,梦两青衣来呼曰:'先帝召汝。'梅村以为章皇帝也,急往,乃见烈皇帝,伏哭不能起,烈皇帝曰:'何伤?当日不止汝一人也。'语毕,命之退,至午门见悬白牌一面,大书'限吴伟业于八月二十日到此'。遂惊觉,后果以是年月日病卒去。"③怀念旧主,至于梦寐之间,亦可见遗民之痛;但政局稳定之后,就要从文学内部因素来考虑,作家无疑又是最重要的因素,作为《四库全书总目》总纂官及笔记小说《阅微草堂笔记》的著者,纪昀的双重身份成为此历史节点划分的不二人选。《啸亭杂录》作为一部野史笔记重新抬头的标志性作品,其作者昭梿于嘉庆十年袭爵为礼亲王,也是此时间节点的标志。嘉庆十年后,第二期西学东渐拉开了帷幕④。

---

① 张青松:《〈何垠注本聊斋志异〉影印后记》,"古代小说网"2022年12月1日。
② 此以《四库全书总目》(中华书局,1965年)之《出版说明》中所述为准:"乾隆四十七年(一七八二)七月,《总目》初稿完成。在以后的大约七八年的时间内,《总目》的内容,随着《四库全书》的不断补充和抽换也有过几次增改。据现在所知,《总目》在乾隆五十四年(一七八九)已经写定,并在这年由武英殿刻版(见一九三三年出版的《故宫所藏殿版书目》)。乾隆六十年(一七九五),浙江的地方官府又根据杭州文澜阁所藏武英殿刻本翻刻。从此以后,这部《总目》就得到广泛的流传。"(〔清〕永瑢等:《四库全书总目》,中华书局,1965年,第2页。
③ 〔清〕刘献廷:《广阳杂记》,中华书局,1957年,第11页。
④ 徐洪兴云:"第一期西学东渐是以明清之际传入中国的西学为主的,而欧洲的耶稣会士又是此期西学东渐的主要传播者。……第二期西学东渐,以1807年英国的新教传教士马礼逊东来传教为其开端。"(徐洪兴:《中国历代王朝兴衰录·大清王朝》,长春出版社,2010年,第166—170页。)按1807年即嘉庆十二年,此后中国人将经历一个对西方由器物到制度再到文化的认识历程。

同治三年，洪杨之役结束，清代社会重新回到休养生息的轨道上来，清廷开启了"同光新政"，洋务运动渐次展开，新事物大量涌现。之前绵延道、咸、同三朝的东南战乱结束，但兵燹对作为经济文化中心的江南地区造成了极大破坏，清人述此次浩劫对文献传播的影响时云："今大江南北，干戈遍地，名流著作，什不获一，即吉光片羽，亦无复有宝贵之者。"①同治元年杨锡梅《坐花志果序》中亦云："迩年吴门迭遭兵燹，坊刻焚如。"②笔记小说作家与作品的锐减，也与此次洪杨之役有关。同时近代工商业城市如上海、天津、武汉的崛起，也预示着笔记小说的新变。

由于作家创作的连续性（如《阅微草堂笔记》创作时间跨乾嘉两朝），本书分期不过为叙述方便而作的主观断定，实际上文学诸体之间的联系并非因时限而断裂，作家的文学创作也有一个连续性的问题，故本书的叙述也有涉及民国年间的作品。故本书以上述四个节点划分清代笔记小说为"顺治元年至康熙四十年""康熙四十一年至乾隆三十年""乾隆三十一年至嘉庆十年""嘉庆十年至同治三年""同治四年至宣统三年"四个时段。总体而言，清代笔记小说在遵循传统写法、题材、思想、语体等方面的基础上，又出现了一些新变。时间越退后，作品数量、新的现象就越多。因晚清与民国特别是民国初年的文学发展存在延续性，所以本书也把民国时期的部分作品列入研究范围。

清代二百六十余年的笔记小说数量，据今人书目，有近八百种③，而实际的创作数量恐怕要远多于此。由于笔记小说创作存在着地域分布不均衡的问题，比如远离出版中心的中西部地区——作者既无力刊刻，也缺乏怀有阅读兴趣的读者去传播，故作品多致湮没无闻，其作品多保存在方志小说家目录或"杂谈"一类。

第二节　顺治元年至康熙四十年：晚明小说的延续与新朝气象的展露

清初的前半个世纪，仍然是晚明文学的延续和发展，表现为故事琐语

---

① 〔清〕朱彝：《北窗呓语》，《丛书集成续编》第216册，新文丰出版公司，1989年，第196页。
② 〔清〕汪道鼎：《坐花志果》，《晚清四部丛刊》第三编第85册，文听阁图书有限公司，2011年，第1—2页。
③ 袁行霈、侯忠义《中国文言小说书目》著录清代文言小说547种，宁稼雨《中国文言小说总目提要》著录清代文言小说573种，前者为见于书目之清代小说者皆著录之，后者为见于书目及合乎近代以来小说观念者皆著录之（并著录新发现者）。两书一传古、一信今，故同名异实、数量不同如此。

类(有清言小品类小说、"世说体"小说等)、野史笔记类作品的继续涌现。在创作主体中明遗民①起了主导作用,同时一批出生于明末而仕于清廷的文学新人②也开始登上文坛,并引领了清代文学的发展方向。顺、康两朝的文化政策还较为宽松,所以本期的笔记小说创作呈现出一种多元化的态势:故事琐语类笔记小说中志怪、轶事、琐语类均衡发展;野史笔记类小说数量众多,这也是清代前期的重要史学现象,不过内容多辗转抄袭,很难找出一部代表性的作品;地理杂记类小说涌现出了以屈大均《广东新语》为代表的书写岭南事物的"岭南杂记"派;杂家笔记类则有谈迁的《枣林杂俎》、周亮工《书影》、张岱《夜航船》、王士禛《池北偶谈》等清代说部名著。

在故事琐语类笔记小说中,琐语类、轶事类、异闻类的创作较为均衡。首先是琐语类作品。晚明文学中清言小品较为发达,其中不乏山人造作之习,进入清代后此类作品仍有创作,但沧桑巨变后,清言小品数量锐减,较著名者有《快说续记》《闲余笔话》《看山阁闲笔》《操觚十六观》等。此类作品中,除游戏文如程元龙的《妒律》、张潮的《贫卦》外,冒辟疆以小品之笔为忆念女史之文而成《影梅庵忆语》,叙述董小宛生前雅事,风格绮靡婉丽,情感忧郁,开以家庭叙事为主干的"忆语体"笔记小说之先河,后嘉庆中沈复为《浮生六记》,更扩其藩篱至平民情语,道、咸间陈裴之《香畹楼忆语》、蒋坦《秋灯琐忆》等,皆此体中著名者。其次在异闻志怪领域,本期的《聊斋志异》应得到重视。《聊斋志异》始完成于康熙十八年己未,中间增补至康熙四十六年,乾隆三十一年始刊行(赵、鲍刊刻"青柯亭本"),当时"传奇法以志怪"的并非蒲松龄一人,似乎当时志怪小说已恢复唐宋以来"炫奇"的传统,或者说近接晚明也未为不可,如陆圻之《冥报录》之《凌氏女》,叙述漫长,不下聊斋之笔。宋起凤《稗说》中的部分篇章,笔法亦与《聊斋》不殊。不过《聊斋志异》由潜流崛起为后起之秀,其中的原因之一,在于它的可读性,陆丽京、宋起凤亦师法晋唐,其作品大多篇幅仍未脱志怪之笔记手法的框架。蒲松龄"传奇法以志怪"是用传奇之法、采用志怪题材的作品,具有复合的特征,这种特征类似于《金瓶梅》"以说话之法人演义之形式"③,而且书

---

① 如张岱、郑与侨、梁维枢、谈迁、李清、杨士聪、吴伟业、钱谦益、叶承宗、薛寀、吴甡、吴应箕、陈弘绪、钱肃润、陆文衡、张怡、陈忱、江有溶、李中馥、陆圻、曹家驹、史惇、沈谦、卢若腾、孙承泽、王家桢、彭孙贻、张尔岐、顾炎武、许旭、余怀、屈大均、王弘撰、徐凤采、董含、冯班、魏禧、陆文衡、姜绍书、陈鉴、查继佐、李寄等。
② 如王士禛、孔尚任、王晫、宋琬、褚人获、张潮、尤侗、朱彝尊、赵执信等。
③ 萧相恺:《中国古代小说考论编》,凤凰出版社,2010年,第155页。

中篇幅长短相间,颇有山势起伏之态,使读者读之不倦①,清代中晚期时仿效者众,故可称之为"聊斋体"。不过在清初经世致用的学术思潮下,故事琐语类作品并未得到重视,故如《聊斋》虽经王渔洋评点也未能远播。《聊斋》之外,尚有诸多志怪之作,如《外史新奇》《簪云楼杂记》《原李耳载》《见闻录》《果报闻见录》《信征录》《旷园杂志》《养疴客谈》《残蘦故事》《耳书》《诺皋广志》《现果随录》《艮斋笔记》《青社遗闻》《冥报录》《岛居随录》等,此类作品风格朴实,多寓因果教化之意。再次在轶事小说的创作上,出现了如《陶庵梦忆》《牧斋迹略》《三侬赘人广自序》等作品,叙事清丽,多有文采,其中"世说体"②小说较为人注目,如《玉剑尊闻》《明世说补》《明代语林》《明语林》(三种,分别为陈衍虞、史以明、吴肃公作)《五茸志逸》《汪氏说铃》《今世说》《明逸编》《南吴旧话录》《明世说》《玉光剑气集》等,可以看出它们的内容以叙述前朝为主,而汪琬《说铃》、王晫《今世说》注意于本朝,然皆以褒美为主。余怀"以高士隐于声色间"③,所撰《板桥杂记》可谓清初故事琐语类笔记小说中志艳类的代表作④,它上承唐《北里志》、宋《东京梦华录》、明《青泥莲花记》等青楼叙事余流,下开清代风月类笔记小说之先河为"板桥体",虽为金陵青溪歌咏之作,笔端亦不乏遗老故国之思。

　　故事琐语类之外,野史笔记类作品中明遗民对前朝遗闻轶事的记录、回忆成为本期笔记小说的主调,其中除了怪异之事,亦有目见耳闻的记录。全祖望云:"晚明野史,不下千家。"⑤传闻异辞,体例多样,其中既有保存故国文献的目的外,也有自我写心的需要,如张怡《玉光剑气集》("世说"体例)、吴梅村《绥寇纪略》、钱肃润《南忠记》、佚名《烬宫遗录》、薛寀《薛谐梦笔记》、李清《三垣笔记》、谈迁《异闻识略》、史惇《恸余杂记》、花村之《谈往》、曹家驹《说梦》、杨士聪的《玉堂荟记》、孙承泽《山书》、吴甡《忆记》、陆圻《纤言》、王炜《嗒史》、佚名《松下杂钞》、董含《三冈识略》、宋起凤《稗说》、

---

① 《聊斋》除了"传奇以志怪"的特征外,在体制上的"长短篇错落"也是一个重要特色,此皆"有乖体例"的作法。
② 关于晚明清代"世说体"小说的研究,详见张琦《晚明"世说体"小说研究》(华东师范大学硕士学位论文,2014年)、冷银花《清代"世说体"小说研究》(暨南大学硕士学位论文,2007年)等相关论述。
③ 杨钟羲:《雪桥诗话》,北京古籍出版社,1989年,第41页。
④ 古代志艳类作品的创作,与娼妓制度、经济发展水平密切相关。清初废除官妓制度(王书奴云:"清顺治八年、十六年,两次裁革京师教坊'女乐'。康熙十二年,复重申禁令。盖最迟至康熙十二年以后,京师及各省由唐历宋明的官妓制度似宜扫地无余了。"《中国娼妓史》,岳麓书社,1998年,第181页。)江南地区经济的恢复也需要一些时间,所以此类作品(《板桥杂记》《广陵香影录》)出现在康熙三四十年间就很容易理解了。
⑤ 转引自谢国桢:《增订晚明史籍考·凡例》,上海古籍出版社,1981年,第19页。

潘永因《明稗类钞》、抱阳生《甲申朝事小纪》、王家桢《研堂见闻杂录》、刘銮《五石瓠》、佚名《旅滇闻见随笔》、苏濬《惕斋见闻录》、蔡宪升《闻见集》、石鳞子《明朝怪异杂记》、陈楚《新安外史》、张怡《謏闻随笔》及《謏闻续笔》、叶梦珠《续编绥寇纪略》、佚名《野老漫录》、郑与侨《客途偶记》及《客途纪异》《见闻续纪》、佚名《牧斋迹略》、尚湖渔父《虞谐志》、程正揆《先朝遗事》、杨德泽《杨监笔记》等，其中张怡《玉光剑气集》、陆圻《纤言》、张怡《謏闻随笔》及《謏闻续笔》成就较高，文学色彩甚为浓厚。需要指出的是，琐语故事类中的"世说体"与野史笔记有复合的关系，因部分作者如梁维枢亦有借"世说"之体而达存国史的目的。

野史笔记类笔记小说存在之价值，在于保存了许多里巷传闻，其间不乏荒诞不经之作。此类作品的创作来自社会各个阶层，从馆阁文人到草野布衣，反映了鼎革之变对民族心理造成的巨大创伤。孙承泽之《山书》所记为崇祯朝史事，然用笔记之法，所述有关明代崇祯年间政治、经济、军事诸方面，至为详细。如《野老漫录》亦晚明野史之类，所述有袁崇焕毛文龙始末、清军入寇、周延儒温体仁朋党之争、崇祯帝诛魏忠贤、吴三桂降清、甲申之变、农民军水灌开封、崇祯朝法网渐密、崇祯殉国、弘光朝政治等，叙述中兼有议论，亦见伤怀忧国之心。吴甡《忆记》应用笔记之法，所述为明代故实，以今日视之不过为自述状，故以"忆记"为名。苏濬《惕斋见闻录》述崇祯甲申至乙酉事，多所见闻，故又名《申酉闻见录》，王大隆跋云："是书记明末江南防御之事颇多佚闻，而于当时从贼之士大夫魑魅状态揭载无讳。"[①]四库馆臣以记载军国大事与否来分别杂史与小说，其方法是在于区别"小说意味"，如陆圻之《纤言》分上中下三篇：上篇为"梃击案""移宫案""红丸案"始末；中篇述南明弘光朝事，尤以永王、太子、童氏妃三案为详细；下篇述南明灭亡始末及鲁王、唐王相继覆灭始末，间有忠臣殉节记录。所述大约皆是传闻，寥寥数笔者多。其他如《仁恕堂笔记》《闻见集》《谈往》《客窗偶谈》《阅世编》《客舍偶闻》《牧斋迹略》《甲申朝事小纪》《研堂见闻杂录》等，皆对明清鼎革之时里巷传闻有所记载，但此类野史笔记在顺康雍乾四朝流传不广，多以手抄本形式流传，原因在于清政府的文化政策使然，它们一直到嘉庆后才稍稍面世，得以刊行。

本期地理杂记类小说创作也较为兴盛，陈弘绪《江城名迹》、吴应箕《留都见闻录》、孙承泽《春明梦余录》、施男《笻竹杖》、佟世思《鲊话》、汪森《粤

---

① 〔清〕苏濬：《惕斋见闻录》，《丛书集成续编》第 26 册史部，上海书店出版社，1994 年，第 362 页。

西丛载》、王士禛《陇蜀余闻》、张岱《西湖梦寻》、方拱乾《绝域纪略》、汪价《中州杂俎》、孙廷铨《颜山杂记》、陈祥裔《蜀都碎事》、周亮工《闽小纪》、文行远《浔阳蹠醢》、牛天宿《海表奇观》、朱彝尊《日下旧闻》、陆祚蕃《粤西偶记》、屈大均《广东新语》、黄元治《黔中杂记》等皆为叙事、议论、考证、载记相结合的作品,其中孙承泽《春明梦余录》、屈大均《广东新语》的成就较高,《四库全书荟要总目提要》地理类中云:"(《春明梦余录》)以记有明一代都城掌故。首以建置、形胜,次及城郊、宫殿、坛庙、公署,而终之以名迹、寺观之属。因地以纪人,因人以征事。其于天启、崇祯间建言诸臣,章疏召对,尤语焉而详。"①此书对后来的《日下旧闻》及《日下旧闻考》颇有影响。而《广东新语》承前启后,使清代"说粤体"的创作进入了一个新的时期,这与岭南地区文化勃兴与作为民族斗争的前沿阵地有关。描写行旅见闻的笔记小说如佟世思之《鲊话》,叙康熙二十四年乙丑佟氏与表叔范承勋探望于广东恩平任知县的弟弟佟伟夫,周作人云其行文"诚实""波俏"(见周作人之《鲊话》),李介《天香阁随笔》以游记之体写轶事,王士禛之《陇蜀余闻》亦与之相类,不过王氏之文多有考述前代典故地理之笔。张岱《西湖梦寻》亦遗民文学,不过《板桥杂记》寄情青溪,此则寻西湖旧日繁盛而已②。汪价《中州杂俎》为修志之余纂辑成书者,所述小说中为河南掌故轶闻。此类小说与地志相结合的作品在清代较多,而且作为方志之琐屑、可补邑乘之典故的笔记小说作品,成书多与作者们曾参与修志活动有关。除了记载乡土轶事异闻的小说之外,关于异域想象的作品在本期也有创作,如陆次云《八纮荒史》等。在中国士大夫创作群之外,一些来华的西洋传教士创作的"汉文小说"也应给予注意,有关地理杂记类笔记小说者有南怀仁之《坤舆外纪》,此书叙述五大洲地理、风物,今日看来,其内容多未尽合于实际,大约亦传闻记载之类,可谓清代异域之《山海经》。

在杂家笔记领域,此类创作仍沿晚明笔记传统之旧,作品如顾炎武《日知录》《谲觚》、梁清远《雕丘杂录》、冯班《钝吟杂录》、黎士弘《仁恕堂笔记》、张尔岐《蒿庵闲话》、彭孙贻《客舍偶闻》、孙承泽《山书》、谈迁《枣林杂俎》、张岱《夜航船》、纳兰容若《渌水亭杂识》、高士奇《天禄识余》、邱嘉穗《东山草堂迩言》等,皆内容庞杂,或考证典籍,或讲道德,或论经史,或述见闻,大抵皆以增见知识为主。其中顾炎武的笔记杂著成果丰硕,对后世起了引领一代风气的作用(乾嘉考据)。在康熙四十年前后,是"渔

---

① 江庆柏:《四库全书荟要总目提要》,人民文学出版社,2009年,第252页。
② 到晚清时期,这种以繁华落尽为主调的作品重新出现,不过作者行将为清遗民而已。

洋说部"作品①逐渐问世的时期,在此之前,较著名者为周亮工的杂家笔记类作品如《因树屋书影》《字触》等,"本朝以来,其行世谈部说家,埴所闻见者,则周栎园《书影》《闽小纪》、汪钝翁《说铃》、董阆石《三冈识余》、尤悔菴《艮斋杂说》、渔洋山人《居易录》《池北偶谈》《分甘余话》《夫于亭杂录》、王任菴《暑窗臆说》、吴青坛《说铃》(原案:吴所载诸家说部名目甚夥,兹不具)、褚人获《坚瓠集》、孔宏舆《拾箨余闲》、王丹麓《今世说》。凡此皆彰彰在人耳目者也"②。"渔洋说部"内容较为庞杂,既有小说故事,也有诗话、考据辩证之类。"渔洋说部"之外较著名者,有宋荦《筠廊偶笔》与纳兰性德之《渌水亭杂识》,颇富文采。

  本期说部丛书、类书的涌现,也是在康熙四十年前后,主要在于江南地区的出版业恢复到正常水平③,另外,一批文人兼出版商也起了很大作用,代表者为张潮、王晫、褚人获等,他们编纂的小说丛书有吴震方《说铃》前后集、张潮《昭代丛书》一百五十卷、《虞初新志》二十卷④、《檀几丛书》五十卷、《坚瓠集》六十六卷,赵吉士辑《寄园寄所寄》十二卷等,皆为私刻之本。在说部丛书中,笔记小说中各类别所占比例并不相同,这与编纂者的宗旨取向有关,《檀几丛书》主旨在于小品,《虞初新志》在于文学传记,《昭代丛书》内容更为庞杂,杂说、考证、鉴赏以及志怪轶闻皆为收录;《坚瓠集》作于苏州极盛之时,故为此书作序者皆一时名流,如毛奇龄、张潮、徐柯、孙致弥、杨无咎、沈宗敬、徐琰、毛际可、尤侗、陆次云、洪昇等,其编成方式、传播效应与王晫《今世说》《昭代丛书》《檀几丛书》相类,所摘录之丛残小语多雅隽可喜,似有小品、《世说》之风。赵吉士《寄园寄所寄》涉书近五百种,地志、小说、笔记、史籍、诗话、文集等皆所取材,以明代书籍为多,此书成书时间稍早于《坚瓠集》,《凡例》云"予自少至壮,凡见闻新异,辄笔之于书。积之既久,分类成帙,用作坐侧之玩"⑤。成书方式与褚人获相同,辑书主旨在于"凡属生平所历,偶有触者,辄附于末,以见世间原有两相符合处"⑥。"偶有触者"即

---

① "渔洋说部"的作品,包括《皇华纪闻》(康熙二十三年)、《池北偶谈》(康熙三十年)、《陇蜀余闻》(康熙三十四年)、《居易录》(康熙四十年)、《香祖笔记》(康熙四十四年)、《古夫于亭杂录》(康熙四十八年)等。括号内为成书时间,以自序为据。
② 〔清〕金埴:《不下带编》,中华书局,1982年,第80页。此书作于雍正十年后(应为雍正年间作品无疑)。
③ 战乱对江南刻书业的破坏程度有多大,笔者尚未找到相关研究论文作一精确统计,而且还存在地域差别的问题,故此处只能就笔记小说相关出版物作为研究的参考。
④ 《虞初新志》《虞初续志》内容多为传记类小说。
⑤ 〔清〕赵吉士:《寄园寄所寄》,《续修四库全书》第1196册,上海古籍出版社,2002年,第483页。
⑥ 同上。

不从流俗,事取征实,语尚朴质,凡"资见闻""正人心""致用""豁人心脾"者皆采入,亦可谓"笔记小说类书"之类。收入以上丛书的笔记小说,来源广泛,但多非原文摘录,编纂改订之以合乎丛书编纂宗旨。大体说来,《昭代丛书》中之笔记小说志怪、轶事一类文风朴质,而《檀几丛书》中的笔记小说较有小品特色,《坚瓠集》所收又类乎诗话、"世说",《寄园寄所寄》则"采摭颇富而雅俗并陈,真伪互见"(四库馆臣语),文风朴质。

简言之,本期前后可谓奠定了清代笔记小说诸类别的大致局面:野史笔记创作较盛,为清代野史创作的第一个高峰期(第二个高峰期为晚清);"渔洋说部"发轫并成型,并成为笔记小说中一个重要体式;《板桥杂记》开启了清朝志艳体小说的写作,此类作品可称之为"板桥体"笔记小说;志怪、轶事小说沿晚明余波,创作仍很兴盛,其中《聊斋志异》"志怪复有传奇"的写法在同期作品中别具一格,但并未进入"渔洋说部"这个以学问相尚的创作圈子内①。笑话集作为琐语的一种,在清代整体的创作并不兴盛,多改编、辑录明人作品,清代前期也不例外,其中明代冯梦龙之《古今谭概》被删改为《古笑史》(或名《古今笑》),对清代中期以后诸笑话集影响甚大。《广东新语》也开启了"岭南杂记"写作的风气,此书虽因屈大均抗清之故屡有禁毁,但并未能完全阻挡它在民间的传播。除此之外,不能不提及顾炎武的《日知录》,此被清人称为"说部正宗"②而实非小说的学术著作,本意在于经世致用,却推动了清代考证学的兴盛,使清代小说呈现出老儒谈经的面目。需要注意的是,此期除王渔洋之外,张岱、余怀、屈大均、顾炎武诸人皆为明遗民,明遗民群体为本期小说创作的主体,著作中缅怀古昔、感叹世变之音,每每见于笔端。

第三节 康熙四十一年至乾隆三十年:杂家笔记的崛起与故事琐语类小说的消歇

康熙晚期与乾隆前期之间的笔记小说创作数量明显减少,与以往四类小说及每类小说内部诸体均衡发展相比,局面已被完全打破。首先,本期明

---

① 《聊斋志异》与《居易录》《池北偶谈》《香祖笔记》虽皆为笔记小说,然却是两种写作路径、取舍命意亦不同。《蒲松龄全集》中收有《聊斋笔记》一种,大约为蒲松龄对"渔洋说部"创作的呼应。
② 小说"正宗"的问题,清人多有讨论,或以叙事则稗官小说,或以博学为杂家笔记,详见文中所引文献。

遗民多已故去,故国之音渐已消退,而且野史笔记之书因与时有碍,往者及来者所著之野史笔记如戴名世之《忧庵集》《孑遗录》屡遭禁毁,查慎行《人海记》亦曾畏祸毁版,关于故明野史的写作已分散到其他笔记小说诸类别中去。其次,杂家笔记与地理杂记类的创作仍然较为兴盛,杂家笔记类作品数量较多,成就颇高。再次,在故事琐语领域,轶事类、琐语类、异闻类的小说创作仍延续前一时期的态势,但佳作甚少。

在杂家笔记领域,此时王士禛挟诗学领域"神韵"说之势,以诗话为媒介扩大了"渔洋说部"的传播。王士禛在康熙三十前即已创作《皇华纪闻》《陇蜀余闻》《池北偶谈》《居易录》,康熙四十年后又有《香祖笔记》《古夫于亭杂录》《分甘余话》等。说部笔记不过是王士禛顺、康年间文学活动之一部,兼以门生故吏满天下,刘坚《说部精华序》云"渔洋山人诗文为艺苑第一大家,海内心折久矣"①,文以人传,故"渔洋说部"终清一代不乏追随者,如戴璐《藤荫杂记》、周春《过夏杂录》等。本期王士禛等人身体力行创作之余也在进行理论总结,王士禛认为说部为子、史之属,《居易录序》云:"古书目录,经史之外阙有说部,盖子之属也,《庄》《列》诸书为《洞冥》《搜神》之祖,亦史之属也。"②或许更重要的是渔洋说部为后人树立一种小说范式,即博学为尚的、兼容小说、诗话、考证、博物、掌故的写作风范,以隽语清言寻言外之味为追求的审美风格,可谓叙事与议论、载记与考证兼具,清人赞美其作品与宋荦《筠廊偶笔》并列为"直追汉魏、媲美唐宋,为本朝说部之冠"③的典型。因渔洋说部卷帙繁多,后乾隆初刘坚辑《渔洋说部精华》十二卷传布海内,即以评论、考证、载籍、典故、谈谑、诗话、清韵、志怪八部类分别之,便于士夫阅读。王应奎之《柳南续笔序》曾云"远希老学,近埒新城"④,亦是效仿渔洋之意。除王士禛诸说部作品外,还有宋荦《筠廊偶笔》(《偶笔》成于康熙十一年,《二笔》成于康熙四十五年)、刘廷玑《在园杂志》、金埴《不下带

---

① 〔清〕王士禛撰,刘坚类次:《渔洋说部精华》,仁和葛氏《啸园丛书》本(笔者自购)。
② 〔清〕王士禛:《居易录》,《景印文渊阁四库全书》子部第 175 册,台湾商务印书馆,1984 年,第 310 页。
③ 雍正十三年王澍云:"余往读新城王司寇《池北偶谈》、《香祖笔记》及商丘宋少师《筠廊偶笔》诸书,有裨国家典故,足为后学津梁,直追汉魏、媲美唐宋,为本朝说部之冠,非若稗官野史荒诞不经者可同日语也。"(〔清〕陆廷灿:《南村随笔》,《四库全书存目丛书》子部第 116 册,齐鲁书社,1995 年,第 238 页。)嘉庆初汪元桐云:"近来说部无虑数十种,吾家钝翁以为莫愈于渔洋说部、绵津两家,以典核有关系也。"(朱渊:《寄闲斋杂志》卷六,华东师范大学馆藏嘉庆二年刻本。)王、宋亦有伯仲之分,周中孚《郑堂读书记》之卷五十七"筠廊偶笔"条云:"(此书)体例似仿王渔洋诸说部,而不及其广博,然亦足以益人神智矣。"(《郑堂读书记》,中华书局,1993 年,第 290 页。)
④ 〔清〕王应奎:《柳南随笔》,《柳南随笔·续笔》,上海古籍出版社,2012 年,第 88 页。

编》、陆廷灿《南村随笔》、袁栋《书隐丛说》、江昱《潇湘听雨录》、汪景祺《西征随笔》、王应奎《柳南随笔》、鲍钅今《神勺》、黄叔琳《砚北杂录》、章楹《谔崖脞说》、严有禧《漱华随笔》、董潮《东皋杂钞》、徐崑《遁斋偶笔》、孟瑢《丰暇笔谈》、颜愁侨《霞城笔记》、王棠《燕在阁知新录》、陈撰《玉几山房听雨录》、王又朴《诗礼堂杂纂》、裘君弘《妙贯堂余谭》、王孝咏《后海书堂杂录》、颜懋侨《霞城笔记》、董大新《人镜》、鲍倚云《退余丛话》、张彦琦《博雅备考》、黄图珌《看山阁闲笔》、龚炜《巢林笔谈》等杂家笔记作品,这些作品之中既有诗话、考证,也有志怪、轶事,文学意味较浓,其中宋荦《筠廊偶笔》、刘廷玑《在园杂志》、王棠《燕在阁知新录》成就较高。笔记小说为说部文学之一种,士大夫"一物不知,儒者之耻"①,但专注于志怪、轶闻并不被视为博学,王士禛《池北偶谈序》谈作书缘起,闲处园林与宾客雅谈,"则相与论文章流别,晰经史疑义,至于国家之典故,代之沿革,名臣大儒之嘉言懿行,时亦及焉。或酒阑月堕,间举神仙鬼怪之事,以资嗢噱;旁及游艺之末,亦所不遗"②。"神仙鬼怪""嘉言懿行"不过是偶及之事,经史诗文方是士夫本色,故乾隆九年袁栋《书隐丛说自序》云"近日说部书益出,而归于正大者绝少,我苏顾亭林先生《日知录》颇为中正之论,容斋《五笔》差为先声。余之为是也,略祖容斋《五笔》、亭林《日知》之意,书其欲言者以垂示子孙,不敢问世也。"③

地理杂记类作品主要是记载乡土风物轶闻,是笔记小说存在的重要载体④,本期此类作品有吴震方《岭南杂记》、王一元《辽左见闻录》、钱一垲《岭海见闻》、汪森《粤西丛载》、范端昂《粤中见闻》、王孝咏《岭西杂录》、罗天尺《五山志林》、张渠《粤东闻见录》、张泓《滇南忆旧录》、劳大舆《瓯江逸志》、释同揆《洱海丛谈》、厉鹗《东城杂记》、谢济世《西北域记》、纳兰常安《受宜堂宦游笔记》等,此亦循魏晋六朝地记、唐宋地理杂记及清初地理杂记之旧,其中尤以"岭南杂记""东北流人"系列作品最为突出。"岭南杂记"记述岭南风物异于中原、江南,叙述轻松、明秀,晋宋以来代皆有作,至清代创作数量最多,成就也最高。东北为犯官流人之地,故每多凄苦之音,其中以

---

① 见《陈眉公集》卷六《评注表选序》(《续修四库全书》第1380册,上海古籍出版社,2002年,第79页。)此亦过激之言,不过孔子"博闻多识"之衍义也。
② 〔清〕王士禛:《池北偶谈》,齐鲁书社,2007年,第1页。
③ 〔清〕袁栋:《书隐丛说》,《续修四库全书》第1137册,上海古籍出版社,2002年,第402页。
④ 清代是纂修方志的全盛期,方志编纂已经形成制度化,这也为地理杂记类笔记小说的创作提供了制度性的便利因素,不少地理杂记类小说是为方志编纂提供材料而撰,更有从方志中辑录成书者如胡承谋《吴兴旧闻》等。

《辽左见闻录》《宁古塔纪略》《柳边纪略》较为著名,王一元《辽左见闻录》述关外所述有风土、流放官员小传、杂事、志怪等;吴桭臣《宁古塔纪略》一卷(成书于康熙六十年)、杨宾《柳边纪略》四卷(成书于康熙四十六年),所述为东北边疆民族风俗、山水地理、物产以及清初史事。边疆地理之地理杂记的著作缘起,除自述见闻外,多与地志保存文献有关,如杨宾《柳边纪略自序》云:"中原土地之入郡县者,其山川、方域、建制、物产、风俗、灾祥之类,皆有文以书之。书而不能尽与所不及书者,则征之逸民、遗老,所谓献者是也。文献备而郡县之志成。若乃不入郡县之地,虽声教已通,而地土不毛,人民稀少,中原之人偶一至焉,皆出九死一生,呻吟愁苦之余,谁复留一字以传?"[1]"岭南杂记""东北流人"之外,新疆、华中、江南、齐鲁等地也在写作范围之中,如谢济世《西北域记》记载西北地理、风土、轶事,江昱《潇湘听雨录》记湖南地理、风俗、志怪、诗话、博物、轶事等。张贞《渠丘耳梦录》,记青州乡土之事,既有志怪,复有乡贤轶事。汪为熹《鄢署杂抄》亦为甘肃风土之录,孔毓埏《拾箨余闲》记鲁西地区见闻,书中多道德劝诫之言,亦"道德圣人家"之流韵。

在故事琐语领域,志怪类作品有傅汝大《鬼窟》、张正茂《龟台琬琰》、史震林《西青散记》、章孝基《雷江脞录》、钮琇《觚賸》、胡承谋《吴兴旧闻》、景星杓《山斋客谭》、汪为熹《鄢署杂抄》、魏坤《漫游小钞》、章有谟《景船斋杂志》、吕法曾《阐微录》、王椷《秋灯丛话》、章孝基《雷江脞录》等,其中《吴兴旧闻》原为府志中"丛谈"之一部,后被删落单独成书;《西青散记》可谓《聊斋》之后又一"传奇以志怪"之书,不过诗词擅场于乩仙、村妇,题旨与《红楼梦》相近。轶事类作品有章抚功《汉世说》、章继泳《南北朝世说》、裘琏《世说窬隽》、宋弼《州乘余闻》、张贞《渠丘耳梦录》、姚世锡《前徽录》、蓝鼎元《鹿州公案》、屠元淳《昭代旧闻》、葛万里《清异录》、周骧《东山外纪》、张庚《国朝画征录》等,其中"世说体"的写作仍然不衰,如宋弼之《州乘余闻》,仿世说体例,其中除十六门沿袭《世说》之外,增加旷达、感慨、游历、故实、感逝、游戏、女流、志怪八门,皆为山东德州轶事之类。琐语类作品有赵执信《海沤小谱》、芬利它行者《竹西花事小录》、郑相如《汉林四传》等,前两种为"板桥体"之类,《汉林四传》不过游戏文;另在乾隆三十年左右,琐语中的笑话集有《笑倒》《增订解人颐广集》[2]《笑林广记》,其中以《笑林广记》影响最

---

[1] 〔清〕杨宾:《柳边纪略》,黑龙江大学出版社,2014年,第353页。
[2] 《广集》前有《初集》《二集》《新集》,皆乾隆以前刊刻,详见《中国古代小说总目》"解人颐"条(宁稼雨撰)。

大。本期故事琐语类作品相对于六十余年的时间来说,本时段笔记小说全部数量不过百余种,作为故事琐语类之一的志怪作品自然更少,不过还不能称作某类小说(如志怪)的"断层期"或"空白期"①。

本期笔记小说创作的总体数量减少,大约有两个原因:一是与本时段作家、读者的文学趣味转移有关。若环顾本期通俗小说的创作,则产生了《儒林外史》《歧路灯》《红楼梦》《绿野仙踪》甚至《姑妄言》《醒世姻缘传》②等作品,对后来文学发展影响甚巨③。二是本时段的文化政策趋于严厉,这对笔记小说的创作也有负面影响。除了"南山集案""查嗣庭案"等学界所知的"文字狱"外,禁毁"淫词小说"也会对文学创作起到导向作用。据王利器《元明清三代禁毁小说戏曲史料》载,康、雍二帝曾在康熙二年、二十六年、四十年、四十八年、五十三年以及雍正二年禁止民间结社的,同时禁毁"淫词小说","其中有假僧道为名,或刻语录方书,或称祖师降乩,此等邪教惑民,固应严行禁止;至私行撰著淫词等书,鄙俗浅陋,易坏人心,亦应一体查禁,毁其刻板"④。康、雍时期禁毁"淫词小说"的目的:一是打击秘密会社,二是禁止神道猥亵之书流通,有着稳定社会、净化文化市场的积极意义。政府打击"淫词小说"的举措或许也是笔记小说创作陷入低潮的一个原因。

要之,本时段杂家笔记类、地理杂记类的创作仍然较为兴盛,而故事琐语类创作较前一时段显得沉闷,野史笔记类的作品已不多见。随着清王朝社会的稳定,士大夫群体的文学趣味或已转变到说部笔记与通俗文艺当中。"雅趣"与"博学"是文人品位的两个追求,这两者的此消彼长也是文学内部

---

① 关于某种小说文体的"空白期"或"沉寂期"说,具体的例子有:明代初年说——意谓明代《三国志演义》《水浒传》等巨著问世后,演义小说并没有在接下来的几十年继续繁荣,反而进入了一个沉寂期,详见陈大康老师《明代文学史》;唐代初期说——韩云波据李剑国《唐五代志怪传奇续录》,以为"在玄宗之前的初唐95年中,小说创作并不兴盛,甚至还不及唐前六朝的盛况……那么,唐初人们的叙事功夫用到哪里去了呢?这就是历史叙事的繁荣"。意谓玄宗之前的文人精力所粹在乎史学也。(韩云波:《唐代前期史化小说与唐代小说的兴起》,《新国学》第三卷,巴蜀书社,2001年,第277页。)

② 夏薇:《〈醒世姻缘传〉研究》,中华书局,2007年,第34页。刘世德亦赞成此书成于雍正四年后。笔者在国家图书馆见《谦牧堂藏书目》抄本,为纳兰揆叙藏书目录,以《千字文》排序。《醒世姻缘传》载于"暑字二号"。因纳兰揆叙卒于康熙五十六年,又《醒世姻缘传》书中所述地价银为顺、康年间故实(据钱泳《履园丛话》之"地价"条),"张字二号"载有查慎行《得树楼杂钞》(成书于康熙五十九年左右),"张字三号"载有《满官则例》(最早为雍正三年刻本),故此书成于康熙六十年左右。

③ 不过乾嘉时期的通俗小说创作与传播情况也不乐观,宋莉华先生云:"(清代中期)文人大规模地投身小说传播活动的盛况亦不复见,新创作的小说数量明显下降,通俗小说领域呈现出与此前全然不同的凋零气象。"(宋莉华:《明清时期的小说传播》,中国社会科学出版社,2004年,第47页。)

④ 王晓传辑录:《元明清三代禁毁小说戏曲史料》,作家出版社,1958年,第22页。

诸体变化的内在动因。乾隆五十七年悔堂老人(徐承烈)《听雨轩赘笔跋》云:"康熙间商丘宋公漫堂、新城王公阮亭皆喜说部,于是海内名士,人各著书。今汇集于《昭代丛书》初二两集者,不下数百种,较之前明百家小说已倍蓰矣,然书可等身,值昂而难以卒购,未若单词片帙之易于访求也。故蒲柳泉《聊斋志异》一出,即名噪东南,纸为之贵,而接踵而起者,则有山左闲斋之《夜谭随录》、武林袁简斋之《新齐谐》,称说部之奇书,为雅俗所共赏,然所叙述者,说异是尚。"①通过此语可知康熙四十年"渔洋说部"与乾隆三十年"聊斋体兴起"之间,笔记小说中志怪作品集创作有过一个低潮期。

第四节 乾隆三十一年至嘉庆十年:野史笔记之外的"三体"并兴

本期笔记小说中野史笔记类作品几近绝迹,故事琐语类中的志怪小说走出低谷,迎来了清代志怪小说的高峰期;杂家笔记类、地理杂记类的创作也较为繁盛。若依时限来看,乾隆三十一年至嘉庆十年间的笔记小说数量与康熙四十年至乾隆三十年基本持平。本时段笔记小说通过唐宋以来的创作积累以及清初的探索,在乾隆年间出现了一个体派汇聚与体例创新并兴的局面。本期呈现出的笔记小说体式②有"世说体""说郛体""板桥体""忆语体""渔洋说部体""聊斋体""阅微体"甚至"子不语体",它们或已蔚然大观,或初步成型,仿效者也是或多或少。在体例创新方面,则以李斗《扬州画舫录》为代表。

在故事琐语领域,明显有三类不均衡的现象存在,琐语、轶事类不如志怪异闻之类兴盛。《聊斋志异》进入主流传播渠道后,志怪创作兴起③,迎来了一个复兴期④,较著名者如和邦额《夜谭随录》、沈起凤《谐铎》、佚名《萤

---

① 〔清〕清凉道人:《听雨轩笔记》,《笔记小说大观》第一编第1册,新兴书局,1962年,第641页。
② 陈文新先生把文言小说分为"博物体""拾遗体""搜神体""笑林体""杂记体""小品型"等几个体式,这几个体式皆为魏晋小说的划分,除"世说体""笑林体"仍在创作外,其他类型的小说内容也散处于笔记小说中,表现也不明显。
③ 志怪小说兴起的原因,首先是乾隆朝文字狱案件有逐年增加的趋势,蔡显《闲渔闲闲录》就记载了不少清初杂事,感情过于直露,因以贾祸,故纪实不如务虚;其次是《聊斋志异》的影响。
④ 在故事琐语类小说中,乾隆三十一年《聊斋志异》青柯亭本刊刻,乾隆四十四年以后《夜谭随录》《子不语》《阅微草堂笔记》等志怪小说刊行,都说明了志怪小说的复兴。乾隆三十七年《四库全书》开始纂修,次年《四库全书总目》亦着手编撰,《四库全书》小说家的取舍标准与分类意识对小说书目的影响较大。应该注意到,《四库全书》纂修的过程也是《聊斋志异》经典化的过程,同时也是志怪小说蔚然重兴的过程,三者处于一个时段。(转下页)

窗异草》①、乐钧《耳食录》、沈日霖《晋人麈》、俞蛟《梦厂杂著》、曾衍东《小豆棚》、佚名《集异新抄》、顾公燮《消夏闲记》、朱海《妄妄录》、程攸熙《吹影编》、沈钦道《夜航船》、孙洙《广新闻》《排闷录》《异闻录》、徐承烈《听雨轩笔记》、宋弼《州乘余闻》、李调元《新搜神记》、宣鼎《夜雨秋灯录》、屠绅《蟫蟫杂记》、袁枚《新齐谐》、屈振镛《云峰偶笔》、邓暄《异谈可信录》、徐昆《柳崖外编》、张太复《秋坪新语》等，以及纪昀的《阅微草堂笔记》②。在志怪小说创作兴盛的基础上，针对笔记小说的理论总结也在进行当中，其中以《四库全书总目》小说家类和纪昀关于《聊斋志异》的批评影响较大。《四库全书总目》关于子部小说家的取舍标准与分类，对以后的小说书目起到了规范化的作用③。纪昀关于《聊斋志异》"一书兼二体""小说不比戏场关目，随意装点"的批评，突出了故事琐语类笔记小说"史"的特性，是对"聊斋体"小说过于倾向文学性的反拨。但"纪氏作《阅微草堂笔记》，立法甚严，然偏于论议。'盖不安于仅为小说，更欲有益人心，即与晋宋志怪精神，自然违隔。'（鲁迅语）"④故事琐语类笔记小说在本期的创作，从数量上看，恐怕多数还是非如《中国小说史略》中所云"拟晋""拟唐"派作品的存在⑤，如袁枚《新齐谐》、欧苏《霭楼逸志》《霭楼剩览》、沈钦道《夜航船》、朱海《妄妄录》、张太复《秋坪新语》、杨望秦《巽绛编》、钱肇鳌《质直谈耳》、沈日霖《晋人麈》、顾公燮《消夏闲记》、陈钥《竹溪见闻志》、徐承烈《听雨轩笔记》、刘寿眉《春泉闻见录》、李汝榛《阴晋异函》、李调元《然犀志》《尾蔗丛谈》《新搜神记》、王兰沚《无稽谰语》等。这种情形不仅在以上所列小说集中可以看出，在大量存在的说部笔记、小说选本、地理杂记等作品集中数量更不占优势。本期"聊斋体"成为部分作家的自觉追求，如徐昆《柳崖外编》、纪汝佶《小说》、曾衍东《小

（接上页）"经典化"是传播过程中的经典化，作品成为经典是在沟通雅俗的同时，能够具有"作家独创性、情感寄遇性、文学性"等特征，见谭帆《"四大奇书"：明代小说经典之生成》，《中国雅俗文学思想论集》，中华书局，2006年，第173—175页。

① 今日学界或以为即尹庆兰，留此存疑。此书描写繁缛绮丽、游谈无根，叙事不类清代初中期作品，笔者疑为晚清文人书贾伪托之书。

② 关于纪昀与《聊斋志异》的关系问题，详见拙稿《"矜持下的焦虑"：论纪昀〈阅微草堂笔记〉的创作心态与应对策略》，《蒲松龄研究》2016年第2期。

③ 《四库全书总目》是一部权力话语的目录书，乾隆帝要求所收书籍"雅正""醇雅"只不过是其意志的外在表现，四库馆臣所写提要全部被纳入这种君主话语体系当中，在这个体系之下，士大夫话语是充实这个体系的工具，汉学考证是使用此种工具的方式。就本期看来，《四库全书总目》小说家类中的辨体意识、著录标准、价值功能对笔记小说的创作影响并不大，它的价值更多体现在目录学上。

④ 浦江清：《浦江清中国文学史讲义·明清部分》，天津古籍出版社，2009年，第229页。

⑤ 鲁迅在《中国小说史略》里把清代文言小说分为"拟晋"与"拟唐"两派，或是受纪昀的启发，但似过于拘泥。

豆棚》、管世灏《影谭》、许亦鲁《不寐录》、娄东羽衣客《镜花水月》、乐钧《耳食录》、屠绅《蟫蛣杂记》等,"聊斋体"之外的作家还是循旧例自然的创作,如袁枚评论《聊斋志异》"惜太敷衍"①,故创作了基于写实而以娱乐为旨归《子不语》;欧苏《霭楼逸志序》则云其书"虽无当于大雅,然信以有征,奇不失常,亦颇异乎近世蒲留仙之《聊斋志异》、袁子才之《新齐谐》、沈桐威之《谐铎》"②。这些都显示出作者在文体选择上的自主性。与志怪小说相比,本期轶事类作品数量减少,只有戴延年《秋灯丛话》、盛百二《柚堂续笔谈》等寥寥几部作品存世,此类作品创作的衰落或许与本期文字狱有关③。乾隆晚期嘉庆初年,士女繁华、竞相豪奢,以地域论则以金陵、吴门、维扬为中心,琐语类中志艳作品创作较多,如《续板桥杂记》《雪鸿小记》《秦云撷英小谱》《潮嘉风月记》《明湖花影》《群芳外谱》《吴门画舫录》《秦淮闻见录》《燕兰小谱》《海天余话》等。在以"板桥体"为代表的志艳类作品中,开始由青楼女子扩大到娈童俳优,如《燕兰小谱》,以香艳之笔描摹戏子优伶,可谓已入狎邪歧途,此盖与章回小说界之《品花宝鉴》不无关系焉④。琐语类中笑话集的编纂、创作以石成金《笑得好》初集、二集较为著名,石成金致力于通俗文学的教化作用,刊刻俗文学作品多种,此书为其中之一,语多劝诫,可谓寓教于乐的作品。

在杂家笔记领域,作品蔚为大观,且考据之法对追求雅趣的笔记影响颇大⑤,如叶瑛《散花庵丛语》、杨望秦《巽绛编》、阮葵生《茶余客话》、汪启淑

---

① 〔清〕袁枚:《小仓山房诗文集》,上海古籍出版社,1988 年,第 1767 页。
② 〔清〕欧苏:《霭楼逸志》,《明清广东稀见笔记七种》本,广东人民出版社,2010 年,第 148 页。
③ 关于笔记小说的文字狱案,在康雍乾三朝有雍正四年的汪景祺"《西征随笔》案"、乾隆三十二年蔡显"《闲渔闲闲录》案",另外涉及笔记小说的有乾隆四十六年卓长龄"《忆鸣诗集》案"(涉及其族人卓轶群《西湖杂录》)、乾隆五十三年贺世盛"《笃国策》案",皆为杂家笔记之类,其中或涉及胜朝之事,或指陈时弊,故有此祸。《西征随笔》为雍正年间汪景祺所撰。《闲渔闲闲录》为蔡显撰,蔡显(1697—1767),字景真,号闲渔,江苏华亭(今属上海)人,雍正七年举人,著有《红蕉诗话》《宵行杂识》《潭上闲渔稿》等。《闲渔闲闲录》九卷,今有华东师范大学馆藏《嘉业堂丛书》本,杂家笔记之类,内容有杂事、考证、杂说、诗话等,其中杂事与诗话为主,因"中记载之事,语含诽谤,意多悖逆,其余纰缪之处,不堪枚举"(上海书店出版社编:《清代文字狱档》之"蔡显《闲渔闲闲录》案",上海书店出版社,2011 年,第 86 页)而被处斩。卓轶群《西湖杂录》、贺世盛《笃国策》皆未传。
④ 《徐兆玮日记》载:"(民国七年)六月初十日,《时报·余兴》载丁戊小联语云:自《品花宝鉴》出,士大夫始嚣然昵比优伶,继作者有《明僮小录》。而同末光初,著作弥盛,其时有五书:曰麋月楼主之《鞠部群英》,系增续小游仙馆主人旧作。曰香溪渔隐之《凤城品花记》,曰艺兰生之《评花新语》,曰《侧帽余谈》,亦艺兰生著,曰《宣南杂俎》,撰者凡十三人,而艺兰生所辑。"(徐兆玮:《徐兆玮日记》第三册,黄山书社,2013 年,第 1909 页。)
⑤ 康熙十八年、乾隆元年两次诏开博学鸿儒科(其中雍正十一年诏开未果),所取皆根柢经史之大儒,经史研究尤以考证为尚,故杂家笔记中考证的大量存在,不仅是传统学术内部演变的结果,也是政府因势利导的结果。

《水曹清暇录》、程攸熙《吹影编》、边连宝《病余长语》、赵翼《檐曝杂记》、法式善《槐庭载笔》、汪启淑《水曹清暇录》、龚炜《巢林笔谈》、张为儒《虫获轩笔记》、伍宇澄《饮渌轩随笔》、汤大奎《炙砚琐谈》、沈初《西清笔记》、蔡显《闲渔闲闲录》、胡承谱《只麈谈》、秦武域《闻见瓣香录》、曹斯栋《稗贩》、张纯照《遗珠贯索》、伊朝栋《南窗丛记》、阮元《小沧浪笔谈》《定香亭笔谈》等。其中《茶余客话》议论纯正,《槐厅杂笔》记录典章富赡,《檐曝杂记》则精于史笔,为本期杂家笔记中之较著名者。这些作品大多宗尚宋人笔记,如欧阳修《归田录》、沈括《梦溪笔谈》、苏轼《东坡志林》等,同时对清初的"渔洋说部"也推崇有加,如戴璐《藤阴杂记》即为续"渔洋说部"而来①。此类作品在内容上包括风土、诗话、典章、轶事、志怪、考证、博物等,本为随笔记录之杂著,在辨体上较为困难。但清人仍能析其流别,以示渊源有自,如嘉庆初赵绍祖称胡承谱之说部笔记《只麈谈》《续只麈谈》"盖深得段成式《酉阳杂俎》、沈存中《梦溪笔谈》、陶九成《辍耕录》之遗意",并在刊刻时"取其语之足以资考据、事之足以备采录者,分为上下卷",上卷为考证、论辩、诗话、博物之类,下卷为志怪、轶事之类,"意欲稍以类相从,而非谓原书之可以删节也"②。

在地理杂记类领域,有王庭筠《粤西从宦略》、李调元《南越笔记》、檀萃《楚庭稗珠录》、戴延年《吴语》、吴骞《桃溪客语》、葛周玉《般上旧闻》、关涵《岭南随笔》、沈曰霖《粤西琐记》、汤健业《毗陵见闻录》、洪亮吉《天山客话》、康基田《合河纪闻》、李斗《扬州画舫录》等,地理杂记也是叙述与考证并重,如《南越笔记》《桃溪客语》《合河纪闻》等,引古证今、考证名物、辨别古今地理异同,足见乾嘉格物考证之风气。在地域文学的写作上,《扬州画舫录》集《水经注》《北里志》《录鬼簿》《洛阳名园记》《东京梦华录》《板桥杂记》《留都见闻录》《平江记事》等诸体文学之长,诗话、轶事、志怪、地记、风物、优伶、谣谚、曲谱等皆在叙述之列,形式虽为地理杂记,实融合了"板桥体""世说体"等其他笔记小说的写法,各体之间的界限已被打破,可谓清代中期地理杂记写作的一种新的趋向。但之后的"画舫录"系列作品,如《吴门画舫录》《吴门画舫续录》《画舫余谭》等并未达到李斗的写作高度,反而又退回到《板桥杂记》"青楼与诗赋""文士与红粉"的写作路径上来。

在本期笔记小说作家群里,李调元创作、编纂的笔记小说作品包括志怪

---

① 嘉庆元年戴璐《藤阴杂记自序》云:"余弱冠入都,留心掌故,尝阅王渔洋《偶谈》《笔记》等书,思欲续辑,于是目见耳闻,随手漫笔。"(〔清〕戴璐:《藤阴杂记》,《续修四库全书》子部第 1177 册,上海古籍出版社,2002 年,第 385 页。)

② 上所引皆出清嘉庆五年赵绍祖《只麈谈序》,华东师范大学馆藏《泾川丛书》(清刻本)。

小说、杂家笔记、地理杂记等达十余种之多(见《函海》),如《新搜神记》《井蛙杂纪》《尾蔗丛谈》《南越笔记》《然犀志》《制义科琐记》《淡墨录》等,数量可观,其创作成绩几与清初张潮、王晫等笔记杂著作家相并肩,且其所著知识更为广博、考证更为详确,已非清初"才子之笔"所能藩囿。

简言之,本期除了野史笔记作品影响不彰外,故事琐语类之志怪小说、志艳小说以及杂家笔记类、地理杂记类(风土笔记)的创作较为兴盛,"说粤体""板桥体"的创作仍在继续;志怪小说在《聊斋志异》"影响的焦虑"的刺激和带动下,出现了两个新的笔记小说体式"聊斋体""阅微体",并且还出现了合诸体文学于一身的地志小说《扬州画舫录》。另外阮元所撰辑之《小沧浪笔谈》《定香亭笔谈》,内容既类诗文选集,又类诗话,叙述以诗词为中心,其体例颇异于康乾间诸笔记小说①,故亦可称笔记小说之"破体"②。此书与李斗《扬州画舫录》两书皆可谓清代中期笔记小说领域写作上之新变,此种新变的原因,在于新的知识的增加、积累,已经使乾嘉时期的学人力求笔记小说在表现个人情感和社会内容方面涵盖的范围更为广阔,故而不拘成例而创立新体。另外,本期在纂辑丛书上收获也较大,其中陈世熙《唐人说荟》二十卷、马俊良《晋唐小说畅观》五十九种在整理唐代小说方面成绩颇大,传播范围较广,所整理的作品既有笔记小说,也有传奇小说。

第五节 嘉庆十一年至同治三年:野史笔记写作的抬头与酝酿新变期

本期笔记小说的写作,一方面沿乾隆时期之余波而又有新变,杂家笔记类、地理杂记类、故事琐语类作品的写作兴盛之外,世运之降与话语管控的松弛,使野史笔记类的写作开始抬头,而地理杂记类作品中域外文明的介绍,显示出西方文化将要大规模入华的迹象。另一方面随着所谓"康乾盛

---

① 清方浚颐《玉溪见闻续笔序》云:"或难之曰:'是编多载诗歌,未免有乖体例。'予应之曰:'古人不必具论,请读阮文达之《小沧浪笔谈》《定香亭笔谈》,即可以废然返已。"(〔清〕方浚颐:《二知轩文存》卷十五,《续修四库全书》第1556册,上海古籍出版社,2002年,第529页。)《见闻随笔》二十六卷、《见闻续笔》二十四卷,同治间齐学裘撰,前者为志怪之书,后者为杂家笔记之类。

② 钱锺书云:"名家名篇,往往破体,而文体亦因以恢弘焉。"(《管锥编》[三],生活·读书·新知三联书店,2008年,第1430页。)周振甫以为"破体"即"破坏旧的文体,创立新的文体,或借用旧名,创立一种新的表达法;或打破旧的表达法,另立新名。"(周振甫:《文章例话》,江苏教育出版社,2006年,第181页。)

世"的远去,清朝社会进入多事之秋,清政府内外交困,特别是延续了道、咸、同三朝的太平天国运动以及随之而来的大规模战乱、人口锐减,使作为经济、文化中心的江南地区受到了极大破坏。咸丰年间的笔记小说写作陷入低谷,导致本期的笔记小说写作在数量上有"前重后轻"之异。同治四年后的笔记小说,可谓是在本期提供的诸多有利或不利条件的基础上成长起来的。

在杂家笔记领域,清人在本期创获颇丰,有《人海丛谈》《樗园销夏录》《此君轩漫笔》《芝庵杂记》《瀛洲笔谈》《途说》《邝斋杂记》《鹅湖客话》《窭存》《铁槎山房见闻录》《醒世一斑录》《寒秀草堂笔记》《舟车随笔》《蕉余偶笔》《闲处光阴》《迩言》《常谈丛录》《止止楼随笔》《雨韭盦笔记》《斯未信斋杂录》《酒阑灯炧谈》《渔舟记谈》《章安杂说》《马首农言》《北窗呓语》等作品,就作者来说,梁氏父子、钱泳、张调元、姚元之、郑光祖、陆以湉、蒋超伯、方浚颐于此用力较勤(梁章钜有《浪迹丛谈》《归田琐记》,梁绍壬有《两般秋雨盦随笔》,钱泳有《履园丛话》,姚元之有《竹叶亭杂记》,张调元有《京澳纂闻》《佩渠随笔》,陆以湉有《冷庐杂识》,蒋超伯有《麓濡荟录》《榕堂续录》《南漘楛语》,方浚颐有《梦园琐记》《梦园丛说》),皆为叙事兼议论、载记与考证并存之书,如钱泳《履园丛话》体大思精,道光十八年钱泳《履园丛话自序》云此杂家笔记作品:"昔人以笔札为文章之唾余,余谓小说家亦文章之唾余也。上可以纪朝廷之故实,下可以采草野之新闻,即以备遗忘又以资谈柄耳。"[1]可谓本期杂家笔记类作品之代表作。除上述名作外,其他作品也有可喜之处,如杨树本《见闻记略》四卷,卷一《纪盛》,所述为顺治元年至嘉庆五年间列朝恩赐、先圣、大臣、庶民等史,其中尤以乾隆间历史为详,如乾隆四十二年蠲免天下钱粮、乾隆五十八年英吉利入贡贡品、乾隆六十年恩科会试及千叟宴等,其中多录诏书及臣子奏疏,如顺治帝入北京后诏书、乾隆帝禅位诏书等;卷二为《课余杂记》,为杂说考据与诗文辑录之类,如"杜甫《题壁画马歌》之麒麟"辨、"豆腐"考、"风闻"二字考、"铁树"考、"观音粉可疗饥"辨以及县试阅卷、续梦中诗、录鬼诗等;卷三为《记游历》,所述为宦游经历,如赠同僚王维之、吴驾潢诗,满洲子弟尊师礼、翻译之学、馆阁书体、科场故事、正阳门关帝签、宁州甘薯、分宁双井茶、江西仙人掌、建昌险滩、辰沅晒经台、云南气候、省城牛车、官场宴会、粤西鹧鸪等,地域以浙东、江西、湖广为主;卷四为《记风气》,所述为社会风气变迁,如士人用扇、古今名字之称、江西风气由俭入奢、妇人装饰、水烟、苏人嗜河豚粤东好霞片(鸦片)、丝履价格、茶船、眼镜、印章等。多有辑自他书以论说者,如《阅微草堂笔记》《七修

---

[1] 〔清〕钱泳:《履园丛话》,中华书局,1979 年,第 1 页。

类稿》《古今图书集成》《答宾戏》《纲鉴汇纂》《随园随笔》《示儿编》《吾妻镜》《香祖笔记》《渔洋年谱》《茶余客话》《坚瓠集》等,用笔古雅,近于实录。又如郑光祖有《醒世一斑录》五卷、《附编》三卷、《杂述》八卷,其中《醒世一斑录》五卷(卷一《天地》,卷二《人事》,卷三《物理》,卷四《方外》,卷五《鬼神(附后言)》),《附编》(《权量》《勾股》《医方》),《一斑录杂述》八卷566则,内容有轶事、异闻、琐语、地理、名胜、物产、水运、盐政、论辩等,以叙事体小说为主,其中多常熟故实,如《老鬼丛话》载民间鬼事百则,一句为一则。叙述中每则大多有题目,如《顾氏妖兴》《焦山》《海运》《漕粮》《银厂》《义利辨》《巫山峡》《诗人知遇》《长夏闲谈》《埋儿比非孝道》《雨异》《剪发辫》《儿童变怪》《铁券文》《外国表文》《鬼神定格》《永乐北征》《诗言不可误解》《游仙诗》《老鬼丛话》《徽地风俗》《四书改错》《红楼梦原稿》《读书疑信》《议论多而无成》《优伶激劝》《知足守身》等。承康熙年间"渔洋说部"之风的"诗话体杂小说"作品,创作仍然兴盛,如宋咸熙《耐冷谭》、王道征《兰修庵消寒录》、于源《镫窗琐话》、倪鸿《桐阴清话》、何大佐《榄屑》等,皆有史事、诗话、志怪共同叙述的特点,惜诗多话少,如后来之《粟香随笔》《竹隐庐随笔》,而且其论诗之语新意无多。

　　在地理杂记领域,本期有《近游杂缀》《韩江闻见录》《岭南随笔》《古州杂记》《清嘉录》《汉口丛谈》《轮台杂记》《红山碎叶》《都门纪略》《康輶纪行》《琉球实录》《黔语》《泰西稗闻》《杭俗遗风》《越台杂记》《闽杂记》等作品,呈现出沿海与边疆、域外与中夏并兴的局面。具体而言,在沿海地记方面,如郑昌时《韩江闻见录》十卷,所述以潮汕为主,叙述详尽,描写生动,与颜嵩年《越台杂记》、马光启《岭南随笔》同为岭南笔记中之杰出者。

　　描述边疆地理风土之作,则有史善长《轮台杂记》二卷,黄濬《红山碎叶》一卷、吴振棫《黔语》二卷等,皆为西北、西南地理风俗考察之作,其中谭莹《轮台杂记序》云此书"备载山川险要、军国懿章,缘道亭邮,各城廨署,谷粟驴骡之利,禽鱼草木之生,宾旅往还回民习俗,证以残编落简,询之退卒老兵,话今古之兴亡,论华戎之战守,雪钞露纂,殚见洽闻,洵可与洪稚存之《塞外纪闻》《天山客话》《伊犁日记》、祁鹤皋之《西域释地》《西陲要略》、徐星伯之《伊犁事略》《西域水道记》等书并传。剖别异同,参互考订,亦不朽之盛业,殆无负于此行已。德孚遐迩,定逾《松漠纪闻》;俗判贞淫,或媲《溪蛮丛笑》。传编游侠,争为北道主人;颂织太平,特异《西州程记》"①。是书文笔雅洁,其述新疆物产丰饶、民风淳朴及各族风貌等极有意趣,流人之笔,足

―――――――

① 〔清〕史善长:《轮台杂记》,国家图书馆"中华古籍资源库"(光绪刻本),第2页。

与杨宾《柳边纪略》、洪亮吉《天山客话》相鼎足。新疆虽有大美,身为流人,叙述中终不乏乡关之思云:"小除夜祀灶后,仆役聚饮厢房,予拥被倚壁坐,闻四邻爆竹声,拇战声,妇女儿童欢笑声,回顾一灯荧荧,愁肠凄绝,呼酒尽一觞,气顿雍喘彻邻壁,仆惊无措,食顷始平。"①其所录天山倡和诗,亦典雅可喜。黄濬《红山碎叶》一卷,载己亥(道光十九年)三月出关后所闻见者,地理如辟展、满城、水磨沟、智珠山、红山、博克达山,风物如清真教、莲花白、六月菊、金棒瓜、伊拉里克玉、旗俗、土语,题咏如《塞外十二景》。叙述典雅,如"市菊盈把,其中一朵粉红色,娇艳绝伦,因忆零都味根圃中,亦曾茁此一种,追往怃然"。虽为地理杂记之书,然有日记之体,黄濬自序云:"新疆辟自纯皇帝,数十年间,生聚渐繁,蒸蒸然有中华气象,士大夫之干役其地者,类能纪其山川风俗,如《西域闻见录》《三州辑略》《新疆志略》诸书,盖以橐笔从戎,而不能旁搜远揽,集异编奇,非所以为豪也。余虽荷戟轮台,而趋走军门,未能出红山一步,其所听睹,不越兹区,故即以为书目,且古人著书,往往称林,余存光尺幅,不能志其远者大者,则其叶也,非林也,又古人有聚叶为薪、积叶成屋者,余既不能聚,又不能积,偶见偶闻,随时掇拾,则谓之碎叶而已矣。"②

随着近代工商业城市的崛起以及商贸活动的展开,本期出现了一批描写新兴商贸中心及贸易指南之类的地记之书,如范锴辑《汉口丛谈》六卷,此书远溯明代陈士元《江汉丛谈》地理杂记之意,民国丙辰(1916年)后,王葆心有感《汉口漫志》亡佚及《上海小史》之粗疏,仿《汉口丛谈》体例,续纂《续汉口丛谈》六卷、《再续汉口丛谈》四卷,增补旧说及述道咸以来武汉历史人文地理变迁,叙述中考证较少,而议论叙事多有新意。又如杨静亭撰《都门纪略》二卷,分《风俗》《对联》《翰墨》《古迹》《技艺》《时尚》《服用》《食品》《市廛》《词场》十目,杨氏自序云:"曩阅《日下旧闻》,胪列古今胜迹,以资人之采访者备矣,下及《都门竹枝词》《草珠一串》等书,虽列风绘俗,纤悉无遗,第可供学士之吟哦,不足扩市廛之闻见。京畿为首善之区,幅员辽阔,问风俗之美,补王道无偏,睹阛阓之繁华,燕都第一。鉴于古者,图书翰墨之精,悦于耳者,丝竹管弦之盛。琳琅来瀛海之珍馐,错极上方之贵。惟外省仕商,暂时来都,往往寄寓旅邸,闷坐无聊,思欲瞻游化日,抒羁客之离怀,抑或购觅零星,备乡间之馈赠,乃巷路崎岖,人烟杂遝,所虑者不惟道途多舛,亦且坊肆牌匾,真赝易淆,少不经心,遂成鱼目之混。兹集所登事迹,分载则

---

① 〔清〕史善长:《轮台杂记》,国家图书馆"中华古籍资源库"(光绪刻本),第九页。
② 〔清〕黄濬:《红山碎叶》,北京大学图书馆藏磁青纸刻本。

类,易于说览,统为客商所便,如市廛中之胜迹及茶馆酒肆店号,必注明地址与向背东西,具得其详,自不至迷于所往。阅是书者,按图以稽,一若人游市肆,凡仕商来自远方,不必频相顾问,然则谓是书之作,为远人而作也可。"①后世增补、仿作此书者甚多,如《都门杂记》《都门汇纂》《新增都门纪略》《朝市丛载》《沪游杂记》《津门杂记》等。

与钱文漪《琉球实录》尚处于域外寻奇之见外,一批有识之士已经意识到了西方殖民者对于中国边疆的野心,故姚莹有《康輶纪行》十六卷,上海进步书局提要云:"(是书)为莹(道光二十四年)奉使乍雅及察木多抚谕番僧时作。乍雅之使事本末、剌麻之异教源流、外夷之山川形势风土、入藏之诸路道里远近,纤细靡遗,叙述典雅,彬彬乎有古风,即古今学术之变迁、一时感触之诗文亦间及之,是亦山经之别乘、舆记之外篇矣。存兹一编,于地理之学,未尝无补也。"②所述皆有考察之功,如《初至成都》《大渡河》《打箭炉》《颜制军西藏诗》《禹贡黑水有三》《泸水通大渡河》《巴塘风景》《西藏外部落》《详考外域风土非资博雅》《建文帝为呼图克图》《益州名画录》《佛经四洲日中夜半》《三魂七魄》《管子用心天德》《四库提要驳西人天学》《中外四海地图说》《新疆南北两路形势图说》《西人海外诸国行图》《僧齐已诗》《西域物产》《王阮亭毁邓艾庙》等,可见晚清边疆地理之学兴,已与前朝广见闻之用相异。有鉴于外患日增,如同《海国图志》一类亟须了解域外情况的典籍也在本期出现,如夏燮撰《泰西秭闻》六卷(已佚),民国《当涂县志》提要云:"是书成于咸丰九年,与魏源《海国图志》相表里,而采取较严。卷一述佛兰西、弥利坚、俄罗斯三国近事。卷二述英人通商本末。卷三首列外洋通商船只,次外洋税则章程,次五口近事,次华人采金近事,次洋商与华人贸易议款。卷四首述英吉利立国源流,次西人教法源流,次欧罗巴文字之源,次波斯景教,次外邦政事。卷五述西土畴人渊源。卷六首述西人论地球形势,次推广西人对数捷法,次西人制器之学。其大旨以中国五港之口既开,轮舶火车瞬息万里,异域遐方,迩若咫尺,顾乃局守堂室,视听曾不及乎藩篱,非可久之计,故于各国建除兴废及与内地交通原委,莫不考据详审,为改革中国基础,其强识洽闻、精心远见有如此。"③此皆清代地理杂记类作品写作之新变。

在野史笔记领域,本期有《啸亭杂录》《伊江笔录》《谭史志奇》《熙朝新

---

① 〔清〕杨静亭:《都门纪略》,《中国风土志丛刊》第 14 册,广陵书社,2003 年,第 9—11 页。
② 〔清〕姚莹:《康輶纪行》,《笔记小说大观》第 12 册,广陵书社,2007 年,第 9061 页。
③ 陈鹏飞编纂:民国《当涂县志》,《中国地方志集成》本,江苏古籍出版社,1998 年,第 346 页。

语》《榆巢杂识》《伊江笔录》《两朝恩赍记》《金陵摭谈》《盾鼻随闻录》《听雨丛谈》《辛壬胜录》《养吉斋丛录》等作品。以礼亲王昭梿《啸亭杂录》为发端,在雍、乾两朝中断多年的野史笔记写作重新兴盛;在太平天国运动时期,不乏洪秀全、杨秀清等事迹的记载,从而在晚清民初形成了一个"说洪杨"的杂史系列。作为清代中晚期稗史勃兴之先声的《啸亭杂录》(共十三卷),所述时段限于后金太宗——清仁宗,大略以帝王事迹居首如《太宗伐明》《世祖善禅机》《圣祖识纯皇》《土尔扈特来降》《纯庙博雅》《纯皇赏鉴》《今上待和珅》,后分叙勋臣事迹如《本朝状元宰相》《图文襄公用兵》《刘文正公之直》《舒文襄公预定阿逆之叛》《鄂西林用人》、本朝典制如《汉军初制》《国初官制》《本朝内官之制》《王公降袭次第》《活佛掣签》《八旗之制》《堂子》、士林掌故如《张文端代作诗》《高江村》《本朝文人多寿》《姚姬传之正》《纪晓岚》《查初白》《洪稚存》、军事如《金川之战》《西域用兵始末》《先良王大溪滩之捷》《木果木之败》、风俗如《满洲跳神仪》《满洲嫁娶礼仪》《帽头毡帽》《服饰沿革》、文艺学术如《淳化帖》《石仓十二代诗选》《秦腔》《文体》《三分书》《书法》《小说》《考据之难》《夜谭随录》、轶闻如《和相见县令》《书剑侠事》《娄真人》《毒死幕客》《义仆》《青楼》、前朝史迹如《宋人后裔》《明用度奢费》《宋金形势》《元泰定帝》《元顺帝》《明非亡于党人》《元初人物之盛》、域外如《本朝待外国有体》《朝鲜废君》《安南四臣》,体例类于《万历野获编》,于清代前中期朝野历史记载颇详,文笔简而有法。此书为清代杂史名作,故李慈铭《越缦堂读书记》中云此书"所载国朝掌故极详,间及名臣佚事,多誉少毁,不失忠厚之意。其中爵里字号,间有误者,而大致确实为多,考国故者莫备于是书矣"[1]。昭梿之后,吴熊光撰《伊江笔录》二卷,述吴氏乾嘉时期入直枢廷间见闻记载,与法式善《清秘述闻》《槐厅载笔》同为杂史之书,载顺治至乾隆诸帝政事、六部杂事、内外军事、边衅开端、东南英夷骚扰等,杂史中除记载目击耳闻外,多有鞭辟入里之议论,可谓鸦片战争前夜中土人物中较有前瞻者。文风典雅,道光中杂史笔记之可师法者。又福格撰《听雨丛谈》十二卷,卷一述宗室八旗,卷四、卷七、卷八专述科举掌故,卷二卷三、卷五卷六、卷十一卷十二包括藩封、冠服、谥法、官制、科举、选举等,如《满洲原起》《八旗原起》《花翎》《大学士》《满汉互用》《祭祀》《扎萨克》《汉人不由庶吉士入翰林》《明纪亦有满蒙官》《内大臣》《八旗直省督抚大臣考》《新疆用乾隆钱》《满洲字》《太平鼓》《繁简》《乡会试掌故》《禁止服饰》《八旗科目》《京钱》《梨枣钱》《古史浅陋》《图记》《丙辰宏词科征士录》

---

[1] 〔清〕李慈铭著,由云龙辑:《越缦堂读书记》,中华书局,1963年,第1028页。

《乡试同考官》等,与吴振棫《养吉斋丛录》体性相同,叙述中每言满洲风俗与先秦典籍中所载华夏古礼同,已现晚清满汉融合之象。不过《养吉斋丛录》之后,清代杂史的写作进入了一个新的时期,乾嘉时期雍容典雅、语在征实的写作方式被摒弃,可谓经历了一个由"史"到"野"的变化。

"说洪杨"为清人记载道、咸、同三朝太平天国及其有关事迹者(如同唐人"闲坐说玄宗"),如谢稼鹤撰《金陵摭谈》一卷,述咸丰三年癸丑至咸丰四年甲寅太平军攻占金陵期间活动,于太平天国官制(历法、职名等)、人物(杨秀清、洪秀全、秦日纲、萧朝贵、石达开、邓辅廷等)、政令(男女别馆、王府建制等)皆有记载,叙事娓娓,盖多得之金陵百姓之口。又汪堃(俞泰琛)撰《盾鼻随闻录》八卷,一名《辛壬癸甲录》,卷一《粤寇纪略》、卷二《楚难纪略》、卷三《江祸纪略》、卷四《汴灾纪略》、卷五《摭言纪略》、卷六《异闻纪略》、卷七《各省守城纪略》,所记太平天国事迹较详细。惟卷五《摭言纪略》、卷六《异闻纪略》多类小说家言;卷八《独秀峰题壁》《楚南被难记题词》《金陵纪事杂咏》《江宁女子绝命词》所载为洪杨之役中遇难者诗词。王蒔蕙撰《辛壬脞录》一卷,载太平军在咸丰十一年十一月十五日至同治元年四月进占浙江象山县城期间事迹,大体太平军(张得胜、潘世忠、顾廷菁)、土匪、流民、官军四股势力交相迭兴,但因太平军在张德胜占领期间纪律严明,"犹幸杀戮不惨,沦陷亦不及半年,城内虽有残破,而乡间则鲜遭蹂躏。盖我邑人情质实,风俗朴素,无玉食锦衣之奇享,故历劫亦未至异常云"①。是书于城乡居民、往来流寇以及乡里仇隙等描述如绘,其用意在乎采刍荛者或以补志邑乘之用,如"张贼之入城也,所掠不过金珠玉帛,至粗笨之物一概捐去。潘贼则无所不要,甚至破衣碎缶亦夺取无遗。及其遁后,城中真如水洗。所以顾贼之来,专与四乡为难矣。使顾贼稍留数月,得遂鲸吞狼噬之心,我象人民不知作何了局"②。晚清民初为中国杂史写作编纂又一高峰,其中关于太平天国(洪杨事迹)者,除是书外,见诸巴蜀书社《中国野史集成》及《续编》者,不下三十种。故本期说宫闱、说名臣、说外域、说文苑外,"说洪杨"者一时可称繁盛,编年、纪传、纪事本末诸体尽见,其中不乏小说家之谈,如《洪杨轶闻》《江南春梦庵笔记》《洪福异闻》《癹园笔乘》《洪杨战纪》《咸同将相琐闻》《太平天国轶闻》《太平天国宫闱秘史》等,每寓沧桑之变、以广闻见之意。

在故事琐语领域,本期作品繁多,有《花间笑语》《闽中录异》《松筠阁钞

---

① 〔清〕王蒔蕙:《辛壬脞录》,《近代史资料文库》第 5 卷,上海书店出版社,2009 年,第 841 页。
② 同上,第 851 页。

异》《少见录》《春台赘笔》《忆书》《天涯闻见录》《语新》《敏求轩述记》《初月楼闻见录》《宦海闻见录》《昔柳摭谈》《三异笔谈》《薰莸并载》《粤屑》《粤小记》《永嘉闻见录》《白下琐言》《竹如意》《蝶阶外史》《篛廊琐记》《沮江随笔》《消闲戏墨》《明斋小识》等。除"世说体"小说如姚齐宋《甑尘纪略》、沈杲之《两晋清谈》、郝懿行《宋琐语》、严蘅《女世说》外,众多作品中深受《聊斋志异》的影响,如吴仲成《挑灯新录》、梓华生《昔柳摭谈》、俞国麟《蕉轩摭录》、柳春浦《聊斋续编》、朱翊清《埋忧集》、黄芝《粤屑》、慵讷居士《咫闻录》、谢堃《雨窗寄所记》、许秋垞《闻见异辞》、王侃《冶官纪异》、香雪道人《南窗杂志》、王棨华《消闲戏墨》、张道《鸥巢闲笔》《雪烦庐记异》等;相比之下,仿《阅微草堂笔记》的作品较为鲜见,只有《坐花志果》与《印雪轩随笔》数部而已,如俞鸿渐《印雪轩随笔》四卷约277则,所述异闻居多,如卷一"杨金坡遇僵尸""嘉兴囚越狱遇神""堠山神灯""万全署狐""德州老儒遇鬼"、卷二"张冠霞家中烟火""兰皋先生病疟""溺鬼"、卷三"沈氏之婢"、卷四"休宁吴某""浙江抚军署狐仙""湖北祝由科"等,不过狐鬼方外异物之类。其他有诗话如卷一"王渔洋诗骨不清"、卷四"诗文炼句贵自然",轶事如卷二"鸦片毒""仁和烈妇"、卷四"粤东谢鸿胪",风俗如卷一"宣化小脚会"、卷三"休宁打标"、卷四"湖俗灯谜",皆有观晚清世风。史论时议如卷一"木兰事"、卷二"贾似道蒙蔽主上""番银入中国"、卷三"子房为韩之心""桃源避秦",明济世之志。游记如卷一"万全云泉山""焦山游",描摹如画。汪俭佐序中云:"先生于近世小说家独推纪晓岚宗伯《阅微草堂》五种,以为晰义穷乎疑似,胸必有珠;说理极乎微茫,头能点石。今观此制,何愧斯言。"[1]与《阅微草堂笔记》相比,此书议论不甚高明,考证亦疏,叙事虽不敢故弄玄虚而乏文采,况叙事而兼议论,后其子俞樾继父之志而为《右台仙馆笔记》,体性已较之为纯粹。"世说体""聊斋体""阅微体"作品之外,作家根据各自学力与情性创作的小说作品是大量存在的,如上海进步书局《志异续编》提要中云:"平心而论,近代小说递相掎摭,非必尽无所本,然无心暗合,容或有之,必欲探索其源出某书,未免于求剑刻舟矣。"[2]如张畇有《琐事闲录》二卷,《续编》二卷,其长期仕宦河南,故书中所述以河南故事为主,又因其于黄河治理颇有成就,故书中多堤役记载,文风质朴,迥出于《聊斋》《阅微》《子不语》之外,封晓江《附记》跋云"是书义例、笔舌全与文达相似"[3],

---

[1] 〔清〕俞鸿渐:《印雪轩随笔》,南京图书馆藏道光刻本。
[2] 〔清〕宋永岳:《志异续编》,《笔记小说大观》第13册,广陵书社,2007年,第10616页。
[3] 〔清〕张畇:《琐事闲录》,国家图书馆"中华古籍资源库"(咸丰刻本)第41页。

意谓有《阅微草堂笔记》之风,恐不尽然。又作家在写作中有综合诸家的倾向,如高继珩撰《蝶阶外史》四卷、《续编》二卷,所载杂事、异闻、谐语、博物、诗话等,多有关河北地域者,龚庄跋亦云:"古今稗官凡数十种,能与《阅微草堂笔记》《聊斋志异》骖骊者,甚属寥寥。斯著卷帙无多,足征博雅,而笔力运掉,可挽千钧。方之《草堂》《聊斋》,尤堪并美。而辅世牖民,劝善惩恶之意,即隐存乎其间。盖多闻而直谅兼焉者矣。"①叙事后间有"外史氏曰"之评,仿柳泉之法,然此虽谈鬼,无传奇曼长之体;又如俞国麟撰《蕉轩摭录》十二卷,全书234则(篇)左右,叙事为主,议论次之,卷一至卷十可谓志怪之书,叙事有山峦起伏之态,如《塞外鬼》《仁鹊》《避诗翁》《长喙翁》《半面镜》《剪雨》《苦恼子》《猴妖》《五千金》《鬼语》等,其中若《䋶秋》《石榴裙冷》《白芙蓉》者叙事漫长,文风绮丽。文后多有蕉轩评。卷十至卷十二有史论子评如《论安石》《活百姓》《客诘》《说气数》以及养生之语如《疑者少喜》《虑花》等。故虽云此书为"聊斋体"之一,实显杂家笔记之体。

　　本期于前朝的小说类型如俳谐小说(《春宵呓语》《闱律》《乾嘉诗坛点将录》《楹联丛话》《巧对录》《并蒂葫芦》)、志艳小说(《吴门画舫录》《秦淮画舫录》《三十六春小谱》《吴门画舫续录》《青溪风雨录》《秦淮闻见录》《南浦秋波录》《珠江梅柳记》《花品》)、忆语体小说(《浮生六记》《额粉庵萝芙小录》)外,关注优伶的狎邪小说逐渐增多,自乾隆晚期吴长元撰《燕兰小谱》后,《听春新咏》《燕台集艳》《燕台鸿爪集》《京尘杂录》《金台残泪记》《昙波》《明僮合录》等优伶小说接踵而来,如杨懋建《京尘杂录》四卷,卷一《长安看花记》、卷二《辛壬癸甲录》、卷三《丁年玉笋志》,载京城优伶如秀兰、鸿翠、小霞、巧龄、王常桂、张双庆、福龄等三十余人小传;卷四《梦华琐簿》,仿朱彝尊《日下旧闻》,载京城地理、风俗等,多有关戏曲资料者。又如碧里生撰《明僮合录》二卷,载京中伶人(张庆龄、徐棣香、张添馥、姚桂芳、沈宝玲、朱福保、吴双寿、范小金、刘倩云、巧玲、王彩琳、沈全珍、万希濂、郑秀兰、时小福、沈振基、陈润官、任小凤、汪小庆、张蓉官、钟凤龄),如述沈全珍云:"丽华沈全珍,字芷秋,吴人。玉立亭亭,擅硕人其颀之胜。演《游园惊梦》《鹊桥密誓》等剧,体闲仪静,缠绵尽情。每登场,恒芷侬偶,璧合珠联,奚啻碧桃花下神仙侣也。强多力,擅拳勇,举碌碡如弄丸。距跃曲踊,视短垣犹户阈焉,然不以豪气伤其艳,时论谓与'二云'同工异曲,一时鼎足,嗣响其难,知言哉。"②"优伶小说"可谓是志艳小说的新变。

---

　　① 〔清〕高继珩:《蝶阶外史》,《笔记小说大观》第8册,广陵书社,2007年,第6601页。
　　② 〔清〕碧里生:《明僮合录》,《清代燕都梨园史料》本,中国戏剧出版社,1988年,第427页。

要之，本期笔记小说"四体"都取得了新的成就，其中杂家笔记类的《履园丛话》、野史笔记类的《啸亭杂录》、地理杂记类的《清嘉录》是其中的代表作，而故事琐语类作品群内部虽无名作传世，但是内部也出现了新变，如"聊斋体"与"阅微体"的合流、地志小说中地记与小说的并存、琐语中《乾嘉诗坛点将录》《楹联丛话》对俳谐体小说的新开拓等，都具有示范的意义。

第六节 同治四年至宣统三年：域外文明与诸体并兴

洪杨之役后，中国古典形态下的笔记小说发展逐渐回归到正常轨道。随着民族危机的加重、西学东渐的盛行、新型印刷技术（石印、铅印、珂罗版）的引进以及新兴文献传播媒介（报刊）的出现，本期的笔记小说写作也进入了一个新旧嬗变的时期：一是沿着传统小说发展惯性下的"四体"小说创作的逐步全面兴盛，呈现出多样化的发展态势；二是出现了许多新现象，如插图本的涌现（集中于故事琐语类）、域外小说的渗入、报刊小说与职业作家群的出现、伪书的大量发行等。

在杂家笔记领域，本期涌现出《吹网录》《鸥陂渔话》《十二砚斋随笔录》《柳东草堂笔记》《冷官余谈》《味退居随笔》《绍闻杂述》等数十部作品，其中王韬《瓮牖余谈》、毛祥麟《墨余录》、邹弢《三借庐笔谈》、陈其元《庸闲斋笔记》、袁祖志《海上见闻录》、方浚师《蕉轩随录》、邱炜萲《菽园赘谈》、陈康祺《郎潜纪闻》、曾国藩《求阙斋读书录》、黄钧宰《金壶七墨》、俞樾《春在堂随笔》、平步青《霞外攟屑》、文廷式《纯常子枝语》为本期名作。此类作品除继续书写小说、杂史、诗话以及道学性理、经世济民、考经证史等传统题材外（如《吹网录》《鸥陂渔话》《求阙斋读书录》《粟香随笔》），有合西学与经世、雅学与俗学为一体的倾向，显示出中西交流、古今融通的近代杂说笔记特点，如王韬周历西方诸国，为晚清亲履外情的先行者[1]，从而撰《瓮牖余谈》八卷，后袁祖志《海上见闻录》屡载西事如《西医眼科》《机器造冰》《火车登山》《西妇奇术》《气行电表》《气球失事》《轮船创制》《印度记游》《西报总数》《缅甸虐政》《西人论碳》、毛祥麟《墨余录》卷十六《机器局》《志泰西机器（三十一则）》，载江南制造总局经营活动及欧美科技进展，亦寓经世纾困

---

[1] 清代前中期亲践欧美之地并有所记录的，有樊守义《身见录》、图里琛《异域录》、谢清高《海录》等。

之心。晚清所谓"雅俗分野"也非壁垒分明,如平步青《霞外攟屑》十卷,虽遵乾嘉考据之法,而注意于通俗文艺,如同俞樾之撰《春在堂随笔》《茶香室丛钞》等。越到晚期,杂家笔记中"中外古今融通"的特点越明显,如沈宗祉《泖东草堂笔记》分《伦理》《理学》《经学》《小学》《文学》《地理》《历史》《格致》《算术》《政治》《教育》《心理》《武备》《礼俗》《实业》《宗教》《掌故》《时事》《医学》《杂录》二十目,为清末传统学术与西学两重影响及传统士大夫欲融通词章、考据、经济、性理为一体以挽救危局的产物,"以见其平生精究有用之学,而为吾国新旧学派交代时之山斗"①。文廷式《纯常子枝语》除记载晚清轶事外,大多为语言学(域外语言文字如日、朝、梵、英、阿拉伯文等),文献学(辑佚、目录、校勘、版本、辨伪、注释等),小学(传统之文字、音韵、训诂),史学(中国古代史实辨证、地理学、方志学等,域外史如欧美日朝诸国等,多借用西人、日人之译著),宗教学(儒释道耶回及古代宗教如袄教等),人类学(人种、民族等),内容广博,考证古典学及西学,亦存经世之心,从中也可看出国人对西学的了解已经力求全面了。后来民国时期的杂家笔记,承晚清之风,如李宝章《绍闻杂述》、徐珂《可言》《康居笔记汇函》、刘声木《苌楚斋随笔》、顾恩瀚《竹素园丛谈》、吴庆坻《蕉廊脞录》、昂孙《网庐漫录》、邓之诚《骨董琐记》、马叙伦《石屋余瀋》等,可谓古典形态下杂家笔记最后之余晖。

  在野史笔记领域,本期与民国初年合为中国野史写作与编纂的高峰②,一方面表现为晚清民初时人野史写作的流行与晚明清初的杂史作品得以重新整理出版,另一方面则是民国时期编纂的《满清野史》《清朝野史大观》《清人说荟》收录的作品,也多集中这一时段。故本期所谈,须与民国年间的有关清朝的野史笔记相结合。从笔记小说的角度看来,与清初野史的沉郁悲壮、清代中期的雍容典雅相比,晚清民初的野史笔记写作,其风貌明显带有小说化与随意性的特点,其中不乏诬妄妖异之谈,每每见于此类作品中,如《胤禛外传》。具体而言,同光年间此类作品尚少(有王韬《弢园笔乘》、林熙春《国朝掌故辑要》、钟琦《皇朝琐屑录》),关于历史的叙述大多掺杂于其他三体中(如薛福成《庸庵笔记》、丁丙《北隅缀录》、刘长华《梓里述闻》、林纾《畏庐琐记》等)。宣统之后,随着此类作品作为革命派的宣传武器与民族意识觉醒以及清代遗老心态的体现,野史作品大量出现,几与杂事小说相

---

① 〔清〕沈宗祉:《泖东草堂笔记》,《清代学术笔记丛刊》第70册,学苑出版社,2006年,第280页。
② 传记体、编年体、纪事本末体等各种野史,《中国野史集成》《中国野史集成续编》两丛书收录约200种。

混淆,如《毅园笔乘》《儒林琐记》《张文襄幕府轶闻》《春冰室野乘》《悔逸斋笔乘》《国闻备乘》《九朝新语》《十朝新语外编》《梦蕉亭杂记》《汪穰卿笔记》《梵天庐丛录》《近五十年见闻录》《野记》《栖霞阁野乘》《清代轶闻》《罗瘿公笔记选》《清稗类钞》《清朝野史大观》《满清野史》《春明梦录》《道咸以来朝野杂记》《清宫琐记》等,并在民国时期出现了四大野史笔记(瞿兑之《人物风俗制度丛谈》、李岳瑞《春冰室野乘》、徐一士《凌霄一士随笔》、黄濬《花随人圣庵摭忆》)以及关于清史分类编纂之《清稗类钞》。

在此类作品中,因作者身份的不同,情感寄寓多有差异,清朝的保守派或以遗民自许的叙述较为客观,如宣统间辜鸿铭撰《张文襄幕府轶闻》二卷,所述为辜鸿铭在张之洞处作幕宾时目击耳闻之事,自序云:"余为张文襄属吏,粤鄂相随二十余年,虽未敢云以国士相待,然始终礼遇不少衰。去年文襄作古,不无今昔之慨。今夏多闲,掇拾旧闻,随事纪录,便尔成帙,亦以见雪泥鸿爪之遗云尔。其间系慨当世之务,僭妄之罪固不敢辞。昔人谓漆园《南华》书为愤世之言。余赋性疏野,动触时讳,处兹时局,犹得苟全,亦自以为万幸,又何愤焉?唯历观近十年来,时事沧桑,人道牛马,其变迁又不知伊于何极,是不能不摧怆于怀。"①陈夔龙有《梦蕉亭杂记》二卷,所记皆为宣统三年前清廷事迹,如《辞调北洋任职之周折》《国体改革前纪闻》《张荫桓戊戌获谴》《载漪与拳民交结》《"辛丑条约"签订过程》《荣文忠精相术》《军机处由盛而衰》《荣泽口回忆》《袁世凯二三事》《整饬淮安关监督署》《两月遇三险》《辛亥以后事不忍记载》等,民国十六年冯煦序云:"庸庵尚书同年著《梦蕉亭杂记》成,出以示予,且属为之序。授而读之,其体与欧阳公《归田录》、苏颖滨《龙川略志》、邵伯温《闻见前录》为近。于光、宣两朝朝章国故与其治乱兴衰之数,言之綦详……观于是编,宅心和厚,持论平恕,不溪刻以刺时,不阿谀以徇物。其事变所经,纪载翔实,足备论世者之参稽,谓为公之政书可,谓为国之史稿亦可。而以甲子之变,潜龙在野为终篇。其拳拳忠荩之忱,天日可鉴,尤有不忍卒读者。予垂尽逋臣,泚翰简首,益不禁孤愤填膺,悄焉欲绝已。"②与遗老相比,锐于革新的士人则喜谈隐事以讽当局(或旧朝),如张祖翼《(清朝)野记》二卷,其于宫闱秘闻如《文宗密谕》《肃顺重视汉人》《皇帝患淫创》《文宗批答》《慈禧之滥赏》《皇室无骨肉情》《庆贵诱抢族姑》《载瀓之淫恶》《毅皇后之被逼死》、政治变迁如《亲王秉政之始》

---

① 〔清〕辜鸿铭:《张文襄幕府轶闻》,《民国笔记小说大观》第一辑,山西古籍出版社,1995年,第6页。
② 〔清〕陈夔龙:《梦蕉亭杂记》,《笔记小说大观》第八编10,新兴书局,1984年,第5673—5675页。

《满汉轻重之关系》《文字之狱》《戊戌政变小记》、文武事迹如《满臣之懵懂》《彭玉麟有革命思想》《词臣娇慢》《翁李之隙》《强臣擅杀洋人》《李文忠被谤之由》《李元度丧师》《权相预知死期》《湘淮军之来历》《端忠敏死事始末》《孔翰林出洋话柄》《刺马详情》《胜保事类记》《裕庚出身始末》《雁门冯先生纪略》《肃顺轶事》、满洲风俗如《万历妈妈》《满人吃肉大典》《旗主旗奴》、外交轶闻如《属国绝贡之先后》《琉球贡使》《马复贲越南使记》《哲孟雄之幸存》《新加坡之纪念诏书》以及委巷之谈如《白云观道士之淫恶》《阿肌酥丸》《京师志盗》《赌棍姚四宝》《书杨乃武狱》《道学贪诈》等，皆历历言之，语浅意浮，间有以现代文叙事者，也显示了传统历史进入现代叙述的征兆。除上述作品外，光、宣时期许指严《十叶野闻》、王树楠《德宗遗事》、金梁《光宣小记》、梁廷枏《夷氛闻记》、文廷式《知过轩随笔》及清社既屋后刘体智《异辞录》、刘禺生《世载堂杂忆》、李肖聃《星庐笔记》、朱克敬《瞑庵杂识·二识》《雨窗消意录》、朱彭寿《安乐康平室随笔》、德龄《瀛台泣血记》《清末政局回忆录》《缥缈御香录》、裕容龄《清宫琐记》、卡尔《清宫见闻杂记》、王无生《述庵秘录》以及佚名《阳秋賸笔》《啁啾漫记》《秦鬟楼谈录》《小奢摩馆脞录》《清稗琐缀》《清代之竹头木屑》《清宫琐记》《洪杨轶闻》等，亦是晚清民国时期著名的杂史小说作品。

在地理杂记领域，本期有《瀛壖杂志》《游沪笔记》《燕京杂记》《朝市丛载》《津门杂记》《塞外见闻录》《天咫偶闻》《北隅缀录》《岭海丛谈》等作品，它们中仍有循前朝地记之法者，如《燕京杂记》《岭海丛谈》《天咫偶闻》《塞外闻见录》等，内容有节庆、地理、曲艺、轶事、异闻、园圃、风俗、土产、文献等，"上述天时，下纪土宜，中参人事，旁志物产"①。传统地记写作也随民国进入了收结阶段（《都门识小录》叙述中有口语化的倾向），如董玉书《芜城怀旧录》注意于人物（文苑循吏畴人）、文献（诗文金石书画著作）、地理（名迹宅第博物）三项，杜召棠序云此书"一以叙物，一以记人……中叙道、咸、同、光及民国初年扬州人士其有道德文章，及一技一艺之足以堪传者，无不备载，字斟句酌，不仅供士人赏玩，且足为乡土历史上之参考"②。又如夏仁虎《旧京琐记》为"说燕京"笔记系列之一，书分《俗尚》《语言》《朝流》《宫闱》《仪制》《考试》《时变》《城厢》《市肆》《坊曲》十目，观此书可见晚清时代变迁、世风升降、宫闱秘闻、商贸迁转以及梨园曲艺、行院规矩等，可谓历

---

① 〔清〕古粤顺德无名氏：《燕京杂记》，《笔记小说大观》第 14 编第 10 册，新兴书局，1983 年，第 5909 页。
② 董玉书：《芜城怀旧录》，《扬州地方文献丛刊》本，广陵书社，2002 年，第 2 页。

史与地记结合之书。

随着新兴商埠的崛起,地记写作的新变也发生在京沪津粤地区,出现了张焘《津门杂记》、王韬《瀛壖杂志》、邹弢《游沪笔记》、藜床卧读生《绘图上海冶游杂记》、葛元煦《沪游杂记》等作品,此类地记除了补志乘、备掌故外,如前之《都门纪略》,并有商贸指南的功能,如《上海冶游杂记》(又名《上海杂志》《绘图上海杂记》),此书卷一述上海地理沿革、租界各国、上海工部局章程、巡捕等,租界尤为详尽,如《英法租界会审署》《驻沪各国领事翻译衔名》《各国租界》《租界须知十条》《外国讼师》等。卷二载客店、银行、商铺、酒店及执事买办姓名,如《客栈》《各银行住址》《各业董事名姓及各公司总买办》《各银行买办姓名》《各拍卖洋行买办名姓》《钱业南北市各庄执事名姓》《各保险行住址》等。卷三述上海各界企事业单位及执事名录,如《华人医院》《上海印委同官录》《南洋制造局同官录》《上海商电铁路局同官录》《二马路铁路公司洋员》等。卷四上海各国度量风俗历法航运宗教,如《寰球户籍》《中国通商开埠年份表》《泰西大小国政》《仙令算法》《环球各教人数》《西人总会》《著名女书场角色》《上海至各海口船价表》《英德法公司轮船价目表》等。卷五述曲艺界、警局、工程局等,如《各戏院著名角色》《上海各路信局》《各业著名老店》《各外埠航船在沪码头》《上海警察》《荐人馆》《照相馆》《看香头》等。卷六、卷七为杂谈之类,如《今年名妓花选》《青楼各事词十二则》《聚珍板》《石印书》《剪绺掉包》《张家花园》《各报馆》《各省郡县会馆》《香烟》《诸神诞日》《西人奇巧》《也是园》《四马路新竹枝词》《广方言馆》等。卷八为游戏文、灯谜等,如《讨阿芙蓉檄》《自来水文(仿四书文)》《女闺判》《讨鸨母檄》等。此书与葛元煦《沪游杂记》,同为"沪游指南"之书,为初来乍到者指点迷津之用。此后民国间此风不衰,如姚公鹤有《上海闲话》,该书"娴于掌故,纪载翔实,迥出于王紫诠《瀛壖杂志》、葛元煦《沪游杂记》之上。"[1]为上海地志文学之余流。又如李虹若编《朝市丛载》八卷,卷一《品级》《衙署》《斋戒》《忌辰》;卷二《历科鼎甲录》(顺治丙戌科至光绪丙戌科);卷三《行馆》《会馆》《客店》《庙寓》《提塘》;卷四《风俗》《行路》《路程》《风暴》;卷五《汇号》《宴会》《服用》《食品》;卷六《翰墨》《市廛》《八景》《古迹》《时尚》《戏园》《戏班》;卷七《翰墨》《古迹》《节令》《人事》《服用》《食品》《市廛》《风俗》《时尚》《技艺》《词场》《竹枝词》,载京都竹枝词;卷八《鞠台集秀》,述北京如猪毛胡同、樱桃斜街等处名伶,以班主隶其伶人,于

---

[1] 徐兆玮著,李向东、包岐峰、苏醒等标点:《徐兆玮日记》第五册,黄山书社,2013年,第3120页。

优伶籍贯、曲目、唱腔皆简要介绍之,并有《都门纪略》之体。

晚清时期,随着出洋士人的增多,关于域外游览的笔记剧增,其中不乏以日记体记述者,如张荫桓《三洲日记》、曾纪泽《出使英法日记》《使西日记》《出使英法俄国日记》、郭嵩焘《使西纪程》、斌椿《乘槎笔记》、蔡钧《出洋琐记》、王韬《扶桑游记》、沈炳垣《星轺日记》、袁祖志《谈瀛录》等,惜游历中于欧美情实未必了然,故宣统元年王埒《八述奇序》云:"同光以来,出使绝域者海上相望。橐笔万里外,言海外奇事,荦荦可数。然翔实资考镜,有名于时,匪所易得。郭、曾、薛、洪尚矣,其它爬梳皮毛,盛推外国,所有无关宏旨者,恒目炫而耳聋也。"①此类海外游记中,以张德彝《八述奇》(张德彝前已撰有《述奇》《再述》《三述》《四述》《五述》《六述》《七述》)内容最为宏富。晚清出使域外日记,以此《述奇》系列为大宗,所记中欧往还历程、英伦气候、交游、建筑、礼节、风俗、服饰、餐饮、文艺、科技、语言、经济、宗教等,日记中所录诗文、国书、条约、英国公文、商会章程、轶闻等,还原现场,足资历史考证。叙述中虽多用中国古制与西俗比对,然叙述生动,描绘细致,情感中立、客观,如光绪二十八年十一月日记云:"初九日乙丑,阴冷,申初细雨阵阵。泰西各国,街市无口角;茶园酒舍,叙谈无高声。男女无论何等相见,罔弗礼貌温恭,虽当忿懥,彼此仍谦逊无恶言。君谕臣,官示民,主人嘱仆婢,厂主交作工人,铺伙语同事,街市雇贫人,均用'请'字,及'蒙喜愿'等字,喜怒不形于色。待外人不阿谀,而言语和睦,闻不厌耳。"②光绪三十年正月日记云:"十二日辛卯,阴。中国以伶人为贱役,西国列之各工役之上,非上流人不能与之往来。即以女伶论,其技优名著者,既以富姬、夫人、小姐自居,而国君亦有时赏以宝星及爵名,如亚子亚男各号,以故男女有色尔(见前)、蕾的(夫人也)之称。闻有柯来格拟设一伶人学堂,幼童雏女往学者,各量其才,分类教之,学有门径,则梨园易入选云。入夜,雪。"③晚清日记传于今者甚夥,域外游历亦有重要的文学价值,为今日学术研究的又一新领域。

在故事琐语领域,本期可谓异彩纷呈,"世说体""聊斋体""阅微体""忆语体""板桥体"以及劝善书、优伶小说、俳谐小说、寓言小说并行不悖。除了世说体小说《宋艳》(民国间有陈灏一《新语林》、夏敬观《清代世说新语》、易宗夔《新世说》)、忆语体《小螺庵病榻忆语》(孙道乾忆念其亡女孙芳祖而作)外,新旧杂糅、杂事与异闻并存的小说大量出现,如《北东园笔录》《寄蜗

---

① 〔清〕张德彝撰,钟叔河、张英宇校点:《八述奇》,《走向世界丛书》本,岳麓书社,2016年,第5页。
② 同上,第173页。
③ 同上,第416页。

残赘》《淞滨琐话》《遁窟谰言》《淞隐漫录》《三续聊斋志异》《里乘》《潜庵漫笔》《虫鸣漫录》《益闻录》《鹛砭轩质言》《四梦汇谈》《逸农笔记》《谈异》《澹园述异》《说冷话》《跅廛剩墨》《跅廛笔记》《札记小说》《绘图骗术奇谈》《客窗闲话》《荟蕞编》《见闻随笔》《阴阳镜》《香饮楼宾谈》《无聊斋杂记》《奇异随录》《陶斋志果》《温柔乡记》《十八娘传》《十二月花神议》《隐书》《天花乱坠》《新天花乱坠》《真真岂有此理》等作品,其中"聊斋体"小说继续流行,如王韬《淞滨琐话》《遁窟谰言》《淞隐漫录》《三续聊斋志异》、许奉恩《里乘》、泖滨野客《野客谰语》、邹弢《浇愁集》《蛛隐琐言》《潇湘馆笔记》、陈嵩泉《谲谈》、见南山人《茶余谈荟》、宣鼎《夜雨秋灯录》、程麟《此中人语》、俞宗骏《艳异新编》、李庆辰《醉茶志怪》、碧琳琅馆《拈花微笑续编》、张丙矗《痴人说梦》林纾《畏庐漫录》等,不过此类小说在写作中,已经结合晚清社会作了不少变动,不尽为人神旖旎之文,如王韬《遁窟谰言》《淞滨琐话》两种皆有"聊斋体"与"板桥体"交融之色。光绪十二年王韬《淞滨琐话自序》云:"余向作《遁窟谰言》,见者谬加许可,江西书贾至易名翻板,藉以射利,《淞隐漫录》重刻行世,至再至三,或题曰《后聊斋图说》,售者颇众。前后三书,凡数十卷,使蒲君留仙见之,必欣然把臂入林曰:'子突过我矣,《聊斋》之后有替人哉!'虽然,余之笔墨,何足及留仙万一,即作病余呻吟之语,将死游戏之言观可也。"①《淞滨琐话》中"聊斋体"小说《叶娘》《白琼仙》《反黄粱》《剑气珠光传》与"板桥体"小说如《画船纪艳》《谈艳》《记沪上在籍脱籍诸校书》《燕台评春录》《东瀛艳谱》并存一书,豪客妓女,氤氲馥郁,多为才子佳人之事。民国间苏州女史贾铭辑《女聊斋志异》四卷,亦此风之余波。

"阅微体"小说虽不如"聊斋体"盛行,然而也有汪堃《寄蜗残赘》、程畹《潜庵漫笔》、黄鸿藻撰《逸农笔记》、俞樾《右台仙馆笔记》、林兰兴《古宦异述记》等作品问世,因此体须有经师功底,不易成就,故除俞曲园小说外,晚清行此体者不免有奇幻之笔,如《古宦异述记》四卷,全书约133则(篇),记述传闻轶事、异闻,不过鬼狐幽冥方外方技梦异物怪、公案婚恋剑客寇盗之类,其中多有关河北掌故者。每则有标题,如《梦》《溪中怪》《种瓜人》《大鸟》《秦氏》《崔某》《高某》《纪僧》《邯郸狱》《寿数》《长蛇》《放生咒》《龙破尸》《雷击人》《南皮某生》《剑术》《魂见三事》《土灵芝》等,其中卷三《夏姬》《袁生》、卷四《刘胜》《谢生》《魏生》《范生》,叙事婉转,有传奇之体,然整体行文偏于《阅微》,故唐烜题辞云:"吾乡昔有纪文达,杂记于今五种传。

---

① 〔清〕王韬著,文达三点校:《淞滨琐话》,岳麓书社,1987年,第3页。

寂寂百年无嗣响,多君摇笔续夷坚。"①显示出晚清时期故事琐语类笔记小说内部融通的趋势。

在清代的志怪小说集中,类于顺治、乾隆时期《果报闻见录》《吕祖汇集》《安士全书》之类的劝善书,也在晚清大量出现,如道咸间的《回澜集》《信征集随笔全集》、本期同光间的《蟾宫第一枝绣像全书》《活世生机》《古今劝惩录》《浙闽科名果报录》《富贵丛谭》《科场异闻录》《绘图古今眼前报》《借铎》《采异录》等,世风日下,鬼狐弄人,大概是此类劝善书大量产生的时代背景,如吕相燮辑《科场益异闻录》二十二卷附录一卷,该书分"国朝九卷""前明五卷""唐宋三卷""直省四卷""小试一卷"五种及附《科名佳话》《梓里纪闻》《教学微言》,前五种辑录唐宋以来科场报应之事,每种前皆有吕相燮自叙,前三种分科辑录,《直省科场异闻录》按省域辑录,《小试异闻录》以人辑录。此书意在明科名前定、功名富贵源于道德伦理,同治十二年俞增光序云此书作意云:"从来世人见典谟训诰,则忽忽思睡,闻因果异闻则怦然心动,上而士大夫,次及商贾,下逮牧竖,莫不皆然,抑知典谟训诰之中,何尝不显示因果乎⋯⋯《科场异闻录》分时别地,因劝及惩,说鬼说神,志梦志怪,若蜃楼海市,愈出愈奇,若迅雷疾风,一轰一醒,足令见者触目兴怀,闻者惊心动魄,是可为度世津梁,岂持作登科宝筏也哉。"②张璟槃序中称许此书云:"自唐宋以来凡科名之得失,必溯其源以见古之所谓降祥降殃者,竟无毫发爽,较之释氏空谈因果益信而有征,洵觉世之津梁、渡人之宝筏也。"③亦《棘闱夺命录》《浙闽科名果报录》之类。

在志艳小说中,本期有《海陬冶游录》《花国剧谈》《眉珠庵忆语》《白门新柳记》《白门新柳补记》《秦淮艳品》《十洲春语》《兰芷零香录》《秦淮八艳图咏》《扁舟杂忆》《三五梦因记》《恨冢铭》《珠江奇遇记》《老狐谈历代丽人记》《冶游自忏文》《香莲品藻》《醋说》《板桥杂记补》《海上花天酒地传》以及民国之《秦淮广纪》《秦淮感旧集》等作品,因上海已取代苏州、金陵成为江南的经济中心,中外士女杂沓而来,"海上为通商口岸第一区,花天酒地,比户笙箫,不是数二十四桥月明如水也"④。关于沪上仙窟的作品显著增多,如《海上冶游备览》《海上群芳谱》《上海三十年艳迹》等,叙述中不乏劝诫之意,如吴趼人《上海三十年艳迹》一卷,所述为沪上青楼事迹(间有伶人

---

① 〔清〕林兰兴:《古宦异述记》,南京图书馆藏光绪三十三年石印本。
② 〔清〕吕相燮辑:《科场异闻录》,《广州大典》第 402 册子部小说类第 2 册,广州出版社,2015 年,第 428 页。
③ 同上。
④ 〔清〕黄协埙:《淞南梦影录》,《笔记小说大观》第一编 7,新兴书局,1978 年,第 4277 页。

小传)，北里传记如《李巧玲》《艳迹述略》《二怪物》《四大金刚小传》《九花娘》《洪奶奶》《金巧玲》《女伶》《胡宝玉小传》之外，述艳迹变迁如《北里变迁之大略》、狎邪游客活动如《上海游客之豪侈》、曲巷轶事如《上海花丛之笑柄》以及与此花丛相关者如《花丛事物起原》《洋场陈迹一览表》《上海已佚各报》等，文风轻靡，所揭露风尘之暗、销金之恶，已无清初《板桥杂记》之清雅宗尚。又如忏情侍者撰《海上群芳谱》四卷，首列咏花诗，继之以当时青楼歌妓事迹(类乎小传)，间赋高昌寒食生、雾里看花客等诗词品题，可谓花以喻人之作。其中《清品》24人，如周文卿(莲花)、姚倩卿(梅花)、李三三(牡丹)、王桂卿(桂花)等。《隽品》24人，如王翠芬(绣球花)、徐雅仙(芙蓉花)、陈燕卿(杏花)等。《逸品》26人，如李宝卿(玉兰花)、孙文玉(萱花)、周素娥(千日红)、胡宝玉(百合花)等。《秀品》26人，如黄绣君(秋葵花)、周丽卿(青鸾花)、张云仙(李花)等。此谱中并载东洋兰田仙(西番莲)、西洋美斐儿(镜中花)等而品题之，紫薇舍人序云此书"其旨虽咏词比事，寓言中多所惩劝"①。此可称沪上地志小说之作，如王韬《海陬冶游录》《瀛壖杂志》、袁祖志《海上见闻录》、邹弢《沪游笔记》《春江灯市录》、黄式权《淞南梦影录》、池云珊《沪游梦影录》等，本土与域外并存、地志与冶游同举，上述诸作中以《海陬冶游录》最为有名，黄协埙《淞南梦影录》卷三赞之云："稗官野史，专记沪上风俗者，不下数家，而要以王紫诠(韬)之《海陬冶游录》为最。咏既去之芳情，摹已陈之艳迹。鸳鸯袖底，韵事争传，翡翠屏前，小名并录。其于红巾之扰乱，番舶之纵横，往往低徊三致意，固不仅记花月之新闻，补水天之闲话也。"②其实黄氏之作，亦可与之同列。

　　作为志艳变体的优伶小说仍然兴盛，有《评花新谱》《鸿雪轩纪艳》《瑶台小录》《撷华小录》《粉墨丛谈》《怀芳记》《情天外史》《海上梨园新历史》《燕台花事录》等作品，如王增祺撰《燕台花事录》三卷，所记皆京师优伶事，卷上《品花》，优伶才艺品鉴，如朱爱云、孟金喜、宝香等21人，类乎小传。卷中《咏花》，为有关优伶之联帖、题句、诗词等，多交游之作。卷下《嘲花》，与优伶有关之戏谑语、联语、诗词等，如伶人问状元事："小郎问予曰：'状元几年一个？'告以故。则迟疑曰：'设无其人奈何？'因言方今人才极盛，岁取之不尽，不似若辈花榜状头之每艰其选也。郎甫首肯，一醉汉大笑曰：'你莫信他，哄小孩子话。'"③优伶小说，乾嘉间尚稀，不过《燕兰小谱》《日下看花

---

① 〔清〕忏情侍者：《海上群芳谱》，南京图书馆藏上海申报馆聚珍版。
② 〔清〕黄协埙：《淞南梦影录》，《笔记小说大观》第一编第7册，新兴书局，1978年，第4284页。
③ 〔清〕王增祺：《燕台花事录》，《清代笔记小说》第4册，河北教育出版社，1996年，第445页。

记》寥寥数部而已;晚清则夥,咸丰乙卯双影庵生《法婴秘笈序》中云:"向之为《燕台花谱》者,凭臆妍媸,任情增减。壬癸之年以后,甲乙之籍更多。"①(按:壬癸之年,即道光初年)若《金台残泪记》《燕台鸿爪集》《京尘杂录》《明僮合录》《昙波》《撷华小录》《情天外史》《怀芳记》《瑶台小录》等,以诗词为媒介沟通士伶,狎伶与志艳合流,此亦清代笔记小说一新现象。此优伶剧话衍及民国,尚有《梨园旧话》《梨园轶闻》《观剧丛谈》《闻歌述忆》之类,惜乎此时士伶诗词际会,已近风流云散了。

本期及民国初年是中国古代俳谐小说发展的一个高峰,在西方幽默文学与近代新兴媒体的刺激下,此类作品数量激增,如独逸窝退士《笑笑录》、俞樾《一笑》、沤醒道人辑《笑林择雅》、李伯元《庄谐丛话》、逍遥子《最新绘图游戏奇观》、佚名《绘图谈笑奇观》、雷瑨《文苑滑稽谭》《满清官场百怪录》、佚名《笑话奇谭》、陈庚《笑史》、佚名《旧笑话》、悟痴生《奇言可笑录》、赤山畸士《改良新笑话杂俎》、坐花散人《春申江之新笑谈》、愚公《千笑集》等,内容是据古改编与当今创作并行,与大量出现的插图本②相似,此类小说颇受市场欢迎,如省非子《改良新聊斋》二卷,全书50则(篇),每则(篇)附图一幅,所述皆有关晚清世风,光绪三十四年省非子《茶余酒后著新聊斋之缘起》称此书"运东方淳于之口,撰玩世讽语之文"③,如《半截新学》《三十年后无通人》《糊涂虫》《制革补牙织毛剃头修脚宰牛放马打狗钓龟捉鳖之进士》《华人仅剩屁股》《要钱面目之管太守》《狐亦陪坐议官制》《北京之梦与上海之梦与》《董狐出洋》《宋江卢俊义当征兵》《顽固尾之大狐讲科学》《亚洲之黑气》《财神运神寄文昌书》《新学界上人劝嫖世界上人》《色中饿鬼传》,不过借狐鬼以骂世,以游戏之笔以嘲俗,文风浅薄,口语化较为明显。与报刊小说④

---

① 〔清〕双影庵生:《法婴秘笈》,《清代燕都梨园史料(正续编)》(上),中国戏剧出版社,1988年,第405页。

② 因晚清出版技术的便捷及俗文学作品销路大开,小说插图本大增(如华东师范大学馆藏光绪乙未《绘图古今眼前报》,其封面有广告云"上海四马路文宜书局代售各种石印书籍:《绘图万年青》《绘图加批西游记》《绘图东西晋》《绘图东周列国志》《绘图金批三国志》《绘图青楼梦》"),绘图风潮下,有《通窟谰言》《淞隐漫录》《海上见闻录》《绘图浇愁集》《奇闻随笔》《绘图古今眼前报》《痴人说梦》《绘图上海冶游杂记》《最新绘图游戏奇观》《技击余闻》《绘图谈笑奇观》《改良绘图四续今古奇观》《绘图骗术奇谈》《海国奇谈》等笔记小说作品。

③ 〔清〕省非子:《改良新聊斋》,《晚清四部丛刊》第7编子部第90册,文听阁图书有限公司,2012年,第5页。

④ 晚清笔记小说,作品集已与报章并行,上海益闻报馆编《益闻录》不分卷,欧阳兆熊、金安清撰《水窗春呓》二卷,与今人整理之《〈青鹤〉笔记九种》,皆从报刊专栏中辑录而后成书。

相适应,晚清职业作家群[1]中,俳谐小说以吴趼人成就最高,其有《滑稽谈》《俏皮话》《新笑史》《新笑林广记》等,"余生平喜诡诙之言,广座间宾客杂沓,余至,必欢迎曰:'某至矣!'及纵谈,余偶发言,众辄为捧腹,亦不自解吾言之何以可笑也。语已,辄录之,以付诸各日报,凡报纸之以谐谑为宗旨者,即以付之。报出,粤、港、南洋各报恒多采录,甚至上海各小报亦采及之"[2]。吴趼人行文虽不免改编痕迹,然所述有关世风、政局、道德,并以晚清当下为话题,讽世风以寓意,故称妙手,如《滑稽谭》之《破碎不完之〈西游〉》中述孙悟空因打杀尸魔被唐僧贬回花果山,众猴叙旧,问及唐僧为何没有什么本事却要悟空做徒弟时,悟空道:"你没见过人事,如今世界上拜老师的,何尝是要学他本事,不过是一条援引的路子罢了。"[3]

在寓言小说上,本期首先表现为清人对《伊索寓言》的译介上[4]。明清时期的《伊索寓言》在华译本,晚明有《况义》,晚清更受欢迎[5],有《意拾喻言》《泰西寓言》《伊索寓言》《海国妙喻》以及种蕉艺兰生《异闻益智丛录》卷十一《寓言》等,本期张焘《海国妙喻》辑录《伊索寓言》译文70则,收罗较同时人为多,如《蝇语》《踏绳》《守分》《鼠防猫》《犬慧》《救蛇》《狐鹤酬答》《贼案》《二鼠》《学飞》《喜媚》《忘恩》《求死》《金蛋》《肉影》《柔胜刚》等,译文亦合中国古典笔记法,如《人狮论理》云:"一日,狮与人同行,各自称大,

---

[1] 《申报》也曾发布过征求小说的广告,故晚清时期的小说家可以写作维持生计,如李伯元《南亭笔记》记载晚清官场、吴趼人《研鏖笔记》多志怪异闻等,雷瑨有《文苑滑稽谭》揶揄士林,林纾撰《技击余闻》谈豪客,此类作品的传播多与新媒体的出现有关。

[2] 〔清〕吴趼人:《俏皮话》,《吴趼人全集·短篇小说集》本,北方文艺出版社,2019年,第337页。

[3] 同上,第431页。

[4] 林纾虽写了不少翻译小说,然在笔记小说方面的贡献,则有《畏庐漫录》《技击余闻》《畏庐琐记》,叙述中并无欧美小说影响的痕迹。

[5] 清张焘《中外见闻录序》云:"自来圣贤之教,经史之传,庠序学校之设,《圣谕广训》之讲,皆所以化民成俗,功在劝惩。无如人闻正言法语,即奄奄欲睡,听如不听,亦人之恒情。若以笑语俗言警忾之,激励之,能中其偏私蒙昧贪痴之病,则庶乎知惭改悔,勉为善良矣。昔者希腊国有文士名伊所布,博雅宏通,才高心细。其人貌不扬而善于词令,出语新而隽,奇而警,令人易于领会,且终身不致遗忘。其所著《寓言》一书,多至千百余篇。借物比拟,叙述如绘,言近旨远,即粗见闻,苦口婆心,叮咛曲喻,能发人记性,能生人悟性,读之者赏心快目,触类旁通,所谓'道得世情透,便是好文章'。在西洲久已脍炙人口,各以该国方言争译之。其义欲人改过而迁善,欲世反璞而还真,悉贞淫正变之旨,以助文教之不逮,足使庸夫倾耳,顽石点头,不啻警世之木铎,破梦之晨钟也。近岁经西人士翻以汉文,列于报章者甚夥。虽由译改而成,尚不失本来意味,惜未汇辑成书。余恐日久散失,因竭意搜罗,得七十篇,爰手钞付梓,以供诸君子茶余酒后之谈,庶可传播遐迩,藉以启迪愚曚。于惩劝一端,未必无所裨益。或能引人憣然思,悦然悟,感发归正,束身检行,是则寸衷所深企祷者也。幸勿徒以解颐为快焉可耳。"(张焘辑:《海国妙喻》,南京图书馆藏光绪十四年铅印本。)

不肯相让。人则指一石像脚蹈狮子,曰:'尔看,岂非人大乎?'狮曰:'不然。吾谓狮之爪下,不知埋没多少人也。'噫,人能塑像而狮不能也,使狮能塑像,彼亦必塑狮之在人上也。理之当然,何足奇哉!"①贾人编伪书《海国奇谈》《海外异闻录》②,亦从此书采撷资料。其次表现为寓言小说自《庄子》《韩非子》《郁离子》以来的中土创作,此类小说往往与其他类型的小说相混,清初吴庄《吴鳙放言》一卷、清中叶吴堂《说蠡》六卷即已如此,本期如袁祖志《海上见闻录》有《蚊娥寓言》、无竞庐主人《无竞庐丛谈》之《黄宗》《黄淑》《立宪梦》《陆选人》《新闻》、佚名《绘图谈笑奇观》之《蚤虱结拜》,寓讽世之意,又如吴趼人《俏皮话》一卷,假动植、金石以及人体器官相对语以讽世态,如《畜生别号》《苍蝇被逐》《乌鬼雅名》《猪讲天理》《蛤蟆感恩》等,间有笑话数则如《民权之现象》《思想之自由》《送死》(裴效维拟题)等。民国寄尘《小寓言》仍袭此风而作。晚清士人于西学东渐潮流下,所撰小说多有实验主义倾向,吴趼人所撰侦探小说、笑话小说(即俳谐小说)、志艳小说、寓言小说与章回小说,往往能见古典与近代变迁之迹,文风清浅,叙事牵合连缀较为勉强,带有过渡性质,可谓实验主义之作品。

　　总之,本期笔记小说创获极多,杂家笔记类、野史笔记类、地理杂记类、故事琐语类皆有名作传世,是中国笔记小说史上不可多见的"四体"并兴的一个时期,带有综合、融通的特点,还出现了一批兼擅多种笔记小说类型的作家如王韬、邹弢、俞樾、吴趼人③等。从作品的融合性上来看,王韬《瓮牖余谈》记载地理、人物、怪异、西学等,吴炽昌《客窗闲话》与黄式权《淞南梦影录》为地志、异闻、杂事兼志艳之作,见南山人《茶余谈荟》志怪与野史兼备,"上卷谈狐说梦,《夜雨秋灯录》之亚,下卷杂记洪杨乱时事,胜于上卷。"④都具有汇合融通的特点。同时本期欧美文学对本土笔记小说的影响也在增加,关于小说的观念也在变化,丙午(光绪三十二年)吴蛰公《伤心人

---

① 〔清〕张焘辑:《海国妙喻》不分卷,南京图书馆藏光绪十四年铅印本。
② 晚清民初是中国文献学史上伪书出现的高峰之一,《徐兆玮日记》中云:"(民国五年八月十七日)自十七日起,阅狮桥居士所编《桂山录异》四册。抄撮《夷坚志》、《太平广记》及明人小说,不注原书,颇与近时沪上所出说部相仿,不足观览也。"(徐兆玮:《徐兆玮日记》第三册,黄山书社,2013年,第1677页。)本期张培仁《妙香室丛话》、梁山居士《奇闻随笔》、蒋某《真真岂有此理》、题名张焘的《海国奇谈》《海外异闻录》,皆伪书也。
③ 王韬有《瓮牖余谈》《瀛壖杂志》《瑶台小录》《淞滨琐话》《淞隐漫录》《海陬冶游录》《花国剧谈》《老饕赘语》,邹弢有《浇愁集》《三借庐笔谈》《蛛隐琐言》《潇湘馆笔记》《游沪笔记》《海上花天酒地传》,俞樾有《春在堂随笔》《小浮梅闲话》《荟蕞编》《耳邮》《右台仙馆笔记》《广杨园近鉴》《五五》《一笑》《十二月花神议》《隐书》,吴趼人有《趼廛剩墨》《趼廛笔记》《札记小说》《中国侦探案》《上海三十年艳迹》《滑稽谭》等。
④ 徐兆玮:《徐兆玮日记》第五册,黄山书社,2013年,第3705页。

语序》云小说之功用："有一物焉，而可于形色声势之中，变人意力、铸人灵魂者，小说也。"①故除寓言小说外，笔记小说内容中的域外因素越发明显，如《无竞庐丛谈》，可见域外小说渗入之迹②，《伊珊格》《卜绮霞》《茂西欧》之外，如《金星》一篇述绍兴冯某到访金星与外星人问答，则已经是科幻小说，大概作者曾阅读翻译小说《约界旅行》《地心旅行》之类科幻作品而述诸笔记当中。

结　语

　　清代笔记小说数量繁多，内容丰富，反映了当时社会的各个方面。风格多样，并不限于朴质、简净一格，出现了一批著名的笔记小说名家如周亮工、张潮、王晫、王士禛、吴震方、毛奇龄、来集之、尤侗、蒲松龄、陆次云、纪昀、李调元、梁章钜、钱泳、方浚颐、俞樾等。此近三百年的笔记小说成就，以康乾时期为高，如民国二十三年揖坡老人《一澄砚斋笔记序》中所云："昔渔洋山人著《池北偶谈》暨《香祖笔记》，河间纪氏亦有五种笔录，博览闳达。昔贤专美，今又何让？但返顾吾辈身世，远非康、乾时之可比。况历乱悖景，贫贱之困苦，诡谲之遭逢，文章之憎命，处于今日，至矣尽矣。"③整体上看，清代笔记小说的写作具有以下态势：

　　（一）故事琐语类小说中志怪、志人创作的变迁大体呈现出一种 U 形轨迹。在康熙四十年前、乾隆三十年后，志怪、志人小说集的创作较为兴盛；康熙四十年到乾隆三十年间的志怪、志人小说集数量较少；乾隆三十年之后又重新崛起，并在清代中晚期形成了新的小说体式——"聊斋体"与"阅微

---

① 〔清〕湘西梦芸生：《伤心人语》，南京图书馆藏光绪三十二年丙午振聩书社铅印本。
② 无竞庐主人《无竞庐丛谈自序》中云："小说之体裁有四：曰说部，曰传奇，曰弹词，曰笔记。四者之中，惟笔记为最古。远者不可见，自汉以来，如班固《艺文志》所载，刘向《列仙传》之类是已。至于唐代，其体独盛，说者谓《红线》《虬髯》数篇，为范晔、李延寿所莫及。近代作者，如观弈之《阅微草堂》、随园之《新齐谐》、留仙之《聊斋志异》，最为脍炙人口，其余《谐铎》《谈铃》《夜谈笔记》，亦复美不胜收。迨至西学东渐，述作炳然，即小说一门，或译或著，已汗牛充栋矣。惟笔记之体，则如凤毛麟角，不过《吟边燕语》《啸天庐拾遗》落落一二编而已。""迨至西学东渐，述作炳然，即小说一门，或译或著，已汗牛充栋矣。惟笔记之体，则如凤毛麟角，不过《吟边燕语》《啸天庐拾遗》落落一二编而已。"（无竞庐主人撰：《无竞庐丛谈》不分卷，南京图书馆藏光绪三十四年铅印本。）于中可见笔记小说本身的迟缓性，以及笔记小说自身的中国特色。
③ 王东培：《一澄砚斋笔记》，《王东培笔记二种》，凤凰出版社，2019 年，第 3 页（该页无页码，据后面页码推断而得）。

体"。两种体式中,前者仿作远多于后者,且成就突出,显示出笔记小说中虚构笔法的广阔前景。

（二）内容丛杂的杂家笔记作品,在康熙四十年之前的写作数量处于一种上升的态势,之后一直比较稳定。清代出现了一批质量较高的杂家笔记作品,如《因树屋书影》《筠廊偶笔》《雕丘杂录》《在园杂志》《池北偶谈》《居易录》《人海记》《山志》《浪迹丛谈》《履园丛话》《春在堂随笔》等。在此类作品的创作中,清人比较注重宋人的写作经验,并且多以宋代笔记作为行文成书的范本,其中以"渔洋说部"最为知名。

（三）叙述易代逸闻的野史笔记写作在清初较为兴盛,康熙四十年后虽间有撰辑,但数量较少,这种题材的作品要到嘉道以后方才重新抬头（标志为嘉庆间昭梿《啸亭杂录》的出现）。清朝二百余年间的野史笔记写作,清初与晚清民初是高峰,清代中期恰处于有清一代野史笔记U形轨迹的谷底阶段,清代中期的胜朝轶闻多散见于地理杂记、说部笔记甚至志怪、轶事小说中。清代晚期野史笔记类作品突然增多,举凡朝廷失政、洪杨之乱、帝后隐私、外侮条约等,皆在记载之列,以至于此种风气一直延续到民国年间,从而有了《清朝野史大观》的编纂。

（四）清代笔记小说继承前朝并发展出来一系列各具特色的小说体式,如"世说体""板桥体""忆语体""渔洋说部体""聊斋体""阅微体""说粤体"等,这些新小说体出现的标志之一,是有大量的追随者,而且在形式、体例、内容方面较为接近,甚至在序跋中即点明源自何书,如《板桥杂记》之后有《续板桥杂记》《明湖花影》《群芳外谱》,《广东新语》之后有《岭南杂记》《粤西丛载》《南越笔记》《然犀志》,"渔洋说部"之后有《蓉槎蠡说》《藤阴杂记》《不下带编》《柳南随笔》等①。在体式并兴的同时,也有融合诸类小说的作品出现,如李斗《扬州画舫录》、王韬《海陬冶游录》、邹弢《沪游笔记》、蒋芷侪《都门识小录》等,就有融合野史笔记、地理杂记、故事琐语、杂家笔记四家的倾向。

（五）前代的俳谐小说如宋胡澹庵《解人颐新集》（钱德苍增订为《增订解人颐广集》）、明冯梦龙的《古今谭概》（清代删改名为《古笑史》）仍很流行,而且出现了体例与此相似的《遣愁集》《笑倒》《一夕话》《笑林广记》《笑得好》等作品。笑话书与所谓"杂事""异闻"相比,总量要少得多,且多因袭

---

① 《聊斋》之后有《萤窗异草》《影谈》《浇愁集》,《阅微草堂笔记》之后有《三异笔谈》《印雪轩随笔》《右台仙馆笔记》,此据鲁迅《中国小说史略》第二十二篇《清之拟晋唐小说及其支流》。

前代故事，主要供一般读者阅读。但若从四库馆臣"琐语"类（笑话为琐语之一种）的角度来看，大量士大夫创作的卷帙单薄的谐语作品存在于说部丛书如《檀几丛书》《昭代丛书》当中，如《小半斤谣》《客婢约》《书本草》《贫卦》《妒律》，篇幅短小、文义浅近、文风简约，代表作家有张潮、陈元龙，具有游戏文的特色。晚清时期是中国俳谐小说的高峰期，同时也出现了一批如林纾、吴趼人、李伯元、雷瑨等专业作家群。晚清民初《香艳丛书》的编纂，可谓集志艳小说之大成。

（六）由于清廷修纂《大清一统志》的需要，对地方志乘修纂鼓励倡导，所以这一阶段以描写地域轶闻、可补史乘的所谓"地志小说"较引人注目，如《瓯江逸志》《中州杂俎》《吴兴旧闻》《殷上旧闻》《清嘉录》《韩江闻见录》《粤小记》《燕京岁时记》等。此类作品具有"补史乘"的目的，文风较为朴质，在小说诸体中更接近于史志，或为方志编纂之余的作品，如《中州杂俎》《吴兴旧闻》，主要内容为乡土之物产、风俗、志怪、轶事、诗话，材料除闻之故老耆旧外，亦从旧志、文集、经史、前代或当代小说中辑录，要之为区域文学之一种云。此类作品除了单行本外，尚有散见于方志文末"丛谈"一类的作品，多是辑录见存文献而成，亦有保存地方掌故的作用。除此以外，晚清还出现了一个较为醒目的现象，即开埠口岸畸形的工商业繁荣景象以及与此相关的服务业的兴起，如天津、上海、广州、香港等，给此类作品带来了新的内容。作为上层建筑之一的地理杂记类作品，如张焘《津门杂记》、葛元煦《沪游杂记》、黄式权《淞南梦影录》、王韬《瀛壖杂志》等，所述西学东渐形势下中土出现的新事物、新现象之详细，是为传统笔记所不及的。清末随着留洋之风而兴起的域外地理作品也大量出现，如斌椿《乘槎笔记》、蔡钧《出洋琐记》、王韬《扶桑游记》、叶庆颐《策鳌杂摭》等，此类作品多采用日记体的形式。

（七）清代笔记小说作品形成过程中有自撰与编辑两种成书方式。从原创性来看，自撰小说如《聊斋志异》《阅微草堂笔记》成就较高；而编纂成书者也具有保存文献的价值，如张潮、王晫《檀几丛书》五十卷，张潮、张渐《昭代丛书》一百五十卷，吴震方《说铃》前后集，褚人获《坚瓠集》六十六卷，马俊良《晋唐小说畅观》五十九种以及民国徐珂《清稗类钞》十三册，小横香室主人《清朝野史大观》十二卷等。从编辑题旨来看，其整体的编辑倾向在于"资劝诫"（《大有奇书》）、"存文献"（《晋唐小说畅观》）、"广见闻"（如《八纮荒史》）和"可赏鉴"（如《增删坚瓠集》），其方式有辑录（每书辑录数条）、增删（在原书基础上增删）、选刊（每书选若干卷）、改订（对所辑录部分进行改动）等，此中较著者有吴震方《说铃》丛书、张潮《昭代丛书》、褚人获

《坚瓠集》、陈世熙《唐人说荟》、游戏主人《笑林广记》、雷瑨《清人说荟》以及民国的《清稗类钞》《香艳丛书》《新辑分类近人笔记大观》等。虽不免稗贩之讥,实为小说创作取材之渊薮、士夫休闲之谈资。

（八）依据《清代笔记小说简目》著录的作品数量,顺治年间有142种,康熙年间343种,雍正年间42种,乾隆年间302种,嘉庆年间149种,道光年间144种,咸丰年间61种,同治年间69种,光绪年间312种,宣统年间65种,写作年代不详者101种,清代作品共1730种。按清军入关以来的278年(1644—1922)计算,有清一代平均每年会产出6至7种作品,从数量上看,当以康熙、乾隆、光绪为写作的三个高峰,而具体到每年的写作数量,只有顺治、光绪、宣统三朝超过了6.2种的平均值。似乎显示了乱世下文学蓬勃发展的特征,而晚清笔记小说的写作,有逐年增加的趋势。

第三章　清代笔记小说之体式及其特征

  目前学界中有不少学者把"流派"与"体派""体式"视同一体,然而笔者以为,"流派"立足于作者群如江西诗派、明代前后"七子"、公安派、竟陵派等,具有主导的文坛领袖与鲜明的文学主张;"体派""体式"则立足于作品群如"骚体""七体""传奇体"等(严羽《沧浪诗话·诗体》中所论列者多为"体式"),有宗法某一部作品的倾向,带有明显的模拟色彩,也可称之为"流别"。清代出现了众多的笔记小说体式①,它们或以作者命名,或以其中的代表性作品命名,或以地域命名,如"世说体""忆语体"②"渔洋说部体""板桥体""说粤体""聊斋体""子不语体"③"阅微体"等,广泛分布于笔记小说的四个类别当中。鉴于"忆语体""子不语体""阅微体"小说在清代的影响力以及本书以简要创新为本,故本章选择"世说体""渔洋说部体""板桥体""说粤体""聊斋体"五种笔记小说体式作为研究对象,其中"世说体"属于野史笔记类,"渔洋说部体"属于杂家笔记类,"说粤体"属于地理杂记类,"板桥体""聊斋体"属于故事琐语类。

---

① 赵毅衡先生云:"型文本(archi-text)也是文本显性框架因素的一部分,它指明文本所从属的集群,即文化背景规定的文本'归类'方式,例如与其他一批文本同一个创作者,同一个演出者,同一个派别,同一个题材,同一风格类别,用同一种媒介,同一次得奖,前后得同一个奖等等。"(赵毅衡:《符号学》,南京大学出版社,2012年,第146页。)此种"体式"文学现象,用符号学的"型文本"来解释是比较清楚的。本书的"体派"意义等同于"型文本",明显是指"同一个派别,同一个题材,同一风格类别"。笔者从古代文学研究之例,仍把此类"型文本"作品称之为"体式"或"体派"。为避免"体派"与"流派"给读者的阅读带来困扰,今从鲍思陶先生《中国古典诗歌创作论》之"诗歌体式"例,称之为小说"体式"。
② "忆语体"的具体研究,详见张小茜《"忆语体"笔记研究》(郑州大学硕士学位论文,2003年)、周海鸥《"忆语体"研究》(北京师范大学硕士学位论文,2005年)、郝薇莉《忆语体文学研究》(福建师范大学硕士学位论文,2006年)等具体论述。晚清民国此体大盛,今有肖亚男整理《近现代"忆语"汇编》(《中国近现代稀见史料丛刊》第五辑),收集作品五十余种,可谓卓荦大观者。
③ 据袁枚《手抄本纪游册》卷一载:"(甲寅年)塔射园兄弟张氏请。……其令尊梦阶,字凤于,年七十四,仿随园《子不语》著书十二卷,内亦颇有可观者。"(《袁枚全集新编》第16册,浙江古籍出版社,2015年,第13页。)张梦阶,华亭人,事迹不详,其小说未见。

第一节 世说体

清代(本节所论,包括民国时期的部分作品)的野史笔记类作品多采用随笔的方式,但也有部分作品采用"类钞"的体例。"类钞"之作,从性质上说是属于史钞,而其编纂排比、博览约取,类杂史;节取故事、言辞生动,类小说;辑录抄撮,类杂纂;掇集英华、分门别类,近于类书。故清代"类钞"者,体兼史钞、杂史、小说、杂家。从史料编纂及体性的角度看,清代的"世说体"为"类钞"之一种。钱谦益《玉剑尊闻序》中曾云史学难言,此类作品不过采"寓史家于说家"之法、实为有意于国史者所撰,故一反临川王刘义庆《世说》之"变史家为说家"①;而现代作家孙犁认为《世说新语》是"小说",而《续世说》《今世说》《新世说》《唐语林》《何氏语林》等为"笔记"②,因此笔者把清代的"世说体"列入杂史小说的研究范围。

一、清代历史笔记的"类钞"之风

清人有"类钞"之好,一方面有书钞(《廿一史识余》③)、类书(《宋稗类钞》④)、杂史(《钱塘遗事》⑤)、小说(《世说新语》⑥)、杂家(《事实类

---

① 〔清〕梁维枢:《玉剑尊闻》,《续修四库全书》子部第1175册,上海古籍出版社,2002年,第229页。
② 孙犁《谈笔记小说》云:"中国小说史,把《世说新语》列为小说。因为这部书主要记的是人物的言行,有所剪裁、取舍,也有所渲染、抑扬。而且文采斐然,语言生动,意境玄远。至于后来这一体系的书,如《续世说》《今世说》《新世说》《唐语林》《何氏语林》等,因既无创造,亦无文采,就只能称之为笔记,不能再称为小说了。"(孙犁:《采蒲台的苇:孙犁散文》,浙江文艺出版社,2015年,第263页。)
③ 《四库总目》卷六五史部史钞类《廿一史识余》提要云:"明张镛撰……是编一名《竹香斋类书》。摘录"二十一史"佳事隽语,分类篡集,共五十七门。末又附《补遗》一门。略仿《世说》之体,而每条下皆注原史之名。其发凡讥何氏《语林》滥及稗官。然《世说新语》古来本列小说家,实稗官之流,而责其滥及稗官,是犹责弓人不当为弓、矢人不当为矢也。且所重乎正史者,在于叙兴亡,明劝戒,核典章耳。去其大端而责其琐事,其去稗官亦仅矣。"(〔清〕永瑢等:《四库全书总目》,中华书局,1965年,第582页。)
④ 《四库总目》卷一三六子部类书类《宋稗类钞》提要云:"国朝潘永因编……是书以宋人诗话、说部分类篡辑,凡五十九门。末附《搜遗》一卷,以补诸门之所未备,亦江少虞《事实类苑》之流。惟皆不著所出,是其一失。盖明人编辑旧文,往往如是,永因尚沿其旧习也。"(〔清〕永瑢:《四库全书总目》,中华书局,1965年,第1159页。)
⑤ 《四库总目》卷五一史部杂史类《钱塘遗事》提要云:"元刘一清撰。……其书虽以钱塘为名,而实纪南宋一代之事。高、孝、光、宁四朝,所载颇略。理、度以后,叙录最详。大抵杂采宋人说部而成,故颇与《鹤林玉露》《齐东野语》《古杭杂记》诸书互相出入。虽时有详略同异,亦往往录其原文。"(〔清〕永瑢等:《四库全书总目》,中华书局,1965年,第466页。)
⑥ 《四库总目》卷一四〇子部小说家类《世说新语》云:"宋临川王刘义庆撰,梁刘孝(转下页)

苑》①)诸体编纂经验可以参考,另一方面清代的学术积累、文学界宗尚以及理学意识形态的广泛渗透、朝廷的舆论管控,也对此种风气起到了推波助澜的作用。

清代的类钞作品,有姚之骃《元明事类钞》、李延昰《南吴旧话录》、李清《诸史异汇》《女世说》、陈贞慧《明代语林》、梁维枢《玉剑尊闻》、张怡《玉光剑气集》、谈迁《枣林杂俎》、宫伟镠《庭闻州世说》、潘永因(或李宗孔)《宋稗类钞》、潘永因《续书堂明稗类钞》、陈衍虞《明世说》、史以明《明世说》、蒋敦淳《新稗类隽》、汪琬《汪氏说铃》、张岱《快园道古》、江有溶《明逸编》、陆文衡《啬庵随笔》、姚齐宋《瓾尘纪略》、高承勋《豪谱》、吴肃公《明语林》、章抚功《汉世说》、梁氏《玉堂录》、章继泳《南北朝世说》、周嘉猷《南北史捃华》、王希廉《李史》、徐士銮《宋艳》、严蘅《女世说》、王用臣《斯陶说林》、钟琦《皇朝琐屑录》、蔡尔康《记闻类编》、沈纯《西事类编》《各国时事类编》、黄人《大狱记》以及民国间的胡思敬《九朝新语》《十朝新语外编》、徐珂《清稗类钞》、易宗夔《新世说》、陈灨一《新语林》、夏敬观《清代世说新语》、丁传靖《宋人轶事汇编》、吴为楫《宋人小说类编》等30余种笔记小说。此类作品据史事进行类别划分,体例同于宋明之《澄怀录》《舌华录》《古今韵史》《祝氏事偶》《何氏语林》。如清初梁维枢辑《玉剑尊闻》十卷,内容采自明代史事,体例仿《世说》为三十四类,并效刘孝标而自为注。又如张怡辑《玉光剑气集》三十卷,每卷一类,设置《帝治》《臣谟》《法象》《国是》《敢谏》《忠节》《吏治》《武功》《识见》《方正》《清介》《才能》《理学(附勤学)》《孝友》《德量》《义士》《豪爽》《高人》《幼慧》《艺苑》《著述》《嘉言》《俳谐》《技术》《诗话》《玄释》《列女》《惩诫》《征异》《类物》《杂记》等目,每类之下辑录史志、文集中轶闻数条,其主旨在于发明忠节、褒扬正气而已,并非意在醒神娱目而已。张岱《快园道古》分盛德部、学问部等20部(其中11部阙),"是编门目一仿《世说》,而于乡邦黎献,搜罗潜曜,十居三四"②。光绪三年蔡尔康《记闻类编》分辑12目,即《奏疏》《时政》《论议》《风土民情》《邦交互市》

(接上页)标注。……所记分三十八门,上起后汉,下迄东晋,皆轶事琐语,足为谈助。……所引诸书,今已佚其十之九,惟赖是注以传,故与裴松之《三国志注》、郦道元《水经注》、李善《文选注》同为考证家所引据焉。"(〔清〕永瑢等:《四库全书总目》,中华书局,1965年,第1182—1183页。)

① 《四库总目》卷一二三子部杂家类杂纂之属《事实类苑》提要云:"宋江少虞撰。……其书成于绍兴十五年,以宋代朝野事迹见于诸家记录者甚多,而畔散不属,难于稽考,因为选择类次之。分二十二门,各以四字标题……王士禛《居易录》称为宋人说部之宏构,而有裨于史者,良非诬也。"(〔清〕永瑢等:《四库全书总目》,中华书局,1965年,第1061页。)

② 〔明〕张岱著,高学安、佘德余标点:《快园道古》,浙江古籍出版社,2013年,第3页。

《外邦时事》《畸行》《异闻》《艳迹》《博物》《文辞》《杂著》。吴为楫编《宋人小说类编》,自天文、地理以讫传奇、阙疑有32目。民国初年徐珂纂《清稗类钞》13册,设立92目,第一册《时令类》《气候类》《地理类》《名胜类》《宫苑类》《第宅类》《园林类》《祠庙类》《帝德类》《恩遇类》《巡幸类》《宫闱类》《朝贡类》《外藩类》《阉寺类》《外交类》,第二册《礼制类》《度支类》《屯漕类》《教育类》《考试类》《兵刑类》《战事类》《武略类》,第三册《狱讼类》《吏治类》《爵秩类》《幕僚类》《荐举类》《知遇类》《隐逸类》,第四册《谏诤类》《箴规类》《讥讽类》《诙谐类》《种族类》《宗教类》,第五册《婚姻类》《门阀类》《姓名类》《称谓类》《风俗类》《方言类》《农商类》《工艺类》《孝友类》,第六册《忠荩类》《敬信类》《义侠类》《技勇类》,第七册《正直类》《贞烈类》《谦谨类》《廉俭类》《狷介类》《豪侈类》《才辩类》《明智类》《雅量类》《异禀类》《容止类》《情感类》,第八册《疾病类》《丧祭类》《师友类》《会党类》《著述类》《性理类》《经术类》《文学类》,第九册《艺术类》《鉴赏类》,第十册《方伎类》《迷信类》《方外类》《赌博类》《音乐类》,第十一册《戏剧类》《优伶类》《娼妓类》《胥役类》《奴婢类》《盗贼类》《棍骗类》《乞丐类》,第十二册《动物类》《植物类》《矿物类》《物品类》,第十三册《舟车类》《服饰类》《饮食类》,附录《清代历朝干支年号表》。全书计330余万言(据《清稗类钞·凡例》),处于《太平广记》《事实类苑》《世说新语》间,可谓是关乎清代"类钞"作品的集大成者。

二、"世说体"的目类:随事调整

在上述"类钞"作品群中,不少是采用"世说"体例以存史者,可备稗史之一体,如前代之《唐语林》《因话录》,民国五年徐珂《清稗类钞序》中所云:"稗史,纪录琐细之事也。《汉书》注如淳曰:'王者欲知闾巷风俗,故立稗官使称说之。'因谓其所记载者曰稗史。清顺、康间,金沙潘长吉有《宋稗类钞》之辑,盖参仿宋刘义庆《世说新语》、明何良俊《语林》而作,足以补正史,资谈助,不佞读而善之。因思有清人主中原,亦越二百六十有八载矣,朝野佚闻,更仆难数,尝于披阅书报之暇,从贤豪长者游,习闻掌故,益以友好录示之稿,偶一浏览,时或与书报相合,过而存之,亦卫正叔之意也。"[①]从严格的文体形式来看,"世说体"作品当属于故事琐语之类,然而在清代及民国,野史笔记采用"世说"之形式自有其历史学与文学的合理性,"本春秋三世

---

① 徐珂:《清稗类钞》,中华书局,2010年,第7页。

之义,成野史一家之言"①。不过清人在类目设置上,会根据当下的史料及目击耳闻进行调整。

《世说新语》分三十六门,即《德行》《言语》《政事》《文学》《方正》《雅量》《识鉴》《赏誉》《品藻》《规箴》《捷悟》《夙惠》《豪爽》《容止》《自新》《企羡》《伤逝》《栖逸》《贤媛》《术解》《巧艺》《宠礼》《任诞》《简傲》《排调》《轻诋》《假谲》《黜免》《俭啬》《汰侈》《忿狷》《谗险》《尤悔》《纰漏》《惑溺》《仇隙》,在清代的"世说体"小说中,并非完全遵循三十六门之法,而是据实际加以变通,如吴肃公《明世说》取《世说》三十七门,宋弼《州乘余闻》二十二门,姚齐宋《甄尘纪略》十二目,章抚功《汉世说》分十四门,夏敬观《清代世说新语》存二十四门,郝懿行《宋琐语》有《德音》《藻鉴》《吏材》《综练》《机权》《兵略》《残苛》《风操》《嫚侮》《蕴藉》《标韵》《廉退》《躁竞》《俭素》《豪奢》《高趣》《谐媚》《清赏》《佛事》《骈丽》《言诠》等二十八门,标目与《世说》多不同。《豪谱》分《义豪》《谊豪》《才豪》《气豪》《谈豪》《辨豪》《狂豪》《奇豪》《侠豪》《态豪》《儒豪》《文豪》《书豪》《笔豪》《绘豪》《吟豪》《饮豪》《隐豪》《闺豪》《童豪》《市豪》《贼豪》《色豪》《奢豪》二十四门,辑录汉魏至赵宋间轶事约一百四十条(则),仿《世说》玄远之意。胡思敬《九朝新语》设置八十一目,其在《例言》中述纂辑缘起、门目设置云:"自刘义庆创《世说新语》,继之者在唐有刘肃《大唐新语》,在宋有孔平仲《续世说》、王谠《唐语林》,在明有何良俊《何氏语林》。或櫽栝全史,或断代成书,《四库》皆收入小说家,盖薄其以玄旨递相推衍,非圣人著书垂训意也。肃书虽近小说,然所纪皆并时人物,大历以前多见采于正史,今仿其例,略为变通,举大清二百六十余年轶事,自顺治迄光绪,凡九朝,分类悉著于编,即名曰《九朝新语》,女流别为一目,附入《外编》,略示崇阳抑阴之意。"②"肃书分类太隘,何氏以《德行》《言语》《政事》《文学》分列四门,又觉其乏,今定为八十一品,虽臧否不能尽当,而取舍自信无偏,其两目易相混淆如《苦读》之与《好学》、《謇谔》之与《说直》、《爱才》之与《礼贤》、《文誉》之与《著作》、《风趣》之与《谐谑》、《高躅》之与《耿介》、《严切》之与《诤言》,所辨只在几微,知言者自能喻之。"③从中可以看出,清人注重师法《世说》之"记言则玄远冷隽,记行则高简瑰奇"的文意层面,对于类目的采撷取舍是较为随意的。

---

① 民国七年易宗夔《新世说自序》,《笔记小说大观》第36编第10册,新兴书局,1984年,无页码。
② 胡思敬:《九朝新语》附《十朝新语》,《中国野史集成》第50册,巴蜀书社,1993年,第281页。
③ 同上。

三、"世说体"的向度：记忆前朝与标榜之习

清代的"世说体"小说多为辑录成书，文献"多与正史相发明"①，包括纵横两个向度：纵向是关于前朝史料的排比，如《汉世说》《南北朝世说》《晋宋琐语》《宋琐语》《明代语林》《明语林》《两晋清谈》等；横向则是关于人群、地域的纂辑，如《女世说》《庭闻州世说》《州乘余闻》《豪谱》《宋艳》等。此两个向度皆有存史之意，如康熙元年吴肃公《明语林凡例》中云："刘氏《世说》，事取高超，言求简远，盖典午之流风，清谈之故习，书固宜然。至有明之世，迥异前轨，文献攸归，取征后代，兹所采撷，可用效颦，亦使后人考风，不独词林博雅。……《世说》清新，词多创获，虽属临川雅构，半庀原史隽材。明书冗蔓，几等稗家，若《名世汇苑》《玉堂丛话》《见闻录》等书，踵袭谱状，殊失体裁。兹所修葺，略任愚衷，虽不尽雅驯，亦去太甚。"②郝懿行《宋琐语自序》亦云："沈休文之《宋书》，华赡清妍，纤秾有体，往往读其书，如亲见其人。于班、范《书》，陈寿《志》之外，别开蹊径，抑亦近古史书之最良者也。嘉庆乙亥春夏之间，余以养疴废业，览其书而美之，时精力衰颓，苦乏记功，随读随录，分别部居，令不杂厕，谓之《琐语》，盖取不贤识小之意。沈又有《晋书》一百一十卷，今亡无存。暇时当取唐人所撰《晋书》以足之。"③其中清初关于明代历史的记忆，也是借"世说体"以保存文献。这种征文考献、汇集史料、采用"世说"体例以寓史心的现象，是清人对历史的一种另类理解与表达。

因为清朝文化环境的特殊性，士大夫整体上缺乏个性，给后人一种循规蹈矩的群体印象，表现在"世说体"小说写作方面，关于本朝的作品相对较少，有《汪氏说铃》《今世说》以及严蘅《女世说》三种，而且为避免文字之祸，言语殊乏骨气。汪氏《说铃》叙述士人神态肖然毕肖，然文中多诗话，甚或全录诗文。涉及时人有宋实颖、金式祖、王士禄、王士禛、王与敕、江天一、吴兆骞、魏象枢、刘体仁、邝湛若、计东、米汉雯、薛奋生、史兆斗、汪琬、邵灯、董俞、彭而述、曹本荣、孙奇逢、董文骥、陈维崧、徐作肃、李良年、龚鼎孳、叶舒崇、申涵光、朱克生、宋荦、顾炎武、朱茂暭、魏学渠、周亮工、文点、朱彝尊、施

---

① 民国七年蔡元培《新世说跋》云："易君……自采录王书数十则外，皆以见闻所及，精择而雅言之，几乎无一字无来历。昔人评《唐语林》云：'是书虽仿《世说》，而所纪典章故实，嘉言懿行，多与正史相发明，视刘义庆之专尚清谈者不同。'吾于是书（《今世说》）亦云。"（易宗夔：《今世说》，《清代传记丛刊·学林类 22》，台北明文书局，1975 年，第 799 页。）
② 〔清〕吴肃公：《明语林》，《续修四库全书》第 1175 册，上海古籍出版社，2002 年，第 548 页。
③ 〔清〕郝懿行：《宋琐语》，《笔记小说大观》第 14 册，广陵书社，2007 年，第 11418 页。

闰章、李因笃、朱克生、缪永谋、王弘撰、李敬、梁曰缉、曹溶、徐元文等,皆是清初所谓"名士",故顺治十八年王士禄《说铃序》云:"记辨学论文之语及一时朋游谈谑,率矜澹颓唐,直逼临川语势,惜不得刘辰翁辈相共寻咀耳。其着意称写尤在刘比部、阿贻两人,阿贻遥秀,公戚旷达,宜为汪所喜也。"①王晫《今世说》八卷,述清前期艺林人物轶事,全书三十门,每则仿世说刘孝标注,而《自新》《黜免》《俭啬》《谗险》《纰漏》《仇隙》六类不与焉,其意在标榜名士如王渔洋、高其佩、陈铁山、张乾臣、陈植其、梦破和尚、陈自牧、缪钧闻、萧孟昉、张斌如、程颂年、傅眉一、沈之龙、韩醉白、张无言、柴虎臣、毛大可、施愚山、杨以斋、钱烛臣、孙沚亭、铁夫道人、魏冰叔、魏和公、茅雪鸿、曹秋岳等,间附己事二十余则,如卷五《品藻》中云:"曹顾庵目王丹麓《遂生集》为鸳苑,杠梁文津,为艺林饩脯。"②"王丹麓蚤年高隐,甚负才望。赵千门亟称之,比为天地私蓄。(赵名钥,山东莱阳人。戊戌进士,官司李。)"③亦好名之过。《女世说》为严蘅未竟本,八十余则,罗列清代女史如王倩、吴蘋香、王芬等才艺德行,尤以诗词为主,故虽云"世说",实类女史小传。

本朝人写本朝事,也有记录史事的作用,为免罹祸,所言多为褒奖之语(如王晫《今世说》),不为全面。清人此种讳言本朝事迹的缺憾,到了民国年间方可弥补,如胡思敬《九朝新语》《十朝新语外编》、易宗夔《新世说》、陈灨一《新语林》、夏敬观《清代世说新语》等,甚至补正了清人的一些缺点,如杨士晟序称《新语林》"其精核可方刘《世说》,其整洁不下《今世说》"④,从而把"世说体"重新引向了正常的写作路径。

四、"世说体"的功能:"寓箴规""阐幽""励品""备亡"

《世说新语》具有"解颐、益智、适意、陶情"⑤的功能,清代此类作品除了"于叙事中寓褒贬"之外,还有如明人所云之"垂典制、辨职掌、纪恩遇、详事例"⑥的功能。此类功能在清代几成共识而附以劝诫箴规,如光绪十九年徐鄀《宋艳序》中云:"吾宗沅青太守息居里门,纂辑《宋艳》一书,沿《世说新

---

① 〔清〕汪琬:《说铃》,仁和葛氏《啸园丛书》本。
② 〔宋〕张仲文,〔清〕王晫撰;吴晶,周膺点校:《白獭髓 今世说》,当代中国出版社,2014年,第103页。
③ 同上,第104页。
④ 陈灨一:《新语林》,上海书店出版社,1997年,第158页。
⑤ 清蔡方炳《坚瓠甲集序》中云:"闲居无事,不能离书卷,于二者外求其解颐、益智、适意、陶情者,莫如临川世说为宜。"(〔清〕褚人获:《坚瓠集》,上海图书馆藏康熙刻本。)
⑥ 明万历戊午顾起元《玉堂丛语序》,明焦竑《玉堂丛语》,中华书局,1981年,第1页。

语》例,分门别类,悉寓箴规。是匪惟感发中材,即士夫慧业灵心,亦足惩其逸志。"①民国间胡思敬进一步概括为"阐幽""励品""备亡"四种,其《九朝新语例言》中云此书撰次大旨:"一在阐幽,故略庙堂而详草野;一在励品,故八卷以前,于修齐之功、出处之道,广搜博引,不惮其烦;一在备亡,故名人秘笈,极力搜讨无遗,而于坊市通行之书,朝野习见习闻之事,或付阙如。"②此亦清代"世说体"的基本功能,胡思敬在《九朝新语自序》中详述用意云:

> 余撰集大清《九朝新语》,体例虽本《世说》,旨趣实不相同:首《尚志》《安贫》《苦读》,盖初学入德之门。继以《儒行》途辙,既正他歧,不能惑矣。又继以《孝友》《钟情》《笃交》,父子兄弟夫妇朋友之间,了无惭德,由是出而致君,幸备位于朝,为《奇遇》《宠眷》,可谓荣矣,然不可苟食也。当其治,则为《公忠》、为《方正》、为《謇谔》、为《清俭》、为《藻鉴》、为《爱才》、为《礼贤》、为《循良》、为《明断》、为《将略》;及其乱,则为《风稜》、为《义烈》、为《恬退》,此虽修于己者有素,举措可以裕如,是亦有命存焉,非可强也。不幸而沈屈在下,常则竭其聪明才力,为《文誉》、为《风雅》、为《著作》、为《师资》、为《艺能》、为《材武》、为《耆宿》。变则苦其心志,为《混迹》、为《艰贞》。其超然出乎是非荣辱之外者,为《高蹈》、为《韬晦》,或激而为《孤愤》、为《放诞》、为《奇诡》、为《孤僻》、为《狂傲》、为《褊隘》、为《通脱》、为《争名》、为《标榜》、为《蹇陁》、为《病困》,伤其遇者,莫不悲之。虽然,人具五常之性,因物而见,随所感而生,不尽关乎穷达也。性之近于知者,为《早慧》、为《好学》、为《先见》、为《明达》、为《机敏》、为《智谋》、为《博通》、为《谙练》、为《旷达》、为《悔悟》、为《风趣》、为《诙谐》、为《癖好》、为《虚心》。近于仁者,为《长德》、为《慈惠》、为《感化》、为《宽容》、为《谨畏》、为《坦率》。近于刚者为《严切》、为《谠直》、为《豪迈》、为《嫉恶》。近于义者,为《气节》、为《耿介》、为《高谊》、为《任侠》、为《扬善》、为《好客》。品汇虽有不齐,要皆性情之正,人性皆善,不诚信欤。史迁好谈异禀,左氏间涉神怪,存而不削,藉广见闻。③

"史迁好谈异禀,左氏间涉神怪,存而不削,藉广见闻",表达了胡思敬对

---

① 〔清〕徐士銮:《宋艳》,《笔记小说大观》第14册,广陵书社,2007年,第10986页。
② 胡思敬:《九朝新语》附《十朝新语》,《中国野史集成》第50册,巴蜀书社,1993年,第281页。
③ 同上,第283—284页。

史法的遵循,此亦清人常见的征实的写作态度。在清代的"世说体"小说中,李绍文《明世说新语》、李清《女世说》、邹统鲁《明世说补》、陈衍虞《明世说》、胡思敬《九朝新语》、易宗夔《新世说》的文学意味稍浓一些,而有些作家则对"世说"体例加以变通,从而达到写史、存史的目的,如清初李延昰《南吴旧话录》二十四卷,杂记元末明季淞南名人逸闻轶事,分二十四目,有《孝友》《忠义》《政绩》《才笔》《俭素》《廉介》《谦厚》《恬退》《阴德》《雅量》《规讽》《敬礼》《任诞》《闲逸》《夙惠》《游艺》《赏誉》《谐谑》《旷达》《感愤》《寄托》《豪迈》《名社》《闺彦》等,全书一千余则,行文中又仿刘孝标例而为之注,书中所记近于实录,叙事多为嘉言懿行、可为后世表率者,故佚名之《后序》云:"有明三百年来,其乡名公巨卿、幽人达士以至闺中方外、樵夫牧竖、佳言逸事,其出处世系无不纲举目张。"①此亦明遗民之书,有保存地方史乘的目的。

总而言之,《世说新语》在清代的影响,就文本而言,已溢出"世说体"小说之外,如褚人获辑《坚瓠集》,内容涉及志怪、轶事、琐语,辑录书籍达一百余种,成四千余则,语言既有小品之风致,亦有《世说》之博雅,故刘蓍《坚瓠甲集序》云:"稼轩所集,在刘氏《世说》、何氏《语林》之间。"②总而言之,清代野史笔记类作品虽多,但是与其他三类相比,形成多个系列的体式作品群较为少见,不过"介乎掌故与野史之间"③的"类钞"是清代野史笔记类作品的一个突出特征。在"类钞"作品集中,"世说体"占据了一个重要位置。刘义庆《世说新语》一般被书目置于小说家类,但是在清代,如孙犁先生所言,大部分拟《世说》体例的作品,其指向并不全在于文学,而在于史学。借"类钞"体例以寓史,故而清代以及延伸到民国的"世说体"写作活动,可以视作野史笔记类的一个重要体式。

第二节　渔洋说部体

唐宋以来的笔记作品中,能与《梦溪笔谈》《容斋随笔》《困学纪闻》并驾

---

① 〔清〕李延昰:《南吴旧话录》,华东师范大学馆藏乙卯年(民国四年)据吴仲怿写本铅字排印本。
② 〔清〕褚人获:《坚瓠集》第1册,浙江人民出版社,1986年,第437页。
③ 日人内藤湖南云:"太平天国之乱以后,出现了一种介乎掌故与野史之间的书。如陈其元《庸间斋笔记》和薛福成的《庸庵笔记》之类属于这种书籍。"(〔日〕内藤湖南著,马彪译:《中国史学史》,上海古籍出版社,2008年,第349页。)按《庸间斋笔记》当为《庸闲斋笔记》。清代的类钞类作品,出入于史料当中,也是介于野史与掌故之间的。

齐驱者,清初顾炎武的《日知录》与王士禛的"渔洋说部"或可比拟。顾炎武以一介布衣而著述等身,其笔记《日知录》精于四部考据,纯然学术著作、专门之学;王士禛的笔记作品属于涉猎之学,文萃集部,具有浓郁的文学性,后世以"渔洋说部"称之,影响了清代中后期的笔记写作。

王士禛为清初钱谦益、吴梅村之后,康熙朝诗坛的又一代宗匠,领袖诗坛数十年,尤以推举诗学之"神韵"说闻名于世。诗学之外,王渔洋在小说创作方面亦颇有功,创作说部之书达十余种,其中尤以《皇华纪闻》《池北偶谈》《陇蜀余闻》《居易录》《香祖笔记》《古夫于亭杂录》《分甘余话》等著称,他的笔记创作时间达半个世纪(顺治末至康熙四十八年),每一部书出,皆为士林所喜读[1],以至于"渔洋说部"有"本朝说部之冠"的美誉[2]。目前关于渔洋说部的研究,多以近代小说观念对王士禛的笔记作品进行选择性解读[3],回避其中的知识性、诗学内容,故而关于渔洋笔记小说整体研究的论著还不太多[4],而且这些少量的所谓"整体研究"仍然是以志怪志人为限、以故事为研究的中心议题。

一、"渔洋说部"的命名

渔洋说部,清人或称"渔洋笔记"[5],或称"渔洋杂说"[6],是指王士禛以笔记形式创作的小说作品。在清代的语境下,"说部"(或称"说家")的范围

---

[1] 康熙四十九年黄叔《分甘余话跋》云:"新城王先生以风雅宗工主持文柄者五十余年,生平著述之富,当代名公巨卿,皆莫与颉颃。归田以后,年近大耋,犹日事编纂。凡一书甫脱稿,海内即早已传诵,学者争思购而有之。"(王士禛:《分甘余话》,《王士禛全集》本,齐鲁书社,2007年,第5045页。)

[2] 雍正十三年王澍《南村随笔序》云:"余往读新城王司寇《池北偶谈》《香祖笔记》及商丘宋少师《筠廊偶笔》诸书,有裨国家典故,足为后学津梁,直追汉魏、媲美唐宋,为本朝说部之冠,非若稗官野史荒诞不经者可同日语也。"(〔清〕陆廷灿:《南村随笔》,《四库全书存目丛书》子部第116册,齐鲁书社,1995年,第238页。)王士禛与宋荦的作品也有高下之分,周中孚《郑堂读书记》卷五十七子部十之六云:"(《筠廊偶笔》)体例似仿王渔洋诸说部,而不及其广博,然亦足以益人神智矣。"(《续修四库全书》第925册,上海古籍出版社,2002年,第66页。)

[3] 详见文珍《王士禛笔记小说研究述略》,《琼州学院学报》2009年第3期。

[4] 此类专著有文珍《王士禛笔记小说研究》(中国戏剧出版社,2009年)、辛明玉《王渔洋文言小说研究》(山东师范大学硕士学位论文,2015年)。

[5] 清徐世昌辑《晚晴簃诗汇》卷一百四十九"陈元鼎"条:"月华之说,渔洋笔记最翔实。"(《续修四库全书》第1632册,上海古籍出版社,2002年,第420页。)周寿昌《思益堂集》卷四之"奏毁王振祠碑"条:"行人止知康熙朝御史张瑗奏毁魏阉墓事,以载在渔洋笔记也。"(〔清〕周寿昌撰:《周寿昌集》,岳麓书社,2011年,第246页。)

[6] 乾隆十三年刘坚《汪氏说铃跋》云:"康熙中,谈古文者必推尧峰汪氏,称诗歌者必推新城王氏,两人工力悉敌,三家文、二家诗流行至今而无异词也,然汪粹于经学,王富于杂说。"(《渔洋书跋》,《啸园丛书》本)。

很广,周铭《因书屋书影跋》云:"说家烦简不一,而取义各岐:或以征异,或以志怪,或以拾遗,或以丛谈。"①若依目录分类言之,则杂家类、小说家类、诗文评类甚至经史两部的部分札记作品皆在其范围之内。在顺、康两朝的小说观念里,"说部"并非仅以叙事为中心,而是包罗万象的杂记作品,其中又以知识性的作品为尚,王士禛以为,"说部"为子、史之流,其《居易录自序》云:"古书目录,经史子集外,厥有说部,盖子之属也。《庄》《列》诸书为《洞冥》《搜神》之祖,亦史之属也。"②子部为议论,阐发义理;史部为叙事,可资借鉴,所以说部作品的内容是议论兼叙事、不主一体,当然,这也是就其中的笔记作品而言。

康熙年间有过一次说部笔记创作热潮,在朝的周亮工、王士禛、宋荦、汪琬、高士奇、刘廷玑,在野的王晫、张潮、褚人获等,都在从事这一项文学活动,而且在朝在野的文人之间也有笔记写作的互动关系。康熙五十四年孔尚任从"古今风尚,各擅一代"的角度把清初之"近代谈部说家"称为"晋(清谈)、唐(小说)之后又一机轴"③,故乾隆五十七年沈玮《听雨轩笔记总序》云:"国初名家咸尚说部,举其书可以汗牛,数其目不胜屈指,措辞命意虽各不同,要皆集目前所见闻而识之,以之传旧纪轶耳。"④雍正间金埴之《不下带编》曾对康熙朝的笔记小说创作情况进行总结,所列名著有《书影》《闽小纪》《说铃》《三冈识余》《艮斋杂说》《居易录》《池北偶谈》《分甘余话》《古夫于亭杂录》《暑窗臆说》《(吴震方)说铃》《坚瓠集》《拾箨余闲》《今世说》,"凡此皆彰彰在人耳目者也"⑤。

王渔洋以诗名享誉海内,诗话之作也为士大夫阶层所乐闻,这就客观上使他的笔记作品借助于诗话得以更快地传播,道光十七年叶绍本等《恩福堂笔记跋》云:"昔司马温公著《涑水纪闻》,欧阳文忠公著《归田录》,皆有裨于史乘,不类南宋以后语录启空疏门户之习。国初则新城王文简公《居易录》《池北偶谈》《香祖笔记》诸编,宏奖风流,最为艺林脍炙,以今视昔,未易轩轾矣。"⑥称赞王士禛的笔记作品可媲美宋代经典。王士禛的笔记作品集吏

---

① 〔清〕周亮工:《书影》,中华书局,1958年,第304页。
② 曾枣庄:《中国古代文体学·附卷三·清代文体资料集成(一)》,上海人民出版社·上海书店出版社,2012年,第343页。
③ 〔清〕孔尚任:《在园杂志序》,《在园杂志》,上海古籍出版社,2012年,第82页。
④ 〔清〕徐承烈:《听雨轩笔记》,《笔记小说大观》第12册,广陵书社,2007年,第9777页。
⑤ 〔清〕金埴:《不下带编》,中华书局,1982年,第80页。此书作于雍正十年后(应为雍正年间作品无疑。)
⑥ 〔清〕英和:《恩福堂笔记》,《续修四库全书》第1178册,上海古籍出版社,2002年,第563—564页。

治、学术、文学于一身,王氏自己也颇为自得,其康熙五十年《蓉槎蠡说序》云:"说部之书,盖子史之流别,必有关于朝章、国故、前言、往行,若宋王氏《挥麈》三录、邵氏前后《闻见录》之属,始足为史家所取衷。予尝于《居易录自序》中略其例矣,而平生先后所撰著,游历记志而外,则又有《池北偶谈》《香祖笔记》《古夫于亭杂录》诸种,未知视宋人何如? 然备掌故而资考据,或亦不为无补。"①影响及于后世,渐有"渔洋说部"之称。

乾隆年间的士大夫以"渔洋说部"作为其小说创作的代表称谓,首见于刘坚于乾隆十三年类次刊印的《渔洋说部精华》一书。全书共十二卷,分八类,包括:《评骘》,品论历代人物;《考核》,考证经史;《载籍》《典故》,为经史考证之语;《诙谐》,多文人笑语之类;《诗话》《清韵》,皆诗话、清谈之类;《奇异》,记怪异之事,其中多博物之类。刘坚序云:"渔洋山人诗文为艺苑第一大家,海内心折久矣,所撰说部、游历、记志而外,《石帆亭纪谈》《居易录》诸书多编年日记,各为部帙,间有重复,不无词异而意同,闲窗妄摘菁英,略用门类,稍加区别,都十二卷,仿古今体诗《精华录》之例,亦以是名之。若迁除邸报、官制攸关、良友佚诗、表章念切,当别为一书,兹尚未逮云。"②周中孚云此书仿渔洋门人林佶刻《渔洋山人精华录》之古近体诗体例,"渔洋撰述最富,检阅非易,得此编以便循览,亦易简之道欤?"③"渔洋说部"的命名,也许最早并不始于刘坚,然而从传播的角度看,他刊印《渔洋说部精华》推动了"渔洋说部"名称的固化与渔洋小说的经典化,类似于民国年间《笔记小说大观》在"笔记小说"命名中的推动作用一样。刘坚之后,"渔洋说部"的使用渐多,乾隆四十三年王嵩高《秋灯丛话序》云:"唐宋以来,文人学士多以风流淹雅相尚,生平游历所及,目见耳闻,随其意之所至,荟萃成一家言。散玑碎贝,辉映后先……国朝商丘愚山、竹垞诸君子,诗话名者不一家,渔洋说部尤脍炙人口。"④纪昀《镂冰诗钞序》云:"畿辅诗人,惟任丘庞雪厓先生名最著,其时渔洋山人以谈诗奔走天下,士莫不攀附门墙、借齿牙余论;惟益都赵饴山先生龃龉相争,至今'不着一字之说'与'诗中有人之说'断断然不相下也。"⑤晚清周中孚《郑堂读书记》之《柳南随笔》提要云:"《容斋随笔》大都以考辨经典、厘正典故为主,此则体例在诗话、小说之间,有类渔洋

---

① 〔清〕程哲:《蓉槎蠡说》,《续修四库全书》第1137册,上海古籍出版社,2002年,第179页。
② 〔清〕刘坚类次:《渔洋说部精华》,《丛书集成续编》第96册,上海书店,1996年,第139页。
③ 〔清〕周中孚:《郑堂读书记》,上海书店出版社,2009年,第952页。
④ 〔清〕王㦃:《秋灯丛话》,《续修四库全书》第1269册,上海古籍出版社,2002年,第394—395页。
⑤ 〔清〕纪晓岚著,刘金柱,杨钧主编:《纪晓岚全集》第2卷,大象出版社,2019年,第366页。

说部,未可以攀附洪氏也。"①耿文光《万卷精华楼藏书记》云:"古人著述,虽小说亦必有体,故唐宋小说,至今称之?渔洋说部诸书,皆有所本,非成一家言,岂能信今而传后哉?"②此皆"渔洋说部"频繁使用之例。

可见,"渔洋说部"首先是建立在王士禛创作的众多说部作品上,这些作品和王氏诗学领域的"神韵说"一样受到重视,在乾隆以后成为涵盖王士禛笔记作品的名称,并且拥有了一批追随者。

二、"渔洋说部"概念下的作品

在清代,"说部"一词涵盖范围甚广,以目录归类而言,主要有史部杂史类,子部杂家类、小说家类,集部诗文评类等,前亦述之,据《伦明全集》之《渔洋山人著书考》、《山东通志艺文志订补》卷十三、杜泽逊先生《渔洋山人著书续考》(见《微湖山堂丛稿》卷七)等著录可知,王士禛创作的笔记作品及刊刻(或成书)年代如下:

《长白山录》一卷、《长白山录补遗》一卷,顺治刊本,伦明云"当作于顺治十三年丙申"。

《蜀道驿程记》二卷,康熙十一年壬子刊本。

《皇华纪闻》四卷,康熙二十三年甲子刊本。

《南来志》一卷,康熙二十三年甲子刊本。

《北归志》一卷,康熙二十三年甲子刊本。

《广州游览小志》一卷,康熙二十三年甲子刊本。

《池北偶谈》二十六卷,康熙二十八年己巳闽中刊本(自序为三十年辛未)。

《国朝谥法考》一卷,康熙刊本,记录清初至康熙三十四年朝臣谥号。完成于康熙三十四年。

《秦蜀驿程后记》二卷,康熙三十五年丙子刊本。

《陇蜀余闻》一卷,康熙三十五年丙子刊本。

《居易录》三十四卷,仿《文昌杂录》之体,以康熙二十八年至四十年间朝事为线索,记录见闻心得,至康熙四十年四月成书。康熙四十年辛巳广州刻本。

《浯溪考》二卷,康熙四十年辛巳刊本,康熙四十年序(序文可作为成书年代的参考)。

《香祖笔记》十二卷,初名《角巾录》,前有康熙四十四年乙酉宋荦序,云

---

① 〔清〕周中孚:《郑堂读书记》,上海书店出版社,2009年,第953页。
② 〔清〕耿文光:《万卷精华楼藏书记》卷一〇〇,黑龙江人民出版社,1992年,第2864页。

"辑癸未迄甲申两年笔记"，即辑康熙四十二、四十三年期间的笔记成书。

《古夫亭杂录》五卷，康熙四十五年丙戌刻本（初名《鱼子亭杂录》）。

《渔洋诗话》三卷，康熙四十七年成书。

《分甘余话》四卷，康熙四十八年己丑刊本。

《古欢录》八卷，康熙四十九年庚寅刊本。

《齐州脞说》，已佚，未详年代。《齐州脞说》不分卷，见《重修新城县志艺文志》，《渔洋山人著书考》云为《齐州脞记》，当为地志小说之类。

《雪屋纪谈》，已佚，见《皇华纪闻》卷二引"异姓"条及《重修新城县志艺文志》，内容当为杂家笔记之类，《渔洋山人著书考》云其名为《雪录纪谈》。

从上述所列王士禛的十九种说部笔记作品（另王撰郑补之《五代诗话》一种也应列入"渔洋说部"）来看，完全合乎今人小说观念的"小说作品"几乎没有，它们中有行记（《蜀道驿程记》《南来志》《北来志》《秦蜀驿程后记》）、地理杂记（《长白山录》《浯溪考》《广州游览小志》）、子部小说（《陇蜀余闻》《皇华纪闻》《齐州脞说》）、杂家笔记（《池北偶谈》《居易录》《香祖笔记》《古夫于亭杂录》《分甘余话》《雪屋纪谈》）、学术笔记（《国朝谥法考》）、诗话（《渔洋诗话》《五代诗话》）、人物传记辑录（《古欢录》）等，其中"渔洋说部"最有代表性的是故事琐语类的《陇蜀余闻》《皇华纪闻》、杂家笔记类的《池北偶谈》《居易录》《香祖笔记》《古夫于亭杂录》《分甘余话》、诗文评类的《渔洋诗话》等八种作品，而且清代语境下的"渔洋说部"也多指这八部作品而言。这些作品的内容，按照王士禛在《池北偶谈》的分类，有四个门类，即"谈故"，述朝廷掌故、典章制度；"谈献"，述朝野轶闻；"谈艺"，述文献典籍、文论诗话；"谈异"，述志怪、异闻。"渔洋说部"的内容大体不出这四个范围，但各书的体例仍有差异，翁方纲《濠上迃言序》云："盖说部之书，可取资者二焉：一曰有裨于考订，二曰有关于劝惩。近日王渔洋于说部分四目：'谈故''谈献''谈艺'，皆吾所取也；'谈异'则吾不欲闻之。"①"谈异"为怪异之类（在翁方纲看来，似乎"渔洋说部"不轨于正致有好奇之过，更离考证博赡之学远甚）。与同期或稍前的《玉堂荟记》《书影》《韵石斋笔谈》《聊斋志异》《旷园杂志》等笔记小说比较而言，"渔洋说部"具有"诗话"与"小说"并举的突出特征，所以除去任何一项，都不能成其为"渔洋说部体"（翁方纲所言不过个人喜好而已）。

---

① 〔清〕翁方纲：《复初斋文集》卷四，《续修四库全书》第 1455 册，上海古籍出版社，2002 年，第 389 页。

三、"渔洋说部"的特征

王士禛早登甲科,仕途顺达,吏事之外的文艺活动,一是诗词歌咏,一是笔记写作,此两项文学活动几乎贯穿了王氏一生,并在两个领域都有所建树,其《香祖笔记自序》中总结写作经验道:"人品高,师法古,兴会佳,其立言必雅驯,足以信今而传后。"①在诗歌领域,他提倡"神韵说"②;在笔记小说领域,《居易录自序》云:"余自束发好读史传,旁及说部,闻有古本为类书家所不及收者,必展转借录,老而不衰。"③王渔洋对前代说部尤其是宋代笔记小说的学习,使其"渔洋说部"具有了别于他种小说的特色,这种特色可称之为"渔洋说部体"。"渔洋说部"与清初诸家说部如周亮工《书影》相比,在审美追求方面的"单词片语,期在隽永"④"言外之味"⑤和创作宗旨上的"言报应、叙鬼神、征梦卜、近帷薄则去之,纪事实、探物理、辨疑惑、示劝戒、采风俗、助谈笑则书之"⑥以及内容的庞杂方面并无二致,那么,"渔洋说部体"的特征有哪些呢?

(一)鲜明的尊君意识

在叙述次序上,与政事特别是与皇权有关的事项多被置于首卷或第一门类,突出表现为一种"恩遇"叙事。自宋代笔记兴盛以来,笔记中的"恩遇"叙事一直是叙述次序的标准之一,这也是文学对社会等级秩序的反映。此与文人对权力的敬畏心理("尊君意识")有关,在皇权愈加强化的时期,笔记中的这种皇权首卷叙述就愈加明显。在"渔洋说部"的七部笔记作品

---

① 黄清泉主编,曾祖荫等辑录:《中国历代小说序跋辑录·文言笔记小说序跋部分》,华中师范大学出版社,1989年,第405页。

② 四库馆臣云:"士禛谈诗,大抵源出严羽,以神韵为宗……平心而论,当我朝开国之初,人皆厌明代王、李之肤廓,钟、谭之纤仄,於是谈诗者竞尚宋、元。既而宋诗质直,流为有韵之语录;元诗缛艳,流为对句之小词。于是士禛等以清新俊逸之才,范水模山,批风抹月,倡天下以'不著一字尽得风流'之说,天下遂翕然应之。然所称者盛唐,而古体惟宗王、孟,上及于谢朓而止。较以《十九首》之惊心动魄,一字千金,则有天工人巧之分矣。近体多近钱、郎,上及乎李颀而止。律以杜甫之忠厚缠绵,沉郁顿挫,则有浮声切响之异矣。故国朝之有士禛,亦如宋有苏轼、元有虞集、明有高启,而尊之者必跻诸古人之上。激而反唇,异论遂渐生焉。此传其说者之过,非士禛之过也。是录具存,其造诣浅深,可以覆案。一切党同伐异之见,置之不议可矣。"([清]永瑢等:《四库全书总目》卷一百七十三集部二十六之"《精华录》"提要,中华书局,1965年,第1521—1522页。)

③ 曾枣庄:《中国古代文体学·附卷三·清代文体资料集成(一)》,上海人民出版社·上海书店出版社,2012年,第343页。

④ [清]王士禛:《古欢录自序》,《蚕尾续文集》卷三,《王士禛全集》本,齐鲁书社,2007年,第2020页。

⑤ 王士禛《古欢录自序》,《蚕尾续集》卷三,《王士禛全集》本,齐鲁书社,2007年,第2020页。

⑥ [唐]李肇:《国史补》,上海古籍出版社,1957年,第3页。

中,除《古夫于亭杂录》卷一首事为"袈裟本字"的文人诗话,《陇蜀余闻》为"定州阿六祖师"外,《池北偶谈》之"谈故"类,《居易录》之"御制诗"条,《香祖笔记》之"康熙四十一年文华殿经筵官"条,《皇华纪闻》之"御书"条,《分甘余话》之"群芳谱"条,皆首卷首事为"政事"的叙述。王渔洋长期为馆阁文臣,"渔洋说部"中有此"恩遇"叙述的突出现象,也是情理之中的,此与记载馆阁典制的掌故之书如《玉堂杂记》《清秘述闻》《西清笔记》等的尊君之法较为接近。

(二) 仿宋代杂家笔记的特征

乾隆二十一年卢见曾《刻文昌杂录序》云:"吾乡渔洋先生最喜说部书,遇以僻秘世所罕见者,往往于友人许展转借录、雠校评泊,储之池北书库,当时风流好事辉映朝野。"①据王绍曾、杜泽逊编《渔洋读书记》中渔洋所撰序跋,王士禛评骘之书有五百六十八种②,其中经部三十三种,史部一百五十二种,子部九十三种,集部近三百种。子部中笔记小说所占近半,如《续夷坚志》《钝吟杂录》《物类相感志》《世说新语》《僧世说》《卮林》《清暇录》《唐阙史》《七修类稿》《天禄阁外史》《丹铅新录》《两山墨谈》《研北杂志》《西溪丛语》《能改斋漫录》《侯鲭录》《芦浦笔记》《猗觉寮杂记》等,可以看出知识性作品为主,乾隆二十一年卢见曾《刻封氏闻见记序》云:"昔渔洋先生最爱《封氏闻见记》《唐摭言》二书,以为秘本可贵……考据该洽、论辨详明,乃说部之佳者,宜为渔洋所宝爱云。"③其中又以宋代笔记居多。在具体的体例上,王士禛也是师法宋人作品,《郑堂读书记》之"二老堂杂记"条云:"(宋周必大)其书凡九十六则,皆其随笔杂记,多及当代故实。平园历官皆值史馆,掌制诰,故能据实而谈,言皆实录。其杂考证亦颇有援据。后来王渔洋诸说部,疑其取法于此。"④周中孚云"渔洋说部"取法宋笔记确为事实,然不能说限于《二老堂杂记》一部作品,而是渊源各有所自。

上述"渔洋说部"中具有代表性的八部作品中,渔洋山人对唐宋笔记借鉴良多,他追随了欧阳修《归田录》《六一诗话》、沈括《梦溪笔谈》、洪迈《容斋随笔》、王应麟《困学纪闻》等宋代笔记,故孙诒让《金氏瑝漱芳斋卮言》提

---

① 黄清泉主编,曾祖荫等辑录:《中国历代小说序跋辑录·文言笔记小说序跋部分》,华中师范大学出版社,1989年,第249页。
② 案民国刘声木《苌楚斋三笔》卷一"王士禛论次书目"条引翁方纲《复初斋诗集》自注云:"尝举王渔洋先生所论次书目,凡五百五十余种"。(刘声木纂:《苌楚斋随笔 续笔 三笔 四笔 五笔》,中华书局,1998年,第492页。)
③ 黄清泉主编,曾祖荫等辑录:《中国历代小说序跋辑录·文言笔记小说序跋部分》,华中师范大学出版社,1989年,第111页。
④ 〔清〕周中孚:《郑堂读书记》,上海书店出版社,2009年,第926页。

要引胡珵序云:"昔刘知幾纂《史通》、刘勰撰《文心雕龙》,二书为千古论史谭艺之祖,后人踵之,遂分史评、诗文话两门,分隶史部、集部,始于宋、盛于明、国朝诸老亦各有著述。渔洋山人撰《池北偶谭》,厘《谭献》《谭艺》,其目凡八,自史事诗文外,更参以琐记,其例盖昉诸宋人说部,非渔洋所创也。"①《池北偶谈》有唐赵璘《因话录》的影子;《居易录》《香祖笔记》《古夫于亭杂录》以日历、起居注体编年纪日、编杂说于其中,其法源自宋庞元英《文昌杂录》,即以朝政事件为叙述线索,间述恩遇、轶闻、志怪、掌故、典制、诗话文评、书画碑帖等事,故乾隆二十一年卢见曾《刻文昌杂录序》云:"先生于康熙己巳服阕入都,至辛巳四月请急归里,官京师十年之间,曾撰《居易录》一书,凡官方迁擢、政事因革,逐日记载,叹其见闻周悉,可为史家取衷,但未知其书体例创自何人。及观宋单父庞氏《文昌杂录》始知先生仿懋贤之书而为之,盖池北书库有此书也,前辈撰一书必有所本,其不苟作如此。"②《文昌杂录》所涉朝章典故为多,间涉杂事议论,而《居易录》等书于朝章国故叙述较少,故四库馆臣云"其法虽本于庞元英《文昌杂录》,究为有乖义例。"③

(三)内容上诗话与小说并举

在清初以"学术、吏事、文学"④为著述内容的官僚圈子里,与朱彝尊相比,王士禛的长处并不在经史两部,而在于集部,尤其长于诗文。据《渔洋读书记》所列书目可知,王士禛的知识结构,邃精于集部,逊于经史,疏于内典(稍涉猎佛之禅宗,几无关道教经典)。王士禛本身就有"神韵说"的诗学主张,雍正间章楹《谔崖脞说例言》中云:"诗话之作,古今颇多,但评论昔贤者,非有独见之奇、每致不鲜之诮。惟本朝渔洋、栎园数公只纪同时闻见,故应自辟蚕丛。兹虽未敢效颦,然一本心裁俱由目治,第以坳堂胶芥、蠡海渟澜、眇眦谀闻,不能广及为愧耳。"⑤"渔洋说部"体例取法唐宋特别是宋代笔记之外,在内容上也有所师法,其中以诗话体兼说部(如《渔洋诗话》)、说部

---

① 〔清〕孙诒让:《温州经籍志》,《续修四库全书》第 918 册,上海古籍出版社,2002 年,第 406 页。
② 黄清泉主编,曾祖荫等辑录:《中国历代小说序跋辑录·文言笔记小说序跋部分》,华中师范大学出版社,1989 年,第 249 页。
③ 〔清〕永瑢等:《四库全书总目》,中华书局,1965 年,第 1056 页。
④ 馆阁小说文学的内容,主要为吏事、学术、文学,康熙四十五年陈廷敬《筠廊二笔序》云:"先生(刘廷玑)以学术为吏治,两开府于东南,所至事集民和,以其暇则益覃精古学,著书满家,《筠廊偶笔》其一也。"(〔清〕宋荦:《筠廊二笔》,上海古籍出版社,2012 年,第 40 页。) "吏治"即吏事,陈廷敬所论为立功方面;文学也是官僚生活的一个重要方面。
⑤ 〔清〕章楹:《谔崖脞说》,《续修四库全书》第 1137 册,上海古籍出版社,2002 年,第 281 页。

体兼诗话的写法就昉自唐宋笔记①,如"(唐范摅)《云溪友议》,诗话十之七八,〔宋〕吴处厚人不足道,而所著《青箱杂记》论诗之语可采"②,皆为渔洋说部所本。晚清周中孚《郑堂读书记》评《柳南随笔》时以为此书"体例在诗话、小说之间,有类渔洋说部"③,从中也透露出"渔洋说部"的诗话与小说并举的内容特色。王士禛《渔洋诗话自序》云:

> 余生平所为诗话,杂见于《池北偶谈》《居易录》《皇华纪闻》《陇蜀余闻》《香祖笔记》《夫于亭杂录》诸书者,不下数百条,而《五代诗话》,又别为一书。今南中所刻《昭代丛书》,有《渔洋诗话》一卷,乃摘取五言诗、七言诗凡例,非诗话也。康熙乙酉,余既遂归田,武林吴宝厓陈琰书来,云欲撰本朝诗话,征余所著。无暇刺取诸书,乃以余生平与兄弟友朋论诗,及一时诙谐之语可记忆者杂书之,得六十条。南邮行急,脱稿即以付之,不复窜改。戊子秋冬间,又增一百六十余条。大儿启涑好收余诗文尺牍草稿,遂付装潢。④

"渔洋说部"在诗话方面的成就,使人惊叹于王士禛阅览文集之多、交游之广,并叹服其诗学境界之高。王士禛少年成名,高张"神韵说"之帜,出入唐宋,论诗以"典""远""谐音律""丽以则"为准⑤,他借小说之体实践其诗学主张,故"渔洋说部"中多有批评冯班《钝吟杂录》诗论之处,缘在于冯班《钝吟杂录》对严羽《沧浪诗话》的批评,引起王士禛的不满,如《池北偶谈》卷十七、《古夫亭杂录》卷五、《分甘余话》卷二、卷四皆为针对《钝吟杂录》批评的反批评。赵执信《谈龙录》亦对神韵说有异议,然多发渔洋之私,颇失敦厚之风。

人们阅读"渔洋说部",很大程度上是寻找作诗的法门,为自己诗作开辟一新境界。王士禛的交往范围也扩大了这一诗学主张的影响,据《渔洋山人感旧集》所记,王士禛在康熙十三年前曾交游三百三十三人,选诗两千五百

---

① 清刘士璋云:"诗话兼载杂事,自宋人始;说部兼纪诗辞,则自汉晋诸书已然。第博采时贤,或近标榜。编中录诗自二三老成而外,皆旧故交化为异物者也,匪曰闸幽抒怀,旧之蓄念云尔。"(〔清〕刘士璋:《汉上丛谈》,《稀见清代四部辑刊》第九辑第61册,学苑出版社,2016年,第7页。)
② 〔清〕耿文光:《万卷精华楼藏书记》,黑龙江人民出版社,1992年,第2864页。
③ 〔清〕周中孚:《郑堂读书记》,上海书店出版社,2009年,第953页。
④ 〔清〕王士禛:《渔洋诗话》,《王士禛全集》本,齐鲁书社,2007年,第4750页。
⑤ 转引自《伦明全集》之《渔洋山人著书考》中《阮亭诗选》,东莞图书馆编《伦明全集(1)》,广东人民出版社,2012年,第315页。

七十二首。《居易录》《香祖笔记》《古夫于亭杂录》中以诗话形式记载之人著名者有陈洪绶、余怀、钱谦益、吴梅村、顾炎武、"岭南三大家"、傅山、周亮工、杜濬、邵潜、徐夜、高珩、唐梦赉、高士奇、张潮、汪琬、宋荦、计东、林古度、刘体仁、于慎思、吴国对、毛先舒、尤侗、施闰章、陈奕禧、蒋超、陆辂、孙枝蔚、龚鼎孳、颜修来、吴雯、洪昇、魏象枢、殷誉庆、陈廷敬、李孚青、张笃庆、张贞、朱彝尊、伍瑞隆、戴本孝、陈维崧、姜宸英、叶方蔼、毛奇龄、汪懋麟、崔华、孔尚任、程哲、袁于令、黄虞稷、刘廷玑等①,他们或为明遗民,或为朝野布衣,或为同僚后进,王士禛皆与之唱和往还,其中亦不乏藉以成名者,故王士禛云:"古来诗佳而名不著者多矣,非得有心人及操当代文柄者表而出之,与烟草同腐者何限?"②"渔洋说部"中所记诗话或记录清初诗派如粤东诗派、河朔诗派,或奖誉当代诗人如"南施北宋",或评骘前朝诗人如李杜、严羽、司空图等进而推行"神韵说",或忆念旧游如红桥唱和,或保存布衣诗人佚句等,皆有诗学史的意义。"渔洋说部"记录他们的事迹,并溢出这个文学圈子之外,客观上也扩大了"渔洋说部"的传播范围。

"渔洋说部"在笔记小说方面,主要指其中的杂事、异闻、琐语之类的作品。这些小说或得自民间传闻,或辑录当代文献,或目击耳闻,材料来源甚广,书写简练,隽语清新,寥寥数语即为一则。杂事多是明清之际的野史传说,描绘了鼎革之际的社会动乱以及奸佞之人(如刘泽清)、忠义之士(如史可法),并且也有清初朝臣吏治的事迹记录(如陆陇其、于成龙)。异闻为志怪之类,在《池北偶谈》"谈异"类中较为集中,大致以伦理教化为取向。琐语之类的小说,或许是"渔洋说部"中较有特色的部分,因为这类故事是王渔洋与同僚谑语之作,这类谑语往往引经据典,寓谐于庄,且多以诗歌的形式来表现,如《居易录》卷二十八:

> 一日东阙门防议既毕,倦甚,与陈大司徒说岩廷敬同出端门,行稍疾,回顾诸公皆在后,予笑谓陈公曰:"今日可谓高才捷足。"陈曰:"否,不过急流勇退耳。"明日集朝房述之,皆大笑。
> 京师某梨园部一旦,有姿首,解文义,喜诵韩阁学元少菼制举文。一日启奏后左门,予向韩询其人本末,孝感熊公赐履因言金陵某乐部一旦,最喜诵杜于皇濬诗,陈大司徒曰:"杜诗韩文,固自应尔。"众亦一笑。③

---

① 仅《扬州画舫录》卷十所载,王士禛在扬州交游诗人就有二十余人。
② 〔清〕王士禛:《渔洋诗话》卷中,《王士禛全集》本,齐鲁书社,2007年,第4788页。
③ 〔清〕王士禛:《居易录》,《景印文渊阁四库全书》子部第175册,台湾商务印书馆,1986年,第658页。

《香祖笔记》卷八：

> 康熙初,士人挟诗文游京师,必谒龚端毅,次即谒长洲汪苕文、颍川刘公㦷及予三人。阳羡陈纬云维岳,其年维崧之弟也,初入都,手写行卷三通置案上。友人问所诣,曰吏部刘公、户部汪公、礼部王公也。友人曰:"吾为子预卜之:汪得卷必摘其瑕疵而驳之,王得卷必取其警策而扬之,刘则一览辄掷去,无所可否。"已而果然。予闻之,笑谓公㦷曰:"吾二人,或驳之,或扬之,皆寻常耳;惟兄此一掷,最不易到。"公㦷亦为之绝倒。①

又《香祖笔记》卷十：

> 同年祁工部珊洲文友官庐江令,有绝句云:"昨夜东风吹雨过,满江春水长鱼虾。"予戏之曰:"古人警句,按例应标美名,欲呼兄为祁鱼虾,必不乐受,奈何？因忆宋人有呼梅圣俞为梅河豚者,敢援此例？"一座大笑。②

"渔洋说部"中琐语故事,与《世说新语》相比,《世说》以风神取胜,此则以馆阁雅语为胜,虽皆为士人的主体活动,写法不同如此。

（四）馆阁气息较为浓厚

"渔洋说部"之所以在体例上仿宋代笔记著述、内容有诗话与小说二体的融合现象,是力求"学术、国事、文学"三者之间平衡的结果,也是"渔洋说部"内部诸因素调和后呈现出来的基本风貌。"渔洋说部"本质上是馆阁文学的产物,馆阁文学的主要内容或议题,为国事、学术、文学,即何兆瀛所云的"翰林结习未忘,贻上先生亦不免"③。"国事"主要记载当代史,尤注意于清初典章制度、掌故轶闻；"学术"曾经作为皇帝的经筵讲官,需要较为深厚的学术修养；"文学"是官僚生活的一个重要方面,既是交际工具,也是个人喜好的表现。戴璐《藤阴杂记》卷九"渔洋旧寓"条引邵长衡之书札言当时文士交游盛况云：

---

① 〔清〕王士禛：《香祖笔记》,上海古籍出版社,1982年,第150页。
② 同上,第198页。
③ 《何兆瀛日记》中云："此二书（《居易录》《池北偶谈》）于国初掌故,多所记载,足广识见闻。惟所记者翰詹源流甚悉,他事则假一见之不多也。翰林结习未忘,虽贻上先生亦不免。"〔清〕何兆瀛撰：《何兆瀛日记》,《上海图书馆藏稿钞本日记丛刊》第13册,上海科学技术出版社、国家图书馆出版社,2017年,第452页。）

奉别将十年，回忆寓保安寺街，踏月敲门，诸君箕坐桐阴下，清谈竟夕，恍然如隔世事。清景常有，而良会难再，念至增惆怅也……忆己未客都门，寓保安寺街，与阮亭先生衡宇相对。愚山先生相距数十武，陆冰修仅隔一墙。偶一相思，率尔造访，都不作宾主礼。其年寓稍远，隔日辄相见。常月夜偕诸君扣阮亭门，坐梧树下，茗碗清谈达曙。愚山赠行诗有云："踢月夜敲门，贻诗朝满扇。"盖纪实也。①

宋荦在《香祖笔记序》中云"渔洋说部"具有"贯穿经史、表章文献"②的价值，"贯穿经史"是指解经论史，"表章文献"是征引四部典籍、阐发圣贤微言，同时记录当代典章政事以备后世著史之用。作为馆阁文人，王士禛在寻求"吏事、学术、文学"三者平衡的过程中，采用笔记小说的形式，发挥吏事中见闻、文学中诗学之所长，避开学术中考证之短，参照唐宋笔记小说的体例，以自上而下、由尊及卑地叙述朝政、典章、掌故、轶事、志怪、诗话以及博物、逸典、地理等事项，从而形成了一种可称之为"渔洋说部体"的笔记小说新形式，并对其之后的笔记小说创作产生了巨大影响，并足以成为清代的一支体式类别。

四、"渔洋说部"的影响

"渔洋说部"是康熙年间馆阁文人以"吏事、学术、文学"为小说书写对象下的产物，具有浓厚的书卷气，是史学性、学术性、趣味性并具的一种笔记小说类型，其中在文学方面又以诗话为特色，"渔洋说部"在康熙四十年前后渐次成书，其中一些与王士禛身份地位、才学趣味相近的友人也从事了这一类型小说的写作，如宋荦、刘廷玑等。针对这一现象，康熙五十四年程履端在《在园杂志跋》评价道："近日《渔洋集》中有《分甘余话》，西陂卷内有《筠廊偶笔》，俱脍炙人口。《在园杂志》洵足肩随二书，称鼎足焉。"③此三书在康熙末期成鼎足之势，书写内容相近，风格趋于一致④。

---

① 〔清〕戴璐：《藤阴杂记》，《续修四库全书》第1177册，上海古籍出版社，2002年，第449页。
② 黄清泉主编，曾祖荫等辑录：《中国历代小说序跋辑录·文言笔记小说序跋部分》，华中师范大学出版社，1989年，第405页。
③ 〔清〕刘廷玑：《在园杂志》，上海古籍出版社，2012年，第172页。
④ 《筠廊偶笔》《二笔》中诗文、博物、轶事、志怪，无所不有，《郑堂读书记》云此书"体例似仿王渔洋诸说部而不及其广博，然亦足以益人神智矣。"李慈铭《越缦堂读书记》以为"牧仲故不读书，所记无足观者……其体例亦甚芜杂，在说部中最为下乘"云云，则讥刺过甚。"渔洋说部"中多处注引《筠廊偶笔》《筠廊二笔》，也多记宋荦所述之事、唱和之诗，可见王士禛对上两书的重视。至于《在园杂志》，孔尚任云此书"或纪官制，或载人物，或训雅释疑，或考古博物"，实亦录药方、诗文词曲、轶事、诗话及经史考证，是叙事兼议论之书，其中卷三多记乩仙之诗，"渔洋说部"中记载乩仙诗不过三五则而已，此则好奇之过。

王士禛、宋荦、刘廷玑之外，清代前中期从事于"渔洋说部"类写作的作家有纳兰容若、程哲、查嗣瑮、金埴、章楹、陆廷灿、王应奎、蔡显、黄士埙、秦武域、戴璐、朱淞、徐书受、黄世友等，这也是"渔洋说部"系列作品的盛期，具体作品如下：

　　纳兰容若《渌水亭杂识》四卷，内容有经史考证、地理风土及诗文评论等皆载入，琐语志怪博物亦掺杂其中。经史考证方面，多集中于地理史事之辨证，如卷一京师名胜、江南风物，诗文评在卷四较为集中，史评则在卷三。此书为友朋闲谈所得，故诗文名物典章地理而外，小说悦情，亦在谈论之内，博物如异域黑鬼、海和尚、东京夜海、畲民、白樱桃、西人望远镜等；琐语多辑自史册，多见于卷二；志怪则有卷一"木球使者"，卷四玄奘取经遇长生人、冯班见剑仙、天主教追银魂法等，皆可广见闻。纳兰容若为一词人，故此书力追风雅，于古物名辨、诗话史论，多有见解，对前代典故如元明漕运、铸钱之弊、苏郡田租额度、历代音律之异等也较用心。其弟揆叙有《隙光亭杂识》，学术性较强。

　　程哲《蓉槎蠡说》十二卷，内容有考证、杂记、轶事、志怪、地理之类，为杂引经史稗官而为之断。此书缘起渔洋说部，类乎读书笔记，持论亦较为平正。

　　查嗣瑮《查浦辑闻》二卷，四库馆臣云此书"乃抄撮杂家之言可资博览者，大抵皆节录原文，无所考据，间有自附新语，不过数条。下卷内有西湖事迹十余则，乃以补吴焯《钱塘志》所未及者"[1]。书中所列有朝政掌故、博物、诗话、版刻、曲话、风俗、轶事、古迹、志怪等，大抵以文学为旨归，以宋人笔记为范式，清新可读。

　　金埴《不下带编》七卷，此书成于雍正十年以后，实以诗话之体为主，间有轶事、志怪、考证、论史、古迹、典制、书画、戏曲、恩遇、祖德等，旧闻不乏故国之思，叙述多有隽语，如"春风陋巷花""行人尚在红尘道"之类，诗话兼小说。

　　章楹《谔崖脞说》五卷，内容分四部：《诗话》为诗文评之类，《昔游》为游记之类，《诧异》为记怪异之事，《摭异》为摭拾他书为评论者，其中所辑《郑崔合祔墓志铭》为崔莺莺事，颇类《池北偶谈》之书写格局。

　　陆廷灿《南村随笔》六卷，内容有考证如《户口》《历代年数》《露筋庙》《折叠扇》等，博物如《木棉》《红鸟》《天皮石》《雪蛆》《吸金石》《玉观音》《小象大鼠》等，志怪如《旗杆气出》等、轶事如《史阁部》等，兼论诗文，四库

---

[1] 〔清〕永瑢等：《四库全书总目》，中华书局，1965年，第1132页。

馆臣云此书："此其居家时取平日所见闻杂录之,而于新城王士禛、商丘宋荦两家说部采取尤多。盖廷灿为士禛与荦之门人,故其议论皆本之《池北偶谈》《筠廊随笔》诸书,而略推扩之。"①

王应奎《柳南随笔》六卷、《续笔》四卷,黄廷鉴《柳南随笔跋》云:"柳南先生为吾邑诗老,好著述,所撰《随笔》六卷,多记旧闻轶事。其考证经史,论说诗文,亦杂见焉。体例在语林、诗话之间。故其书雅俗俱陈,大小并识,吐晋人之清妙,订俗学之谬讹。洵朴山方氏所云:'远希《老学》,近埒新城'者已。"②此书考证、议论、叙事三者兼备,议论以诗文为多,亦涉时风,如"谈次掉文,书生习气,最为可厌"。考证则经史,如"夫子之称"考、"别号"考等,叙事以士夫如名士赵执信、李馥、沈德潜、冯舒、陈察、金圣叹等轶闻为多,志怪甚少,然亦有如朱方旦之妻为狐精者。此书宗法宋代笔记、渔洋说部,可谓渔洋后笔记之佳作,叙事清雅,议论平允,考证有据,在杂家笔记中叙事鲜明,如叙述明末文社之盛、柳如是家变殉节、常熟人文之盛等,颇为可信。

蔡显《闲渔闲闲录》九卷,亦杂家笔记之类,内容有杂事、考证、杂说、诗话等,其中杂事与诗话为主。蔡显因此书罹难,清廷云"(《闲渔闲闲录》)中记载之事,语含诽谤,意多悖逆,其余纰缪之处,不堪枚举"(《清代文字狱档》之"蔡显《闲渔闲闲录》案"条)被处斩。蔡显此书颇有炫才之病,书中虽多颂圣之笔,然语言轻佻,故罹惨祸。

秦武域《闻见瓣香录》十卷,此书并非成于一时,致仕后厘为十卷,以天干排序,类乎《夷坚志》之目,每卷皆有目次,每则有标题,叙述涉及时事、诗话、博物、地理、考证等事,自叙云"乞养后里居多暇,因仿欧阳文忠公六一《归田录》、杨文献公升庵《丹铅录》、王文简公渔洋《居易录》等例,厘为甲乙,藏诸家塾"③,文风清隽,足为博物之书,叙事平实,不尚虚诞之语。

沈曰霖《晋人麈》一卷,三十三则(篇),分《诗话》《琐言》《异闻》三部,分类似《渔洋说部精华》。《诗话》评论前辈诗作如《阮亭有误》《东坡诗句》《圣叹批杜》《杜陵诗律》,记录当代诗句如《逸老堂诗》《贾客诗》《诗骰》等。《琐言》为记录己作之诗词、杂说之类,如《骨牌名诗》《等第黄莺儿》《十二生肖论等》。《异闻》所述皆为怪异之事,如《一铜钱》《捏骨相》《笔端火》等。

戴璐《藤阴杂记》十二卷,其意本为续王士禛《池北偶谈》《香祖笔记》,故序称"余弱冠入都,留心掌故,尝阅王渔洋《偶谈》笔记等书,思欲续辑,于

---

① 〔清〕永瑢等:《四库全书总目》,中华书局,1965年,第1111页。
② 〔清〕王应奎:《柳南随笔》,中华书局,1983年,第125页。
③ 〔清〕秦武域:《闻见瓣香录》,《丛书集成续编》第88册,上海书店出版社,1994年,第501页。

是目见耳闻随手漫笔"云云。全书无标题,卷一有数则前数字如"父子大拜""父子一品""父子兄弟九列""乾隆丙辰榜眼"等,应为当时所拟标题,故充塞其中留有痕迹。此书所述起于康熙中叶,多录名贤故闻、朝政掌故,可见朝中雍熙之态及一时文坛之盛;又述京中名臣故宅、地理胜迹,录毛西河、王渔洋、宋牧仲、刘文定公、王横云、汪钝翁、宋荔裳等诗话,风格隽直,所习为渔洋说部中《陇蜀余闻》《秦蜀驿程后记》之地理掌故,其北城、西城地理叙述,又类乎地志小说者。

徐书受《教经堂谈薮》六卷,全书凡乡耆轶事、志怪博物、诗文录话、经史考证以及杂说议论皆载入之,志怪博物如《土怪》《龟以尾交》《异虫有光》《闻鬼语》等,轶闻如《胡征士》《王丈赠诗》《谢晓山巧思》《庸医》《联句不就》《捉蝶堕厕》等,皆为书中引人瞩目者,如《惠元孺》述明季魏忠贤祸朝臣事,叙述真切,多寓劝诫,不尽为广见闻、资谈笑之作;其他诗论如《诗体卑琐》《言为心声》、风俗如《天方典礼》《琼州文风》、考证如《刘海戏蟾》《纸钱》、史论如《汉戚夫人》《禁五通》、文献如《汪水云》等,皆有老儒醇厚之风。

黄士坰《瀛山笔记》二卷,共一百一十余则,内容有史论、诗话、轶事、异闻、考证。书中以诗话为主(集中在上卷),故张寅彭《新订清人诗学书目》著录之。诗话除记录己作及友朋诗歌外,每辑录前朝诗句辨证之,如李长吉《雁门太守行》、杨铁崖赋杨妃袜一联、咏漂母诗、遇合之难、钓台诗、梅花诗、雪诗之难、咏物诗、管宁濯足图、半身美人图、诗谶、瞽妓扇头诗、砚铭、竹杖铭、墨铭、先君子遗诗等。

杨树本《见闻记略》四卷,卷一《纪盛》,纪恩遇,所述为顺治元年至嘉庆五年间列朝恩赐先圣大臣庶民等史,其中尤以乾隆间事为详,如乾隆四十二年蠲免天下钱粮、乾隆五十八年英吉利入贡贡品、乾隆六十年恩科会试及"千叟宴"等,其中多录诏书及臣子奏疏,如顺治帝入北京后诏书、乾隆帝禅位诏书等。卷二《课余杂记》,为杂说考据与诗文辑录之类,如"杜甫《题壁画马歌》之麒麟"辨、"豆腐"考、"风闻"二字考、"铁树"考、"观音粉可疗饥"辨以及县试阅卷、续梦中诗、录鬼诗等。卷三《记游历》,所述为宦游经历,如赠同僚王维之、吴驾潢诗,满洲子弟尊师尽礼、翻译之学、馆阁书体、科场故事、正阳门关帝签、宁州甘薯、分宁双井茶、江西仙人掌、建昌险滩、辰沅晒经台、云南气候、省城牛车、官场宴会、粤西鹧鸪等,大略博物、诗文、轶事兼而有之,地域以浙东、江西、湖广为主。卷四《记风气》,所述为社会风气变迁,如士人用扇、古今名字之称、江西风气由俭入奢、妇人装饰、水烟、苏人嗜河豚粤东好霞片(鸦片)、丝履价格、茶船、眼镜、印章等数十年间之变化。多有辑自他书以论说者,如《阅微草堂笔记》《七修类稿》《古今图书集成》《答宾戏》《纲鉴汇纂》《随园随笔》《示儿编》《吾妻镜》《香祖笔记》《渔洋年谱》《茶余客话》《坚瓠集》等。

宋咸熙《耐冷谭》十六卷、《耐冷续谭》二卷,此书本为浙派诗话之作,以记录嘉道间诗人诗作为主,如方外、闺秀、布衣、名士等,可备诗征,如卷一"宋殊勋诗笔妍秀""平湖陆野桥诗思深体峻"、卷四"吴江叶树枚诗笔尖新生辣"。其次则论前代诗歌、作诗技法如卷一"古无四声,故临文用韵,皆得以四声通转""学诗必先从古体入""作诗须开手擒题""古人用笔高浑""作诗须多读书""渔洋五律从齐梁出"、卷四"五七律首句独鹤出群法""咏物诗贵乎寄托"、卷十"作诗不可无家学"、卷十四"诗须有关风教,不可徒作"等,大旨论诗贵真、贵古、贵有学问。诗话之外,间有金石书画之品鉴(卷四"明黄忠烈夫人手写楷书孝经")、轶事(卷一"嘉庆庚申处州大水"、卷四"嘉庆二年崔钧平苗乱"、卷十五"邵孺人贞烈""江烈女"),亦以诗眼出之。

以上数种作品,除了文中频繁引用渔洋笔记外,皆有小说与诗话并举的特征,这些作者群中的人或未曾入仕馆阁,或阅历不够、学识尚浅,在知识的丰富度和趣味的高雅度上与"渔洋说部"诸作品还有不小差距①,但在重视文集诗话、力求博学及以散淡笔法结撰小说的倾向是一致的,其中乾隆年间仿"渔洋说部"的作品中,以王应奎《柳南随笔》成就最大。此书如黄廷鉴所云"体例在语林、诗话之间",具有《世说》叙事之雅淡与"诗话"评骘诸公诗学的内容特色,叙述从容,谙熟于王士禛诸作,与"渔洋说部"之笔记雅赡博学、叙事简净同为一体。

总而言之,"渔洋说部"作为笔记小说之一体,它兴起于康熙年间文治相对宽松、士夫崇尚博学的风潮之下,在馆阁文人以"吏事、学术、文学"为书写对象的前提下,采用笔记形式来标榜诗学,充分体现了王士禛的写作特点,以至于他的诗话作品《渔洋诗话》也有说部的特征,可谓诗话兼小说、小说寓于诗话之例。在笔记小说的杂家笔记类别中,若依今日所谓的文学性而言,有清一代影响无过于"渔洋说部"者,借鉴、仿作者代不乏人,其中尤以宋荦之《筠廊偶笔》、刘廷玑《在园杂志》、王应奎《柳南随笔》成就最高,此足以形成一个体式,故可称为"渔洋说部体"笔记小说。乾隆之后,梁章钜《浪迹丛谈》、钱泳《履园丛话》、金璋《漱芳斋卮言》、俞鸿渐《印雪轩随笔》、许焕《止止楼随笔》、张培仁《静娱亭笔记》、金武祥《粟香随笔》、陆以湉《冷庐杂识》、

---

① 民国初年的朱彭寿称自己的笔记作品《安乐康平室随笔》"似与渔洋山人诸笔记意趣略同,特素不工文,固远逊其名章俊语耳"。(清朱彭寿著,何双生点校:《旧典备征·安乐康平室随笔》,中华书局,1982 年,第 157 页。)

朱彭寿《安乐康平室随笔》、桂馥《札朴》、周广业《过夏杂录》、郭梦星《午窗随笔》、黄式权《锄经书舍零墨》及民国年间的《苌楚斋随笔》《枏庐所闻录》《一澄砚斋笔记》等，或多或少都受到了渔洋说部的影响，皆可列入渔洋追随者之列。上述笔记作品或作者自认、或后世学者指认，皆属于"渔洋说部"系列作品群①。

  对于有清一代出现的此种笔记创作热潮，谢国桢先生在《江浙访书记》之"隙光亭杂识"条云："清康熙时王士禛渔洋以能诗闻于时，而喜为说部之书，谈诗论文以扢扬风雅为宗，所以粉饰清康熙之太平，当时文士靡然景从，成为风气，若汪琬之著有《说铃》、纳兰容若著有《渌水亭杂识》及揆叙著有是书（笔者案，指《隙光亭杂识》），即是一个例子。"②不过需要注意的是：首先，诗话虽是"渔洋说部"的主要内容，其评论汉诗、江西诗派、集句诗、杨慎诗、清初诗老等已溢出笔记之外，几成定论；但是并非体兼诗话的杂家笔记即为"渔洋说部"的追随者，"说部"本身包括诗文评类的作品，"诗话"也是题中应有之义。其次，上述笔记作品并非单一地模仿"渔洋说部"（其实是主要是指其中的五部杂家笔记作品），而是"远希《老学》，近埒新城""上追鄱阳，近即池北"③，即以宋代笔记为范型、参照本朝"渔洋说部"而稍变通之来进行笔记写作，内容大体叙事典雅、议论平允、考证平实、记载确当，呈现出浓厚的书卷气息，是学术性与文学性并重的一种笔记类型。"渔洋说部"是宋代笔记如《墨庄漫录》《容斋随笔》等在清代经典化的产物。

---

① 嘉庆十六年周春《过夏杂录序》云："兹《过夏杂录》六卷，乃癸卯计偕下第后所录，考订精详，不减洪容斋一流，间及时事，则渔洋山人《居易录》例也。"〔清〕周广业：《过夏杂录》，《续修四库全书》第1154册，上海古籍出版社，2002年，第131页。）孙葆田《午窗随笔序》亦云："（郭梦星）尤熟于历代史事及本朝掌故，下至当时邸钞，有事关闾革黜陟者辄手录成帙，《午窗随笔》其一也。先生是编皆随时札记，不分门类，盖仿王文简公《居易录》《池北偶谈》而作。"〔清〕郭梦星：《无窗随笔》，《续修四库全书》第1165册，上海古籍出版社，2002年，第629页。）平步青《霞外攟屑》之《札朴》提要云："《札朴》十卷，桂冬卉馥后令滇时著……王晚闻序以为接亭林之武，虽未尽然，大致仿王文简《池北偶谈》《香祖笔记》《居易录》诸书，可与《晚学集》并传。"〔清〕平步青：《霞外攟屑》卷十，上海古籍出版社，1982年，第361页。）民国间王东培《一澄砚斋笔记·例言》中云："初亦依托《池北偶谈》分类，曰：史事、人事、艺事、故事、物事、异事，信手扯捋，未遑次第。"（王东培著，罗瑛，罗长德整理：《王东培笔记二种》，《中国近现代稀见史料丛刊》第6辑，凤凰出版社，2019年，第5页。）
② 谢国桢：《江浙访书记》，谢国桢著，谢小彬、杨璐主编：《谢国桢全集》第五册，北京出版社，2013年，第664页。
③ 光绪七年陈陔《粟香随笔跋》云："大者关于掌故，小亦资夫剧谈，上追鄱阳（洪迈），近即池北（王士禛）。"〔清〕金武祥撰，谢永芳校点：《粟香随笔》，凤凰出版社，2017年，第216页。）

第三节 板 桥 体

首先需要说明的是,此"板桥体"并非指清代书法艺术领域郑燮的书体而言,而是古代青楼文学[①]之一种体式、一种风格,它源于余怀之《板桥杂记》,流行于整个清代,至民国仍有余波;它又蕴含于所谓"志艳小说"[②]"狭邪小说"[③]"花谱"[④]"青楼小说"[⑤]"狭邪笔记"[⑥]当中,却很难归于当下所谓的"艳情小说"[⑦]类别之下——两者还是有着"雅"与"俗"之别的,即张潮《〈板桥杂记〉跋》中所云:"今世亦有狭邪,其所以不足动人深长思者,良以雅俗之分耳。"[⑧]不但作品有雅俗,作者所期待的读者也有雅俗之分,故嘤嘤子[⑨]《〈板桥杂记〉闲评》云:"《板桥杂记》,当令下三种人读之:一天下有心人,当读《板桥杂记》;一天下伤心人,当读《板桥杂记》;一天下多情人,当读《板桥杂记》。《板桥杂记》,不可令三种人读之:一有富贵气者,一轻薄文

---

① 参见陶慕宁之《青楼文学与中国文化》一书,东方出版社,1993年。
② 详见徐敬修《说部常识》,陈洪主编《民国中国小说史著集成》第二卷,南开大学出版社,2014年。
③ 鲁迅《中国小说史略》第二十六篇《清之狭邪小说》云:"唐人登科之后,多作冶游,习俗相沿,以为佳话,故伎家故事,文人间亦著之篇章,今尚存者有崔令钦《教坊记》及孙棨《北里志》。自明及清,作者尤夥,明梅鼎祚之《青泥莲花记》,清余怀之《板桥杂记》尤有名。是后则扬州、吴门、珠江、上海诸艳迹,皆有录载;且伎人小传,亦渐侵入志异书类中,然大率杂事琐闻,并无条贯,不过偶弄笔墨,聊遣绮怀而已。"(鲁迅:《中国小说史略》,东方出版社,1996年,第208页。)其《小说史大略十六》又云:"唐人登科之后,多作冶游,习而不察,反成佳话。故曲中故事,文人亦往往著之篇章。其至今尚存者,有崔令钦之《教坊记》,孙棨之《北里志》,然皆缀辑琐碎,并无条贯,清之《板桥杂记》《扬州画舫录》,实其苗裔矣。"(鲁迅著,周锡山释评:《中国小说史略汇编释评》,上海书店出版社,2015年,第433页)
④ "花谱"本为品评花草之谱录,后文士用之以品鉴妓女、优伶,作品如明代之《燕都妓品》《金陵妓品》等,详见么书仪《试说嘉庆、道光年间的"花谱"热》(《文学遗产》2004年第5期)、林秋云《清代北京梨园花谱》(复旦大学硕士学位论文,2014年)、刘汭屿《清代中期北京花谱笔记文体研究》(《北京大学中国古文献研究中心集刊·第13辑》,2014年)。
⑤ 详见谢桃坊《论清代文言青楼小说》,《天府新论》1997年第4期。
⑥ 李汇群:《清代中期七部南京狭邪笔记初考》,《明清小说研究》2008年第1期;胡衍南:《明清〈狭邪笔记〉研究——以明代后期至清代中期为范围》,《淡江中文学刊》第29期,2013年。
⑦ 关于"艳情小说"的概念辨析,详见陶慕宁《"艳情小说"之概念辨析与研究新思路》,《南开学报(哲学社会科学版)》2016年第4期。
⑧ 〔清〕余怀:《板桥杂记》,《南京稀见文献丛刊》本,南京出版社,2006年,第30页。
⑨ 嘤嘤子事迹不详,其评点之书有《板桥杂记》《崇祯宫词》《西域风俗记》《闲余笔话》《妇人集》等,皆汇于《爱国庐丛刻》(东京,1906—1907)。此外尚有《洪武圣政纪》《北平录》(东京,1907)亦有其署名。

人,一登徒子。"①"板桥体"仍然属于雅文学的范畴。

近年来关于"板桥体"的研究,夹杂在青楼文学、狎邪小说研究当中,较有成绩的有陶慕宁(《中国古典小说中"进士与妓女"的母题之滥觞及其流变》,《华侨大学学报[哲学社会科学版]》1999年第1期)、大木康(《风月秦淮——中国游里空间》,台北联经出版事业股份有限公司,2007年)、夏桂芳(《文言狭邪小说研究——以清代为中心》,华东师范大学硕士学位论文,2015年)、张婷婷(《〈板桥杂记〉研究》,云南大学硕士学位论文,2015年)等,上述论者除了未提出"板桥体"的概念之外,在"板桥体"的来源、文体特征等方面仍有未周之处,故作此文以补充之。

一、"板桥体"的文本源头

经历易代之变的余怀被王士禛尊称为"金陵诗老"②,著述甚富,在诗文、学术、戏曲、笔记小说③领域皆有创获,文学成就在明遗民群体中较为突出,是清初与王士禛一样才学兼备的人物,余怀尝自表其笔记成就云:

> 余穷经读史之余,好览稗官小说,自唐以来不下数百种,不但可以备考遗忘,亦可以增长意识。如游名山大川者,必探断崖绝壑;玩乔松古柏者,必采秀草幽花,使耳目一新,襟情怡宕。此非头巾龌龊、章句腐儒之所知也。故余于咏诗撰文之暇,笔录古轶事、今新闻,自少至老,杂著数十种。如《说史》《说诗》《党鉴》《盈鉴》《东山谈苑》《汗青余语》《砚林》《不妄语述》《茶史补》《四莲花斋杂录》《曼翁漫录》《禅林漫录》《读史浮白集》《古今书字辨讹》《秋雪丛谈》《金陵野钞》之类。虽未雕版问世,而友人借抄,几遍东南诸郡,直可傲子云而睨君山矣。④

---

① [清]余怀:《板桥杂记》,《南京稀见文献丛刊》本,南京出版社,2006年,第39页。
② [清]王士禛:《南来志》,王锡祺辑《小方壶斋舆地丛钞》第九帙,台北学生书局,1985年,第429页。
③ 蒋维锬《余怀著作考略》(《中华文史论丛》一九八六年第三辑)一文里,考索余怀著作之"诗文类"十一种,"学术类"十八种,"戏曲类"三种,共计三十二种。今李金堂编校之《余怀全集》收录现存余怀存世著作有:诗集:《甲申集》《枫江酒船诗》《五湖游稿》《咏怀古迹》《平原吟稿》《戊申看花诗》《味外轩诗辑》《诗集补遗》,词集:《玉琴斋词》《秋雪词》《词集补遗》,文集:《序跋杂撰》《尺牍》,杂著:《三吴游览志》《板桥杂记》《余子说史》《东山谈苑》《四莲花斋杂录》《宫闺小名后录》《茶史补》《砚林》,共计十九种(除去补遗部分)。除此外之零星著述,详见方宝川、陈旭东《余怀及其著述》(《福建师范大学学报(哲学社会科学版)》2006年第2期)、张明强《余怀集外佚文辑考》(《学术论坛》2016年第8期)。
④ [清]余怀:《幽梦影题词》,《余怀全集》,上海古籍出版社,2011年,第322页。

除了探究经史、吟咏情性之外,余怀又有好为"狎邪游"的一面,《湖舫题赠女郎杨秀西》诗云:"携手亭阑学钓鱼,温柔乡里数行书。"①即为《板桥杂记》之写照。嘟嘟子《〈板桥杂记〉闲评》云:"甲曰:'《板桥杂记》,情史也。'乙曰:'《板桥杂记》,恸史也。'丙曰:'《板桥杂记》,刑书也。'丁曰:'《板桥杂记》,沧桑录也。'戊曰:'《板桥杂记》,群芳谱也。'己曰:'《板桥杂记》,忠义传也。'嘟嘟子曰:'皆是也。皆非也。何则?《板桥杂记》非纸、非笔、非墨,非文字,非言语,玄之又玄。仁者见之谓之仁,智者见之谓之智,嘟嘟子无以名之,名之曰众妙之门。'"②可见《板桥杂记》文本特征的形成,有多个源头。

笔者认为,《板桥杂记》文本的形成有五个来源:

一是广义的女性文学,对女性才艺、体态、性情进行描写赞美的文学活动,此见诸余怀之前的秦汉魏晋六朝之诗赋、唐宋传奇文以及其后之清代《美人谱》《妇人集》《续妇人集》《香天谈薮》等,故嘟嘟子《〈板桥杂记〉闲评》云:"《板桥杂记》,当与陈其年《妇人集》、《箧衍集》同时读之。陶隐居云:'只可自怡悦,不堪持赠君。'凡有一寓目之缘者,当有感斯言。"③妇女"四德"之外,这些关于女性的文学,女性往往被当作"等待的"一方来书写④。

二是《北里志》《青楼集》《燕都妓品》《青泥莲花记》等青楼文学,记载青楼场所、女伎活动,并借此进行品鉴活动如"花案"之类。狎妓为文人交游的一种方式,四库馆臣"板桥杂记"提要云:"自明太祖设官伎于南京,遂为冶游之场,相沿谓之旧院。此外又有珠市,亦名倡所居。明季士气儇薄,以风流相尚,虽兵戈日警,而歌舞弥增。怀此书追述见闻,上卷为雅游,中卷为丽品,下卷为轶事。文章凄缛,足以导欲增悲,亦唐人《北里志》之类。然律以名教,则风雅之罪人矣。"⑤

三是《东京梦华录》《梦粱录》之类的忆旧文学,寄寓故国之思、黍离之悲。《板桥杂记》创作于余怀暮年,为抚今追昔、感时伤今之作,心境与张岱

---

① 〔清〕余怀:《余怀全集》,上海古籍出版社,2011年,第25页。
② 〔清〕余怀:《板桥杂记》,《南京稀见文献丛刊》本,南京出版社,2006年,第37页。
③ 同上,第39页。
④ 佐竹保子在《中国的文学与女性》(邵迎建译)一文中云:"男性笔下的古典诗文中,女性原有的无限丰富性被削去,只作为性爱的对象被嵌进柔顺、哀伤的'等待的女子'的框架。"(〔日〕小滨正子、下仓涉等:《被埋没的足迹:中国性别史研究入门》,台湾大学出版中心,2020年,第88页。)
⑤ 〔清〕永瑢等:《四库全书总目》,中华书局,1965年,第1236页。

"国破家亡,无所归止,披发入山,骐骐为野人"①相似,而秦淮旧院历经明清鼎革之乱,晚明盛况也已不在。《板桥杂记》为晚明青楼文学的延续②,本为明遗民文学之一种,"作者有意将此书的体式义例溯源于南宋孟元老《东京梦华录》,而不是冶游之文如《北里志》等,这种著作意图重在传递因易代之悲而产生的繁华如梦的隔世追念。"③《板桥杂记》后,此类文学的寓意一转为怜花之语、劝诫之意,至晚清又有反转到"盛况不在"的感慨。

四是以描写秦淮为中心的地域文学,如曹大章《秦淮士女表》、吴应箕《留都见闻录》、王士禛《秦淮杂诗》等。南京为明留都、江南乡试场、南明政权行在,金陵繁华多冶游,以致张岱云:"秦淮河河房,便寓、便交际、便淫冶,房值甚贵,而寓之者无虚日。"④此类地域文学中,秦淮风月占据着较大篇幅。

五是在体例上模仿唐孟启《本事诗》。《本事诗》昉自《诗》之"风""雅""颂"三体,"诗者情动于中,而形于言,故怨思悲愁,常多感慨。抒怀佳作,讽刺雅言,著于群书,虽盈厨溢阁,其间触事兴咏,尤所钟情。不有发挥,孰明厥义?因采为《本事诗》。凡七题,犹四始也;情感、事感、高逸、怨愤、征异、征咎、嘲戏,各以其类聚之;亦有独掇其要、不全篇者,成为小序以引之,贻诸好事。"⑤《本事诗》分七部,每部类前皆有小序作引,此种体例皆为《板桥杂记》所仿,书分三卷、每卷一类,类下书小序,或隐喻"风、雅、颂"之"三体四始"之论,然《板桥杂记》叙述所取,不过《本事诗》"情感"一种而已⑥,故嘤嘤子《〈板桥杂记〉闲评》云:"《本事诗》始于唐孟启,乃诗格之具史裁者。《板桥杂记》分读之,一本事诗也。"⑦

《板桥杂记》为雅文学之一种,然"狭邪之游,君子所戒"。⑧ 在余怀看来,藉此寄兴,"此即一代之兴衰、千秋之感慨所系也",类乎《离骚》"香草美

---

① 〔明〕张岱撰,栾保群点校:《琅嬛文集》,浙江古籍出版社,2013年,第12页。
② 在《板桥杂记》之前,晚明李云翔著有《金陵百媚》二卷、图一卷,藏日本内阁文库,未见,"内容上类似清初的《板桥杂记》"(见高洪钧:《〈金陵百媚〉与冯梦龙跋》,《文教资料》1994年第6期,第113页)。"板桥体"可谓晚明青楼文学的延续与新变。
③ 曹虹:《清初遗民散文的文体创造》,《厦门教育学院学报》2010年第1期,第9页。
④ 〔明〕张岱著,林邦钧注评:《陶庵梦忆注评》,上海古籍出版社,2023年,第148页。
⑤ 〔五代〕孟启:《本事诗》,古典文学出版社,1957年,第3页。
⑥ 孟启《本事诗》之《情感第一》共十二则,述徐德言妻、乔知之婢窈娘、卖饼者妻、开元宫人、士子寄内诗、流叶诗、戎昱酒妓、韩翊柳氏、张又新酒妓、刘禹锡妙妓、李逢吉夺妓、崔护桃花诗,为男女情感之类。
⑦ 〔清〕余怀撰,薛冰点校:《板桥杂记》,《南京稀见文献丛刊》本,南京出版社,2006年,第36页。
⑧ 同上,第31页。

人"之寓,"余生也晚,不及见南部之烟花,宜春之子弟,而犹幸少长承平之世,偶为北里之游。长板桥边,一吟一咏,顾盼自雄,所作歌诗,传诵诸姬之口,楚润相看,态娟互引,余亦自诩为平安杜书记也。鼎革以来,时移物换,十年旧梦,依约扬州,一片欢场,鞠为茂草。红牙碧串,妙舞清歌,不可得而闻也;洞房绮疏,湘帘绣幕,不可得而见也;名花瑶草,锦瑟犀毗,不可得而赏也。间亦过之,蒿藜满眼,楼馆劫灰,美人尘土。盛衰感慨,岂复有过此者乎?郁志未伸,俄逢丧乱,静思陈事,返念无因,聊记见闻,用编汗简,效东京梦华之录,标崖公蚬斗之名,岂徒狭邪之是述,艳冶之是传也哉?"①余怀甚至以《春秋》之夫子自道语自比:"知我罪我,余乌足以知之。"②故嘤嘤子《〈板桥杂记〉闲评》盛赞此书云:"文章之难,作史为难,而史之中,书、志非难,列传为难。曼翁则并臻其妙。"③指出了此书具有的史学性。

二、"板桥体"的形成

《板桥杂记》成书于康熙三十二年,它产生于金陵秦淮旧院、珠市衰落之时,在它之后的康熙年间,有成书于康熙四十三年赵执信《海沤小谱》、康熙三十九年徐凤采《广陵香影录》,可见此类作品数量并不多;在经济繁荣的乾隆年间,此类作品的仿作渐多,并一直延续到清末民初,故嘉庆二十一年捧花生《秦淮画舫录自序》云:"余曼翁《板桥杂记》,备载前朝之盛,分《雅游》《丽品》《轶事》为三则,而于《丽品》尤为属意……自是仿而集辑者有《续板桥杂记》《水天余话》《石城咏花录》《秦淮花略》《青溪笑》《青溪赘笔》各书,甄南部之丰昌,纪北里之妆橡,不下一二十种。"④民国初年缪荃孙亦云《板桥杂记》之后言金陵青溪故事者有《水天录话》《石城咏花录》《续板桥杂记》《秦淮花略》《青溪笑》《青溪赘笔》《青溪风月录》《秦淮录》《秦淮画舫录》《三十六宫小谱》《白门新柳记》《八仙图》《青溪感旧录》等⑤。除以上作品

---

① 〔清〕余怀撰,薛冰点校:《板桥杂记》,《南京稀见文献丛刊》本,南京出版社,2006年,第7—8页。
② 同上,第31页。
③ 同上,第36页。
④ 〔清〕捧花生:《秦淮画舫录》,《章台纪胜名著丛刊》本,上海世界书局,1936年。捧花生所提及的《板桥杂记》仿作中,《水天余话》《石城咏花录》《秦淮花略》《青溪赘笔》皆未见,而蓉鸥漫叟之《青溪笑》二卷十六出为戏剧作品。大约亦泛言之语。
⑤ 〔清〕缪荃孙:《云自在龛随笔自序》,张廷银、朱玉麒主编:《缪荃孙全集1》,凤凰出版社,2013年,第295—296页。案《板桥杂记》《续板桥杂记》《秦淮画舫录》《白门新柳记》皆见在,《水天录话》《石城咏花录》《秦淮花略》《笛步秋花谱》《青溪赘笔》《青溪风月录》《秦淮录》《三十六宫小谱》《青溪感旧录》皆未见,《青溪笑》为杂剧,《八仙图》则不详,疑为"秦淮八艳"之题画诗之类。

外,笔者所见到的清代及民国的志艳类作品还有:珠泉居士《雪鸿小记》、吴长元《燕兰小谱》、王昶编《秦云撷英小谱》(实际作品多为严长明撰)、俞蛟《潮嘉风月记》、黄宝田《海天余话》、壶隐痴人《群芳外谱》、王䜣《明湖花影》、留春阁小史《听春新语》、小铁笛道人《长安看花记》、董鳞《吴门画舫录》、捧花生《画舫余谭》、个中生《吴门画舫续录》、周友良《珠江梅柳记》、雪樵居士《秦淮闻见录》、佚名《帝城花样》(又名《长安看花前记》)、艺兰生《鸿雪轩纪艳》、俞达《艳异新编》、杨懋建《长安看花记》、王韬《海陬冶游录·附录·余录》《花国剧谈》《艳史丛钞》以及《淞滨琐话》(部分)、芬利它行者《竹西花事小录》、黄协埙《粉墨丛谈》《淞南梦影录》、金嗣芬《板桥杂记补》、缪艮《珠江名花小传》、薛时雨《白门衰柳附记》、张际亮《金台残泪记》《南浦秋波录》、张曦照《秦淮艳品》、黄式权《淞南梦影录》、指迷生《海上冶游备览》、姚燮《十洲春语》、王增祺《燕台花事录》、孙兆浤《艳迹编》、蓬道人《兰芷零香录》、忏情侍者《海上群芳谱》、情天外史《情天外史》、吴趼人《上海三十年艳迹》、莒水狂生《海上梨园心新历史》以及缪荃孙《秦淮广纪》、蘋梗《秦淮感旧集》、陈莲痕《京华春梦录》、黄公侠《勾栏人语》、周生《扬州梦》(部分)、马健行《闲话上海》(部分)等①,其中尤以《续板桥杂记》《板桥杂记补》《秦淮画舫录》为人熟知,它们在书写的内容、方法、体例等方面的特征趋同,故笔者命名为"板桥体"笔记小说。"板桥体"笔记小说多处于自《四库全书总目》小说分类以来的书目中之"小说家琐语之属",所以它也是子部小说的一个类型。探究起来,"板桥体"在清代得以成型并流行,是基于以下几种原因的:

(一)"板桥体"流行的制度因素——娼妓制度

清初中期逐步废除官妓制度,并严禁官员狎妓,《大清律例》卷三十三"官吏宿娼"条规定:"凡文武官吏宿娼者,杖六十(原注:挟妓饮酒,亦坐此律)。媒合人,减一等。若官员子孙(原注:应袭荫)宿娼者,罪亦如之。《条例》:一、监生生员撒泼嗜酒、挟制师长、不守监规学规,及挟妓赌博、出入官府、起灭词讼、说事过钱、包揽物料等项者,问发为民,各治以应得之罪。得赃者,计赃从重论。"②故"清顺治八年、十六年,两次裁革京师教坊'女乐'。

---

① 上所列作品中如《燕兰小谱》《燕台花事录》等皆描写优伶之作,实为志艳小说支流,故并列之。

② 〔清〕徐本、三泰等撰,刘统勋续纂:《大清律例》,《景印文渊阁四库全书》史部第431册,台湾商务印书馆,1986年,第85页。关于官员及监生挟妓一例,清末沈家本等编订《大清现行新律例》按语云:"臣等谨按:此仍明律,顺治三年添入小注,雍正三年删改,乾隆五年改定杖六十罪名照章罚金,应改为处六等罚,谨将修律文开列于后。《修改》:凡文武官吏宿娼者,处六等罚,挟妓饮酒亦坐此律,媒合人减一等。若官员子孙应袭荫宿(转下页)

康熙十二年,重申禁令。盖最迟至康熙十二年以后,京师及各省由唐历宋明的官妓制度似宜扫地无余了"①。官妓废除,私妓大盛,《律例》规定禁止狎妓的对象为官员,对未入仕途的秀才、举人甚至进士则宽松得多,出入青楼的也主要是这一群体。此类作品的撰写非词客即幕宾,缘在于官方禁止官员狎妓。余怀为"金陵诗老"(王士禛语),《续板桥杂记》《明湖花影》《潮嘉风月记》的作者也是幕宾,妓女需要士人以扬名,幕客则借以慰幕下寂寥,故道光二十一年小巢居阁主《十洲春语序》:"从来佳士,惯作冶游;未有佳人,不获真赏。若夫琴尊挈伴,邃谱寻声,以酒为名,将花写照。风帘月榭,经几度之勾留;墨岭雪池,任群芳之颠倒。只凭诗句,当作缠头;尽有闲情,厘为品目。……仿史家之体例,结文字之因缘。"②《续板桥杂记》中举例云:"王二,苏州人,早堕风尘,由琴川转徙金陵。余于庚夏相晤于熊氏河房,容貌亦自娟妍,第苦贫乏不能自存。赠以赀,且为延誉,得渐生色。及辛岁抵宁,则被服丽都,座客常满矣。绨袍虽在,已无恋恋故人之色。余笑而诘之,姬面发赧,一座粲然。"③此所谓"佳士"非官员,而是未入仕途的幕客。

(二)"板桥体"与科举制度、幕府制度

狭邪小说虽主角为名士与名妓,然社会身份在历史中仍有变化。唐代主要为进士,"唐代新兴之进士词科阶级异于山东之礼法旧门者,尤在其放浪不羁之风习。故唐之进士一科与倡伎文学有密切关系,孙棨《北里志》所载即是一证"④。清代"板桥体"作者的主体则为幕宾。清代康乾年间经济稳步发展⑤,人口膨胀⑥,读书人的基数增加,而若想取得做官资格,除通过

(接上页)娼者,罪亦如之。""臣等谨按:此条系前明旧例,专为生监而设,惟例内所称发为民,即系褫革,治以应得之罪亦系按所犯情罪依例定拟,计赃重者从重论,亦有通律可循,均毋庸赘述,此条拟请删除。"(〔清〕沈家本等编订:《大清现行刑律案语》卷三十一,《续修四库全书》第864册,上海古籍出版社,2002年,第690页。)

① 王书奴:《中国娼妓史》,岳麓书社,1998年,第181页。
② 〔清〕姚燮:《十洲春语》,〔清〕虫天子编:《香艳全书》第3册,团结出版社,2005年,第1831—1832页。
③ 〔清〕吴珠泉,薛冰点校:《续板桥杂记》,《南京稀见文献丛刊》本,南京出版社,2006年,第61页。
④ 陈寅恪:《隋唐制度渊源略论稿 唐代政治史述论稿》,江苏人民出版社,2020年,第261页。
⑤ 经济规模的扩大、富裕阶层人口数量的增多,是清代初中期读书人数量增加多的基本条件,"总体的繁荣和人口的增长扩大了富裕和受教育阶层的规模,并对政府施加压力要求增加科举学额和官职数目。"(〔美〕韩书瑞、罗友枝:《十八世纪中国社会》,江苏人民出版社,2008年,第9页。)
⑥ 张呈琮认为,清代顺治九年时人口尚不到0.6亿,康熙元年约为0.8亿,乾隆六年为1.6445亿,乾隆五十五年则突破3亿,道光十四年已突破4亿(张呈琮著:《中国人口发展史》,中国人口出版社,1998年,第107页)。又刘佛丁、王玉茹认为:"乾隆十五年(1750)至道光三十年(1850)间,全国由2.25亿增长到4.1亿。"(刘佛丁,王玉茹之《中国近代(转下页)

科举考试之外,尚有捐纳旧例,这就造成读书人(童生、秀才、监生、贡生、举人)数量增加与官缺有限的矛盾①,"科举名额和官缺都是有限的,而士人的数量却随着人口的增长不断增加,所以,士人的贫困是必然的,社会上总是存在着一个数量庞大、生活贫困的士人群体"②。除了解决生存困境外,士人个人价值的实现也是入幕的原因之一,"清中期学人游幕之所以盛行,更主要的原因,是因为游幕可以较好地满足他们更高层次的需要(笔者注:尚小明总结为四个方面,即'士人尊严、交游、经世、著述')"③。科举仕宦之外,游幕是清代士人解决生存的必备之道,数量之多、层面之广远出前朝④。幕客借青楼以抒岑寂,妓女借词人以扬名声价,两者为一种历史的耦合关系。清代幕客,来源广泛,其中不乏举人进士之流。在唐代,此类文学的主角为进士与妓女,"诸妓皆居(长安)平康里,举子、新及第进士、三司幕府但未通朝籍未直馆殿者,咸可就诣。如不怯所费,则下车水陆备矣。其中诸妓,多能谈吐,颇有知书言语者,自公卿以降,皆以表德呼之。其分别品流,衡尺人物,应对非次,良不可及"⑤。而到了清代,则变为幕客与青楼,写作此类作品时的作者如珠泉居士、王䜣、镂墨外史、俞蛟等,皆为游幕之人。

(三)妇女制度

妇女制度并非完全靠条文明晰的《大清律例》来发挥作用,更多地靠风

(接上页)的市场发育与经济增长》,高等教育出版社,1996 年,第 39 页。)葛剑雄《人口与中国疆域的变迁——兼论中国人口对外世界的影响》认为,"在康熙二十九年(1690),全国人口仅 1 亿多,远未恢复到明朝后期的水平(笔者注:1600 年为 2 亿)……道光三十年(1850)达到了 4.3 亿"(葛剑雄著:《追寻时空》,广东人民出版社,2015 年,第 20 页)。各家数字虽有出入,但康乾时期人口增殖迅速是个不争的事实。

① 清代顺治以后的中央政府,通过多种措施笼络士人,举人的数量增加也是措施之一,但这样做的后果导致举人与明代相比的"贬值",虽取得做官资格却无官可做,故清代举人多入幕,甚至幕府中也不乏进士为幕宾者,故民国何刚德《客座偶谈》之"晚清举人仕途拥挤"条云:"科举时,有举人,有进士。从前举人不中进士,即可截取,以知县按省分科分名次;归部轮选。当时举人何等活动。乾隆年间,以此项选缺尚欠疏通,乃加大挑一途。凡举人三科不中,准其赴挑。每挑以十二年为一次。例于会试之前,派王公大臣在内阁验看,由吏部分班带见。每班二十人之内,先剔去八人不用,俗谓之'跳八仙'。其余十二人,再挑三人,作为一等,带领引见,以知县分省候补。余九人作为二等归部,以教谕训导即选。行之数科,逐渐拥挤,外省知县,非一二十年,不能补缺,教职亦然。光绪以来,其拥挤更不可问。即如进士分发知县,名曰即用,亦非一二十年,不能补缺,故时人有以'即用'改为'积用'之谑。因县缺只有一千九百,而历科所积之才十倍于此,其势固不能不穷也。"(何刚德:《春明梦录·客座偶谈》,《民国笔记小说大观》第三辑,山西古籍出版社,1997 年,第 127 页。)

② 尚小明:《学人游幕与清代学术》,社会科学文献出版社,1999 年,第 42 页。

③ 同上,第 45 页。

④ 详见尚小明《学人游幕与清代学术》,社会科学文献出版社,1999 年。

⑤ 〔唐〕孙棨:《北里志》,王汝涛编校《全唐小说》第三卷,山东文艺出版社,1993 年,第 2326 页。

俗习惯、因循旧例以及官方表彰来实现隐形的"制度化"。清代针对妇女的压迫与禁锢，与前代相比并未见轻，反而有加重之势，一方面是妇女生活的禁锢，一方面是男性的自我放纵，表现为"贞节观念之宗教化""集大成的女教"与"妓的增盛"①，"贞节观宗教化"与"女教"在笔记小说中触目皆是，其中不乏妇女自愿的"殉节""守节"等，而"妓的增盛"在文学上的表现之一即为"板桥体"的流行。行旅久旷的幕客馆师借妓女制度来宣泄感情，如姚燮（二石生），"负不羁才，足迹半天下，及其闻海上英圭黎之警，自都门落拓归，侨居于郡城。思展所蕴经济，遇不获，憔悴抑郁，几若天地中此身无可位置，于是往来踯躅于酒旗歌板间，冀有所物色，以倾吐其情"②。清代对妇女禁锢的日渐严厉与妓女的增盛、阶层的固化与幕客的增多，似乎与社会日趋贫困化有关，以致有论者以为："通过文本细读，对妓女的姿容与体态、性情与人格、才艺与诗性、与名士的关系等方面的比较，可以发现，与古典青楼文学相比，狭邪小说中的妓女形象失去了美丽的容貌、出尘的气质、高尚的人格以及与名士的美好关系，而变得丑陋、庸俗。这种变化的原因在于官妓的没落与私妓的兴起，清中叶至清末政治腐败、社会风气萎靡，文学体裁的变化以及文学通俗化、商品化的发展趋势等。"③张岱《陶庵梦忆》述晚明扬州妓女："广陵二十四桥风月，邗沟尚存其意……沉沉二漏，灯烛将烬，茶馆黑魆无人声。茶博士不好请出，惟作呵欠，而诸妓醵钱向茶博士买烛寸许，以待迟客。或发娇声唱《劈破玉》等小词，或自相谑浪嘻笑，故作热闹以乱时候，然笑言哑哑声中，渐带凄楚。夜分不得不去，悄然暗摸如鬼。见老鸨，受饿、受笞俱不可知矣。"④境遇悲惨，清代更是如此。

"板桥体"的成因决定了它的基本风貌，即风格秾丽的带有士子题咏、品评特征的笔记小说，此类小说以描写青楼女子为中心。在康乾时期，如上所述，"板桥体"作品有《海沤小谱》《广陵香影录》《续板桥杂记》《雪鸿小记》《燕兰小谱》《秦云撷英小谱》《潮嘉风月记》《海天余话》《南浦秋波录》《花月新闻》等，此期奠定了"板桥体"写作的基本格局，形成了"板桥体"的基本风貌，并且出现分化，乾隆中有《燕兰小谱》之类以"板桥体"笔法描写优伶的作品，此后《群芳外谱》《日下看花记》《片羽集》《燕台花事录》《金台残泪

---

① 详见民国陈东原《中国妇女生活史》之第八章《清代的妇女生活》。
② 〔清〕姚燮：《十洲春语》，〔清〕虫天子编：《香艳全书》第3册，团结出版社，2005年，第1831页。
③ 许果：《浅析妓女形象的嬗变——从古典青楼文学到狭邪小说》，《徐州师范大学学报（哲学社会科学版）》2010年第4期，第36页。
④ 〔明〕张岱著，林邦钧注评：《陶庵梦忆注评》，上海古籍出版社，2023年，第169页。

记》《情天外史》《京尘杂录》等品鉴优伶类的作品大量涌现,并独立成体,以致有"梨园花谱"之称。

三、"板桥体"的作品特征

"板桥体"笔记小说以撰写"花史"为中心,"借彼艳迹,写我闲情"①,它在编创体例、题材选择、情感寄寓、写作技法方面有着以下基本特征:

(一)编创体例:正体与变体

"板桥体"的体制有"正""变"之别。"正体"从三卷之例,分三部,如《板桥杂记》分"雅游""丽品""轶事"三部,《续板桥杂记》《海陬冶游录》因之,《吴门画舫续录》分"内篇""外篇""纪事",《潮嘉风月记》为"丽景""丽品""轶事",《燕台花事录》为"品花""咏花""嘲花",姚燮《十洲春语》为"品艳""选韵""捃余",《板桥杂记补》为"记人""记事""记言",张际亮《南浦秋波录》三卷("纪由""纪人""纪事"),蓬道人《兰芷零香录》一卷("列传""纪事""诗文"),《板桥杂记补》三卷("记人""记事""记言"),缪荃孙《秦淮广记》分"纪盛""纪丽""纪琐"三类,题目虽不同,实质为一,大体为"三卷三部"之例。

"变体"则或一卷如《海沤小谱》,或两卷如《秦淮画舫录》,或三卷如《秦淮感旧集》,不过阐发传记与诗文,并不按类分列标题,如芬利它行者《竹西花事小录自序》云:"昔余澹心怀作《板桥杂记》以识秦淮故迹,凡《冶游》《丽品》《轶事》,分为三卷。余游广陵,非复承平故态,画舫旧踪,不堪重问……因粗变其例,以《冶游》《丽品》《近事》错举互见,都为一集,不更分列标题,庶几展卷如经昔游,略见一时景物,风雅骚人,或所不废尔。"捧花生《秦淮画舫录自序》云:"盖窃仿曼翁之体,而以'丽品'为主,'雅游''轶事'因以错综其间,不必于从同,亦未尝不同已。"②卷数的分别,是因为在借鉴《板桥杂记》分类时取舍不同造成的结果,如吴锡麒《吴门画舫录叙》云:"此梅鼎祚《青泥莲花记》、余怀《板桥杂记》之续也,然而烟花之录,拾自隋遗;教坊之记,昉于唐作,一则见收于史,一则并附于经,似乎结想蠓蛾,驰音桑濮,偶然陶写,何碍风雅?"③

(二)风月题材

"板桥体"主要以妓女为描写对象,青阁居士《续板桥杂记序》云:"青衫

---

① 〔清〕邱炜萲:《菽园赘谈》,厦门大学出版社,2018年,第92页。
② 〔清〕捧花生:《秦淮画舫录》,《章台纪胜名著丛刊》本,上海世界书局,1936年。
③ 〔清〕董鳞:《吴门画舫录》,《丛书集成续编》第211册,台北新文丰出版公司,1988年,第729页。

著作，只宜命薄佳人；红粉品题，偏重文魔秀士。若果薛笺声价，足标艳美之编；何妨江笔平章，别撰群芳之谱。"①士女交往中，士子也往往用品鉴之法品题所见女性，如王再咸《花品》一卷，仿《诗品》《画品》为所忆念之女子分等第，共四十八品，有《端庄》《细密》《流动》《冲淡》《侠烈》《沈挚》《明慧》《尖利》《娇婉》《灵巧》《秀媚》《亲切》《放诞》《哀艳》《婀娜》《姚冶》《贞素》《洁净》《精警》《圆融》《高浑》《慈善》《丰美》《腴润》《瘦削》《憨痴》《安详》《诚实》《缠绵》《爽直》《蕴藉》《温柔》《敦厚》《名贵》《典雅》《和平》《倜傥》《闲静》《豪纵》《富丽》《幽倩》《清新》《俊逸》《敏捷》《轻盈》《简默》《谙练》《深隐》，每品皆附以俊语，如《典雅》云："纨扇三尺，斑管一枝。泽发必顺，习礼明诗。秘阁清芬，齐语鲁语。刻之苔华，曰图曰世。有诏教授，为六宫师。姆氏未至，臣妾敢辞。"②乾隆中期兴起的狎伶之风，也可以说风月题材中的另类，如《燕兰小谱》专述优伶，虽为志艳之类，然与《南部烟花录》《北里志》《青泥莲花记》《板桥杂记》及赵秋谷之《海沤小谱》又有所不同，花部、雅部优伶生平皆为叙录，每卷端有小序，题本卷主旨，卷一专述画兰诗词，卷二为述都中旦色及诗词，卷三为花部诸伶及题诗，卷四为雅部诸伶及题诗，卷五为优伶轶事及题诗。每卷歌咏为多，然诗词"神韵之逼渔洋"（竹酣居士跋语）似为过誉，卷二至卷五例以先书伶人事迹，次列歌咏，描写姿态多"弱不胜娇""销魂""媚态""姿容明秀、静中带媚"语，轶事则有侠义、局骗之类，可见优伶诸相。又如《群芳外谱》两卷所列共菊部优伶如韩金、王桂、万魁、宝桂等五十人，述女子籍贯、体态、品格及艺能，后列诗词，或赠或咏，《凡例》云"大要以品格为经，色艺为谱""所定甲乙，自谓无愧公评"③。此类狎邪体小说④，远祖《北里》《板桥》，近师陈同倩《优童志》，不过色艺品题、花界轶闻，或称"花谱"类品鉴之作，可谓笔记小说中之《品花宝鉴》者。

此类风月题材，在晚清民初又有新变化：一是优伶与青楼合流，如光绪八年孙点《历下志游》外篇既有名伶，复有女伎。又如蘋梗《秦淮感旧集》记民初金陵秦淮之游，志艳中每引清初《板桥杂记》、清中期《续板桥杂记》作古今对比，其述金陵板桥世风之变云："娈童狎客，京华最胜。金陵久无此风，有之则始于陆蘅芳。蘅芳曾赴新加坡演髦儿戏，名噪一时，其弟小龙长

---

① 〔清〕吴珠泉：《续板桥杂记》，〔清〕虫天子编辑：《香艳丛书》第九册，上海书店，1991年，第292页。
② 〔清〕王再咸：《花品》，北京大学图书馆藏清刻本。
③ 〔清〕壶隐痴人：《群芳外谱》，国家图书馆藏嘉庆二年问花轩刻本。
④ 或称"花谱"体，见刘汭屿《清代中期北京花谱笔记文体研究》一文，《北京大学中国古文献研究中心集刊》第13辑。

胜,亦名优也,举家偕来金陵,有招蘅芳侍酒者,每携其弟偕往,娈童美女,杂沓于歌舞筵前,别饶兴趣。"①二是品格渐低,雅事风流让位于猥鄙之谈,如吴趼人《上海三十年艳迹》所述为沪上青楼事迹(间有伶人小传),北里传记如《李巧玲》《艳迹述略》《二怪物》《四大金刚小传》《九花娘》《洪奶奶》《金巧玲》《女伶》《胡宝玉小传》之外,述艳迹变迁如《北里变迁之大略》、狭斜游客活动如《上海游客之豪侈》、曲巷轶事如《上海花丛之笑柄》以及与此花丛相关者如《花丛事物起原》《洋场陈迹一览表》《上海已佚各报》等,文风轻靡,所揭露风尘之暗、销金之恶,已无清初《板桥杂记》之清雅矣。

(三) 依恋之情

"板桥体"多为忆昔繁华、怜惜女性,如珠泉居士《雪鸿小记》记忆往日所交如"雪泥鸿爪",王诉《明湖花影》忆念齐郡偶遇,沈复《浮生六记》之《浪游记快》亦有记录冶游所遇女子之事。士子冶游并非仅以狎侮为事,对女性的同情亦溢于言表,吴珠泉《续板桥杂记》述朱大之女,云"姬有女年方十岁,教以歌曲,不肯发声,自言愿归里门,织布为业。余闻之叹曰:'此大知识之女也!宜成其志。'姬亦以余言为然。"②但在社会贫困及妓女制度下,这些"板桥体"的作者们只能表示同情,并不能救拔她们的苦难,如吴珠泉《续板桥杂记》卷上为金陵清溪之物态盛况,卷中为与其交往者王秀瑛等二十余人,卷下为文人青楼交游掌故,故其自序云:"今秋于役省垣,侨居王氏水阁者十日,赤栏桥畔,回首旧欢,无复存者,惟云阳校书,犹共晨夕。因思当日,不乏素心,曾几何时,风流云散。"③《海天余话》本为幕游中札记,后分类成书,类乎花案,亦类乎诗品,仿《书断》《宋朝名画评》《花史》诸书,分104位青楼女子为七品,其中神品二人,逸品五人,畸品五人,秀品十四人,艳品十七人,艺品十八人,具品四十一人,"共得百二人,各叙小传,题赠篇什,例得连类及之。"④以传记为纲,以诗文为附注,类于传注之体。据书中所列女子,可知作者曾游历济南、南京、湘中、苏杭等处,故把每处杰出者按品列入,其以白下居多。又如金嗣芬辑《板桥杂记补》三卷,卷上《记人》(名妓小传)、卷中《记事》(名妓轶事)、卷下《记言》(题赠诗文),搜罗晚明清初文献,仿《板桥杂记》辑录他书如《列朝诗集小传》《静志居诗话》《青楼小名录》《无声诗史》《谐铎》《续金陵琐事》《明诗综》《珊瑚网》等而成,意在补《板桥杂记》之所未备,恽铁樵跋云:"此书为江宁金楚青先生近辑,书成于

---

① 蘋梗:《秦淮感旧集》,《笔记小说大观》第四编第9册,新兴书局,1978年,第5771页。
② 〔清〕吴珠泉:《续板桥杂记》,国家图书馆藏乾隆西酉山房刻本。
③ 同上。
④ 〔清〕黄宝田:《海天余话》,华东师范大学馆藏光绪间申报馆铅印《屑玉丛谭》初集本。

宣统三年二月。是年八月武昌起义,清祚告终,自序中'事有伤心不嫌异代'云云,若有先见,可为文家佳话。全书取材于盛清诸大家文集笔记,视余澹心原书,原无多让,弁首骈序题词,亦卓然大雅,是能以平正通达之笔,写芳馨悱恻之思。艳体之上乘,风骚之遗音也。"①体性同于缪荃孙《秦淮广纪》,而感怆过之。

(四)劝诫之语

"板桥体"行文中不乏曲终人散之意,"其记繁华处,必作警戒语,亦纨绔之药石也"②。此类劝诫之语并非对妓女的同情,而是反省狎邪之游,如赵执信云:"长日无事,戏为记录,以志吾过,且诒好事者。"③俞蛟亦云:"对此日之萧条,伤怀殊甚;忆当年之佳丽,回首难堪。是用箴规,爰资搜辑。"④黎松门《续板桥杂记序》:"珠泉日提不律,烟霞珠玉,供其指挥,遂使雅人韵事,曲曲尽致,而劝惩之意,隐寓诸笔墨之外。"⑤此皆为道德之一助,甚或以佛教"色空"观以忏悔者,如篯鏊外史著《海天余话》,历述江南、山左等处女伎:"我辈云水萍踪,眼空一切……今日之谈,非空非色,离相无言,具夫知识者作如是观可,不作如是观也可。"⑥俞蛟《潮嘉风月记自序》亦云:"迨色荒情倦,继以裘弊金残,对此日之萧条,伤怀殊甚;忆当年之佳丽,回首难堪。是用箴规,爰自搜辑。"⑦具体到作品而言,如《海上群芳谱》四卷,仿《诗品》《书品》《画品》为海上花榜之类,分清、隽、逸、秀四品:其中《清品》24人,如周文卿(莲花)、姚倩卿(梅花)、李三三(牡丹)、王桂卿(桂花)等;《隽品》24人,如王翠芬(绣球花)、徐雅仙(芙蓉花)、陈燕卿(杏花)等;《逸品》26人,如李宝卿(玉兰花)、孙文玉(萱花)、周素娥(千日红)、胡宝玉(百合花)等;《秀品》26人,如黄绣君(秋葵花)、周丽卿(青鸾花)、张云仙(李花)等。晚清上海崛起为东亚工商业大都会,四方商贸汇聚,中外士女丛杂,故此谱中并载东洋兰田仙(西番莲)、西洋美斐儿(镜中花)等而品题之,"其旨虽咏词

---

① 金嗣芬:《板桥杂记补》,南京图书馆藏民国二十三年睿灵修馆铅印本。
② 谭正璧著,王润英整理,谭篪审订:《寒釭琐语》,《谭正璧日记(三)》,凤凰出版社,2021年,第645页。
③ 叶德辉编,杨逢彬,何守中整理校点:《双梅影闇丛书》,海南国际新闻出版中心,1998年,第231页。
④ 虫天子编辑:《香艳丛书》第一册,上海书店,1991年,第251页。
⑤ 〔清〕吴珠泉:《续板桥杂记》,虫天子编辑:《香艳丛书》第九册,上海书店,1991年,第291页。
⑥ 〔清〕篯鏊外史:《海天余话》,《历代笔记小说集成》第48册,河北教育出版社,1995年,第9页。
⑦ 〔清〕俞蛟:《潮嘉风月记》,华东师范大学馆藏嘉庆十六年刻本。

比事,寓言中多所惩劝"①。

（五）传记辞章化（诗词赋骈文）的写法：诗心②

"板桥体"的特色,在乎传记中之"诗心",此与"板桥体"作者出身文士及青楼女子期待高扬其名、提高品位有关,"在色情交易中,有时诗书成为融洽买卖双方关系的中介"③。传记与诗赋,即《秦淮画舫录》之"纪丽"与"征题",不过传记与诗赋之类,《海天余话》《十洲春语》《扬州梦》甚至出现连篇累牍辑录诗词的"青楼韵语"现象。这是"板桥体"小说"柔情绮丽"④风格形成的关键。在"板桥体"中,传记辞章化的表现有二：一是"花案""花谱"的品定。品定人物虽来源甚古,或源自东汉士议,然而在青楼文学"以诗为心"的格局下,评骘妓女流别的举动更多的源自诗话本身,自梁钟嵘《诗品》后,有唐司空图《二十四诗品》⑤、明吕天成《曲品》等诗文品定之作,"板桥体"变"诗品""曲品"为"丽品",《曲品》"神""妙""能""具"及"上""中""下"为品评妓女等级、才艺的标准,此类品鉴活动较多,如徐凤采《广陵香影录》三卷,分"清品""隽品""逸品"三类,《海天余话》把一百零四位女子分为"神品""逸品""畸品""秀品""艳品""艺品""具品"等七类,分别流品,各加诗词评语。二是变才子之传为丽人之传,仍以诗为中心,这种写法或源自元辛文房《唐才子传》,"因诗系人……传后间缀以论,多掎摭诗家利病,亦足以津逮艺林,于学诗者考订之助,固不为无补焉"⑥。导致以诗语缘饰丽人的结果。笔者以为,这种丽人传记的写法,或许与作者诗文的表现欲有关,"板桥体"中就保留了不少知名或不知名诗人的作品,如赵执信《海沤小谱》,袁枚摘录其中数诗："赵秋谷有《海沤小谱》,半载天津妓名。《赠仙姬》八首最佳,摘其尤者,云：'晚凉新点曲尘纱,半月微明绛缕霞。不忘当筵强索饮,春腮初放小桃花。''新蝉嘒嘒送斜阳,小蝶翩翩过短墙。记得临行还却坐,满头花映读书床。'"⑦《续板桥杂记》中提到吴珠泉友人孙起崚、潘

---

① 紫薇舍人《海上群芳谱序》,忏情侍者《海上群芳谱》,南京图书馆藏上海申报馆聚珍版。
② 此五、六两条均为陈文新先生于2017年5月在华东师范大学中文系讲述《唐传奇的文类特征》时所总结。笔者以为此两项特征并非唐传奇所独有,笔记小说之"板桥体"亦有此两类特征。
③ 蒋建国：《青楼旧影——旧广州的妓院与妓女》之"妓好诗书"条,南方日报出版社,2006年,第28页。
④ 晚清管庭芬评查兰舫《珠江十二钗诗》云："小序柔情绮丽,饶有余澹心《板桥杂记》之风。"（管庭芬撰,张廷银点校：《管庭芬日记》第二册,中华书局,2013年,第690页。）
⑤ 《二十四诗品》的作者有存疑,见陈尚君、郁沅诸公论争,兹不赘述。为谨慎起见,今仍从旧说。
⑥ 〔清〕永瑢等：《四库全书总目》,中华书局,1965年,第523页。
⑦ 〔清〕袁枚：《随园诗话》第三卷,吉林大学出版社,2010年,第169页。

研香等,诗文集皆已不见,只有此书中有诗词存留。

(六)第一人称限知叙事

除《秦淮广纪》《秦淮感旧集》等辑录成书外,大多数作者所述皆为亲身经历,目见耳闻,近于实录,如珠泉居士访秦淮"二汤"(汤靥花、汤畹如):"秦淮名姝,首推二汤。二汤者,本郡人,以九、十行称,孪生姊妹也。态度则杨柳晚风,容华若芙蕖晓日。并翠眉而玉颊,各卢瞳而赪唇。乍见者如一对璧人,无分伯仲。注目凝睇,觉九姬靥辅微圆,左手背有黑痣一小点,可识别也。早堕风尘,从良未遂,阖户数十指,惟赖二姬作生涯,虽车马盈门,不乏贵游投赠,而缠头到手辄尽。居新桥之牛市,临流数椽,湫隘已甚。余曾于辛丑夏初邂逅一晤,今秋往访,适为势家招去侑觞,不复谋面。"又如徐二:"明年春,余再抵白门,姬又迁上邑之娃娃桥。嗣余就馆崇川,闻为无良速讼,移家维扬。壬寅仲冬,便道过访,虽座上客满,不异曩时,而风雨飘摇,渐觉朱颜非昔矣。迨今秋载造其庐,则已举家赴淮,托言索逋,实乃生计萧索,意欲别拣枝栖。闻其濒行,犹倩人至周稼轩幕中,询余近状,盖赋情特甚焉。""二汤""徐二"后来的状况,因作者幕游他处,则不可知矣。又如董鳞《吴门画舫录》有名妓小传如杜凝馥、崔秀英、史文香、马如兰、童大、郁素娟、李倚玉、陆沁香、钱梦兰、潘冷香、徐友兰、徐素琴、李响云、张佩仙、曹晓兰、陈佛奴等四十余篇,如《陆小玉》:"陆小玉,居山塘,峨眉淡扫,风韵天然,而翠袖霞裳、丁东环佩,浓淡亦复相称,居处地近河干,屋小如舟,尝有友寄其家,闻客至,匿于帷,客甚称家世,夸豪富,姬厌之,呼闭门羹。客不解转诘焉,友人嗤于帷,遂逸去。此与竹垞太史遇王某事正相类,儿女痴情后先一辙,是可轩渠,太史事见《西河诗话》。"①因此类女子多为作者亲见,故叙述事实真切可亲,称之为传记文学也可。

"板桥体"小说以青楼女子为描写的中心,以题咏、品鉴为叙述手段,风格柔情绮丽,叙事委婉,此类作品在笔记小说的四种类别中,文体特征可谓一望而知。此类作品影响较大,写法也衍及地理杂记类作品中,如《扬州画舫录》《瀛壖杂志》,本为地记之类,但吸收了"板桥体"的因素,所以能够文风缥缈,叙述摇曳多姿。

《板桥杂记》与《容斋随笔》《避暑录话》等宋人说部不同,它并非为广见闻、资学问而作,不过是遗民情怀的抒发而已,书中所述顾媚、李十娘、董小宛、李香、卞玉京等并见于传奇《桃花扇》、吴梅村歌行体、《影梅庵忆语》等文学作品中,她们也是明清之际的重要历史人物,叙述对象的特殊性也许是

---

① 〔清〕董鳞:《吴门画舫录》,华东师范大学馆藏嘉庆刻本。

《板桥杂记》受到重视的主要原因。《板桥杂记》后,基于士女交往的传统惯性以及文学本身的发展①,此类作品逐渐增多并形成一个体式,它们具有趋同的美学风格与文体特征,故而笔者称之为"板桥体"。"板桥体"无关乎政要,"白门杨柳,风流本风雅,偶然游戏亦何妨"②的创作一直延续到民国年间③,随着科举制度与娼妓制度的废除、游士群体的消失,此类文学也走向了终结④。

第四节 说粤体

书写岭南的小说传统,自汉杨孚《交州异物志》(一名《南裔异物志》)以后,历代皆有著述,如三国吴万震撰《南州异物志》,晋代王范《交广春秋》⑤、顾微《广州记》、嵇含《南方草木状》,唐代黄恭《王氏交广春秋补遗》、郑熊《番禺杂记》、刘恂《岭表录异》、孟琯《岭南异物志》、房千里《南方异物志》、段公路《北户杂录》,宋代冯拯《番禺纪异》、周去非《岭外代答》、范成大《桂海虞衡志》,元代黄潛撰《番禺客语》,明代有瞿共美《粤游见闻》、华夏蠡《粤

---

① 此类作品在清代较受欢迎,然在咸、同间曾因洪杨之役一度迭入低谷,如陈康祺《郎潜纪闻初笔》之"曾文正公不禁秦淮灯舫"条中云:"六朝金粉之遗,只剩秦淮一湾水。逮明季马湘兰、李香君辈出,风情色艺,倾动才流,迄今读板桥之记、画舫之录,纸墨间犹留馨逸。自兵燹十年,而一片欢场,又复鞠为茂草矣。金陵克复后数月,画船箫鼓,渐次萌芽。"(清陈康祺:《郎潜纪闻》,中华书局,1984 年,第 144—145 页。)

② 见百一居士《壶天录》卷上,云:"文字标榜,时风所尚,至于反唇相稽,则有伤风雅矣。薛君慰农掌教金陵书院,偶作《白门新柳记》,述秦淮之近事,续旧院之丛谈,盖亦《画舫录》《板桥记》之例耳。风流韵事,本无关夫政要。时议因禁乐籍,当事为李公雨亭,以此书为罪首祸魁,爱劈其板,且于书院扃试之时,各致讥弹,一则曰《劝农词》,一则曰《喜雨亭记》,于是大相反唇文字之衅,可不畏哉! 白门士人撰有楹联以记之,其联曰:'喜雨亭记,劝农夫词,官场与词场,互肆讥评果谁是? 绛帐生徒,白门杨柳,风流本风雅,偶然游戏亦何妨?' 词虽不工,亦可见士林之清议云。"(《壶天录》,《笔记小说大观》第 11 册,广陵书社,2007 年,第 8432 页。)

③ 如缪荃孙《秦淮广纪》三卷、颏梗《秦淮感旧集》两卷等,朱自清的现代散文《桨声灯影里的秦淮河》,也是此类文学的流风余韵。

④ 此类体裁之感情寄寓与否与政治、经济密切相关,黄濬《花随人圣庵摭忆》之"杜茶村《秦淮灯船鼓吹歌》"条对清代秦淮盛景变迁有个简单的勾勒道:"予按秦淮灯船伐鼓,以及河房宴饮,清初已歇绝,康熙朝禁令尤严,余澹心已有'间一过之,蒿藜满眼,楼馆劫灰,美人尘土'等语。乾隆末,始弛而复盛,然此时已无鼓吹之俗。道光中叶英兵犯宁,又衰。咸丰间,洪杨之役后,又极荒凉。有兴废代嬗,昔已如此。"(《花随人圣庵摭忆》,中华书局,2008 年,第 766 页。)

⑤ 清屈大均《广东新语》卷十一《粤人著述源流》云:"有南海王范,搜罗典故为《交广春秋》,史称其事赡词密,谓交广之有记载自范始。"(《广东新语》,中华书局,1985 年,第 320 页。)

中偶记》、马光《粤行小记》、顾岕《海槎异录》、郭子章《潮中杂记》、魏浚《峤南琐记》《西事珥》、王临亨《粤剑编》、邝露《赤雅》、蔡汝贤《岭海异闻》等，这种内容主要为地理杂记的小说属于刘知幾所谓"偏记小说"、清人所谓"说部"的范围，为地理博物体①笔记小说之一种，故笔者把此类言说岭南地区风俗物产、历史轶闻、民间传说等的笔记小说，称之为"说粤体"，或曰"岭南杂记体"，从而作为笔记小说之一流别②。"粤"一词在古代指代的区域较广，本书所述主要为今广东、海南、广西三省以及越南的部分地区，《广东新语》等著作中多以"粤东""粤西""交趾"等语称之。"说粤体"并非仅为岭南士人自述之书，而是一个全国性的文学现象，不少名士投身此类书写当中③，"历代游宦过客往往胪其见闻，自成一书，自唐宋以迄今，兹更仆难数，其间繁简不同，要皆轶事遗闻、可资掌故，古人不以荒服而忽之如此"④。可见地记具有重要的文学价值。

一、"说粤体"在清代的写作情况

在清代，"说粤体"笔记小说的著述更为兴盛⑤。耿淑艳先生在勾勒岭南小说的发展史时以为："汉唐宋元时期，岭南小说是中心文化对边缘文化

---

① 李剑国先生把唐前志怪小说分为地理博物体、杂史杂传体、杂记体三种类型，详见李剑国之《唐前志怪小说史（修订本）》，天津教育出版社，2005年。

② 本书之前的学者有"说粤文献"的提法，如罗志欢云："说粤文献，包括粤籍作者和外地作者关于广东乃至岭南事史的著述。"见《入粤人士及其说粤文献》（张其凡主编：《历史文献与传统文化（第十集）》，兰州大学出版社，2003年，第272页。）

③ 今学者罗志欢据清代阮元《广东通志·艺文略》考察历代入粤人士有关岭南的著述后以为，"在进入岭南的人士中，有诗人学者、文臣武将、道释二氏，还有'神仙'吕洞宾等，他们南来，或为朝廷命官，或为生意贸易，或为游山玩水，或为传经说教，又或来作战，或被贬谪，或因避乱流亡。他们把在岭南的所见所闻，著作成帙，从各个不同的侧面描述和介绍了岭南山川地貌、风土人情、工艺物产、历史文化、佚闻掌故等。以岭南为题的文献一时十分盛行。"（见罗志欢之《入粤人士及其说粤文献》，张其凡主编《历史文献与传统文化》第十集，兰州大学出版社，2003年，第273页。）

④ 道光二十五年张祥河《粤西笔述自序》中云："粤西幅员广袤，山川郁盘，内杂诸蛮，外连交阯，官此者控制颇不易，余如岩洞之瑰丽、金石之璀璨、风俗物产之奇异，历代游宦过客往往胪其见闻，自成一书，自唐宋以迄今，兹更仆难数，其间繁简不同，要皆轶事遗闻，可资掌故，古人不以荒服而忽之如此。"见〔清〕张祥河：《粤西笔述》，国家图书馆"中华古籍资源库"（道光刻本），第1页。

⑤ 笔者以为，"说粤体"在清代兴盛的原因，除了独特的自然地理环境以及岭南地区经济文化水平的提高外，也与清政府对岭南特别是广东加强行政管理有关，目的在于开展国际贸易和消除海上威胁（反清活动及欧洲殖民势力），从而导致流寓人口增加，而这些流寓人口如幕客，皆有着较高的文学修养。又，岭南文化的独特性，也引起了国外汉学家的注意，如韩书瑞、罗友枝以为："岭南处于清帝国最南端的这一位置使之成为海上贸易的一个大港口，而它与北京相距遥远以及其土著与亚族裔汉人群体的复杂混合使其文化独特，有时还难以控制。"（〔美〕韩书瑞、罗友枝：《十八世纪中国社会》，江苏人民出版社，2008年，第175页。）

想象的产物。清中期,岭南文化崛起,岭南小说亦随之兴盛,岭南作家通过小说来表达真实的岭南,弘扬岭南文化。甲午战争以来,岭南文化蜕变为先锋文化,岭南小说成为先锋文化表达观点、警醒世人的重要载体和工具,从而使岭南小说具有了先锋特质。"①耿先生是立足于岭南本土作家而言,故而有明代出现一批本土作家是"岭南小说(发展)的一个重要转折"以及清初"岭南小说的发展中断"的论断②,但放眼清代近三百年的文学态势,"说粤体"笔记小说的创作兴盛远过于宋明时期,笔者所见者有施男《邛竹杖》七卷、吴绮《岭南风物记》一卷、佟世思《鲊话》一卷、屈大均《广东新语》二十八卷、王士禛《广州游览小志》一卷、吴震方《岭南杂记》二卷、汪森《粤西丛载》三十卷、钱以垲《岭海见闻》四卷、王钺《星余笔记》一卷、钮琇《粤觚》二卷、范端昂《粤中见闻》三十五卷附纪一卷、张渠《粤东闻见录》二卷、罗天尺《五山志林》八卷、关涵《岭南随笔》八卷、佚名《海表奇观》八卷③、李调元《粤东笔记》十六卷及《然犀志》二卷、王庭筠《粤西从宦略》一卷、林辉《岭海膡》四卷、俞蛟《潮嘉风月记》一卷、赵翼《粤滇杂记》一卷、马光启《岭南随笔》三卷、刘世馨《粤屑》八卷、郑天镛《湟江小纪》二卷、欧苏《霭楼逸志》六卷及《霭楼剩览》四卷、檀萃《楚庭稗珠录》六卷、何大佐《榄屑》二卷、黄芝《粤小记》四卷(附《粤屑》)、张渠《粤中闻见录》二卷、仇巨川《羊城古钞》八卷、颜嵩年《越台杂记》四卷、邓淳《岭南丛述》六十卷、陈徽言《南越游记》三卷、郑昌时《韩江闻见录》十卷、闵叙《粤述》一卷、江德中《西粤对问》无卷数、王孝咏《岭西杂录》二卷、沈曰霖《粤西琐记》一卷、陆祚蕃《粤西偶记》一卷、张心泰《粤游小志》七卷、《粤游日记》(吴嵩梁、王钺、钮蕙卜等各撰一种)、张祥河《粤西笔述》一卷、林德均《粤西溪蛮琐记》四卷、张心泰《粤游小识》七卷等四十余种④,从数量上看已经远超前代,其中尤以屈大均的《广东新语》成就最大,影响最广。

  开清代"说粤体"笔记小说之先者,并非屈大均⑤,但他作为清初诗坛

---

① 耿淑艳:《从边缘走向先锋:岭南文化与岭南小说的艰难旅程》,《明清小说研究》2011年第3期,第29页。笔者按:此"岭南小说"是以叙事为中心的描写岭南地区的小说,兼跨文言与通俗两个系统。

② 耿淑艳:《从边缘走向先锋:岭南文化与岭南小说的艰难旅程》,《明清小说研究》2011年第3期,第32—33页。

③ 清翁方纲以为,此书为牛天宿撰(翁方纲纂:《翁方纲纂四库提要稿》,上海科学技术文献出版社,2005年,第375页)。

④ 此据《岭南文库》、《(道光)广东通志·艺文》、《(嘉庆)广西通志·艺文略》等丛书、目录而得。

⑤ 在屈大均《广东新语》之前有闵叙《粤述》一卷(作于康熙四年)、牛天宿《海表奇观》八卷(作于康熙七年)、钮琇《粤觚》二卷(作于康熙十五年)、吴绮《岭南风物记》一卷(作于康熙三十三年前)均为入清以来的"说粤体"笔记小说。

"岭南第一人"①,是属于潘耒所谓"才华"与"学识"兼备的人物②,著述多种,其诗受到朱彝尊、王士禛的推崇③,其地理杂著如《广东新语》影响更广,故潘耒有"先生著述十余种……独此书流行"④的感叹。作为岭南土著作家,屈大均谙熟岭南历代地志著述,沿唐宋"说粤"之传统如《南方异物志》《投荒杂录》《北户录》《岭表录异》《桂林风土记》等,以笔记的形式向岭外士人全面展示了岭南的气候、物产、风俗、历史及唐宋以来所取得的文化成就。

《广东新语》的创作,始于顺治初,脱稿于康熙十七年,随后十年间又陆续增补⑤。全书二十八卷,既类方志,亦类博物体小说,故屈氏序云"吾于《广东通志》,略其旧而新是详,旧十三而新十七,故曰《新语》。《国语》为《春秋》外传,《世说》为《晋书》外史,是书则广东之外志也"。此书载记两广、琼州等岭南地理、风俗、物产、饮食、诗文、志怪、轶事、器物、陵墓,其中以广东为主,类目为天、地、山、水、石、神、人、女、事、学、文、诗、艺、食、货、器、官、舟、坟、禽、兽、鳞、介、虫、木、香、草、怪等二十八种,每类一卷,其中《神语》为地方信仰之神,如《龙母》《天妃》等;《人语》为轶事之类,既有名臣事迹、里巷故事,亦叙少数民族风俗;《女语》述孝女烈妇,《事语》多乡老嘉言懿行。此四者多故事性,文笔清致可喜,博物之外,探究物理以阴阳五行,评骘风物以诗文,表述新见以考证以及遗民之音,充分体现了屈大均的哲学思想和诗词风格,描写岭南风物也细致入神,故潘耒《广东新语序》云此书"其察物也精以核,其谈义也博也辨,其陈词也婉而多风,思古伤今,维风正俗之意,时时见于言表。游览者可以观土风,仕宦者可以知民隐,作史者可以征故实,摘词者可以资华润。视《华阳国志》《岭南异物志》《桂海虞衡》《入蜀记》诸书,不啻兼有其美"⑥。钮琇《觚賸》卷八《粤觚(下)》之"著书三家"条云:"著书之家,海内寥寥,近唯《日知录》《正字通》《广东新语》三书可以垂世。《日知录》为吾乡顾亭林先生所著,而廖昆湖、屈翁山皆东粤人。夫著书

---

① 严迪昌:《清诗史》(上),浙江古籍出版社,2002年,第331页。
② 康熙庚辰潘耒《广东新语序》云:"古来诗人,罕能著书,诗本性情,书根义理。作诗尚才华,著书贵学识,故前代曹、刘、颜、谢及四杰、十子之徒,绝不闻有书传世,而刘勰、崔鸿、颜师古、刘知幾辈亦不闻以诗名,其能兼工并美者,一代盖无几人也。"(清屈大均:《广东新语》,中华书局,1985年,第1页。)
③ 屈大均与朱彝尊交往于顺治十四年,顺治十五年识王士禛于山东,见邬庆时《屈大均年谱》(广东人民出版社,2006年)。
④ 〔清〕屈大均:《广东新语》,中华书局,1985年,第2页。
⑤ 何天杰:《清初爱国诗人和学者屈大均》,广东人民出版社,2006年,第106页。
⑥ 〔清〕屈大均:《广东新语》,中华书局,1985年,第1页。

必兼才学识,而又有穷愁之遇,斯立言乃以不朽。《正字通》出衡山张翁公之笔,昆湖为南康太守,以重赀购刻,弁以己名,实非廖笔。顾与张与屈,皆隐君子,所谓有穷愁之遇者也。称粤山者必曰罗浮,称粤石者必曰端砚,称粤果者必曰荔枝,故翁山语独详。"①表达了对《广东新语》的赞美之情。

《广东新语》之后,"说粤体"笔记小说主要有《岭南杂记》(康熙五十七年)、《粤西丛载》(雍正四年前)、《粤中见闻》(雍正八年)、《岭海见闻》(雍正十年前)、《五山志林》(乾隆二十六年)、《南越笔记》(乾隆三十年)、《楚庭稗珠录》(乾隆三十八年)、《岭南随笔》(关涵,乾隆六十年)、《榄屑》二卷(嘉庆间)、《粤小记》四卷(嘉庆二十三年)《粤谐》(道光九年)、《粤屑》(道光十年)、马光启《岭南随笔》三卷(道光二十年)、《岭海丛谭》不分卷(光绪二十一年)等,今分述如下:

《岭南杂记》二卷,吴震方撰。此书为吴氏康熙五十七年戊戌客游广东而作,上卷为岭南地理、古迹、风土之类,如大庾岭、丹霞山、观音岩、飞来寺、沥湖、端石及赛神迎会、宵更禁五鼓、澳门西洋官、潮州灯节、潮州麻风、粤东尚巫、高州妇女椎髻跣足、琼俗甚淫等,间附诗文如《谒文献祠》《唐化鹏条议》,志怪如顺治庚子广州飞镪等;下卷为物产如仙茅、雄鸭、榕树、木棉树、槟榔、椰树、黄皮果、柔鱼、蚺蛇、石猴、西洋纸之类。

《粤西丛载》三十卷,汪森辑。全书三十卷,内容辑自小说、通志、文集、正史以及野史笔记等与粤西有关者,粤西包括今广东西部及海南岛、广西等地区:卷一、卷二为碑刻、题名之类。卷三、卷四分别为范成大《骖鸾录》、岳和声《后骖鸾录》两文。卷五、卷六、卷七、卷十类乎人物传记,每则以人物姓名为标题,实则轶事之类。卷八为总督两广军务之将领人物。卷九为人物、典制以及科举题名之类。卷十一为道教神仙事迹。卷十二为释教人物事迹,两卷不过僧道灵异故事而已。卷十三、卷十四为志怪之类,妖异为多。卷十五为祥瑞灾变之类,卷末多用纪年之法,按年月编排。卷十六、卷十七、卷十八为地理风俗之类,多记粤西风土异与中原江南者,间记异闻如《广西

---

① 〔清〕钮琇:《觚賸》,上海古籍出版社,1986年,第165页。按:王应奎对钮琇此论颇有异议,其《柳南续笔》卷四"正字通"条云:"钮玉樵《觚賸》中一条云:'著书之家,海内寥寥,近日惟《日知录》《正字通》《广东新语》三书,可以垂世。'为斯言者,抑何不辨黑白乎?夫《日知录》一书,其学问之深,在《容斋随笔》《困学纪闻》之上,岂《广东新语》可比?而《广东新语》又岂《正字通》可比?按汪尧峰论《正字通》,谓其学术不能通经而好为新异可喜之说,如注'襌'字及袒免之'免'字,按之于经,皆不可通。此书方通行于世,聊摘以戒后学。吾邑毛翁斧季,精于小学,为义门所推,亦谓《正字通》之误更甚于梅氏《字汇》。而玉樵乃与顾、屈二书并称,其贻误学者,良非浅细,余故一为辨之。"(《柳南随笔·续笔》,中华书局,1983年,第200页。)笔者以为,《广东新语》虽不及《日知录》广博确明,然在"说粤体"笔记小说中,无逾此书。

莫举人》(出《谈林》)、《桂林女子》(出《广快书》)等。卷十九至卷二十三为粤西物产之类,包括动植、矿产等。卷二十四至卷二十九为粤西族群分布及历代征战、招徕之事迹等。此书为风土笔记之类,其体例颇类方志,卷五、卷六、卷七、卷十、卷十一、卷十二、卷十三、卷十四等八卷类于方志中之"丛谈""杂志",所辑之书除原有通志之外,还有诸如《搜神记》《异苑》《洽闻记》《明世说新语》《虎荟》《谈林》等小说。所辑之文改动较小,大约为后来编郡邑志书者所预设。

《粤中见闻》三十五卷附纪一卷,范端昂纂辑。一名《说粤新书》,全书分天、地、人、物四部,部下分目,如天部下分日、月、星、天汉、虹霓等五目,每卷有目次,每则无标题,分述广东气候、山水、人物轶事、物产等,其中"人部"八卷为历代以来名宦诗人、名儒才女、玄释羽流、仙媛节妇以及少数民族等,类乎小传,间引诸书以考证,文笔洒落,较有史法,体例、内容与屈大均《广东新语》相类。

《岭海见闻》四卷,钱以垲撰。所述岭南地理、风俗、物产、族群等,兼述轶事如《林光》《林韬》《张穆》等,引书如《开元天宝遗事》《述异记》《晋书》等,其中述澳门西风事象,往往为史家所注意,亦风土笔记一类,叙事简练,文亦清致。

《五山志林》八卷,罗天尺撰。其目曰《述典》《议今》《谈艺》《传疑》《阐幽》《纪胜》《辨物》《志怪》。全书八卷八部共二百五十余则,除耳闻目见之外,多采撷旧志、文集、族谱、野史、笔记之书如张汝霖《椒花集》、华夫《焚余录》、黄佐《革除遗事》、朱怀吴《昭代纪略》、邹漪《明季遗闻》、梁麟生《药房杂著》、陆鈖《病逸漫记》等,显美耆旧兼呈先人懿行,风格清致,语亦敦厚,虽兼有志怪之类,大约征实为主,故有辟旧志之谬、续家乘之功。

《南越笔记》十六卷,李调元撰。此书又名《粤东笔记》,全书近五百则,记载南粤气候、节日、风俗、方言、地理、古迹、神祠、矿产、器皿、族群、海产、草木、鸟兽之类,多与《广东新语》重合。所述如《粤俗好歌》《粤人多捕鱼为业》等,较为生动,写物摹景,如在目前;书写之中兼有考证,所引如《山海经》《南越志》《述异记》《岭南杂记》《林邑记》《罗浮志》等,亦博物君子地志小说之流。

《楚庭稗珠录》六卷,檀萃撰。全书分《黔囊》《粤囊》《粤琲》《粤产》《说蛮(物产附)》四部分,记述地理山水、名胜物产、风俗物产,考证地理沿革、古今异同,间述神话故事、文人轶事、异闻逸事,既似游记、文集,又似传记,语亦清致洒脱,叙事从容,所录多歌诗,颇为可观。

《岭南随笔》八卷,关涵撰。此书仿屈大均《广东新语》之例而减之,卷

一、卷二为《南天管见》,述岭南气候、分野及地理;卷三、卷四为《炎徼物辨》,述禽鸟走兽;卷五、卷六为《难言略》,记载岭南方音及风俗;卷七、卷八为《长春谱》,述岭南花草树木。此书除目击外,多从方志、地理杂记如《广东新语》中辑录,体例亦相近,每部类前皆有小序,述本类主旨,每则皆有标题,且每则后多以按语考索,引诸书如《周礼》《琼州志》《西樵志》《香山志》《梦粱录》《辍耕录》《南史》以考索之。

《岭南随笔》三卷,马光启撰。此书以广州为上卷,韶、连、肇、惠、潮为中卷,高、廉、雷、琼为下卷。内容有山川、古迹、金石、人物、艺文、风俗、特产等,如《陆赵故迹》《峡山寺石刻》《崖山》《海潮》《光孝寺》《广州三忠》《陈氏丸方》《唐荔支供》《鬼车》《西洋夷人进见抚部》《羽缎羽纱羽布》《鸦片烟》《番鬼》《洋行》《红毛馆》《马汝白诗》《化州橘红》《雷州石刻》《苏文忠公砚铭》《大学衍义补》《南汉铜钟》《北山寺石刻》《粤海纪要》等,此书非徒记载岭南胜迹、土产、轶闻、金石、文籍也,与明黄衷《海语》三卷(内容分"风俗""物产""畏途""物怪"四类)相比,其每于叙述中考证事实、钩稽文献,盖乾嘉学风所致。

《榄屑》二卷,何大佐撰。内容类于《三冈识略》,书中引《粤觚》《广东新语》为佐证,以叙事为主,志怪如《羊城五仙观鸡后身》《梦鳖》《骗神被溺》《杀人奇报》《东海老人》《邱碧峰后身》《乩仙联》《顺天府城隍》《王大中丞灵异》《木鹅》《五足犬》《朱神仙受报》《不食牛之报》《太上老君审妖》《冥婚》《治骨梗符》《枪符压盗》《异宝放光》《收二妖》《大梦蕉》《李白联》《榄碇大蛇》《人头将军》《虫异》《猪妖》,轶事如《修大榄路》《牛地剧藏事》《菊试》《菊社》《春灯谜》《都司移署》《三戏场》《割臂疗父》《号树》《梅花泉》《渔洋诗话》《王振裔》《义冢》《白旗贼》《媒棍》《魏忠贤禾虫油》《孝僧寻亲》《当马锣》《吴逸堂》《飞将军》(其中述先祖轶事如《甥舅慧颖》《旌义祖事》《南塘公新婚》《庚子三何》《二始祖墓》等,怀祖德之意)。其他有风俗如《字酒》《盂兰会水嬉》《大汾房谒祖》,议论如《弃婴当禁》,天象如《日珥》,药方如《救害丹》《蛇伤神方》,博物如《沈石田四大山水画》《徐渭字画》等,数量较少;又有《瑞莲》《叶虎竹三异》《驼山八景诗》《西浦并蒂莲诗》《刘媛诗》《吴媛诗》《迹删和尚诗》《写叶山房诗》《鸦片》《周易补注》《五产并蒂莲诗》《开元泉诗》《两逢元旦立春》《五朝诗选之遗》《粤中怀古》等,以轶闻兼容诗文,其意在志艺文也,大约补邑乘之意。文风质朴,所记较为信实,其中多有述明末动乱之景象者。

《粤小记》四卷附《粤谐》一卷,黄芝撰。所述轶事、志怪、物产、名迹之类,以清代事迹为主,间有考证语,其立意在求实求信。轶事中多述岭南儒林》《文苑》《循吏》《海盗》《贞烈》《畴人》《变乱》《风俗事迹》；志怪则鬼怪异教方技五行志之类；物产则岭南土产之外，较注意于外洋之物，如眼镜、荷兰豆等。

《粤屑》八卷，刘世馨撰。所述有关岭南地理建置、名迹、轶事、异闻等。每则有标题，如《马成湖》《曹溪钵》《城隍灵签》《吴都督补传》《邓驸马》《寇奠东坡》《梁观察梦应》《古琴》《黄道婆》《雷祖》《神医》《冤案》《扶乩论诗文》《星岩狐姥》《太监观风》《墨蛇》《石濂和尚》《陈彩凤》《三怪》《女变男》《妓男》《媚猪》《进士匦梦》《神妓》《骗局》《菩提树》《鬼子城》《王烈女》《悬笔乩仙》《神鞋》《招诗婿》《五世同居》《广州名园古迹》《风雨易妻》《幻术》等，耳闻之外，辑录他书有关粤土者，视作地志小说可也。

《岭海丛谭》不分卷，佚名撰。此书虽不分卷，然可略分十六类，每类前有识语一则，云今仿古法，以识语前数字标目分类："俎豆千秋"①，述贤人佳士烈女贞女。"天象昭仰观之瑞"，述科考士子及隐士之事。"红杏熙春"，述粤地十二月节日庆典。"东西南朔"，载岭南风俗，如广东好诗辞。"充绮罗于笥"，述岭南服饰、饮食。"书引治任之语"，载粤省方言、古语、谐语，亦粤俗好文、食古能化之意，如"打书煲"、集经句之类。"诗歌相鼠"，述官民、宾主、师生、尊卑、长幼相见之礼节，并云"近来礼皆从简"，礼顺人情之意。"石蕴玉而山辉"，以记粤地名胜为主莫如羊城八景、鼎湖十景、岭南四市等。"跟挂腹旋之法"，畴人之事，如抛木球、鼓琴、品箫、绘画、弈棋、书法诸技。"鱼头参政"，载民间绰号、戏语、俗语及其轶事。"婴儿姹女"，修道之事。"珠躔彩耀"，星历之事。"惠迪吉"，灾祥史事。"往者屈"，志怪。"壤叟优游"，载广东民歌如《采茶歌》（附录《采茶曲谱》）、竹枝词如《珠江竹枝词》《南海竹枝词》《潮州竹枝词》等，真情发乎天籁、以文言道俗情之意。"名流逸士"，谜语也，如打物、打字、打历代人名、打《诗经》句等。此书文风清丽，有小品风致。所述除粤地掌故外，亦载他地故事，非囿于一隅之言。

在以上数种"说粤体"笔记小说中，皆受到了《广东新语》的影响，但与屈氏所著相比，叙事性因素增多，或在辑录《广东新语》记载的基础上进一步加深描写；从功能上来说，这些作品都有广见闻、补志乘的作用。

二、"说粤体"笔记小说的基本特征

"说粤体"笔记小说的基本风貌，如同其他限于地域性叙述的作品一样，以地域代称为文本题名，如"广东""岭表""岭南""两广""粤""越"等，主要

---

① 笔记小说中每一则（篇或条），凡有不带小标题者，本书以""作为拟题而引用之；凡本文带有标题者，以《》引用之。

限于"粤""越""岭"三字。除了书名之外,文本内部还有如下特征:

(一)体例上,部分作品具有《广东新语》的文本特征

《广东新语》分二十八目,而《粤中见闻》分"天""地""人""物"四部,《五山志林》分"述典""议今""谈艺""传疑""阐幽""纪胜""辨物""志怪"等八类,《楚庭稗珠录》分"黔囊""粤囊""粤琲""粤产""说蛮""物产"等六类,关涵《岭南随笔》分"南天管见""炎陬物辨""南言略""长春谱"等四类,《粤游小识》分"山川""古迹""风俗""物产""金石""交游""杂志"("杂志"下分"气候""异闻""灾异""轶事")等七类,上述五书虽没有说明仿自《广东新语》的体例,但据书中引述可知这些作者如罗天尺、檀萃、关涵等都熟悉屈氏著作的,《说粤新书》(《粤中见闻》)的命名显然来自《广东新语》。《广东新语》在体例上对唐代刘恂《岭表录异》、宋代冯拯《番禺纪异》①、范成大《桂海虞衡志》②,明代邝露《赤雅》③、郭棐《粤大记》④等著作加以吸收与改造,其自序云:"予尝游览四方,闳览博物之君子,多就予而问焉,予举广东十郡所见所闻、平昔识之于己者,悉与之语。语既多,茫无端绪,因诠次之而成书也。"⑤"吾与《广东通志》,略其旧而新是详,旧十三而新十七。"⑥可见《广东新语》的著述缘起、成书过程以及成书方式;后之《五山志林》《岭南随笔》(关涵著)、檀萃《楚庭稗珠录》、佚名《岭海丛谭》等除了借鉴其形式特征外,对《新语》的成书方式也是有所借鉴。张渠《粤东闻见录》本为张渠记述仕宦广东时所见闻,上卷分《分野》《日南》《南极》《气候》《飓风》《疆域》《著述》等有关天文地理、风俗族群、手工艺品之类,下卷为《榕》《木棉》《桄榔》《夹竹》《洋船》等自然物产、水上交通工具之类,两卷近三百则,虽无体例上的特征,但观其内容,也可领略到《广东新语》叙述次序的影子。

---

① 宋冯拯《番禺纪异》五卷,已佚,据《郡斋读书志》载,此书分"三十门,凡百三事"。
② 《桂海虞衡志》今存一卷(中华书局1991年版),内容分十三类,即《志岩洞》《志金石》《志香》《志酒》《志器》《志禽》《志兽》《志虫鱼》《志花》《志果》《志草木》《杂志》《志蛮》。
③ 《赤雅》为明代广东南海人邝露所撰,三卷。《四库全书总目》云:"是书乃露游广西之时,遍历岑、蓝、胡、侯、槃五姓土司,因为傜女云𩑺娘留掌书记,归而述所见闻。所记山川物产皆词藻简雅,序次典核,不在范成大《桂海虞衡志》下,可称佳本。"(〔清〕永瑢等:《四库全书总目》,中华书局,1965年,第633页。)
④ 《粤大记》为明郭棐撰,三十二卷,分"纪胜释名""事纪""唐宋科第""皇明甲榜""性学渊源""忠贞正气""励勤骏绩""绥抚鸿勋""清白流风""循良芳踪""词客珠华""理学正传""精忠大节""相垣勋业""部院风猷""藩监宣劳""清直高踪""循良懿绩""孝廉懿德""行谊芳标""文学经纶""词华黼藻""岩泉隐德""岭海武功""兵职军制""弓兵营堡""水利""屯田""盐法""海防"等三十目。
⑤ 〔清〕屈大均:《广东新语》,中华书局,1985年,第1页。
⑥ 同上。

（二）成书方式上，辑录成书的特征比较明显

"辑录成书"是"说粤体"小说自唐宋以来的一个特征，不独清代特有。除《海表奇观》《粤中见闻》《粤西丛载》《南越笔记》《粤西笔述》为辑录成书外，其他所谓的自撰性作品也带有辑录他书的痕迹，而且主要是辑录前代作品甚至方志①。即使《广东新语》也有取诸《南方草木状》《赤雅》关于物产、风俗的内容，《五山志林》多辑录方志、文集，《楚庭稗珠录》辑录《广东新语》《五山志林》等，以及关涵《岭南随笔》、郑昌时《韩江闻见录》、佚名《岭海丛谭》等亦有辑录他书之举，从而形成一个前后相续"辑录"特征，有同一个事物、同一件事迹甚至同一首诗反复出现于多种书籍当中，这也是多人言说下的趋同倾向，如明代惠州苏福，少而有诗才而陨折太速，事迹见《广东新语》，亦见《楚庭稗珠录》《韩江闻见录》。《韩江闻见录》卷三之《八岁神童》载：

苏神童福者，惠来神泉人。八岁能文，明初洪武间应举神童科赴京。以年幼还里，有司给廪米。十四岁卒。祀乡贤。志称神泉地宸山襟海，钟灵毓秀，有谶云："文昌山顶玉华笏，五百年后圣人出。"神童谢尘时，人叩之，亦有五百年再生语。笃生非偶，慕望无穷，世念之矣。又志载神童《纨扇行》《秋风词》等篇，极佳妙。于咏《三十夜月》绝句，录其初一、廿七二章。而初一章尤脍炙人口。弇州王元美尝云："余读苏神童《初一夜月》诗'却于无处分明有，浑似先天太极图'二句，饶他湛甘泉诸公再理会几年，亦说不到。"兹为备录全作如左……②

袁枚《随园诗话》卷七亦述苏福《咏月》诗七首，并有惋惜神童早逝之意。

（三）风格的一致性：清真雅致

如前所述，"说粤体"笔记小说是一个全国性的文学活动，与唐宋时期说粤体小说的创作主体多为岭外人不同，清代为岭南本土与岭外作家同时创作，这除了反映出岭南地区文化水平的提高及作家的本土意识（自豪感）的增强③

---

① 据道光《广东通志》（阮元等纂修）史部所载，乾隆之前的《广东通志》有明戴璟撰《广东通志稿》四十卷（原注：《明志》作七十二卷）、明黄佐撰《广东通志》七十卷、明郭棐、王学曾、袁昌祚同修《广东通志》七十二卷、清金光祖、金俨等修康熙丁丑《广东通志》三十卷、雍正九年郝玉麟等监修《广东通志》六十四卷。此类通志皆为清代的小说作家所取材。
② 〔清〕郑昌时撰，吴二池点校：《韩江闻见录》，暨南大学出版社，2018年，第35页。
③ 清屈大均云："今天下言文者必称广东……自洪武迄今，为年三百，文之盛极矣。"（《广东新语》，中华书局，1985年，第316页。）清仇巨川《羊城古钞序》亦云："且以吾粤而论，南交地宅，半壁天开，移邹鲁于海滨，聚仙灵于窟宅，其地其人固多足以纪；又况省会之区，尤为领袖百粤，冠冕炎洲者也。"（《羊城古钞》，广东人民出版社，1993年，第1页。）

外,也反映出岭南文化吸引力、辐射力的增强,作家群中粤人如屈大均、范端昂、罗天尺、欧苏、岭外游宦、游幕之人如吴绮、吴震方、王士禛、汪森、钮琇、钱以垲、檀萃、关涵、沈复、李调元、佟世思等,皆参与到这一文学活动中来,"远游者夸奥博,土著者务精核"①,这些作家除了面对的写作对象相同外,所采用的著述形式(笔记体)及达到的审美风格也趋于一致。

"说粤体"笔记小说源出于《山海经》,本具有古隽、质实的风格,但清人在书写过程中,这类作品的风格趋向于清真雅致,除了描写的对象具有岭南风物雅致的特性②外,还在于地理杂记中渗入了志怪、轶事小说、山水游记、诗歌、散文、野史等元素,写法较为灵活,可谓不主地志之故常、别开游记之生面。晚明野史、委巷小说增强了叙事性,山水游记、名人诗歌、风景散文增加了文学性,屈大均《广东新语》掺入不少屈氏自作咏物诗,《五山志林》亦引用名人文集多种;又如《楚庭稗珠录》之《黔囊》部分,颇有郦道元《水经注》和魏晋小说的风格,叙述中善用短句,具有散文化的倾向,如《海壖》:

> 仆始见大洋,停舆登岸;东睇久之,向若而叹矣!大洋深黑,浮天无岸,万堆素练,星散于墨涨间,则涛头之赛起也。鼓怒而来,叠为三级,近岸之级,低二三尺许,缴绕激射,如抽银丝,如串珠琲,如爆玉米,如织冰纨,千汇万状,不可摹似,鱼虎跳跃,乘其进却,以啄细鳞,不劳漫画,自可坐饱。螺蚌诡谲,散文沙汭,郯车而载,不以为奇。登舆而行,又数十里,夕阳欲隐,寻山而入,托宿于小村。低屋板床,油灯不焰;海腥仓卒,五熟不调;略润村醪,小酣而卧。不知身之在海涯也。③

不过,上述所说的三个特征(特别是体例上的仿《广东新语》)并非每一部作品都完全具有,如《岭南风物记》《广州游览志》《岭南杂记》《粤西丛载》《南越笔记》《岭海见闻》等就没有严格遵循《广东新语》的体例,为据见闻而记录(或辑录)之书。故此三个特征是针对"说粤体"笔记小说的整体风貌而言。至于"清真雅致"的风格,晚清人或以"言之有物、典

---

① 〔清〕李调元:《南越笔记》,《清代广东笔记五种》本,广东人民出版社,2006 年,第 180 页。
② 吴国钦云:"说到岭南文化的特色,不少论者将其概括为开放性、重商性、兼容性、多元性、平民性、非规范性等等,不一而足。这些说法可能是从一些比较概括的角度考察岭南文化而得出的结论,似乎也都有一些道理。但如果从直观、具体、感性、形象的角度出发,窃以为岭南文化的最大特色,是它的精美细巧。这使它有别于儒雅而占据价值主流位置的齐鲁文化,也有别于灵动温软的吴越文化,更有别于粗犷豪放的三晋文化……"(《华南师范大学学报(社会科学版)》2008 年第 4 期,第 4 页)。此亦美哉斯土之意。
③ 〔清〕檀萃:《楚庭稗珠录》,广东人民出版社,2011 年,第 228 页。

赡名隽"①称之,则几乎是每一部作品都有的风格。

从创作方式来说,"说粤体"的作品(包括《广东新语》)有辑录方志以成书的行为,如嘉庆间仇巨川纂辑《羊城古钞·凡例》云:"纂辑诸书谨按《大清一统志》《御览广东通志》为宗,《广州府志》及南番邑志次之,而杂志、杂书亦多采录焉,间参以愚见,要必有所根据,不敢妄逞臆说。"②而方志的编纂,也会把这些作品作为采辑的对象,所以两者之间是一个双向互动、互为表里③的关系。在写作的过程中,乾隆以后"说粤体"笔记小说的叙事性因素在加强,如马光启《岭南随笔》、刘世馨《粤屑》、黄芝《粤小记》(《粤谐》)、佚名《岭海丛谈》、郑昌时《韩江闻见录》、颜嵩年《越台杂记》等,轶事异闻叙述增多,非仅限于物产风土而已,可称地志小说者,故咸丰元年张维屏《南越游记序》云:"地理杂记专记粤东者,唐以前不可得见。流传至今者,则以段公路《北户录》为最古,其次则刘恂《岭表录异》,然二书所载物产为多;至国朝吴绮《岭南风物纪》,王钺《粤游日记》,吴震方《岭南杂记》,钱以垲《岭海见闻》,则并记杂事。炯斋此编,记土风、古迹、物产,而纪事为多,叙述饶有古文笔意,他日与吴、王诸君所并传。"④张维屏所列吴绮《岭南风物纪》等皆为康乾时期的作品,而《南越游记》已经为晚清作品⑤,同时随着岭南文学中通俗小说的兴起,此类"言说岭南"式的作品就逐渐式微了。

第五节 聊斋体

《聊斋志异》及其仿作所形成的小说系列,清代及民国一直称其为"笔记小说",在笔者划分的清代四家领域中,最合乎今天的小说观念(想象、虚构、散文),也是故事琐语类作品中最为特殊的一种,以至于在民国年间,少

---

① 清陈徽言《南越游记自序》云:"夫古人之于游也,或宦辙驰驱,跋涉远迩;或性嗜山水,济胜有具。而本其闻见,勒为成书。其言之有物、典赡名隽者,大抵皆适意之人所为也,若范石湖《吴船录》、徐霞客《游记》诸书是矣。"(〔清〕陈徽言:《南越游记》,广东高等教育出版社,1990年,第157页。)
② 〔清〕仇巨川纂:《羊城古钞》,广东人民出版社,1993年,第10页。
③ 清黄大干《粤小记序》引黄芝语云:"然是书虽小,可与志乘相为表里。"(〔清〕黄芝:《粤小记》,《清代广东笔记五种》,广东人民出版社,2006年,第389—390页。)
④ 〔清〕陈徽言:《南越游记》,广东高等教育出版社,1990年,第156页。
⑤ 从数量上看,说粤体笔记小说以康乾时期为多,进入晚清以后,此类写作(特别是流寓岭南的士人)锐减。盖五口通商后,吏员、士人的流动发生变化,由广府而向沪渎。

年谭正璧先生误以为笔记小说"惟有此体耳"①。三百年来,学界关于《聊斋志异》及其拟作作品的研究成果已蔚为大观②,作为一部在清代故事琐语领域成就最高、影响最大的小说集及由此形成的一支如鲁迅《中国小说史略》中所称的"拟唐派"小说系列,置其于清代文学界以征实为主的小说背景下进行研究也是有意义的。

一、《聊斋志异》的文本渊源

蒲松龄生活的时期(明崇祯末年及清顺、康两朝),是杂史小说、杂家小说与子部小说、地志小说并兴的时期。在子部小说中,杂事类中的"世说体"创作较为注目,琐语类中"板桥体"始兴,异闻类相比之下整体成就不高,陆圻《冥报录》、徐芳《诺皋广志》、金侃《雷谱》、杨式傅《果报闻见录》、董含《三冈识略》皆古淡有余而文采不足,王士禛之《陇蜀余闻》《皇华纪闻》虽被四库馆臣列入子部小说家异闻之属,然掺杂地记、诗话,与其他志怪小说有异,较为可观者是钮琇之《觚賸》,而《聊斋志异》的成就更为突出。在康熙年间的志怪小说群体里,《聊斋志异》可谓孤出逸表,它的出现也并非如前人所云的是时代的必然结果③,很大程度上是个人的爱好使然,"《聊斋》以叙事为中心的小说写法,今天看来理所当然,当时却是一个颇为大胆的实验"④。"在自信的心态下,蒲松龄跳出宋明以来的文言小说规范,直接承接唐传奇的叙事,大胆借鉴'低俗'白话小说的叙事手法,重启了文言小说的叙

---

① 民国七年戊午谭正璧《竹荫庵谈屑自序》云:"笔记之体多多矣。初读《聊斋志》,误谓惟有此体耳。继之以袁氏之《新齐谐》,纪氏之五种笔记,又以谓此体尽在是矣,而不知名人轶事、考据经史之亦为笔记。"(谭正璧著,王润英整理,谭篪审订:《竹荫庵谈屑》,《谭正璧日记(三)》,《中国近现代稀见史料丛刊》第八辑,凤凰出版社,2021年,第663页。)

② 除了王渔洋、冯镇峦、但明伦、何守奇等人的评点、晚清民国的"小说话"以及各种小说史外,关于《聊斋志异》文体的研究,今日学界主要有张载轩《谈〈聊斋志异〉的文体》(《蒲松龄研究》1993年第2期)、陈文新《以抒情为基点的多样化追求——论〈聊斋志异〉的文体风格》(《蒲松龄研究》1999年第3期)、敖丽《〈聊斋志异〉的文体辨析》(《明清小说研究》2001年第3期)、李汉举《集腋为裘 文备众体——〈聊斋志异〉文体论》(山东师范大学硕士学位论文,2002年)、李汉举《〈聊斋志异〉文体研究述评》(《厦门教育学院学报》2003年第3期)、潘丹《〈聊斋志异〉的辨体研究》(黑龙江大学硕士学位论文,2007年)、陈赟《明清文言小说的文体焦虑与尊体实验——以〈剪灯余话〉〈阅微草堂笔记〉〈聊斋志异〉为例》(《明清小说研究》2014年第3期)、田朔《〈聊斋志异〉传奇法研究》(东北师范大学硕士学位论文,2014年)等。以上论著从体制、语体、体式、体性及《聊斋》的传奇特征皆有深入探讨。

③ 《聊斋志异》的出现并非如前人所云的具有历史必然性(如张伟《试论〈聊斋〉突起的必然性》,《零陵学院学报》2004年第3期),而是个人的能动性使然。

④ 陈赟《明清文言小说的问题焦虑与尊体实验——以〈剪灯余话〉〈阅微草堂笔记〉〈聊斋志异〉为例》,《明清小说研究》2014年第3期,第89页。

事之路,最终形成了以情感欲望为内核的虚拟叙事文体,造就了现代意义的文言小说经典。"①《聊斋志异》以其虚构和想象以及飞扬的文采,使其具有了近代小说色彩的一部笔记小说。

通过《聊斋志异》的文本阅读,可知蒲松龄在写作此书的过程中涉猎到的典籍有②:儒家经史及宗教典籍有"四书"、《诗经》《周礼》《仪礼》《尚书》《战国策》《国语》《左传》《史记》《汉书》《后汉书》《南史》《北史》《晋书》《庄子》及《金刚经》《心经》《楞严经》《妙法莲华经》《指月录》;历代诗文(集)有《文选》《楚辞》、李杜诗、王维诗、元稹诗、李贺诗、韩愈诗、李商隐诗、虞集诗及陶潜文、归有光文、胡友信文等。笔记小说及单篇传奇作品有《列女传》《神仙传》《飞燕外传》《汉武故事》《述异记》《博物志》《搜神记》《幽明录》《异苑》《世说新语》《殷芸小说》《酉阳杂俎》《续酉阳杂俎》《国史补》《明皇杂录》《因话录》《传奇》《谢小娥传》《聂隐娘》《红线女》《昆仑奴传》《虬髯客传》《无双传》《河东记》《柳氏传》《霍小玉传》《枕中记》《离魂记》《柳毅传》《周秦行记》《玄怪录》《博异志》《续世说》《避暑录话》《夷坚志》《南村辍耕录》《剑侠传》《九籥集》《狯园》《双槐岁抄》《五杂组》《古今女史》《丽情集》《情史》《教坊记》;小说总集有《太平广记》③;戏曲有《玉簪记》《西厢记》《牡丹亭》等,而且《聊斋》中的戏曲主要是昆曲;通俗小说有《水浒传》《三国志演义》《金瓶梅》《西游记》《封神演义》等。上所列书目可以一分为二:一是蒲松龄为应举在八股文、试律诗及书、表、疏、判等应用文体所受的古汉语训练的典籍来源,表现为经史典籍和历代诗文,如《庄子》,"时文家窃其唾余,便觉改观,则借杨、老之糟粕,阐孔、孟之神理,当亦游、夏所心许也"④。二是他在"业余"状态(授徒、应举)下的读书兴趣所在,蒲松龄自云"雅爱搜神""喜人谈鬼"(见《聊斋自志》),文体倾向于笔记小说、通

---

① 陈赟:《明清文言小说的问题焦虑与尊体实验——以〈剪灯余话〉〈阅微草堂笔记〉〈聊斋志异〉为例》,《明清小说研究》2014年第3期,第91页。
② 此据任笃行辑校本《聊斋志异》中的篇中袭用成句、情节模仿、场景构造等因素综合分析得出,王渔洋、冯镇峦、但明伦等书中评点及历家《聊斋志异》注释本中也揭橥不少书中篇章来源。
③ 《聊斋志异》中并未点明有《太平广记》的存在,但《太平广记》在明末清初较为流行,所以有论者以为蒲松龄当熟读此书,本书上所列晋唐小说也大多见存于《太平广记》,似乎也可作为它流行清初的旁证,见秦川《中国古代文言小说总集研究》(上海古籍出版社,2006年)第一章《〈太平广记〉与我国古代文言小说总集的编纂》及赵伯陶《〈聊斋志异〉借鉴〈太平广记〉三题》(《聊城大学学报〈社会科学版〉》2014年第6期)、王光福《梁山·三山·九山——蒲松龄与〈水浒传〉浅谈》(《蒲松龄研究》2016年第1期)。
④ 盛伟编:《蒲松龄全集(第2册)·聊斋文集》之《〈庄列选略〉小引》,学林出版社,1998年,第26页。

俗小说、戏曲。因为《聊斋志异》本身是一部笔记小说，所以首先从文体的总体构架上，它更倾向于正史与笔记，而"四书"、历朝诗文、戏曲及通俗小说处于一种"材料"的待结撰地位。

因而《聊斋志异》的文本来源有三：一是《左传》《史记》的史学传统[1]，这也是史学叙事下的实录传统；二是晋唐小说传统，这是一个民间话语中"传闻异辞"下有限虚构的、志怪的传统。三是民间文学传统，从小说发展史来说，就是从先秦时代以来的民间故事的口述传统。从上所列书目可知，《聊斋志异》涉及的笔记小说主要为晋宋小说，单篇传奇主要是唐传奇，具有以晋宋小说传统为基础的拟唐倾向[2]，所以《聊斋》类似于一部清代自撰的《太平广记》，即林传甲所云"《聊斋志异》则出《太平广记》也"[3]，同时蒲松龄借鉴《左》《史》的史学书写传统，从而形成了《聊斋志异》长短篇错落及每篇把题目、内容、评论诸项要素合为一体的基本文本面貌。

二、《聊斋志异》的文本构成

《聊斋志异》作为一部笔记小说集，其文体形式主要有以下四个部分构成：

（一）全书形式："长短相形，错落有致"的形式

《聊斋》原稿并未分卷分类[4]，综合半部稿本、铸雪斋抄本、青柯亭本等版本情况可知，此书诸篇结集，类似随笔，故而这种长短篇相间、错落有致的形式是一种历史性的自然积累造成的结果[5]。首先意识到《聊斋志异》这部小说整体的形式特征的是冯镇峦，其《读〈聊斋〉杂说》云："《聊斋》短篇文字不似大篇出色，然其叙事简净，用笔明雅，譬诸游山者，才过一山，又问一山，当此之时，不无借径于小桥曲岸，浅水平沙，然而前山未远，魂魄方收，后山

---

[1] 见王辅政《〈聊斋志异〉对史家文体结构的借鉴》一文，《内蒙古教育学院学报》1990年第1、2期。
[2] 清代笔记小说学习的主要对象为晋宋小说与唐传奇、宋笔记，详见拙稿《"晋宋传统"与"唐宋范型"——论清代笔记小说之源流》（《汉语言文学研究》2017年第3期）。
[3] 《林传甲日记》中云："《幽明录》载剡县刘晨、阮肇入天台遇仙事。《续搜神记》亦言剡县袁相、根硕二人入赤城，与二女子成室家。事竟一辙，盖小说强半抄袭。《聊斋志异》则出《太平广记》也。"（林传甲著，况正兵，解旬灵整理：《林传甲日记》，中华书局，2014年，第67页。）
[4] 袁世硕先生《〈聊斋志异〉序》云："他（蒲松龄）生前由于无资刊刻其书，没有进行最后的编定，遗稿只是订做八册而已。后来的抄本、刊本，正是由于原稿原没有编定卷次，抄者、刊行者才随己意分卷，有六卷本、十六卷本、十八卷本、二十四卷本之别。"（蒲松龄著，任笃行辑校：《全校会注集评聊斋志异》，齐鲁书社，2000年，第11页。）
[5] 据任笃行辑校本所收篇目的内容可知，书中人物的服饰是一个汉装逐渐减少、满装渐占主导地位的过程，《聊斋志异》的写作过程也是一个明清服饰变迁的过程。

又来,耳目又费。虽不大为着意,然正不致遂败人意。又况其一桥、一岸、一水、一沙,并非一望荒屯绝徼之比。晚凉新浴,豆花棚下,摇蕉尾,说曲折,兴复不浅也。"①此即《聊斋》书写中的长短篇相间错落之法。鲁迅针对这些篇幅不等的情况分为三类,云:"《聊斋志异》虽亦如当时同类之书,不外记神仙狐鬼精魅故事,然描写委曲,叙次井然,用传奇法,而以志怪,变幻之状,如在目前;又或易调改弦,别叙畸人异行,出于幻域,顿入人间;偶述琐闻,亦多简洁,故读者耳目,为之一新。"②即"(传奇性的)神仙狐鬼精魅故事""畸人异行""琐闻",鲁迅先生的表述未为全面,分类标准也不统一。叶楚炎先生把《聊斋志异》中的小说体式分为"故事式""盆景式"以及"横断面式"三种③,采用了借喻与叙事相结合的方式,但仍是一种强行划分的做法。笔者以为,应当把《聊斋》作为一部整体的小说作品来看待,其面貌为一长短篇错落有致的形式,而造成长短篇错落相间格局的原因,除了历时性的写作积累之外,与作者采撷材料(邸报、民间口传)与改编④创作也有关系,因而对读者造成的影响,是短篇紧凑峭劲、长篇婉转雅丽,导致一种如冯镇峦所谓"不致遂败人意""兴复不浅"的、多样化的、劳逸结合的阅读过程。

(二)题目:多以故事主角拟题

笔记小说的标题,除以物类命名外,其拟定义例一般有三种:一为取首句前数字为标题,这种方式在先秦典籍中即如此⑤,笔记小说作者也沿用之,如《亦复如是》,其《凡例》云:"是集乃随事偶书,非比作传作记有一定题目也。如必欲强拈数字作题,非失之牵强,即失之穿凿。故即拈一首句作题,遵古体也。"⑥一为以故事主角为题目,如《玄怪录》《博异志》等书中篇名。一为以小说中题旨为标题,如《夷坚志》之《林子安赴举》《涂朝奉驱疫》等。

《聊斋志异》的创作,并非如八股文之相题而作,而是文后拟题⑦,此亦

---

① 〔清〕蒲松龄著,任笃行辑校:《全校会注集评聊斋志异》,齐鲁书社,2000年,第2383页。
② 鲁迅:《中国小说史略》,上海古籍出版社,1998年,第147页。
③ 叶楚炎:《论〈聊斋志异〉的短篇小说体式》,《清华大学学报(哲学社会科学版)》2008年第6期。
④ 袁世硕先生把《聊斋志异》中的再创作作品,分为"踵事增华""故事新编""镕旧铸新""因事明理"四种类型,见袁世硕《〈聊斋志异〉的再创作研究》一文(《蒲松龄研究》2010年第3期)。
⑤ 见余嘉锡《古书通例》卷一《古书书名》中云:"古书多摘首句二字以题篇,书只一篇者,即以篇名为书名。"(余嘉锡:《古书通例》,岳麓书社,2010年,第186页。)
⑥ 〔清〕宋永岳:《亦复如是》,重庆出版社,1999年,第1页。
⑦ 据笔者所见清人手稿本如《绍闻杂述》,作者往往是随笔记录之后,在页眉处拟出题目,待誊写时补入;《聊斋志异》半部手稿本中也存在着题目改换的情况,如《木雕美人》一则,"在手稿本中,此篇紧接《酒虫》末行,另行起写,其间无容题空白。第一句右旁,以朱笔补写'木雕美人'四字,为作者手迹。"(蒲松龄著,任笃行辑校:《全校会注集评聊斋志异》,齐鲁书社,2000年,第876页。)

合乎小说创作的一般规律,即余嘉锡所说的"愚谓不独诗词也(笔者按:顾炎武《日知录》云'古人之诗,有诗而后有题。今人之诗,有题而后有诗')。古人之著书作文,亦因事物之需要,而发乎不得不然,未有先命题,而强其情与意曲折以赴之者。"①《聊斋志异》诸篇章拟题,以首句数字拟题的有《陈锡九》《孙必振》《武夷》《富翁》《于中丞》《王子安》等寥寥数篇,书中多以故事主角和篇中题旨来拟题,前者如《婴宁》《聂小倩》《小翠》《席方平》《叶生》《连琐》,后者如《考城隍》《尸变》《咬鬼》《龁石》《地震》,而两者中以故事主角命名者尤多,达三百余则,篇幅长者更是如此——篇幅长的小说以故事主角拟题,也是传记小说的一个突出特征,这在唐传奇中屡见不鲜。据任笃行辑校本《聊斋志异》,越到后期,以故事主角命名的篇章越多。《聊斋志异》中的近五百则小说(除附录数则不计外)中,以女性命名的近百则②,其中多为长篇如《娇娜》《江城》《薛慰娘》《房文淑》等。

(三)内容:"传奇以志怪""琐闻亦简洁"

《聊斋》"铺叙清晰、举重若轻"③,行文是一种长短相间的状态,作为志怪小说也是概而言之,并非全书皆为志怪之事,其中也夹杂一些杂事、琐语之类的小说。如上所述,《聊斋志异》的文体来源有三:史学传记、魏晋六朝小说与唐代小说(包括传奇),故冯镇峦《读〈聊斋〉杂说》云"此史家列传体也,以班、马之笔,降格而通其例于小说。"④纪昀云"一书而兼二体"⑤、鲁迅云"用传奇法,而以志怪"⑥,此皆看到了《聊斋》文体的某个方面,故道光丁酉何彤文《注聊斋志异序》云:"《聊斋》胎息《史》《汉》,浸淫晋魏六朝,下及唐宋,无不薰其香而摘其艳。其运笔可谓古峭矣,序事可谓简洁矣,铸语可

---

① 余嘉锡:《古书通例》,岳麓书社,2010 年,第 186 页。
② 笔者统计为 92 则,不敢定为确数,故行文中约略言之。
③ 道光己亥沈道宽《聊斋志异序》,华东师范大学馆藏道光癸卯花木长荣馆刻本。
④ 〔清〕蒲松龄著,任笃行辑校:《全校会注集评聊斋志异》,齐鲁书社,2000 年,第 2381 页。
⑤ 纪昀《阅微草堂笔记》卷十八云:"《聊斋志异》盛行一时,然才子之笔,非著书者之笔也。虞初以下,干宝以上,古书多佚矣。其可见完帙者,刘敬叔《异苑》、陶潜《续搜神记》,小说类也。《飞燕外传》、《会真记》,传记类也。《太平广记》,事以类聚,故可并收。今一书而兼二体,所未解也。小说既述见闻,即属叙事,不比剧场关目,随意装点……今燕昵之词、媟狎之态,细微曲折,摹绘如生,使出自言,似无此理,使出作者代言,则何从而闻见之,又所未解也。"(《阅微草堂笔记》,《续修四库全书》第 1269 册,上海古籍出版社,2002 年,第 329 页。)
⑥ 鲁迅云:"《聊斋志异》虽亦如当时同类之书,不外记神仙狐鬼精魅故事,然描写委曲,叙次井然,用传奇法,而以志怪,变幻之状.如在目前;又或易调改弦,别叙畸人异行,出于幻域,顿入人间;偶述琐闻,亦多简洁,故读者耳目,为之一新。"(鲁迅:《中国小说史略》,人民文学出版社,2007 年,第 214 页。)

谓典赡矣。"①其中"史家列传体"的笔法多来自《左传》与《史记》,此在书中多可以看到;至于传奇与志怪的混融,首先在于篇幅,与同期的《冥报录》《果报随录》《三冈识略》等志怪小说皆为短篇胜语相比,《聊斋》书中近五百则小说中,篇幅较长者有一百六十则,长短篇数量比为1∶3,总体而言长篇在数量上并不占优势;其次在于这些篇幅较长的小说里,涉及爱情主题的有八十四则,故事主角由《莺莺传》《李娃传》中的人类变为狐鬼,此即"一书而兼二体""用传奇法,而以志怪"的由来,纪昀对《聊斋志异》的指责未免过于严苛,其实在唐代这种"一书而兼二体""用传奇法,而以志怪"的写法即已有之,如《玄怪录》《续玄怪录》《博异志》等,此法并非蒲松龄首创②。《聊斋志异》中存在传奇写法的原因,不过是晚明文学之延续,鲁迅《中国小说史略》云:"迨嘉靖间,唐人小说乃复出,书估往往刺取《太平广记》中文,杂以他书,刻为丛集,真伪错杂,而颇盛行。文人虽素与小说无缘者。亦每为异人侠客童奴以至虎狗虫蚁作传,置之集中。盖传奇风韵,明末实弥漫天下,至易代不改也。"③这种晚明风韵,无遗影响到了蒲松龄的小说创作。

《聊斋志异》中篇幅较长的小说,如《嫦娥》《云萝公主》《婴宁》等,叙事婉转、文辞华艳,这种写法无疑来自唐代小说(包括传奇),特别是场景描写方面,如《丐仙》:"有大树一株,高数丈,上开赤花,大如莲,纷纷满树。下一女子,捣绛红之衣于砧上,艳丽无双。"④此景物描写源自《博异志》之《许汉林》,其他长篇也是如此,如《罗刹海市》某乙评云:"《罗刹海市》最为第一,逼似唐人小说矣。"⑤正因为传奇法的使用,才导致近年来的笔记小说史、传奇小说史著作都把《聊斋》列为专章来介绍,但从文体性质上来讲,它还是笔记小说的一种,故黄永年先生云:"《聊斋志异》都是有题目的单篇文字,有短有长。短的完全是志怪小说,和《夷坚志》等没有多少区别。长的则仍是

---

① 丁锡根编:《中国历代小说序跋集》,人民文学出版社,1996年,第142页。
② 民国时期的学者针对纪昀对《聊斋志异》的批评,以为"一书而兼二体"并不违小说体例:"(纪昀)所言未为无见,然昀所修《四库全书总目》,《搜神后记》《异苑》实与唐人《集异记》《宣室志》并入小说异闻类,岂非以二者虽面目不同、然同为记事传载之体、其性质有相近者欤? 六朝人杂传与唐人传奇,虽文体有别,然不过长短繁异("异"当作"简",笔者注)之异,其命意实同,皆以搜奇志异为主。杂传记可尽而为传奇,作传奇之人,同时亦未尝不为杂传记。唐人著作如范摅《云溪友议》、皇甫枚《三水小牍》,今观其所录,固未尝不包此二体而为书。宋洪迈《夷坚志》中亦有传奇之文,则前人多有其例,不自松龄始。昀自负著作名师,以文人目松龄,故所言如此。然所论实失之拘滞,未为通论也。"(中国科学院图书馆整理:《续修四库全书总目提要(稿本)》第12册,齐鲁书社,1996年,第736页。)
③ 鲁迅:《中国小说史略》,人民文学出版社,2007年,第213页。
④ 〔清〕蒲松龄著,任笃行辑校:《全校会注集评聊斋志异》,齐鲁书社,2000年,第1667页。
⑤ 同上,第659页。

以志怪为基础,但在细节上采用了点传奇的写法,即写了许多对话使文字更加生动,不过和传奇作品《剪灯新话》以及《太平广记》里的唐人传奇总不相似。所以鲁迅《中国小说史略》把它定为传奇专集。但说是'用传奇法而以志怪',恐欠允当。不如说本系志怪,而在某些篇参用了传奇的写法。"① 采用传奇法的小说数量虽少,对于读者来说,却是《聊斋志异》区别于他种小说的核心特征,以至于乾隆年间小芝山樵编《聊斋志异精选》六卷时,只收录篇幅较长的五十八篇小说(见《附录》),其中大部分是爱情主题的作品。

《聊斋》中的短篇用笔精简,虽源自魏晋小说,但也可以看到它吸收了唐代《酉阳杂俎》、宋代《夷坚志》、明代《狯园》等小说叙事简练的优点,故鲁迅称赞"琐闻亦简洁",此类作品基于实录,如《李司鉴》录自《邸抄》、《咬鬼》为沈麟生讲述,其中并无寓言、传奇等有限虚构的因素,这也是史学传统在《聊斋》一书中体现最为明显的地方,基于这种"执笔记录"方式在写作数量上的优势及明清易代之际社会混乱的记录,故冯镇峦在《〈聊斋志异〉读法四则》里告诫读者要以《左传》《史记》《庄子》及程、朱语录之法来阅读此书,以致他们认为《聊斋志异》有"文参史笔"②之法。

《聊斋》内部存在着文学性的虚构与史学的实录精神两种写作取向,这两种倾向在《聊斋》内部造成一种如纪昀所言的"才子之笔"与"著书者之笔"的矛盾③,"盖即訾其有唐人传奇之详,又杂以六朝志怪者之简,既非自叙之文,而尽描写之致而已"④。从数量上看,似乎史学精神占据优势地位,但给读者造成的影响,却是那些数量较少的传奇性作品。除了在小说内部存在着文学性的虚构与史学的实录精神之外,《聊斋》在语言的使用上也有突破,古汉语句法与冀鲁官话的改造利用是一大特色,近年来有不少学者从八股文的角度来研究《聊斋志异》的书写特征,实际上八股文对《聊斋志异》写作的影响,并非如论者以为的技法层面⑤。因为在唐传奇兴盛的时代,并无制义文体,但也并不影响叙事的"起承转合",所以《聊斋志异》的写作还是从笔记小说文体本身去寻找。但八股文研习是一个古汉语训练的过程,

---

① 黄永年:《子部要籍概述》,江苏教育出版社,2008年,第121页。
② 见〔清〕胡泉《聊斋志异序》(朱一玄编:《〈聊斋志异〉资料汇编》,南开大学出版社,2012年,第487页)。
③ "才子之笔"与"著书者之笔"的分别,详见陈文新《"才子之笔"与"著书者之笔"——论中国文言小说的叙事规范》(《青海社会科学》1992年第6期)一文。
④ 鲁迅:《鲁迅全集·编年版》第2卷(1920—1924),人民文学出版社,2014年,第530页。
⑤ 见陈才训《论八股技法对〈聊斋志异〉叙事艺术的影响》(《南京师范大学学报》[社会科学版]2010年第6期)、邓正辉《〈聊斋志异〉文本中"起承转合"技巧的运用》(《黄河科技大学学报》2011年第4期)。

它给《聊斋》带来的不是技法,而是《五经》《史》《汉》诸典籍里字、词、句的引用与变通,故道光二十二年但明伦《聊斋志异序》云其少好《聊斋志异》的原因在于"惟喜某篇某处典奥若《尚书》,名贵若《周礼》,精峭若《檀弓》,叙次源古若《左传》、《国语》、《国策》,为文之法,得此益悟耳。"①道光丁酉舒其锳《注聊斋志异跋》亦云:"《聊斋》之引用经史子集,字字有来历也。"②具体而言,如《刘姓》"邑刘姓,虎而冠者也",冯镇峦评:"《汉书》句法"。③《山市》冯镇峦尾评云:"另换一局作余波收,是古文法,短篇峭劲。"④又清赵翼《陔余丛考》卷二十二"文章忌假借"条云:"文章家于官制舆地之类,好用前代名号,以为典雅。此李沧溟诸公所以贻笑于后人也。"⑤并引朱熹之语,证宋代以来文人喜用古语,如"减字法""换字法"等。蒲松龄《聊斋志异》喜用古语,如《左传》《史记》及"四书"语以增典雅,此假借换字法。至于笔记小说中口语的使用,恐怕在魏晋即已有之,蒲松龄是鲁中方言使用的大家(见盛伟编《蒲松龄全集》所收聊斋俚曲、戏文、游戏文),以方言道俗语虽可以增加形象性,但《聊斋志异》的雅化的口语仍有拗折拗口、削足适履之嫌。不过总体而言,《聊斋》的语言具有跌宕起伏的动态美。

(四)评论:曲终奏雅的"异史氏曰"

蒲松龄仿太史公文末评论之法,在《聊斋志异》四百九十余则小说中,标有"异史氏曰"的有一百八十七则⑥,除了"异史氏曰"这一形式外,蒲松龄也在篇后有简短的评论文字,如《黄九郎》篇后有《笑判》、《黑兽》篇后论"贪吏似狳"、《土地夫人》篇后论"淫贱不谨之神"等,此种篇后评论是一种史学批评形式,来自于《左传》"君子曰"及《史记》"太史公曰",具有一种社会文化批评的意识⑦,表达了蒲松龄对某些社会现象的看法,大致是劝诫之意,此与后来之《阅微草堂笔记》的价值取向并无不同,如《斫蟒》,蒲松龄论云:"噫!农人中,乃有弟弟如此哉!或言:'蟒不为害,乃德义所感。'信然!"故

---

① 盛伟编:《蒲松龄全集(第1册)》,学林出版社,1998年,第927页。
② 丁锡根编著:《中国历代小说序跋集》,人民文学出版社,1996年,第144页。
③ 〔清〕蒲松龄著,任笃行辑校:《全校会注集评聊斋志异》,齐鲁书社,2000年,第1245页。
④ 同上,第1210页。
⑤ 〔清〕赵翼:《陔余丛考》,中华书局,1963年,第429页。
⑥ 此据任笃行辑校本,其中附录存疑者未列入。本数字与许天琪统计的195篇有出入。
⑦ 具体评论的内容及"异史氏曰"与史学的关系,详见马振芳《"异史氏曰"琐议——读〈聊斋志异〉》(《文献》1980年第2期)、李梦生《浅谈〈聊斋志异〉中的"异史氏曰"》(《江淮论坛》1985年第2期)、任孚先《浅谈〈聊斋志异〉"异史氏曰"的思想和艺术》(《文学评论》1985年第2期)、许天琪《〈聊斋志异〉"异史氏曰"漫评》(《上海师范大学学报》〈哲学社会科学版〉1989年第4期)、李艳丽《"太史公曰"、"异史氏曰"比较研究》(内蒙古大学硕士学位论文,2009年)等论文的分析。

冯镇峦评云："近日晓岚先生喜作此等语,于世道人心大有裨益。聊斋非君子人,吾不信也。"①此种文末评的格式,皆为"聊斋体"作品所仿效。

三、"聊斋体"的形成及其文本特征

所谓"聊斋体",是指以《聊斋志异》命名的一脉笔记小说体式,鲁迅《中国小说史略》称之为"拟唐派",此一体式的作品模仿《聊斋》之法,其形式特征与《聊斋志异》趋于一致,内容主要为志怪,短制古风之外,还带有唐传奇曼丽之风,其中人与异物的婚恋故事为必不可少的一类题材。

(一)"聊斋体"的形成及影响

由于蒲氏家族无力付梓②及淄川远离出版中心(北京、江南)的原因,《聊斋志异》在康雍文坛的影响并不大,主要是在山东地区的亲友间以手抄本的形式传播。浦江清云:"《聊斋》总结文言小说的优点,是空前的,而且是绝后的。正如杜甫于诗。"③《聊斋志异》真正走向经典化的过程,是从乾隆三十一年赵起杲青柯亭本(十二卷)刊行之后,首先陆续有新的刻本、抄本、选本出现,以及他种小说集以《聊斋》作为辑录对象,其次则是拟作的出现,从和邦额《夜谭随录》十二卷起,此类仿《聊斋》作品大量涌现,仿作之风一直延续到民国年间,以笔者所见有如徐昆《柳崖外编》十六卷、沈起凤《谐铎》十二卷、屠绅《蟫蛄杂记》十二卷、乐钧《耳食录》初编十二卷二编八卷、曾衍东《小豆棚》八卷、长白浩歌子《萤窗异草》十二卷、张太复《秋坪新语》十二卷、王兰沚《无稽谰语》五卷、徐承烈《听雨轩笔记》四卷、管世灏《影谭》八卷、冯起凤《昔柳摭谈》八卷、许秋垞《闻见异辞》三卷、余国麟《蕉轩摭录》十二卷、范兴荣《唊影集》四卷、柳春浦《聊斋续编》八卷、慵讷居士《咫闻录》十二卷、谢堃《雨窗寄所记》四卷、王侃《冶官纪异》四卷、香雪道人《南窗杂志》十二卷、王棨华《消闲戏墨》二卷、汤承冀《阴阳镜》十六卷、宋永岳《亦复如是》八卷、吴仲成《挑灯新录》六卷、朱翙清《埋忧集》十卷《续集》二卷、毛祥麟《墨余录》十六卷、王韬《遁窟谰言》十二卷、《淞隐漫录》(亦名《绘图后聊斋志异》)十二卷、《淞滨琐话》十二卷、泖滨野客《野客谰语》两卷、宣鼎

---

① 〔清〕蒲松龄著,任笃行辑校:《全校会注集评聊斋志异》,齐鲁书社,2000年,第71页。
② 今张兵、郑炜华估算乾隆年间刻一套五十万字的《聊斋志异》,成本不会低于一千两白银,详见《山东历城朱氏与〈聊斋志异〉》(《兰州社会科学》2017年第1期)一文。
③ 浦江清:《浦江清中国文学史讲义·明清部分》,天津古籍出版社,2009年,第219页。张炜先生把章回小说"四大名著"中的《红楼梦》称为"雅文学",把《三》《水》《西》归入"民间文学",并称《聊斋志异》"也是一部民间故事集……艺术格调并不清高,读来有些脏浊气,有乡间秀才的俚俗趣味,这大概是由整理者的精神气质造成的"(《语言的热带语林》,广西师范大学出版社,2021年,第74页)。当代作家对古典文学的理解多流于浮泛,此即为一例。

《夜雨秋灯录》十六卷、李庆辰《醉茶志怪》四卷、吴炽昌《客窗闲话》十六卷、小说进步社编《新聊斋三编》、茂苑省非子《改良绘图新聊斋初集》二卷、无名氏《新聊斋》、林培玠《废铎呓》六卷、治世之逸民《新聊斋》、邹弢《浇愁集》八卷、《潇湘馆笔记》四卷、《蛛隐琐言》三卷、许奉恩《里乘》十卷、沈耀曾《澹园述异》四编、吴趼人《札记小说》四卷、王光甸《茗余新话》八卷、碧琳琅馆编《拈花微笑续编》六卷、张丙矗《痴人说梦》四卷、吴绮缘《反聊斋》一册、林纾《畏庐漫录》一册、解鉴《烟雨楼续聊斋志异》十六卷、程善之《骈枝余话》、吴元相《聊斋续志》、贾铭《女聊斋志异》四卷、杨凤辉《南皋笔记》四卷以及方浚颐《梦园丛说》等五十余种①，虽然这些作品在写作旨趣、文体借鉴诸方面各有侧重，但它们在内容与形式方面都具有《聊斋志异》的写作特征，故而皆可称为"聊斋体"笔记小说。

《聊斋志异》的流行，在乾隆以后的小说界造成了不同的结果，一种是拟作的出现，可称为"聊斋体"系列，如上述所列诸作品；一种是"反聊斋"之举，如袁枚的《新齐谐》、纪昀的《阅微草堂笔记》②，从而形成一种新的体式，如"子不语体""阅微体"，从而得以与"聊斋体"相颉颃；不管是"拟聊斋"还是"反聊斋"，作家的小说创作皆从晋宋以来的小说传统中取材，而不是超越其范畴，所以这就给清代两种系列之外的作家提供了写作的多种可能性，所以朝野大量存在的是一种摒除两种系列之外的小说创作③。

（二）"聊斋体"的文本特征

"聊斋体"的文本特征，除了篇幅长短结合、篇尾评论、内容以志怪为主、带有传奇文的绮丽风格外，他们还有以下特点：

1. 卷数的趋同现象

如前所述，清代《聊斋》之拟作作品有五十余种，其中十二卷本的有和邦额《夜谭随录》、沈起凤《谐铎》、屠绅《蟫蜫杂记》、长白浩歌子《萤窗异草》、张

---

① 除笔者目见外，此目录借鉴了鲁迅《中国小说史略》、崔美荣、胡利民《〈聊斋志异〉仿书发展流变》(《蒲松龄研究》2007年第1期)、杜艳红《〈聊斋志异〉仿作研究》(浙江师范大学硕士学位论文，2007年)、王海洋《清代仿〈聊斋志异〉之传奇小说研究》(安徽人民出版社，2009年)、王庚玲《〈聊斋志异〉仿作研究》(辽宁大学硕士学位论文，2011年)等研究成果，敬致谢忱。又《韩国所藏中国文言小说版本目录》中云《鹂砭轩质言》为仿《聊斋》之作，恐不尽然。

② 晚清"反聊斋"之举，多从情节逆反着手，如佚名《绘图谈笑奇观》之《假多情书呆玩月》、省非子《改良新聊斋》之《狐亦陪坐议官制》借狐鬼以骂世，皆师其意以反之。

③ 清欧苏《霭楼逸志自序》云："(此书)得百八十条，虽无当于大雅，然信而有征，奇不失常，亦颇异乎近世蒲留仙之《聊斋志异》、袁子才之《新齐谐》、沈桐威之《谐铎》，可知天下可人著作之事，随处皆是。可知天下堪人著作之事，随处皆是，正不待索诸耳目见闻之外，而后为可骇也。"(〔清〕欧苏：《霭楼逸志》，《明清广东稀见笔记七种》本，广东人民出版社，2010年，第148页。)

太复《秋坪新语》、慵讷居士《咫闻录》、王韬《遁窟谰言》《淞隐漫录》《淞滨琐话》等,十六卷本的有宣鼎《夜雨秋灯录》、徐昆《柳崖外编》、解鉴《烟雨楼续聊斋志异》,八卷本的有曾衍东《小豆棚》、宋永岳《亦复如是》、邹弢《浇愁集》等,从这些作品的卷数来看,作者们大约阅读的《聊斋》底本不同(铸雪斋抄本十二卷、方舒岩抄评本八卷、青柯亭本十六卷),所以才会有卷数趋同的现象。

2. 篇目多以人物主角和文章题旨命名

在上述聊斋体笔记小说集中,它们都是长短篇结合成集的作品,也都有题目、内容、评论组合一体的结构,其中题目命名以故事主角与文章题旨两种方式为主,如《谐铎》《秋坪新语》《蜨蛄杂记》《无稽谰语》《听雨轩笔记》《影谭》的题目以篇章题旨为主,而《夜谭随录》《柳崖外编》《耳食录》《萤窗异草》的题目多为故事主角,《小豆棚》则以题旨与主角的命名较为均衡。两种命名方式中,如《咫闻录》之《飞云》《秋艳》《三桥梦》《珠姬》,《闻见异辞》之《翠凤》《鬼升城隍》《羞妇》,《冶官纪异》之《菱姑》《琼枝》《寿娘》《芳荪》,《雪烦庐记异》之《互婚》《北平生》《坦然和尚》,《阴阳镜》之《荷花岛》《芙蓉镜》《吴娘》《种桃》《秀秀》《潞娇娜》《新月亭》《慰娘》《杜夫人》《采霞夫人》《红英》,《淞滨琐话》之《叶娘》《白琼仙》《反黄粱》《剑气珠光传》,《遁窟谰言》之《离魂》《黄粱续梦》《海岛》《孟禅客》《里乘》之《林妃雪》《仙露》《袁姬》《姮儿》,《蛛隐琐谈》之《记徐太史事》《姊妹同郎》《因循岛》《梦中梦》《粉城公主》《反黄粱》《居仲琦》《妖画》《辛四娘》《沈兰芬》《皇甫更生》《花妖》,《潇湘馆笔记》之《蝴蝶仙》《小霸王》《花亭亭》《李小紫》《胡八郎》《郑女》《镜里姻缘》《仙游》《梅痴》《腐鬼吟诗》《高三官》《钮湘灵》等,可以看出以人物命名的倾向较为明显。

3. 故事类型趋同

在内容上,也少有逸出《聊斋》之外的故事类型,如回煞、人冥、狐魅、僧道、卜筮、魂鬼、祈梦、侠客、科举、龙阳、博物、节烈、忠义、缢鬼、山魈、僵尸、谵语、优伶、友与等诸种类型,篇幅漫长者多艳情事,《无稽谰语》更是把"聊斋体"的艳情引入狎亵一途。不过由于个人文学修养及审美趣味的不同,作家在书写过程中会有不同的文体选择,如《小豆棚》就掺杂了不少史学传记的作品,而《柳崖外编》《听雨轩笔记》中可见到考证文的存在,此为乾嘉时风在"聊斋体"中留下的痕迹。《聊斋》行文中借用了其他文体如史传、八股、诗赋,"小说诗文化"(诗)、"小说传记化"(史)可谓蒲松龄在力图摆脱小说"体卑"方面的努力,《柳崖外编》《听雨轩笔记》《小豆棚》考证文的存在可谓"聊斋体"在乾嘉年间的"小说学术化"(考证)。在写作动机上,乾嘉时期的"聊斋体"已经走出了"孤愤""发愤著书"一途。在评论方面,仍然集中于社会文化批评,不过教化气息更为浓厚而已。

徐一士在《与胡适之博士一席谈》一文中叙述徐、胡二人讨论《聊斋志异》时云:"嗣谈及《聊斋志异》之价值,余谓此书以文言道俗情,写状甚工。虽喜用古典,尚非堆砌辞藻者可比。后来学之者不少,无一能几及者,足见其文境之高。林琴南(纾)所撰此类小说,名为用古文笔法,论者或以聊斋体,然局促如辕下驹,视《聊斋志异》,何可以道里计乎?胡君谓然。并言《聊斋志异》中,实有若干篇好文字也。"①《聊斋志异》意在寄寓而随笔生发,博采诸家而不拘格套,预示了当时文学界以征实为主的笔记小说写作有了一个新的路径,晚清的笔记小说作家似乎在写作过程中对"聊斋体"形成了"人神路殊"的路径依赖。

乾隆后"聊斋体"的流行,刺激了一批"子不语体"以雅谑纪实、"阅微体"经师记录小说的产生,士大夫欲重归小说旨在劝惩、言必有据、不可妄意生发的史家之途,但袁枚《子不语》之后,借鉴随园者众,撰集成书者少,故没有产生一批数量可观的作品;相比之下,嘉、道至清末产生了一批仿《阅微草堂笔记》的小说(然实未能与"聊斋体"分庭抗礼,鲁迅先生所谓"拟晋""拟唐",不过大略言之),对此现象,清末俞樾借纪昀、俞鸿渐之语总结道:"纪文达公尝言:'《聊斋志异》一书,才子之笔,非著书者之笔也。'先君子亦云:'蒲留仙,才人也。其所藻绘,未脱唐宋人小说窠臼。若纪文达《阅微草堂》五种,专为劝惩起见,叙事简,说理透,不屑屑于描头画角,非留仙所及。'余著《右台仙馆笔记》以《阅微》为法,而不袭《聊斋》笔意,秉先君子之训也。然《聊斋》藻缋,不失为古艳。后之继《聊斋》而作者,则俗艳而已,甚或庸恶不堪入目,犹自诩为步武《聊斋》,何留仙之不幸也。"②其实俞鸿渐的《印雪轩随笔》已染有《聊斋》之风,故俞樾对《阅微草堂笔记》《聊斋志异》两书都给予推崇与肯定。但随着西方小说观念、小说作品的东来,笔记小说四家的写作整体衰落下去,然而清末"聊斋体"的创作以及图像、评点、命名③的热潮,似乎显示了《聊斋志异》与西方小说观念相通的一面④,如伪托吕湛恩的

---

① 徐凌霄、徐一士:《凌霄一士随笔·一》,《民国笔记小说大观》第三辑,山西古籍出版社,1997年,第321页。
② 〔清〕俞樾:《春在堂随笔》卷八,《笔记小说大观》第13册,广陵书社,2007年,第9904页。
③ 《聊斋志异》于清代之评点较著名者有王渔洋、王东序、冯镇峦、但明伦、何守奇等,晚清商品化浪潮中,关于《聊斋》的图像文本、以"聊斋"命名的作品增多,民国复有治世之逸民《新聊斋》、饮香室主人《新新聊斋》,皆《聊斋》经典化之现象。
④ 阿英先生认为在中国小说史上,唐代的传奇小说和晚清小说是两个最为突出的时期,其在《略谈晚清小说》一文中云:"晚清小说是小说史上的一大发展,无论从哪一方面看,为社会所重视,收得政治的艺术的效果亦颇巨大,上承《聊斋志异》《儒林外史》,经外国文学熔化,发展为五四文学张本。"(《阿英文集》,生活·读书·新知三联书店,1981年,第907页。)

眉批《仇大娘》云:"吾国小说收尾,每喜写恶人受报以为痛快,此篇独异,与近时欧洲新流行良小说之后旨意颇合。"①"聊斋体"笔记小说是最接近于西方"短篇小说"观念的一种作品系列。

结　语

　　清代笔记小说出现众多体式的原因,是文献积累与学理探讨趋于成熟后的结果,它在四个类别中皆有足以代表一朝创作成就的体式作品,如"世说体"之于野史杂记类,"渔洋说部体"之于杂家笔记类,"说粤体"之于地理杂记类,"板桥体""聊斋体"之于故事琐语类。笔者在此项研究中,似乎和冯友兰先生在自我批评中所言的"抓住了一些有一些事实根据的现象"②相通。清代笔记小说作品众多,类型多样,作品与作品之间除了互文现象出现外,还有体式之间的交融现象,如清初王渔洋的《广州游览小志》,既是"渔洋说部"之一种,又是"说粤体"小说。又如晚清宣鼎《夜雨秋灯录》,一是仿《聊斋》中传奇之作如《麻疯女邱丽玉》《龙梭三娘》《珊瑚》《佟阿紫》《雪里红》《卓二娘》等,文风绮靡;一是以短制札记记录板桥事迹如《记珠江韵事》《记邗江张素琴校书毕命事》《记钱姬假途脱籍事》《吴门张少卿校书花烛词并序》、等,即为"聊斋体"与"板桥体"合为一书之作(王韬《淞滨琐话》、周生《扬州梦》亦是此类)。不过总体看来,作品在体式之间的交叉,并不会消融体式本身的特征,也不会影响各个体式各自的繁衍与流播。

---

① 〔清〕蒲松龄撰,吕湛恩注:《原本加批聊斋志异》,新文丰出版公司,1979 年,第 290 页。
② 冯友兰在《四十年回顾》中云:"我觉得我在 1957 年所发表的关于中国哲学继承问题的见解,在其认识论的根源上是抓住了一些有一些事实根据的现象。"(冯友兰:《三松堂全集》第 14 卷《闱编补遗》,河南人民出版社,2000 年,第 1076 页。)

第四章 清代笔记小说批评之形式与内涵

当代学者从小说学的角度把中国小说思想的存在形态分为"小说文本""序跋凡例""目录著述""笔记杂著""评点批改""小说专论"六个部分①,然而笔记小说有它自身不同于现代小说的特殊性,故本书主要以清代之日记、小说书目、小说序跋、小说评点本等四项内容作为研究对象,意在探索清人及民国初年关于笔记小说的批评内容。

第一节 清代笔记小说批评之日记

中国古代日记中的材料繁富,内容多样,钱穆先生云:"清代人写日记是每天记的,伟大的事迹是在日常人生中,均能放入文学中。"②日记特别是晚清民国日记是文献学研究的一个重要方向。与古典形态下的"四大笔记"相对应,晚清有所谓的"四大日记"(《翁同龢日记》《湘绮楼日记》《越缦堂日记》《缘督庐日记》)。晚清潘德舆《养一斋日记自序》叙述日记之功云:"闻前辈多有日记册子,或自勘言之臧否,行之成败;或记文酒过从之人;或述山川游历之趣。常则晴雨节候,变则郡县灾祥。大则当时有关系之事,小则逐日所览诵之书,与夫友生之论辨,触兴之诗词,皆一一书之。所以防遗忘,警勤惰,备搜择,非无用物也。"③就与文学有关的内容来看,其中关于诗文的评论、写作是日记书写的一项传统④,而关于笔记小说的评论则集中在晚清

---

① 见罗书华《中国小说学主流》之《绪论》第二节,上海书店出版社,2007年。按除上述六项外,"日记"如《谭献日记》《越缦堂读书记》,也可列入笔记、小说评论研究的范围。
② 钱穆讲授,叶龙记录整理:《中国文学史》,天地出版社,2015年,第304页。
③ 〔清〕潘德舆等:《潘德舆家书与日记(外四种)》,凤凰出版社,2015年,第66页。
④ 日记中诗文极多,日记是士大夫诗文言志的又一空间,若《王韬日记》《湘绮楼日记》《郑孝胥日记》《许宝蘅日记》《越缦堂日记》《粟香室日记》《养一斋日记》等。

光绪一朝①,之前的日记中较为少见,原因一方面是随西学东渐而来的本土文学观念的变化,小说的文学地位上升,光绪朝尤其是中国小说观念剧烈变革的重要时期,如《徐兆玮日记》《忘山庐日记》《张棡日记》等,关于通俗小说"四大名著"的评论也较为集中;另一方面是晚清日记数量突然增多,数量巨大,日记中记录读书生活较为详细,随着小说数量剧增及士大夫的阅读范围(如报刊)的扩大,日记中为小说评论也另辟了一席之地,《徐兆玮日记》《张棡日记》中记载他们阅读的报刊就有数十种之多②,阅读小说报刊也是文人自遣的一种方式。

一、晚清日记中的笔记小说作品

铁爱花先生在其书《宋代士人阶层的女性》第六章《女子有才:宋代士人阶层女性的阅读活动》中抽样统计了宋代士人阶层妇女的阅读内容,并按类别依次排序为"佛道经典""儒家经典史书""诗词文""女教典籍""音乐""家训""天文历算与医药数术""诸子百家与方技小说"八个等级,小说居于末流。不过从阅读史的角度看,士人读书存在显形阅读与隐形阅读两种现象,显形阅读如钱惟演"坐则读经史,卧则读小说,上厕则阅小辞"③。隐形阅读则如贾宝玉、林黛玉、薛宝钗偷翻《西厢记》——此类阅读一般不会或阅读者不希望在历史上留下痕迹。所以铁先生的统计未必如实地反映了宋代妇女的阅读生活。虽然笔记小说整体上属于雅文学的范畴,但由于各种原因的存在,如文禁、阅读偏好、记载繁简以及日记的缺失等,清代日记中反映出来的士大夫的阅读生活也未必全面、真实。以笔者所阅读的清代日记(《历代日记丛钞》《中国近代人物日记丛书》《中国近现代日记丛刊》《近现

---

① 晚清日记中关于小说评论的话语集中于光绪一朝,但因不少日记作者为清末民初人物,故本书也涉及民国部分日记。除标明日期外,皆为晚清光绪时期的日记话语。又清代日记中也存在一个现象,即只记载书名而不谈阅读感受,如缪荃孙《艺风老人日记》记载了《池北偶谈》《舒艺室随笔》《桃溪客语》《开天遗事》《冥报记》《三垣笔记》《三冈识略》《小沧浪笔谈》《宾退录》《西溪丛语》《饮绿轩随笔》《山志》《夜谭随录》等笔记、小说作品数十种及与之相关的校对活动,即潘德舆所言"小则逐日所览诵之书"之类的日记。

② 如《小说月报》《小说丛报》《中华小说界》《文艺杂志》《游戏杂志》《小说新报》《香艳杂志》《妇女杂志》《教育杂志》《妇女时报》《繁华杂志》《上海杂志》《滑稽时报》《甲寅》《女子世界》《小说海》《小说林》《大中华》《文星》《国学杂志》《时事新报》《国风日报》《顺天时报》《醒华报》《时报》《中华新报》《国风日报》《礼拜六》《民苏报》《每日新闻(大阪)》《小说画报》《中国学报》《日日报》《小说时报》《常熟日报》《虞阳日报》《灵学杂志》《新刍言日报》《小时报》《小说季报》《益世报》《国民公报》《国故》《文艺周刊》《自由报》《申报》《虞社月刊》《游戏新报》《半月》《新民丛报》《新小说》《新新小说》《绣像小说》《国粹学报》等。

③〔宋〕欧阳修、王辟之撰:《归田录·渑水燕谈录》,浙江古籍出版社,1999年,第72页。

代史料笔记丛刊》《中国近现代稀见史料丛刊》《上海图书馆藏稿钞本日记丛刊》《中国近代名人日记稿钞本丛刊》《珍稀日记手札文献资料丛刊》等）看,诗文经史外,以前文所述的四种类别分,清人阅读的笔记小说作品主要有：

地理杂记类：《岭表录异》(唐代),《柳边纪略》《西域闻见录》《吴门补乘》《龙沙纪略》《扬州画舫录》《瀛壖杂志》《遐域琐谈》《颜山杂记》《海录》（以上清代）。

野史笔记类：《万历野获编》(明代),《客舍偶闻》《啸亭杂录》《盾鼻随闻录》《清代野史》《瞑庵杂识》《宋稗类钞》《金陵摭谈》（以上清代）。

杂家笔记类：《老学庵笔记》《南村辍耕录》《涌幢小品》《避暑录话》《曲洧旧闻》《春渚纪闻》《东坡志林》《梦溪笔谈》（以上宋明）,《书影》《柚堂笔谈》《蒿庵闲话》《茶余客话》《知新录》《山居新话》《广阳杂记》《归田琐记》《浪迹丛谈》《南溆楛语》《有不为斋随笔》《檐曝杂记》《吹网录》《广阳杂记》《居易录》《池北偶谈》《古夫于亭杂录》《香祖笔记》《藤阴杂记》《梅䔲随笔》《茶香室丛钞》《蕉轩随录》《玉井山房笔记》《庸闲斋笔记》《鸥陂余话》《对山书屋墨余录》《两般秋雨盦随笔》《郎潜纪闻》《舒艺室杂著》《粟香随笔》《冷庐杂识》《蕉廊脞录》《柳南随笔》《东皋杂钞》《听雨轩笔记》《金壶七墨》《此木轩杂著》《春在堂随笔》（以上清代）。

故事琐语类：《山海经》《神异经》《洞冥记》《博物志》《幽明录》《搜神记》《续搜神记》《西京杂记》《世说新语》《拾遗记》《酉阳杂俎》《太平广记》《唐语林》《夷坚志》《铁围山丛谈》《桯史》（以上先秦至宋代）,《板桥杂记》《筠廊偶笔》《陇蜀余闻》《觚賸》《谐铎》《咫闻录》《花国剧谈》《海陬游冶录》《影梅庵忆语》《阅微草堂笔记》《儒林琐记》《果报闻见录》《广虞初新志》《宋琐语》《耳食录》《麓潓荟录》《西青散记》《初月楼闻见录》《里乘》《夜雨秋灯录》《客窗闲话》《埋忧集》《伊园谈异》《碧声吟馆谈麈》《鹂砭轩质言》《见闻随笔》《夜航船》《瀛壖杂记》《渔矶漫钞》（以上清代）。

从作品所属时代来看,士大夫（包括属于士大夫阶层的女性读者）偏向于阅读本朝作品,如《池北偶谈》《茶余客话》《归田琐记》《西青散记》《海录》等,大概因为书籍易得与价钱便宜,如《张佩纶日记》《佩芸日记》《姚星五日记》《吉城日记》等所载,而"渔洋说部"、《聊斋志异》《阅微草堂笔记》较受欢迎。因阅读小说（包括通俗与文言）主要为消遣、鉴赏计,如："暮购《三国演义》,灯下观之排闷。"[①]"在邮司午食时,携《觚賸》一书去,与同僚

---

① 〔清〕孙宝瑄著,童杨校订：《孙宝瑄日记》,中华书局,2015年,第14页。

等观之。此书杂记逸事,观之可略不用心,消夏最宜。"①"略不用心,消夏最宜",不是完全的理性研究,带有随意批评的特点,所以日记中关于笔记小说的批评往往不成体系,寥寥数语即完成评判。从阅读作品数量来看,野史笔记类、地理杂记类不如杂家笔记类、故事琐语类为多,如果考虑到"宋笔记"的典范意义,在一种隐形阅读的环境中②,野史笔记类与杂家笔记类、故事琐语类当同样受到士大夫阶层的重视。可惜这种"隐形的阅读"在日记中是无法反映的。

二、晚清日记中的笔记小说宏观评判

从晚清日记中反映出来的笔记小说批评话语来看,作者对于笔记小说既有宏观评判,也有微观研究,而且以后者为主。在宏观评判方面,他们关注于小说的价值、功能、文体批评、中西小说比较等事项,如《缘督庐日记》在叙述白莲教之祸后,"忽悟得中国之亡,亡于学究,亦亡于小说书呆子。又悟得《论语》'六蔽'当有'七蔽',盖佚'好忠不好学,其蔽也妄'二句"③,此与林传甲所云:"小说近于淫,彼谈阴骘者所著《果报录》《贪欢报》,不尤淫乎?"④都表现了部分士大夫对于小说功能认识上的偏颇。

随着翻译小说的兴起,作者意识到了译者(如林纾)的积极作用,如徐兆玮喜读林纾翻译小说,以为:"近时小说日出不穷,其思想之奇辟,佐我脑力不浅,然亦全在译笔之佳与否,倘译笔平常,便味如嚼蜡矣。"⑤孙宝瑄在阅读西方小说后,以为:"西人小说,每处处作惊人之笔,使人不可猜测,而又不肯明言,须待人终卷而后了悟,此实叙事之常例也,即中国小说,何独不然,但中国人喜言妖邪鬼怪,任意捏造,往往不合情理,西人亦往往说怪说奇,使

---

① 〔清〕孙宝瑄著,童杨校订:《孙宝瑄日记》,中华书局,2015年,第1276页。
② 清代文禁较严,日记中关于野史笔记类作品的记载较少,恐怕也是时代使然。又晚清之前的日记中很少有小说阅读特别是通俗小说的记录,日记中关于阅读《金瓶梅》的记录也极为少见,笔者所见只有《王韬日记》中所载一则:"(咸丰五年)几上有《金瓶梅》数册,展阅之,觉淫艳之态毕露纸上,虽写生妙笔,亦无以过此。"(〔清〕王韬著,汤志钧、陈正青校订:《王韬日记》,中华书局,2015年,第144页。)可见即使文学观念有了更新,隐形阅读还是普遍存在的,如何兆瀛在日记中每每引用孙悟空、施耐庵以讽时事,而关于通俗小说的阅读评论则未见及,其光绪癸未十二月日记中载:"十七日,在家清坐,极无聊赖,税得闲书一两种,藉以消遣。此等荒唐怪幻之文,足以驱睡魔,亦东坡说鬼之耳。"(《何兆瀛日记》,《上海图书馆藏稿钞本日记丛刊》第16册,上海科学技术出版社、国家图书馆出版社,2017年,第323页。)"闲书"大约是通俗小说之类。像李刚主在日记中照实记录日常生活的,毕竟是凤毛麟角。
③ 〔清〕叶昌炽:《缘督庐日记》第5册,江苏古籍出版社,2002年,第3162页。
④ 林传甲著,况正兵,解旬灵整理:《林传甲日记》,中华书局,2014年,第97页。
⑤ 徐兆玮著,李向东、包岐峰、苏醒等标点:《徐兆玮日记》,黄山书社,2013年,第676页。

人惊愕不定,及审观之,皆于人情物理无不密合者,此其所以胜我国也。"①"观西人政治小说,可以悟政治原理;观科学小说,可以通种种格物原理;观包探小说,可以觇西国人情土俗及其居心之险诈诡变,有非我国所能及者。故观我国小说,不过排遣而已,观西人小说,大有功助于学问也。"②孙宝瑄在指出西方小说的实用性同时,对于古典形态下的小说提出了批评,指出后者发展的迟缓与本身内容的陈旧。

在关于古典小说的文体总结方面,日记中也有反映,如孙宝瑄云:"《石头记》,儿女史也;《水浒》,英雄史也;《西游记》,妖怪史也;《聊斋》,狐鬼史也。四史皆于小说中各开一境界。"③从而指出《聊斋志异》在小说史中的重要地位。李慈铭从"说部"的角度,对杂家、小说家笔记作品做了宏观论定,其在评论《归潜志》《容斋随笔》的同时,对于历代笔记的成就做了总结,云:"阅《归潜志》一卷至六卷……予尝谓说部之佳者,如《世说》《语林》《唐语林》《国史补》,宋之《春明退朝录》,金之此书,元之《辍耕录》,皆足称小史,与他书之偶存故事者不同。"④"南宋人如洪景庐学问赅洽,为不数见。此书(《容斋随笔》)考证多精,识议亦胜,并时说部,最为可观。予尝论南渡后王观国《学林》之经学、字学,吴曾《能改斋漫录》之杂学,王应麟《困学纪闻》之史学,可谓荟萃众有,纵衡一时,撮其所长,蔚乎可述。洪氏虽不能奄有诸妙,颇亦兼诸厥能。至记时事之详,有裨尚论,亦周密《齐东野语》之亚;志当代朝章官制,与费衮《梁溪漫志》、岳珂《愧郯录》可相参核。宋时说部,据予所见,其号称佳者,若朱翌《猗觉寮杂记》、张淏《云谷杂记》、沈作喆《寓简》、孙奕《示儿编》、姚宽《西溪丛语》、刘昌诗《芦浦笔记》、赵与时《宾退录》、何薳《春渚纪闻》、陆游《老学庵笔记》、叶梦得《石林燕语》《避暑录话》,虽标新立异,颇有独得,而或琐屑为累,或踳驳太甚,或意见偏蠚,或篇幅寥狭,皆仅备取裁,无当巨著。惟朱弁《曲洧旧闻》,大指多论宋事,而间及前史,皆极精核,最为可贵。要之诸家当理学盛行之时,不务为心性空谈,独为根柢实学,于以箴陋砭荒,厥功甚伟。洪氏此书,尤俭岁之粱稷,寒年之纤纩。"⑤李慈铭从知识性与学术性(实际上是"考据")的角度,给予《容斋随笔》极高的地位,并以此为范本评骘其他笔记作品,而笔记小说作品如《世说》《老学庵笔记》等则等而下之——此类作品有"琐屑为累""踳驳太甚"的问题。

---

① 〔清〕孙宝瑄:《忘山庐日记》,上海人民出版社,2015年,第762页。
② 同上。
③ 同上,第429页。
④ 〔清〕李慈铭著,由云龙辑:《越缦堂读书记》,中华书局,1963年,第985页。
⑤ 同上,第948页。

三、晚清日记中的笔记小说微观研究

笔记小说在日记中的微观研究,包括作品之辨伪、条辨、文本批评等。在辨伪方面,是关于作品成书年代、署名的考证,晚清日记集中于《西京杂记》的伪书问题,如赵烈文《静能居日记》云:"《西京杂记》六卷,此书或云刘歆,或云葛洪,实则梁吴均托言葛洪得刘歆《汉书》遗稿,录班固所不载者而为书,盖杜撰之说。庾肩吾作文用此书,后悔之,知为均假托故也。"①《越缦堂读书记》中云:"阅《西京杂记》。此书托名刘歆所撰,葛洪所录,论者谓实出梁吴均之手。其文字固不类西汉人,且序言班固《汉书》全出于此,洪采班书所未录者,得此六卷。……必皆出于两汉故老所传,非六朝人所能凭空伪造。"②《复堂日记》亦云:"阅卢刻《西京杂记》。抱经先生信为出自稚川,不从吴均之说。但就文体定之,亦似未到齐梁。"③他们都指出《西京杂记》非汉代人之作的种种依据。

在条辨方面,清人仍以考据之法为之,其中《徐兆玮日记》《越缦堂日记》条辨之文最多,如《越缦堂读书记》就涉及《世说新语》《庶斋老学丛谈》《双槐岁钞》《挥麈录》《缃素杂记》《清波杂志》《挥麈录》《缃素杂记》《萍洲可谈》《齐东野语》《钓矶立谈》《交翠轩笔记》《庸闲斋笔记》等十余种作品;除此之外,其他日记中不乏条辨之文,如吉城指出张杲卿审案为《聊斋·冤狱》之所本:"《老学庵笔记》载'张杲卿知润州,鞠茹人杀夫投之于井'一则,《聊斋》即本之。"④吴汝纶考证汉武帝生辰:"《汉武故事》:'武帝以乙酉之岁七月七日平旦时生。'平旦,寅时也,见《旧唐书·吕才传》(同治丙寅年)。"⑤"辨伪"与"条辨"并非批评之语,但对文本批评能起到补益的作用。

在文本批评中,从笔记小说类别来看,与前文所示的作品数量相对应,地理杂记类、野史笔记类的评论较少,杂家笔记及故事琐语类较多。在地理杂记类中,李慈铭对于《龙沙纪略》评价较高:"(《龙沙纪略》)是释式济随其父在戍所时作,分方隅、山川、经制、时令、风俗、饮食、贡赋、物产、屋宇九门。共书纪载详核有法,于山川尤考证致慎,为言北塞者所必需。"⑥

---

① 〔清〕赵烈文著,廖承良标点整理:《能静居日记》第三册,岳麓书社,2013年,第1664页。
② 〔清〕李慈铭著,由云龙辑:《越缦堂读书记》,中华书局,1963年,第927—928页。
③ 〔清〕谭献著,范旭仑、牟晓朋整理:《复堂日记》,河北教育出版社,2001年,第68页。
④ 〔清〕吉城著,吉家林整理:《吉城日记》,凤凰出版社,2018年,第237页。按,"鞠茹人"当作"鞠妇人"。
⑤ 〔清〕吴汝纶著,宋开玉整理,《桐城吴先生日记》,河北教育出版社,1999年,第247页。
⑥ 〔清〕李慈铭著,由云龙辑:《越缦堂读书记》,中华书局,1963年,第1013页。

而谭献对于《扬州画舫录》有所偏爱:"李氏颇留意一时文献,不当以说部轻之。"①二人皆从知识性的角度来谈此类作品的价值。其他如《袁昶日记》中的《柳边纪略》、《能静居日记》《潘祖荫日记》中的《西域闻见录》(又名《遐域琐谈》),不过偶一提及②,李慈铭甚至认为《吴门补乘》"所载芜杂,多采市稗,不知著书之体。又所见陋狭,拙于考订"③。可见日记作者对于此类文献兴趣不大。

与其他三类对于某种作品褒贬不一的情况相反,日记中对于野史笔记类的作品评价,基本上是积极的,其中尤以《万历野获编》和《啸亭杂录》最高,如李慈铭云:"阅《啸亭杂录》,所载国朝掌故极详,间及名臣佚事,多誉少毁,不失忠厚之意。其中爵里字号,间有误者,而大致确实为多,考国故者莫备于是书矣。"④"又得《啸亭杂录》一书,为礼亲王汲修主人所辑,皆纪国朝掌故逸事,鳞次可观。"⑤谭献云:"阅《万历野获编》……记掌故多实录,明野史中可传者也。"⑥"《野获编》阅竟。……事有左证则然,论无偏党,则门户余习,浸染亦不盖免。末数卷纤杂近说部。□祠甚嗜禅宗,亦名士习气而已。"⑦"阅《啸亭杂录》十卷、《续录》三卷,皆乾嘉间名臣言行、军政掌故,殊有关系。魏默深《圣武记》、李次青《先正事略》颇有取于此。"⑧二书皆为明清时期的笔记名作,深得士林欢迎。

对于杂家笔记类的作品,晚清日记除了肯定"宋笔记"的范型意义外,对于明清两代的作品如《涌幢小品》《茶余客话》《吹网录》《鸥陂渔话》《居易录》等也给予了肯定。其中"渔洋说部"深受士林喜爱,如谭献云:"阅渔洋山人《居易录》,名言雅句,国故旧闻,随笔写记,自有义法。予欲仿此为日记,以二十年乱离奔走,稿本散失,近年所记,荒略不足观。前哲绪余,后生亦不能学步。"⑨李慈铭云:"阅阮亭《居易录》。阮亭藏书颇夥,一时往还皆

---

① 〔清〕谭献著,范旭仑、牟晓朋整理:《复堂日记》,河北教育出版社,2001年,第68页。
② 《袁昶日记》载:"阅山阴杨大瓢《柳边纪略》(前有费此度、王昆绳序,甚佳)。"(〔清〕袁昶著,孙之梅整理:《袁昶日记》,凤凰出版社,2018年,第676页。)赵烈文《能静居日记》云:"《西域记》八卷,满洲七十一撰。记新疆、回疆及西属国风俗沿革,粗漏甚多。又最《西域闻见录》。"(〔清〕赵烈文:《能静居日记》,岳麓书社,2013年,第202页。)《潘祖荫日记》:"(光绪十一年三月)初六日……送眉生《新疆舆图风土考》,即《遐域琐谈》。"(〔清〕潘祖荫撰,蒋云柯、蒋伟平整理:《潘祖荫日记》,凤凰出版社,2023年,第221页。)
③ 〔清〕李慈铭著,由云龙辑:《越缦堂读书记》,中华书局,1963年,第1016页。
④ 同上,第1028页。
⑤ 〔清〕孙宝瑄著,童杨校订:《孙宝瑄日记》,中华书局,2015年,第66页。
⑥ 〔清〕谭献著,范旭仑、牟晓朋整理:《复堂日记》,河北教育出版社,2001年,第6页。
⑦ 同上,第387页。
⑧ 同上,第285页。
⑨ 同上,第40页。

博雅胜流，故见闻既广，议论皆有本末，其于集部致力最深，《四库提要》多取之。"并指出此书问题所在："（王渔洋）惟于经学太浅。又其时目录之学未盛，往往有失之眉睫可笑者，如云尝于慈仁寺阅书，见孔安国《尚书大传》、朱子《三礼经传通解》，吴任臣家有《唐会典》、《开元因革礼》之类是也。"[1]士大夫对于此类作品并不注意其中的叙事因素，而是注重其中的知识（考据、议论、载记），这也是他们阅读的目的之一，即在消闲中获得更多文史知识。

晚清日记对于故事琐语类作品的评价有时代之别，即对于前朝作品如《酉阳杂俎》《世说新语》《搜神记》等评价较高，表达了"理解的同情"，如李慈铭评《三水小牍》"叙述浓至，传义烈事亦简劲有法，虽卷帙甚寡，自称名作也。"[2]《唐语林》"……为五十二门，采集小说十五家……且所载多嘉言韵事，为考唐事者不可少之书。"[3]而日记中对于本朝作品则普遍评价不高，所例外者为《复堂日记》。谭献《复堂日记》对于本朝笔记小说的评价持一种"不薄今人爱古人"的态度，语涉《初月楼闻见录》《里乘》《耳食录》《夜雨秋灯录》《伊园谈异》《西青散记》《阅微草堂笔记》等，如"阅宣鼎瘦梅《夜雨秋灯录》八卷。尚有《拾遗记》等遗意，词笔秾丽，在《蝶蛄杂记》下、《里乘》之上矣。又阅《志异新编》，平易近人，文章多直致。"[4]对于本朝小说持论较平正。

纪昀的《阅微草堂笔记》在晚清乃至民国的日记中得到了一致认可，甚至在日记中的评价要高于《聊斋志异》[5]，如赵烈文云："（《阅微草堂笔记》）河间纪昀撰。志异之书，而借抒议论，此体唐宋以前无之，盖所谓寓言十九，非《搜神》《述异》之类也。礼经律意以不备言之，颇能平心，惟诋叔世伪儒，揣摩形象几于颊上三毫，未免失之轻薄。而一切托于孤见，谓之贬俗，则又非矣。"[6]李慈铭云："卧阅《阅微草堂》五种，文勤此书，专拟干令升、颜黄门一流，而识议名隽过之。其字句下间附小注，原本六书雅训，一字不苟，是经

---

[1] 〔清〕李慈铭著，由云龙辑：《越缦堂读书记》，中华书局，1963年，第1005页。

[2] 同上，第933页。

[3] 同上，第936页。

[4] 〔清〕谭献著，范旭仑、牟晓朋整理：《复堂日记》，河北教育出版社，2001年，第283—284页。

[5] 日记中阅读《聊斋》的作者很多，但他们的评论不多，如《江瀚日记》《丁丑寓保日记》等，只是记录了当日阅读书目，宗婉《丁丑寓保日记》中云："二十日（12月24日）。晴。松姑央说《聊斋》，为说数段。……二十八日（1978年1月1日）晴。《聊斋》阅讫。"（〔清〕宗婉撰，杨彬彬整理：《丁丑寓保日记》，《近代女性日记五种（外一种）》，凤凰出版社，2021年，第25页。）

[6] 〔清〕赵烈文著，廖承良标点整理：《能静居日记》第三册，岳麓书社，2013年，第1627页。

师家法也。"①孙宝瑄云:"晨,坐窗下观《阅微草堂笔记》排闷。是书之可厌处,即好言狐鬼,而大致相同。其可喜处则每于叙事之余,忽夹以精思伟论,多反俗见,使人警快欲绝。"②其他如《复堂日记》《张棡日记》《黄尊三日记》《畴盦杂记》等也给予积极评价,如黄尊三云:"一九二七年十二月二十日,本日《阅微草堂笔记》看毕,是书文笔高井,结构整严,为短篇文字之特出,远在《聊斋》之上。"③"经师家法""精思伟论""文笔高井,结构整严"的评价,透露出他们对于《阅微草堂笔记》为学者小说(类于通俗小说领域的《镜花缘》)的推崇。

四、晚清日记中的笔记小说批评特点

(一)多元化批评

晚清日记数量众多,作者虽多为士大夫,然而限于个人文学素养,他们对于某部作品的理解也有差异,所以呈现出一种多元化的批评局面,如关于《南村辍耕录》的批评,赵烈文云:"(咸丰八年八月初七日)阅《辍耕录》竟,书无要语足采,但元代佚闻耳。又多胡俗俚诞之事,无良法美意存于其间,盖小说家者流也。"④而李慈铭则云:"阅陶宗仪《辍耕录》。元人说部最鲜,其可考见故事者,尤不经见,此书殊为杰出者矣。……《辍耕录》于纪时事之外,间附考证之学,颇亦精核。惟好载鄙俚之词,委琐之事,殊不免近市井家言,有甚可笑者。《四库书目录》亦谓自秽其书也。"⑤又如《粟香随笔》,谭献以为此书"若舆地形胜、若掌故、若中外、若小学新旧学,皆有可采撷,谈艺其末也"⑥。而刘承幹则以为此书"(民国四年十月初六)近于诗话体裁,阅之无甚意味。"⑦这种差异性也体现出日记中各自言说的自由度较大,这种批评对于作品的优缺点皆为呈现,反而显得较为客观。

(二)意在求是与学问化

晚清日记中有明显的学问化倾向,叙述中有着较为纯正的求是态度,如李慈铭记其阅读《冷庐杂识》时,以为此书"颇有史学,记时事亦多可观,较近时梁绍壬《两般秋雨盦随笔》、梁章钜《归田琐记》诸书为胜一筹"⑧。翁

---

① 〔清〕李慈铭著,由云龙辑:《越缦堂读书记》,中华书局,1963年,第1013页。
② 〔清〕孙宝瑄著,童杨校订:《孙宝瑄日记》,中华书局,2015年,第1105页。
③ 黄尊三:《黄尊三日记》,凤凰出版社,2019年,第668页。
④ 〔清〕赵烈文著,廖承良标点整理:《能静居日记》第一册,岳麓书社,2013年,第33页。
⑤ 〔清〕李慈铭著,由云龙辑:《越缦堂读书记》,中华书局,1963年,第987—989页。
⑥ 〔清〕谭献著,范旭仑、牟晓朋整理:《复堂日记》,河北教育出版社,2001年,第406页。
⑦ 刘承幹著,陈谊整理:《嘉业堂藏书日记抄》,凤凰出版社,2016年,第258页。
⑧ 〔清〕李慈铭著,由云龙辑:《越缦堂读书记》,中华书局,1963年,第1027页。

心存在阅读嘉庆年间成书的《海录》时,详述书中关于英吉利的殖民活动,之后感慨道:"(道光二十一年正月四日)向来粤东疆吏不加诇察,思患豫防,可为浩叹。"①从中表达了对外患日增的忧虑、对朝廷错失了解外情的痛惜。日记中也把作家的道德评判与作品价值相结合,如管庭芬在洪杨之役中载咸丰十年六月十三日阅读感想云:"闻震泽、梨里、南浔俱为贼焚掠一空。是时录沈起凤《续谐铎》一卷以遣闷垒。十一叶。并记其后云:闻诸故老云,沈桐威少年时所为,皆不循理法。客京师日,暑月髻簪茉莉花,身衣短纱衫裤,作卖花郎行径。永巷朱门,叫歌争买,日午则套车遍谒辇下显达,天晚则烂醉于娈童妖妓之家矣。后为巡城御史所知,欲绳之于法,跄踉遁归,所作《谐铎》惟学刘四骂人,了无可取,此数则盖删余之本,砐石许心如明经光清处有之,因假录以遣残暑,然今日之吴人皆逃死不暇,回想桐威事虽轻薄,而承平时之游戏不可复得矣。"②姚觐元评《茶余客话》云:"旧闻轶事,备载无遗,考掌故者,咸取资焉,此小说家之上乘,勿漫视之。"③与言之有据的作品相比,《郎潜纪闻》作为一部卷帙繁多、效法《容斋随笔》的杂家笔记,清人日记对其评价不高,刘承幹以为"(宣统二年七月十二日)观其所记各事,关乎经国者,殊亦不多,而琐琐杂事中亦复烦冗异常,断制既乏谨严,载记亦甚平率,甚无谓也。"④谭献亦云:"阅陈钧堂《郎潜纪闻》初、二笔毕。意在掌故而条理殊少,间有主文,亦非妙笔,杂采说部别集,胥抄而已。文人小有规模,即思阑入儒家史才,要之为辽东豕也。"⑤"三日来有阅《郎潜纪闻》初、二笔一过。钧堂标高揭己,稗贩复经,不足著录。惟士夫荒陋者众,京曹瞆冗,似此薄有文采,抄纂旧闻,尚不至割裂支离,已可谓朝阳之凤。至于行不顾言、方以诈败,此有吏议,有公论,尤不待贬绝矣。"⑥这种求是、求学问的倾向,在日记中表现还很多,如:"(《广阳杂记》)多记残明佚事及国初官制,糅杂无序。偶一考古,大率浅谬,宜其心折于金人瑞也。"⑦"牧仲故不读书,(《筠廊偶笔》)所记无足观者。"⑧"(《庸闲斋笔记》)其书多载家世旧闻,间及近事,颇亦少资掌故。惟太不读书,叙次亦拙,不足称底下书耳。……其间及

---

① 〔清〕翁心存著,张剑整理:《翁心存日记》第二册,《中国近代人物日记丛书》本,中华书局,2011年,第424页。
② 〔清〕管庭芬著,张廷银整理:《管庭芬日记》第四册,中华书局,2013年,第1656页。
③ 〔清〕姚觐元著,董婧宸、董岑仕整理:《姚觐元日记》,凤凰出版社,2022年,第371页。
④ 刘承幹著,陈谊整理:《嘉业堂藏书日记抄》,凤凰出版社,2016年,第9页。
⑤ 〔清〕谭献著,范旭仑、牟晓朋整理:《复堂日记》,河北教育出版社,2001年,第300—301页。
⑥ 同上,第329页。
⑦ 〔清〕李慈铭著,由云龙辑:《越缦堂读书记》,中华书局,1963年,第1004—1005页。
⑧ 同上,第1005页。

考据,无不舛谬。"①以学问作为作品价值的标准,这也是关于《聊斋志异》的评价低于《阅微草堂笔记》的原因之一,如谭献云:"阅《阅微草堂笔记》。童冠至今数数阅之,说部之有益身心者。且可稽求掌故,并有论西学制器深识远见之言。此小说列子家之后,登著录而无愧矣。"②谭献以为此书"有益身心""稽求掌故""深识远见",实际上是有助于学问而言。

（三）风格学评判

与日记中对章回小说的主题、人物、情节、技法等进行分析不同,对于笔记小说的批评多是从风格学的角度进行,如:"(《埋忧集》)笔尚翔洁。"③"(《广阳杂记》)虽甚奇异可喜,尚觉其芜杂。"④"(《吹网录》)温若有余,蔼然有道者气象。"⑤"(《耳食录》)盖学《聊斋志异》,而作者笔滞而词陋,间有修洁者,终不免措大气。"⑥"(《洞冥记》)辞藻丰缛,有助文章,此乃不愧。"⑦"(《客窗闲话》)叙事修洁,文藻不及许叔平《里乘》,而喷薄之气胜之,惜其心目终为蒲松龄所囿。亦近年说部之佳者。其次则黄氏《金壶七墨》差可观,《墨余录》《桐阴清话》等诸自郐。若齐学裘之《见闻随笔》,则陋劣不成文理矣。"⑧"(《西青散记》)笔墨幽玄,心光凄淡。所录诗篇颇似明季钟、谭一流,而视竟陵为有生气也。"⑨"(《世说新语》)语多隽雅。"⑩姚觐元评《咫闻录》"笔墨芜秽鄙陋,不直一哂也。"⑪"修洁""隽雅""翔洁""芜秽鄙陋"等评语,皆是从风格角度进行的批评,言简意赅,而又皆中其肯綮,是对作品文风的高度概括。在风格批评中,日记作者也常对作品进行比较,如何兆瀛在阅读中对"渔洋说部"、《阅微草堂笔记》、《聊斋志异》进行了比较式批评:"读《居易录》毕,今又读《池北偶谈》及半……至文笔则以《居易录》为胜,然总不如晓岚先生《阅微笔记》之高妙。余尝言《聊斋》有意为文,其笔仿则在《左》《国》。《阅微》无意为文,其用笔不让唐宋大家。但可以各各单行者也。"⑫何

---

① 〔清〕李慈铭著,由云龙辑:《越缦堂读书记》,中华书局,1963年,第1024—1026页。
② 〔清〕谭献著,范旭仑、牟晓朋整理:《复堂日记》,河北教育出版社,2001年,第401—402页。
③ 同上,第298页。
④ 〔清〕赵烈文著,廖承良标点整理:《能静居日记》第四册,岳麓书社,2013年,第1909页。
⑤ 〔清〕袁昶著,孙之梅整理:《袁昶日记》,凤凰出版社,2018年,第1048页。
⑥ 〔清〕李慈铭著,由云龙辑:《越缦堂读书记》,中华书局,1963年,第1017页。
⑦ 〔清〕谭献著,范旭仑、牟晓朋整理:《复堂日记》,河北教育出版社,2001年,第110页。
⑧ 同上,第282页。
⑨ 同上,第310页。
⑩ 张枫著,张钧孙点校:《张枫日记》第2册,中华书局,2020年,第540页。
⑪ 〔清〕姚觐元著,董婧宸、董岑仕整理:《姚觐元日记》,凤凰出版社,2022年,第371页。
⑫ 〔清〕何兆瀛撰:《何兆瀛日记》,《上海图书馆藏稿钞本日记丛刊》13,上海科学技术出版社、国家图书馆出版社,2017年,第452页。

兆瀛从风格学的角度分析了此四种笔记小说的差异之处,并以通达的文学观分别给予他们各自并行的地位。

总而言之,晚清日记中所载小说书目,是清人长期阅读生活的一个侧面①。就光绪朝的小说评论来看,关于通俗小说的见解要高于文言小说,鉴赏与索隐并重,涉及作品有《红楼梦》《三国演义》《水浒传》《西游记》《儒林外史》《官场现形记》《封神演义》《荡寇志》等,其中《越缦堂读书记》《孙宝瑄日记》《徐兆玮日记》《王韬日记》《江标日记》《黄尊三日记》的通俗小说评论较夥。而关于《红楼梦》的评论文字则尤为集中,如孙宝瑄云:"此书实为悟道后之作无疑。盖其学非全从《参同》《悟真》而来。书中有点睛处如述宝玉应试之先,习作四书文,遂将《南华》《参同契》等书屏置不观,可知其作书宗旨也。……赞云:'满纸荒唐言,一把辛酸泪。但云作者痴,谁解其中味。'余谓解味者果无人,能解其味,其人即可解甘露味也。"②以"悟道"为角度,从而对《红楼梦》进行了个人化的解读。其他日记中也有关于四大名著的零星评论,如庄宝瀓喜读小说,其日记中辑录了《耐冷谭》《客窗闲语》《聊斋志异》《碣石剩谈》《丰暇笔谈》《蕉窗闻见录》《绪南笔谈》《摊饭续谈》中的笔记数则,但是并无评论,唯光绪戊寅十一月初五日中云:"《红楼梦》说部空前绝后,宇宙妙文。曹雪芹传颦儿处,宜和太史公《项羽本纪》,将一腔悲愤,半世牢骚,尽情发泄,为愤王传杖,实为自己写照。"③庄宝瀓并从接受史的角度对《红楼》续书进行了评论,以为归锄子《红楼梦补》最为杰出:"前人文字大忌印板,此以印板见奇,前人议论必脱窠臼,此则窠臼自守,步步有照应,事事有对证,亦小说家别树一帜者。噫!未可厚非矣。"④表达了庄氏对《红楼梦》系列小说的喜爱之情,此与王韬日记中认为《红楼》续书"皆为浪费笔墨,适为多事而已"⑤形成了较为鲜明的对比。

除此文、白小说评论之外,清人日记中不乏笔记小说阅读中自我感慨的

---

① 就文学题材来说,日记中所载以诗文为主,小说次之,戏曲再次之。清代日记中的诗文,将是未来全清诗词文汇编工作的一个重要内容。
② 〔清〕孙宝瑄著,童杨校订:《孙宝瑄日记》,中华书局,2015 年,第 329 页。
③ 〔清〕庄宝瀓著:《庄宝瀓日记》,《晚清常州名贤日记四种》,凤凰出版社,2013 年,第 223 页。
④ 同上,第 224 页。
⑤ 《蘅花馆日记》咸丰八年九月二十九日载:"夜泊双林,是日舟中无事,阅《红楼梦补》……委婉斡旋,无非欲宝玉之情十分圆满而已。噫,《石头记》一书,本属子虚乌有,而曲曲写来,自能使有情人阅之堕泪,实由于笔妙意妙也,后来续者,如画蛇添足,均无可观,如《后红楼梦》《红楼复梦》《绮楼重梦》《红楼圆梦》《红楼梦补》,皆浪费笔墨,适为多事而已。"(〔清〕王韬:《蘅花馆日记》,《上海图书馆藏稿钞本日记丛刊》第 23 册,上海科学技术文献出版社、国家图书馆出版社,2017 年,第 405—406 页。)

记载，如袁昶云："昨夕阅摘抄《世说》，至山巨源心存世外而与世俯仰，与嵇、向等雅故诸子皆屯蹇于时，独山公克保浩然之度，不觉废书而叹。呜呼！君子之处世，卒无所遇，身虽显，其志隐矣，非必蓬蒿之下，涧谷之庐也。山涛、魏舒显而敛德避难，阮籍微而托迹咏怀，皆不得于时，苟全性命者之所为。孔子曰：'危行言孙，后之览者，可以观其世矣。'司马徽之居荆州，逊遁婉约，动不忤物，亦类此。"①如果作者参与了笔记小说的撰写工作，日记中则坦露心声，表明主旨，如王韬撰写了《花国剧谈》《海陬冶游录》，其日记中即写道："（咸丰二年九月十有七日）是日得莘圃书壹函，劝余屏绮语而归禅旨。然余作《花国剧谈》一书，大旨亦无诡于正，以文人之笔墨，为名妓下针砭，浮云在空，明月满地，一片虚无，反属幻境，但法秀见之，不免诋呵耳。莘圃书中极道严桂生遗弃尘俗，修身养性，为不可及。"②"（咸丰十年四月三日）孝拱见余所著《海陬游冶录》，问曰：'今日可能按图索骥否？'余曰：'自遭乱离之后，风流云散，芳讯顿杳，此编只可当作白头宫人谈天宝繁华耳。'"③王韬的笔记小说写作成就突出，其好狭斜游，"以文人之笔墨，为名妓下针砭"，仍是才子性情的流露而已。

第二节　清代笔记小说批评之书目

一、清代书目概观

民国二十年林志均《书画书录解题序》中云："盖自《七略》《别录》以来，目录学至有清一代而极盛。"④清代目录学具有很高的研究价值。《江苏艺文志序例》叙述中国目录流变云："目录之学，始汉《七略》，魏晋分为四部，唐开元时始定经史子集之名，宋景祐初仿其制编为《崇文总目》，其后官私书目皆因之，以迄于清代之《四库全书总目》。自阳湖孙氏撰《孙（氏）祠堂书目》，始依魏晋勰《新簿》乙子而丙史，其他篇第亦皆有所更置，江阴缪氏《艺风藏书记》从之，义在复古通今。近时新学盛行，又非昔比。"⑤至于说本书

---

① 〔清〕袁昶著，孙之梅整理：《袁昶日记》，凤凰出版社，2018年，第676页。
② 〔清〕王韬著，汤志钧、陈正青校订：《王韬日记》，中华书局，2015年，第46页。
③ 同上，第347页。
④ 余绍宋：《书画书录解题》，浙江人民出版社，1982年影印本，第2页。
⑤ 《江苏艺文志》不分卷，《中国科学院文献情报中心藏稀见方志丛刊》第33册，国家图书馆出版社，2014年，第3页。

所论的清人书目数量，恐怕有数千种之多①。清代书目的编纂，以《绛云楼书目》《四库全书总目》为节点，大体经历了三个阶段，前期疏略而中后期转密，钱谦益《绛云楼书目》以后，作者代起，至乾嘉而大盛②。今据来新夏《清代目录提要》、范凤书《中国私家藏书史》等所载目录以及嘉庆以前官修省府志的编纂③情况，笔者得见者有清及民国书目一百余种，今据此为研究对象。

叶德辉把书目分为四种，光绪甲辰其于《赵晋斋竹崦庵传抄书目序》中云："凡目录家派别，或专纪宋元旧本如《钦定天禄琳琅》、钱遵王《读书敏求记》、张金吾《爱日精庐藏书志》、黄荛翁《士礼居题跋记》之类是也；或依四部分列录为一编，如家文庄《篆竹堂书目》、黄俞邰《千顷堂书目》、倪迂存《江山云林阁书目》之类是也；或自成著作、损益刘班，如孙渊如《祠堂书目》、近张孝达制军《书目答问》之类是也——顾未有以传本独为一目者。此目正经、正史、诸子、别集有刻本者皆未著录，惟传抄之本，并载页数，其中所列之书，近世多以传刻，而当时皆石渠孤本、秘笈奇文，足见晋斋好书之癖同于好金石，而此目固可于目录中别树一帜矣。"④笔者把与小说批评相关的书目分为簿录式和提要式两种，而在这百余种见存书目中，大多数为簿录体，如钱谦益《绛云楼书目》、王士禛《池北书目》、纳兰揆叙《谦牧堂藏书目》、陆陇其《三鱼堂书目》、宋荦《商丘宋氏西陂藏书目》、刘锦藻《清朝续文献通考》、曹寅《楝亭书目》、章钰《清史稿·艺文志》等，提要式的目录并不占主体地位。

簿录式书目的著录体例，一般分为书名、作者、版本、卷数(册数)各项。

---

① 由于藏书家与私家书目关系密切，故而藏书家的数量可以作为一个衡量清代以往书目数量的标尺，范凤书云："清代是封建时代私家藏书最鼎盛的时期，整个清一代确有文献记载藏书事实者，经笔者查明，计有二千零八十二人，超过了前此历代藏书家的总和。"(范凤书：《中国私家藏书史》，大象出版社，2001年，第269页。)来新夏《清代目录提要》(齐鲁书社，1997年)收录清代目录380余部。李万健亦云："有清一代，私藏之家的书目著作大约有六百七十多种。"(李万健：《〈清代私家藏书目录题跋丛刊〉序》，《清代私家藏书目录题跋丛刊》第1册，国家图书馆出版社，2010年，第7页。)私家书目再加上官修目录，数量在千种以上的估计是合乎历史事实的。
② 见罗振常《〈传忠堂书目〉序》、姚振宗《师石山房书目》之《例言》。
③ 清代方志中设体例完备的"经籍志""艺文志"(如《(乾隆)浙江通志·经籍志》《(光绪)重修安徽通志·艺文志》)的并不多，甚至"艺文志"者成了地方文章之选，并非文献总目。就类型而言，"经籍志"一般存在于省志一级，府州县志几乎没有。就地域来讲，江南地区的方志中存留"经籍志"一目远高于其他地区。这反映了在方志中设置"经籍志"一目还不是一个普遍的现象，还没有完全意识到"经籍"一门对地方文献的重要作用。
④ 〔清〕赵魏：《竹崦庵传抄书目》，《丛书集成续编》第5册，台北新文丰出版公司，1989年，第239页。

若为藏书家所编,还需要著明插架位置,如朱筠、朱锡庚藏并撰之《椒花吟舫书目》、纳兰揆叙藏之《谦牧堂藏书目》、潘奕隽藏并撰之《三松堂书目》等。其中《谦牧堂藏书目》本为纳兰揆叙藏书目录,道光间刘喜海序云:"此目用千文编著,自天字至暑字,凡十有九即遵用其师健庵先生《传是楼书目》例也,而其中所录无多且罕有奇秘之品,当是初藏书时所编,恐非完帙。"①此目"暑字壹号""暑字贰号"著录了不少俗文学作品,如《两交婚》《玉娇梨》《平山冷燕》《六十种曲》《笑海天花》《元人百种》《定鼎奇闻》《英烈传》《万宝全书》《警世通言》《金瓶梅》《西游记》《水浒后传》《醒世姻缘传》《西游记》《桃花影》等。若此目为书贾贩卖或藏书变卖所用,则亦须载明价格,如吴骞编之《兔床山人藏书目录》,每部书下多记市价,如:"《原李耳载》二本,二钱四分。""《西青散记》二本,四钱。""《日下旧闻》十三本,一两二钱。"故无名氏《兔床山人藏书目录序》中叹曰:"一部书惟目录最为无情,何也?无神理故也;兼本数分两(指书下标注价格),无情中更无情也。"②藏书与售卖,本为两项活动,故爱书人感慨焉。

提要式的目录在数量上虽然不多,但在考索古籍版本以及考察书目编撰思想方面却有重要作用,如钱曾《读书敏求记》、丁丙《善本书室藏书志》、周中孚《郑堂读书记》、耿文光《万卷精华楼藏书记》以及围绕四库编纂活动为中心的《四库全书总目》《四库全书简明目录》《四库全书荟要总目》《四库全书初次进呈书目》《浙江采集遗书总录》《续修四库全书总目提要》等。

二、笔记小说在清代书目之多样化著录

清代处于《汉志》以来的传统小说观念的延续期与《四库全书总目》以后小说观念③及西方小说观念入华的新变期④。清朝处于小说观念延续与新变的交错状态,表现在书目中,便是笔记小说作品著录的多样化。

这种多样化的格局表现在四个方面,一是一种作品在同一书目中以"互著别裁"法(见章学诚《校雠通义》)分别著录于多个类目中,它在所属类目中所表现的只是作品的一个方面,如杂说笔记之类的作品就游走于杂家与小说家之间。二是一部作品可以在不同书目中处于不同的类别,如陈弘绪

---

① 〔清〕纳兰揆叙等:《谦牧堂藏书目》二卷,国家图书馆藏道光十年刘氏味经书屋抄本。
② 〔清〕吴骞:《兔床山人藏书目录》,国家图书馆藏适园抄本。
③ 《汉书·艺文志》的小说观念是小说为小道之学,对采用何种言说方式(议论、叙事)并不注意,与杂家之形而上的作品相比,具有形而下的品格;《四库总目》则是注意小说的言说方式,建立以叙事为中心的小说观。
④ 乾隆以后直至民国初年,这两种小说观念并行不悖,《四库全书总目》的小说观并非全为学者群体接受。

之《寒夜录》二卷,分别被《(康熙)西江志经籍志》杂类说部、吴骞校本《千顷堂书目》小说类、《观海堂书目》杂家类杂说之属著录。查慎行《人海记》分别被民国《杭州府志》史部地理类、《持静斋书目》卷三小说家类杂事之属、《观古堂藏书目》杂史类琐记之属著录。这在清代书目中是一个普遍的现象。三是四部分类与其他分类法并存格局下的笔记小说的不同著录,《四库全书总目》与《孙氏祠堂书目》类目设置不同,关于笔记小说的著录一在于小说家、杂家等,一在于"说部"。四是作家本身在其所撰多种书目中笔记小说归属不同,如钱曾撰有《读书敏求记》《述古堂书目》《也是园书目》三种书目,三书体例不尽相同,小说作品的归属也不同,以《述古堂书目》中的小说为例,其著录小说 136 种,在《也是园书目》中分属于"杂史""冥异""都城宫苑""朝聘""行役""别志""杂家""小说""诗文评""词"等诸类目,其中多有笔记小说。从中可以看出四部分类法下笔记小说著录的多样性。

　　在多样化的著录格局中,不论是簿录式还是提要式,采用经史子集四部分类法的明显是主流,而且四部下设二级目录在数量上占优①。在四部分类法下,笔记小说在清代书目的著录,虽在史部杂史类、地理类等皆有分布,但它仍以子部为主,尤以小说家、杂家为多②,如《(雍正)浙江通志》即为四部分类,"经籍"类小序云此目"依《隋书·经籍志》之例,各分部录"③,子部分儒家、道藏、释藏、法家、名家、墨家、杂家、农家、小说家、兵家、天文、历算、五行、医家、杂技术、类书,其中杂家著录作品七十余种,小说家著录近三百种,包括志怪、轶事、笔记、丛书之类,其中仍然以笔记为主。又如法式善《存

---

① 设有二级目录的有:钱曾《读书敏求记》、徐乾学《传是楼书目》、张宗松《清绮斋藏书目》、金檀《文瑞楼藏书目录》、周永年《借书园书目》、赵魏《竹崦庵传抄书目》、姚际恒《好古堂书目》、法式善《存素堂书目》、汪辉祖《环碧山房书目》、《(乾隆)江南通志·艺文志》《(雍正)浙江通志·经籍志》《古今图书集成·经籍典》《浙江采集遗书总录》《四库全书总目》《四库全书简明目录》《四库全书荟要总目》《四库全书初次进呈书目》《清文献通考·经籍考》《毗陵经籍志》《郑堂读书记》《万卷精华楼藏书记》《清史稿艺文志》《清朝续文献通考》及清人补撰历代正史艺文经籍志等。

② 即以所谓的"文言小说"而论,它在各子目的著录位置除小说家外,有:史部传记类、史部杂史类、史部典故类于故事类、史部地理类、史部实录类、子部杂家类、子部道家类、子部类书类(谭帆、王冉冉、李军均:《中国分体文学学史·小说学卷》,山西教育出版社,2013 年,第 522—523 页。)除此之外,史部备史类(《环碧山房书目》)、史部谱录类(《借书园书目》)、子部丛书类(《存旅书目》)、释家类(谭宗浚《皇朝经籍志》)以及集部(《四部寓眼录》之"集部"有《绀珠集》)也有笔记小说的著录。笔记小说基本被著录在史、子两部,而经、集两部极为少见。

③ 〔清〕嵇曾筠、沈翼机等:《(雍正)浙江通志》,《景印文渊阁四库全书》史部第 284 册,台湾商务印书馆,1986 年,第 484 页。

素堂书目》，四部分类法下设二级目录，笔记小说分处于史部杂史类（《列仙传》《高士传》《隋唐嘉话》《开天传信记》《卓异记》《剑侠传》《唐阙史》《钓矶立谈》《涉史随笔》《桯史》《今世说》）、方域类（《西京杂记》《岭表录异》《闽小纪》《粤述》《湖壖杂记》《岭南杂记》），子部百家类（《拾遗记》《山海经》《博物志》《续博物志》《搜神记》《续齐谐记》《述异记》《世说新语》《松窗杂录》《次柳氏旧闻》《朝野佥载》《龙城录》《杜阳杂编》《封氏闻见录》《摭言》《北梦琐言》《博异记》《云溪友议》《独异志》《幽闲鼓吹》《贵耳集》《齐东野语》《四友斋丛说》《野记》《语林》《涌幢小品》《韵石斋笔谈》《天禄识余》《板桥杂记》《簪云楼杂说》《聊斋志异》等）、文学类（《炙砚琐谈》）、性学类（徐岳《见闻录》、陆圻《冥报录》、戒显《现果随录》、徐庆《信征录》）等。

逸出四部分类法之外的，因插架目录如《谦牧堂藏书目》《三松堂书目》不分类目而不可论列外，其他或自创门类，如曹寅《楝亭书目》分书目、经、书画、类书、说部、医部、杂部、词、曲等三十六类，周广业之《目治偶抄》①分经类、史类、子类、典故类、地理类、小学类、说部、志类等八类；《马氏道古楼书目》②分"经部""子书目""史书目""古玩器具目"四部；《（康熙）西江志经籍志》分经、史、子、集、杂等四类，杂类情况较为复杂，下分地志、类书、说部、礼仪、政刑、兵家书、职官科目、讲义家训、孝悌书、小学、文选、诗词选、诗话、书目、姓谱、方技书、仙释书等，其中说部为笔记、志怪之类；《（雍正）山西通志·经籍》亦如之。其他如钱谦益《绛云楼书目》、钱曾《述古堂藏书目》《也是园书目》等也是自分门类。或为随笔记录，如陆陇其之《三鱼堂书目》为家藏书目，无类目；《商丘宋氏西陂藏书目》③收书二百零六种，不分类目，文集为多，经学之书次之；又如乾隆间朝廷借纂修四库之机所列之《禁毁书目》，关于书籍的著录也很简略，基本上也是不分类目。在这些不按四部分类的书目中，编纂者往往设立新类目以著录笔记小说，如《楝亭书目》《目治偶抄》④《（康熙）西江志经籍志》《（雍正）山西通志·经籍》等设立的"说部"类，傅维鳞《明书经籍志》之"史杂""子杂"类，《（乾隆）江南通志·艺文志》之"杂说"类，《古今图书集成·经籍典》之"小说""杂家""杂著"类⑤，

---

① 〔清〕周广业：《目治偶抄》，国家图书馆藏钞本。
② 〔清〕马思赞：《马氏道古楼书目》，国家图书馆藏清钞本。
③ 〔清〕宋荦：《商丘宋氏西陂藏书目》，国家图书馆藏东武刘燕庆氏校钞本。
④ 嘉庆间《孙氏祠堂书目》分"经学""小学""诸子""天文""地理""医律""史学""金石""类书""词赋""书画""说部"十二类。"说部"亦其中一类。
⑤ 此目虽未明列四部，大体仍照四部排列，"杂著"类居于篇末，则非集部所当有者。

《浙江采辑遗书总录》之"说家"①类等。

小说著录多样化的原因,并非完全是清人小说观念的不统一,而是古代小说大多内容复丛杂,具体到作品属性上时,目录学家各自认识的角度不同而已,如《唐阙史》《穆天子传》《汉武内传》《汉武外传开河记》《迷楼记》《海山记》《开元天宝遗事》《大唐传载》,《述古堂书目》列之杂史,《四库全书总目》列之小说;又如《山海经》,《四库全书总目》列之于小说家,《四库总目》前后的书目(如《孙氏祠堂书目》)则列之于史部地理类,原因在于《山海经》既有地理知识,复有小说志怪之言。在笔记小说著录多样化的格局下,应该注意两个现象,一是杂家与小说家之间界限的混淆②,二是"说部"作为一种类目的存在。这两个现象的本质,不过是"笔记"的著录问题。

清代的笔记小说著录,仍主要集中于子部之杂家、小说家,其中志怪类、杂事类主要位于小说家类,这也是沿袭宋代以来子部小说家的著录格局③,清人并无新的创设,但在宋明及清初笔记作品的著录上出现了一些分歧,即"笔记"作品的具体归属问题:是坚持《汉志》以来杂家之本义拒不接受笔记杂著的渗入、还是建立起以叙事为中心的小说家的同时把非叙事性作品并入杂家?这是康熙年间成书的《千顷堂书目》与乾隆年间成书的《四库全书总目》在对待"笔记"著录问题上的最大不同。值得注意的是,笔记为说部之一种,是清人普遍认同的观念。

---

① 《浙江采集遗书总录》十一卷《附录》一卷,沈初等撰。乾隆三十九年序刊本。此书目以天干分十集(附闰集)。四部分类,有二级目录。"说家"分四类:总类、文格诗评、金石书画、小说。此"说家"即说部也。

② 杂家与小说家本不相混淆,观《汉书·艺文志》之杂家作品,首先是具有足以代表一家的人物,如孔甲、东方朔、尉缭、吕不韦、臣说等,其次饰文立说,不主一家,然大体不出政教之用杂家本为政道之学,偏重于形而上的表达,以君王为言说对象;而小说家不过委巷之谈,面对的是民间。两者混淆的时间节点在于南宋,原因一是秦汉以后,诸子迹息,杂家的作品越来越少;一是汉魏六朝以后小说的新变——志怪、传奇、笔记、杂史、地记、丛书、类书、小品、谱录、戏曲、通俗小说、诗文评(诗话、词话、文话、曲话等)的出现。小说的范围大大扩展,已非《汉书·艺文志》之"小说家"所能藩囿,特别是宋笔记的兴盛及著录——北宋《崇文总目》的杂家类仍然遵从《汉志》,著录了如《历代纪要》《正性论》《治乱集》《古今语要》《帝王旨要》《公侯政术》等有关政道之书,到了南宋尤袤之《遂初堂书目》杂家类中宋笔记已然成军——故郑樵《校雠略》中云:"古今编书所不能分者五:一曰传记,二曰杂家,三曰小说,四曰杂史,五曰故事。凡此五类之书,足相紊乱。"(〔南宋〕郑樵:《通志》卷七十一《校雠略第一》,《景印文渊阁四库全书》史部第132册,台湾商务印书馆,1986年,第489页。)杂家与小说至此有混淆之一支(另一支为坚持《汉志》杂家之本义)。这种状况一直延续到清初。顾炎武《日知录》卷十九曾云杂家的出现是"子书之一变",宋笔记小说出现又是子书之一变。

③ 潘建国先生云:"'子部·小说家'成为真正意义上的文言小说之著录位置,约始于宋代。"(潘建国:《中国古代小说书目研究》,上海古籍出版社,2005年,第23页。)

清初黄虞稷《千顷堂书目》的杂家类设置，沿袭《汉志》杂家本义①，同时也有所变通，即在坚持杂家形而上著述的标准（为君上治国理道提供参考）的基础上，把后世注解先秦诸子之学的著作与论说性理道德之书并列一家，而此目中小说家著录的仍然是形而下的笔记、志怪、杂事作品，明代笔记即置身于此。黄虞稷《明史艺文志稿》《千顷堂书目》与傅维鳞《明书经籍志》、张廷玉《明史艺文志》②以及清初中期所撰补之历代史志、经籍志、艺文志，在杂家、小说家的著录倾向上是一致的，可见当时知识群体的小说观念较为明晰——小说"无关乎著述"③，仍然是形而下的言说方式，非仅以叙事为中心，与杂家不同。

《四库全书总目》已廓清了杂说笔记、学术笔记的影响，建立起以叙事为中心的小说家著录标准。四库馆臣的方法是让主于议论与叙事并存的笔记作品与一直位于史志目录中杂家类的《论衡》建立联系，《四库全书总目》杂家类杂说之属按语云："杂说之源，出于《论衡》。其说或抒己意，或订俗讹，或述近闻，或综古义，后人沿波，笔记作焉。大抵随意录载，不限卷帙之多寡，不分次第之先后。兴之所至，即可成编。故自宋以来作者至夥，今总汇之为一类。"④实际上笔记作为一种内容丛杂的文学体裁，并非源于《论衡》，其始于唐，盛于宋，至明清民国而不绝，故有"自宋以来作者至夥"的论断。但这种做法为杂说笔记置身于杂家类找到了理论根源，同时也为《四库全书总目》小说家源出于《浙江采集遗书总录》"说家"之叙事性的"笔记体小说"独立成体提供了条件。

在黄虞稷、纪昀诸家书目之外，笔记作品在杂家、小说家中不相分别的现象仍然存在，杂家中混入了大量宋明笔记作品也是事实，如钱谦益《绛云楼书目》、徐秉义《培林堂书目》、周永年《借书园书目》、姚际恒《好古堂书目》、赵魏《竹崦庵传抄书目》等。《西江志经籍志》杂类中设"说部"、《浙江采辑遗书总录》"说家"中设"小说"⑤，说明了清初中期"说部"与杂家、小说

---

① 明代《脉望馆书目》也是坚持《汉志》杂家本义，可见明清观念的传承性。
② 张廷玉奉敕撰之《明史艺文志》源出黄虞稷《明史艺文志稿》，中为傅维鳞、王鸿绪等人删存，三书关系如此。见《明史艺文志广编·前言》，《明史艺文志广编》，台北世界书局，2014年。
③ 小说不为"著述"的原因，在于小说的生成方式原本出自稗官之采辑（见《汉志》），题材来自民间，后世作者则有"夸饰""语增""附会""稗贩""剿说"等方法，这与杂家偏重于源自自身理性建构的生成方式迥异，故《汉志》所云"九流十家"，小说不与焉。故杂家作品可称著述，而小说家则"无关乎著述也"（纪昀《滦阳消夏录序》语）。
④〔清〕永瑢等：《四库全书总目》，中华书局，1997年，第1636页。
⑤《浙江采辑遗书总录》十一卷《附录》一卷，沈初等纂。乾隆三十九年序刊本。此书目以天干分十集，附闰集。四部，有二级目录。子部中杂家、说家紧挨排列。说家分四类：总类、文格诗评、金石书画、小说。

家的类属关系并不稳定。因而有些清代书目为消泯杂家、小说家分类的困扰，采取了三种策略：一是把"杂家"或"小说家"一门取消，如尤侗《明艺文志》、钱曾《读书敏求记》、金檀《文瑞楼书目》、《(宣统)番禺县续志》等，两家并一家，"案《提要》，诸家而外分杂家、小说为二，各分子目，未免难于检查，兹则以立言者为子书，杂采者为说部"①。此法大约出自明朱睦㮮之《聚乐堂艺文目录》（又名《万卷堂书目》）。二是创设"杂家小说"一目，如《(嘉庆)扬州府志·艺文》、《(同治)徐州府志》，并杂家、小说家作品为一目。三种是把小说家、杂家归为"杂说"一类，如《(乾隆)江南通志·艺文志》四部分类之下，子部分儒家、杂说、类选、政术、刑法、兵谋、阴阳、农圃、医家、杂艺、道家、释家等十二类。

　　《四库全书总目》虽为笔记小说作品的著录设立了新的范型，但并不意味着"坚持《汉志》杂家本义"及"杂家、小说家可以混杂"的观念就此消亡，而是四者并存，一直延续到晚清民初。但由于《四库全书总目》的巨大影响②，在乾隆以后的采用四部分类的书目中，著录笔记小说数量最多的不是小说家，而是杂家，原因在于"叙事、议论、考证、载记"并存的杂说笔记基本被逐出了小说家类。它在观念上给人带来的改变，则是杂家由秦汉治国理政之说一变为崇尚考据之学，"说部以考证经史为上，讨论掌故次之，搜罗遗事又次之"③。故而"杂家之书，其要在于考订"④。这就使书目中六朝以后能独立成家的杂家作品日渐减少⑤与清代杂家类作品数量日渐增多形成鲜明对比。进入晚清之后，在西方文学观念影响下，意在征实、考据为尚的小说观念又发生了变化，并对小说的变革社会的功能给予了肯定，如刘锦藻《皇朝续文献通考·经籍考》子部小说家类小序云："稗官野史，由来旧已。自汉班固立小说家于《艺文志》，厥后作者日以繁盛，泰西文学家亦多以小说鸣，且谓其移风易俗，收效之捷，足抵演说。若即以小说为演说，尤足启发流

---

① 〔清〕梁鼎芬：《(宣统)番禺县续志》，《中国地方志集成·广东府县志辑⑦》，上海书店，2007年，第410页。
② 民国十五年周延年《晨风庐书目序》云："目录之学，始自汉志，至隋唐乃有四部之分，降迄清代，凤城勿失，历朝著录之家，固已浩如渊薮，究其详征博引、取精用宏，则以《四库全书总目》为集大成，后世言目录学者，殆未有轶其范围也。"（周庆云：《晨风庐书目》，南京图书馆藏抄本。）
③ 〔清〕梁鼎芬：《(宣统)番禺县续志》，《中国地方志集成·广东府县志辑⑦》，上海书店，2007年，第410页。
④ 〔清〕耿文光：《万卷精华楼藏书记》，黑龙江人民出版社，1992年，第2379页。
⑤ 清王昶《塾南书库目录》卷三之"子类"小序云："六朝以后，成子者绝少，以神（疑当为"稗"，笔者注）说成之，而释老附焉。"（见《塾南书库目录》，南京图书馆藏抄本）

俗之观念。"①可见其在继承了《四库》小说分类与小说观念的基础上，也对西方小说表示了肯定。晚清是中西小说观念的对冲期，其中四库馆臣的小说观念起到了接引东西方的作用。

三、清代书目中的笔记小说批评

书目中的笔记小说批评，包括类序、小序、按语、作品提要四项内容如《四库全书总目》，而体例完备如斯者在清代也不是很多。清代书目中的笔记小说批评思想，受到《汉书·艺文志》《隋书·经籍志》《四库全书总目》的影响较大。《汉书·艺文志》小说家"委巷之谈""小道可观"，《隋书·经籍志》的四部分类法，《四库全书总目》的类别思想(小说家类之杂事、异闻、琐语之属，杂家类之杂学、杂说、杂考、杂品、杂纂、杂编之属，史部杂史与小说家杂事之别)、雅正观念、以叙事为中心的小说家著录标准，在清代乃至民国书目中都有充分的反映。由于《四库全书总目》的巨大影响，清代的笔记小说批评思想大致可以嘉庆元年分为前后两个部分，前一部分是诸家言说、零星批评，其要在于部类划分，而提要间或有之，如钱曾《读书敏求记》子部杂家类之《世说新语》刘辰翁批点本提要云："间尝论之，晋人崇尚清谈，临川王变史家为说家，撮略一代人物于清言之中，使千载而下，如闻謦欬，如睹须眉。孔平仲依仿而为《续世说》，此真东家之矉矣。又尝论之，说诗至严沧浪而诗亡，论文至刘须溪而文丧。此书经须溪淆乱卷帙，妄为批点，殆将丧斯文之一端欤。"②可见笔记小说的批评理论，在《四库全书总目》成书前并不成系统；而后一部分则是四库馆臣的小说理论为主导，晚清耿文光《万卷精华楼藏书记》小说家类按语云：

> 小说家言自古有之。《山海经》、《穆天子传》乃史部之地理传记，而杂以迂怪不典之谈，夫是之谓小说也。小说之最要而可存者，如《西京杂记》本班书之底稿，《汉武故事》实《史》、《汉》之佐证。《大唐新语》，《唐志》列之史部，《大唐传载》欧公采入《新书》，定保《摭言》述贡举特详。尉迟《故事》记制度尤密。王文正《笔录》特纪实绩，故《长编》全收。司马公《纪闻》，专备史料，故《通鉴》引用。是皆以史笔为之者也。若夫记朝章，数国典，叙君臣之旧迹，述祖宗之美政，或详制作之

---

① 〔清〕刘锦藻：《皇朝续文献通考》，商务印书馆，1936年，第10187页。
② 〔清〕钱曾撰，管庭芬、章钰校证：《钱遵王读书敏求记校证》，上海古籍出版社，2007年，第234页。

由，或传宫禁之秘，如《龙川略志》《珍席放谈》《甲申杂记》《东斋纪事》、蔡絛《丛谈》《世宗漫录》是也。虽间及他事，不能画一，而习于掌故，皆足以补正史之遗。凡此之类，入之于史则为史，从史中采出仍然小说也。昔唐修《晋书》，全资《世说》，元修《金史》，悉取《归潜》，则小说之有裨于史可知矣。其意主劝戒，如《教坊记》《幽闲鼓吹》《洛阳缙绅旧闻记》，能使人发其善心，惩其逸志，此可为座右铭者也。其遗闻轶事，足资考证，如《朝野佥载》、《南唐近事》《儒林公议》《桯史》《癸辛杂识》《水东日记》，俱纪载有法，非率尔操觚者也。其文词艳丽，工于造语，如《拾遗记》《神异经》《洞冥记》《云仙杂记》《杜阳杂编》，虽真赝难别，而足供引用，诗赋家所不可缺者也。又如《北梦琐言》记某人所说，以示有征。镜烟主人取之欧公《归田录》，不记人之过恶；渔洋山人仿之，能自得师。则开卷有益矣。《云溪友议》诗话十之七八。吴处厚人不足道，而所著《青箱杂记》论诗之语可采。苟有所长，宜录存也。至于八荒以外之言，神仙恍惚之说，如《搜神》《异苑》《还冤》《集异》《博异》《述异》《宣室》《酉阳》《睽车》百无一真，不可究诘。然传之最远，引用尤多，习为常谈，人不厌闻，好听说鬼，不止东坡也。且其中多存古书文，又非后人所及，则亦不可废矣。昔李肇著《国史补》，自序谓言报应，叙鬼神，征梦卜，近帷簿，则去之；纪事实，探物理，辨疑惑，示劝戒，采风俗，助谈笑，则书之。此实小说之法门。故其所著最为近正。著述家至于小说亦微矣哉。然古人著述，虽小说亦必有体。故唐宋小说至今称之，而《因话录》体例尤为严整。阮亭说部皆有所本，故其书足传。非成一家言，岂能信今而传后耶？因述小说之源流正变，使人知所取法焉。谨按《四库全书目录》，以《西京杂记》《世说新语》为杂事之首，以《山海经》《穆天子传》为异闻之首，以《博物志》《述异记》为琐记之首。凡分三目，百二十四部。余于小说不甚留意，所藏亦不暇遍及。今所录者，凡四十一家，择其文优雅足资考证与古本之流传惟恐失坠者，著之，姑存其概，不复分类。①

作为藏书家的耿文光沿袭了《四库全书总目》小说家类以叙事为中心的小说观点：小说主于叙事，以叙事为正宗，最古者莫若先秦古籍《山海经》《穆天子传》，唐宋诸名作为世垂范，"皆以史笔为之者也"，此类小说"习于掌故，皆足以补正史之遗""意主劝戒""其遗闻轶事，足资考证""诗赋家所

---

① 〔清〕耿文光：《万卷精华楼藏书记》，黑龙江人民出版社，1992年，第2863—2864页。

不可缺者""其中多存古书文"的功能,在史学、文学、伦理学方面可以起到积极作用,其内容当以"纪事实,探物理,辨疑惑,示劝戒,采风俗,助谈笑"为主,具有知识与审美并重的特点。耿文光据《四库总目》对历代小说作了总结,并认为《国史补》《因话录》以及"渔洋说部"为其中的佼佼者,从中可以看到,其所举作品并非全然为故事琐语类作品,如"渔洋说部"主要为杂家笔记作品,而且他的评价是基于"文优雅足资考证与古本之流传惟恐失坠者"的文学性、学术性、智识性三个标准,这也是清代目录学家、藏书家目录书中,如周中孚《郑堂读书记》、丁丙《善本书室藏书志》、缪荃孙等《嘉业堂藏书志》等,普遍存在的一种精品意识。

清代官修书目处于主导地位,《四库全书总目》在"辨章学术、考镜源流"方面也具有典范意义。乾隆年间以编修《四库全书》为中心的学术工程,衍生出了《四库全书总目》《四库全书简明目录》《四库全书荟要总目》《四库全书初次进呈书目》《浙江采集遗书总录》《四库提要分纂稿》《四库全书未收书提要》以及民国间胡玉缙《四库未收书目提要续编》、东方文化事业总委员会《续修四库全书总目提要》等目录典籍,作者如四库馆臣(纪昀、翁方纲、姚鼐、邵晋涵、余集、程晋芳等)的笔记小说评论,受制于官方意识形态(程朱理学)与群体学术渊源(汉学)两大因素,著录的标准为"雅正",故对于淫词小说、学术异端力加摒弃,在提要的撰写上既要语气平正、考证翔实,也要循帝王意旨,维护儒家理学正统,故而上述书目中的提要虽出自众手、时段不一,却有着声气相通的批评话语。因清代中晚期的书目很少出其理论藩囿,故本书以四库馆臣的批评话语作为研究的重点。

(一)清代书目中的笔记小说批评方法

因为书目是采用考据作为提要撰写的主要方法,考据思想贯穿经史子集四部的每一种作品,所以清人在关于笔记小说的批评话语中多见作者、版本、内容的辨析,而少纯粹的理论批评。考据不过是"征信"之意。四库馆臣中汉学家较多,他们采取考证法撰写提要极具历史合理性,如晋张华《博物志》,四库馆臣"疑原书散佚,好事者掇拾小说以补之,仍托名于华也"[1]。引征《拾遗记》《博物志》《西京杂记》《艺文类聚》《文献通考》《因书屋书影》诸书,采用内外证的方法证明此书"为伪本之近古者"[2]。

考证法之外,又有所谓的"知人论世"法,如《赤雅》为明广东南海人邝露撰,"记其(广西)山川物产,词藻简雅,序次典核,可称佳本"。四库馆臣

---

[1] 江庆柏等整理:《四库全书荟要总目提要》,人民文学出版社,2009年,第330页。
[2] 同上。

文中并叙述其为人放诞、死守忠节两轶事,"王士禛诗所谓'南海畸人死抱琴'者,即为露作也。其见重于世,盖不独以才藻云"①。

对比法,有古今对比、同类对比,如《癸辛杂识》,毛晋以为可与《南村辍耕录》《芥隐笔记》并称,然"《辍耕录》叙述猥杂,非此书比;《芥隐笔记》多订训诂,与此书体例迥殊,晋说非也"②。《通雅》提要论明清学术变迁云:"明之中叶,以博洽著者称杨慎,而陈耀文起而与争,然慎好伪说以售欺,耀文好蔓引以求胜。次则焦竑,亦喜考证,而习与李贽游,动辄牵缀佛书,伤於芜杂。惟以智崛起崇祯中,考据精核,迥出其上。风气既开,国初顾炎武、阎若璩、朱彝尊等沿波而起,始一扫揣之空谈。"③

溯源法,包括文体溯源、文本溯源、写法溯源。如《中吴纪闻》,"是书采吴中故老嘉言懿行及其风土人文为新、旧图经、范成大《吴郡志》所不载者,仿范纯仁《东斋纪事》、苏轼《志林》之体,编次成帙。本末该贯,足裨风教"④;钱以垲《岭海见闻》,"其书欲仿《水经注》《伽蓝记》之体,而才不逮古,又采录冗杂,无所限断"⑤。

随类批评法,四库馆臣会因为书籍部类在不同类目的调整而改变批评话语,此在《四库提要分纂稿》《四库全书初次进呈书目》《四库全书荟要总目》《四库全书总目》的提要对比中可以看出。作品在目录类目中的安排是一个过程,如《四库全书荟要总目》子部考证类之《困学纪闻》《新唐书纠谬》、子部小说家类之《老学庵笔记》、子部杂家类之《博物志》、史部地理类之《山海经》、史部地理类之《春明梦余录》⑥等六部作品,在《四库全书总目》中分列于子部杂家类、史部正史类、子部杂家类、子部小说家类、子部小说家类、子部杂家类。具体话语如《山海经》,《四库全书荟要总目》不过考证题材来源、著作年代及版本流传,而《四库全书总目》则有评价道:"书中序述山水,多参以神怪,故《道藏》收入《太玄部》竞字号中。究其本旨,实非黄、老之言。然道里山川,率难考据,案以耳目所及,百不一真,诸家并以为

---

① 〔清〕四库馆臣编撰,赵望秦等校证:《四库全书初次进呈书目校证》第二卷,陕西师范大学出版总社,2016 年,第 599 页。
② 同上,第 925 页。
③ 〔清〕永瑢等:《四库全书总目》,中华书局,1997 年,第 1028 页。
④ 〔清〕四库馆臣编撰,赵望秦等校证:《四库全书初次进呈书目校证》第二卷,陕西师范大学出版总社,2016 年,第 548 页。
⑤ 同上,第 617—618 页。
⑥ 关于《春明梦余录》的类别,四库馆臣以为此书"所述明代典故,颇为详悉,足备考核。惟体例瞀乱,似地志而非地志,似职制而非职制,似故事而非故事,无类可入,姑以不名一格,录之于杂说焉"。(〔清〕永瑢等著,傅卜棠点校:《四库全书简明目录》,华东师范大学出版社,2012 年,第 504 页。)

地理书之冠,亦为未允。核实定名,实则小说之最古者尔。"①又如《春明梦余录》,《四库全书荟要总目》云此书"因地以纪人,因人以征事……昔宋敏求有《春明退朝录》,孟元老有《东京梦华录》,承泽盖兼仿其体,而所记载差为有关文献,是其长也"②。不过叙其内容、源流,而《四库全书总目》从体例上述其位于杂家之缘由云:"是书首以京师建置、形胜、城池、畿甸,次以城防、宫殿、坛庙,次以官署,终以名迹、寺庙、石刻、岩麓、川渠、陵园。似乎地志,而叙沿革者甚略。分列官署,似乎职制。每门多录明代章疏,连篇累牍,又似乎故事。体例颇为庞杂。"③指出此书与地记、杂史的区别及其位于杂家的合理性。

(二)笔记小说批评的五个方面

四库馆臣针对笔记小说的批评,主要有:

1. 类别批评。《四库全书总目》中的小序、按语是研究四库馆臣类别批评的首要材料,由于笔记小说在《总目》中主要居于杂家、小说家,所以杂家之杂学、杂考、杂说、杂品、杂纂、杂编,小说家类的杂事、异闻、琐语,其按语皆有关笔记小说批评,核心是解释设类的缘由及各类的特点,如杂家类杂品之属按语云:"古人质朴,不涉杂事。其著为书者,至射法、剑道、手搏、蹴鞠止矣。至《隋志》而《欹器图》犹附小说,象经、棋势犹附兵家,不能自为门目也。宋以后则一切赏心娱目之具,无不勒有成编,图籍于是始众焉。今于其专明一事一物者,皆别为谱录,其杂陈众品者,自《洞天清录》以下,并类聚于此门。盖既为古所未有之书,不得不立古所未有之例矣。"④四库馆臣在《总目》中以"说部"代指杂家、小说家等作品,而杂家、小说家的类目细分是按内容分类,并且是依据类别的重要性来安排序列。杂家以经史考证为宗、小说家以叙事为宗,地理杂记、野史笔记可以补史乘,已经形成了普遍的观念。

2. 文本价值批评。文本价值的论定,是从文本的实用价值来评定,从而形成一个序列,如:"(《野客丛书》)所论俱极精确,可与沈括、洪迈相颉颃。"⑤"(《容斋随笔》)南宋说部,终当以此为首焉。"⑥"(《国史补》)在唐宋

---

① 〔清〕永瑢等:《四库全书总目》,中华书局,1965年,第1205页。
② 江庆柏等整理:《四库全书荟要总目提要》,人民文学出版社,2009年,第252页。
③ 〔清〕永瑢等:《四库全书总目》,中华书局,1965年,第1055页。
④ 同上,第1060页。
⑤ 〔清〕四库馆臣编撰,赵望秦等校证:《四库全书初次进呈书目校证》第二卷,陕西师范大学出版总社,2016年,第886页。
⑥ 同上,第889页。

说部中,最为近正。"①"(《因话录》)在唐人说部中,颇严整有体例。"②"(《酉阳杂俎》)所记多荒诞不经,而古之佚文秘典,往往而在。故论者虽病其浮夸,而不能不相征引。自唐以来,推为小说之翘楚。"③四库馆臣在笔记小说的诸多文本中,评价较高、足称一代经典的笔记作品有:先唐之《世说新语》《西京杂记》,唐代之《兼明书》《封氏闻见记》《匡谬正俗》《资暇集》《唐摭言》《刊误》《因话录》《幽闲鼓吹》《国史补》《酉阳杂俎》,宋代之《宾退录》《考古质疑》《梦溪笔谈》《容斋随笔》《野客丛书》《能改斋漫录》《归田录》《芥隐笔记》《猗觉寮杂记》《困学纪闻》《桯史》,元代之《日损斋笔记》,明代之《丹铅总录》《何氏语林》《少室山房笔丛》,清初之《日知录》《潜邱札记》等。从以上著作目录可以看出,四库馆臣所称道的笔记佳作,是以"考据""典实"为标准选择的,也带有尊崇宋代笔记的倾向,故而杂家笔记类最受重视。与此相反,四库馆臣对于"稗贩""附会""剿说""发愤著书""谤书""侈陈神怪"之书的批评,在子部杂家类、小说家类存目著作的提要中,可谓触目皆是,对于明代说部笔记态度尤其轻视,其中的原因,在于他们所言的"隆庆、万历以后,士大夫惟尚狂禅,不复以稽古为事""万历以后,门户交争,恩怨纠缠,余波及于翰墨,凡所记录,多不足凭""明自万历以后,心学横流,儒风大坏,不复以稽古为事""盖明人好剿袭前人之书而割裂之,以掩其面目。万历以后,往往皆然"。深次的原因,是四库馆臣以贬斥胜朝以维护本朝的正统性。

3. 文体批评。"文体"在中国古代语境里有多种含义,它可以指风格和题材,如明申时行《会试录序》中所云"今士习尊尚奇诡文体,踳驳伤淳和之理"④,在此仅限于类别与体裁,是形式如体例(义例)、内容如书写对象与书写方法的共同体,如翁方纲所撰《廿一史识余》提要:"(明张塘《廿一史识余》)录二十一史中事语之隽者,分类摘记,略仿《世说》之体,而每条下皆注出原史之名。"⑤《汉杂事秘辛》提要云:"其文淫艳,亦类传奇,汉人无是体裁也。"⑥《史裔》提要云"杂采旧史,绝无义例,饾饤割裂,殊不足观。"⑦《大唐新语》提要云:"《唐志》列诸杂史中,然其中'谐谑'一门殊为猥杂,其义例亦

---

① 〔清〕永瑢等著,傅卜棠点校:《四库全书简明目录》,华东师范大学出版社,2012年,第532页。
② 同上,第531页。
③ 同上,第560页。
④ 〔明〕申时行:《赐闲堂集》卷九,《四库全书存目丛书》第134册,齐鲁书社,2001年,第178页。
⑤ 〔清〕翁方纲等:《四库提要分纂稿》,上海书店出版社,2006年,第135页。
⑥ 〔清〕永瑢等:《四库全书总目》,中华书局,1997年,第1888页。
⑦ 〔清〕四库馆臣编撰,赵望秦等校证:《四库全书初次进呈书目校证》第二卷,陕西师范大学出版总社,2016年,第519页。

全为小说,非史体也。"①《朝野佥载》提要云:"其书纪唐代轶事,多琐屑猥杂,然古来小说之体,大抵如此。"②《露书》提要云:"语气儇薄,颇乖著书之体。"③在笔记小说的四种存在类别(杂家小说、地志小说、杂史小说、子部小说)中,四库馆臣关注的类别焦点也有所不同。虽然它们都采取了笔记形式,内部分化的体裁也有多种,但四库馆臣除了说明"体例""义例"之不可缺,也注重杂家笔记的考据、地理杂记的翔实、杂史笔记的征信、子部小说的真幻。在书写方法上,因议论、叙事、考证、载记是笔记小说四大言说方式,清人认为考证、论议为上,载记次之,叙事为下,如纪昀《滦阳消夏录卷首语》中云叙事性的笔记小说"无关于著述",故考证精确、议论醇正、叙事简要、载记翔实亦是判断笔记小说成功与否的主要标准,否则如《扪虱新话》就有"持论尤多踳驳"④、《颐庵心言》有"论辩颇近拘迂"⑤之讥。具体到某种体裁而言,则是对清言小品、志怪、杂史小说、地志小说以及考证不精之笔记的贬斥,"说部沓杂之习"⑥"体杂小说"⑦几乎成了笔记小说中不良作品的代名词。具体到故事琐语类,小说写作的规范要以征实、学问、文采、义理为据,杂事有裨于史学,异闻可资劝诫,琐语足供笑谈。

4. 风格批评。风格批评在四库馆臣的笔记小说批评话语中并不多见,但似乎为"雅正"之"雅"的外化形式,如:《海语》"笔致高简"⑧、《汉武洞冥记》"字句妍华,足供采择"⑨"词华艳丽"⑩、《拾遗记》"词条艳发"⑪"词华缛丽,格近齐梁"⑫、《世说新语》"叙述名隽"⑬、《异苑》"词旨简澹"⑭、《博

---

① 〔清〕永瑢等著,傅卜棠点校:《四库全书简明目录》,华东师范大学出版社,2012 年,第 531 页。
② 同上。
③ 〔清〕四库馆臣编撰,赵望秦等校证:《四库全书初次进呈书目校证》第二卷,陕西师范大学出版总社,2016 年,第 956 页。
④ 同上,第 937 页。
⑤ 同上,第 953 页。
⑥ 〔清〕永瑢等:《四库全书总目》,中华书局,1965 年,第 672 页。
⑦ 同上,第 1052 页。
⑧ 〔清〕四库馆臣编撰,赵望秦等校证:《四库全书初次进呈书目校证》第二卷,陕西师范大学出版总社,2016 年,第 591 页。
⑨ 同上,第 1011 页。
⑩ 〔清〕永瑢等著,傅卜棠点校:《四库全书简明目录》,华东师范大学出版社,2012 年,第 553 页。
⑪ 同上,第 554 页。
⑫ 〔清〕永瑢:《四库全书总目》,中华书局,1965 年,第 1206 页。
⑬ 〔清〕永瑢等著,傅卜棠点校:《四库全书简明目录》,华东师范大学出版社,2012 年,第 531 页。
⑭ 〔清〕四库馆臣编撰,赵望秦等校证:《四库全书初次进呈书目校证》第二卷,陕西师范大学出版总社,2016 年,第 1016 页。

异记》"叙述雅赡"①,《颜山杂记》"文笔奇峭"②,《杜阳杂编》"铺陈缛艳"③,《何氏语林》"旨尚隽永"④等。"雅澹"是笔记小说的美学追求,"缛丽""猥鄙荒诞"则是笔记审美的对立面。总的来讲,与《总目》集部相比,笔记小说的风格批评仍然显得单一,在笔记小说的四种存在形式中,这些美学批评不过多集中在故事琐语类小说作品而已。

5. 功能批评。笔记小说的文本功能,唐李肇《唐国史补序》即已阐述之:"言报应、叙鬼神、征梦卜、近帷箔则去之,纪事实、探物理、辨疑惑、示劝戒、采风俗、助谈笑则书之。"⑤四库馆臣继承了这种小说功能观,如《苏米志林》"以资谈助而已"⑥,《榕荫新检》"大旨在表章其乡人而已"⑦,《两晋南北奇谈》"书中杂采两晋以下杂事,皆史册所有,无可采录"⑧,《中吴纪闻》"足裨风教"⑨,《海语》"笔致高简,时寓劝戒,足广异闻"⑩,《独醒杂志》"书中多志前言往行,可补史传之阙"⑪,《鸡肋编》"虽随笔札记,间涉猥琐,征引亦未甚淹博,而亦有足资考证者"⑫。不过是广见识、补史阙、资考证,如《蒋说》"卷末记节烈数十条,或可备志乘采择耳"⑬。《北梦琐言》"虽诠次微伤丛碎,实可资史家考证之助"⑭。《南部新书》"虽小说家言,而实有裨于史学"⑮。《芦浦笔记》"足以资考据"⑯。从以上四库馆臣关于笔记小说功能的批评话语中可以看出,经学思维、史学思维在评定中的作用,"资考证""裨风教""补史阙"不过是经学、史学功能的再延伸而已,所以笔记小说的四种形式,杂家笔记类作品(杂说笔记)最为四库馆臣看重,而他们对其中的叙事性因素则有所忽略。

---

① 〔清〕永瑢等著,傅卜棠点校:《四库全书简明目录》,华东师范大学出版社,2012年,第555页。
② 〔清〕四库馆臣编撰,赵望秦等校证:《四库全书初次进呈书目校证》第二卷,陕西师范大学出版总社,2016年,第608页。
③ 同上,第1020页。
④ 同上,第1046页。
⑤ 〔唐〕李肇:《唐国史补》,上海古籍出版社,1979年,第3页。
⑥ 〔清〕四库馆臣编撰,赵望秦等校证:《四库全书初次进呈书目校证》第二卷,陕西师范大学出版总社,2016年,第488页。
⑦ 同上,第490页。
⑧ 同上,第523页。
⑨ 同上,第548页。
⑩ 同上,第592页。
⑪ 同上,第917页。
⑫ 同上,第921—922页。
⑬ 同上,第966—967页。
⑭ 同上,第1030页。
⑮ 同上,第1032页。
⑯ 同上,第883页。

通过对清代及部分民国书目的考察可知,在《四库全书总目》撰修之前,并没有一种书目占据主导地位,它们除了沿袭《隋志》四部分类之外,也在类目设置上进行了多种形式的探索,既有四部中二级目录的调整,也有一级目录的重新划类。这也导致笔记小说著录位置的多样性。在多样化的著录中,杂家、小说家对笔记小说的著录较为稳定,也是笔记小说得以厕身的主要类目。《四库全书总目》撰成流传开后,杂家、小说家的分类基本就稳定下来,四库馆臣的杂家与小说家思想也被普遍接受。

杂家、小说家对笔记小说著录的问题,核心是笔记文类的归属,对此清人采取了三种策略,而《四库全书总目》的杂家"六类"法及小说家的"三分"法可谓是创造性地设置,也使其成为后来小说在书目中类别处理的必参书目。在笔记小说四种类别中,杂家、小说家的批评话语较为集中,特别是杂家类杂说之属与小说家杂事之属,而地理杂记类、杂史类的评论就偏少,这与清代两者写作数量较少有关①。不过总体而言,清代笔记小说的理论资源在目录中并不丰富,原因是簿录式书目数量过多,而提要式书目的叙录又过于简略,多见作者的分类思想与藏书爱好,其中《汉书·艺文志》《隋书·经籍志》《四库全书总目》三部目录的影响是较为突出的。

四库馆臣以"雅正"为指导,以考据之眼叙录诸典籍,分门别类、建立次序,贬斥虚妄之说、追求雅澹之风,为后世笔记小说的著录与评判树立了典范,如刘锦藻《清朝续文献通考》小说家类序中云:"《皇朝通考》因《四库全书》例,凡叙述旧闻曰杂事,记录神怪曰异闻,缀辑琐屑曰琐语,今从而辑存之,凡一切惑世诬民之属与夫不雅驯之词则从删焉。"②尤可注意者,为四库馆臣对于"随笔记录"式的笔记小说"体例""义例"的重视,这似乎是文章学的文体思维在自由性的笔记杂录领域的反映,但"体例""义例"几乎成为评判笔记小说形式方面的首要标准,如《翠屏笔谈》"其书多记诗话,兼及神怪杂事,亦小说家流,然采摭冗碎,绝无体例"③。《鹤林玉露》"其体例在诗话、语录、小说之间,而其宗旨亦在文士、道学、山人之间。大抵详于议论,而略于考证"④。至此笔记小说著录的杂、乱状态有了一个较为统一的标准,仿

---

① 清代书目中著录野史笔记之书较少,民国间人在评论薛福成《庸庵笔记》时云:"清代以文网过密,笔记掌故之书绝少,自《啸亭杂录》而后,要以此为可信。"见中国科学院图书馆整理:《续修四库全书总目提要(稿本)》第22册,齐鲁书社,1996年,第101页。
② 〔清〕刘锦藻:《皇朝续文献通考》,商务印书馆,1936年,第10187页。
③ 〔清〕永瑢等:《四库全书总目》,中华书局,1997年,第1890—1891页。
④ 〔清〕永瑢等著,傅卜棠点校:《四库全书简明目录》,华东师范大学出版社,2012年,第496页。

此目者可称为"四库总目"系列书目,如周中孚《郑堂读书记》即可列入,但凡《四库总目》著录的作品,其提要基本承袭下来,而没有著录的作品,也是按照四库馆臣的思想来叙录,如"《聊斋志异》"条:"其书逐条有标目,其事则出柳泉所撰,盖借以抒写其胸臆,故真者十不得二三,间亦有传闻异辞与他书所记异者,然每条皆洋洋洒洒,云委波靡,大旨多不诡于正,此所以争相传诵之欤?"①又如"《滦阳消夏录》"条:"文达所著诸书,其间实事十九,寓言十一,虽晚年遣兴之作,而意主劝惩,心存教世,不独可广耳目而已也。"②丁丙《善本书室藏书志》亦如此:"《菽园杂记》十五卷……是书于明代朝野故实叙述颇详,多足与史相考证,诙谐杂事皆并列焉。震泽王文恪公曰'本朝纪事之书,当以陆文量为第一',即指此也。"③以"征实""考据"以及道德标准、文学性来评判《聊斋志异》《阅微草堂笔记》《菽园杂记》,与四库馆臣如出一辙。在"四库总目"系列书目之外,或坚持《汉志》诸家著录传统、或自设门类的现象仍然存在,但是已经是边缘与支流了。

第三节 清代笔记小说批评之序跋

关于小说文本的批评,除了书目提要之外,与文本几乎合而为一的序跋、题词、评点、注释、图像、牌记、广告页等"副文本"也很重要。在这些副文本项中,因题词(主要采用诗、词、曲三种文体)流于形式以至成为序跋思想之重复话语,而评点的笔记小说文本相对较少,所以序跋类评论成为笔记小说研究的重要对象。笔记小说作品集的序跋可分骈散两体,其中散文形式为主,骈文类的序跋多出现在晚清,如陈起荣《桐阴清话跋》及志艳类诸小说序跋。清代序跋的内容,涉及了笔记小说的创作、类别、功能、性质、艺术特色等方面。

因为野史笔记类与地理杂记类作品集较少,所以序跋批评多集中在杂家笔记类与故事琐语类。同时野史笔记类与地理杂记类在历代书目中多属于史部,具有裨史乘的功能;从叙事的角度看,故事琐语类也与史著几无二致④,故而为了行文的方便,三者之序跋有时会合并论述。

---

① 〔清〕周中孚:《郑堂读书记》,上海书店出版社,2009年,第1721页。
② 同上,第1722页。
③ 〔清〕丁丙:《善本书室藏书志》,《宋元明清书目题跋丛刊(九)》,中华书局,第654页。
④ 两者的差别,不过是书写对象与体制形式的不同。

一、写作姿态、类别划分与功能指向

（一）写作姿态："见闻所及,闲事笔疏"与"发愤著书"

由于"聊斋体"的巨大影响,使人误以为笔记小说都如同司马迁著《史记》一样采取"发愤著书"的写作姿态,如康熙间张次仲《垒庵杂述序》云："士大夫身际忧患、怀抱郁邑,不得已而寄之空言,此亦因其时耳,乃语云：'其次立言。'"① 又如蒲松龄《聊斋自志》："集腋为裘,妄续幽冥之录；浮白载笔,仅成孤愤之书。寄托如此,亦足悲乎！"② ——然而像《垒庵杂述》"怀抱郁邑"而成书的杂家笔记并不多,"聊斋体"也不过故事琐语类中之一体式,在四种基本类别的笔记小说中,它们不占据主流,故姜承烈《书影序》反驳云："太史公作《史记》,中多愤懑,一篇之中,时时见意,论者谓其学道未深……先生（周亮工）澹然,绝无几微之形于笔墨,其胜古人远矣。"③ 李调元《尾蔗丛谈自序》亦借论怪之有无批评《聊斋》之"凿空造意"云："世有怪乎？吾不得而知也；世无怪乎？吾亦不得而知也。但自齐谐志怪而后,好异者每津津乐道之,因而《搜神》《广异》之书纷纷错出,至《太平广记》而牛鬼蛇神千形亿貌,可谓幻中之幻矣。近世山左蒲生又有《聊斋志异》书,以惊奇绝艳之笔写迷离惝恍之神,词清而意远,事骇而文新,几乎淹贯百家、前无古人矣！然皆凿空造意,无实可征,考古者所弗贵焉。"④ 指出了《聊斋志异》主题情感过于显露而重在表达自我的问题。

笔记小说中占主流的写作姿态是"见闻所及,闲事笔疏",如江昱《潇湘听雨录自序》所云："段成式《酉阳杂俎》、孙光宪《北梦琐言》皆在楚所作也,地处偏远,中土至者殆以笔墨为娱,不独湘中岁时诸记,专纪方舆已也。乾隆乙亥岁奉侍家母至舍弟蕉畦常宁署,来岁之夏,回广陵数月,复至衡州,留止今八年矣。见闻所及,闲事笔疏,归舟无藉,编写成册。"⑤ 又如乾隆六十年李斗《扬州画舫录自序》："斗幼失学,疏于经史,而好游山水,尝三至粤西,七游闽浙,一往楚豫,两上京师。退而家居,则时泛舟湖上,往来诸工段间,阅历既熟,于是一小巷一厕居无不详悉。又尝以目之所见,耳之所闻,上

---

① 〔清〕朱朝瑛：《垒庵杂述》,《四库全书存目丛书》子部第 19 册,齐鲁书社,1995 年,第 801—802 页。
② 丁锡根编著：《中国历代小说序跋集（上）》,人民文学出版社,1996 年,第 134 页。
③ 〔清〕周亮工：《书影》,《续修四库全书》第 1134 册,上海古籍出版社,2002 年,第 268—269 页。
④ 〔清〕李调元：《尾蔗丛谈》,《函海》第 9 册,人民出版社,2012 年,第 122 页。
⑤ 〔清〕江昱：《潇湘听雨录》,《四库全书存目丛书》子部第 116 册,齐鲁书社,1995 年,第 653 页。

之贤士大夫流风余韵,下之琐细猥亵之事,诙谐俚俗之谈,皆登而记之。"①笔记小说以目见耳闻为主,所"目见"者既有典籍,也有民间轶闻逸事,如沈玮《听雨轩笔记总序》:"古今载籍多矣,性命理数之外,其他著作只见闻二者足以该之,然有能识其大者,即有能识其小者,此稗官杂说所以得与经史子集并传也。国初名家咸尚说部,举其书可以汗牛,数其目不胜屈指,措辞命意虽各不同,要皆集目前所见闻而识之,以之传旧纪轶耳。"②"聊斋体"的想象与虚构,是传奇笔法的一次应用,笔记小说的主流写作姿态是"集目前所见闻而识之"。

从杂家笔记类作品到野史笔记、地理杂记、故事琐语,这四类笔记小说对经史典籍的依赖程度在依次减弱,从中也可看出它们是一个从经史典籍向民间话语过渡的过程,如野史笔记类之《古欢录》与故事琐语类之《阅微草堂笔记》,对书籍的依赖就有所不同:王士禛《古欢录自序》云:"退食之暇,浏览诸史庄、列,下逮稗官说部、山经海志之书,有当于心辄掌录之,单词片语,期乎隽永。"③不过为读书笔记之类;纪昀《滦阳续录序》云:"景薄桑榆,精神日减,无复著书之志,惟时作杂记,聊以消闲。《滦阳消夏录》等四种,皆弄笔遣日者也。年来并此懒为,或时有异闻,偶题片纸;或忽忆旧事,拟补前编,又率不甚收拾,如云烟之过眼,故久未成书。今岁五月,扈从滦阳,退直之余,昼长多暇,乃连缀成书,命曰《滦阳续录》。"④不过为闲中偶忆、对月谈狐之作。从中可见对经史元典、民间话语的依赖⑤,也是笔记小说采取"集目前所见闻而识之"的一个重要原因⑥。

(二)类别的基本划分:考订家与小说家

晚明"说部"一语出现后,清人在论述"小说"这一大类功能意蕴低下的作品时,出现了"说部"与"小说"貌合神离的现象,此在书目之类目划分与序跋陈述中皆有所反映。就笔记小说而言,存在着"说部"与"小说"两个传统:"说部"源自汉志以来之小说家,线索为:汉志小说——宋明清笔记(宋

---

① 〔清〕李斗:《扬州画舫录》,《续修四库全书》第 733 册,上海古籍出版社,2002 年,第 571 页。
② 〔清〕徐承烈:《听雨轩笔记》,《笔记小说大观》第 12 册,广陵书社,2007 年,第 9777 页。
③ 〔清〕王士禛:《古欢录》,《四库全书存目丛书》史部第 121 册,齐鲁社,1995 年,第 94 页。
④ 〔清〕纪昀:《阅微草堂笔记》,浙江古籍出版社,2015 年,第 317 页。
⑤ 因涉猎典籍随笔札记而不专门,故章学诚称说部为"涉猎之学",不为著述也,其《与林秀才》书云:"古人以学著于书,后人即书以为学,于是专门经史子术之外,能文之士则有文集,涉猎之家则有说部,性理诸子乃有语录。斯三家者,异于专门经史子术,可以惟意所欲,好名之士莫不争趋。"(〔清〕章学诚:《文史通义新编》,上海古籍出版社,1993 年,第 610 页。)
⑥ 另外一个重要原因是儒学"子不语怪力乱神"的思维方式。

代《容斋随笔》《困学纪闻》,明代《丹铅录》《弇州山人四部稿·说部》,清代《日知录》),此为杂家笔记一途;"小说"为稗官野乘一途,源出《山海经》《世说》,此为叙事一类。这也是笔记小说的两大分野,实际为子、史之分野。自《汉书·艺文志》至《旧唐书·艺文志》,小说家类中言理的成分在减少,叙事的成分在增加,至《四库全书总目》把言理、考订的小说逐出小说家、一归于杂家,小说家作品俨然已成为叙事文学的一部分。

若依二分法言之,清人不过把说部(大多为笔记小说)分为两种:纪事博物与言理考证。晚清李光廷《蕉轩随录序》云:"自稗官之职废,而说部始兴,唐宋以来美不胜收矣。而其别则有二:穿穴罅漏、爬梳纤悉,大足以抉经义传疏之奥,小亦以穷名物象数之源,是曰考订家,如《容斋随笔》《困学纪闻》之类是也;朝章国典、遗闻琐事,巨不遗而细不弃,上以资掌故而下以广见闻,是曰小说家,如《唐国史补》《北梦琐言》之类是也。"①具体而言,所谓的"考订家"与"小说家",不过是杂家笔记类与其他三类(故事琐语类、地理杂记类、野史笔记类)在理论层面的表现而已。

如前文所述康熙二十九年毛奇龄《天禄识余序》中所言的"杂说",已包括了"小说""说部"两家,张遂辰《书影跋》亦云:"夫考古证今,莫如说部。然稗官家不可胜举,往往野语琐录,谬舛尤甚。至流滥于《齐谐》《虞初》《搜神》《志怪》,君子不由也。王仲任有言:'造论著说,发胸中之思,剖世俗之事,斯为善耳。'所撰《论衡》,识者且鄙劣之。迨宋元来,淹通古隽,唯《容斋随笔》《梦溪笔谈》《研北杂志》数书称焉。"②此"说部"与"稗官家"对举,亦是考订与叙事之意。王澍《南村随笔序》云:"余往读新城王司寇《池北偶谈》《香祖笔记》及商丘宋少师《筠廊偶笔》诸书,有裨国家典故、足为后学津梁,直追汉魏、媲美唐宋为本朝说部之冠,非若稗官野史荒诞不经者可同日语也。"③可见杂家笔记与野史笔记之别。

"说部"(杂家笔记类)与"稗官家""稗官野史"(野史笔记类、地理杂记类、故事琐语类)的对举,又表现为其他形式:或称"谈理"与"记事",袁栋《书隐丛说自叙》云:"甚矣著述之难也!六经而下,自周秦汉魏以来,诸子代兴、百家并作,大约不失之于偏颇,即失之于奇诡,不失之于纤末,即失之

---

① 〔清〕方浚师:《蕉轩随录》,《续修四库全书》子部第 1141 册,上海古籍出版社,2002 年,第 235—236 页。
② 〔清〕周亮工:《书影》,《续修四库全书》第 1134 册,上海古籍出版社,2002 年,第 483—484 页。
③ 〔清〕陆廷灿:《南村随笔》,《四库全书存目丛书》子部第 116 册,齐鲁书社,1995 年,第 238 页。

于肤陋。谈理者往往以私智穿凿为能,不则剿说雷同耳;记事者往往以荒诞眩人为事,不则街谈巷议耳。所以偏者失其中,诡者失其正,纤者失其大,肤者遗其精也。"①或称"志怪"与"志信",杜浚《书影序》云:"夫《齐谐》者,志怪者也;《书影》者,志信者也。志怪者为存人耳目之所未经;志信者为存己耳目之所已经,以发人耳目之所未经……"②或称"集事"与"考议",毛奇龄《倘湖樵书序》云:"稗官著作原有二家,一则集事以类用,一则考议以资辨……王仲任作《论衡》,则实创为考核驳辨之文以助谈议,故后之为稗官家者,杂记之外,复有论说如《笔谈》《丛书》《随笔》《友议》诸书,每可为谈议所藉,如能称考义资辨者,而是书兼而有之。"③要之内容上不过言理考证与纪事博物两种而已,两者在著述宗旨上也有"求是"④与"炫奇"⑤之别。

(三) 功能指向:补史乘、资考证与寓劝诫

笔记小说的基本功能,自唐宋以来变化不大,"翼经诠史"⑥之外,唐李肇《国史补序》提出了"纪事实、探物理、辨疑惑、示劝戒、采风俗、助谈笑",至清代而稍增之以"广见闻、纪风土、补史乘、资考证、裨经济","广见闻、纪风土、补史乘"是着重针对地理杂记类、野史笔记类作品而言,徐倬《说铃序》云:"其书有可以作者,有可以无作者,有必不可作者。其可以作者,以之广见闻、纪风土、补史乘、资谈助,若《西京杂记》《东京梦华录》李肇《国史补》《桯史》《辍耕录》之类是也;其可以无作者,不过怪异谲诡、琐屑鄙杂,若《洞冥》《拾遗》及《夷坚志》《云仙散录》之类是也;其必不可作者,败风俗、淆是非,甚至逞私怨而肆诋毁,若《焚椒》之秽亵、《湘山野录》之妄诞、《碧云騢》之诬谬,此则万万不可作者也。"⑦所列举诸作品以野史杂记为上,而以故事琐语之异闻为下。

清代笔记小说的两大特征,一是考证文的大量出现,已然渗透进了四种

---

① 〔清〕袁栋:《书隐丛说》,《四库全书存目丛书》子部第116册,齐鲁书社,1995年,第400页。
② 〔清〕周亮工:《书影》,《续修四库全书》第1134册,上海古籍出版社,2002年,第259页。
③ 〔清〕来集之:《倘湖樵书》,《续修四库全书》第1195册,上海古籍出版社,2002年,第608页。
④ 清钱大昕《娱亲雅言序》云:"唐以前说部或托齐谐诸皋之妄语,或扇高唐洛浦之颓波,名目猥多,大方家所不屑道,自宋沈存中、吴虎臣、洪景庐、程泰之、孙季昭、王伯厚诸公,穿穴经史,实事求是,虽议论不必尽同,要皆从读书中出,异于游谈无根之士,故能卓然成一家言,而不得以稗官小说目之焉。"(〔清〕严元照:《娱亲雅言》,《续修四库全书》子部第1158册,上海古籍出版社,2002年,第244页。)
⑤ 清许道基《原李耳载序》云:"稗官野乘,意在炫奇,而作者今古相望。"(〔清〕李中馥等撰,凌毅点校:《贤博编 粤剑编 原李耳载》,中华书局,1987年,第110页。)
⑥ 康熙丁未黄虞稷《书影序》云:"信乎可以翼经,可以诠史,可以明道而垂教,使读之者有置身名检之思,有恢弘志意之益。"(〔清〕周亮工:《书影》,《续修四库全书》第1134册,上海古籍出版社,2002年,第278页。)
⑦ 〔清〕吴震方辑:《说铃》,国家图书馆"中华古籍资源库"(康熙刻本),第1—2页。

笔记小说的各个类型当中;二是道德伦理的劝诫色彩浓厚,故《濠上迩言序》简而化之云:"盖说部之书可取资者二焉:一曰有裨于考订,二曰有关于劝惩。"①"资考证、裨经济"的功能指向是清初经世致用思想对笔记小说的影响,这在《日知录》等杂家笔记类作品中表现得最为突出,然而顺治、康熙两朝之后,"经济"功能开始弱化,"资考证"成了主导。至于"劝惩"的功能指向,主要是针对故事琐语类(也涉及地理杂记、野史笔记)而言,如毛际可《坚瓠丁集序》:"稼轩褚先生以坚瓠名其书……大旨主于维风教,示劝惩。"②王元礼《前征录序》云:"茧庐先生《前征录》于表扬先烈之外,旁摭逸事,原原本本,殚见洽闻,期以劝善进德为立心制行者树之准的,非徒微显阐幽,备乡国之懿美,储辎轩之掇拾已也。"③潘耒《广东新语序》云:"《新语》一书,其察物也精以核,其谈义也博而辨,其陈辞也婉而多风,思古伤今、维风正俗之意时时见于言表。游览者可以观土风,仕宦者可以知民隐,作史者可以征故实,摛词者可以资华润,视《华阳国志》《岭南异物志》《桂海虞衡》《入蜀记》诸书不啻兼有其美善哉!"④王正祺《秋灯丛话跋》云:"(《秋灯丛话》)大旨在于彰善瘅恶,使阅者怵目警心,可以迁善而改过。"⑤皆有道德伦理的要求。

"资考证"与"寓劝诫"的功能指向,是笔记小说界对官方程朱理学与学术界考据思潮的积极回应,具有依附经史的合理性,以至于部分作品有"五经之流别、四部之菁华"的美称,如邓汉仪《书影跋》:"《因树屋书影》者,栎园先生昔在请室时所撰,其书纪载精核、辨证明悉,上自经史、下逮闻见,凡可以正人心、翼世教、广学识、弘风雅者无不笔而记之,洵五经之流别、四部之菁华矣。"⑥"资考证"在乎求真,"寓劝诫"在乎劝善,两者或许是雍乾时期官方提倡之"清真雅正""醇雅"下落实到笔记小说的两个基点,雍正间人也以"雅道风旨、足资考据"作为总结清初笔记小说上乘作品的标准,如章楹《谵崖脞说自序》云:"清谈始于典午,说部盛于李唐,要其议论风旨无伤雅道、足资考据乃足尚尔。本朝名家如周栎园之《书影》、汪钝翁之《说铃》、宋西陂之《筠廊偶笔》、王渔洋之《池北偶谈》《分甘余话》皆稗官家之精金良

---

① 〔清〕翁方纲:《复初斋文集》卷四,《续修四库全书》第1455册,上海古籍出版社,2002年,第389页。
② 〔清〕褚人获:《坚瓠集》,《续修四库全书》第1260册,上海古籍出版社,2002年,第655—656页。
③ 〔清〕姚世锡:《前征录》,《笔记小说大观》第十六编,新兴书局,1981年,第2709页。
④ 〔清〕屈大均:《广东新语》,《中国风土志丛刊》第358册,广陵书社,2003年,第6—8页。
⑤ 〔清〕王椷:《秋灯丛话》,《续修四库全书》第1269册,上海古籍出版社,2002年,第398页。
⑥ 〔清〕周亮工:《书影》,《续修四库全书》第1134册,上海古籍出版社,2002年,第485—486页。

玉,清言隽永,琐事解颐,未易率然梯接也。"①此标准衍及晚清,在西方小说观念笼罩下仍然流行。

二、性质探讨与审美倾向

(一)性质探讨:史与子

章学诚《文史通义》中从尊经的角度言"六经皆史",认为处于六经末流的小说也是史之余脉。《四库全书总目》卷九十一《子部总叙》云:"自六经以外立说者,皆子书也。"则小说为子书。明可一居士《醒世恒言叙》云:"六经国史而外,凡著述皆小说也。而尚理或病于艰深,修词或伤于藻绘,则不足以触里耳而振恒心。"②则小说无所不包以至于没有自身之品性——上所述皆执一端而言之,并非整体的考量。

笔记小说内容杂乱,经史子集所载皆有,然其大要,不过子、史两端。故事琐语类与杂家笔记类虽在书目中同隶于子部,然二者体性迥然不同:一为史,一为子。可以说故事琐语类与杂家笔记类作品是笔记小说"史""子"体性来源的两种基本存在形式。

明清时期,关于小说的属性,有以下几种意见:

一是以为小说本为史之属,晚明绿天馆主人《古今小说叙》云"史统散而小说兴"③,清初钱谦益《玉剑尊闻序》中云:"临川王,史家之巧人也,变迁、固之史法而为之者也。临川善师迁、固者也,变史家为说家,其法奇;慎可善师临川者也,寓史家于说家,其法正。"④乾隆十七年陈法《漱华随笔序》云:"唐啖助谓左氏博采当世文籍,太史公尤好采摭异闻,则说部固史材也,且其事其言足昭法戒,史或不载,好古之君子必录而不遗,亦所以佐史之穷也。"⑤道光间李黼平《途说序》云:"《汉书》小说家者流,盖出于稗官,应劭谓其说以《周书》为本,则别史之属也;而薛综注《西京赋》,又以小说为巫医厌祝之术,凡九百四十三篇,汉之小说如是而已。其后纪述纷繁、不名一体,然其传者大旨在示鉴戒、资考证,亦不得竟置其书而不录也。"⑥光绪间碧桃

---

① 〔清〕章楹:《谭崖脞说》,《续修四库全书》子部第 1137 册,上海古籍出版社,2002 年,第 280 页。
② 丁锡根编著:《中国历代小说序跋集》,人民文学出版社,1996 年,第 779 页。
③ 〔清〕冯梦龙编:《古今小说(上册)》,人民文学出版社,1958 年,第 1 页。
④ 〔清〕梁维枢:《玉剑尊闻》,《续修四库全书》子部第 1175 册,上海古籍出版社,2002 年,第 229 页。
⑤ 〔清〕张海鹏辑:《漱华随笔》四卷,《借月山房汇钞》第 13 集,华东师范大学馆藏清刻本。
⑥ 〔清〕缪艮:《途说》,《稀见清代四部辑刊》第三辑·第 74 册,学苑出版社,2016 年,第 1 页。

红杏词人《客中异闻录序》:"说部为史家别子,始于唐,盛于宋,至本朝而操觚之士各自成书,汗牛充栋,几不暇尽读,然或记事或述闻,苟奇而不诡于正,识者深有取焉。"①此等"史—小说"的线索勾勒,是针对通俗小说(《古今小说》)、志怪小说(《途说》)、轶事小说(《玉剑尊闻》)而言,即故事琐语类作品;至于地理杂记类、野史笔记类作品,更是"补史乘"一类的史部著述②。

二是以为小说为"子之属",《黄妳余话序》:"说部之书,固子之属也。然使以己意为结造而或失之诞,或失之鄙,则其无当于觚墨者无论,至刺取古人书而衍说之,或不免为抄袭之陋、穿凿之非,若此者亦无取焉。"③此种意见坚持《汉志》"九流十家"之子学传统,小说为子学之一种表现形式,具体而言,此种主张是针对杂家笔记类尤其是学术色彩浓厚之作品集而言的。杂家笔记为说部之一种,清人在乾嘉时期也多有表述,彭兆荪《香墅漫钞序》云:"有唐以来若颜师古、李匡义、邱光庭之属嚆矢于前,洪迈、程大昌、高似孙、王楙之徒推波于后,是皆说部之权舆、稽镜之渊薮,所谓议官之杂家也。"④指出《匡谬正义》《演繁露》《野客丛书》等杂家类笔记为说部作品;又赵怀玉以为杂家笔记具有史官文化的色彩,同时也"类小说家言"。杂家笔记可谓是先秦两汉时期小说的正统继承者。

第三种观点以为小说本为子之属,后为史所渗入,坚持小说的子学本源,同时也对史学的渗入有所察觉,康熙间王渔洋对此多有议论,其《居易录自序》云:"古书目录,经史子集外厥有说部,盖子之属也;庄列诸书,实为《洞冥》《搜神》之祖,亦史之属也。《左传》《史》《汉》所纪述,识小者钩纂剪截,其足以广异闻者亦多矣,刘歆《西京杂记》二万许言,葛稚川以为《汉书》所不取,故知说者史之别也。唐四库书乙部史之类十三有故事、杂传记,丙部子之类十七有小说家,此例之较然者也。六朝以来代有之,尤莫盛于唐

---

① 〔清〕杜晋卿辑:《客中异闻录》,华东师范大学馆藏《屑玉丛谭》本。
② 《扬州画舫录》为地理杂记类作品,嘉庆二年阮元《扬州画舫录序》:"《扬州画舫录》十八卷,仪征李公艾塘所著也……凡郡县志及汪光禄应庚《平山堂志》、程太史梦星《平山堂小志》、赵转运之璧《平山堂图志》所未载者,咸纪于此。或有以杨衒之、孟元老之书拟之者。元谓杨、孟追述往事,此录则目睹升平也。或有疑其采及琐事俗谈者,元谓《长安志》叙及坊市第宅,《平江纪事》兼及仙鬼、诙谐、俗谚,此史家与小说家所以相通也。"〔清〕李斗:《扬州画舫录》,《续修四库全书》史部第733册,上海古籍出版社,2002年,第570页。)
③ 〔清〕陈锡路:《黄妳余话》,《续修四库全书》子部第1138册,上海古籍出版社,2002年,第365页。
④ 今所见曾廷枚所撰之《香墅漫钞》(《稀见清代四部辑刊》第三辑第71册影印乾隆五十二年刻本)中并无此序,所引出自彭兆荪《小谟觞馆文续集》卷一(《续修四库全书》第1492册,上海古籍出版社,2002年,第695页。)

宋,唐人好为浮诞艳异之说,宋人则详于朝章国故前言往行,史家往往取衷焉,如汝阴王氏《挥麈三录》、河南邵氏前后《闻见录》之属是也。"①王士禛后又在其门人程哲《蓉槎蠡说》序言中复强调之②。王渔洋的说部作品在雍正朝以后被称为"渔洋说部",四库馆臣之《四库全书总目》分隶于杂家、小说家两类,即杂家笔记类、故事琐语类,故而他所主张的"说部之书,盖子、史之流别"是出于笔记小说的整体性考虑,也合乎清代笔记小说的实际情况。

总而言之,笔记小说具有子、史的基本属性,但具体到某种作品集而言,则并非以一种纯然的属性限定之,如《墨余录》《粟香随笔》《居易录》等为杂家笔记,不妨它们的内容中有志怪、轶事、野史、地理等因素的存在;而《陇蜀余闻》《小豆棚》等故事琐语类作品集,也不排斥考证、杂说的存在。

(二)审美倾向:博雅新异

清代笔记小说的总体美学追求,在乎"博雅新异"。笔记小说的内容虽是"雅俗俱陈"③,上自经史性理,下至委巷之谈,皆可进入作者的写作视野,然"雅"是笔记小说旨归所在,笔者所见作品,除《无稽谰语》《笑林广记》《谂痴符》等几部作品格调不高外,大多一归于雅正,故蒋熊昌《客窗偶笔叙》:"说部一书,唐宋迄今,汗牛充栋,其博雅新异,脍炙人口者,指不胜屈。滥觞入于荒诞不经,以及猥亵鄙俗,如筝琶之悦耳,大雅弗尚也。"④清代前中期笔记小说的这种美学倾向较诸晚清更为明显⑤,故光绪元年钱徵颇为自豪地说道:

  自来说部书,当以唐人所撰者为最。有宋诸家,总觉微带语录气。元、明人力矫其弊,则又非失之诞,即失之略:故皆无取焉。惟我朝诸

---

① 〔清〕王士禛:《居易录》,《景印文渊阁四库全书》子部第156册,台湾商务印书馆,1982年,第310页。
② 王士禛《蓉槎蠡说序》云:"说部之书,盖子、史之流别,必有关于朝章国故、前言往行,若宋王氏《挥麈三录》、邵氏《前后闻见录》之属,始足为史家所取衷,予尝于《居易录自序》中略其例矣,而平生先后所撰著游历记志而外,则又有《池北偶谈》《香祖笔记》《古夫于亭杂录》诸种,未知视宋人何如? 然备掌故而资考据,或亦不为无补。"〔清〕程哲:《蓉槎蠡说》,《四库全书存目丛书》子部第115册,齐鲁书社,1995年,第546页。
③ 黄廷鉴《柳南随笔跋》云:"柳南先生为吾邑诗老,好著述,所撰《随笔》六卷,多记旧闻轶事。其考证经史,论说诗文,亦杂见焉。体例在语林、诗话之间。故其书雅俗俱陈,大小并识,吐晋人之清妙,订俗学之谬讹。洴朴山方氏所云:'远希《老学》,近埒新城'者已。"(〔清〕王应奎:《柳南随笔》,中华书局,1983年,第125页。)
④ 丁锡根编著:《中国历代小说序跋集(上)》,人民文学出版社,1996年,第482页。
⑤ 晚清时期,随着西方小说观念的传入、报刊文学的流行,作家们以销量计,求新求异、娱乐大众,在审美方面有降低之势。笔者以为,雅、俗为美学概念,诗、词、小说、戏曲为文体概念,以美学概念加之于文体概念而有所谓"雅文学""俗文学"之称,并指涉某类文献,大有圆凿方枘之嫌,以"文体与文献"代替"雅""俗"文学,在研究中更具有可操作性。

公,能力惩其失,而兼擅众长,盖骎骎乎集大成矣。①

笔记小说是士大夫文学之一种。在清代,似乎小说当与"雅文学"绝缘,乾隆五十二年曾廷枚《香墅漫钞》卷三"说铃"条云:"扬子《法言》:'好说而不要诸仲尼,说铃也。'喻小说不合大雅也。"②曾氏言"小说不合大雅"的原因,大概一是它文体不纯,难以列入文章学的视野;二是内容庞杂,不主一家之学。这种现象似乎说明小说与雅文学界限分明,无从参预"博雅"③之列。然从笔记小说四种类型划分后的情况来看,清人在探讨笔记小说的"雅文学"属性方面非常明显,即使面向民间话语的故事琐语类作品,征实之外,也有使之求雅的倾向,或认为笔记小说介于"史""诗"之间,如乾隆四十二年胡高望《秋灯丛话序》云:"余尝谓说家者流,义近于史而旨合于诗。正是非以昭法戒,史之义也;辨贞淫以示劝惩,诗之旨也。此岂徒笔墨驰骋夸异闻、侈谈助已哉!"④或"窃意晋唐"——如孔尚任在《在园杂志序》中介绍的清初笔记小说创作情况时云:"古今风尚,各擅一代,如清谈著于晋,小说著于唐,虽稗野之语,多有裨于正史。近代谈部说家,有栎园《书影》、钝翁《说铃》、西陂《筠廊偶笔》、悔庵《艮斋杂说》、渔洋之《居易录》《池北偶谈》《分甘余话》诸种,短则微言隽永,长则骈辞赡丽,皆窃意于晋唐之残编,固有所本也。"⑤——"义近于史而旨合于诗"的内容与"短则微言隽永,长则骈辞赡丽"的语言形式,使笔记小说具有了雅文学的属性。清代对于笔记小说的"博雅新异"方面的探讨,可分为三个方面:

首先,笔记小说是士大夫文学之一,为"风流淹雅"群体氛围下的产物,故他们所论的基点在于文人化之"雅"。王嵩高《秋灯丛话序》云:"唐宋以来,文人学士多以风流淹雅相尚,生平游历所及,目见耳闻,随其意之所至,荟萃成一家言。散玑碎贝,辉映后先。盖小者之识,贤者亦不遗焉。"⑥"风

---

① 〔清〕王韬:《瓮牖余谈》,《笔记小说大观》第 13 册,广陵书社,2007 年,第 10556 页。
② 〔清〕曾廷枚:《香墅漫钞》,《稀见清代四部辑刊》第 3 辑第 71 册,学苑出版社,2016 年,第 343 页。
③ 曾廷枚《香墅漫钞》卷四之"博雅"条云:"'博雅'二字,人但以为博学之称,非也。诸葛武侯辟广汉太守姚仙为掾,俶并进文武之士。武侯称之曰:'忠益者莫大于进人,进人者各务其所尚。今姚掾乃并存刚柔,以广文武之用,可谓博雅矣。'"(〔清〕曾廷枚:《香墅漫钞》,《稀见清代四部辑刊》第三辑第 71 册,学苑出版社,2016 年,第 569 页。)今从"博学文雅"之意。
④ 〔清〕王椷:《秋灯丛话》,《续修四库全书》第 1137 册,上海古籍出版社,2002 年,第 393 页。
⑤ 〔清〕刘廷玑:《在园杂志》,《四库全书存目丛书》子部第 115 册,齐鲁书社,1995 年,第 368 页。
⑥ 〔清〕王椷:《秋灯丛话》,《续修四库全书》第 1137 册,上海古籍出版社,2002 年,第 394 页。

流淹雅"之下,笔记小说的美学批评有"天真烂漫"①"简峭"②乃至"指远、言辨、文微"③等多样化表现。具体而言,"天真烂漫"指故事琐语类中之轶事小说特别是"世说体"、"简峭"为地理杂记类之游记、"指远、言辨、文微"为杂家笔记类之学术笔记而言。"世说体"小说又有"清英渊雅"④"风雅澹词"⑤"简秀韶润"⑥"词旨隽永"⑦等美学风格呈现。杂家笔记类作品更是"博雅"风格的重要载体,如《书影》《池北偶谈》《人海记》《春在堂随笔》等。

其次,清代笔记小说之所谓"新异",多是指故事琐语类作品而言,清人批评志怪小说之叙事"诡异离奇"⑧"瑰奇绝特"⑨,也是站在史学叙事的立场上来说的。但"征实"与"求雅"之间似乎有内在的紧张——"征实"务必叙事简要而摒弃辞华,而雅以辞显,"文""质"之间的选择,当以"征实"下之文风质朴为先。事实上,故事琐语类的大多数作品呈现出的是不事缛丽词藻的质朴风格,从而与史学叙事之"必征必信"相契合。质朴风格基础之上,

---

① 林佶《汪氏说铃跋》:"此则随笔书去,往往有天真烂漫之致,亦犹吾师为此编,正以无意而成文耳。然追思当日标赏,正自不同流俗,今士大夫犹能仿佛其风流余韵否?"(雷瑨:《清人说荟》,华文书局股份有限公司,1969年,第1087页。)

② 李来泰《邛竹杖序》:"余请而卒业,文果郦氏之简峭,柳州之奥折,诗则昌黎盘纡而义山僻隐兼也。此皮相者,人尽知之,至繁称曲引、喻旨千门,云变霞蒸、拳幅百转,如精镠、如练丝,被体适用。"([清]施男:《邛竹杖》,《续修四库全书》第1176册,上海古籍出版社,2002年,第242页。)

③ 朱家征《罍庵杂述序》:"其指远,其言辨,而其文则微。"([清]朱朝瑛:《罍庵杂述》,《四库全书存目丛书》子部第19册,齐鲁书社,1995年,第803—804页。)

④ 毛际可《今世说序》:"昔典午一代,清言流弊,而本朝综核名实,不尚虚无。集中单词只简,清英渊雅,适可为鼓吹休明之助。有昔人之功而无其过。读是书者,亦可以论世云。"([清]王晫:《今世说》,《续修四库全书》第1152册,上海古籍出版社,2002年,第479—480页。)

⑤ 严允肇《今世说序》:"是编所载,多忠孝廉节之概,经纬权变之宜,其大者实有裨于国家,有功于名教;至于风雅澹词,山林逸事,足以启后学之才思,资艺林之渊薮者,无不表而出之。"(朱一玄编:《明清小说资料选编[下册]》,南开大学出版社,2006年,第1060—1061页。)

⑥ 冯景《今世说序》:"亡何而《今世说》又成,见其包举群彦,言关至极;简秀韶润,胸无宿物;俊不伤道,而巧不累理。"([清]王晫:《今世说》,《续修四库全书》第1152册,上海古籍出版社,2002年,第481页。)

⑦ 《今世说·凡例》:"汪钝翁太史《说铃》一书,词旨隽永,妙并临川,偶从吴江得见刻本,停舟借录约十数条,意在宏畅宗风,遂忘掠美之嫌。"([清]王晫:《今世说》,《续修四库全书》第1152册,上海古籍出版社,2002年,第485页。)

⑧ 乾隆五十六年徐承烈《听雨轩杂纪自序》:"前朝传轶纪异之书,见于《说郛》《稗海》者举其目不下数百种,而《昭代丛书》与《说铃》所载及近日《聊斋志异》《夜谭随录》《新齐谐》诸编,类皆诡异离奇,读之心愕然而惊,谈之舌拆然不下,实足以广学问而拓心思,不仅资消夏助谈也。"([清]徐承烈:《听雨轩笔记》,《笔记小说大观》第12册,广陵书社,2007年,第9777页。)

⑨ 乾隆戊戌沈岊瞻《夷坚志序》:"第观其书,滉洋恣纵,瑰奇绝特,可喜可愕,可信可征,有足以扩耳目闻见之所不及,而供学士文人之搜寻摭拾者,又宁可与稗官野乘同日语哉!"(丁锡根编著:《中国历代小说序跋集[上]》,人民文学出版社,1996年,第110页。)

有以谐趣见长的"子不语体"、议论考据见长的"阅微体",语言或灵动或峭直,不过清雅之色的表现,惜清人评论无多;他们关注得更多的是迥异他类的"聊斋体",认为《聊斋志异》开创的"以文言道俗情"①的叙事策略,达到了一种"词清而意远,事骇而文新"②的艺术境界,甚或导致一种"尚虚构"的倾向,如吴嵩梁《耳食录序》云:"天下至文,本无定质。譬诸夕霞布空,倏忽异态,飞英绣水,纵横成章。要须自出机杼,为一家言。虽墨卿游戏,三昧可参,不必高文典册始克与金石并寿也。……(《耳食录》)事多出于儿女缠绵、仙鬼幽渺,间以里巷谐笑,助其波澜,胸情所寄,笔妙咸臻。虽古作者,无多让焉。"③表达了对虚构性叙事的肯定。

再次是对本朝笔记小说特别是经典的笔记小说进行评定,达到与唐宋小说"博雅新异"方面并峙的效果。唐宋小说有各自的特点,明人论述已深,如钱希言、陈继儒等④,清人亦在研习借鉴之列,如余怀《山志》序亦云"说部惟宋人为最佳"⑤。宋人博学,如翁方纲诗话中所云:"谈理至宋人而精,说部至宋人而富,诗则至宋而益加细密"⑥,故而他指出宋笔记的典型意义,而其他人如金埴则把本朝笔记小说放在晋唐以来的大背景下进行评定,其《不

---

① 乾隆五十八年王友亮《柳崖外编序》中云:"余呈家母览之,亟为叹赏,问曰:'徐舍人,汝之同年乎? 吾见时贤说部多矣,非太俚即太奇,是编以文言道俗情,又不雷同于古作者,无愧聊斋再世矣!'"(〔清〕徐昆:《柳崖外编》,吉林大学出版社,1995年,第1页。)

② 李调元《尾蔗丛谈自序》云:"近世山左蒲生又有《聊斋志异》书,以惊奇绝艳之笔写迷离惝恍之神,词清而意远,事骇而文新,几乎淹贯百家、前无古人矣! 然皆凿空造意,无实可征,考古者所弗贵焉。"(〔清〕李调元:《尾蔗丛谈》,《函海》第9册,人民出版社,2012年,第122页。)

③ 丁锡根编著:《中国历代小说序跋集(上)》,人民文学出版社,1996年,第215页。

④ 明钱希言《狯园自序》曰:"稗至唐而郁乎盛矣,响亦绝焉。唐以后非无稗也,人人而能为稗也。唐以前皆文人才子不得志于兰台石室者为之,率多藻思雅致,隽句英谈;唐以后悉出老生鄙儒之手,随事辄记于桑榆中而已;故其为稗均,而其所由稗异也。何也? 唐人善用虚,宋人善用实。唐人情深趣胜,为能沿泛波涛;宋人执理局方,惟事穿凿议论。唐人以文为稗,妙在不典不经;宋人以稗为文,病在亦趋亦步。由斯以观,非其才之罪也,文章与时高下,大抵然耳。"(〔明〕钱希言:《狯园》,文物出版社,2014年,第3页。)陈继儒云:"小说独盛于唐,唐科额岁一举行,才子下第白首滞长安不得归,则与四方同侣架空成文,以此磨耗壮心而荡涤旅况,故其文恍忽吊诡多不经;而宋之士大夫独不然,家居退闲,往往能称说朝家故实及交游名贤之言行而籍记之,有国史漏而野史独详者。王荆公云:'不读小说不知天下',大体非虚语也。"(〔明〕陈继儒:《陈眉公集》卷五《闻雁斋笔谈序》,《续修四库全书》第1380册,上海古籍出版社,2002年,第67页。)

⑤ 〔清〕王弘撰:《山志》,《四库全书存目丛书》子部第115册,齐鲁书社,1995年,第84页。今案:此处断句有误,《世说新语·言语》原文为:"谢太傅语王右军曰:'中年伤于哀乐,与亲友别,辄作数日恶。'王曰:'年在桑榆,自然至此,正赖丝竹陶写。恒恐儿辈觉,损欣乐之趣。'"

⑥ 〔清〕翁方纲:《石洲诗话》卷四,《续修四库全书》第1704册,上海古籍出版社,2002年,第177页。

下带编序》云:"清谈擅于晋,小说著于唐。本朝以来,其行世谈部说家,埴所闻见者,则周栎园《书影》《闽小纪》,汪钝翁《说铃》,董阆石《三冈识余》,尤悔菴《艮斋杂说》,渔洋山人《居易录》、《池北偶谈》、《分甘余话》、《(古)夫于亭杂录》,王任菴《暑窗臆说》,吴青坛《说铃》(原案:吴所载诸家说部名目甚夥,兹不具),褚人获《坚瓠集》,孔宏舆《拾箨余闲》,王丹麓《今世说》。凡此皆彰彰在人耳目者也。"①纪昀在创作《阅微草堂笔记》时也坦承了自己对前代小说的借鉴,其《姑妄听之序》云:"缅昔作者,如王仲任、应仲远,引经据古,博辨宏通;陶渊明、刘敬叔、刘义庆,简淡数言,自然妙远。诚不敢妄拟前修。然大旨期不乖于风教,若怀挟恩怨,颠倒是非,如魏泰、陈善之所为,则自信无是矣。"②《阅微草堂笔记》在故事琐语类中的经典意义,在清代中晚期也得到了承认。"博雅新异"甚至可以涵盖到章回体小说,如晚清浙江金安以为清代小说经典有四部,其《里乘跋》云:"我朝小说轶乎历代、脍炙人口者四:曰《聊斋志异》,曰《阅微草堂笔记》,曰《红楼梦》,曰《儒林外史》……"③考虑到"渔洋说部"、《啸亭杂录》及《广东新语》的影响,有清一代的小说名作也都有"博雅新异"的美学特征。简言之,"博雅新异"的美学特征是笔记小说子、史属性载体的外在风貌,"体裁明洁,叙述雅合"④,这也是清人审笔记小说之美的主要方面。

三、小说史:兼综唐宋与本朝经典

清代笔记小说序跋中对于小说起源、历代小说成就及本朝经典进行了评述,这种评述带有小说文体史的特点,也是一种历史研究。在笔记小说中,故事琐语类和杂家笔记类的历史性评论较为集中⑤。在小说诸体的溯

---

① 〔清〕金埴:《不下带编》,中华书局,1982年,第80页。此书作于雍正十年后(应为雍正年间作品无疑。)
② 〔清〕纪昀:《阅微草堂笔记》,浙江古籍出版社,2015年,第240页。
③ 〔清〕许奉恩著,文益人、乘文点校:《里乘》,齐鲁书社,1988年,第5页。
④ 汪瑔《粟香二笔跋》。清金武祥著,谢永芳校点,《粟香随笔》,凤凰出版社,2017年,第454页。
⑤ 这种集中的局面在民国仍在延续,如民国十四年柴萼《梵天庐随录序》:"《汉书·艺文志》有虞初《周说》九百四十三篇,是为中国稗官之祖。其书久佚,不知为说者何。汉魏之间,说部蔚起,私史偏录,足广异闻。裴氏注《三国志》,所引凡百有余种,而诸名臣列传、名族世谱、名人集等,尤不可悉数。自是以降,踵事增华。逮及李唐,是类著作汗牛充栋,然其词藻芳鲜艳丽,固足便闲人之撷寻,而其叙述虚缈浮诞,则难供史家之采撷,抑亦有逊汉魏矣。宋人笔最为丛博,识大识小,属于一编,稽古述今,选ığı征物,资多识而森法戒,用意视昔深远,虽曰不免踌驳,要属言之有物。黄虞稷《千顷堂目》别为六类,清代《四库书目》从之,厘然可观。明清两朝,不乏佳著,拾遗补阙,功在艺林,非徒可翼正史也。"(柴小梵:《梵天庐丛录》,《民国笔记小说大观》第四辑,山西古籍出版社,1997年,第15—16页。)柴小梵所论,即是笔记体小说与杂家小说两种类型的历史变迁及其功用。

源上,《山海经》《汉书·艺文志》《世说新语》《说苑》分别被当作志怪与地理、小说家、志人、杂家笔记的源头,如乾隆戊戌何琪《夷坚志序》中云:"昔之志怪异者,昉于《齐谐》一书,其后则吴均之《续纪》、干宝之《搜神》、张师正之《述异》、钱希白之《洞微》,皆此类也。"[1]即为志怪类小说的溯源。在这种溯源活动中,"叙事而兼议论"的先秦小说是中国古典小说的初始形态。

(一)故事琐语类(笔记体小说)

在清人看来,先秦小说处于"未名一体"的混沌形态,道光丁亥李黼平《途说序》云:"《汉书》'小说家者流,盖出于稗官',应劭谓'其说以《周书》为本',则别史之属也。而薛综注《西京赋》,又以小说为医巫厌祝之术,凡九百四十三篇。汉之小说如是而已。其后纪述纷繁,不名一体,然其传者,大旨在垂鉴戒、资考证,亦不得竟置其书而不录也。"[2]在小说史上,清人以为唐宋是后世的典范,如光绪五年碧桃红杏词人《客中异闻录序》中云:"说部为史家别子,始于唐,盛于宋,至本朝而操觚之士各自成书,汗牛充栋,几不暇尽读,然或记事或述闻,苟奇而不诡于正,识者深有取焉。"[3]唐宋两朝小说也有所区别,"唐人好为浮诞艳异之说,宋人则详于朝章国故前言往行"(《居易录自序》)[4]。从历时的角度考察,清人对于本朝取得的成就也颇为自信,同治十三年兰苕馆主人许仲元《里乘序》云:"小说在汉时已称极盛,西京以来,大儒多为此体,类皆光怪陆离,择言尤雅。魏晋六朝踵之,作者愈繁,修洁亦复可贵。厥后唐代丛书,大放厥词,间多巨幅,放纵不羁,殊具奇气。沿及宋、元,渐流粗率;明则自郐无讥矣。至我朝,山左蒲留仙先生《聊斋志异》出,奄有众长,萃列代之菁英,一炉冶之,其集小说之大成者乎!而河间纪文达公《阅微草堂笔记》,属辞比事,义蕴毕宣,与《聊斋》异曲同工,是皆龙门所谓'自成一家之言'者也。"[5]在尊重历史的前提下,清人对叙事体小说如《聊斋》《阅微》给予了很高的评价,甚至清人认为本朝达到了兼综唐宋的"集大成"境界,如光绪元年钱徵《瓮牖余谈跋》中云:"自来说部书,当以唐人所撰者为最。有宋诸家,总觉微带语录气。元、明人欲力矫其弊,则又非失之诞,即失之略,故皆无取焉。惟我朝诸公,能力惩其失,而兼擅众长,盖骎骎乎集大成矣。"[6]

---

[1] 丁锡根编著:《中国历代小说序跋集》,人民文学出版社,1996年,第110页。
[2] 缪艮:《途说》,《稀见清代四部辑刊》第三辑第74册,学苑出版社,2016年,第1—2页。
[3] 〔清〕杜晋卿辑:《客中异闻录》,华东师范大学馆藏《屑玉丛谭》本。
[4] 〔清〕王士禛:《居易录》,《景印文渊阁四库全书》第869册,台湾商务印书馆,1986年,第310页。
[5] 〔清〕许奉恩著,文益人、齐秉文点校:《里乘》,齐鲁书社,1988年,第1页。
[6] 〔清〕王韬:《瓮牖余谈》,《笔记小说大观》第13册,广陵书社,2007年,第10556页。

从叙事文学的角度看,《聊斋志异》《阅微草堂笔记》确实可以称作是清代故事琐语类小说的代表作。到了清末,在西学东渐的时代背景下,士大夫对于此体的衰落也表达了无可奈何的态度,如光绪三十四年无竞庐主人《无竞庐笔谈自序》中云:"小说之体裁有四:曰说部,曰传奇,曰弹词,曰笔记。四者之中,惟笔记为最古。远者不可见,自汉以来,如班固《艺文志》所载,刘向《列仙传》之类是已。至于唐代,其体独盛,说者谓《红线》《虬髯》数篇,为范晔、李延寿所莫及。近代作者,如观弈之《阅微草堂》、随园之《新齐谐》、留仙之《聊斋志异》,最为脍炙人口,其余《谐铎》《说铃》《夜谈》笔记,亦复美不胜收。迨至西学东渐,述作炳然,即小说一门,或译或著,已汗牛充栋矣。惟笔记之体,则如凤毛麟角,不过《吟边燕语》《啸天庐拾遗》落落一二编而已。余喜读小说,尤喜读笔记小说,以为非有史才者不能作,生平欲融会新理,贯串旧说,以成一家言,以力弱未能。"①从先秦到清末,清人对于笔记体小说的发展、变迁的描述是准确和客观的。

(二)杂家笔记类(杂家小说)

杂家笔记类小说具有叙事而兼议论的特点,这也是先秦两汉时期的小说形态,《庄子》以"四言"(正言、寓言、重言、卮言)言说,实质上它也是一部先秦时代的小说作品②。其他如《韩非子·外储说》《说苑》《新序》,也是小说作品。清人把此类小说的源头溯之西汉刘向所编的《说苑》《新序》,方向无疑是正确的,如康熙二十九年毛奇龄《天禄识余序》中云刘氏书"后之为杂说者宗之"③,乾隆间汾阳田畿进一步溯源至陆贾《新语》④,嘉庆间钱大昕以为此类作品本与志怪同源,后由学人由考据升其学术品格,其《娱亲雅言序》云:"唐以前说部或托《齐谐》《诸皋》之妄语,或扇《高唐》《洛浦》之颓波,名目猥多,大方家所不屑道,自宋沈存中、吴虎臣、洪景庐、程泰之、孙季

---

① 〔清〕无竞庐主人:《无竞庐丛谈》,南京图书馆藏光绪三十四年铅印本。
② 南宋黄震《黄氏日抄》卷五十五《读诸子一·读庄子》中云:"庄子以不羁之材,肆跌宕之说,刱为不必有之人,设为不必有之物,造为天下所必无之事,用以眇末宇宙,戏薄圣贤,走弄百出,茫无定踪,固千万世谈谐小说之祖也。然时有出于正论者,所见反过老子,老子之说可录者不过卑退自全,庄生之说可录者,往往明白中节。"(上海师范大学古籍整理研究所编:《全宋笔记》第十编第十册,大象出版社,2018 年,第 113 页。)庄子云:"饰小说以干县令,其于大达亦远矣。"不过庄周自谦之意。
③ 〔清〕高士奇:《天禄识余》,《四库全书存目丛书》子部第 99 册,齐鲁书社,1995 年,第 200 页。
④ 清田畿《河汾旅话序》云:"经史子集之外有说部,殆昉于陆贾之《新语》乎。至刘向成《说苑》而名斯立,嗣后历代作不下千百十种,其阐微言奥义,有补经史、长人材识,或专言鸟兽草木虫豸,杂记风土,衍及神鬼,识大识小,道无不在。"(〔清〕朱维鱼:《河汾旅话》,国家图书馆"中华古籍资源库"〔抄本〕。)

昭、王伯厚诸公,穿穴经史,实事求是,虽议论不必尽同,要皆从读书中出,异于游谈无根之士,故能卓然成一家言,而不得以稗官小说目之焉。"①杂家笔记内容繁杂,"盖兼十家而有之",其源流清人也较为明了,乾隆间汪师韩《韩门缀学》卷前小序中云:

> 诸子十家终于小说,小说十五家终于《虞初周说》,班氏谓"可观者九家",固以小说为不足观也。刘向采群言为《说苑》,列于儒家,为后世说部书所自始。后人说部盖兼十家而有之,而其中有裨学问者莫若宋之《梦溪笔谈》《容斋随笔》《困学纪闻》及我朝顾氏《日知录》。班氏所谓"六经之支与流裔,非间里小知者比也"②。

清人在言说中往往以"说部"代称杂家笔记作品,并以"宋笔记"作为典范,汪师韩也拈出"四大笔记"(《梦溪笔谈》《容斋随笔》《困学纪闻》《日知录》)作为学习的范本。晚清徐绍桢《粟香四笔序》引《四库总目》杂家之论云:"伏读《四库全书》,于杂家者流,别为六事:以立说者为之杂学,辨证者谓之杂考,议论而兼叙述者谓之杂说,旁究物理、胪陈纤琐者谓之杂品,类辑旧文、途兼众轨者谓之杂纂,合刻诸书、不名一体者谓之杂编。古人著录,大抵各有专家。……自唐宋以来,如李济翁、邱光庭、沈存中、吴虎臣、洪景庐、王伯厚诸公所著之书,皆入杂家,足为后人考镜之资。而最精者,莫过于王氏之《纪闻》;最富者,莫过于洪氏之五笔。"③不过所谓"四大笔记"是以考据为正宗,与叙事而兼议论的笔记小说不属于同一类型,但是从中也可以看到清人以此学术笔记作为笔记小说比附对象的心理。如同前文的笔记体小说史叙述,清人对历代杂家作品进行了挑选,同治元年郑献甫《爻山笔话序》:"宋之龚颐正、刘昌诗、苏子瞻、谢采伯、陆放翁,元之黄潜、陈世隆、郭翼,明之李日华、彭乘,国朝之王阮亭,既有'笔记',而宋杨延龄又有《杨公笔录》,沈括有《梦溪笔谈》,明徐渤有《笔精》,焦竑有《笔乘》,王肯堂有《笔麈》,胡应麟有《笔丛》,其他名'随笔''偶笔'者尚不与焉。由经史不能专家,子集又不能名家,而见闻所及,一知半解不忍割弃,或证据经史,或评泊诗文,或订正故实,或谈述怪异,而说部遂溢出于杂家。"④具体到本朝的杂

---

① 〔清〕严元照:《娱亲雅言》,《续修四库全书》第1158册,上海古籍出版社,2002年,第244页。
② 〔清〕汪师韩:《韩门缀学》,《续修四库全书》第1147册,上海古籍出版社,2002年,第443页。
③ 〔清〕金武祥撰,谢永芳校点:《粟香随笔》,凤凰出版社,2017年,第665页。
④ 〔清〕苏时学:《爻山笔话》,《四库未收书辑刊》第7辑第11册,北京出版社,2000年,第370页。

家笔记类作品,则以"渔洋说部"居首,道光十八年李祖陶《信疑随笔序》中叙述小说发展史时,云:"惟小说之兴,其来久已,《汉书·艺文志》……我朝作者以王阮亭先生之书为最,所著《居易录》《池北偶谈》《香祖笔记》《分甘余话》《古夫于亭杂录》,并著录于《四库全书》,以其关涉国典朝章、评骘诗文字画,可资检校,亦实有专长也。"①可见自先秦至清代的杂家小说作品,宋笔记是典范,"渔洋说部"也是宋笔记在清代经典化的产物。

总之,杂家笔记类序跋具有总揽全局的视野,其可对笔记小说的各个类别都进行评判,而故事琐语类(以及野史笔记类、地理杂记类)序跋更多聚焦于本体合理性的辩驳与艺术性分析,如稗官小说的正名问题,虽是唐宋以来的老生常谈,故撰此类小说者每在自序中为自己写作小说的合理性辩护,如康熙间高珩、唐梦赉《聊斋志异序》,曹序、陆圻《冥报录序》,乾隆间和邦额《夜谭随录自序》,袁枚《子不语自序》②,嘉庆初盛时彦《阅微草堂笔记序》等。常谈常新的原因,在于经史尊崇通过官方禁毁与民间舆论对于小说想象与虚构创作空间的挤压③。由于经史的尊崇地位,杂家笔记类与故事琐语类(野史笔记类、地理杂记类)都有向经史靠拢的倾向,如陆次云《坚瓠集序》云:"先生之书,人不叙时,事不区类,意之所及,信手拈来,可兴可观、可法可戒,或且可喜可愕、可以挥泪、可以解颐,义缘六籍,非经而经;遗拾历朝,不史而史,绳之理学,杂以诙谐,目为稗官,准乎典则。"④实际上《坚瓠集》本身就具有《世说新语》短制隽语的特点。

康乾间的文学风气,笔记小说有过一个从杂家笔记转换到故事琐语的过程,即从"渔洋说部"转换到"聊斋体""子不语体"的写作过程,乾隆末年

---

① 〔清〕殷永钓叟:《信疑随笔》,南京图书馆藏清刻本。
② 袁枚《子不语自序》云:"怪力乱神,子所不语也。然龙血鬼车,《系词》语之;玄鸟生商,牛羊饲稷,《颂》《雅》语之。左丘明亲受业于圣人,而内外《传》语此四者尤详。厥何故欤?盖圣人教人文行忠信而已。此外则'未知生,焉知死','敬鬼神而远之',所以立人道之极也。《周易》取象幽渺,诗人自记祥瑞;左氏恢奇多闻,垂为文章,所以穷天地之变也,其理皆并行而不悖。余生平寡嗜好,凡饮酒、度曲、樗蒲,可以接群居之欢者,一无能焉。文史外无以自娱,乃广采游心骇耳之事,妄言妄听,记而存之,非有所惑也。譬如嗜味者餍八珍矣,而不广尝夫蚳醢葵菹,则脾困;嗜音者备《咸》《韶》矣,而不旁及于侏儒傀垒,则耳狭。以妄驱庸,以骇起惰,'不有博弈者乎?为之犹贤',是亦祎谌适野之一乐也。昔颜鲁公、李邺侯功在社稷,而好谈神怪;韩昌黎以道自任,而喜驳杂无稽之谈;徐骑省排斥佛老,而好采异闻,门下士竞有伪造以取媚者。四贤之长,吾无能为役也;四贤之短,则吾窃取之矣。"(〔清〕袁枚:《子不语》,河北人民出版社,1987年,第1页。)
③ 康熙三十一年壬申褚篆序云:"杨子云:好书而不要诸,仲尼,书肆也;好说而不要诸仲尼,说铃也。则似经史外不应妄有著述。然古今事类实繁,道理无乎不寓,识大识小,正以互见为能,博闻强记之中,多有怡情悦性之事,谈道者所弗訾也。"(〔清〕褚人获:《坚瓠集》,《笔记小说大观》第7册,广陵书社,2007年,第5545页。)
④ 〔清〕褚人获:《坚瓠集》,上海古籍出版社,2007年,第1623页。

悔堂老人《听雨轩赘笔跋》中云："康熙间，商丘宋公漫堂、新城王公阮亭皆喜说部，于是海内名士，人各著书。今汇集于《昭代丛书》初二两集者，不下数百种，较之前明百家小说已倍蓰矣，然书可等身，值昂而难以卒购，未若单词片帙之易于访求也。故蒲柳泉《聊斋志异》一出，即名噪东南，纸为之贵，而接踵而起者，则有山左闲斋之《夜谭随录》、武林袁简斋之《新齐谐》，称说部之奇书，为雅俗所共赏，然所叙述者，说异是尚。"①文学受众趣味的转移，对笔记小说理论层面中的写作姿态、类别划分、功能指向、小说性质、审美倾向、小说史学等的探讨影响并不大，直到民国时期的《古今说部丛书》的编选，也还处于清代关于笔记小说的理论深度，其《凡例》云："本编所选，专就纪述赅洽、笔意古雅、兴味浓厚者为主，可以广学者之见闻、供词家之驱使，不仅醒睡魔、销暇日而已。"②从而确立了内容、语言、风格、价值四个方面的标准。"纪述赅洽、笔意古雅、兴味浓厚"，这也是清代笔记小说的总体特征。

第四节　清代笔记小说批评之评点

清代笔记小说的评点活动，以道光为分界线，呈现出前低后高之势，即前中期不如后期活跃。作为副文本研究的九十余种评点本③，在四种类别中的分布并不均衡，野史笔记类有《玉光剑气集》（张怡、黄虞稷、周在浚评）、《啸亭杂录》（翁同龢圈点批注）两种，杂家笔记类有《钝吟杂录》（何焯评）、《谔崖脞说》（茅渠眉等评点）、《亚谷丛书》（无名氏评）、《稗贩》（李筑初等评）、《竹叶亭杂记》（翁同龢批注本）等五十余种，地理杂记类有《楚庭稗珠录》（黄焘评）、《东城杂记》（陈鳣批校）、《越台杂记》（佚名批）等七种，故事琐语类有《聊斋志异》（王士禛评）、《阅微草堂笔记》（冯镇峦等评）等

---

① 〔清〕徐承烈：《听雨轩笔记》，《笔记小说大观》第12册，广陵书社，2007年，第9831页。
② 国学扶轮社辑：《古今说部丛书》，上海文艺出版社，1991年，第1页。
③ 评点本可分为内评本与外评本，笔者所知见者约有140种。"内评"可视为"正文本"之一，约有50种，如《虞初新志》张潮评、《聊斋志异》蒲松龄评、《陶庵梦忆》王文诰评、《萤窗异草》袁枚评、《韩江闻见录》佘希亮等评、《匡林》陈玉璂圈点评、《墨余录》朱作霖点评、《容安斋稣谭》王同春等评点等；晚清民初报刊小说中的评点本，大多属于此类。"外评"则为副文本，约有90种，如《玉光剑气集》黄虞稷等评、《啸亭杂录》翁同龢圈点批注、《聊斋志异》冯镇峦评、《梦溪笔谈》永050批校、《南村辍耕录》李鼎元批点、《封氏闻见记》黄丕烈批校、《浪迹丛谈》佚名批校、《容斋随笔》何焯批跋题识等。本书所引"评点本"之概念，是指作为完备形态的图书在写作或出版过程结束之后，评点者加诸评点话语于其上的文本。它是一种副文本研究。作为正文本要素之一的内评（它是以作者及其亲友圈点及加诸文后的评论为主要形式），也有重要的研究价值，对于文本诠释具有重要的意义。

十余种。从数量上看,杂家笔记与故事琐语类的作品是清代士子评阅的主要对象。

  在笔记小说领域,评点本是以圈点、眉批加序跋识语为主要批评形式。圈、点、句读等是以象征符号表达褒赞意义,以期引起读者注意,本"绝妙好辞"之意,如《啸亭杂录》卷三"西域用兵始末"条翁同龢浓墨圈乾隆二十三年兆惠、苏富公合围伊犁时,"凡山陬水涯可渔猎资生之地,悉搜剔无遗,于是厄鲁特之种类尽矣"①,以示昭梿书写军事活动之细致。《息斋藏书》《寄闲斋杂志》《敏求轩述记》《金壶七墨》及《女世说》(李清辑本)、《宸垣识略》(翁同龢阅乾隆五十三年池北草堂刻本)皆有圈点而无评语,也是期在引起读者对名句的注意。序跋识语主要叙述得书始末及披阅感受,如陈鱣跋《默记》云:"丙申七月二十七日从拜经楼借得此本,因命胡生凤苞抄之,至八月二十七日抄毕,其诸家校本仍照各色书之,更有一二改正处,则用黄笔合观之,恍似文通梦中五色笔矣。鱣识。"②张守诚批点《古夫于亭杂录》并录丁国钧语云:"《古夫于亭杂录》(六卷),《四库》著录杂家类六,是书间有失考处,已详《提要》……然其精核处,除《提要》所举外,如辨宋景文《笔记》误引颜之推、考《疑耀》为张萱托名诸条,皆足订正讹误,其驳俞文龙、叶水心论诸葛武侯及伯夷列传之谬妄,斥李贽狂狷诸论之害道,于竟陵《诗归》,不概加菲薄,于《列诗集朝》,不取其弘、嘉间之论,皆具特识,不肯苟同。其余各条,征文考献,俱足增广见闻、导扬风雅,谓作诗赋及画皆贵考据故实,乃不至遗讥后人,尤为药石要言,至记《说文系传》未见云云,则与顾亭林未见始一终亥之《说文》,如出一辙。当时得书之难如此。今二书随处可购,而学界翻新,束高阁矣。"③又如光绪六年耀年《啸亭杂录序》之翁同龢眉批云:"是书稿本在朱修伯学勤处。咸丰年间礼邸藏书散在厂肆,是稿亦在其中,余尝借观,有浮签数百条,皆当时名流所订定,其涂乙似汲修主人手笔也。修伯直枢廷,为恭邸借去累年,既又入醇邸,邸遂大加删削,付诸剞劂,其实原本无所谓凌杂,特不免触时忌耳。此外亦无所谓赝本也,屡经翻刻,讹字甚多,聊识得书之本末于此。"④因耀年序文中有刊刻始末,故翁同龢以眉批形式辨证之,实际上也是一种叙述流通始末的识语。与圈点、跋语相比,评点本中

---

① 〔清〕昭梿撰,〔清〕翁同龢圈点批注:《啸亭杂录》,国家图书馆"中华古籍资源库"(光绪六年刻本),第三卷第二十页。
② 〔宋〕王铚撰,〔清〕陈鱣等校批:《默记》,国家图书馆"中华古籍资源库"(乾隆钞本)。
③ 〔清〕王士禛撰,张守诚批点并跋:《古夫于亭杂录》,南京图书馆藏康熙刻本。
④ 〔清〕昭梿撰,〔清〕翁同龢圈点批注:《啸亭杂录》,国家图书馆"中华古籍资源库"(光绪六年刻本)。

"眉批""夹批""旁批"等是批评话语研究的重点,而且士大夫是以批、校两项活动结合起来进行的,如永瑆批校《梦溪笔谈》后写有识语云:"此书讹舛甚多,或非乾道原刊本也。嘉庆癸酉春成亲王重校记。"①又如金象豫批校《池北偶谈》,页眉处多见"俟待考"之语,《池北偶谈》卷十四"曾子固诗"条眉批"刘字似是彭字之讹,俟考"②。陈昱批校《能改斋漫录》八十余条,多校对文本讹误之语③,其他如著名藏书家钱谦益、何焯、吴骞、陈鳣、鲍廷博、黄丕烈、永瑆、翁同龢、周星诒等的校勘之语也很多。他们对于杂家笔记类的作品更为重视。

一、关于野史笔记之评点:考订、补阙、论史

清代野史杂记类的作品有《玉光剑气集》与《啸亭杂录》两种,以前者成就较高,今分述之。

《玉光剑气集》由张怡、黄虞稷、周在浚评点,在此书的三十余门里,三人主要集中于《忠节》《敢谏》《理学》《孝友》《义士》五门,于《俳谐》《征异》《杂记》三门为少,可见此三人关注的焦点是笔记的史学性,对于玄幻之事不甚注意,或有鄙薄之语,如卷十二《才能》之"张佳胤"条,周在浚云:"此则为人借入小说,宜删。"张怡云:"每每因小说,而使先贤之事泯没。此予所以恨小说之人,思得一贤明有司,痛惩之也。然正人君子必不看小说,或仍存之可也。"④又如卷十六《义士》之"蔡乞儿"条,周在浚云:"李笠鸿已借入小说,宜删。"黄虞稷云:"诚有其人,存之也可。"张怡云:"作小说以诲淫败俗,罪亦不赦,勉强借一二正人,以盖其过,而因此更废其事,令人疑小说遂疑正人所必不有,则作小说之罪,无间地狱不足赎矣。"周在浚:"因为笠鸿所引用,故更宜删也。"都说明小说性在此三人著述思想中的不足道。不过书中评点署名或具或否,故不甚分明著作权。

因为注重史学性,是否合乎历史事实成为三人特别是黄、周评点的重要内容之一,表现为对书中事件记载的辨订、补阙,如卷四《国是》之"梃击案"条周在浚云:"石门吕晚村言:同郡劳某为刑部司官,审张差时,郑妃行贿已

---

① 〔宋〕沈括撰,〔清〕永瑆批校:《梦溪笔谈》,国家图书馆"中华古籍资源库"(明刻本)。
② 〔清〕王士禛撰,〔清〕金象豫批校:《池北偶谈》,天津古籍出版社,2020年,第202页。
③ 陈昱校雠之外,并书读识,如卷二"阳关图"条:"龙眠自命其画为《阳关图》,则画渭城必远及阳关,古人画尺幅千里,龙眠不难为此况,若止绘渭城饯送,冠盖繁华不及阳关荒寒景象,亦失诗意,李画苏诗,恐不应吹毛求疵也。"〔宋〕吴曾撰,〔清〕陈昱批校并跋:《能改斋漫录》,国家图书馆"中华古籍资源库"(抄本),无页码。
④ 〔清〕张怡:《玉光剑气集》,中华书局,2006年,第505页。下所引原文,皆出此一版本,恕不再一一注明页码,以免繁冗。

遍,劳亦得金银数车,遂定为疯癫。劳氏至今富足已三世矣。以此论之,王之宷提牢时始得见情无疑矣。"卷五《敢谏》之明太祖杀御史王朴祸及刽子手事,"映翁云:'《明兴杂记》又以杀行刑者为孙蕡坐蓝党诛一事。'"卷六《忠节》之"朱士鼎"条黄虞稷云:"士鼎实未死,国变后在于湖,手被刖,犹以银箍束之作字,鬻以糊口。此确极。"张怡云:"为贼断手,虽未死,不失为忠。君子善善长而恶恶短。""登州兵变"条云:"登州事宜更详之,可作将来信史也。""先屩老人有《登变纪略》一书,载之甚详。""高文彩"条张怡云:"魏、高二公,予被难,亲得之闻见,而世无传者,以非两榜耳。痛哉!""刘应捷"条张怡云:"与予同被难一室,知之最真,而世无传者。""凌公駉"条周在浚云:"有言凌公先曾受北巡抚之命,而后南归者。"张怡云:"先是,陈洪范等方受命讲和,故公未与北绝,然未受巡抚也。后死最烈,未可轻议。"卷十六《义士》之"杨南峰"条云:"建庶人天顺中已释之。南峰中第在成化,安得复有欲具疏之事?传疑可也。"卷二十一《幼慧》之"才子投诗"条"陆廷抡云:'此诗乃予高祖沧浪公洙所作也。见《四溟山人诗话》及《尧山堂外集》,所载甚详。'"

考订、补阙史实之外,对历史事件的评论是三人批评话语的第二个重要方面,而"中道"是他们批评思想核心。"中道"是儒家理解世界、处理世务的标准,具有政治、道德、美学等多重意义,在三人的史学批评中,往往注意于士人的道德领域,甚至作为处理朝政、分别忠奸、评判功过的标准,卷十五《德量》之评"李公秉、王以竑"乡居条云"然亦自有中道",是谓于世务纷纭,何以自处之道。"中道"之两端为道德之"善善恶恶"、学问之"理学"与"实学"、政治之"苛政"与"善政"、人品之"大奇"与"平庸"、境遇之"顺"与"逆"等,如卷十五《德量》之"钱福"条云:"成人之恶,虽厚而失中。""中道"批评在文中除了论理学、考道德之外,更多的是对朝政得失、历史兴亡、人物品格等的评论,如卷一《帝治》之明宣宗敕苏州知府况钟采办蟋蟀事:"不谓宣庙有此等敕,不谓况钟而受此等敕。"明武宗佞臣于永事:"不正典刑,可谓漏网。"卷二《臣谟》之章瑾进宝石欲得镇抚司:"羞杀子俊,羞杀外廷人。"卷三《法象》正德七年江西余干县仙居寨雷电、崇祯间刀枪上皆有火光事:"金阿骨打之起,其兵刃常有火光。在彼又为瑞也。""大约兵象也。"明代河决事:"此皆不讲尽力沟洫之故也。非大英雄置成败生死于度外,谁能任之?然非专任久任、毋听书生见小临速之言,功亦未能成也。"王守溪讲北方行井田之法:"虽是如此说,然毕竟不可行。"卷六《忠节》之铁铉就烹事:"文皇快意一时耳,千秋事终需让人。""高永"条:"好高永,惜洪承畴未之闻。""进士死难"条周在浚云:"周之误国,肉不足食,亦何能胜魏?"张怡云:"周犹曾请撤厂卫、理冤狱。再相时,人曾数称之。为仲琏、昌时诸公所卖,遂大失人望。若魏,则无一长可取,贼追其赃,以不及陈赞皇责之,魏对贼曰:'我初入阁耳,使我再一二年,即倍之可也。'即此一语,其人可知。长安人亦举以为笑。"卷十《方正》之评论胡宗宪平倭寇事,周在浚云:"梅林功亦不可没,文懿事只存后一段为是。"张怡云:"梅林罪多于功,文懿言是也。怡在浙中,其人言之甚晰。"此皆为中肯之言。不过评语中亦有罔顾事实而美化者,如卷六《忠节》之"周凤翔"条云:"明与甲科共天下。"源出宋帝语,明朝并非与士大夫共天下者。

　　三人批评话语的第三个方面,是观史有得的感慨,此种感慨对于经历过兴亡之变的人来说,也是读史之人之常情,如卷六《忠节》之评黄淳耀兵败书壁事云:"读此不觉痛哭。"卷十三《理学》之"周思兼语门人"条中夹批云:"难。""更难。"卷十四《孝友》之王世名隐忍为父报仇事夹批云:"难""难""更难""更难""智深勇沉,安得为之执鞭!"卷十七《豪爽》之蓟门老儒朱夜航事,评云:"主人大奇。"不过据晚明野史,如"万事不如杯在手,一生几见月当头"一句为南明朝廷柱联,更大奇。

　　张、黄、周三人的史学评论,注意于文本的信实度,对技法及其效果并不在意,大约此书本为辑录成书,并非张怡自撰,故而略去文采而归于史实。

　　清代中期的野史笔记多处于潜流状态,故成书较晚的《啸亭杂录》,在晚清得到了士林的重视。光绪间翁同龢身居枢廷,批校过《宸垣识略》《恩福堂笔记》《吹网录》《鸥陂渔话》《画禅室随笔》等笔记,对于昭梿所记事物可以平等的眼光来考察,故其在阅读过程中如同张、黄、周三人订补讹误①、补充史料②以及感慨兴亡成败③外,其在批注中每用今昔对比之法,《啸亭续

---

① 如《啸亭杂录》卷四"癸酉之变"条:"白易当是白阳。""坤宁宫跳神,没日子午口豕,二太监主之。是日午祭毕,太监某荷誓出檐,有(钺枪?)遇贼于檐,震门一击,仆之,然录功则未之及也。是人后在上书房,老矣,衣不完,亲向先公言之。"国家图书馆"中华古籍资源库"(光绪六年刻本),第48页。

② 如《啸亭杂录》卷一"批钱陈群折"条:"尝见○○○成庙批黄钺折云:江湖阻隔(愈?)已数年矣,朕之悬悬于卿,亦知卿之悬悬于朕也。"第25页。卷五"敬一主人"条:"此语可补邑乘,孙赤崖传"第5页。卷四"朝鲜废君"条:"朝鲜通贡,时其君表请辨诬,答以正史不载。此事惟《廿一史约编》有之,书肆杂编,通人所不载。"第64页。卷七"钱南园"条:"和珅于军机处直庐之旁别置一室,不与诸公同坐。"第17页。《啸亭续录》卷二"鄂中丞"条:"鄂为川督,视属吏如奴隶。初浔长跪,递履历手版,傲然不动,当时有'三杨开泰,一鄂腾天'之语,见于弹章。"(〔清〕昭梿著,翁同龢圈点批注:《啸亭杂录》,国家图书馆"中华古籍资源库"(光绪六年刻本),第67页。)

③ 如卷一"优容大臣"条:"高江村以笔墨受知,不得与张文治并论。"第7页。卷三"西域用兵始末"条:"俄国纳我亡人,前有阿穆尔撒纳,后有白彦虎,同盟之国,当如是耶。"〔清〕昭梿著,翁同龢圈点批注:《啸亭杂录》,国家图书馆"中华古籍资源库"(光绪六年刻本),第19页。

录》卷四"伊犁疆域"条:"今既设郡县,官制全改,将军所辖仅伊犁一隅,其西其北数十里外,即为俄境。"①《啸亭续录》卷二"宋人多用本朝故事"条:"科场例,禁用本朝人名书名。今方议稍宽,其禁只准引用,仍不准妄加论断。"②"宗室积习"条:"当时已如此,今则恶滥(处?)甚,吸洋烟、闹仓闹库,并劫案中往往有之。"③翁氏在感慨之中,并在批语中记录晚清见闻,如《啸亭杂录》卷二"淳化帖"条云:"庚申秋,圆明园被蹂躏,图书秘玩散落民间。余一日在琉璃厂,有估客持一册,面嵌玉字,曰《淳化阁帖》,首页有御玺四。甫展次页,客从余手攫去,大骇四顾,则后有袒裼而来者,若无赖子数辈,盖此物自海淀来,售者恐为逻者所得也。从此无有踪迹矣。"④《啸亭续录》卷一"元裔之多"条:"光绪丙申,俄使乌克忒穆来,自言蒙古人,其携来佛像甚多,归时取道朔漠,盖有由也。乌系王爵,颇自矜重,与论国事,实愤愤也。"⑤又翁同龢喜好书画,故其评点的作品中每对书中所载书画较为注意,不仅限于其所圈点的《画禅室随笔》,本书中也甚留意,如《啸亭杂录》卷八即有数条,"钦训堂博古"条:"今旧本书往往有钦训堂印,字画则偶一见之。"⑥"韩文贞先生"条:"尝见韩氏家藏先世墨迹,有先生书画一二叶。"⑦"山舟书法"条:"推许太过,要是秀媚一流。"⑧"宗室诗人"条:"余得紫幢居士手钞唐宋人诗十余册,每卷末略记时日琐事,大约在墓庐时多。"⑨并在同卷中评述姚鼐之文"典核"、梁山舟书"秀媚",与其所圈点批注之《鸥陂渔话》《画禅室随笔》《恩福堂笔记》《竹叶亭杂记》等杂家笔记类作品为同一模式——此亦晚清清流派之习气,书画雅玩、诗酒园林,所记多有。总体而言,此两种野史笔记反映出的清人评点,具有考订讹误、补充史料、论史有据的特征。

二、关于杂家笔记之评点:钩沉索隐、辨证讹谬

《梦溪笔谈》《老学庵笔记》《封氏闻见记》《七修类稿》《钝吟杂录》《谔崖脞说》《池北偶谈》《古夫于亭杂录》《香祖笔记》《亚谷丛书》《稗贩》《浪迹

---

① 〔清〕昭梿撰,〔清〕翁同龢圈点批注:《啸亭杂录》,国家图书馆"中华古籍资源库"(光绪六年刻本),第63页。
② 同上,第36页。
③ 同上,第39页。
④ 同上,第21页。
⑤ 同上,第61页。
⑥ 同上,第6页。
⑦ 同上,第10页。
⑧ 同上,第19页。
⑨ 同上,第37页。

丛谈》《鸥陂渔话》《恩福堂笔记》《前尘梦影录》皆为杂家笔记之作,即说部笔记之类,学术意味较为浓厚,这就需要评点者有足够的学识来评点这一类著作。杂家笔记具有知识密度高的特点,对此类作品的内容进行考辨是士大夫的一项主要工作,如佚名在《麗瀷荟录叙》后批云:"麗(音坚),鹿之绝有力者。瀷(音虞),《尔雅·释山》:'山夹水,涧;陵夹水,瀷。'"①《七修类稿》卷十九"红叶诗"条于去疾眉批云:"于佑出《青琐高议》,后之人因而演之为《流红记》耳,卿自不识,那得妄议人。"②《香祖笔记》卷二"谢在杭"条潘德舆眉批云:"'释语入诗最近雅',亦不然。此为苏黄诗所蓏耳。"③此类考辨语,清人尤注意于宋人笔记,而关于此类文献的评点,其实也是宋笔记经典化的表征之一,如翁绶琪对唐人封演《封氏闻见记》的评语,实为考辨之文,卷四"武监"条眉批:"卢据《潜夫论》改郭。""卢云止四十四姓,《潜夫论》有襄隰氏、士氏、翰公氏,合之四十八。"④卷五"豹直"条眉批云:"按《靖康新雕缃素杂记》云:'余观宋景文公有《和庞相公闻余僝直见寄》诗一篇,乃无僝字。'又云:'自起居郎官入者,五直三僝。亦用僝字。御史补阙入者,七直两僝,其余杂入者,十直三僝。亦用僝字。《玉篇》:僝,连直也。'字当作僝,非虎豹之豹(琪注)。"又如永瑆批校《梦溪笔谈》之文,也是考辨之语,如卷一"唐制两省"条:"唐宣宗欲知百官名数,令狐绹曰六品已下,官卑数多,皆吏部注拟,五品以上,则政府制授,各有籍命,曰具员。上命宰相作《具员御览》,上之。"⑤"予为鄜延经略使"条:"嘉定钱晓徵先生大昕,考唐制节度、观察不并置,故节度常兼观察、处置等使,余别有考。成亲王。"⑥卷三"古人藏书"条:"兰有罗勒之名,蕙有铃铃之名。"⑦卷九"郑毅夫"条:"杜牧第五,见《唐书·吴武陵传》。"⑧卷十三"瓦桥关"条:"乱字疑,于讹干。"⑨"陈述古"条;"给讹给。"⑩卷二十一"至和中"条:"首一角者,盖角端耶?耶

---

① 〔清〕蒋超伯撰,佚名批:《麗瀷荟录》,南京图书馆藏同治六年刻本。
② 〔明〕郎瑛撰,于去疾批校:《七修类稿》,南京图书馆藏乾隆刻本,第7页。
③ 〔清〕王士禛著,〔清〕潘德舆评:《香祖笔记》,上海图书馆藏康熙刻本。
④ 〔唐〕封演撰,〔清〕吴志忠校并跋,周星诒跋,翁绶琪批注并跋:《封氏闻见记》,国家图书馆"中华古籍资源库"(清钞本)。
⑤ 〔清〕沈括撰,〔清〕永瑆批校并跋:《梦溪笔谈》,国家图书馆"中华古籍资源库"(明刻本),第6页。
⑥ 同上。
⑦ 同上,第5页。
⑧ 同上,第2页。
⑨ 同上,第6页。
⑩ 同上,第8页。

律楚材谓之瑞兽者也。成亲王。"①卷二十四"北岳常岑"条:"钱晓徵先生大昕,考谓后世徙岳之议,盖滥觞于此,然存中特误认山下神棚为古庙所在,初非以大茂为非北岳,而别指它山以代之也。出《潜研堂集》。"②杂家笔记类的评点,学殖深厚者主于发覆精义、钩沉索隐,才华和美者主于文华藻饰,甚或有奖誉过甚之病。上述作品中《钝吟杂录》《亚谷丛书》《稗贩》《谔崖脞说》《分甘余话》诸评本较有代表性,今分述如下:

何焯是康熙时期的著名学者,据《中国古籍总目》,其批校过的笔记小说有《老学庵笔记》《容斋随笔》《冷斋夜话》《中吴纪闻》《唐语林》等。关于《钝吟杂录》的诸多条评语中,卓识屡见。此书80余条评语,大体可分为四类:一是关于冯班之语来源的注释,如卷一冯班云"不为快意语不作快意事,人世尤悔十分便减却七分。"何焯语云:"此康节之言。"③卷二"好伐恶者,老子所谓代大匠斫也,希有不伤其手者矣。朱夫子云:'君子之待小人,不恶而严。'"何氏评云:"此语本《易·遁卦·大象传》文。"二是对冯班本文的赞扬,如卷一冯氏云:"儒者有一种门户,有一种习气,须洗得尽方是好学的人,方是真儒。"何氏评云:"名言。不到得忠恕地位,便有此二种夹杂。""君子立身行己,只要平实,不行险则无祸患,不作伪则无破败。"评云:"此语最有味,不可忽。"三是点题,即点出冯班话语的意图所指,如卷一冯氏云:"有子曰:'君子务本,本立而道生。孝悌也者,其为仁之本欤。'此是儒者功夫。《中庸》曰:'博学之,审问之,慎思之,明辨之。'是儒者学问,蒲团上骎坐,殊不了事。"何评:"末句是针砭高景逸门徒。"冯氏云"俗人说通变,只是小人而无忌惮,不是君子之时中,文人儒者大有异端,不信五经,喜毁古贤人,招合虚誉,立党败俗,皆圣人之罪、少正卯之流也。"何评云:"此翁目见万历以后事发药。"此类评语多有结合当下、针砭世俗之意。四是辨证,即针对冯氏之语提出自己的观点,从而达到驳正冯氏的目的,如卷一冯氏云:"六亲不和,有孝慈君子。不可不勉。"何氏驳云:"此语失《老子》本意。□翁之意谓六亲虽不和,孝慈之道,当尽其在我。"卷四冯氏云:"孔子云'三人行,必有我师焉。'宋儒云:'三代已后无完人。'于孔子所云'择其善者而从之'一句都不曾理会,但事出三代已下,虽极好处,亦一概不肯学。"何氏云:"此恐不尽皆然。"同卷冯氏论诗云:"梁末始盛为七言诗赋,今诸集不传,类书所

---

① 〔清〕沈括撰,〔清〕永瑆批校并跋:《梦溪笔谈》,国家图书馆"中华古籍资源库"(明刻本),第9页。
② 同上,第11页。
③ 〔清〕冯班著,〔清〕何焯评,李鹏点校:《钝吟杂录》,中华书局,2013年,第11页。下文所引皆出此一版本,恕不再一一注明。

载,可见王子安《春思赋》、骆宾王《荡子从军赋》,皆徐、庾文体,王司寇、杨状元不知,概以为歌行。弇州云:'以为赋则丑。'此公误耳。"何氏评云:"七言赋,亦非齐、梁人自作此体也,《汉·礼乐志》云:武帝立乐府,'以李延年为协律都尉,多举司马相如等数十人,造为诗赋,略论律吕,以合八音之调。'是则今所传汉人乐府歌诗中亦有赋焉,七言诗赋权舆于此。后人读《汉书》率略,故不察耳。张平子《思玄赋》,自'系曰'以下皆为七言。此又见于《后汉书》、《文选》者也,凡子亦将目为歌行耶?"总体看来,何焯在评语中对冯氏之论大多是认可的,如儒者不宜有门户之见、宗法朱子学、批评心学末流、考证《古文尚书》非伪书、书法临帖之效、宗唐得古之诗学、元明两朝诗无足道、严羽以禅喻诗之误等,皆在笔端借冯班之语而发挥之。《钝吟杂录》为清初笔记名作,何焯批语起到了对冯氏本文的画龙点睛之效。何氏在评《老学庵笔记》《唐语林》时也具有此特点,如《老学庵笔记》卷三"辛参政"条:"风度可观。"①卷七"今人解杜诗"条:"善读杜。"②卷十"世多言白乐天"条:"宋刻《长庆集》下注思必切,然此音至今吴谚有之,何独北人。"③点睛之外,何焯在阅读中每有感慨,如同书卷三"黄鲁直有日记"条:"范廖告讦无赖,师川恐言之玷其舅故也。廖告讦事,见《挥麈录》中(蓝笔),费衮《梁溪漫录》亦载之,万一朝廷因此录用,必不可也,师川善斟酌,不为寡恩。"④此本范信中(寥)在宜州棺殓黄庭坚之义举事,而何氏探其隐微,可谓中肯。其评《唐语林》卷一"韦皋薨"条云:"宪宗此事殊有远谟,元和几致中兴,非无本耶,惜《通鉴》不详书之。"⑤卷二"文中子见王勃"条云:"子安那得见厥祖。"⑥虽曰评史,皆中肯綮。

《亚谷丛书》为无名氏评,书中所见眉批有十五条,即甲卷"欧文忠为有宋一代名臣"条:"文僖为钱惟演。""韩熙载"条:"□□故定是□□。"⑦"郑

---

① 〔宋〕陆游撰,傅增湘校跋并录,〔清〕何焯批校题识:《老学庵笔记》,国家图书馆"中华古籍资源库"(明万历刻本),第4页。
② 同上,第12页。
③ 同上,第1页。
④ 同上,第7页。
⑤ 同上,第25页。
⑥ 〔宋〕王谠辑,〔清〕钱谦益点校,〔清〕何焯批校并跋:《唐语林》,国家图书馆"中华古籍资源库"(明嘉靖刻本),第1页。
⑦ 〔清〕鲍钦:《亚谷丛书》,《中国稀见史料》第一辑第二十三册(据雍正间十步斋刻本影印),厦门大学出版社,2007年,第235页。后所引恕皆不注页码。影印处多模糊不清。此书为无名氏眉批、民国杨静庵附注,据书后庚寅杨静庵跋语云:"此册与近时剪裁古代笔记以供己用者颇有似处,在清人掌故札记中当非高品。惟朱批者不知何人,识见较著者鲍钦为优,又似与十一相稔,据云是书流传不多,求之非易,况有批校者耶?"(版本同上,第311页。)

均致仕"条:"季□公为白衣宰相。""欧阳修"条:"欧公少年时未免意气用事,如论狄青一事,□可□训。""诗无达话"条:"话字是诂字之讹。""陆务观"条辨"观"字韵:"竹坨乃明知故犯□□。"乙卷"滕王阁序"条:"必如此,真是□乏。""广东新语"条:"□□本此□之讹。"丙卷"绛云楼书目"条:"□□潘氏审经也。""莲子湖"条:"湖水不成取河水可成。"丁卷"刘惟中诗"条:"惠怀句用东坡事。""黎孝廉"条:"□□工部集□□多不□□。"此十五条中除"莲子湖"条为清河王问魏袁翻何以大明湖水可制成血羹,不过笑语之外,其他十余条为补正、索引、解析、品鉴之用。

《稗贩》为李筑初、朱古心评,共四条。二人大约邃于经史,故评语勾稽经典、考辨名物,如卷一"荆楚"条李筑初评曰:"按韦昭《国语注》,熊绎当成王时,封于荆蛮为楚子,似荆楚之取,非熊绎所敢擅。"①卷五"墨义"条李筑初曰:"按明时各省典试率用教职,分选京官初无定制,如嘉靖六年本张璁议,明年命以京官二人主外省乡试,十二年本夏言议,诏罢京官主考,省试仍用教职,自乙酉始著为令。"卷八"扇"条李筑初曰:"按《通鉴》,宋褚渊入朝,以腰扇障面,功曹刘祥讥之,注称要扇,今谓之折叠扇,似前五代时已仿佛有之矣。又宋张孝祥有折扇题词。""京房易传"条朱古心曰:"按《月令》,孟夏行春令则蝗虫为灾;蔡邕曰:螽斯乳于土穴,深埋其卵,至夏始出;陆佃云:草虫鸣于上风,蚯蚓鸣于下风,因风而化,一母百子。"此数条皆有浓厚的经史学术色彩。

《谔崖脞说》的体例、内容类似渔洋《池北偶谈》,分"诗话""昔游""诧异""摭轶"四部,有茅渠眉、黄鹫峰、钟岱峰、高梧村评点近六十条,评点话语中除奖誉之词外,更重要的是对章楹之书文学性的探讨,如卷一"予少作无题十六首"条茅渠眉评:"眼前意无人曾道,故自可传。"②"先荆周氏"条茅渠眉评:"竟是花间绝调,异哉!片锦碎玑,足以不朽矣!"黄鹫峰曰:"以此天才而与先生为伉俪,使天永其年,则蛾眉风雅,岂至藁毁秋灯耶?知造物于此定非无意。""桑调元诗"条茅渠眉评:"工丽当冠是题。"卷二"湖郡管夫人墨竹"条钟岱峰评:"文境萧疏淡远,超然尘埃之外。""鸳鸯湖"条钟岱峰条:"遗韵悠然。""庚戌长至"条高梧村评:"文亦斑驳陆离,莫名其实。"卷三"鬼神之情状"条高梧村评:"《夷坚》《诸皋》诸志,笔墨拖沓,此篇简净处固是作者胜场。""余杭西"条钟岱峰评:"简峭类王介甫。"卷四"遂安山民八

---

① 〔清〕曹斯栋:《稗贩》,《四库未收书辑刊》第3辑第28册,北京出版社,2000年,第188页。下所引亦恕不注出处。

② 〔清〕章楹:《谔崖脞说》,《续修四库全书》第1137册,上海古籍出版社,2002年,第283页。下文所引皆出此一版本,恕不再一一注明。

大王始末"条钟岱峰评:"疏宕有奇气。""工丽""文境萧疏淡远""遗韵悠然""斑驳陆离""简峭""疏宕有奇气"等,皆是指此书文学意味而言。文学性之外,茅、黄、钟、高四人评语也注意到了《谔崖脞说》的道德教化功能与经济之用,如卷三"嘉兴西桐乡城外"条高梧村评:"此等纪述,可谓君子表征,有功名教。"钟岱峰评:"议论关系非小,不当以传奇目之。"卷五"郑崔合祔墓志铭"条高梧村评:"吾亦欲云云而已,被先生拈出,笔力破余地,真是有功名教之文。"卷四"王阳明"条:高梧村评:"读此下一卷,议论史才史学,实擅三长,非魏晋以来簪笔者所及。"黄鹫峰评:"古来有用书生,文成断不在中次之列,彼哓哓狂吠者,吾不知彼□以何物造其肺腑也。"黄鹫峰评:"以如此手眼,得尽摘五千年以来微显之事而论定之,岂非奇观?""粤稽周礼"条高梧村评:"看理如水净沙明,固足发聋开聩。"黄鹫峰评:"窃谓岂无地理到底主之者?天至于修身以俟,乃君子立命之学,□比可以豁然于吉凶消长之故矣。读此二语,三才之道,一以贯之。"此四人之评,与地理杂记类之《韩江闻见录》洪松湖、李岱林等"内评"取径相同,奖誉之词、本文分析、文学性考察,也是由作者及其亲友组成的内评群体所共有的话语特征。

　　焦循是扬州学派的代表学者,其所批《分甘余话》共十八条。经学是中国传统文化的核心(见姜广辉先生《新经学讲演录》),《易》为群经之首,作为易学家的焦循①,在阅读深于集部之学的王士禛序文时,其俯察心理业已显露,针对王渔洋在《序分甘余话》中自叙其幼孙"年甫十岁,已能通《易》《书》《诗》三经",焦循眉批云:"能诵耳,'通'字过矣。阮亭于此尚未能通,况弱孙乎?"②王氏序后并有嘉庆戊寅焦循识语:"余次孙今九岁,于《论》《孟》《学》《庸》外,已诵习《易》《书》《诗》三经,孙之年较阮亭之孙尚少一岁,余则少阮亭十四岁,是足傲阮亭矣。惟阮亭仕官五十载,则足以傲我尔。"③经学家学殖深厚,批点杂家笔记类作品较有卓见,能纠偏正谬,卷一"柳耆卿卒于京口"条:"仙人掌在甘泉治内,出郡城西门外十余里耳,阮亭误作仪征。"④"余尝谓柳子厚"条:"东坡乱说,阮亭尤孟浪。"⑤卷二"严沧浪

---

① 焦循在《分甘余话》卷三"如来会中"条眉批中,叙述其习《易》过程云:"余年四十,惟恐老之将至,遂谢去科名,专心注《易》,至五十六,易学三书方能成书,而耳则已时聋、目则非爱曛不能见矣,况不早为之,此书何得成。"(〔清〕王士禛撰,〔清〕焦循批并跋:《分甘余话》,上海图书馆藏《王渔洋遗书》康熙刻本,第12页。)
② 〔清〕王士禛撰,〔清〕焦循批并跋:《分甘余话》,上海图书馆藏《王渔洋遗书》康熙刻本。
③ 同上。
④ 同上,第7页。
⑤ 同上,第17页。

论诗"条:"阮亭亦沧浪一路,故祖(覆?)之。"①卷三"燕燕之诗"条:"三百篇,经学也,未便以后人之诗议之。"②卷四"广州有妖僧"条:"致书当事而驱逐者,潘太史末也,详见《遂初堂集》。然许公乃因太史之言,即逮治之,可谓贤矣。"③皆有补阙之功。焦循在考辨之余,亦借当下而作评论,卷一"异闻录言"条:"宋讲道学,而蔑视古籍,明人踵而又甚矣,古书焉得不亡?"④言历代古籍亡佚之由,在于道学盛行。卷二"赵承旨家宋椠"条:"赵像钱跋,殊足为是书配,吾不□见也,若见之,当□□像毁其跋。"⑤从中表达了对钱谦益的鄙视之情。卷三"陈说岩相国"条:"一富人子家落,尚余田百亩,身亲收稼,见稻尽倒田中,大骇惜,以为无可刈获矣。不知稻盛穗重,乃倒于田,而富人子竟不取租,未几以田贱贾于他氏,此亦不辨菽麦者矣。"⑥言纨绔子弟抱金碗而乞讨之可悲。同卷"宗室玉池生"条:"岛非郊比,余尝谓唐人诗能自立一家,当以孟东野、李昌谷□□真得□□。"⑦以为中唐诗人,孟郊、李贺足称一家。同卷"中牟县南门外"条则云古人改名之谬:"蒲卢亭之名,何以不雅驯?殊不可解。'垫巾'二字,余转觉其俗矣,王黄州以锦带花为俗,而改为'海仙',吾亦不知'海仙'二字何以便不俗。"⑧焦循批语简而得当,此与金象豫批点《池北偶谈》出现太多似是而非的考证语⑨,形成了鲜明对比。

若依学识的角度来看,发覆精义、钩沉索隐似乎比囿于文采、文笔的褒赞更见评点者学术功底,从以上述数种杂家笔记评点本看来,钩沉索隐、辨证讹谬以及兴发之议论是他们的主要评点活动⑩;关注写作技法、阐

---

① 〔清〕王士禛撰,〔清〕焦循批并跋:《分甘余话》,上海图书馆藏《王渔洋遗书》康熙刻本,第9页。
② 同上,第7页。
③ 同上,第10页。
④ 同上,第14页。
⑤ 同上,第8页。
⑥ 同上,第2页。
⑦ 同上,第11页。
⑧ 同上,第12页。
⑨ 嘉庆间金象豫眉批七十一条、跋语七条(据刘上林先生统计),内容主要是对《池北偶谈》本文进行评论和疏解,类于注疏之体,如卷三"汉军汉人"条批云:"[记]元时,以西域降附[诸]国为色目人,自[淮]以北为汉人,自[淮]以南为南人,而[蒙]古则为国人,与此谈不同,俟考。"(〔清〕王士禛撰,〔清〕金象豫批校:《池北偶谈》,天津古籍出版社,2020年,第17页。)
⑩ 杂家笔记评点中也有记载亲身阅历之语,如潘德舆评点《香祖笔记》达16条,除上述杂家笔记中常见的考辨之语外,也记载了自己与朝鲜文人交往之事,其《香祖笔记》卷九"余昔阅高丽史"条眉批云:"余今岁在京师,晤高丽使臣之从子徐士敬(名浮熙)者,与余论文极畅洽,第其议论等以苏长公文为古今一大宗,而不喜韩公,此殆高丽之结习哉。予箴之曰:'归去能不以苏氏为师法,则进矣。'徐唯唯。而未能喻也。四农。"(〔清〕王士禛著,〔清〕潘德舆评:《香祖笔记》,上海图书馆藏康熙刻本。)

发文本意蕴的评语虽能引领读者进入审美的境界,但是这种品评在杂家笔记类评本中并不占据主流。审美批评主要集中在内评本与故事琐语类评本当中。

三、关于地理杂记之评点:订补文献、品评本文

清代地理杂记类作品的评点本有《楚庭稗珠录》(黄焘批)、《中吴纪闻》(王芑孙批校并跋)、《东城杂记》(陈鳣批校)、《历下志游》(菊生批)、《越台杂记》(佚名批)、《宸垣识略》(佚名批与翁同龢批两种)、《五茸志逸录存》(王友光批)等,其中《楚庭稗珠录》《东城杂记》《历下志游》《越台杂记》的评语较有代表性。

《楚庭稗珠录》六卷,题"高平檀萃默斋甫录、江夏黄焘芗蘋氏编"。据黄焘序"默斋先生婷雅鸿儒……一日出《楚庭稗珠录》六卷见示,且属编次之"①,可知眉批部分为黄焘所书。黄氏眉批的内容,一是所拟标题,为分题标目以醒人目之意,如卷一"武陵""桃源洞""黄丝滚洞",卷二"高明佚事""题壁",卷四"湛文简",卷六"狼人""獠人"等。何焯批校《冷斋夜话》眉批亦是此法,卷一"东坡尝曰"一则眉批:"东坡诗得陶渊明之遗意。"②可见不论作品属性,分目标题在阅读中有备遗忘、括大意的优点。

二是为正文内容之补充部分,文前多标有"补"字,类乎注释之类,如"万卷书"条:"补吾欲然犀照之,以考订《山海经》《水经注》。""瑞云峰"条:"补青溪,故清浪卫也。许鹤沙云:'卫前临江,后包北山,地势平,居民亦稠。其产香稻,实圆而大,味亦腴。后为苗破,民走辰沅,今居民寥寥不及前什之二三。'""白云山"条:"补明初金筑安抚只称名,如密定保珠、得垛得珠皆名也,无氏。至金镛始氏金,子孙承之,金瑶即镛之后也。镛以正统初承袭,则(建文)帝之隐暨入都其所目击。其立庙置田,田有名目,凿凿可据,如此而竹垞必欲谓帝崩于火,亦独何哉!"综合看来,黄氏所订补两广事迹亦可靠,其中不乏传闻之语,如卷三"白牛岩"条:"补惠来城西北十里普陀岩废寺,传大颠隐此,夜闻海潮遁取,至今山中荔奴百株,其手植也。"地志小说偏于地域叙述,订补文献也是题中应有之意。

三是关于笔记内容即"本文"的批评,其中少量评语标有"评"符号。

---

① 〔清〕檀萃:《楚庭稗珠录》,《中国人民大学藏古籍珍本丛刊》第57册,北京燕山出版社,2012年,第62页。下所引皆出此版本,不再注出页码。

② 〔宋〕惠洪撰,〔清〕何焯批校:《冷斋夜话》,国家图书馆"中华古籍资源库"(明刻本),第5页。

黄焘评语,除人物事迹的点评外①,更注意于文本中写景、字句、风格的表现,而且带有书画批评②的特色,此大约因为《楚庭稗珠录》所述为岭南风物,故写景处较能触发批评者情感,如"牟珠洞"条评好事者入洞探幽事迹:"峭似《水经注》,艳似《拾遗记》。"是小说与地记相结合之谓。黄焘评语中常见"韵""趣"等,如卷三"海云多奇"条云"韵事","西湖之游"条云"佳致""清趣","高明文吏"条云"天下韵事多败于此辈",卷三"鸟官"条云"幽韵""趣语","仙杖"条云"高趣","合江楼"条云"兵子踞其巅池以饮,周亭以凉马,大是不韵。""诸生不韵,芜秽中庭,则糠糟鄙俚叔孙通之太多也。"卷六"囗宝"条每云"趣语""趣语"(庙神车公与诸少年博戏事)。其中"韵"是古典美学的一个重要范畴,即可指人的修养、话语,也指文章风格,黄焘可谓两者兼用,既指《楚庭稗珠录》文笔,也指文中人物事迹,颇有娴雅、含蓄之意味,或称"醖藉"("蕴藉"),如卷三"霍山"条叙述宋代进士蓝乔不第隐于霍山而后得道成仙事迹,文后韩宾仲言仙须学方可得,"翁山(屈大均)欲终老酒瓮之间,长傍白云眠以求仙,未免太便宜耳。"黄氏评语云"微言醖藉",指的是行文中含蓄地指出屈大均不可以妄求道之意。从话语分布来看,黄焘评语主要集中在卷三、卷四即山水地理与人物事迹的批评上,对于物产、族群评论很少,作者的精力多集中在此书的注释、补阙,而关于批评话语的建构也带有书画理论的特色。

陈鳣批校《东城杂记》、菊生评《历下志游》也有"订补文献、品评内容"的特征,《东城杂记》卷上"高云阁"条陈鳣批语:"恽寿平又有《夏日同觉庵、稚黄、东琪、云卿、虎男集北墅》诗云:'结友招北山,烟郊振游屐。墙东驾已远,高衡偶窥幕。朱榴尚垂条,斑篁无余箨。层甍何鳞次,兰橑相间错。轻尘庋书积,细网幽窗络。苔草含翠色,翻墀鲜花药。游非华阴市,坐企公孙阁。骤雨当昼昏,惊风散檐雀。雕俎忽陈轩,涤觞复行酢。紫菘正盈把,珍簟新凉薄。冰井不可思,霜篴奏余骨。倾涛驰高辩,退骸放清谑。驰藻酬主欢,观濠契宾乐。鼎味有芼羹,毋忘剪场藿。'按此诗亦书于扇,后题《集遂老

---

① 如卷四"峤雅"条:"湛若两师非正人(指邝湛若露学诗于阮自华、何象冈,皆在明末晚节终)。""耳鸣集"条:"此老可怜(指东涧遗老自述经历)。""虞帝南巡"条:"帝不取孟子""于理当于事势明""蔡氏此说最谬妄,果如其言,则禹之告帝云'予决九川注四海',是面欺也,其时佐禹者暨益稷,则禹之官属也,益稷亦圣人,岂畏囗欺禹者哉(驳虞帝未尝南巡说)!""宋末逸事"条:"[评]此段最有关系,宜表出(此为宋亡后,刘义立赵旦为帝,都于顺德事)。""帝昺之后尚有王旦,宜书曰帝旦。""[评]断制确。"(指文中"宋之亡不于厓山而于都宁,可也。")卷五"憨山大师"条:"无处不可学,足以醒吾儒(指憨山与弟子至戍所作梦幻佛事)。"卷六"囗宝"条:"阿公解事人(车公庙事,车工与少年博戏)。"

② 如卷一"牡丹状元"条云"摹写如画",卷二"霍山"条云"刻画如见",又如卷三"仙泥堆"条云"非关骨法,恐无此便宜",本出于书画技法"骨法用笔"之语。

道翁书堂分赋》,遂老疑即周遂夫。是扇今藏吴氏学山堂。槎翁云扇诗当亦同时所作。盖五月廿三日,与诸公约访北墅王丹麓,会风雨不果,故复为此游,然玩诗中'墙东驾已远,高衡偶窥幕'句,似既别丹麓,又集遂老书堂,惜其日不可考矣。此皆足补厉氏杂记所未备者也。"①卷下"玉玲珑阁"条:"玉玲珑石,今在横河桥北岸汪氏宅中。""莫氏古泉记"条:"壬寅秋日,吴君南晖从武林收得厌胜钱一,大小轻重与此吻合,首螭形微伤,疑即樊榭所见者。"陈鳣批语有据,可补厉鹗之阙者。《历下志游》正编卷四《习尚志》中"新人入门后"条,菊生反驳书中述济南无婚闹恶习时云:"此条大不然,闹房恶习,济南为甚,曾亲见之。"②外编卷三《歌伎志》之"艳仙"条评歌妓生平云:"艳仙为刘凤轩所购,随宦至湖北。凤轩捐馆后,复返济南,闻已改适,不知确否?生此丽质,而竟沦落不偶,亦可慨也。(菊生)"③菊生并品评金荷、大明湖畔酒楼,皆为优游泉城时所亲闻见者。

  颜嵩年《越台杂记》为岭南笔记之一,所叙述以同治以前的广府地区为主,眉批之语似与作者时代相距不远且熟于粤地掌故者(盖为颜氏子),其所补充文献多是同、光史料,如卷一"翰林归娶"条:"同治乙丑番禺曹秉哲亦翰林归娶。""光绪丙子番禺梁鼎芬。"④"梁药亭先生"条:"同治三年西园诸君子重修先生墓,黎方流作志。""铜壶刻漏"条:"丁巳之变,已毁于火,后为制府劳辛阶重修。"卷二"祭法曰"条:"近时如林文忠、瑞文庄及前任章学政采南,均曾为广州城隍。"卷三"嘉庆七年准令驻防汉旗童应试"条:"自同治元年壬戌恩科起,准令驻防汉军及满洲仍附粤闱乡试,其取中名数亦照旧,汉军二名,满洲一名,其翻译一途亦于八月十七点进贡院考试。"卷四"东莞黄都阃国安"条:"黄国安由军功加提督衔,记名简放总兵,赏带花翎,勋勇巴图鲁,官香山协副将。缘事镌职。随后投陕甘军营,经左宗棠奏请开复。"皆为补充《越台杂记》成书后之史料,并据文中内容载里巷传闻,卷一"老屋仰星街"条:"香轮封公在菜花居时,其夫人数梦一肥胖人如世俗所画紫微像,在窗外频叫'还我貔貅来,还我貔貅来'。如是数夕,遂生蔼如。人以为貔貅托世云。""庆春在京病故,其子懋澄年幼,不能回福建和平籍。经顺天府尹奏请,编入顺天大兴籍,光绪五年,懋澄年已长成,由承袭公爵报满,以副将

---

① 〔清〕厉鹗撰,〔清〕陈鳣批校:《东城杂记》,国家图书馆"中华古籍资源库"(旧抄本),无页码。
② 〔清〕孙点:《历下志游》,《中国稀见地方史料集成》第二集第9—10册(据光绪间铅印本影印),学苑出版社,2011年,第459页。
③ 同上,第9页。
④ 〔清〕颜嵩年:《越台杂记》,《广州大典》第四十九辑第7册(据稿本影印),广州出版社,2015年,第176页。下所引皆出此版本,恕不一一注出页码。

分发直隶补用,经督臣李鸿章奏准,改回原籍,将大兴寄籍注销。"考证之语在杂家笔记评本中较为常见,但在地理杂记类作品中也不乏显现,如颜氏子在同书卷三"黄花鱼"条辨鲈鱼云:"一说松江鲈长不过八寸,然则吾粤市上之黄花鱼,别有一种,其非松江鲈可知。"通过实物考证,以明鲈鱼与黄花鱼之不同。

四、关于故事琐语之评点:文章小说体

校释、考证、索隐、拟题、感喟以及辑录诗文、记录轶闻、道德批评之类的评语,同样存在于吴骞批校《默记》①、何焯批校《唐语林》②、李鼎元批点《南村辍耕录》③、周星诒批校《敝帚轩剩语》④、金心山批《狯园》⑤、佚名批《穆天子传注疏》⑥、但明伦等评《聊斋志异》、翁心存等评《阅微草堂笔记》等故事琐语类评本当中,不过相对于其他三类笔记小说,评点者对于文本叙事的关注以及由此而来的叙事技法研究,如方苞评《世说新语》、徐时栋等评《阅微草堂笔记》、冯镇峦等评《聊斋志异》,是值得注意的。

方苞关于《世说新语》的评语约三十三条,大多是就故事中的人物与事件进行社会文化与道德伦理批评,如卷上"王祥事后母"条:"祥难得,览尤难得。冰鱼跃出,炙雀飞来。天且能盛,而况于人!虐难如朱,悟而知爱矣。"⑦"王戎

---

① 〔宋〕王铚撰,〔清〕陈鳣校并跋又录,鲍廷博、朱文藻、吴骞批校题识:《默记》,国家图书馆"中华古籍资源库"(清乾隆抄本),眉批多校记,讹脱之字也。因古小说为后世珍重,故清人不厌校勘。
② 〔宋〕王谠辑,〔清〕钱谦益点校,〔清〕何焯批校并跋:《唐语林》,国家图书馆"中华古籍资源库"(明嘉靖刻本),约14条。多校勘语。
③ 〔明〕陶宗仪撰,〔清〕李鼎元批点并跋,张穆、翁心存、翁同书、朱学勤跋:《南村辍耕录》,国家图书馆"中华古籍资源库"(明刻本)。
④ 〔明〕沈德符撰,〔清〕周星诒批校并跋:《敝帚轩剩语》,国家图书馆"中华古籍资源库"(清钞本),无页码。批语共4条,书后有周星诒跋语:"景倩先生《野获编》,纪胜国典章文物,博赡可信,竹垞太史极推重之。近活字刻本分类萃编,出嘉善钱氏重定,非原书也。《野获编》分前后二(件?)集,专录掌故,其琐语卮词及记载书画词呈者,曰《剩语》,即此是也。又曰《飞凫纪略》《顾曲杂言》,共三种,钱氏合而编之,先作者意矣。"
⑤ 〔明〕钱希言撰,〔清〕金心山批并跋:《狯园》,国家图书馆"中华古籍资源库"(清抄本),无页码。金氏所批33条,除伦理道德评述外,多就本事与他小说相参证,如卷二《偷桃小儿》眉批:"《聊斋》所载,与此略同,想□国□犹有此术也。"卷十四"寻精"条眉批:"《阅微草堂记》与此同。"卷十六"毛面人"眉批:"《阅微草堂》亦载此事,惟后幅与此异耳。"
⑥ 〔晋〕郭璞注,〔清〕檀萃疏:《穆天子传注疏》,《广州大典》第8辑第3册(据清光绪间巴陵方氏广东刻宣统元年印本影印),广州出版社,2015年。该书有佚名眉批约284条,多文法批评。
⑦ 〔南朝宋〕刘义庆撰,〔南朝梁〕刘孝标注,刘强会评辑校:《世说新语会评》,凤凰出版社,2007年,第12页。

和峤同时遭大丧"条:"戎不拘礼制,峤以礼法自持。"①卷下"晋文帝与二陈共车"条:"'望卿遥遥不至',故犯人讳,恶劣极矣,反以为机警。五胡之祸,岂无自哉?"②"孙秀既恨石崇不与绿珠"条:"'绿珠吾所爱,不可得也!'以此杀身,谓之情痴,犹过奖耳,真愚人而已矣。"③方苞对于人物形象与历史事件的评论较多且有史论之味,似乎与《世说》以人物话语为叙事中心的写作模式有关。作为古文家的方苞,也在卷上"王朗每以识度推华歆"条中,就张华"王之学华,皆是形骸之外,去之所以更远"之语引申出作文秘诀:"后世学古文者,多类景兴,岂未闻茂先语乎?何昧昧也?"④指出学习古人之文不可陷于皮相之学,大约是针对明代复古派而发。因故事而生发社会文化与伦理道德批评,在其他小说文本中也比较常见,如《狯园》卷九"穆御史冥判"条金心山评:"然则阎罗亦可徇私情乎?抑或天性之笃,冥中不以为私耶?"⑤《敝帚轩剩语》卷中"立碑"条周星诒评:"近日阅史,无不有万民衣伞、德政、头踏牌,亦此类也。"⑥皆是对古今历史中不公现象的反思。

  《阅微草堂笔记》的评点者有刘埔、孙益亭、李春帆、翁心存、徐琦、徐时栋、王伯恭、秋皋等,大多为晚清时期士人。此数人在评点纪昀小说时,如前述方苞评《世说》一样,除补充异闻轶事外⑦,在评述中多持社会文化批评与伦理学批评的方法,如卷二"颍州吴明经跃鸣"条徐琦评云:"人心日漓,世风不古,所可恃以挽回者,尚各有求福免祸之心耳。若并将因果之说抹掉,尚何所希冀而为善、何所忌惮而不为恶乎?先生此论,极为透彻详明,不虚慕道学之名,而实具有劝惩之意也。"⑧而关于古今、中西的比较也在进行当中,这与当时民族危机、文化危机下的经世思潮有关,如卷十"裘文达言"条

---

① 〔南朝宋〕刘义庆撰,〔南朝梁〕刘孝标注,刘强会评辑校:《世说新语会评》,凤凰出版社,2007年,第15页。
② 同上,第443页。
③ 同上,第521页。
④ 同上,第10页。
⑤ 〔明〕钱希言撰,〔清〕金心山批并跋:《狯园》,国家图书馆"中华古籍资源库"(清抄本)。
⑥ 〔明〕沈德符撰,〔清〕周星诒批校并跋:《敝帚轩剩语》,国家图书馆"中华古籍资源库"(清钞本)。
⑦ 吴波、尹海江、曾绍皇、张伟丽辑校《阅微草堂笔记会校会注会评》一书中,翁心存、徐时栋、王伯恭等评语中记录异闻轶事者达30余则,皆评点者一时兴发,闻见所及而书之,如卷七《如是我闻(一)》翁心存云:"嘉庆庚辰,予偕门人戴立齐南还。其仆邵贵,苏人也,主买菜蔬及杂物,每必干没数钱,人不知也。夜寐辄作呓语,一自陈验日所报执帐籍,不差毫厘。予与立齐匿笑,戒仆辈勿言,彼亦不知。"(《阅微草堂笔记会校会注会评》,凤凰出版社,2012年,第286页。)
⑧ 〔清〕纪昀撰,吴波等辑校:《阅微草堂笔记会校会注会评》,凤凰出版社,2012年,第91页。下所引皆出此版本,恕不一一注明。

翁心存评云:"阿芙蓉耗中国之财,损中国人之命,袄教则直欲坏中国人之心,俾不至胥沦于夸不止,计亦毒矣哉。虽然,祖龙焚书坑儒终不能沦圣人之教,天运循环,剥极当复,彼其计虽毒,亦终为不愚而已矣。"卷十九"戴遂堂先生"条徐时栋评云:"近时西洋人所制铳炮如梅花弹之类,皆极巧。两阵相攻,非特人力无所用,即古军器戈矛剑矢之属,亦几为废物矣。"他们在评点中探纪氏作意而另述故事的作法也可注意,翁心存、王伯恭、徐璆、徐时栋、李春帆在批语中的志怪活动要比前文之翁同龢活跃得多,如卷一"福建汀州试院"条王伯恭评:"余摄鹤峰厅时,署有柏树,百年物也。前官佞神者建小祠祀之,并塑男女两木偶为神像,朔望祭之。余到任废其礼。仆从有窃议者,余复碎而焚之。后某生问以何说,余笑诵坡诗,答之曰:'我是丹霞烧佛手'。"他们把个人经历与阅读经验相结合,也大大扩充了《阅微》小说的叙事空间。在上述评点者中,徐时栋对《阅微草堂笔记》的写作技法、语言使用、人物塑造、思想倾向、风格等提出了多种批评意见,持论迥异于刘、翁、李、徐璆等人①,可谓评点中的"异见者"。

徐时栋的评语侧重于对《阅微》小说进行文本分析,卷一"爱堂先生言"条徐时栋夹批云:"爱堂不记其姓,何也?袁子才全抄此则入《续新齐谐》,亦无姓。此书他卷中后有爱堂先生,亦无姓。至第六卷中始云伯高祖爱堂公,然则谓纪姓矣。余向谓子才《续记》中多与此书同者,必是袁窃纪语,至是盖信。抄袭人书至于不知姓氏,亦漫不考究,子才真粗心人哉!丁卯四月。"此评对袁枚《子不语》、纪昀《阅微草堂笔记》进行故事流变的考索,不过当时纪、袁在南北并称宗老,彼此仰慕,岂能以抄袭非之?又卷三"甲见乙妇而艳之"条是对公案进行评判,徐时栋评云:"谋之者丙,而为之者甲也。虽深重谋主,然无赖凶恶至甲亦已极矣。而丙受报甚惨,而甲但是岁余即死耳,恐他日之报有不止此者。"卷六"朱公晦庵"条夹批数条中指出纪氏叙述中的冗言:"四字可删。语气与上不合也。""先生休矣,毋污吾耳!"同卷"南皮许南金"条则指出许南金对鬼诵书描写中的疏漏之处:"掷烛仆地,烛不灭乎?"

对于小说中的不合理之处,徐时栋也进行了批评,如卷七"先姚安公言"文后徐氏评云:"其子不知其事,何不直告之?告之不听而后讥之,未晚也。今突然作此不堪之责备,假令此子转羞成怒,竟斥为无稽妄语,而竟杀之,是牛之死,反死于刘某愤急之语矣!结语以东方拟之,殊愤愤。"同卷"一南士

---

① 此数人评点多褒赞语,此亦中国评点中一普遍现象。如卷十二"李又聃先生言"条徐时栋评:"论辩之已足以解其惑,何遂至于绝迹?盖文达极恶无征之说,故伪托诸鬼神,谓此说为鬼神所深恶如此耳。"卷十九"宛平陈鹤龄"徐璆评:"先生著书,不居理学之名,而无一字一句非讲明伦理。观此篇末数语,可以知其意矣。"

以文章游公卿间"条中的"余谓此奴……故伪作女手"之语,徐评:"奴也何能伪女手? 不可解。"其他如卷十"交河老儒"条文后评:"断语甚妄!"卷十二"杨令公祠"评:"此条全是考校,与全书体例不合!"卷十二"朱导江言"评:"后幅炫转,殊不必。"卷十三"奴子宋遇"条评:"末句欠圆。岂逆知其将来不制服而故虐之耶?"同卷"交河有姊妹"条评:"文达论事,每喜勘进一层,然正不必尔。即如此事当系众共闻见,非道士所能信口造说也。"卷十七"大学士伍公"条评:"竟是一则诗话,入之此中似不类。书中类此颇多,又时作考据语。"卷十九"诚谋英勇公阿公"评:"文达修《四库全书》,竟以《山海经》入小说家,余极不以为然,编吾家专目时仍以史例入地理类。今文达此语与《总目》自相矛盾,盖老来学力精进,并自悔其初说矣。"卷二十"神奸机巧"条用反讽手法指出纪氏小说叙事模糊之处时评:"吾前于别本评此条曰:'此事叙得不明白。甚矣,叙事明白之难。'他日又评曰:'越看越不明白。'他日又评曰:'此事当时甚新,必甚多,亦必不易叙也。'他日又评曰:'此条叙事盖有意求简,遂至语不可解如此。他条亦偶或不达,而不至此条之甚者。岂年老才尽,故格不能吐耶?'旧评如此,今终不能解,是真不可解者矣。"卷二十一"田丈耕野"条评:"不记铭词而专记所是之诗,大非体例。小说家好炫己作者类如此,不意文达亦尔。"卷二十二"门人吴钟侨"条纪昀录吴氏游戏文《如愿小传》,徐时栋评云:"吴最不喜此等文字,虽小说中亦不必录。……凡实有之事千奇百怪,自然惊人。若纯构虚词,虽其心里笔墨极变化灵幻,总觉平平无奇也。"卷二十二"又聃先生又言"条评:"旧评'乃死而不悟',疑有脱误。今按,语过简,致不词耳,无脱误也。"从中可知,徐时栋对《阅微》小说中的冗言赘词、叙事漏洞、有意求简、体例不统一、句法欠密、辑录他文等问题一一进行了批评,这在小说名作的评点本中较为少见。

　　在评述中,徐时栋也注意到了纪氏在《四库全书总目》与《阅微笔记》两者在面对同一问题的表述,如卷六"朱公晦庵"条徐时栋夹批云:"此论全是文达平日见解。记《提要》中《易》类总序亦大约如此。"言纪昀力破经学的神秘主义倾向。上引卷十九"诚谋英勇公阿公"条徐时栋谈《山海经》的类目位置时评亦如此。总而言之,徐时栋对《阅微草堂笔记》的整体性批评眼光要高于其他诸人,"文达此书,好为古今来异闻琐记中从无经见之说,心里可谓极变幻,然亦有于理所必无者。"①可称纪氏小说的知音。与《阅微草堂笔记》的评点相比,《聊斋志异》的评点要完备和集中得多。

　　冯镇峦在《读〈聊斋〉杂说》一文中,借友人之口谈自己评《聊斋志异》与

---

① 〔清〕纪昀撰,吴波等辑校:《阅微草堂笔记会校会注会评》,凤凰出版社,2012年,第784页。

他人之不同云:"渔洋评太略,远村评太详。渔洋是批经史杂家体,远村似批文章小说体。"①笔记小说的评点,于此可知有"两体",即"经史杂家体"与"文章小说体"。大致可以这样认为:野史笔记、杂家笔记、地理杂记类的评点本属于经史杂家体的评点系统,而故事琐语类属于文章小说体的评点系统。后者即龚鹏程先生所云的"细部批评"②。

作为《聊斋志异》的第一位知名评点者,王士禛的评点源于经史传统,随事求真,这是经史杂家体评点的一个特点。渔洋评的内容,一是对《聊斋》故事的补充,主要是基于历史事实的思考,如卷一《王六郎》评:"王阮亭云:'月令乃东郡耿隐之事。'"卷六《蒋太史》评:"蒋,金坛人,金坛故名金沙;又其字虎臣,卒殁于峨眉伏虎寺:名皆巧合,亦奇。予壬子典试蜀中,蒋在峨眉,寄予书云:'身是峨眉老僧,故万里归骨于此。'寻化去。予有挽诗曰:'西风三十载,九病一迁官。忽忆峨眉好,真忘蜀道难。法云晴浩荡,春雪气高寒。万里堪埋骨,天成白玉棺。'盖用书中语也。"卷六《邵士梅》评:"邵前生为栖霞人,与其妻三世为夫妇,事更奇也。高东海以病死,非瘐死,邵自述甚详。"《郭安》评:"新城令陈端庵凝,性广柔无断。王生与哲典居宅于人,久不给直,讼之官。陈不能决,但曰:'毛诗有云:维鹊有巢,维鸠居之。生为鹊可也。'济之西邑有杀人者,其妇讼之。邑令怒,立拘凶犯至,拍案骂曰:'人家好好夫妇,直令寡耶!即以汝配之,亦令汝妻寡守。'遂判合之。此等明决,皆是甲榜所为,他途不能也。而陈亦尔尔,何途无才!"评语中不无揣测之意,类于小说本事考证,如卷六《张贡士》评云:"岂杞园(张贞)耶?大奇。"又如明宣宗敕贡促织事,《玉光剑气集》已指为事实,渔洋未见,故评《促织》云:"宣德治世,宣宗令主,其台阁大臣,又三杨、蹇、夏诸老先生也,顾以草虫织物,殃民至此耶?亦传闻异辞耶?"二是针对《聊斋》中人物的品评,如卷三《狐谐》评:"此狐辨而黠,自是东方曼倩一流。"三是对书中人物、事迹的赞叹,如卷二《莲香》评:"贤哉莲娘!巾帼中吾见亦罕,况狐耶!"卷三《青梅》评:"天下得一知己,可以不恨,况在闺阃耶!青梅,张之知己也,

---

① 〔清〕蒲松龄撰,任笃行辑校:《全校会注集评聊斋志异》,人民文学出版社,2016 年,第 2382 页。下所引皆出此版本,恕不一一注明页码。
② 龚鹏程先生在《中国小说研究的方法问题》中云:"对传统小说批点评论的重视,是近年小说研究界新的风潮……我自己则曾将评点与'新批评'方法进行比较,从方法论的角度,说明评点可称为一种'细部批评'。它源于经学之训诂条例、章门科段,而成形于宋代以后。讲求为文之法,发掘文学之美,视文为活物,故论法贵乎活法,起承转合、抑扬顿挫,有往必复,无垂不缩,与讲究'起、中、结'或情节与冲突的西方悲剧传统颇不相同,与新批评也很不一样。假若我的分析不谬,则运用这种方法,我们仍旧可以对古今小说进行圈点批注。"(龚鹏程著:《中国小说史论》,北京大学出版社,2008 年,第 13 页。)

乃王女者又能知青梅。事妙文妙,可以传矣。"《赵城虎》评:"王于一所记孝义之虎,所记赣州良富里郭氏义虎,及此而三。何於菟之多贤哉!"《商三官》评:"庞娥、谢小娥,得此鼎足矣。"《连城》评:"雅是情种。不意《牡丹亭》后,复有此人。"四是技法、风格的批评,此类批评并不多见,如卷二《连琐》评:"结尽而不尽,甚妙。"《汪士秀》评:"此条亦恢诡。"评语中也可见王渔洋对《聊斋》传记传奇性的注意,故《张诚》评:"一本绝妙传奇,叙次文笔亦工。"王士禛虽是评语寥寥,但也抓住了《聊斋》创作的本事渊源、写作的传记与传奇性,以及长篇叙事的寄托与隐喻意义,其《题聊斋志异》云:"姑妄言之姑听之,豆棚瓜架雨如丝。料应厌作人间语,爱听秋坟鬼唱诗。"可谓对《聊斋》题旨的高度总结。渔洋评语对蒲松龄小说的文学性有所忽略,《聊斋》诸多评点者也多属于此类,如吕湛恩评注:"援引证明,尚皆典核,其驳正处,语亦极精。"[1]此法与前文所述野史笔记、杂家笔记、地理杂记类的评点较为接近,这也是经史杂家体评点的一个特征。

冯镇峦在《读〈聊斋〉杂说》一文中复云其评《聊斋》有"五大例":"往予评《聊斋》有五大例:一论文,二论事,三考据,四旁证,五游戏。"实际上除"论文"一项外,其他四项("论事、考据、旁证、游戏")也为其他评点者所有、也是经史杂家体评点的主要内容,而冯镇峦所谓的"文章小说体"才是其评点的主要特色,"读《聊斋》,不作文章看,但作故事看,便是呆汉。惟读过《左》、《国》、《史》、《汉》,深明体裁作法者,方知其妙。"甚至可以说,基于史传"书法"的文章学研究,把笔记小说"作文章看",才是故事琐语类评点本的最突出特征。

清代的文章小说体评点有三个源头:一是以吕祖谦《东莱博议》《古文关键》、归有光与方苞评《史记》为代表的文章评点传统,二是以李贽、冯梦龙、金圣叹为代表的通俗小说评点传统,三是八股文评点传统。在清代乃至民国初年,这三种传统交织进行,从而形成了以"文法"为核心的文章小说体评点系统。这在冯镇峦等评《聊斋志异》、欧阳小韩评《信征集随笔全集》的过程中表现得较为明显,二书在评述小说人物、情节、主题、场景之外,文法术语现象突出,迥异于王士禛、何守奇、王芑孙、方舒岩等人的经史杂家体评点。

在《聊斋》的文法批评中,手稿本某甲、冯镇峦、但明伦具有自觉的规范的批评方法,以"书法、字法、文势、文气"夹批论文达270条以上,而且

---

[1] 见〔清〕刘业全《聊斋志异辨解》一文,黄霖主编:《历代小说话(二)》,凤凰出版社,2018年,第694页。

他们的文法评语主要集中在小说的传记文,如《娇娜》《王成》《婴宁》《聂小倩》《莲香》《连城》《罗刹海市》《伍秋月》《阿英》《宦娘》《陈云栖》《嘉平公子》等。手稿本某甲偏向于八股文法,他注意到了蒲松龄在长期的科举生活中八股文练习对小说写作的影响,如卷一《陆判》[手稿本某甲评]云:"伏前半。""数语一篇关键。""补叙首所从来。""略作一束,笔至闲逸。""再束,笔力斩然。"卷三《田七郎》[手稿本某甲评]云:"书法。""挥提。"大概此公为乡间老儒而谙于四书文道者。但明伦在评点中受史传和八股评点的影响较大,文法话语现象虽不突出,但所言也能切中肯綮,如卷一《婴宁》[但评]云:"照应伏笔,从婢小语写笑。笑贼腔耶,笑媪言耶?"卷二《莲香》夹批云:"处处俱用串插之笔,双管齐下,如牟尼一串,如玉环无端,此作两扇题之妙诀也。"不过与冯镇峦比较起来,还缺乏严密的话语系统。

　　冯镇峦是上述三种文法传统的集大成者,也是文法评点在笔记小说领域的一次尝试,故其颇为自负地说道:"李卓吾、冯犹龙、金人瑞评《三国演义》及《水浒》、《西厢》诸小说、院本,乃不足道。"(《读〈聊斋〉杂说》)①在具体评述中,冯镇峦对句法、艺术手法、情节安排、结构布置、修辞等现象进行了总结,如叙事笔法中有互笔、伏笔、平笔、捷笔、曲笔、衬笔、复笔、简笔、陡笔、双顶笔、藏笔、换笔、补笔、救笔、险笔、转笔、呆笔、活笔等,结构及艺术手法有獭尾法、草蛇灰线法、先断后叙法、两扇题、两截法、不实不虚法、加一倍法、斡旋法、移步换形法、消纳法、映带法、暗点法、枯处求荣法、文字挪展法、暗映法等,情节安排有正叙、顺叙、平叙、插叙、倒叙、补叙、详叙、抽出叙、两节叙等,理性色彩鲜明,言之有据,不仅仅是限于"粘附于直觉的理论思维方式"②的话语形式。冯氏在评点中不厌其烦点明传记文的脉理,如卷五《山市》[冯评]:"先点。""一变。""略顿。""又一变。""又一变收场。""另换一局作余波收,是古文法,短篇峭劲。"卷七《湘裙》[冯评]:"小曲折。""又拖下。""曲曲折折,忽放忽收。""又带起下。"《恒娘》[冯评]:"第一层工夫。""二层工夫。""三层工夫。"指出了小说叙事的逻辑次序。冯镇峦、但明伦基于传记文的文法评点,也是由《聊斋志异》多习用《左传》《史记》文法而来,此二人在评点中屡次点明《聊斋》的文体渊源,如卷三《念秧》[冯评]:"摹仿《史记》,先论后叙。〇篇末不用赞语,又一体也。"卷五《刘姓》[冯评]:

---

① 〔清〕蒲松龄撰,任笃行辑校:《全校会注集评聊斋志异》,人民文学出版社,2018年,第2378页。
② 杨义:《中国叙事学》,《杨义文存》第一卷,人民出版社,1997年,第342页。

"《汉书》句法。"卷六《凤仙》[冯评]:"《穀梁》用来妙。"大概《聊斋》本身比较契合于古文笔法及章回小说评点之法。与冯评《聊斋》之成体系的严密评点相比,欧阳小韩眉批《信征随笔》的约 520 条评语中,关于文法方面的就显得单薄,虽大多为社会文化批评,不过其评卷上《遇龙》"伏脉""照应"、卷下《狮山》"或断或续,纯是腐迁神髓",也能照见文章学在笔记小说评点中的遗留痕迹。

总之,黄虞稷、周在浚、王士禛、何焯、翁同龢、冯镇峦等人的以眉批、夹批为主的评点形式,依据文本对象的不同呈现出相异的评点风貌。他们的评点可以分为经史杂家体与文章小说体两类评点系统。野史笔记类与杂家笔记类注重事实的辩驳,对文法、笔法、风格并不重视,可见评点者在鉴赏之外,参与本文的考据、辨史、注释也是评点的一个方面,而且此项评点颇见评点者的阅历与学识。地理杂记类与故事琐语类注重文采,尤注意行文的笔法与风格,其中关于《聊斋志异》的评点较为绵密、透彻。不过就数量来看,经史杂家体评点占据主导地位,而对今日文艺理论或叙事学更有价值的文章小说体还处于弱势地位。从中可见笔记小说四类评本当中,对于叙事性因素的关注是不够的。

评点是中国文艺批评的一种民族形式,不过评点群体的良莠不齐、大量评点的随意性与零碎化以及感想式的评注,导致笔记小说的评点水准要低于通俗小说,如何焯眉批《冷斋夜话》重在拟题、张守诚评《古夫于亭杂录》不过比对《四库全书总目》之语①、佚名批校《淮阴脞录》摘录成文②、补充己见③等,基于笔记小说文学性的评点本还缺乏过程性研究,随感式的评点本较多,在这种情况下,也许内评本可以弥补这方面的缺憾。

内评本中的评语因为多为亲友撰写,对于作者的创作动机、述作之意、

---

① 如《古夫于亭杂录》卷二"蔡邕集有刘镇南"条:"《提要》谓引据精核。"([清]王士禛撰,[清]张守诚批点并跋:《古夫于亭杂录》,南京图书馆藏康熙刻本,第 4 页。)
② [清]丁晏辑,佚名批校:《淮阴脞录》不分卷,南京图书馆藏清末民初抄本,无页码。佚名眉批及夹条多与原文对比以校正之文,多引《山阳诗征》补正正文,如"费衮梁溪漫录云张文潜好食蟹"条:费衮《梁溪漫录》:"张文潜好食蟹,晚苦风痹,然嗜蟹如故,至剔其肉贮满杯而食之,尝作诗曰:'我读本草书,群恶未有凭。筋绝不可理,蟹续牢如絚。骨萎用蟹补,可使无骞崩。'迨嗜蟹之癖而为此诗耶,抑真信《本草》也? 文潜《粥记赠潘邠老》云:'张安道每晨起,食粥一大碗,空腹胃虚,谷气便作,所补不细。'"(《山阳诗征》卷二。)
③ 《前尘梦影录》卷上"梁山舟晚年"条吴兰修眉批云:"山舟先生《笔史》,予亦刻之《榆园丛刻》中。"([清]徐康撰,[清]吴兰修评点:《前尘梦影录》,《续修四库全书》第 1186 册,上海古籍出版社,2002 年,第 731 页。)此书眉批数十条,主要是在补充书画知识。又沈津先生《〈前尘梦影录〉序》一文中介绍有章钰、周叔弢、顾廷龙等人批注本,良可珍贵(见《伏枥集》,广西师范大学出版社,2019 年)。

句法使用、人物描写、情节设置等较为了解,在文后评论中可以对作品进行正确的诠释(但过于推崇也是一个普遍存在的弊病),如《匡林》为毗陵陈玉瑺批点,陈氏评语主要为毛先舒所述做进一步阐发,如上卷"隐公不书即位"条云:"隐公不书即位论,正论足补正书所不逮,其快心处尤觉前无古人,必传何疑。读此论便觉不书即位已该括全部春秋。如此看书,直欲眼光罩千古也。"①"戒杀说三"条:"长江大海,浑浩流转,鱼龙百变,万怪惶惑,其《戒杀三说》之文乎!古来戒杀文多矣,精思异彩、霞蔚云蒸,从无如此三篇是以钧天广乐之奇观、写布帛菽粟之真理者也。"下卷"会王世子于首止论"条评云:"传经者多以此会为美,几陷人心于乱贼而不自知久矣。此论独见其大,读之使人怵然以惊,撑持宇宙,定不可少,斯为大文。"陈玉瑺在批点中除了阐发毛氏议论外,也注意到了文笔、文气,如上卷"性相近解"条:"理深而核,笔峭以幽。"下卷"妾服问答"条:"典礼之文亦博亦雅,其在董江都、刘中垒之间乎!"②"答周次修书"条:"文气如江如河,得眉山之神而干以昌黎之骨,中间批驳处,足使东乡俯首。"可见陈玉琪根柢经学之旨。

又如《续板桥杂记》(附《雪鸿小记》)上中下三卷为丁柳溪评点、《雪鸿小记》及《雪鸿小记补遗》为宫国苞(霜桥)评点。丁、宫二人之评点较为绵密,对于作家心态、作品人物、行文句法与技法、行文风格等都有所评述。在探究作家心态方面,评语并不多,只有上卷"秦淮古佳丽地……十数年来"一段,丁柳溪评:"含毫邈然。"③"日过初年……众香国中"一段,丁柳溪评:"不曾真个也销魂。"中卷"裼袍虽在,已无恋恋"句:"调笑风流,意在言外。"与探究作家心态相比,关于人物品评、行文技法方面是二人评点的重要方面。丁柳溪、宫国苞的人物评点,注意到妓女的色艺及文士的不遇,如上卷"不望报也"条,丁柳溪评:"须眉中吾见亦罕。""可谓有情痴矣……竟不出见"一段,丁柳溪评:"死恨物情难会处,荷花不肯嫁东风。""秀才已脱白矣,乃妾面羞郎面何?"下卷"同乡沈子洁夫……独多佳话耶"一段,丁氏评:"一诺三生,卒以死殉,磬儿固是情种而不负死约,买骨归吴湘亭,亦可谓有情痴矣,视彼薄倖须眉与夫见金夫不有躬者,相去奚啻霄壤耶!"在行文审美方面,是以"简净""古峭""劲健"为批评中心,如上卷"至于抹胸……服之妖者"一段,丁柳溪评:"'胸前瑞雪灯斜照',尚逊此香艳,结句古峭。""要亦善

---

① 〔清〕毛先舒:《匡林》,《四库全书存目丛书》子部第114册(据北京图书馆藏清初刻本影印),齐鲁书社,1995年,第646页。下所引亦恕不注出处。
② 〔清〕吴珠泉:《续板桥杂记》(附《雪鸿小记》),国家图书馆藏乾隆五十九年刻本。
③ 〔清〕吴珠泉:《续板桥杂记》,国家图书馆藏乾隆酉酉山房本。后所引皆出此本,不再注明,以避繁冗。

自修饬"条:"简净。"中卷"张玉秀……"一段,丁评:"收束严密,笔亦健举。"《雪鸿小记》之"为讼……不染者矣"一段,宫国苞评:"四语中并包一切,笔亦遒劲。"在章法、技法、句法方面,批评也较为细致,如《雪鸿小记》之陈银儿传,宫霜桥评云:"此传章法绝妙。"上卷"秋以为期……其尤哉"一段,丁柳溪分别据情节进展评"盎然""拽弓令满""一矢中的""顶门针"。《雪鸿小记》"彼清芬不必定……"一段,宫氏评:"此传章法也妙。"《雪鸿小记》之"以去且天福……不绝尝寓书"一段,宫霜桥评:"曲折如意关键紧恰好过脉。"丁、宫二人也注意到了《续板桥杂记》与其他文体(传奇文、戏剧、传记)的关系,如与史传,中卷张玉秀事迹,丁柳溪评:"叙事之妙,历历如绘,非得力于盲左、腐史者不能。"《雪鸿小记》之"进者将居翠为奇货……梨花几经摧折矣",评云"叙事与议论相辅而行,惟龙门有此乃有此种魄力"。二人评点中以此书与《世说新语》《五朝小说》《板桥杂记》《画工》《西楼记》相比较,注意到了它们之间的叙事特色,故中卷"秦淮名姝……得而读之"一段评云:"委婉入神,笔妙不减唐贤小品。"丁、宫二人在评点上的差异,除了前文所述的作家心理外,宫国苞更关注《续板桥杂记》的叙事特性,如《雪鸿小记》之"赍实宜家……气宇非长"一段,宫氏评云:"顿折入古,极得记叙体。"此与宫氏评点《宵峥集》时注意于诗歌的抒情特性大为不同,可见评点者的评点是受限于文本特性的。

杨义先生在《中国叙事学》中,谈了叙事学的"结构""时间""视角""意象""评点家"五个方面,其中《评点家篇第五》中以章回小说的评点为据,认为小说评点是"叙事学的独特存在形态"[1],是"粘附于直觉的理论思维方式"的话语形式。不过杨义先生所论断的,是据通俗小说特别是"六大名著"(《三》《水》《西》《金》《红》《儒》)而言,就笔记小说各类别的评点话语来看,这种论断盖有不全面之处。笔记小说的评点(包括内评与外评),大致分为经史杂记体与文章小说体两种系统,后一种比较契合杨义先生所论。

结　　语

通过对清代笔记小说四种批评形式(日记、书目、序跋、评点)的考察,可知清代日记中的小说批评主要集中在晚清时期,以征实为宗尚,这与清代日记写作的高峰期相适应,也与晚清思想解放与小说界革命有关。不过此类

---

[1] 杨义:《中国叙事学》,《杨义文存》第一卷,人民出版社,1997年,第330页。

批评还有进一步研究的余地,缘晚清民国日记的整理工作还远远没有结束。

　　清人爱博求真的知识传统(与考据学相关),导致书目类与序跋类的批评在清代前中后三期的分布较为均匀,不过清代书目的发展是以《四库全书总目》为标志分为前后两期,在多样化的著录中,其批评话语方面有以四库馆臣为代表的官方"雅正"主导色彩。序跋内容丰富,韵散结合,对于小说诸体的变迁及文本主旨、作者学源、人生经历、小说风格等进行了细致评析,是笔记小说批评话语中集中度最高的一种形式。

　　与日记批评发展的轨迹相似,清代笔记小说的评点也集中在晚清时期,这与士大夫的藏书传统有关,不少评点者都热衷于收藏古籍名作并加注批校于其上。不过今各大图书馆所收藏的批校本多是善本,为名人批校本,历史的实际数量情况,恐怕要远远大于今人所能见到的各种名人批校本。这些批校本,大致可以分为经史杂家体与文章小说体两种评点系统,前者根柢经史,而后者为叙事学所宗。

　　除此之外,小说话也是中国古典小说批评的一个重要形式,它属于"笔记杂著"的一部分,但从黄霖先生编著之《历代小说话》收录的作品来看,小说话中谈及笔记小说的地方较少,大概因小说话著作集中出现于晚清,而彼时文学观念更新,通俗小说崛起与域外小说的涌入,士子已把关注的重心转移其上而投公众之所好,故在报章中对笔记小说的批评有所忽略。日记、序跋、书目、评点则可补其阙。

结　　论

　　吴礼权与苗壮两位先生在他们的笔记小说史之清代部分分别以"夕阳无限好""笔记小说的最后高峰与终结"作为题目，虽只是针对故事琐语类作品而言，但放眼整个笔记小说领域，此二语是很恰当的。在笔记小说的四个类别中，清人皆有代表性作品涌现，如杂家笔记类的《枣林杂俎》《池北偶谈》《履园丛话》《檐曝杂记》、野史笔记类的《玉剑尊闻》《啸亭杂录》、地理杂记类的《广东新语》《扬州画舫录》《清嘉录》、故事琐语类的《板桥杂记》《聊斋志异》《阅微草堂笔记》《笑林广记》等。与清代流行的考据学风相适应，在笔记小说四类中，从知识密集度的角度来看，杂家笔记类取得的成就最高，即使被认为最正统的笔记体小说《阅微草堂笔记》，也深受此学风的影响。从文学性的角度来看，清代顺康年间的笔记小说成就要好于乾嘉及之后各朝，而且笔记小说四类的发展比较均衡。如果借鉴一下西方文学理论中的小说分为故事型和叙述型①的划分法，传统意义的笔记小说偏向于客观陈述的叙述型，即一种客观呈现，一种求实、求雅的倾向。

　　中国传统的笔记小说书写，大部分属于一种客观叙述，而不是主观想象。这种状况到晚清以后才得到了根本改观。晚清民国是传统笔记（包括笔记小说）如何与现代文学接榫的一个重要时期，对此吴礼权先生之《清末民初笔记小说史》、陈平原先生《中国小说叙事模式的转变》已经进行了相关探索——前者偏于重点作品分析，后者偏于通俗小说的叙事模式研究——笔者在上文中也进行了部分论述，以为传统笔记小说、话本小说与西方短篇小说的结合，才有了今日的所谓"短篇小说"。不过这方面需要做的工作还很多，民国笔记或笔记小说，应该作为一个专题来研究，这样方能理清传统小说衰落与西方小说在华的发展轨迹。

　　总之，清代笔记小说写作取得了辉煌的成就，具有综合性的特点。本书

---

① ［英］阿拉斯泰尔·福勒著，杨建国译：《文学的类别：文类和模态理论导论》，南京大学出版社，2018年，第134页。

结合清代小说发展的实际状况,分别考察了笔记小说的概念、类别、发展史、体式、小说理论,指出了野史杂记类、地理杂记类、杂家笔记类、故事小说类在笔记小说内部的合理存在,并以杂史小说、地志小说、杂家小说、子部小说命名之,介绍了近三百年的笔记小说发展情况及其内部的变迁,总结了世说体、渔洋说部体、聊斋体、板桥体、说粤体等小说取得的成就,利用小说序跋、小说评点及日记、书目中的小说评论探讨笔记小说的美学意义,在目前的框架下,清代笔记小说的研究可谓告一段落了。不过限于某些资料的稀缺性,如清代日记、小说评点本的整理工作远未完成,所以本书中的小说批评部分,还是留下了不少遗憾。

如前文《绪论》中所言,近年来黄霖、欧阳健两位先生对使用"笔记小说"一词进行了批评。两位先生不论是从今天的文学观念、还是从笔记文献整理角度出发,都认为"笔记小说"概念在使用中有很大的弊病,甚至可以废弃不用此语词。二公所言甚是,笔者亦以为《全宋笔记》不应收录《夷坚志》等小说作品(陶敏先生主编之《全唐五代笔记》实以笔记体小说为主,大约因宋前笔记较少故尔),今日"笔记"与"小说"也不应当混淆;而笔者在研究中屡次使用归纳论证得出的经验性结论,在《全清小说》未能编纂成功的情况下,也未必就是确定不移的真理——如本书开篇所云,它是一次尝试性的工作,大概会对学界起到某些启发作用。

不过就笔者对古代文言话语形态下的所谓"小说"文献考察的结果来看,若仅以《聊斋志异》、《阅微草堂笔记》、唐传奇为标准,则中国古代的符合今日小说观念的"小说"则只有志怪与传奇两种,四库馆臣在《四库全书总目》小说家类中的所谓"叙述杂事"一类的作品如《老学庵笔记》《南村辍耕录》也很难称之为小说,何况其他文献如《池北偶谈》《浪迹丛谈》《履园丛话》中存在的叙事性因素的笔记作品呢?若仅以志怪、传奇为研究对象,古代的叙事文学如何把握其整体发展情况呢?故笔者以为,"笔记小说"语词的存在也有其合理性,可以立足小说家类进行扩展,但它也不能代替"文言小说"的概念①,更不能作为一种"杂著"文献的代称,②而是作为一种带有

---

① 林岗《论案头小说及其文体》一文中云:"笔者以为笔记小说一名尤胜过文言小说。因笔记小说一名,有指称文体的含义在内,故后文的讨论,均曰笔记小说。"(吴承学、何诗海编:《中国文体学与文体学研究》,凤凰出版社,2011年,第81页。)

② 马琳先生在《春社猥谈序言》中云:"中国古代文学史上的'小说'一词最早见于《庄子·外物》篇,意为浅薄琐屑的言论,后用来指文学作品中的杂著一类。明代胡应麟曾将'小说'分为志怪、传奇、杂录、丛谈、辨订、箴规六类。《四库全书总目提要》则分作叙述杂事、记录异闻、缀辑琐语三派。又因其多取丛谈、杂俎、琐言、纂、编、论、语、话、语、说等笔记之体,故亦称为'笔记小说'。"(〔明〕祝允明等:《春社猥谈》,文物出版社,2020年,第1页。)

叙事因素的笔记作品集的总称。除了故事琐语类外,其他带有叙事性因素的作品也应该是笔记小说研究的对象——所谓"笔记小说",当是以叙事为核心的笔记形式的文言作品,但是它并不排斥议论、考证与载记诸多写作要素。它不是笔记体小说的简称。但是,这就带来一个问题:《全元笔记》《全明笔记》《全清笔记》《全民国笔记》应该收录哪些作品呢?这就需要对"笔记"文献的范围进行一下辨析。

刘叶秋先生在《历代笔记概述》中把笔记文献分为三类,即小说故事类、历史琐闻类、考据辨证类,笔者在考察《四库总目》相关论述及杂说笔记文献的历史变迁后,认为古代的笔记文献(不是"笔记文体")是一个动态的、开放的系统,概而言之,其在历史上有以下十类:

一、考据辨证类,此类文献为经史子集四部典籍的研究,如《困学纪闻》《日知录》《蛾术编》《十驾斋养新录》之类,今日以"学术笔记"命名的丛书,多属于此类。

二、丛说杂俎类,即《四库总目》杂家类杂说之属著录的作品,内容丰富,是议论、载记、叙事、考据并存之书。如《容斋随笔》《池北偶谈》《在园杂志》之类,此类笔记即郑宪春先生之"杂著笔记"、本书所称之"杂说笔记""杂家笔记"。

三、小说故事类,如《世说新语》《阅微草堂笔记》之类,属于小说学之笔记体小说的研究范围。

四、历史琐闻类,如《唐摭言》《啸亭杂录》《清秘述闻》之类,此类作品多居于史部杂史类、小说家杂事之属,与史学研究密切相关,或称之为"史料笔记"。

五、地理掌故类,此类作品多位于史部地理杂记之属,具有方志与游记的属性,如《平江纪事》《蜀中广记》《颜山杂记》《春明梦余录》《广东新语》等,今日或称之为"风土志"。

六、诗话文评类,此类多居于集部诗文评类,如《六一诗话》《艺苑卮言》《艺概》《原诗》等,侧重于集部之学的研究。

七、名物鉴赏类,此类作品注意于名物如书画金石的鉴赏评鉴,如《韵石斋笔谈》《书林清话》《曝书杂记》等,可谓今日之博物学、文献学的先声。

八、小品散文类,此类笔记可归于文章学"笔记文"的研究范围,作家摹山范水、抒发性灵,如宋施清臣《东洲枕上语》、明黄奂《黄玄龙先生小品》、明周应治《霞外麈谈》、清张潮《幽梦影》、朱锡绶《幽梦续影》、黄图珌《看山阁闲笔》之类。

九、语录箴言类,此类笔记多道德性命、经世致用之学,如宋白玉蟾《修道真言》、清李光地《榕村语录》《榕村语录续集》、潘德舆《示儿长语》、黄昌麟《处世心箴》等。

十、日记类,逐日记载所见所闻,如清谭献《复堂日记》、佚名《吴城日记》、舒梦兰《游山日记》等。

在上述十类笔记文献中,作为数种文体渊薮的笔记文献,如小说故事类业已独立成体为"小说四体"之一的笔记体小说,诗话文评也成为文学批评文献,语录、日记亦各自独立,故今日学界所称"笔记文体"者,实际内部只有六种类型(考据辨证类、丛说杂俎类、历史琐闻类、地理掌故类、名物鉴赏类、小品散文类)可资研究,这是今日古代笔记文献整理工作的范围,也是笔记分体研究的一个方向。

由此可知,本书关于清代笔记小说的研究,是一种综合性的"笔记"与"小说"研究,是在整体性与会通性观念下,对以叙事为中心的小说集研究。程章灿先生在《赋学论丛》之《赋学文献综论·笔记》中,以为"传统意义上的笔记,包括学术笔记和笔记小说两大类"①,本书倾向于后者。从叙事性的角度看,它基本囊括了小说研究的绝大部分文献,从而避免陷入割裂文本的境地;小说文献众多,而了解文献内部的会通情况也是笔者追求的研究目标之一②。故研究中间有发明,或可对当下的笔记与小说研究提供某些启发。

笔者在研究过程中,对于因目录类别的路径依赖从而导致进入研究歧途也是深有体会,比如《四库全书总目》杂家类所列宋代笔记书目,在清初钱谦益《绛云楼书目》、徐乾学《传是楼书目》、《(雍正)浙江通志》中绝大部分属于小说家类,而《四库全书总目》小说家类本身则是以叙事为标准的。笔者以为,若依历代书目中小说家类所著录的作品作为笔记小说研究范围的话,对于乾隆以后的笔记小说研究,还是要把"笔记"与"小说"划分开来进行研究比较妥当。对于"笔记"与"小说"的划分,从操作层面与时段来看,应采取"掐头去尾"法,即六朝以前与六朝以后的"杂家类"作品应该分开,《四库全书总目》前后的"小说家类"应当分开。谱录类、杂史类、地理类可适当采入,但不应过多。按照本书所主张的"野史笔记类""杂家笔记类""地理杂记类"可列入笔记的研究范围,"故事琐语类"列入笔记体小说的研究范围。这就是"体格"之分,比如《清秘述闻》与《槐厅载笔》在清人看来皆

---

① 程章灿:《赋学论丛》,中华书局,2005年,第48页。
② 金岳霖先生曾云:"知识论与科学相似,它底对象是普遍的理,但是,它底目标不是真而是通。……从对象说,它与科学一样,从目标说,它与科学不同。"(金岳霖:《知识论》,中国人民大学出版社,2010年,第8页。)

为小说，一为编年体，一为笔记体，但《郑堂读书记》之"清秘述闻"条云："虽(《槐厅载笔》)与此书相辅而行，而体格迥异，故别入之小说类。"这就道出了二者的不同之处——"笔记"的中心在于学术，"小说"的中心则是文学。从今天文献的分类趋势来看，"笔记"已被定性为经学、史学之余，如《清代学术笔记丛刊》(学苑出版社)、《清代史料笔记》(中华书局)的编纂；"小说"则向文学叙事发展，如《中国笔记小说史》(吴礼权)、《笔记小说史》(苗壮)等，似乎原属于清初书目中小说家类的"笔记"已经与"小说"分庭抗礼、各成一家矣。

总而言之，本书仍然存在诸多不足，有些地方思考未必成熟，笔者也寄希望于后来者，能进一步扩大视野，从古代文献中提炼观点，总结理论，从而开拓出笔记体小说或古典笔记研究的新领域。

附录　清代笔记小说简目

凡例：

一、本简目所载包括书名、卷数、作者、援据书目，目的在于使读者明了笔记小说研究的范围所在。

一、本简目以前贤所作书目为基础，包括《中国古籍总目》、《中国丛书综录》，袁行霈、侯忠义之《中国文言小说书目》，宁稼雨之《中国文言小说总目提要》以及石昌渝主编《中国古代小说总目》等，在此敬致谢意。除此而外，见诸清代书目、方志小说家类及清人所纂丛书中者，亦列入本目录。

一、本简目大致以成书时间先后为顺序，年代由序跋、版本、作者卒年、书目年代及其在书目中的位次等项来判定。作者有多部作品的，皆归于一处，不再分时代先后。卷数不详者，不载卷数。因笔者所阅不广，故对每种作品的存佚状态不敢妄下结论，望读者谅之。

一、本《简目》著录作品的数量，顺治年间有 142 种，康熙年间 343 种，雍正年间 42 种，乾隆年间 302 种，嘉庆年间 149 种，道光年间 144 种，咸丰年间 61 种，同治年间 69 种，光绪年间 312 种，宣统年间 65 种，写作年代不详者 101 种，清代作品计 1 730 种。并附民国时期作品 244 种。清代及民国时期曾在历史长河中存在过的相关作品，当在 2 000 种以上。

顺　　治

1　《云间杂记》三卷，华亭佚名撰。黄本骥《皇朝经籍志》小说家类、《四库全书总目》小说家类著录（一名《云间杂志》）。

2　《虎口余生记》一卷，边大绶撰。《借书园书目》小说家类、《观海堂书目》史部传记类杂录之属著录。

3　《江城名迹》四卷，陈弘绪撰。《四库全书总目》史部地理类古迹之属、《中国丛书综录》地理类杂志之属著录。

4 《南忠记》一卷,钱肃润撰。谢国桢《晚明史籍考》著录。

5 《耳谭》一卷,叶承宗撰。《(宣统)山东通志》小说家类琐语之属、《山东文献书目》小说家类著录。

6 《寒夜录》二卷,陈弘绪撰。《(康熙)西江志经籍志》杂类说部、吴骞校本《千顷堂书目》小说类、《观海堂书目》杂家类杂说之属著录。

7 《韵石斋笔谈》二卷,姜绍书撰。《借书园书目》小说家类、《(乾隆)江南通志》子部杂说类、《五万卷阁书目记》小说家类著录。

8 《绥寇纪略》十二卷,吴伟业撰。《文瑞楼藏书目录》史部杂史类、《四库全书总目》史部纪事本末类著录。

9 《玉剑尊闻》十卷,梁维枢撰。《四库全书总目》小说家类杂事之属著录。

10 《陈子旅书》一卷,陈瑸撰。《文瑞楼藏书目录》子类小说家著录。

11 《因树屋书影》十卷,周亮工撰。《郑堂读书记》杂家类杂说之属、《借书园书目》子部小说家、《传是楼书目》小说家类著录。

12 《同书》四卷,周亮工辑。《传是楼书目》小说家类著录。

13 《闽小纪》四卷,周亮工撰。《四库全书总目》史部地理类收录。

14 《字触》六卷,周亮工辑。《借书园书目》小说家类、《传是楼书目》小说家类、《贩书偶记》杂家类杂说之属著录。

15 《吕斋脞语》《函山偶笔》《药房琐录》《碧落山房闲笔》,朱俨镳撰。民国《湖北通志》小说家类杂事之属著录。

16 《留都见闻录》二卷,吴应箕撰。《(光绪)重修安徽通志·艺文志》史部杂史类、《江苏地方文献书目》著录。

17 《玉堂荟记》四卷,杨士聪撰。《四库全书总目》小说家类著录。

18 《枣林杂俎》六集十二卷,谈迁撰。《楝亭书目》说部类、《(雍正)浙江通志》子部小说家类、《四库全书总目》杂家类杂说之属著录。

19 《枣林外索》三卷,谈迁辑。《(雍正)浙江通志》子部小说家类著录。

20 《异闻识略》,谈迁辑。《中国古籍总目》小说类文言之属著录。

21 《忆记》四卷,吴甡撰。《千顷堂书目》史部传记类、《(嘉庆)扬州府志》子部杂家小说类著录。

22 《三垣笔记》三卷、《补遗》三卷、《附识》三卷、《附识补遗》一卷,李清撰。《八千卷楼书目》杂史类、《"国立中央图书馆"善本书目初稿》小说家类笔记之属著录。

23 《诸史异汇》二十四卷,李清辑。《四库禁毁书丛刊分类目录》杂史类著录。

24 《女世说》四卷、《补遗》一卷,李清辑。《八千卷楼书目》小说家类著录。

25 《外史新奇》十二卷，李清撰。《钦定续文献通考·经籍考》小说家类杂事之属著录。

26 《明代语林》十二卷，陈贞慧撰。《毗陵经籍志》子部小说家类著录。

27 《秋园杂佩》一卷，陈贞慧撰。《毗陵经籍志》子部小说家类著录。

28 《薛谐孟笔记》二卷，薛寀撰。《中国古籍总目》小说类文言之属、谢国桢《晚明史籍考》著录。

29 《烬宫遗录》二卷，佚名撰。《中国丛书综录》杂史类著录。

30 《说铃》一卷，汪琬撰。《郑堂读书记》卷六十五小说家类杂事之属著录。

31 《明朝怪异杂记》二卷，石鳞子述。《中国古籍总目》小说类文言之属著录。

32 《中州杂俎》三十五卷，汪价辑。《四库全书总目》地理类杂记之属著录。

33 《三侬赘人广自序》一卷，汪价撰。《中国丛书综录》小说家类著录。

34 《续高士传》五卷，高兆撰。《文瑞楼藏书目录》子部小说家类著录。

35 《东村汇略》，佚名（或为明末李呈祥撰）。未见著录。见《谀闻续笔》卷一。

36 《谀闻随笔》不分卷，张怡辑，顾谦录。《中国丛书综录》杂史类著录。

37 《谀闻续笔》四卷，张怡撰。《中国丛书综录》杂史类著录。

38 《玉光剑气集》三十卷，张怡撰。《（英廉奏）全毁书目》、《传是楼书目》史部、《中华大典·文献目录典·古籍目录分典》子部小说家类著录。

39 《野老漫录》一卷，佚名撰。《嘉业堂钞校本目录·天一阁藏书经见录》子部小说家类著录。

40 《坤舆外纪》一卷，南怀仁撰。《四库全书总目》史部地理类外纪之属著录。

41 《陶庵梦忆》八卷，张岱撰，王文诰评。《观古堂书目》小说家记载之属、《藏园订补邵亭知见传本书目》小说家类、《师石山房书目》小说家类杂事之属著录。

42 《快园道古》二十卷，张岱撰。《（乾隆）绍兴府志》卷七十八集部著录。

43 《西湖梦寻》五卷，张岱撰。《四库全书总目》史部地理类山川之属著录。

44 《夜航船》二十卷，张岱撰。《清史稿艺文志补编》子部小说家类、《（嘉庆）山阴县志》书籍部著录。

45 《春寒闲记》一卷，不题撰人。《四库全书总目》杂家类杂说之属著录。

46 《客途偶记》一卷，郑与侨撰。《四库全书总目》小说家类杂事之属著录。

47 《客途纪异》不分卷，郑与侨撰。《中国古籍总目》小说类文言之属著录。

48 《见闻续纪》二卷，郑与侨撰。《中国古籍总目》小说类文言之属著录。

49 《读史随笔》六卷，陈忱撰。《四库全书总目》小说家类杂事之属著录。

50 《不出户庭录》,陈忱撰。《(光绪)嘉兴府志》卷八十一小说家类著录。

51 《邛竹杖》七卷,施男撰。《四库全书总目》小说家类杂事之属著录。

52 《(补)明逸编》十卷,江有溶撰、邹统鲁补。《(光绪)湖南通志》小说家类杂事之属、《四库全书总目》小说家类杂事之属著录。

53 《闻见集》三卷,蔡宪陞撰。《四库全书总目》小说家类杂事之属著录。

54 《黔阳杂俎》,徐鹏抟撰。《(光绪)江西通志》卷一百六小说家类杂事之属著录。

55 《见闻辑略》,涂日章撰。《(光绪)江西通志》卷一百六小说家类杂事之属著录。

56 《原李耳载》二卷,李中馥撰。《中国丛书综录》小说家类、《山西大学线装书目录》小说家笔记类著录。

57 《牧斋迹略》,不著撰人。孙殿起《清代禁书知见录》、谢国桢《晚明史籍考》、《江苏地方文献书目》著录。

58 《虞山杂志》一卷,佚名撰。《江苏地方文献书目》著录。

59 《冥报录》二卷,陆圻撰。《四库全书总目》小说家类异闻之属著录。

60 《州志丛谈》,陆圻撰。《管庭芬日记》著录。

61 《纤言》三卷,陆圻撰。《中国丛书综录》杂史类琐记之属著录。

62 《江樵杂录》四卷、《壮非琐言》五卷,丁文策撰。《(光绪)杭州府志·艺文志》子部小说家类著录。

63 《科名炯鉴》无卷数,陈云骏撰。《(光绪)杭州府志·艺文志》子部小说家类著录。王璜亦有《科名炯鉴》。

64 《闻见录》不分卷,袁文超撰。《福建艺文志》存目子部小说家类著录。

65 《诸皋广志》一卷,徐芳撰。《八千卷楼书目》小说家著录。

66 《藏山稿外编》不分卷,徐芳撰。《八千卷楼书目》小说家类著录。

67 《宣斋随笔》《芥园实录》,劳大舆撰。《(光绪)嘉兴府志》卷八十一小说家类著录。

68 《雷谱》一卷,金侃撰。《四库全书总目》小说家类异闻之属、《藏园订补郘亭知见传本书目》杂家类著录。

69 《虞谐志》一卷,尚湖渔父撰。《中国丛书综录》小说家类、《中国古籍总目》小说类文言之属著录。

70 《香天谈薮》一卷,吴雷发撰。《八千卷楼书目》小说家著录。

71 《张氏卮言》一卷,张元赓撰。《八千卷楼书目》子部小说家著录。

72 《说梦》二卷,曹家驹撰。《中国丛书综录》杂史类著录。

73 《廛余》一卷,曹宗璠撰。《八千卷楼书目》子部小说家著录。

74 《恸余杂记》一卷,史惇撰。未见著录。野史笔记之类。

75 《瘏言》一编,颜象龙撰。《(光绪)江西通志》卷一百六小说家类杂事之属著录。

76 《南中杂说》一卷,刘昆撰。《(光绪)江西通志》卷一百六小说家类杂事之属著录。

77 《谈往》二卷、补遗一卷,又名《花村谈往》《谈往录》,题花村看行侍者撰。《中国丛书综录》杂史类著录。

78 《惕斋见闻录》一卷,苏瀜撰。《中国丛书综录》杂史类著录。

79 《厝亭杂记》一卷,虞山赵某撰。《"国立中央图书馆"善本书目初编》小说家类笔记之属著录。

80 《旅滇闻见随笔》一卷,佚名撰。谢国桢《晚明史籍考》著录。

81 《蠡海猥谈》四卷,李铨撰。《(光绪)安徽通志》卷三百四十二小说家类著录。

82 《休夏篇》,余顺明撰。《(宣统)湖北通志》小说家类杂事之属著录。

83 《榆收记》,龙纳铭撰。《(宣统)湖北通志》小说家类杂事之属著录。

84 《菊庐快书》,杨继经撰。《(宣统)湖北通志》小说家类杂事之属著录。

85 《清湖放言》,刘继昌撰。《(宣统)湖北通志》小说家类杂事之属著录。

86 《襄阳遗话》,凌哲撰。《(宣统)湖北通志》小说家类杂事之属著录。

87 《枕略》,樊齐敏撰。《(宣统)湖北通志》小说家类杂事之属著录。

88 《高斋展谑》,李见瑷撰。《(宣统)湖北通志》小说家类琐语之属著录。

89 《长平小史》、《纶城稗史》一卷、《箕城杂记》、《沙随寄寄楼中语》二卷,金阙飔撰。民国《河南通志》小说类杂事之属著录。

90 《随园随笔》,平志奇撰。民国《河南通志》小说类杂事之属著录。

91 《四竹堂记异》二百四十卷,赵映乘撰。民国《河南通志》小说类异闻之属著录。

92 《新安外史》,许楚撰。民国《安徽通志稿》小说家类叙述杂事之属著录。

93 《挥暑清谈》,张道浞撰。《(光绪)山西通志》小说家类杂事之属著录。

94 《梅窗小史》,成晋徵撰。《(宣统)山东通志》小说家类杂事之属著录。

95 《笔录》,朱龙光撰。《(宣统)山东通志》小说家类杂事之属著录。

96 《奇报录》,陈益修撰。《(宣统)山东通志》小说家类异闻之属著录。

97 《生生果同善录》,阮述芳撰。《(宣统)山东通志》小说家类异闻之属著录。

98 《五陵源记》,史褒明撰。《(宣统)山东通志》小说家类琐语之属著录。

99 《梦余录》,于起泮撰。《(宣统)山东通志》小说家类琐语之属著录。

100 《北窗清言》,吴道焕撰。《(宣统)山东通志》小说家类琐语之属著录。
101 《七松游》,范光文撰。张寿镛《四明经籍志》子部十二小说类著录。
102 《续世说新语》,李诒嗣撰。孙诒让《温州经籍志》卷十八小说家类琐语之属著录,一名《补世说》。
103 《客言》,何纮度撰。吴兴刘氏嘉业堂抄本《台州经籍考》小说类著录。
104 《心斋逸谈》,何纮度撰。吴兴刘氏嘉业堂抄本《台州经籍考》小说类著录。
105 《枝谈集》一卷,李际时撰。吴兴刘氏嘉业堂抄本《台州经籍考》小说类著录。
106 《桑绸汇纪》三卷,原良撰。《(康熙)西江志经籍志》杂类说部著录。
107 《榆溪外纪》、《雨秭新沤》一卷,徐世溥撰。《(康熙)西江志经籍志》杂类说部著录。
108 《无名高士传》,甘京辑。《(康熙)西江志经籍志》杂类说部著录。
109 《怪山谈录》,王猷定撰。《(康熙)西江志经籍志》杂类说部著录。
110 《山居笔语》,李曰涤撰。《(康熙)西江志经籍志》杂类说部著录。
111 《续高士传》,谢适撰。《(康熙)西江志经籍志》杂类说部著录。
112 《有用录》,曾曰都撰。《(康熙)西江志经籍志》杂类说部著录。
113 《读书摘疑录》二卷,尹当世撰。《(康熙)西江志经籍志》说部类著录。
114 《胭脂纪事》一卷,伍端龙撰。《八千卷楼书目》小说类琐语之属著录。
115 《操觚十六观》一卷,陈鉴撰。《五万卷阁书目记》小说家类著录。
116 《东皋杂记》,佚名撰。《浙江采集遗书总录》说家类、《四库全书总目》杂家类杂考之属著录。
117 《谷水谈林》六卷,胡夏客撰。《传是楼书目》小说家类著录。
118 《三余漫笔》,顾万祺撰。《传是楼书目》小说家类著录。
119 《酒史二编》,佚名撰。《文瑞楼藏书目录》子类小说家著录。
120 《明遗事》三卷,佚名撰。《钦定续文献通考·经籍考》小说家类杂事之属、《四库全书总目》小说家类杂事之属著录。
121 《安邑性宗》《绛阳正传》,田云撰。《(雍正)山西通志》杂类说部著录。
122 《随见录》,屈擢升撰。《(雍正)山西通志》杂类说部著录。
123 《希贤录》,周启撰。《(雍正)山西通志》杂类说部著录。
124 《日新编》,王之旦撰。《(雍正)山西通志》杂类说部著录。
125 《药言》,王大作撰。《(雍正)山西通志》杂类说部著录。
126 《冰壑全书》,党成撰。《(雍正)山西通志》杂类说部著录。
127 《寒窗清纪》《秉烛游》,左光图撰。《(雍正)山西通志》杂类说部著录。

128 《正续云谷卧余》二十八卷,张习孔撰。《(嘉庆)重修扬州府志》子部杂家小说类、《文瑞楼藏书目录》子类小说家、《四库全书总目》杂家类著录。

129 《先朝遗事》一卷,程正揆撰。《竹崦庵传抄书目》子部小说家类著录。

130 《春明梦余录》七十卷,孙承泽撰。《四库全书荟要总目》史部地理类、《四库全书总目》子部杂家类杂说之属、《书目答问》史部杂史类琐记之属著录。

131 《山志》十八卷,孙承泽撰。《四库全书总目》杂家类杂说之属著录。

132 《趋庭述训》、《枕函待问》、《北醒语》、《蜗亭杂订》十卷、《壶天暇笔》十卷、《续笔》二卷、《四笔》十卷、《古今青白眼》三卷、《谈骚瘖语》、《坦庵琐笔》四卷、《客斋余话》五卷、《谈经笥》八卷、《在兹录》四十卷、《宝俭小言》六卷、《叙书说》二卷、《禽愧录》五卷、《文字戏言》十卷、《宫闱装饰》五卷、《指本遗编》六卷、《吉凶影响》八卷,徐石麒撰。《(嘉庆)重修扬州府志》子部杂家小说类著录。

133 《芸斋图骏清言》八卷,汤有庆撰。《中国古籍总目》小说类文言之属著录。

134 《昭阳梦史》一卷,董说撰。《清史稿艺文志拾遗》小说家类杂录之属著录。

135 《稗传汇编》八卷附余二卷,题玉峰自宽居士编次。《清史稿艺文志拾遗》小说家类杂录之属著录。

136 《房陵杂记》,许汝梅撰。《(光绪)黄州府志》子部十一小说家类、《(宣统)湖北通志》小说家类杂事之属著录。

137 《离离录》一卷,吴非撰。《(光绪)重修安徽通志》小说类著录。

138 《虫弋》十八卷,吴非撰。《(光绪)重修安徽通志》小说类著录。

139 《梦史》二十卷,吴非撰。《(光绪)重修安徽通志》小说类著录。

140 《山居纪异》,陈述知撰。《(宣统)湖北通志》小说家类异闻之属著录。

141 《尚友堂随笔》,夏洪基撰。《(嘉庆)重修扬州府志》子部杂家小说类著录。

142 《笔史》二卷,杨忍本撰。《四库全书总目》小说家类琐语之属著录。

康　熙

1 《罍庵杂述》二卷附录一卷,朱朝瑛撰。《培林堂书目》子部小说家、《四库全书总目》子部儒家类著录。

2 《浮生闻见录》不分卷,沈谦撰。上海图书馆古籍书目杂家类著录。

3 《宁古塔志》一卷,方拱乾撰。《八千卷楼书目》史部地理类边防之属著录。

4 《五石瓠》六卷,刘銮撰。《藏园订补郘亭知见传本书目》杂家类著录。

5 《息斋藏书》十二卷,裴希度撰。《(雍正)山西通志》杂类说部、《清史稿·艺文志》杂家类杂学之属著录。

6 《学言》二卷续一卷,白孕谦撰。《(雍正)山西通志》杂类说部著录。

7 《又何轩杂记》,曹申吉撰。未见著录,张贞《渠丘耳梦录》丁集辑录《箕仙》一则。

8 《澹余笔记》一卷,曹申吉撰。《中国丛书综录》史部掌故琐记之属著录。

9 《岛居随录》二卷,卢若腾撰。《中国丛书综录》小说家类著录。

10 《庭闻州世说》六卷,宫伟镠撰。《四库全书总目》小说家类杂事之属著录。

11 《研堂见闻杂记》不分卷,一名《研堂见闻杂录》,王家桢撰。《中国丛书综录》杂史类著录。

12 《甲申朝事小纪》四编四十卷,抱阳生(王朝)辑。谢国桢《晚明史籍考》著录。

13 《三成堂家训》,邹互初撰。《(光绪)黄州府志》小说家类著录。

14 《粤述》一卷,闵叙撰。《(嘉庆)广西通志·艺文略》杂志类、《八千卷楼书目》卷八史部地理类著录。

15 《啬庵随笔》六卷卷末一卷,陆文衡撰。《藏园订补郘亭知见传本书目》杂家类、谢国桢《晚明史籍考》著录。

16 《五茸志逸》四卷补四卷,吴履震撰。《郑堂读书记》卷六十五小说家类杂事之属著录。

17 《山海经广注》十八卷,吴任臣撰。《四库全书总目》小说家类异闻之属著录。

18 《顾氏闻见录》,顾如华撰。《(宣统)湖北通志》小说家类杂事之属著录。

19 《古笑史》三十四卷,旧题李渔撰。《清史稿·艺文志》小说家类、《八千卷楼书目》小说家类著录。

20 《客舍偶闻》一卷,彭孙贻撰。《竹崦庵传抄书目》小说家类、《中国丛书综录》小说家类著录。

21 《茗斋杂记》一卷,彭孙贻撰。《(雍正)浙江通志》卷二百四十六子部小说家类著录。

22 《宋稗类钞》八卷,潘永因辑。《四库全书总目》子部类书类、《中国古籍善本书目》杂家类杂记之属著录。《传是楼书目》小说家类著录作李宗孔辑。
23 《续书堂明稗类钞》十六卷,潘永因辑。武立新《明清稀见史籍叙录》、谢国桢《晚明史籍考》著录。
24 《蚓庵琐语》一卷,王逋撰。《四库全书总目》小说家类异闻之属著录。
25 《雪堂墨品》一卷,张仁熙撰。《中山大学图书馆古籍善本书目》小说类杂事之属著录。
26 《蒋说》二卷,蒋超撰。《四库全书总目》杂家类杂说之属著录。
27 《妇人集》一卷,陈维崧撰。《观古堂藏书目》小说家记载之属著录。
28 《现果随录》一卷,戒显撰。《存素堂书目》性学类、《四库全书总目》释家类著录。
29 《活阎罗断案》十六卷,李长科撰。《八千卷楼书目》小说家类著录。
30 《蒿庵闲话》二卷,张尔岐撰。《四库全书总目》杂家类著录。
31 《朱鸟逸史》六十余卷,王士禄辑。未见著录。王渔洋《与张潮》信札云此书为"先长兄西樵所著说部数种"之一。
32 《闺阁语林》不分卷,王士禄撰。《(宣统)山东通志》小说家类杂事之属著录。
33 《浔阳跖醢》六卷,文行远撰。《四库全书总目》地理类杂记之属著录。
34 《海表奇观》八卷,牛天宿撰。《四库全书总目》史部地理类杂记之属著录。
35 《稗说》四卷,宋起凤撰。《中国古代小说总目》著录。
36 《仁恕堂笔记》三卷,黎士弘撰。《藏园订补邵亭知见传本书目》杂家类、《传是楼书目》小说家类著录。
37 《颜山杂记》四卷,孙廷铨撰。《四库全书总目》地理类杂记之属著录。
38 《平圃杂记》一卷、附《中书述》《督捕述》,张宸撰。《中国丛书综录》杂史类著录。
39 《渌水亭杂识》四卷,纳兰容若撰。谭宗浚《皇朝艺文志》小说家类、《八千卷楼书目》子部杂家类著录。
40 《容膝录》六卷,葛芝撰。《传是楼书目》小说家类、《四库全书总目》子部杂家类著录。
41 《三冈识略》十卷、《补遗》十卷、《续识略》二卷、《补遗》一卷,董含撰。《藏园订补邵亭知见传本书目》杂家类、《中国丛书综录》小说家类著录。
42 《明世说》,史以明撰。《(宣统)山东通志》小说家类杂事之属著录。
43 《明世说》二十四卷,陈衍虞撰。《传是楼书目》小说家类、《(光绪)海阳县志》卷二十九小说类著录。

44 《聊斋志异》十六卷,蒲松龄撰。《八千卷楼书目》小说家类、《郑堂读书记补逸》小说家类著录。

45 《聊斋笔记》二卷,蒲松龄撰。《贩书偶记续编》卷十二小说家类、《清史稿艺文志拾遗》子部杂家类杂记之属著录。

46 《钝吟杂录》十卷,冯班撰。《传是楼书目》小说家类、《四库全书总目》杂家类杂编之属、《书目答问》小说家类著录。

47 《松下杂钞》二卷,佚名撰。谢国桢《晚明史籍考》、《中国丛书综录》小说家类著录。

48 《闽中纪略》一卷,许旭撰。《八千卷楼书目》史部地理类、《中国丛书综录》杂史类著录。

49 《阴行录》,许全可撰。民国《杭州府志》卷八十七《艺文》史部类著录。

50 《稗史》四卷、《续编》四卷,吴翔凤撰。《中国古籍善本总目》小说家类杂事之属著录。

51 《荆园小语》一卷,申涵光撰。《传是楼书目》小说家类、《八千卷楼书目》杂家类著录。

52 《明语林》十四卷,吴肃公撰。《四库全书总目》小说家类杂事之属、《中国丛书综录》杂史类著录。

53 《阐义》二十二卷,吴肃公辑。《中国古籍善本书目》杂家类杂记之属著录。

54 《杨监笔记》一卷,杨德泽撰。《中国丛书综录》杂史类著录。

55 《客窗涉笔》,佚名撰。本书未见著录。张潮《虞初新志》辑录三则。

56 《谵妄杂述》三卷,熊奕久撰。民国《河南通志》小说类异闻之属著录。

57 《琐记》二十卷,任枫撰。民国《河南通志》小说类琐记之属著录。

58 《续鹤林玉露》,杨郁林撰。民国《福建通志附录》小说家类杂事之属著录。

59 《随笔录》,苏燮国撰。民国《福建通志附录》小说家类杂事之属著录。

60 《永江纪日》一卷,黄中通撰。民国《福建通志附录》小说家类杂事之属著录。

61 《寓庵琐记》,徐中恒撰。民国《福建通志附录》小说家类杂事之属著录。

62 《四明龙荟》一卷,闻性道撰。《(雍正)浙江通志》地理类山川之属、《四库全书总目》小说家类异闻之属、孙诒让《温州经籍志》卷十八小说家类琐语之属著录。

63 《劝善录》,吴初观撰。孙诒让《温州经籍志》卷十八小说家类琐语之属著录。

64 《泮宫纪略》，李如玉撰。孙诒让《温州经籍志》卷十八小说家类琐语之属著录。

65 《幻影论年》，陈翰邦撰。孙诒让《温州经籍志》卷十八小说家类琐语之属著录。

66 《古今第一流人物图志》，毛留业撰。《清代毗陵书目》小说家类著录。

67 《黄山纪游》，庄同生撰。《清代毗陵书目》小说家类著录。

68 《妒史》十四卷，庄同生撰。《(光绪)武进阳湖县志》卷二十八小说家类著录。

69 《日录》三卷，魏禧撰。《(康熙)西江志经籍志》杂类说部著录。

70 《秘藻集》五卷，许纳陛、沙钟珍同纂。《文瑞楼藏书目录》子类小说家著录。

71 《仙云碎影》一卷、《东窗漫话》一卷、《三畷遗叟杂记》一卷，李绮撰。《(同治)徐州府志》杂家小说类著录。

72 《月查小品》二卷，严允弘撰。《中国古籍总目》小说类文言之属著录。

73 《古今释疑》十八卷，方中履撰。《文瑞楼藏书目录》子类小说家、《四库全书总目》杂家类著录。

74 《谲觚》一卷，顾炎武撰。《清史稿·艺文志》小说家类、《四库全书总目》及《郑堂读书记》卷十八地理类杂记之属著录。

75 《日知录》三十二卷，顾炎武撰。《文瑞楼藏书目录》子类小说家、《楝亭书目》说部类、《好古堂书目》杂家类著录。

76 《倘湖樵书》初编六卷、二编六卷，来集之辑。《(雍正)浙江通志》卷二百四十六子部小说家类、《四库全书总目》杂家类著录。

77 《博学汇书》初编六卷、二编六卷，来集之纂。《传是楼书目》小说家类、《四库全书总目》杂家类著录。

78 《耳书》一卷，佟世思撰。《中国丛书综录》小说家类著录。

79 《鲊话》一卷，佟世思撰。《天咫偶文》卷五子部、《八千卷楼书目》集部著录。

80 《果报闻见录》一卷，杨式傅撰。或作杨式传。《四库全书总目》小说家类异闻之属著录。

81 《嗒史》一卷，王炜撰。《八千卷楼书目》小说家类著录。

82 《今世说》八卷，王晫撰。《郑堂读书记》卷六十五小说家类杂事之属著录。

83 《今世说补》不分卷，王晫撰。《中国古籍总目》小说类文言之属著录。

84 《快说续记》一卷，王晫撰。《中国丛书综录》小说家类著录。

85 《广闻录》八卷，王晫撰。《中国古籍善本书目》小说家类异闻之属著录。

86 《得闲录》七卷,王晫撰。《郑堂读书记补逸》卷二十八小说家类琐语之属著录。

87 《丹麓杂著十种》十卷,王晫撰。《四库全书总目》杂家类杂编之属著录。

88 《矩斋杂记》二卷,施闰章撰。《四库全书总目》小说家类异闻之属著录。

89 《施氏家风述略》一卷,施闰章撰。丁日昌《持静斋书目·续增》小说家类著录。

90 《皋兰载笔》二卷,陈奕禧撰。《(雍正)浙江通志》小说家、民国《杭州府志》卷八十九子部类著录。

91 《见闻录》四卷,徐岳撰。《四库全书总目》小说家类异闻之属著录。

92 《吴鳑放言》一卷,吴庄撰,汪价评。《八千卷楼书目》小说家类、民国《吴县志》卷第五十六下《艺文考》著录。

93 《日下旧闻》四十二卷,朱彝尊辑。《文瑞楼藏书目录》子类小说家、《八千卷楼书目》史部地理类著录。

94 《粤西偶记》一卷,陆祚蕃撰。《八千卷楼书目》史部地理类、《(嘉庆)广西通志·艺文略》杂志类著录。

95 《西斋杂记》,韩泳撰。《(宣统)山东通志》小说家类杂事之属著录。

96 《匡林》二卷,毛先舒撰。《(雍正)浙江通志》小说家、《四库全书总目》杂家类杂说之属著录。

97 《洱海丛谈》一卷,释同揆撰。《四库全书总目》史部地理类著录。

98 《遣愁集》十四卷,张贵胜纂辑。《中国古籍总目》小说类文言之属著录。

99 《湖壖杂记》一卷,陆次云撰。《(雍正)浙江通志》卷二百五十四史部地理类著录。

100 《大有奇书》二卷,陆次云纂辑。《中国丛书综录》小说家类著录。

101 《八纮荒史》一卷,陆次云撰。《四库全书总目》地理类外纪之属著录。

102 《北墅奇书》,陆次云撰。本书未见著录。张潮《虞初新志》辑录七则。

103 《北墅绪言》五卷,陆次云撰。谭宗浚《皇朝艺文志》小说家类、民国《杭州府志》史部地理类及集部著录。

104 《阅世编》十卷,叶梦珠撰。《(嘉庆)松江府志》杂家类、同治《上海县志》传记类、《中国丛书综录》史部地理类著录。

105 《续编绥寇纪略》五卷,叶梦珠辑。《中国丛书综录》史部杂史类著录。

106 《改虫斋杂疏》三卷,高殿云撰。谭宗浚《皇朝艺文志》小说家类、《(光绪)湖南通志》之《艺文》子部小说家类异闻之属著录。

107 《据梧丛说》一卷,王修玉撰。谭宗浚《皇朝艺文志》小说家类著录。

108 《艮斋杂说》十卷,尤侗撰。《清史稿·艺文志》杂家类杂说之属著录。

109 《五九枝谈》一卷,尤侗撰。陈诒绂《江苏通志·艺文志》子部补编小说家著录。

110 《美人判》一卷,尤侗撰。《中国丛书综录》小说家类著录。

111 《挺秀丛谈》八卷,旧题尤侗撰。《郑堂读书记补逸》杂家类杂纂之属著录。

112 《记训存赏》,薛棻撰。《(宣统)山东通志》小说家类异闻之属著录。

113 《天禄识余》两卷,高士奇撰。《楝亭书目》说部类、《四库总目全书》杂家类杂考之属、《贩书偶记续编》杂家类、《中国丛书综录》小说家类著录。

114 《北墅抱瓮录》一卷,高士奇撰。《(雍正)浙江通志》卷二百四十六子部小说家类、《四库全书总目》子部谱录类著录。

115 《柘西闲居录》八卷,高士奇撰。《(雍正)浙江通志》卷二百四十六子部小说家类、谭宗浚《皇朝艺文志》小说家类著录。

116 《读书笔记》十二卷,高士奇撰。《(雍正)浙江通志》卷二百四十六子部小说家类著录。

117 《皇华纪闻》四卷,王士禛撰。《四库全书总目》小说家类杂事之属著录。

118 《池北偶谈》二十六卷,王士禛撰。《四库全书总目》杂家类杂说之属、《观古堂藏书目》子部小说类著录。

119 《陇蜀余闻》一卷,王士禛撰。《四库全书总目》小说家类杂事之属著录。

120 《古欢录》八卷,王士禛辑。《楝亭书目》说部类、《四库全书总目》史部传记类总录之属著录。

121 《居易录》三十四卷,王士禛撰。《四库全书总目》杂家类杂说之属、《观古堂藏书目》子部小说家类记载之属、《孙氏祠堂书目》第十二说部类著录。

122 《香祖笔记》十二卷,王士禛撰。《四库全书总目》杂家类杂说之属、《观古堂藏书目》子部小说类著录。

123 《古夫于亭杂录》六卷,王士禛撰。《四库全书总目》杂家类杂说之属、《观古堂藏书目》小说家类著录。

124 《分甘余话》四卷,王士禛撰。《四库全书总目》杂家类杂说之属、《观古堂藏书目》小说家著录。

125 《因话录》四卷,蒋如馨撰。《(光绪)嘉兴府志》卷八十一小说家类、《传书堂藏善本书志》子部杂家类著录。

126 《艮斋笔记》八卷,李澄中撰。《清史稿艺文志拾遗》杂家类著录。

127 《广孤树裒谈》二十五卷,佚名辑。民国《福建通志》小说家类、《千顷堂书目》史部别史类著录。民国《福建艺文志》云"晋江黄虞稷著"。

128 《述异记》三卷,东轩主人撰。《四库全书总目》小说家类异闻之属著录。

129 《忧庵集》不分卷,戴名世撰。未见著录。

130 《孑遗录》一卷,戴名世撰。民国《安徽通志稿》小说家类著录。

131 《留溪外传》十八卷,陈鼎撰。《四库全书总目》传记类总录之属著录。

132 《蛇谱》一卷,陈鼎撰。《毗陵经籍志》子部小说家类、《四库全书总目》子部谱录类草木鸟兽虫鱼之属著录。

133 《疑闻略》,周初基撰。《毗陵经籍志》子部小说家类、《(乾隆)江南通志》子部杂说类著录。

134 《东皋诗话》一卷,杨大鲲撰。《毗陵经籍志》子部小说家类著录。

135 《逸林》一卷,许维梃撰。《毗陵经籍志》子部小说家类著录。

136 《耕余笔志》一卷,任赟撰。《毗陵经籍志》子部小说家类、《(乾隆)江南通志》子部杂说类著录。

137 《影梅庵忆语》一卷,冒襄撰。《八千卷楼书目》小说家类著录。

138 《板桥杂记》三卷,余怀撰。《四库全书总目》小说家类琐语之属著录。

139 《东山谈苑》八卷,余怀撰。莫友芝《藏园订补郘亭知见传本书目》杂家类著录。

140 《岭南风物记》一卷,题吴绮撰。《四库全书总目》地理类杂记之属著录。

141 《史异纂》十六卷,傅燮詷纂。《四库全书总目》小说家类异闻之属著录。

142 《有明异丛》十卷,傅燮詷辑。《四库全书总目》小说家类异闻之属著录。

143 《皋庑卮言》,沈昊初撰。《(光绪)松江府续志》卷三十七小说家类著录。

144 《檀几丛书》五十卷,张潮、王晫辑。《文瑞楼藏书目录》子类小说家、《(乾隆)江南通志》子部杂说类、《四库全书总目》杂家类、《(嘉庆)扬州府志》子部杂家小说类著录。

145 《啸虹笔记》,汪灏撰。本书未见著录。张潮《虞初新志》辑录一则。

146 《柳轩丛谈》,佚名撰。本书未见著录。张潮《虞初新志》辑录有一则。

147 《讱庵偶笔》,汪端撰。汪端事迹不详。本书未见著录。张潮《虞初新志》辑录五则。

148 《谈虎》一卷,赵彪诏撰。《毗陵经籍志》子部小说家类、《清史稿·艺文志》谱录类著录。

149 《说蛇》一卷,赵彪诏撰。《毗陵经籍志》子部小说家类、《中国丛书综录》农家类著录。

150 《神话》《鬼话》,赵彪诏撰。《毗陵经籍志》子部小说家类著录。

151 《广东新语》二十八卷,屈大均撰。《八千卷楼书目》史部地理类、《中国科学院图书馆藏中文古籍善本书目》史部地理类著录。

152 《心斋杂俎》不分卷、《笔歌》一卷,张潮撰。《(嘉庆)扬州府志》子部杂家小说类、《郑堂读书记补逸》小说家类琐语之属著录。

153 《幽梦影》二卷,张潮撰。《丛书集成续编》小说杂录之属收录。

154 《虞初新志》二十卷,张潮撰,张潮评。《(光绪)重修安徽通志》小说类著录。

155 《寄园寄所寄》十二卷,赵吉士辑。《四库全书总目》杂家类杂纂之属、《(乾隆)杭州府志》小说家类著录。

156 《残麓故事》一卷,香谷氏撰。朱一玄、宁稼雨《中国古代小说总目提要》著录。

157 《熙怡录》一卷,戴束撰。《中国丛书综录》小说家类著录。

158 《石里杂识》一卷,张尚瑗撰。《中国丛书综录》小说家类著录。

159 《昭代丛书》甲乙丙三集一百五十卷,张潮、张渐辑。《(乾隆)江南通志》杂说类、《四库全书总目》杂家类杂编之属著录。

160 《养疴客谈》一卷,近鲁草堂主人撰。《中国丛书综录》小说家类著录。

161 《豆区八友传》一卷,王蓍撰。《四库全书总目》小说家类琐语之属著录。

162 《信征录》一卷,徐庆辑。《四库全书总目》小说家类异闻之属著录。

163 《广陵香影录》三卷,徐凤采撰。《贩书偶记》小说家类著录。

164 《觚賸》八卷续编四卷,钮琇辑。《四库全书总目》小说家类异闻之属著录。

165 《天香楼偶得》一卷,俞兆潆撰。《浙江采集遗书总录》说家类、《中国丛书综录》小说家类著录。

166 《谈助》一卷,王崇简撰。《中国丛书综录》小说家类著录。

167 《南吴旧话录》二十四卷,李延昰撰。《中国古代小说总目》著录。

168 《簪云楼杂记》一卷,陈尚古撰。《四库全书总目》小说家类异闻之属著录。

169 《旷园杂志》二卷,吴陈琰撰。《(雍正)浙江通志》子部小说家类、《(乾隆)杭州府志艺文志》杂家类、《四库全书总目》小说家类异闻之属著录。

170 《刘继庄先生广阳杂记》五卷,刘献廷撰。《藏园订补邵亭知见传本书目》杂家类著录。

171 《瓯江逸志》一卷,劳大舆撰。《四库全书总目》史部地理类杂记之属著录。

172 《博庵杂记》,李克广撰。民国《河南通志》小说类杂事之属著录。

173 《访桃记事》,宋生撰。民国《河南通志》小说类杂事之属著录。

174 《汴梁野乘》八卷,周在浚撰。民国《河南通志》小说类杂事之属著录。

175 《问树轩丛谈》,毕曰澪撰。《(宣统)山东通志》小说家类杂事之属著录。

176 《见闻前后二集》《拾遗集》,张有光撰。《(嘉庆)四川通志》小说家类著录。

177 《闻见杂录》不分卷,柴桑撰。《中国丛书综录》子部杂学类著录。

178 《青社遗闻》四卷,安志远撰。《山东文献书目》子部杂家类著录。

179 《蜀都碎事》四卷、《艺文补遗》二卷,陈祥裔撰。《四库全书总目》地理类杂记之属著录。

180 《自知录》二卷,陆毅撰。《贩书偶记续编》杂家类著录。

181 《坚瓠集》四十卷、续集四卷、广集六卷、补集六卷、秘集六卷、余集四卷,褚人获辑。《八千卷楼书目》小说家、《清史稿·艺文志》小说家类著录。

182 《己畦琐语》一卷,叶燮撰。《八千卷楼书目》小说家类著录。

183 《暑窗臆说》二卷,王钺纂。《四库全书总目》小说家类杂说之属著录。

184 《海沤小谱》一卷,赵执信撰。《八千卷楼书目》小说家、《中国丛书综录》小说家类著录。

185 《漫游小钞》《述异续记》,魏坤撰。《西谛藏书善本书目》著录。

186 《耳录》,朱缃撰。未见著录,《聊斋志异》之《司训》《嘉平公子》附录引用之。

187 《瀛山笔记》二卷,黄士壎撰。《贩书偶记》杂家类著录,题"瀛仙笔记",误。

188 《说铃前后集》,吴震方辑。《(雍正)浙江通志》小说家类著录。

189 《岭南杂记》二卷,吴震方撰。《四库全书总目》地理类杂记之属著录。

190 《东轩晚语》一卷,吴震方撰。谭宗浚《皇朝艺文志》小说家类、《(光绪)湖南通志》之《艺文》子部小说家类异闻之属著录。

191 《衔恤录》,黄百学撰。《培林堂书目》子部小说家类著录。

192 《筼廊偶笔》二卷、《筼廊二笔》二卷,宋荦撰。《四库全书总目》杂家类、《郑堂读书记》卷五十七杂家类杂说之属、《中国丛书综录》小说家类著录。

193 《柳边纪略》五卷，杨宾撰。《清史稿艺文志补编》史部地理类著录。

194 《见闻记忆录》五卷，余国桢撰。《四库全书总目》子部杂家类著录。《四库全书存目丛书》影印浙江图书馆藏康熙四十七年刻本。

195 《渠丘耳梦录》四集，张贞撰。《藏园订补郘亭知见传本书目》小说家类著录。

196 《蓉槎蠡说》十二卷，程哲撰。《文瑞楼藏书目录》子类小说家、《四库全书总目》杂家类杂说之属、《宝闲斋书目》小说类著录。

197 《枝语》二卷，孙之騄撰。《四库全书总目》杂家类杂说之说著录。

198 《晴川蟹录》四卷、《后录》四卷、《续录》一卷，孙之騄撰。《文瑞楼藏书目录》子类小说家著录。

199 《二申野录》八卷，孙之騄辑。《四库全书总目》史部杂史类著录。

200 《山斋客谭》八卷，景星杓撰。《(乾隆)杭州府志》小说家类著录。

201 《鄂署杂抄》十二卷卷首一卷卷末一卷，汪为熹撰。《四库全书总目》小说家类异闻之属著录。

202 《燕在阁知新录》三十二卷，王棠撰。《四库全书总目》杂家类杂考之属、民国《安徽通志稿》小说家类缀辑琐语之属著录。

203 《世说新语解》，王棠撰。民国《安徽通志稿》小说家类叙述杂事之属著录。

204 《东山外纪》二卷，周骧、刘振麟辑，高骏发评。《大通楼藏书目录》小说家类琐语之属著录。

205 《二楼纪略》四卷，佟赋伟撰。《四库全书总目》杂家类杂说之属著录。

206 《拾籜余闲》一卷，孔毓埏撰。《续修四库全书杂家类提要》著录。

207 《识小录》一卷，蒋鸿翮撰。《清代毗陵书目》小说家类著录。

208 《寒塘诗话》一卷，蒋鸿翮撰。《毗陵经籍志》子部小说家类著录。

209 《见闻杂记》一卷，蒋锡震撰。《毗陵经籍志》子部小说家类著录。

210 《辽左见闻录》不分卷，王一元撰。谢国桢《江浙访书记》著录。

211 《春霖话异》二十八卷，廖其义撰。民国《福建通志附录》小说家类异闻之属著录。

212 《阴德报应录》，朱邦定撰。民国《福建通志附录》小说家类异闻之属著录。

213 《岭海见闻》四卷，钱以垲撰。《(光绪)广州府志》卷九十二小说家类、《四库全书总目》地理类杂记之属著录。

214 《素岩杂著》四卷，梅廷对撰。《(光绪)江西通志》卷一百六小说家类杂事之属著录。

215 《宦迹纪略》,甘汝来撰。《(光绪)江西通志》卷一百六小说家类杂事之属著录。

216 《梓里甘闻》六卷,《卓弗查言》六卷,柯浚撰。吴兴刘氏嘉业堂抄本《台州经籍考》小说类著录。

217 《见闻纪异》,陈藻撰。吴兴刘氏嘉业堂抄本《台州经籍考》小说类、光绪《天台志》艺文类著录。

218 《簿余随笔》《游屐纪略》,王盛德撰。《永州府志》卷九下小说家类著录。

219 《敬事斋记》二卷,《杂著》一卷,邹管撰。《(光绪)江西通志》卷一百六小说家类杂事之属著录。

220 《螺室谈屑》,李管朗撰。此书未见著录,《五山志林》卷七《辨物》辑录一则。

221 《太平广记节要》十卷,陶作楫辑。《(乾隆)绍兴府志》卷七十八小说家类著录,

222 《春树闲钞》二卷,顾嗣立撰。《中国丛书综录》小说家类著录。

223 《半庵笑政》一卷,陈皋谟纂辑。《中国丛书综录》小说家类著录。

224 《笑倒》,陈皋谟撰。《中国丛书综录》小说家类著录。

225 《一夕话》,咄咄夫辑。《鸣野山房书目》稗家类著录。

226 《过庭纪余》三卷,陶越撰。《四库全书总目》小说家类杂事之属收录。

227 《禾中灾异录》一卷,陶越辑录。《八千卷楼书目》小说家类、谢国桢《晚明史籍考》著录。

228 《琐闻录》一卷、《别录》一卷,宋直方撰。《中国丛书综录》杂史类著录。

229 《汉世说》十四卷,章抚功辑。《四库全书总目》小说家类杂事之属著录。

230 《秋谷杂编》三卷,金维宁撰。《浙江采集遗书总录》说家类、《四库全书总目》小说家类杂事之属著录。

231 《西河杂笺》一卷,毛奇龄撰。《八千卷楼书目》小说家类著录。

232 《武宗外纪》一卷,毛奇龄撰。《四库全书总目》杂史类著录。

233 《越语肯綮录》一卷,毛奇龄撰。《观古堂书目》小说家类、《四库全书总目》经部小学类训诂之属著录。

234 《客窗摘览》一卷,黄镳撰。《八千卷楼书目》小说家类著录。

235 《客窗偶谈》一卷,陈僖撰。《八千卷楼书目》小说家类著录。

236 《秋灯录》不分卷,沈元钦撰。《中国丛书综录》杂史类著录。

237 《续太平广记》八卷,陆寿名辑。《贩书偶记》小说家类著录。

238 《续辍耕录》一卷,刘君彩撰。《(光绪)广州府志》卷九十二小说家类著录。

239 《西清珥笔》,梅之珩撰。《(光绪)江西通志》卷一百六小说家类杂事之属著录。

240 《闻见偶录》四卷,罗光忻撰。《(光绪)江西通志》卷一百六小说家类杂事之属著录。

241 《虔南冷语》十卷、《东山杂注》二十六卷,吴应骥撰。《(光绪)江西通志》卷一百六小说家类杂事之属著录。

242 《汉林四传》一卷,郑相如撰。《(光绪)重修安徽通志》卷三百四十二小说类著录。

243 《天香阁随笔》二卷,李寄撰。《观古堂书目》小说家类记载之属、《中国丛书综录》杂史类著录。

244 《敬止录》十二卷,裘君宏撰。《(光绪)江西通志》卷一百六小说家类杂事之属著录。

245 《黄睡漫志》四卷,汪坤撰。《(乾隆)杭州府志》小说家类著录。

246 《漫游小钞》一卷,魏坤撰。《中国丛书综录》郡邑类著录。

247 《妇人集补》一卷,冒丹书撰。《中国丛书综录》史部传记类著录。

248 《小丹丘客谈》,柯维桢撰。《(光绪)嘉兴府志》卷八十一小说家类著录。

249 《玉堂录》,梁氏撰。未见著录。《〈今世说〉评林》吴庆百云此书可与汪氏《说铃》相颉颃。

250 《述先录》,蔡腾蛟撰。《(光绪)江西通志》卷一百六小说家类杂事之属著录。

251 《惜阴杂录》十卷,又《弋获编》《咫闻录》,沈嗣选撰。《(光绪)嘉兴府志》小说家类著录。

252 《雅坪散录》,陆葇撰。《(光绪)嘉兴府志》卷八十一小说家类著录。

253 《雅坪异录》一卷,陆葇撰。谭宗浚《皇朝艺文志》小说家类著录。

254 《景船斋杂志》二卷,章有谟撰。《(光绪)青浦县志》卷二十一有传。《(光绪)松江府续志》小说家类著录,又名《景船斋杂记》或《景船斋笔记》。

255 《见闻琐异钞》,严曾榘撰。《(光绪)杭州府志·艺文志》子部小说家类著录。

256 《衡山杂录》十卷,邓官贤撰。《(光绪)江西通志》卷一百六小说家类杂事之属著录。

257 《闻见卮言》五卷,祝文彦撰。《(光绪)杭州府志》著录云"五卷",宁稼雨先生云有"康熙间十卷本,未见"。

258 《说疟》(《疟苑》)一卷,汪沆撰。《(乾隆)杭州府志》小说家类著录。

259 《续丙丁龟鉴》一卷,吴非撰。《(光绪)安徽通志》卷三百四十二小说家类著录。王士禛《池北偶谈》曾叙及。

260 《虫弋》十八卷,吴非撰。《(光绪)安徽通志》卷三百四十二小说家类著录。

261 《虫弋赓》十卷,吴非撰。《(光绪)安徽通志》卷三百四十二小说家类著录。

262 《小窗逸案》,潘书馨撰。《(光绪)安徽通志》卷三百四十二小说家类著录。

263 《清异录》一卷,葛万里辑。《藏园订补邵亭知见传本书目》小说家类著录。

264 《圣师录》一卷,王言辑。未见著录,张潮《虞初新志》辑录数则。

265 《老圃杂说》《还读堂杂俎》,车无咎撰。《(光绪)湖南通志》小说家类杂事之属著录。

266 《笔耕佳种》,段先述撰。《(宣统)湖北通志》小说家类杂事之属著录。

267 《坳堂夜话》,徐家麟撰。《(宣统)湖北通志》小说家类杂事之属著录。

268 《汉皋诗话》,王谨微撰。《(宣统)湖北通志》小说家类异闻之属著录。

269 《耐轩琐记》一卷,乔时昌撰。民国《河南通志》小说类杂事之属著录。

270 《美墺寄言》,毛匡国撰。民国《河南通志》小说类杂事之属著录。

271 《闲居咫闻》一卷,陈迁鹤撰。民国《福建通志附录》小说家类杂事之属著录。

272 《叶书》一卷,黄生撰。《四库全书总目》杂家类、民国《安徽通志稿》小说家类缀辑琐语之属著录。

273 《鹤皋琐记》四卷,吴楚奇撰。民国《安徽通志稿》小说家类缀辑琐语之属著录。

274 《东雍野史》,王朴撰。《(光绪)山西通志》小说类异闻之属著录。

275 《世说新语注纂》,田肇丽撰。《(宣统)山东通志》小说家类杂事之属著录。

276 《闻见录》八册,于得新撰。《(宣统)山东通志》小说家类杂事之属著录。

277 《剪灯录》,王肇柞撰。《(宣统)山东通志》小说家类琐语之属著录。

278 《藏山小品》,张一骢撰。吴兴刘氏嘉业堂抄本《台州经籍考》小说类著录。

279 《棘园小语》,叶光炼撰。吴兴刘氏嘉业堂抄本《台州经籍考》小说类著录。

280 《学舫》,吴云撰。《(康熙)西江志经籍志》杂类说部、《四库全书总目》儒家类著录。

281 《天地人物解》,胡天祐撰。《(康熙)西江志经籍志》杂类说部著录。

282 《菊庐快书》,杨继经撰。《(光绪)黄州府志》小说家类著录。

283 《家塾警言》一卷,李之素撰。《(光绪)黄州府志》小说家类著录。

284 《藕湾训儿》四编，张仁熙撰。《（光绪）黄州府志》小说家类著录。

285 《逸史残钞》一卷，佚名撰。《中国古籍善本书目》小说家类著录。

286 《常谈释》一卷，汤自奇撰。《毗陵经籍志》子部小说家类著录。

287 《竹素辨讹》二卷，陈光绎撰。《传是楼书目》小说家类著录。

288 《彻賸八编》四卷，刘思敬辑。《传是楼书目》小说家类著录。

289 《碎录》，杨明时撰。何震彝《江阴艺文志》子部小说家类著录。

290 《注释分类玉堂故事》五卷，巴兆申编。《中国古籍善本书目》小说家类著录。

291 《康熙几暇格物编》六卷，爱新觉罗·玄烨撰。此书未见著录，已收入《康熙御制文第四集》之《杂著》。

292 《祛尘录衷谭》，王方岐撰。《（嘉庆）重修扬州府志》子部杂家小说类著录。

293 《乔复生王再来二姬合传》，李渔撰。《清史稿艺文志拾遗》小说家类谐谑之属著录。

294 《三极易知录》，俞楷撰。《（嘉庆）重修扬州府志》子部杂家小说类著录。

295 《善果指掌》一卷，王钊撰。《（宣统）山东通志》小说家类异闻之属著录。

296 《好生录》，张承瑞撰。《（光绪）黄州府志》小说家类著录。

297 《清言记》《五月寒》，陈璜撰。项元勋《台州经籍志》子部十三说家类著录。

298 《闵象南善德纪闻录》，魏禧撰。《（嘉庆）重修扬州府志》子部杂家小说类著录。

299 《近鉴》一卷，张履祥撰。《师石山房书目》小说家类杂事之属著录。

300 《注释分类玉堂故事》五卷，巴兆坤编。《中国古籍总目》小说类文言之属著录。

301 《病约三章》一卷，尤侗撰。《负卦》无卷数，尤侗撰。《元宝公案》一卷，谢开龙撰。《美人谱》一卷，徐震撰。《小星志》一卷，丁雄飞撰。《约言》一卷，张适撰。《报谒例言》无卷数，王晫撰。《酒律》一卷，张潮撰。并为《檀几丛书》本。《清史稿艺文志拾遗》小说家类谐谑之属著录。

302 《在园杂志》四卷，刘廷玑撰。《文瑞楼藏书目录》子类小说家、《四库全书总目》杂家类杂说之属、《藏园订补邵亭知见传本书目》子部杂家类著录。

303 《奉使琉球杂录》四卷,汪楫撰。《(嘉庆)重修扬州府志》子部杂家小说类著录。

304 《还山春事》一册,程先真撰。《天一阁书目》(嘉庆文选楼刻本)小说家类著录。

305 《简丸录》十四卷,张新修撰。《山东通志艺文志订补》子部小说类著录。

306 《粤游俚言》,周肇汝撰。《山东通志艺文志订补》子部小说类著录。

307 《黛史》一卷,张芳撰。《清史稿艺文志拾遗》小说家类杂录之属著录。

308 《戴天恨述略》二卷,醉竹主人编,天山剑客评。《中国古籍总目》小说类文言之属著录。

309 《发幽录》一卷,《桴客卮言》一卷,沈默撰。《(嘉庆)重修扬州府志》子部杂家小说类著录。

310 《公余偶笔》一卷,杜钧选。《清史稿艺文志拾遗》小说家类杂录之属著录。

311 《雷斧剩书》,王震撰。《(光绪)重修安徽通志》小说类著录。

312 《浮生见闻录》,沈谦撰。《温州经籍志》小说家类琐语之属著录。

313 《湖庄杂录》十卷,顾图河撰。《(嘉庆)重修扬州府志》子部杂家小说类著录。

314 《敬由录》,陈凝祉撰。《(嘉庆)重修扬州府志》子部杂家小说类著录。

315 《漫游小钞述异续记》一卷,魏坤撰。《中国古籍总目》小说类文言之属著录。

316 《美人书》六卷,鸳湖烟水散人辑。《清史稿艺文志拾遗》小说家类杂录之属著录。

317 《梦草录》,吴世杰撰。《(光绪)黄州府志》子部十一小说家类著录。

318 《太恨生传》一卷,徐瑶撰。《清史稿艺文志拾遗》小说家类谐谑之属著录。

319 《天后显圣录》二卷,邱人龙辑。《北京大学图书馆藏李氏书目》小说家类著录。

320 《识小录》,宗元豫撰。《(嘉庆)重修扬州府志》子部杂家小说类著录。

321 《文山述游》《三年一游录》,杨瑚琏撰。《(嘉庆)重修扬州府志》子部杂家小说类著录。

322 《十美词记》一卷,邹枢撰。《清史稿艺文志拾遗》小说家类谐谑之属著录。

323 《西粤对问》不分卷,江德中撰。《四库全书总目》史部地理类杂记之属、《(嘉庆)广西通志·艺文略》杂志类著录。

324 《先世清白遗编》，吴兆沣撰。《(光绪)黄州府志》小说家类著录。

325 《下酒物》(一名《心斋偶辑》)一卷，严虞惇撰。《清史稿艺文志拾遗》小说家类杂录之属著录。

326 《噱谈》六卷，厉德鸿撰。《温州经籍志》小说家类琐语之属著录。

327 《学圃随笔》十卷，史以甲撰。《(嘉庆)重修扬州府志》子部杂家小说类著录。

328 《愚叟杂俎》，王家楫撰。《(光绪)山西通志》小说类杂事之属著录。

329 《雨窗琐谈》，董皓撰。《(光绪)杭州府志·艺文志》小说家类著录。

330 《臆言》四卷，朱显祖撰。《(嘉庆)重修扬州府志》子部杂家小说类著录。

331 《吴评悦容编》一卷，卫泳撰，吴燕兰评。《清史稿艺文志拾遗》小说家类谐谑之属著录。

332 《愁城记》，洪钟撰。吴兴刘氏嘉业堂抄本《台州经籍考》小说类著录。

333 《回家偶录》一卷，闵璠撰。《(嘉庆)重修扬州府志》子部杂家小说类著录。

334 《诒安录》二卷，沈湛撰。《持静斋书目·续增》小说家类著录。

335 《东山草堂迩言》六卷，邱嘉穗撰。《四库全书总目》子部杂家类杂说之属著录。

336 《黔中杂记》一卷，黄元治撰。《中国古籍总目》史部地理类杂志之属著录。

337 《西域琐记》一卷，曹德馨撰。《中国古籍总目》史部地理类杂志之属著录。

338 《东瓯掌录》，陆进撰。《中国古籍总目》杂家类杂记之属著录。

339 《瓜庐客谈》十卷，夕阳亭长撰。《中国古籍总目》子部农家类综论之属著录。

340 《容安斋穌谭》十卷，白胤昌撰，王同春评。《中国古籍总目》杂家类杂学杂说之书著录。

341 《隙光亭杂识》六卷，纳兰揆叙撰。《中国古籍总目》杂家类杂学杂说之书著录。

342 《雕丘杂录》十八卷，梁清远撰。《四库全书总目》杂家类杂说之属著录。

343 《身见录》不分卷，樊守义撰。未见著录。

雍　　正

1 《读书堂西征随笔》一卷，汪景祺撰。《清史稿·艺文志》杂家类杂说之属,《中国古籍总目》杂家类杂记之属著录。

2 《秋山论文》一卷,李绂撰。《(康熙)西江志经籍志》杂类说部著录。

3 《南北朝世说》二十卷,章继泳辑。《(乾隆)杭州府志》小说家类著录。

4 《龟台琬琰》一卷,张正茂辑。《中国古籍总目》小说类文言之属著录。

5 《粤西丛载》三十卷,汪森辑。《文瑞楼藏书目录》子类小说家著录。

6 《人海记》上下二卷,查慎行撰。民国《杭州府志》史部地理类、《持静斋书目》卷三小说家类杂事之属、《观古堂藏书目》杂史类琐记之属、《善本书室藏书志》子部小说家杂事之属著录。

7 《查浦辑闻》二卷,查嗣瑮辑。《浙江采集遗书总录》说家类、《四库全书总目》杂家类杂纂之属著录。

8 《博雅备考》二十七卷,张彦琦纂。《(同治)徐州府志》杂家小说类著录。

9 《砚北丛录》无卷数,黄叔琳撰。《四库全书总目》小说家类杂事之属著录。

10 《东城杂记》二卷,厉鹗撰。《四库全书总目》地理类杂记之属、《吟香仙馆书目》卷三小说家类著录。

11 《湖船录》一卷,厉鹗撰。《清史稿·艺文志》谱录类器物之属、《八千卷楼书目》杂家类杂品之属、《殴园藏书目》小说家类著录。

12 《西北域记》不分卷,谢济世撰。《西北史籍要目提要》著录。

13 《粤中见闻》三十五卷附纪一卷,范端昂纂辑。《贩书偶记》史部地理类著录。

14 《世说窝隽》,裘琏撰。孙诒让《温州经籍志》卷十八小说家类琐语之属著录。

15 《见闻纪异》,裘琏撰。孙诒让《温州经籍志》卷十八小说家类琐语之属著录。

16 《见闻厐记》,袁载锡撰。《(嘉庆)松江府志》卷七十二小说家类著录。

17 《阐微录》一卷,吕法曾撰。《贩书偶记续编》杂家类、《中国古籍总目》小说类著录。

18 《鹿洲公案》二卷,蓝鼎元撰。《四库全书总目》史部传记类杂录之书、道光《广东通志》法家类、《山东省图书馆藏海源阁书目》子部小说家类杂事之属著录。

19 《不下带编》七卷、《巾箱说》一卷,金埴撰。未见著录。

20 《绣谷丛说》一卷,吴焯撰。《(光绪)杭州府志·艺文志》子部小说家类著录。

21 《清波小志》二卷，徐逢吉撰。《郑堂读书记补逸》卷二十八小说家类著录。

22 《谔崖脞说》五卷，章楹撰。《四库全书总目》杂家类杂说之属著录。

23 《南村随笔》六卷，陆廷灿撰。《四库全书总目》杂家类杂说之属著录。

24 《玉几山房听雨录》二卷，陈撰撰。《中国丛书著录》史部地理类杂志之属著录。

25 《诗礼堂杂纂》二卷，王又朴撰。《中国丛书综录》小说家类著录。

26 《一路笔谈》无卷数，梁学源撰。《(咸丰)顺德县志》卷十七小说类著录。

27 《萍游偶记》，黄允肃撰。民国《福建通志》小说家类杂事之属著录。

28 《沧桑遗记》，蔡士哲撰。民国《福建通志附录》小说家类杂事之属著录。

29 《张后槎随见录》，张鹤年撰。民国《福建通志附录》小说家类杂事之属著录。

30 《蜗庐琐识》三卷，林瑛撰。民国《福建通志附录》小说家类杂事之属著录。

31 《枣棚闻见录》，胡恒撰。《(宣统)山东通志》小说家类异闻之属著录。

32 《新稗类隽》十卷，蒋敦淳撰。《清代毗陵书目》小说家类、《毗陵经籍志》子部小说家类著录(一名为《新禅类隽》，大约误书之)。

33 《国朝画征录》三卷、《附录》一卷、《续录》一卷，张庚撰。《岁园藏书目》小说家类著录。

34 《空庭天籁》二卷，胡淦撰。《毗陵经籍志》子部小说家类著录。

35 《渚闻钞》《青村杂录》，车书骧撰。《毗陵经籍志》子部小说家类著录。

36 《醒心笔记》，缪诜撰。何震彝《江阴艺文志》子部小说家著录。

37 《塞外杂识》一卷，冯一鹏撰。《八千卷楼书目》史部地理类著录。

38 《纪异》，不详卷数，刘□撰。刘埥《片刻余闲集》辑录五则。

39 《坳堂夜话》，徐家麟撰。《(光绪)黄州府志》小说家类著录。

40 《宦迹日录》，张蒲璧撰。《(光绪)山西通志》小说类杂事之属著录。

41 《客窗质语》，武承谟撰。《(光绪)山西通志》小说类杂事之属著录。

42 《训勺初言》，石嵩年撰。未详。《(光绪)黄州府志》小说家类著录。

乾　　隆

1 《归田杂记》，郝世贞撰。《(宣统)湖北通志》小说家类杂事之属著录。

2 《企磻野语》四卷，熊倩撰。《(宣统)湖北通志》小说家类杂事之属著录。

3 《妒律》一卷,陈元龙撰。《八千卷楼书目》小说家类著录。
4 《西青散记》八卷,史震林撰。《八千卷楼书目》小说家类著录。
5 《岭西杂录》二卷,王孝咏撰。《四库全书总目》杂家类杂说之属、民国《金坛县志》小说家类著录。
6 《后海书堂杂录》一卷,王孝咏撰。《四库全书总目》杂家类杂说之属著录。
7 《琐谈》,沈李楷撰。孙诒让《温州经籍志》卷十八小说家类琐语之属著录。
8 《景行》三十卷,沈李楷撰。孙诒让《温州经籍志》卷十八小说家类琐语之属著录。
9 《清波小志补》一卷,陈景钟撰。《郑堂读书记补逸》卷二十八小说家类著录。
10 《粤东闻见录》二卷,张渠撰。《岭南文献综录》地理部杂志类、《广州文献书目提要》杂志类著录。
11 《明制常变考》一卷,半园父纂。《竹崦庵传抄书目》子部小说家类著录。
12 《神勺》一卷,鲍钤撰。《中国丛书综录》小说家类著录。
13 《亚谷丛书》四卷,鲍钤撰。《竹崦庵传抄书目》子部小说家类著录。
14 《卉庵摭言》二卷,徐键撰。《贩书偶记续编》卷十二小说家类著录。
15 《订讹杂录》十卷,胡鸣玉撰。《文瑞楼藏书目录》子类小说家著录。
16 《吴兴旧闻》二卷,胡承谋辑。《贩书偶记续编》史部地理类著录。
17 《妙贯堂余谭》六卷,裘君弘撰。《(康熙)西江志经籍志》杂类说部、《四库全书总目》杂家类杂说之属著录。
18 《敬止录》十二卷,裘君弘撰。《(康熙)西江志经籍志》杂类说部著录。
19 《退余丛话》二卷,鲍倚云撰。《中国丛书综录》小说家类著录。
20 《昭代旧闻》四卷,屠元淳撰。《贩书偶记续编》杂家类、《郑堂读书记补逸》卷二十八小说家类著录。
21 《受宜堂宦游笔记》四十六卷,纳兰常安撰。《藏园订补邵亭知见传本书目》杂家类著录。
22 《雷江脞录》四卷,章孝基撰。《中国古籍总目》小说类文言之属著录。
23 《兰室管见》,程盛泮撰。《(宣统)湖北通志》小说家类杂事之属著录。
24 《笔谈》《六异记》《太平话》,齐周华撰。项元勋《台州经籍志》子部十三说家类著录。
25 《渔洋说部精华》十二卷附《渔洋书籍跋尾》二卷,王士禛撰,刘坚类次。《郑堂读书记》卷五十七杂家类杂说之属、《中国丛书综录》小说家类著录。
26 《修洁斋闲笔》八卷,刘坚撰。《浙江采集遗书总录》说家类、《四库全书总目》子部杂家类著录。

27 《咫闻日记》一卷,庄坛撰。《清代毗陵书目》小说家类、《毗陵经籍志》杂家类著录。
28 《书隐丛说》十九卷,袁栋撰。《浙江采集遗书总录》说家类、《四库全书总目》杂家类杂说之属著录。
29 《南北史捃华》八卷,周嘉猷辑。《清史稿·艺文志》史部史钞类著录。
30 《居官必阅录》一卷,高曛编,叶士宽增删。《中国古籍总目》小说类文言之属著录。
31 《丛残小语》一卷,江浩然撰。《中国古代小说总目·文言卷》著录。
32 《州乘余闻》一卷,宋弼撰。《清史稿·艺文志》史部地理类著录。
33 《说鬼稽神录》,颜懋企撰。《(宣统)山东通志》小说家类异闻之属著录。
34 《看山阁闲笔》十六卷,黄图珌撰。《中国文言小说总目提要》杂俎类著录。
35 《漱华随笔》四卷,严有禧撰。《郑堂读书记》卷六十五小说家类杂事之属著录。
36 《井蛙录》三卷,宋韵山撰。《中国古籍总目》小说类文言之属著录。
37 《滇南忆旧录》一卷,张泓撰。《郑堂读书记补逸》卷二十八小说家类著录。
38 《霞城笔记》十卷,颜懋侨纂。《藏园订补郘亭知见传本书目》杂家类著录。
39 《东皋杂钞》三卷,董潮撰。《竹崦庵传抄书目》小说家类、《郑堂读书记补逸》卷二十六杂家类杂说之属、《万卷精华楼藏书记》卷一百子部小说家类著录。
40 《片刻余闲集》二卷,刘埥撰。《清史稿艺文志拾遗》杂家类著录。
41 《丰暇笔谈》一卷,孟瑢樾撰。《中国丛书综录》小说家类志怪之属著录。
42 《鬼窟》二卷,傅汝大辑、陈士镳录。《中国古代小说总目·文言卷》著录。
43 《药铛闲言》,戴逢旦撰。《(光绪)安徽通志》卷三百四十二小说家类著录。
44 《管城硕记》三十卷,徐文靖撰。《四库全书总目》子部杂家类、民国《当涂县志》小说家类著录。
45 《古今杂录》《见闻杂记》,钟映雪撰。民国《东莞县志》小说家杂记之属著录。
46 《稗史》,李鲁撰。《(宣统)山东通志》小说家类杂事之属著录。
47 《掷虚丛语》,张正笏撰。《(光绪)湖南通志》之《艺文》子部小说家类异闻之属著录。

48 《续述异记》，张羽撰。《（光绪）湖南通志》之《艺文》子部小说家类异闻之属著录。

49 《增删坚瓠集》八卷，汪燮辑。《中国古籍总目》小说类文言之属著录。

50 《芝轩杂录》，吕之俨撰。《（宣统）湖北通志》小说家类杂事之属著录。

51 《竹邬偶录》《殖学堂便笔》，段而聘撰。《（宣统）湖北通志》小说家类杂事之属著录。

52 《闻见偶录》一卷，朱象贤撰。《中国丛书综录》小说家类著录。

53 《秋灯丛话》十八卷，王椷撰。《八千卷楼书目》小说家类、《藏园订补郘亭知见传本书目》小说家类著录（又名《续聊斋志异》）。

54 《柳南随笔》六卷、《续笔》四卷，王应奎撰。《郑堂读书记》杂家类杂说之属、《八千卷楼书目》小说家类著录。

55 《历朝美人纲目百韵丛书》四卷，王大枢辑。《贩书偶记》小说家类著录。

56 《说叩》一卷，叶抱崧撰。《八千卷楼书目》子部杂家类、《万卷精华楼藏书记》小说家类著录。

57 《增订解人颐广集》二十四集，宋胡澹庵辑，清钱德苍重辑。《中国古籍总目》小说类文言之属著录。

58 《前徽录》一卷，姚世锡撰。《鸣野山房书目》子部稗家杂笔类、《中国丛书综录》史部传记类著录。

59 《五山志林》八卷，罗天尺撰。《（光绪）广州府志》卷九十二小说家类著录。

60 《依红自惕录》无卷数，岳梦渊撰。《（同治）续纂江宁府志》卷九上小说杂事类著录。

61 《笔山堂类书》无卷数，苏珥撰。《（咸丰）顺德县志》卷十七小说类著录。

62 《潇湘听雨录》八卷，江昱撰。《四库全书总目》杂家类杂说之属、《（嘉庆）扬州府志》子部杂家小说类著录。

63 《滋堂纪闻》四卷，陈居禄撰。民国《福建通志》小说家类著录。

64 《人镜》八卷，董大新编。《中国古籍总目》小说类文言之属著录。

65 《巢林笔谈》六卷续编二卷，龚炜撰。《郑堂读书记补逸》卷二十六杂家类杂说之属著录。

66 《山海经类纂》，蔡人麟撰。项元勋《台州经籍志》子部十三说家类著录。

67 《水镜新书婪尾》一卷，王谯撰。项元勋《台州经籍志》子部十三说家类著录。

68 《笑林广记》十二卷，游戏主人辑。《中国古籍总目》小说类文言之属著录。

69 《毗陵觚不觚录》，钱人麟撰。《清代毗陵书目》小说家类著录。
70 《双柏庐遗闻》，屠可堂撰。孙诒让《温州经籍志》卷十八小说家类琐语之属著录。
71 《井蛙杂纪》十卷，李调元撰。《藏园订补邵亭知见传本书目》小说家类著录。
72 《南越笔记》十六卷，李调元撰。《中国丛书综录》史部地理类杂志之属著录。一名《粤东笔记》。
73 《然犀志》二卷，李调元撰。《郑堂读书记补逸》杂家类杂品之属著录。
74 《制义科琐记》四卷，李调元撰。《郑堂读书记》卷六十五小说家类杂事之属、《续修四库全书总目提要》史部著录。
75 《淡墨录》十六卷，李调元撰。《郑堂读书记》卷六十五小说家类杂事之属著录。
76 《剧话》二卷，《官话》三卷，《弄话》二卷，李调元撰。《八千卷楼书目》小说家类琐语之属著录。
77 《新搜神记》十二卷，无卷数，李调元撰。《中国古代小说总目》著录。
78 《柚堂笔谈》四卷，盛百二撰。《借书园书目》小说家类、《八千卷楼书目》子部杂家类著录。
79 《柚堂续笔谈》三卷，盛百二撰。《观古堂藏书目》子部小说家著录。
80 《闲渔闲闲录》九卷，蔡显撰。《中国丛书综录》杂家类著录。
81 《排闷录》十二卷，孙洙编。《清史稿·艺文志》杂家类、《中国古籍总目》小说类文言之属著录。
82 《广新闻》四卷，孙洙辑。《贩书偶记》小说家类著录。
83 《啸月亭笔记》十二卷，徐时作辑。《中国古籍总目》小说类文言之属著录。
84 《闲居偶录》十二卷，徐时作撰。《大通楼藏书目录》小说家类杂事之属著录。
85 《茶余客话》二十二卷、《补遗》一卷，阮葵生撰。《万卷精华楼藏书记》卷一百子部小说家类、《郑堂读书记》卷六十五小说家类杂事之属著录。
86 《楚庭稗珠录》六卷，檀萃撰。周永年《借书园书目》小说家类著录。
87 《穆天子传注疏》六卷，晋郭璞注，清檀萃疏。《青岛市图书馆古籍书目》子部小说家类著录。
88 《蒙溪诗话》《碧云亭杂录》，史承豫撰。《毗陵经籍志》子部小说家类著录。
89 《砚云甲编》八卷，金忠淳辑。《观海堂书目》小说家类琐语之属著录。
90 《夜谭随录》十二卷，和邦额撰。《中国古籍总目》小说类文言之属著录。
91 《黄妳余话》八卷，陈锡路撰。《八千卷楼书目》子部杂家类著录。

92 《大槐阁杂钞》，胡必达撰。《(宣统)湖北通志》小说家类杂事之属著录。

93 《蓬窗琐语》，李莘撰。《(宣统)湖北通志》小说家类杂事之属著录。

94 《乍了日程琐语》三卷、《通俗八戒》一卷，李元撰。《(宣统)湖北通志》小说家类杂事之属著录。

95 《桑梓录》《率尔操觚录》，李元撰。《(宣统)湖北通志》小说家类杂事之属著录。

96 《夷坚志补遗》，钱思元撰。陈诒绂《江苏通志艺文志》子部续编小说家著录。

97 《因证录》十二卷，陈守诒撰辑。《贩书偶记续编》小说家类著录。

98 《瓜架夕谈》四卷，谢香开撰。《(宣统)山东通志》小说家类琐语之属著录。

99 《桂山录异》八卷，顾浍编。《贩书偶记续编》小说家类著录。

100 《秋灯丛话》一卷，戴延年撰。《八千卷楼书目》小说家类著录。

101 《吴语》一卷，戴延年撰。《八千卷楼书目》小说家类著录。

102 《笔谈》八卷，施廷琮撰。《(光绪)安徽通志》卷三百四十二小说家类著录。

103 《阴晋异函》三卷，李汝榛辑。《中国古籍总目》小说类文言之属著录。

104 《二十二史感应录》二卷，彭希涑辑。《藏园订补郘亭知见传本书目》小说家类著录。

105 《闻见瓣香录》十卷，秦武域撰。《郑堂读书记补逸》杂家类杂说之属著录。

106 《梅谷偶笔》一卷，陆烜撰。《郑堂读书记补逸》卷二十六杂家类杂说之属著录。

107 《砺史》一卷，陆韬撰。《(乾隆)杭州府志》卷五十八小说家类著录。

108 《短檠随笔》五卷，杨楷撰。《(乾隆)杭州府志》卷五十八小说家类著录。

109 《丛残小语》一卷，丁健撰。《(乾隆)杭州府志》卷五十八小说家类著录。

110 《消寒诗话》一卷，秦朝釪撰。《毗陵经籍志》子部小说家类、《八千卷楼书目》集部诗文评类著录。

111 《燕兰小谱》五卷，吴长元撰。《八千卷楼书目》小说家类著录。

112 《秦云撷英小谱》一卷，王昶编。《八千卷楼书目》小说家类著录。

113 《炙砚琐谈》三卷，汤大奎撰。《毗陵经籍志》子部小说家类、《中国丛书综录》杂家类杂说之属著录。

114 《三台述异记》二卷，戚学标辑。《重修浙江通志稿·著述考》、项元勋

《台州经籍志》子部十三说家类著录。
115 《纪汝佶小说》,纪汝佶撰。未有著录。纪昀《阅微草堂笔记》辑录六则。
116 《偶札》四卷、《耳目志》二卷,黄世成撰。《(光绪)江西通志》卷一百六小说家类杂事之属著录。
117 《笑得好》初集、二集,石成金纂辑。《中国古籍总目》小说类文言之属著录。
118 《南州旧闻》二卷,曹绳彬撰。《(光绪)江西通志》小说家类杂事之属著录。
119 《瓜庐记异》四卷,许梦椽撰。未见著录。许秋垞《闻见异辞自序》曾提及此书。《管庭芬日记》云尝借阅此书。一云《瓜庐纪异》。
120 《癸亥消夏录》《丁卯雁南编》《戊辰杂编》《茅渚编》《茅渚杂编》五种,徐廷槐撰。《(乾隆)绍兴府志》卷七十八小说家类著录。
121 《扫轨闲谈》一卷,江熙撰。《八千卷楼书目》小说家类著录。
122 《存春杂志》十卷,赵曦明撰。《毗陵经籍志》子部小说家类著录。
123 《桑梓见闻录》八卷,赵曦明撰。何震彝《江阴艺文志》子部小说家著录。
124 《闲居韵趣》一卷,杨永曾撰。《毗陵经籍志》子部小说家类著录。
125 《新齐谐》二十四卷、《续新齐谐》十卷,袁枚撰。《郑堂读书记补逸》小说家类著录。一名《子不语》。
126 《缠足谈》一卷,袁枚撰。《清史稿艺文志拾遗》小说家类谐谑之属著录。
127 《桃溪客语》五卷,吴骞撰。《万卷精华楼藏书记》卷一百小说家类著录。
128 《小桐溪随笔》不分卷,吴骞撰。《中国古籍总目》杂家类杂学杂说之属著录。
129 《灯窗杂志》六卷,吕兆行撰。《毗陵经籍志》子部小说家类著录。
130 《萤窗异草》三编十二卷,长白浩歌子撰。《八千卷楼书目》小说家类杂事之属著录。
131 《萤雪窗具草》二卷,庆兰撰。《中国古籍总目》小说类文言之属著录。
132 《谐铎》十二卷、《续谐铎》一卷,沈起凤撰。《八千卷楼书目》小说家类著录。
133 《续板桥杂记》三卷附《雪鸿小记》,吴竹泉撰。《持静斋书目》卷三小说家类琐记之属著录。
134 《唐人说荟》六集一百六十四种一百七十卷,陈世熙辑。《清史稿艺文志拾遗》小说家类类编之属著录。
135 《秋坪新语》十二卷,张太复编。《中国古籍总目》小说类文言之属著录。
136 《水曹清暇录》十六卷,汪启淑撰。《藏园订补邵亭知见传本书目》杂家类杂考之属著录。

137 《耳食录》初编十二卷、二编八卷,乐钧撰。《八千卷楼书目》小说家类著录。齐鲁书社《清代笔记小说丛书》本。

138 《饮渌轩随笔》二卷,伍宇澄撰。《中国丛书综录》小说家类著录。

139 《吹影编》四卷,程攸熙撰。《中国古籍总目》小说类文言之属著录。

140 《巽绛编》四卷,杨望秦撰。《中国古籍总目》小说类文言之属著录。

141 《蜥蝪杂记》十二卷,屠绅撰。《怡云仙馆藏书简明目录》小说家类异闻之属、《贩书偶记》小说家杂事之属著录。

142 《葵书》十六卷卷首一卷卷末一卷,王桂撰。《中国古籍总目》杂家类杂学杂说之属著录。

143 《鹗亭诗话》一卷附录一卷,屠绅撰。《中国丛书综录》集部诗文评类诗话文话之属著录。

144 《霭楼逸志》六卷,欧苏撰。民国《东莞县志》小说家杂记之属、《岭南文献综录》杂家类著录。

145 《霭楼剩览》四卷,欧苏撰。未见著录。

146 《张梦阶小说》十二卷,张梦阶撰。未见著录。《袁枚日记》称之为仿效《子不语》者。

147 《渔矶漫钞》十卷,雷琳、汪琇莹、莫剑光辑。《贩书偶记》卷十二小说家类杂事之属、《怡云仙馆藏书简明目录》小说家类琐语之属著录。

148 《柳崖外编》十六卷,徐崑撰。《藏园订补邵亭知见传本书目》小说家类著录。

149 《质直谈耳》八卷,钱肇鳌撰。《贩书偶记》卷十二小说家类杂事之属著录。

150 《聊斋志异精选》六卷,蒲松龄著,小芝山樵选。《中国古籍总目》小说类文言之属著录。

151 《岭南随笔》八卷,关涵撰。《贩书偶记续编》卷七地理类杂记之属著录。

152 《小豆棚》八卷,曾衍东撰。《中国丛书综录》小说家类著录。

153 《集异新抄》八卷,李振青抄。《中国古籍总目》小说类文言之属著录。

154 《鸡谈》三卷,黄如鉴撰。《(同治)即墨县志》卷十《艺文》、《山东文献书目续编》子部小说家类杂录之属著录。

155 《粤西琐记》一卷,沈曰霖撰。《八千卷楼书目》史部地理类著录。

156 《散花庵丛语》一卷,叶璜撰。《中国丛书综录》小说家类著录。

157 《晋唐小说畅观》五十九种,马俊良辑。未见著录。

158 《三衢可谈录》无卷数,翟灏撰。《(光绪)杭州府志·艺文志》子部小说家类著录。

159 《玉屑篋》《涉猎随笔》,翟灏撰。《(光绪)杭州府志·艺文志》子部小说家类著录。

160 《课余琐语》八卷,闵鉴撰。《(光绪)江西通志》小说家类杂事之属著录。

161 《琼花馆近谈》无卷数,施朝幹撰。《(光绪)杭州府志·艺文志》子部小说家类著录。

162 《挑灯剩语》,邹大熔撰。同治《上海县志》卷二十七小说家类著录。

163 《衡茅赘言》,杨澄撰。《(光绪)松江府续志》卷三十七小说家类著录。

164 《泂庵杂记》,唐文撰。《(光绪)松江府续志》卷三十七小说家类著录,未见。

165 《一瓢集》,章有豫撰。《(光绪)松江府续志》卷三十七小说家类著录。

166 《消夏闲记》三卷,顾公燮撰。《藏园订补郘亭知见传本书目》小说家类著录(又名《丹午笔记》)。

167 《燕闲笔记》三卷,顾公燮撰。《峨术轩箧存善本书录》著录。

168 《随笔》四卷,吕肇龄撰。《山东文献书目》小说家类著录。

169 《竹溪见闻志》一卷,陈钥撰。《中国古籍总目》小说类文言之属著录。

170 《谈暇》四卷,陈莱孝撰。《(光绪)杭州府志·艺文志》小说家类著录。

171 《述异编》八卷,马咸撰。《(光绪)平湖县志》卷二十三小说家类著录。

172 《宦游纪闻》无卷数,郑方坤撰。《福建艺文志》存目小说家类著录。

173 《揽秀轩随笔》三卷,卢潮生撰。民国《杭州府志·艺文志》小说家类著录。

174 《短檠随笔》五卷,杨楷撰。民国《杭州府志·艺文志》小说家类著录。

175 《萍游偶记》无卷数,黄允肃撰。《福建艺文志》存目小说家类著录。

176 《西清笔记》二卷,沈初撰。《八千卷楼书目》史部职官类、《(光绪)平湖县志》卷二十三地理志类游记之属、《中国丛书综录》小说家类著录。

177 《随意录》无卷数,王钺撰。《(光绪)安徽通志》卷三百四十二小说家类著录。

178 《春灯闲语》二卷,王愁骧撰。《(光绪)安徽通志》卷三百四十二小说家类著录。一名《春灯闲话》。

179 《雷斧剩书》无卷数,王震撰。《(光绪)安徽通志》卷三百四十二小说家类著录。

180 《东野鄙谈》无卷数,杨瑛昶撰。《(光绪)重修安徽通志》卷三百四十二小说家类著录。

181 《箧间剩语》,汪立烁撰。《(光绪)安徽通志》卷三百四十二小说家类著录。

182 《铭语》无卷数,梅以俊撰。《(光绪)安徽通志》卷三百四十二小说家类著录。

183 《多能鄙事》八十卷,吴德常撰。《(道光)桐城续修县志·艺文志》杂家类、《(光绪)安徽通志》卷三百四十二小说家类著录。

184 《花间谈助》无卷数,许雨田撰。《(光绪)安徽通志》卷三百四十二小说家类著录。

185 《扬州画舫录》十八卷,李斗撰。《观古堂藏书目》子部小说家类记载之属、《(嘉庆)扬州府志》杂家小说类、《清史稿艺文志及补编》地理类著录。

186 《东阳闲笔》无卷数,魏应昇撰。《(同治)续纂江宁府志》小说家琐语类著录。

187 《闲中录》无卷数,秦朝选撰。《(同治)续纂江宁府志》小说家琐语类著录。

188 《咫尺见闻录》无卷数,焦若鉁撰。《(同治)续纂江宁府志》小说家琐语类著录。

189 《待潮杂识》二卷,朱澜撰。《(同治)续纂江宁府志》卷九上小说杂事类著录。

190 《无稽谰语》五卷,王兰沚撰。《中国古代小说总目(文言卷)》著录。

191 《耕余偶语》一卷,张廷仪撰。《(光绪)湖南通志》小说家类杂事之属著录。

192 《我陶随笔》八卷,吕明撰。《(宣统)湖北通志》小说家类杂事之属著录。

193 《道听录》《敬远录》,陈诗撰。《(宣统)湖北通志》小说家类杂事之属著录。

194 《日下纪事》,万法周撰。《(宣统)湖北通志》小说家类杂事之属著录。

195 《粤轺纪闻》,王銮撰。《(宣统)湖北通志》小说家类杂事之属著录。

196 《瘦羊录》一卷,刘士璋撰。《(宣统)湖北通志》小说家类杂事之属著录。

197 《国朝闻见录》,汤之暄撰。民国《河南通志》小说类杂事之属著录。

198 《麈尾余谈》四卷,苏如溱撰。民国《河南通志》小说类杂事之属著录。

199 《见闻录异》二卷,陈奇铣撰。民国《福建通志附录》小说家类异闻之属著录。

200 《闻见录》,王亦纯撰。《(宣统)山东通志》小说家类杂事之属著录。

201 《竹窗录》一卷,蓝中琮撰。《(宣统)山东通志》小说家类杂事之属著录。

202 《珠泉夜话》,韩振纲撰。《(宣统)山东通志》小说家类杂事之属著录。

203 《同善见闻录》八册,刘墫撰。《(宣统)山东通志》小说家类杂事之属著录。

204 《耳食录》，曹炳文撰。《(宣统)山东通志》小说家类杂事之属著录。
205 《闻见录》，侯公栋撰。《(宣统)山东通志》小说家类杂事之属著录。一名《管见录》。
206 《篱下闲谈》一卷，王衍霖撰。《(宣统)山东通志》小说家类琐语之属著录。
207 《谈略》八卷，杜延闿撰。《(宣统)山东通志》小说家类琐语之属著录。
208 《梦仙忆记》一卷，顾枫撰。《温州经籍志》卷十八小说家类琐语之属著录。
209 《灯秋随记》八卷，顾枫撰。《温州经籍志》卷十八小说家类琐语之属著录。
210 《耕余谈》，施礼嵩撰。吴兴刘氏嘉业堂抄本《台州经籍考》小说类著录。
211 《愿学斋杂俎》十卷，郑还撰。《清代毗陵书目》小说家类著录。
212 《太人金鉴录》十四卷，薛涟撰。《清代毗陵书目》小说家类著录。
213 《赖古斋偶笔》二卷，汤修业撰。《清代毗陵书目》小说家类著录。
214 《碎金零拾》二卷，熊调鼎撰。《(光绪)黄州府志》子部十一小说家类著录。
215 《海天余话》一卷，篯銎外史撰。《中国丛书综录》小说家类著录。
216 《闲笈丛钞》《南桥小录》，王文震撰。《毗陵经籍志》子部小说家类著录。
217 《学斋杂录》十卷，郑环愿撰。《毗陵经籍志》子部小说家类著录。
218 《茨檐日札》一卷，王曾祥撰。《竹崦庵传抄书目》子部小说家类著录。
219 《锦里新谈》一卷，赵学敏撰。《竹崦庵传抄书目》子部小说家类著录。
220 《载鬼一车》，杨兴树撰。《(光绪)湖南通志》之《艺文》子部小说家类异闻之属著录。
221 《事类捷录》，李扶苍撰。《(同治)徐州府志》杂家小说类著录。
222 《茧录》，王锡珇撰。《(同治)徐州府志》杂家小说类著录。
223 《读书阙疑》，臧鲁高撰。《(同治)徐州府志》杂家小说类著录。
224 《见闻稽疑录》《桑梓见闻录》，徐恪撰。何震彝《江阴艺文志》子部小说家著录。
225 《松窗随笔》，缪思勃撰。何震彝《江阴艺文志》子部小说家著录。
226 《见闻论要》，夏祖熊撰。何震彝《江阴艺文志》子部小说家著录。
227 《长春镜日记》，李芬撰。何震彝《江阴艺文志》子部小说家著录。
228 《佐治药言》一卷，汪辉祖撰。《借书园书目》小说家类、《观海堂书目》子部杂家类杂说之属著录。

229 《阅微草堂笔记》二十四卷,纪昀撰。《藏园订补邵亭知见传本书目》小说家类、《郑堂读书记》小说家类著录。

230 《循陔纂闻》五卷,周广业撰。《贩书偶记续编》杂家类著录。

231 《过夏杂录》六卷、《续录》一卷,周广业撰。《贩书偶记续编》杂家类著录。

232 《瓜棚避暑录》一卷,孟超然撰。《清史稿艺文志及补编》小说家类著录。

233 《毗陵见闻录》八卷,汤健业撰。《江苏地方文献书目》著录。

234 《少见录》一卷,吴文溥撰。《中国丛书综录》小说家类著录。

235 《青豆轩诗话》二卷,史承谦撰。《毗陵经籍志》子部小说家类著录。当作《青梅轩诗话》。

236 《春水居笔记》,戴尧垣撰。未见著录。《槐厅杂笔》卷十二、十五、十六及《履园丛话》卷十七辑录五则。

237 《病余长语》十二卷,边连宝撰。未见著录。

238 《藤阴杂记》十二卷,戴璐撰。《观古堂藏书目》小说类记载之属著录。

239 《仪庠纪要》三卷,程元基撰。《(嘉庆)重修扬州府志》子部杂家小说类著录。

240 《宝仁堂鹿革囊》一卷,俞钟云撰。《八千卷楼书目》小说家类异闻之属著录。

241 《纪史通鉴》三十九卷,徐道述,李理赞。《书髓楼藏书目》小说家类著录。

242 《见闻录》五卷,黄椿慎斋氏撰。《清史稿艺文志拾遗》小说家类传奇之属著录。

243 《绛云小录》一卷,陈大文编。《清史稿艺文志拾遗》小说家类谐谑之属著录。

244 《松下闲谈》一卷,王士端(白鬓老人)撰。《清史稿艺文志拾遗》小说家类杂录之属著录。

245 《燕居笔记》四卷,题闽潭龙钟道人编辑。《清史稿艺文志拾遗》小说家类杂录之属著录。

246 《消寒新咏》一卷,题三益山房编。《清史稿艺文志拾遗》小说家类杂录之属著录。

247 《影月谭》,许鸿磐撰。《(宣统)山东通志》小说家类琐语之属著录。

248 《省吾小憩见闻时事杂志》不分卷,金世麟撰。《中国古籍总目》小说类文言之属著录。

249 《井蛙录》三卷,宋韵山撰。《中国古籍总目》小说类文言之属著录。

250 《世说补》二十卷,黄汝琳撰。《清史稿·艺文志》子部小说家类著录。

251《啄酗言》一册,吴明诚撰。《天一阁书目》(嘉庆文选楼刻本)小说家类著录。

252《过庭纪闻》《梁溪纪闻》,朱光进撰。《(嘉庆)重修扬州府志》子部杂家小说类著录。

253《半舫斋偶辑》,夏之蓉撰。《(嘉庆)重修扬州府志》子部杂家小说类著录。

254《笔谈》,柯廷铨撰。今佚。项元勋《台州经籍志》子部十三说家类著录。

255《笔谈》,施廷琮撰。《(光绪)重修安徽通志》小说类著录。

256《绘图蓝公奇案》二卷,蓝鼎元撰,旷敏本评。《中国古籍总目》小说类文言之属著录。

257《晋人麈》一卷,沈曰霖撰。《八千卷楼书目》子部小说家类杂事之属、《清史稿艺文志补编》子部杂家类著录。

258《粤西琐记》一卷,沈曰霖撰。《八千卷楼书目》史部地理类著录。

259《帚园杂记》,李兆斗撰。《(光绪)山西通志》小说类杂事之属著录。

260《井蛙杂录》二卷,宋韵山撰。《中国古籍总目》小说类文言之属著录。

261《井蛙录》三卷,宋韵山撰。《中国古籍总目》小说类文言之属著录。

262《史唾增删》六卷、《瓯茗小记》一卷、《醉乡杂史》一卷,吴兆滏撰。《(光绪)杭州府志·艺文志》小说家类著录。

263《刍荛粹语》,延棠撰。《(光绪)山西通志》小说类杂事之属著录。

264《董子求雨考》,顾凤毛撰。《(嘉庆)重修扬州府志》子部杂家小说类著录。

265《花月新闻》,冷纮撰。《(宣统)山东通志》小说家类琐语之属著录。

266《见闻近录》四卷,俞超撰。《清史稿艺文志拾遗》小说家类志怪之属著录。

267《茗语》,梅以浚撰。《(光绪)重修安徽通志》小说类著录。

268《南窗杂志》十二卷,香雪道人隐华氏撰。《中国古籍总目》小说类文言之属著录。

269《蓬山清话》十八卷,倪象撰。孙诒让《温州经籍志》卷十八小说家类琐语之属著录。

270《三生琐谈》二卷,陈良翼撰。《(光绪)黄州府志》小说家类著录。

271《书叶氏女事》一卷,屈大均撰。《清史稿艺文志拾遗》小说家类谐谑之属著录。

272《竹西花事小录》一卷,题芬陀利行者撰。《清史稿艺文志拾遗》小说家类杂录之属著录。

273 《少庵小笔》四十六卷,郭朝松撰。《(嘉庆)重修扬州府志》子部杂家小说类著录。

274 《思补斋日录》一卷,齐翀撰。民国《安徽通志稿》小说家类缀辑琐语之属著录。

275 《双州杂记》一卷,庄关和撰。《清代毗陵书目》小说家类著录。

276 《听雨园杂志》,郭宗林撰。《(光绪)山西通志》小说类杂事之属著录。

277 《庭暇庸言》四卷,蒋继轼撰。《(嘉庆)重修扬州府志》子部杂家小说类著录。

278 《王子微言》,王令名撰。项元勋《台州经籍志》子部十三说家类著录。

279 《午庄随笔》,刘绳祁撰。《(光绪)山西通志》小说类杂事之属著录。

280 《闲览笔记十卷》,林文琏撰。《(嘉庆)重修扬州府志》子部杂家小说类著录。

281 《闲余丛说》,鲍淦撰。项元勋《台州经籍志》子部十三说家类著录。

282 《续述异记》,张羽撰。《(光绪)湖南通志》小说家类异闻之属著录。

283 《甄尘纪略》一卷,姚齐宋撰。《中国古籍总目》小说类文言之属著录。

284 《郑氏家言》,郑鉴元撰。《(嘉庆)重修扬州府志》子部杂家小说类著录。

285 《之滇日记》四卷,刘可大撰。《清代毗陵书目》小说家类著录。

286 《竹窗谈奇》四卷,华祝撰。吴兴刘氏嘉业堂抄本《台州经籍考》小说类著录。

287 《琐言约记》一卷,张元进撰。《(嘉庆)重修扬州府志》子部杂家小说类著录。

288 《痴翁笔谈综》,周若鸿撰。《(宣统)湖北通志》小说家类杂事之属著录。

289 《闻见录》四卷,徐岳撰。《清史稿艺文志拾遗》小说家类传奇之属著录。

290 《广陵通典》十卷,汪中编。《郑堂读书记》卷十九史部杂史类、《中国古籍总目》史部地理类杂志之属著录。

291 《滇南新语》,张泓撰。《中国古籍总目》史部地理类杂志之属著录。

292 《滇南忆旧录》,张泓撰。《郑堂读书记补逸》小说家类著录。

293 《紫弦暇录》四卷,管心咸撰。《毗陵经籍志》子部小说家类著录。

294 《庚辰杂记》无卷数,王蒂撰。《(同治)续纂江宁府志》卷九上小说杂事类著录。

295 《稗贩》八卷,曹斯栋撰。《藏园订补郘亭知见传本书目》杂家类著录。

296 《山海经存》九卷,汪绂撰。《清史稿·艺文志》子部小说家类著录。

297 《古禾杂识》四卷,项映薇撰,王寿增补、吴受福续补。《中国古籍总目》史部地理类杂志之属著录。

298 《兰舫笔记》,常晖撰。《民国时期总书目》之"中国文学·杂记杂纂"著录。

299 《西域闻见录》四卷,七十一撰。《中国古籍总目》史部方志类丛编之属著录(此书一名《遐域琐谈》)。

300 《杂物丛言》,余国光撰。孙诒让《温州经籍志》卷十八小说家类琐语之属著录。

301 《西神丛语》一卷,黄蛟起撰。《八千卷楼书目》史部地理类、《上海图书馆古籍书目》小说家类笔记之属著录。

302 《旧闻新语》,周思仁撰。《(光绪)湖南通志》小说家类杂事之属著录。

嘉　庆

1 《池上丛谈》不分卷、《涧上丛谈》不分卷,许景仁撰。《中国古籍善本书目》小说家类著录。

2 《虫获轩笔记》不分卷,张为儒纂。《藏园订补郘亭知见传本书目》小说家类著录。

3 《听雨轩笔记》四卷,徐承烈撰。《中国丛书综录》小说家类著录。

4 《异闻新钞》八卷,李鹤林辑。《怡云仙馆藏书简明目录》小说家类异闻之属著录。

5 《异谈可信录》二十二卷,邓旸辑。《怡云仙馆藏书简明目录》小说家类异闻之属、《贩书偶记》小说家类著录。

6 《寄闲斋杂志》八卷附《三槎浦棹歌》一卷,朱淞撰。《贩书偶记续编》杂家类著录。

7 《守一斋客窗笔记》,金捧闾撰。何震彝《江阴艺文志》子部小说家、《八千卷楼书目》小说家著录。

8 《豂意轩录闻》卷数不详,金宗楚撰。未见著录,许氏《里乘》卷九有辑录八篇(则)。

9 《觳上旧闻》六卷,葛周玉撰。《中国古籍总目》小说类文言之属著录。

10 《群芳外谱》二卷,壶隐痴人撰。《贩书偶记》小说家类著录。

11 《合河纪闻》十卷,康基田撰。《(光绪)山西通志》小说类杂事之属著录。
12 《护花铃语》四卷,贾季超撰。未见著录。蒋寅《清诗话考》云此书为"志怪诗话"一类。
13 《研栻斋笔记》一卷,赵希璜撰。《中国古籍总目》小说类文言之属著录。
14 《槐厅载笔》二十卷,法式善撰。《八千卷楼书目》史部职官类、《郑堂读书记》卷六十五小说家类杂事之属著录。
15 《习园丛谈》,余庆长撰。《(宣统)湖北通志》小说家类杂事之属著录。
16 《只麈谈》二卷、《续只麈谈》二卷,胡承谱撰。《(光绪)安徽通志》卷三百四十二小说家类著录。
17 《谐史》四卷,程森泳辑。《贩书偶记续编》卷十二小说家类、《清史稿艺文志拾遗》小说家类著录。
18 《夜航船》八卷,沈钦道撰。《中国古籍总目》小说类文言之属著录。
19 《春泉闻见录》四卷,刘寿眉撰。《贩书偶记》小说家类著录。
20 《三异录》八卷,感春子辑。《中国古籍总目》小说类文言之属、《古旧书目》小说家类著录。
21 《两晋清谈》十二卷,沈杲之撰。《藏园订补邵亭知见传本书目》小说家类、《贩书偶记》小说家类著录。
22 《明湖花影》不分卷,王䜣撰。《中国古籍总目》小说类文言之属著录。
23 《泛湖偶记》一卷,缪艮撰。《清史稿艺文志拾遗》小说家类杂录之属著录。
24 《途说》四卷,缪艮撰。《(光绪)杭州府志·艺文志》小说家类著录。
25 《梦笔生花(文章游戏)》,缪艮著。《民国时期总书目》之"中国文学·笔记小说"著录。
26 《奁史》一百卷,王初桐辑。《万卷精华楼藏书记》卷一百子部小说家类、《清史稿·艺文志》小说家类著录。
27 《猫乘》八卷,王初桐纂。《中国丛书综录》子部谱录类著录。
28 《凉棚夜话》四卷、续编二卷,方元鹍撰。《贩书偶记续编》卷十二小说家类著录。
29 《南窗丛记》八卷,伊朝栋撰。《福建艺文志》子部小说家类、《中国古籍善本书目》小说家类著录。
30 《镜花水月》八卷,娄东羽衣客撰。《中国丛书综录》小说家类著录。
31 《梦厂杂著》十卷,俞蛟撰。《八千卷楼书目》小说家类著录。
32 《潮嘉风月记》一卷,俞蛟撰。《八千卷楼书目》小说家类著录。
33 《蕉轩摭余(录)》十二卷,俞梦蕉撰。《清史稿艺文志补编》子部小说家类著录。

34 《天山客话》二卷、《天山纪程》二卷、《外家纪闻》二卷，洪亮吉撰。《(光绪)武进阳湖县志》卷二十八小说类、《毗陵经籍志》小说家类、《观海堂书目》子部杂家类杂说之属著录。

35 《北江诗话》八卷，洪亮吉撰。《毗陵经籍志》子部小说家类、《八千卷楼书目》集部诗文评类著录。

36 《影谭》八卷，管世灏撰。《(光绪)杭州府志》小说家类著录。

37 《诊痴符》二卷，佚名撰。《贩书偶记》小说家类著录。

38 《山居闲谈》五卷，萧智汉辑、萧秉信注。《贩书偶记》小说家类著录。

39 《虞初续志》十卷，郑澍若辑。《清史稿·艺文志》小说家类著录。

40 《芝庵杂记》四卷，陆云锦撰。《清续文献通考》小说家类、《八千卷楼书目》小说家类著录。

41 《广虞初新志》四十卷，黄承增辑。《清史稿艺文志补编》子部小说家类、上海图书馆古籍书目"小说家笔记类"(馆藏卡片)著录。

42 《不寐录》，许亦鲁撰。未见著录，《清稗类钞》之著述类"不寐录"条云此书有二十四卷。今《中国古籍总目》小说类文言之属著录有《不寐录》四卷，题阳湖啸墅撰、雪渔居士编。

43 《吴兴旧闻补》四卷，章铨纂。《重修浙江通志稿·著述考》云《湖志·艺文志》著录。又名《吴兴旧闻续编》。

44 《樗散轩丛谈》十卷，陈镛撰。《中国古籍总目》小说类文言之属著录。

45 《录异》，刘岱云撰。民国《河南通志》小说类杂事之属著录。

46 《息影偶录》八卷，张埏撰。《贩书偶记》卷十二小说家类杂事之属著录。

47 《天全州闻见录》二卷，陈登龙撰。民国《福建通志》小说家类著录。

48 《教经堂谈薮》六卷，徐书受撰。《中国古籍总目》小说类文言之属著录。

49 《云峰偶笔》一卷，屈振镛撰。《中国丛书综录》小说家类著录。

50 《东斋脞语》一卷，吴翌凤撰。陈诒绂《江苏通志艺文志》子部续编之小说家著录。

51 《吴翌凤小说》，吴翌凤撰。《中国文言小说总目提要》著录。

52 《见闻偶记》一卷，苏元善撰。民国《河南通志》小说类杂事之属著录。

53 《檐曝杂记》六卷、续一卷，赵翼撰。《藏园订补郘亭知见传本书目》杂家类、《八千卷楼书目》小说家类、《清朝续文献通考·经籍考》小说家著录。

54 《粤滇杂记》一卷，赵翼撰。《岭南文献综录》地理部杂志类、《中国丛书综录》之"类编·史类·舆地"著录。

55 《成语》一卷，赵翼撰。《八千卷楼书目》小说家类琐语之属著录。

56 《新增最好听》十二卷,佚名辑。《清防阁·蜗居庐·樵斋藏书目录》小说类著录。

57 《春台赘笔》五卷,黄世发撰。《嘉业堂钞校本目录·天一阁藏书经见录》之《嘉业堂钞校本目录》子部小说家类著录。

58 《目耕偶记》十卷,罗瑞征撰。《(咸丰)顺德县志》卷十七小说类著录。

59 《移灯闲话》,何梦瑶撰。《(光绪)广州府志》艺文略小说家类著录。

60 《西村夜话》,潘楳元撰。《(光绪)广州府志》艺文略小说家类著录。

61 《吴门画舫录》二卷,董鳞撰。孙诒让《温州经籍志》卷十八小说家类琐语之属著录。

62 《啸亭杂录》十卷、《续录》三卷,昭梿撰。《清史稿·艺文志》杂史类著录。

63 《近游杂缀》三卷,蒋云宽纂。《中国古籍总目》小说类文言之属著录。

64 《见闻记略》四卷,杨树本撰。《中国古籍总目》小说类文言之属著录。

65 《人海丛谈》一卷,吴侍曾撰。《山东文献书目》小说家类著录。

66 《闽中录异》二卷,黄锡蕃撰。《郑堂读书记》卷六十六小说家类异闻之属著录。

67 《挑灯新录》六卷,吴仲成撰。《中国古代小说总目(文言卷)》著录。

68 《榄屑》二卷,何大佐撰。《(光绪)香山县志》卷二十一史部地理风土杂记类著录。

69 《遗珠贯索》八卷,张纯照撰。《贩书偶记》小说家类著录。

70 《志异新编》四卷,福庆撰。《中国古代小说总目(文言卷)》《八旗艺文编目》著录。《八旗艺文编目》云此书又名《异域竹枝词》。

71 《韩江见闻录》十卷,郑昌时撰。《清史稿·艺文志》史部地理类杂志之属著录。

72 《籁涵斋随笔》,李庆来撰。《清代毗陵书目》小说家类著录。

73 《廖莫子杂识》一卷,俞兴瑞撰。《八千卷楼书目》小说家类杂事之属著录。

74 《消夏录》五卷,汪汲撰。《中国古籍总目》小说类文言之属著录。

75 《定园随笔》八卷,董达章撰。《清代毗陵书目》小说家类著录。

76 《游记》一卷,董达章撰。《清代毗陵书目》小说家类著录。

77 《蜀游记》一卷,徐士勋撰。《清代毗陵书目》小说家类著录。

78 《雅令》三十二卷,徐士勋撰。《清代毗陵书目》小说家类著录。

79 《石渠随笔》,阮元撰。《(嘉庆)重修扬州府志》子部杂家小说类、《中国古籍总目》子部艺术类书画之属著录。

80 《衡文琐言》一卷、《词科掌录》十六卷、《广陵诗事》十卷、《瀛洲书记》四卷,阮元撰。《(嘉庆)重修扬州府志》子部杂家小说类著录。

81 《小沧浪笔谈》四卷,阮元撰。《清史稿·艺文志》杂家类杂说之属、《观古堂藏书目》小说家记载之属著录。

82 《定香亭笔谈》四卷,阮元撰。《清史稿·艺文志》杂家类杂说之属、《(嘉庆)扬州府志》杂家小说类、《藏园订补邵亭知见传本书目》杂家类、《观古堂藏书目》小说家类著录。

83 《昔柳摭谈》八卷,冯起凤撰,汪人骥重辑。《清史稿艺文志拾遗》小说家类杂录之属著录。

84 《竹窗变奇》四卷、《金山闻见录》六册,华祝撰。项元勋《台州经籍志》子部十三说家类著录。

85 《咫闻录》十二卷,题温汝适撰。《清史稿艺文志拾遗》小说家类杂录之属著录。

86 《游戏》十二卷,曾廷枚撰。《中国古籍总目》小说类文言之属著录。

87 《游戏三昧》十二卷,曾廷枚撰。《书髓楼藏书目》小说家类著录。

88 《玻山遗事》一卷,黄辉辑。《清史稿艺文志拾遗》小说家类杂录之属著录。

89 《作如是观》四卷,喻师颜撰。《中国古籍善本书目》小说家类著录。

90 《额粉庵萝芙小录》一卷,颖楼居士撰。《中国古籍总目》小说类文言之属著录。

91 《春宵呓语》二卷,慎甫撰。《中国古籍总目》小说类文言之属著录。

92 《金山见闻录》六册,华祝撰。吴兴刘氏嘉业堂抄本《台州经籍考》小说类、《清史稿艺文志拾遗》小说家类杂录之属著录。

93 《哭庙记略》一卷,《觉庵笔记》七卷,《再生记》二卷,佚名。《中国古籍总目》小说类文言之属著录。

94 《明斋小识》十二卷,诸联撰。《师石山房书目》小说家类杂事之属著录。

95 《遣睡杂言》八卷,黄凯钧撰。《清史稿艺文志补编》子部小说家类著录。

96 《墨余书异》八卷,蒋知白撰。《清史稿艺文志拾遗》小说家类志怪之属著录。

97 《三十六春小谱》四卷,捧花生撰。《中国古籍总目》小说类文言之属著录。

98 《谈征》五卷,题外方山人撰。《清史稿艺文志拾遗》小说家类杂录之属著录。

99 《亦复如是》八卷,宋永岳撰。《清史稿艺文志拾遗》小说家类杂录之属著录。一名《志异续编》,四卷。

100 《宋琐语》二卷,郝懿行纂。《中国古籍总目》史部纪传类断代之属著录。
101 《野话》九卷,伏虎道场行者撰。《中国古籍总目》小说类文言之属著录。
102 《岂有此理》四卷,绛雪草庐主人撰。《中国古籍总目》小说类文言之属著录。
103 《更岂有此理》四卷,半轩主人撰。《中国古籍总目》小说类文言之属著录。
104 《午凤堂丛谈》八卷,邹炳泰撰。《中国古籍总目》杂家类杂记之属著录。
105 《归田琐记》八卷,《浪迹丛谈》十一卷、《续谈》八卷,梁章钜撰。《清史稿·艺文志》子部小说家类著录。
106 《忆书》六卷,焦循撰。《八千卷楼书目》小说家类杂事之属著录。
107 《病余记述》,赵怀玉撰。《清代毗陵书目》小说家类著录。
108 《舲窗随笔》,赵怀玉撰。《清代毗陵书目》小说家类著录。
109 《独悟庵丛钞》七卷,沈三白撰。《八千卷楼书目》小说家类杂事之属著录。
110 《浮生六记》六卷,沈复撰。陈诒绂《江苏通志艺文志》子部小说家、《中国丛书综录》小说家类著录。
111 《金台残泪记》三卷,张际亮撰。民国《福建通志》小说家类著录。
112 《乾嘉诗坛点将录》一卷,舒位撰。《八千卷楼书目》小说家类琐语之属著录。
113 《宁志余闻》八卷,周广业辑。民国《杭州府志·艺文》史部地理类都会郡县之属著录。
114 《榆巢杂识》二卷,赵慎畛撰。《清史稿艺文志拾遗》小说家类杂录之属、《中国古籍总目》杂家类杂记之属著录。
115 《熙朝新语》十六卷,余金(徐锡龄、钱泳)撰。《怡云仙馆藏书简明目录》小说家类杂事之属、《八千卷楼书目》子部杂家类杂说之属著录。
116 《校正穆天子传》六卷,洪颐煊撰。项元勋《台州经籍志》子部十三说家类著录。
117 《触书家范》,喻元鸿撰。《(光绪)黄州府志》子部十一小说家类著录。
118 《春觉轩随笔》十卷,庄宇逵撰。《清代毗陵书目》小说家类著录。
119 《春梦十三痕》一卷,许桂林撰。《清史稿艺文志补编》子部小说家类著录。
120 《唉影集》四卷,范兴荣撰。民国《贵州通志》小说家类著录。
121 《雨窗寄所寄》四卷,谢堃撰。《八千卷楼书目》小说家类志怪之属

122 《读书管见》八卷,李钟泗撰。《(嘉庆)重修扬州府志》子部杂家小说类著录。

123 《覆校穆天子传》六卷,翟云升撰。《(宣统)山东通志》小说家类异闻之属著录。

124 《耕余谈》,施礼嵩撰。项元勋《台州经籍志》子部十三说家类著录。

125 《古镜录》六卷,林树寅撰。《清史稿艺文志拾遗》小说家类杂录之属著录。

126 《画舫余谈》一卷,捧花生撰。《八千卷楼书目》小说家类琐语之属著录。

127 《梦阑琐笔》一卷,杨复吉撰。《八千卷楼书目》小说家类杂事之属著录。

128 《默翁晬语》二卷,程炌撰。《(宣统)湖北通志》小说家类杂事之属著录。

129 《近事偶及》一册,马邦玉撰。《(宣统)山东通志》小说家类杂事之属著录。

130 《梦余笔谈》一卷,黎安理撰。《清史稿艺文志拾遗》小说家类杂录之属著录。

131 《匏叶庵杂俎》四卷、《外编》一卷,周鹤立撰。《中国古籍总目》小说类文言之属著录。

132 《述学四卷勤学记》二卷,《知新记》六卷,《炳烛记》,汪中撰。《(嘉庆)重修扬州府志》子部杂家小说类著录。

133 《退思轩随笔》四卷,陈肇波撰。民国《福建通志附录》小说家类杂事之属著录。

134 《随安说约》四卷,陈式勋撰。《(宣统)湖北通志》小说家类杂事之属著录。

135 《闻见闲言存》二卷,江绍莲撰。《清史稿艺文志拾遗》小说家类杂录之属著录。

136 《宗族见闻录》,孙守荃撰。孙诒让《温州经籍志》卷十八小说家类琐语之属著录。

137 《惜阴居琐语》,惜阴居主人撰。《中国古籍总目》小说类文言之属著录。

138 《我暇编》无卷数,王宗敬撰。《清史稿艺文志拾遗》小说家类杂录之属著录。

139 《欣赏录》八卷,马履丰辑。《清史稿艺文志拾遗》小说家类杂录之属著录。

140 《拙庵杂著》,曾宣琨撰。《(光绪)湖南通志》小说家类异闻之属著录。

141 《虞叩山人闻见录》,樊庶撰。《(嘉庆)重修扬州府志》子部杂家小说类

142《雨窗夜话》,许跃鲤撰。《(光绪)重修安徽通志》小说类著录。
143《野语》八卷,佚名。《怡云仙馆藏书简明目录》小说家类杂事之属。
144《医贫集》一册,孙子麟撰。《天一阁书目》(嘉庆文选楼刻本)小说家类著录。
145《枌社剩瓠》,周世绪撰。孙诒让《温州经籍志》卷十八小说家类琐语之属著录。
146《说蠡》六卷,吴堂撰。《中国古籍总目》小说类文言之属著录。
147《听雨楼随笔》,王培荀撰。未见著录。
148《山海经存》九卷,汪绂撰。《清史稿·艺文志》子部小说家类著录。
149《海录》不分卷,谢清高述,杨炳南录。《中国古籍总目》史部地理类中外杂记之属。

道　　光

1《鹧园随笔》四卷,吴觐撰。《清史稿艺文志拾遗》小说家类杂录之属著录。
2《西村余录》不分卷,孙益廷撰。《中国古籍总目》小说类文言之属著录。
3《黄竹子传》一卷,吴兰修撰。《清史稿艺文志拾遗》小说家类谐谑之属著录。
4《竹如意》二卷,马国翰撰。《(宣统)山东通志》小说家类琐语之属著录。
5《神萃》一卷,马国翰撰。《山东通志艺文志订补》子部小说类著录。
6《偶山丛话》,阎清澜撰。《山东通志艺文志订补》子部小说类著录。
7《樗园消夏录》三卷,郭麐撰。《八千卷楼书目》小说家类杂事之属著录。
8《并蒂葫芦》不分卷,周乐清辑。《清史稿艺文志拾遗》小说家类杂录之属著录。
9《瓯乘补遗》一册,洪守一辑。未见著录。
10《柳梅序》一卷,边浴礼撰。《中国古籍总目》小说类文言之属著录。
11《山海经笺疏》十八卷、《补图赞》一卷、《附订伪》一卷,郝懿行撰。《(宣统)山东通志》小说家类异闻之属著录。
12《游文小史》,郝懿行撰。《(宣统)山东通志》小说家类琐语之属著录。
13《三异笔谈》四卷,许仲元撰。《中国古籍总目》小说类文言之属著录。
14《瓣香外集》一卷,朱守方撰。《八千卷楼书目》小说家类琐语之属著录。

15 《适情要语》《耕余随笔》，杨登筹撰。项元勋《台州经籍志》子部十三说家类著录。

16 《回头想》四卷、《回头再想》四卷、《回头再想想》四卷，戚学标撰。吴兴刘氏嘉业堂抄本《台州经籍考》小说类著录。

17 《印雪轩随笔》四卷，俞鸿渐撰。《清史稿艺文志补编》子部杂家类、《清史稿艺文志拾遗》小说家类杂录之属著录。

18 《搜神杂记》二卷，周贶祥撰。《(光绪)湖南通志》小说家类异闻之属著录。

19 《遴斋杂言》，毛会抡撰。《清代毗陵书目》小说家类著录。

20 《定湖笔谈》二卷，黄景治撰。《书髓楼藏书目》小说家类著录。

21 《松筠阁钞异》十二卷，高承勋纂。《中国古籍总目》小说类文言之属著录。

22 《豪谱》一卷，高承勋撰。《清史稿艺文志拾遗》小说家类谐谑之属著录。

23 《一斑录杂述》七卷，郑光祖撰。《八千卷楼书目》小说家类杂事之属著录。

24 《铁若笔谈》四卷，双保撰。《清史稿艺文志补编》子部小说家类著录。

25 《池上草堂笔记近录》六卷、《续录》六卷、《三录》六卷、《四录》六卷，梁恭辰撰。《清史稿·艺文志》子部小说家类著录。

26 《劝戒录类编》，梁恭辰原著，济阳破衲编次。《中国古籍总目》小说类文言之属著录。

27 《北东园笔录初编》六卷、《续编》六卷、《三编》六卷、《四编》六卷、《劝戒录》五十四卷，梁恭辰撰。《清史稿艺文志补编》子部杂家类、《中国古籍总目》小说类文言之属著录。

28 《劝戒近录》十卷，梁恭辰撰。《书髓楼藏书目》小说家类著录。

29 《广东火劫记》一卷，梁恭辰撰。《清史稿艺文志拾遗》小说家类杂录之属著录。

30 《两朝恩赉记》一卷，黄钺撰。民国《安徽通志稿》小说家类叙述杂事之属著录。

31 《燕台鸿爪集》一卷，杨维屏撰。民国《福建通志》小说家类著录。

32 《燕台集艳》(一名《二十四花品》)一卷，题播花居士迦罗奴撰。《清史稿艺文志拾遗》小说家类杂录之属著录。

33 《不寐录》四卷，阳湖啸墅撰，雪渔居士编。《中国古籍总目》小说类文言之属著录。

34 《春灯新集》一卷，魏湘洲选辑。《清史稿艺文志拾遗》小说家类杂录之属著录。

35 《敏求轩述记》十六卷,程世箴撰。《清朝续文献通考》小说家类杂事之属著录。

36 《梁园花影》二卷,宫桥苞撰。《中国古籍总目》小说类文言之属著录。

37 《常谈丛录》九卷,李元复撰。《中国古籍总目》小说类文言之属著录。

38 《初月楼闻见录》十卷、《续录》十卷,吴德旋撰。《清史稿艺文志补编》子部杂家类、《中国古籍总目》小说类文言之属著录。

39 《清嘉录》十二卷,顾禄撰。《中国古籍总目》小说类文言之属著录。

40 《鹅湖客话》四卷,谢兰生撰。《中国古籍总目》小说类文言之属著录。

41 《醉里耳余录》十二卷,陈铭撰。《中国古籍总目》杂家类杂记之属著录。

42 《梦余因话录》三卷,《因话录续》,《十砚斋杂识》三卷,《恩余随录》二卷,《恩余杂志》二卷,《恩余杂志续》二卷,《恩余续录补》四卷,《恩余续录复补》二卷,《涤砚余志》二卷,杜堮撰。《(宣统)山东通志》小说家类杂事之属著录。

43 《校补丛残》,章谦存撰。民国《安徽通志稿》小说家类叙述杂事之属著录。

44 《果报录》十二卷,佚名撰。《中国古籍总目》小说类文言之属著录。

45 《见闻纪略》,范正铭撰。《青岛历代著述考》小说家类著录。

46 《潜园集录》十六卷,屠倬撰。《清史稿·艺文志》子部小说家类著录。

47 《征异录》八卷,祇园居士辑。《清史稿艺文志拾遗》小说家类志怪之属著录。

48 《证谛山人杂志》十二卷,叶腾骧撰。《中国古籍总目》小说类文言之属著录。

49 《消闲述异》三卷,常谦尊辑。道光二十年刻本。《清史稿艺文志拾遗》小说家类志怪之属著录。

50 《贤己编》六卷,黄安涛撰。道光十九年刻本。《清史稿艺文志拾遗》小说家类杂录之属著录。

51 《溪上遗闻集录》十卷,《溪山遗闻别录》二卷,尹元炜撰。《中国古籍总目》小说类文言之属著录。

52 《消寒绮语》一卷,王言撰。道光二十九年底稿。《清史稿艺文志拾遗》小说家类杂录之属著录。

53 《十洲春语》三卷,题二石生撰。《清史稿艺文志拾遗》小说家类杂录之属著录。

54 《随笔记录》一卷,李元复撰。《中国古籍总目》小说类文言之属著录。

55 《台丘摘抄》,陈文龙撰。《中国古籍总目》小说类文言之属著录。

56 《途说》四卷,赵季莹撰。未见著录。

57 《桐荫杂志》八卷，纪凤诏撰。《(宣统)山东通志》小说家类杂事之属著录。

58 《天涯闻见录》四卷，魏崧撰。《(光绪)湖南通志》小说家类异闻之属著录。

59 《惺斋纪异》一卷，张居敬撰。《(宣统)湖北通志》小说家类异闻之属著录。

60 《新刻红椒山房笔记》七卷，冯镇峦撰。《中国古籍总目》小说类文言之属著录。

61 《翼駧稗编》八卷，汤用中撰。《清代毗陵书目》小说家类著录。

62 《粤屑》八卷，刘世馨撰。《清史稿艺文志补编》子部小说家类著录。

63 《甑尘纪略》一卷附《同调编》一卷，姚齐宋、徐校撰。《中国古籍总目》小说类文言之属著录。

64 《两般秋雨盦随笔》八卷，梁绍壬撰。《怡云仙馆藏书简明目录》小说家类杂事之属。

65 《履园丛话》二十四卷，钱泳撰。《八千卷楼书目》小说家类杂事之属著录。

66 《梅溪笔记》一卷，钱泳撰。《清史稿艺文志拾遗》小说家类杂录之属著录。

67 《梦幻》一卷，钱泳辑。《中国古籍总目》小说类文言之属著录。

68 《埋忧集》十卷、《续集》二卷，朱翊清撰。《清史稿艺文志拾遗》小说家类杂录之属著录。

69 《寄楮备谈》一卷，奕赓撰。《清史稿艺文志拾遗》小说家类杂录之属著录。

70 《括谈》二卷，奕赓撰。《清史稿艺文志拾遗》小说家类杂录之属著录。

71 《春闻杂录》一卷，刘逢禄撰。《清代毗陵书目》小说家类著录。

72 《东湖丛话》六卷，蒋光熙撰。《书髓楼藏书目》小说家类著录。

73 《秦淮画舫录》二卷，《画舫余谭》一卷，《三十六春小谱》四卷，题捧花生撰。《清史稿艺文志拾遗》小说家类杂录之属著录。

74 《鸿雪因缘》三卷，麟庆撰。《书髓楼藏书目》小说家类著录。

75 《胡刻唐人说部书五种》五卷，胡鼎等编。《清史稿艺文志拾遗》小说家类类编之属著录。

76 《青溪风雨录》一卷、《秦淮闻见录》二卷，雪樵居士撰。《清史稿艺文志拾遗》小说家类杂录之属著录。

77 《薰犹并载》四卷、《杂谭》一卷，王晸撰。《中国古籍总目》小说类文言之属著录。

78 《回澜集》二卷,柳守原编。《中国古籍总目》小说类文言之属著录。
79 《耐冷谭》十六卷,宋咸熙撰。《中国古籍总目》小说类文言之属著录。
80 《耐冷续谭》二卷,宋咸熙撰。《中国古籍总目》小说类文言之属著录。
81 《南浦秋波录》三卷、《附翠鸟亭稿》一卷、《碧云遗稿》一卷,张际亮撰。民国《福建通志》小说家类著录。
82 《南游琐记》二卷,任荃撰。孙诒让《温州经籍志》卷十八小说家类琐语之属著录。
83 《三所录异》一卷,黄濬撰。吴兴刘氏嘉业堂抄本《台州经籍考》小说类著录。
84 《琼曼笔谈》一卷,黄濬撰。项元勋《台州经籍志》子部十三说家类著录。
85 《偶触记》二卷,黄濬撰。项元勋《台州经籍志》子部十三说家类著录。
86 《穆天子传注》《三所录异》,黄濬撰。项元勋《台州经籍志》子部十三说家类著录。
87 《焚余杂赘》一卷,黄濬撰。吴兴刘氏嘉业堂抄本《台州经籍考》小说类著录。
88 《知所止斋随笔》一卷,黄濬撰。吴兴刘氏嘉业堂抄本《台州经籍考》小说类著录。
89 《游戏集》一卷,黄濬撰。项元勋《台州经籍志》子部十三说家类著录。
90 《蚀箔录》一卷,黄濬撰。项元勋《台州经籍志》子部十三说家类著录。
91 《漠事里言》一卷,黄濬撰。吴兴刘氏嘉业堂抄本《台州经籍考》小说类著录。
92 《塞春小品》一卷,黄濬撰。项元勋《台州经籍志》子部十三说家类著录。
93 《荆舫随笔》一卷,黄治撰。吴兴刘氏嘉业堂抄本《台州经籍考》小说类著录。
94 《今樵笔欠》一卷,黄治撰。吴兴刘氏嘉业堂抄本《台州经籍考》小说类著录。
95 《客窗闲话》八卷,吴炽昌撰。《清史稿艺文志补编》子部杂家类著录。
96 《客窗闲话续》八卷,吴炽昌撰。《清史稿艺文志拾遗》小说家类杂录之属著录。
97 《邝斋杂记》八卷,孙昪撰。《清史稿艺文志拾遗》小说家类杂录之属著录。
98 《兰修庵消寒录》六卷,王道徵辑。《中国古籍总目》小说类文言之属著录。
99 《粤谐》一卷,黄芝撰。《中国古籍总目》小说类文言之属著录。
100 《蔗余偶笔》,方士淦撰。民国《安徽通志稿》小说家类叙述杂事之属著录。

101《断袖篇》一卷，吴下阿蒙撰。《清史稿艺文志拾遗》小说家类杂录之属著录。

102《格天集》六卷，朱谔廷撰。《书髓楼藏书目》小说家类著录。

103《孤篷听雨录》一卷，严保庸撰。《清史稿艺文志拾遗》小说家类杂录之属著录。

104《花里钟》，刘伯友撰。民国《安徽通志稿》小说家类叙述杂事之属著录。实为传奇剧。

105《汲古绠》，吴东昱撰。《（光绪）黄州府志》子部十一小说家类著录。

106《梦华新录》十二卷，黄守和撰。《（宣统）山东通志》小说家类琐语之属著录。

107《三蕉余话》二卷，陶丙寿撰。《清史稿艺文志拾遗》小说家类谐谑之属著录。

108《评花软语》二卷附《十二花谱暨评品》无卷数，题西溪云客撰。《清史稿艺文志拾遗》小说家类杂录之属著录。

109《闻见一隅录》三卷，夏炘撰。民国《安徽通志稿》小说家类叙述杂事之属著录。

110《冶官记异》六卷，王侃撰。《清史稿艺文志拾遗》小说家类志怪之属著录。

111《铁槎山房见闻录》十二卷，于克襄撰。《（宣统）山东通志》小说家类琐语之属著录。

112《见闻纪略》，汪兆柯撰。《（宣统）湖北通志》小说家类杂事之属著录。

113《巾帼须眉记》一卷，董恂撰。《清史稿艺文志拾遗》小说家类杂录之属著录。

114《京尘杂录》四卷，杨懋建撰。《清史稿艺文志补编》子部小说家类著录。

115《经济越语》附《烟花谱》，金铭之撰。项元勋《台州经籍志》子部十三说家类著录。

116《狙史》八卷，姚燮撰。孙诒让《温州经籍志》卷十八小说家类琐语之属著录。

117《客窗谈助》，柯茂枝撰。《（宣统）湖北通志》小说家类琐语之属著录。

118《聊斋续志》（存卷一、卷二），吴元相撰。《清史稿艺文志拾遗》小说家类志怪之属著录、民国《河南通志》小说类杂事之属著录。

119《梦游记》，孙步班撰。《（宣统）山东通志》小说家类琐语之属著录。

120《潜居琐记》，赵昌业撰。《（光绪）山西通志》小说类琐语之属著录。

121《青毡梦》一卷，焦承秀撰。《清史稿艺文志拾遗》小说家类杂录之属著录。

122《清暑录》一卷，赵绍祖撰。民国《安徽通志稿》小说家类缀辑琐语之属

123 《袪尘子》二卷,吴铄撰。《(光绪)黄州府志》子部十一小说家类著录。
124 《善庆录》,尚经方撰。《(宣统)山东通志》小说家类异闻之属著录。
125 《宵雅隐语》十二卷,查传蓉撰。《(光绪)杭州府志·艺文志》小说家类著录。
126 《芸窗随笔》,阎溥撰。《(宣统)山东通志》小说家类杂事之属著录。
127 《维则书屋杂志》,申际清撰。《(宣统)山东通志》小说家类杂事之属著录。
128 《闻见录》,刘文耀撰。民国《河南通志》小说类杂事之属著录。
129 《四斋闻见笔记》,王楷维撰。《(光绪)山西通志》小说类杂事之属著录。
130 《所见录》八卷,王起霞撰。项元勋《台州经籍志》子部十三说家类著录。
131 《琐琐斋琐语》,邓显鹤撰。《(光绪)湖南通志》小说家类异闻之属著录。
132 《往事录异》一卷,张澍撰。《清史稿艺文志拾遗》小说家类杂录之属著录。
133 《妄妄录》十二卷,朱海撰。《清史稿艺文志拾遗》小说家类谐谑之属著录。
134 《见闻纪异》,李文喆撰。《清代毗陵书目》小说家类著录。
135 《据我集》十卷,金崇梓撰。项元勋《台州经籍志》子部十三说家类著录。
136 《永嘉闻见录》二卷,孙同元撰。《八千卷楼书目》史部地理类杂记之属著录。
137 《伊江笔录》二卷,《重入春明杂录》一卷,《蒳溪杂录》(已佚),吴熊光撰。《蛾术轩箧存善本书录》著录。《伊江笔录》又名《槐江笔录》。
138 《退庵随笔》一卷,沈映钤撰。《许庼经籍题跋》卷三子部杂家著录。
139 《消暑随笔》四卷,潘世恩辑。《中国古籍总目》杂家类杂记之属著录。
140 《粤西笔述》一卷,张祥河辑。《中国古籍总目》史部地理类杂志之属著录。
141 《重论文斋笔录》十二卷,王端履撰。《八千卷楼书目》子部杂家类杂说之属著录。
142 《灯窗琐话》八卷,于源撰。《中国古籍总目》集部诗文评类著录。
143 《关陇舆中偶忆编》不分卷,张祥河撰。《中国古籍总目》杂家类杂纂之属著录。

144《异闻杂记》,贾莲溪撰。《龚又村自怡日记》卷九著录。

咸　　丰

1 《珠江梅柳记》一卷,周友良撰。《清史稿艺文志拾遗》小说家类杂录之属著录。

2 《竹叶亭杂记》八卷,姚元之撰。民国《安徽通志稿》小说家类缀辑琐语之属著录。

3 《四悔草堂别集》(即《爱娘传题辞》)一卷,《外集(词)》一卷,《外集别存》一卷,朱瓣香撰。《清史稿艺文志拾遗》小说家类杂录之属著录。

4 《平旦钟声》二卷,好德书斋编。《中国古籍总目》小说类文言之属著录。

5 《梦花记》一卷,小峰氏撰。《中国古籍总目》小说类文言之属、马国翰《玉函山房藏书簿录》著录。

6 《梦录》,马三山撰。民国《河南通志》小说类杂事之属著录。

7 《二酉堂增注广日记故事》,王相注。《中国古籍总目》小说类文言之属著录。

8 《习苦斋笔记》一卷,戴熙撰。《八千卷楼书目》小说家类杂事之属著录。

9 《曼陀罗华阁琐记》二卷,杜文澜撰。《清史稿艺文志拾遗》小说家类杂录之属著录。

10 《马首农言》,祁寯藻撰。《(光绪)山西通志》小说类杂事之属著录。

11 《空空斋呓语随录二编》,黄兆魁撰。《(光绪)黄州府志》子部十一小说家类、《(宣统)湖北通志》小说家类琐语之属著录。

12 《评点聊斋志异》,方玉润撰。《新纂云南通志》小说家类著录。

13 《秦淮八艳图咏》一卷,叶衍兰撰。《清史稿艺文志拾遗》小说家类杂录之属著录。

14 《拗人传》一册,刘家龙撰。《(宣统)山东通志》小说家类琐语之属著录。

15 《南阳异闻录》,黄允中撰。民国《河南通志》小说类异闻之属著录。

16 《无稽谰话》五卷,兰皋居士撰。《中国古籍总目》小说类文言之属著录。

17 《红山碎叶》一卷,黄濬撰。吴兴刘氏嘉业堂抄本《台州经籍考》小说类著录。

18 《傅征君谈苑》一卷、《晴佳亭笔记》二卷、《寻梦庐丛谈》四卷、《拜石居客谈》二卷,曹树毂撰。《(光绪)山西通志》小说类杂事之属著录。

19 《餐芍花馆随笔》,周腾虎撰。《清代毗陵书目》小说家类著录。

20 《信征随笔》十六卷、二集三十二卷,段永源撰。《中国古籍总目》小说类文言之属著录。
21 《信征集》二十二卷,段永源撰。《新纂云南通志》小说家类著录。
22 《昙波》不分卷,四不头陀撰。《中国古籍总目》小说类文言之属著录。
23 《广陵诗事补》《瀛洲笔谈》,阮亨撰。未见著录。
24 《筼廊琐记》九卷,王守毅撰。《中国古籍总目》小说类文言之属著录。
25 《高辛砚斋杂著》二卷,余凤翰撰。《八千卷楼书目》小说家类杂事之属著录。
26 《赓缦堂杂俎》一卷,何彤云撰。《中国古籍总目》小说类文言之属著录。
27 《扇底新诗》一卷,詹麟飞撰。《清史稿艺文志拾遗》小说家类杂录之属著录。
28 《琐事闲录》二卷、《续编》二卷,张畇撰。《清史稿艺文志补编》子部杂家类、《中国古籍总目》小说类文言之属著录。
29 《坐花志果》八卷,汪道鼎撰,鹫峰樵者音释。《中国古籍总目》小说类文言之属著录。
30 《春明随笔》《宦海纪闻》《田间杂记》,王燕琼撰。《(光绪)黄州府志》子部十一小说家类著录。
31 《白门新柳记》一卷、附记一卷,许豫(薛时雨)撰。《清史稿艺文志拾遗》小说家类杂录之属著录。
32 《秦淮艳品》一卷,张曦照撰。《清史稿艺文志拾遗》小说家类杂录之属著录。
33 《白门新柳补记》一卷,杨亨撰。《清史稿艺文志拾遗》小说家类杂录之属著录。
34 《蝶阶外史》四卷、《续编》二卷,高继珩撰。《书髓楼藏书目》小说家类、《清史稿艺文志拾遗》小说家类杂录之属著录。
35 《恐自逸轩琐录》四卷,彭昌祚撰。《中国古籍总目》小说类文言之属著录,《清史稿艺文志补编》子部小说家类云有十二卷本。
36 《梅兰录》一卷,姚燮撰。孙诒让《温州经籍志》卷十八小说家类琐语之属著录。
37 《醉墨窗三友梦记》一卷,程启选撰。《(宣统)山东通志》小说家类琐语之属著录。
38 《劳山逸笔》一卷,马志泮撰。《(宣统)山东通志》小说家类异闻之属著录。
39 《客途纪录》四卷,周自修撰。《山东通志艺文志订补》子部小说类著录。

40 《嗔情十话》,朱锦撰。《(宣统)山东通志》小说家类琐语之属著录。

41 《痴人说梦》十卷,张丙矗撰。《山东通志艺文志订补》子部小说类著录。

42 《杂俎总核》《搜神志异》,耿翔仪撰。《山东通志艺文志订补》子部小说类著录。

43 《青灯录》,陈扬撰。《山东通志艺文志订补》子部小说类著录。

44 《蝴蝶梦》,王凌霄撰。《山东通志艺文志订补》子部小说类著录。

45 《砚溪寓言》,范大田撰。《山东通志艺文志订补》子部小说类著录。

46 《耕余记闻》,郭祺增撰。《山东通志艺文志订补》子部小说类著录。

47 《客窗志梦》一卷,王荣庆撰。《山东通志艺文志订补》子部小说类著录。

48 《红书剑记》,佚名。《山东通志艺文志订补》子部小说类著录。

49 《花笺录》二十卷,孙兆湘撰。《书髓楼藏书目》小说家类著录。

50 《谈天谱》一卷、《梦授记》一卷,邹汉章撰。《(光绪)湖南通志》小说家类异闻之属著录。

51 《金蹄逸史》二卷,天悔生撰。《清史稿艺文志拾遗》小说家类杂录之属、民国《河南通志》小说类琐记之属著录。

52 《蠡说丛钞》十六卷,胡绍煐撰。民国《安徽通志稿》小说家类缀辑琐语之属著录。

53 《吕祖汇集》三十四卷附十四卷,佚名。《中国古籍总目》小说类文言之属著录。

54 《鸥巢闲笔》三卷、《雪烦庐记异》二卷,张道撰。《(光绪)杭州府志·艺文志》小说家类著录。

55 《雪烦庐记异》二卷,张道撰。《清史稿艺文志拾遗》小说家类志怪之属著录。

56 《添香余话》十二卷,朱亢宗撰。《台州经籍考》小说类著录。

57 《滋福堂丛话》,张葆森撰。《(宣统)湖北通志》小说家类杂事之属著录。

58 《野樵闻见录》,李宣政撰。民国《河南通志》小说类杂事之属著录。

59 《莲幕本草并赞》一卷,寄萍主人(顾含象)撰。《清史稿艺文志拾遗》小说家类谐谑之属著录。

60 《箬廊璅记》九卷,王济宏撰。《中国古籍总目》杂家类杂学杂说之属著录。

61 《琉球实录》一卷,钱文漪撰。王韬《弢园藏书目》子部小说家类著录。

同 治

1 《壶斋杂录》,徐肇峒撰。《(光绪)黄州府志》子部十一小说家类、《(宣统)湖北通志》小说家类杂事之属著录。

2 《女世说》一卷,严衡撰。《清史稿艺文志拾遗》小说家类杂录之属著录。
3 《杭俗遗风》一卷,范祖述撰。《八千卷楼书目》小说家类琐语之属著录。
4 《诗钟录》一卷,陈冕撰。《八千卷楼书目》小说家类琐语之属著录。
5 《桂林录异》八卷,顾淦撰。《清史稿艺文志拾遗》小说家类志怪之属著录。
6 《春宵偶语》二卷,陈之翰撰。孙诒让《温州经籍志》卷十八小说家类琐语之属著录。
7 《余墨偶谈》八卷,孙枟撰。《清朝续文献通考》子部小说家类杂事之属著录。
8 《宋人小说类编》四卷、续编一卷,吴为楫辑。《(光绪)杭州府志·艺文志》小说家类著录。
9 《客座轩渠》四卷,鹿野散人编。《中国古籍总目》小说类文言之属著录。
10 《阴阳镜》十六卷,《中国古籍总目》小说类文言之属著录。
11 《益智录》(《烟雨楼续聊斋志异》)十六卷,解鉴撰。《清史稿艺文志拾遗》小说家类志怪之属著录。
12 《维摩室随笔》,庄受祺撰。《清代毗陵书目》小说家类著录。
13 《闻见偶记》一卷,邹树荣撰。《清史稿艺文志拾遗》小说家类杂录之属著录。
14 《废言》一卷,于昌遂撰。《山东通志艺文志订补》子部杂家类著录。
15 《里乘》十卷,许奉恩撰。民国《安徽通志稿》小说家类叙述杂事之属著录。
16 《对山书屋墨余录》十六卷,毛祥麟撰。《清史稿艺文志补编》子部小说家类著录。
17 《富贵丛谭》四卷,邵纪堂辑。《中国古籍总目》小说类文言之属著录。
18 《耕余琐闻》八卷,龚淦撰。《清代毗陵书目》小说家、《中国古籍总目》小说类文言之属著录。
19 《国朝科场异闻录》九卷,《前明科场异闻录》五卷,《唐宋科场异闻录》三卷,《直省科场异闻录》四卷,《小试异闻录》一卷,吕湘燮撰。《清史稿艺文志拾遗》小说家类杂录之属著录。
20 《随园轶事》六卷,蒋敦复撰。《清史稿艺文志拾遗》小说家类杂录之属著录。
21 《明僮小录》一卷,余不钓徒撰。《中国古籍总目》小说类文言之属著录。
22 《明僮续录》一卷,殿春生撰。《中国古籍总目》小说类文言之属著录。
23 《想当然耳》八卷,邹钟撰。《中国古籍总目》小说类文言之属著录。
24 《蕴珍斋小志》十二卷,沈寅清辑。《中国古籍总目》小说类文言之属著录。

25 《吹网录》六卷,叶廷琯撰。《㐆园藏书目》子部小说家类、《中国古籍总目》杂家类杂学杂说之属著录。

26 《鸥陂渔话》六卷,叶廷琯撰。《中国古籍总目》杂家类杂学杂说之属著录。

27 《见闻随笔》二十六卷、《续笔》二十四卷,齐学裘撰。《八千卷楼书目》杂家类杂说之属、民国《安徽通志稿》小说家类纪录异闻之属、《清史稿艺文志拾遗》小说家类杂录之属著录。

28 《见闻续笔》二十四卷,齐学裘撰。《清史稿艺文志拾遗》小说家类杂录之属著录。

29 《盾鼻随闻录》七卷,俞泰琛撰(即汪堃,一作八卷)。《八千卷楼书目》小说家类杂事之属著录。

30 《铸鼎觉迷录》三卷,俞泰琛撰。《八千卷楼书目》小说家类异闻之属著录。

31 《梦园丛记》八卷,方浚颐撰。《八千卷楼书目》小说家类杂事之属著录。

32 《梦园琐记》十二卷,方浚颐撰。《中国古籍总目》小说类文言之属著录。

33 《梦园琐事》不分卷,方浚颐撰。《中国古籍总目》小说类文言之属著录。

34 《蕉窗》十则、《广义》一卷、《雷火纪闻》一卷、《闻见实录》一卷、《医心奇验》一卷,朱廷简撰。吴兴刘氏嘉业堂抄本《台州经籍考》小说类著录。

35 《北上偶录》三卷,江浚源撰。民国《安徽通志稿》小说家类叙述杂事之属著录。

36 《笔花轩》一卷、《憨子》一卷、《粥饭缘》一卷,《中国古籍总目》小说类文言之属著录。

37 《闲谈消夏录》十二卷,朱翊清撰。《中国古籍总目》小说类文言之属著录。

38 《鸡肋编》二卷,许国年撰。《中国古籍总目》小说类文言之属著录。

39 《吉祥花》六卷,邵彬儒辑。《中国古籍总目》小说类文言之属著录。

40 《金壶七墨》,黄钧宰撰。《八千卷楼书目》小说家类杂事之属著录。

41 《妙香室丛话》十四卷,张培仁撰。《清史稿艺文志补编》子部杂家类著录。

42 《静娱亭笔记》十二卷,张培仁撰。《清史稿艺文志补编》子部小说家类著录。

43 《铸庵随笔》二编八卷,张培仁撰。《中国古籍总目》小说类文言之属著录。

44 《华严色相录》一卷,佚名。《清史稿艺文志拾遗》小说家类杂录之属著录。

45 《牧庵杂纪》六卷,徐一麟撰。《中国古籍总目》小说类文言之属著录。

46 《庸闲斋笔记》十二卷,陈其元撰。《师石山房书目》小说家类杂事之属著录。

47 《玉井山馆笔记》一卷、《旧游日记》一卷,许宗衡撰。《中国古籍总目》小说类文言之属著录。

48 《客窗消寒笔记》,匡庆榆撰。《(光绪)黄州府志》子部十一小说家类、《(宣统)湖北通志》小说家类杂事之属著录。

49 《鞠醵闲话》,黄殿钧撰。民国《河南通志》小说类杂事之属著录。

50 《兰芷零香录》三卷,杨恩寿撰。《清史稿艺文志拾遗》小说家类杂录之属著录。

51 《逆党祸蜀记》一卷,汪堃撰。《清史稿艺文志拾遗》小说家类杂录之属著录。

52 《寄蜗残赘》十六卷,汪堃撰。张振国《晚清民国志怪传奇小说集研究》著录。

53 《明僮合录》二卷,碧里生编。《八千卷楼书目》小说家类琐语之属著录。

54 《瑞获轩随笔》,佚名。《中国古籍总目》小说类文言之属著录。

55 《慎节斋杂记》,史致谔撰。《清代毗陵书目》小说家类著录。

56 《损斋杂录》,恽彦琦撰。《清代毗陵书目》小说家类著录。

57 《我闻录》一卷,叶蒸云撰。吴兴刘氏嘉业堂抄本《台州经籍考》小说类著录。

58 《心田记》不分卷,渔庄钓徒撰。《中国古籍总目》小说类文言之属著录。

59 《辛壬脞录》一卷,王蒔蕙撰。孙诒让《温州经籍志》卷十八小说家类琐语之属著录。

60 《异闻摘录》一卷,吴家桢等撰。《中国古籍总目》小说类文言之属著录。

61 《云杜故事》一卷,易本烺撰。《清史稿艺文志拾遗》小说家类杂录之属著录。

62 《酒阑灯炧谈》四卷,许之叙撰。《清史稿艺文志拾遗》小说家类杂录之属著录。

63 《鸿雪轩纪艳》四种,艺兰生辑。《中国古籍总目》小说类文言之属著录。

64 《消闲戏墨》二卷,王荣华撰。未见著录。

65 《妄谈录》一卷,王荣华撰。未见著录。

66 《闽杂记》十二卷,施鸿保撰。《中国古籍总目》史部地理类杂志之属著录。

67 《东瓯轶事随笔》二册,孟剑秋辑。未见著录。

68 《归鹤琐言》，丁克柔撰。此书见诸丁克柔《柳弧》中。
69 《茗余新话》八卷，王光甸撰。《中国古籍总目》小说类文言之属著录。

光　　绪

1 《蝶仙小史》二卷，延肯撰。《书髓楼藏书目》小说家类著录。
2 《侯鲭新录》五卷，沈定年撰。《清史稿艺文志拾遗》小说家类杂录之属著录。
3 《记闻类编》十四卷，蔡尔康撰。《八千卷楼书目》小说家类杂事之属著录。
4 《韵鹤轩杂著》二卷，《笔谈》二卷，佚名。《中国古籍总目》小说类文言之属著录。
5 《止园笔谈》二卷，史梦兰撰。《清史稿·艺文志》子部小说家类著录。
6 《聊斋志异初编》八卷，宣鼎撰。《中国古籍总目》小说类文言之属著录。
7 《夜雨秋灯录》初集续集三集各四卷，宣鼎撰。《清史稿艺文志拾遗》小说家类志怪之属著录。
8 《说冷话》一卷附《闺律》，秡襫道人辑，芙蓉外史编。《中国古籍总目》小说类文言之属著录。
9 《谰言琐记》一卷，刘因之撰。《清史稿艺文志拾遗》小说家类杂录之属著录。
10 《梦痴说梦前编》一卷续编一卷，梦痴学人撰。《中国古籍总目》小说类文言之属著录。
11 《岭南即事》十三卷，何惠群撰。《中国古籍总目》小说类文言之属著录。
12 《斯陶说林》十二卷，王用臣撰。《清史稿艺文志补编》子部杂家类著录。
13 《水窗春呓》二卷，佚名。光绪三年排印本。《清史稿艺文志拾遗》小说家类杂录之属著录。
14 《四奇合璧》一卷，花下解人撰。《中国古籍总目》小说类文言之属著录。
15 《淞南梦影录》四卷，黄协埙编。《中国古籍总目》小说类文言之属著录。
16 《此中人语》六卷，程麟撰。《清史稿艺文志拾遗》小说家类杂录之属著录。
17 《善念有感》不分卷，容镜廷辑。《清史稿艺文志拾遗》小说家类杂录之属著录。
18 《捧腹集》一卷，郭陈尧撰。《中国古籍总目》小说类文言之属著录。

19 《醒世日记》二卷,席世能撰。张振国《晚清民国志怪传奇小说集研究》著录。

20 《蒙情快史》四卷,梦花主人撰。《中国古籍总目》小说类文言之属著录。

21 《北窗呓语》一卷,朱煮撰。《八千卷楼书目》杂家类杂说之属、《清史稿艺文志拾遗》小说家类杂录之属著录。

22 《情天外史》正续册不分卷,情天外史撰。《中国古籍总目》小说类文言之属著录。

23 《琼林霏屑》八卷,望海楼主人撰。《中国古籍总目》小说类文言之属著录。

24 《伤心人语》不分卷,梦云生撰。《中国古籍总目》小说类文言之属著录。

25 《上海冶游杂记》八卷,藜床卧读生辑。《中国古籍总目》小说类文言之属著录。

26 《津门杂记》三卷,张焘撰。《中国古籍总目》史部地理类杂志之属著录。

27 《海国妙喻》一卷,《海外拾遗》一卷,张赤山辑。《中国古籍总目》小说类文言之属著录。

28 《海国奇谈》四卷,张赤山辑。《中国古籍总目》小说类文言之属著录。

29 《海外异闻录》二卷续集二卷,赤山畸士撰。《中国古籍总目》小说类文言之属著录。

30 《海上群芳谱》四卷,顾曲词人撰。《清史稿艺文志拾遗》小说家类杂录之属著录。

31 《海上冶游备览》四卷,指迷生撰。《清史稿艺文志拾遗》小说家类杂录之属著录。

32 《海上青楼图记》六卷卷首一卷,沁园主人绘,惠兰圆主辑。《中国古籍总目》小说类文言之属著录。

33 《海底仇》二卷,黎虞孙、范公说译。《中国古籍总目》小说类文言之属著录。

34 《闺律》一卷,芙蓉外史撰。《中国古籍总目》小说类文言之属著录。

35 《多暇录》二卷,程庭鹭撰。《中国古籍总目》小说类文言之属著录。

36 《春江灯市录》二卷,邹弢撰。《中国古籍总目》小说类文言之属著录。

37 《三借庐赘谈》十二卷,邹弢撰。《清史稿艺文志补编》子部杂家类著录。

38 《浇愁集》笔记,邹弢撰。《中国古籍总目》小说类文言之属著录。

39 《蛛隐琐言》一卷,邹弢撰。《中国古籍总目》小说类文言之属著录。

40 《潇湘馆笔记》四卷,邹弢撰。《中国古籍总目》小说类文言之属著录。

41 《沪游笔记》四卷,邹弢撰。未见著录。上海图书馆藏光绪十四年袖珍本。

42 《春江灯市录》二卷,《春江花史》二卷,邹弢撰。《清史稿艺文志拾遗》小说家类杂录之属著录。

43 《痴说》四卷,尊闻阁主辑。《中国古籍总目》小说类文言之属著录。

44 《虫鸣漫录》不分卷,宋芬撰。《中国古籍总目》小说类文言之属著录。

45 《杨翠喜志略》,佚名。《中国古籍总目》小说类文言之属著录。

46 《冰鉴斋见闻录》一卷,李熙龄撰。《中国古籍总目》小说类文言之属著录。

47 《奇言可笑录》,悟痴生辑,陈旭旦评。《中国古籍总目》小说类文言之属著录。

48 《奇闻随笔》四卷,梁山居士撰。《中国古籍总目》小说类文言之属著录。

49 《聊斋续编》八卷,柳春浦撰。《清史稿艺文志拾遗》小说家类志怪之属著录。

50 《聊摄丛谈》六卷,须方岳撰。《清史稿艺文志补编》子部杂家类著录。

51 《沧海遗珠录》二卷,题小蓝田忏情侍者撰。《清史稿艺文志拾遗》小说家类杂录之属著录。

52 《明湖韵事》,平孔缵撰。《中国古籍总目》小说类文言之属著录。

53 《名媛韵事》五卷,鹊华馆主人辑。《中国古籍总目》小说类文言之属著录。

54 《集说铨真》不分卷、《续编》一卷,黄伯禄撰。《中国古籍总目》小说类文言之属著录。

55 《茶余谈荟》二卷,见南山人撰。《清史稿艺文志拾遗》小说家类杂录之属著录。

56 《蟾宫第一枝绣像全书》四卷卷首一卷,王真勤辑。《中国古籍总目》小说类文言之属著录。

57 《尘梦醒谈》一卷,《笔梦清谈》一卷,《游梦倦谈》一卷,吴绍箕撰。《清史稿艺文志拾遗》小说家类杂录之属著录。

58 《景愚轩缀闻》一卷,海需撰。《中国古籍总目》小说类文言之属著录。

59 《澹园述异》三编一卷四编一卷,沈燿曾撰。《中国古籍总目》小说类文言之属著录。

60 《道听途说》十二卷,潘纶恩撰。《清史稿艺文志拾遗》小说家类杂录之属著录。

61 《此君轩漫笔》八卷,李心衡撰。《中国古籍总目》小说类文言之属著录。

62 《绘图骗术奇谈》四卷,华亭雷撰。《中国古籍总目》小说类文言之属著录。

63 《绘图倚红艳史》四卷,程麟撰。《中国古籍总目》小说类文言之属著录。

64 《绘图游戏奇观》二卷,逍遥子撰。《中国古籍总目》小说类文言之属著录。
65 《活世生机》四卷,邵纪堂撰。《中国古籍总目》小说类文言之属著录。
66 《不费钱功德录》三卷《附录》一卷,甘峻卿辑。《中国古籍总目》小说类文言之属著录。
67 《城南草堂笔记》三卷,许幻园撰。《中国古籍总目》小说类文言之属著录。
68 《春申江之新笑谈》四卷,坐花散人编。《中国古籍总目》小说类文言之属著录。
69 《垂绥录》十卷,张云璈撰。《中国古籍总目》小说类文言之属著录。
70 《灯余笔录》四卷,赵培元撰。《清史稿艺文志拾遗》小说家类杂录之属著录。
71 《东斋忆记》一卷,西州山人撰。《中国古籍总目》小说类文言之属著录。
72 《扶风许氏仙集》二卷,许可觐撰。《中国古籍总目》小说类文言之属著录。
73 《复堂日记》八卷,谭献撰。《八千卷楼书目》杂家类杂说之属、《书髓楼藏书目》小说家类著录。
74 《改良新笑话杂俎》六卷,赤山畸士撰。《中国古籍总目》小说类文言之属著录。
75 《真真岂有此理》二卷,梁溪潇湘馆辑。《中国古籍总目》小说类文言之属著录。
76 《古宦异述记》四卷,林兰兴撰。《中国古籍总目》小说类文言之属著录。
77 《椒生随笔》八卷,王之春撰。《八千卷楼书目》小说家类杂事之属著录。
78 《荟蕞编》二十卷,俞樾撰。《中国古籍总目》小说类文言之属著录。
79 《右台仙馆笔记》十六卷,俞樾撰。《清史稿艺文志补编》子部杂家类、《八千卷楼书目》子部小说家杂事类著录。
80 《广杨园近鉴》一卷,俞樾撰。《师石山房书目》小说家类杂事之属著录。
81 《隐书》一卷,俞樾撰。《师石山房书目》小说家类琐语之属。
82 《一见引人笑》四卷,俞樾撰。《中国古籍总目》小说类文言之属著录。
83 《一笑》一卷,俞樾撰。《师石山房书目》小说家类琐语之属。
84 《五五》一卷,俞樾撰。《师石山房书目》小说家类杂事之属著录。
85 《十二月花神议》一卷,俞樾撰。《师石山房书目》小说家类琐语之属。
86 《春在堂随笔》十卷附《小浮梅闲话》,俞樾撰。《清史稿·艺文志》杂家类杂考之属著录。

87 《耳邮》四卷,俞樾撰。《中国古籍总目》小说类文言之属著录。

88 《瀛壖杂志》六卷,王韬撰。《书髓楼藏书目》小说家类著录。

89 《正续后聊斋志异》不分卷,王韬撰。《中国古籍总目》小说类文言之属著录。

90 《三续聊斋志异》十卷,王韬撰。《中国古籍总目》小说类文言之属著录。

91 《老饕赘语》四卷,王韬撰。《中国古籍总目》小说类文言之属著录。

92 《后聊斋志异图说》十二卷,王韬撰。《中国古籍总目》小说类文言之属著录。

93 《海陬冶游录》三卷、《附录》三卷、《余录》三卷,王韬撰。《清史稿艺文志拾遗》小说家类杂录之属著录。

94 《花国剧谈》一卷,《眉珠庵忆语》一卷,王韬撰。《清史稿艺文志拾遗》小说家类杂录之属著录。

95 《艳史丛钞十二种》三十卷,王韬辑。《清史稿艺文志拾遗》小说家类类编之属著录。

96 《瓮牖余谈》八卷、《遁窟谰言》十二卷、《淞滨琐话》十二卷,王韬撰。《清史稿艺文志补编》子部小说家类著录。

97 《弢园笔乘》不分卷,王韬撰。《中国古籍总目》史部杂史类事实之属著录。

98 《松荫庵漫录》,王韬撰。未见著录。

99 《艳异新编》五卷,俞宗骏辑。《清史稿艺文志拾遗》小说家类志怪之属著录。

100 《艳装新语》二卷,湖上笠翁编辑。《清史稿艺文志拾遗》小说家类杂录之属著录。

101 《记梦四则》一卷,张文虎撰。《清史稿艺文志拾遗》小说家类志怪之属著录。

102 《解醒语》四卷,兰月楼主人撰。《中国古籍总目》小说类文言之属著录。

103 《解醒语》四卷,泖滨野客、鸥乡老人撰。《中国古籍总目》小说类文言之属著录。

104 《燕窗闲话》二卷,郑经撰。《中国古籍总目》小说类文言之属著录。

105 《枕石编》二卷,刘蓉撰。《中国古籍总目》小说类文言之属著录。

106 《知止庵笔记》三卷,黄宗起撰。《中国古籍总目》小说类文言之属著录。

107 《我佛山人笔记三种》四卷,吴趼人撰。《清史稿艺文志拾遗》小说家类类编之属著录。

108 《上海三十年艳迹》一卷,吴趼人撰。《清史稿艺文志拾遗》小说家类杂录之属著录。

109 《趼廛随笔》一卷、《续笔》一卷,吴趼人《清史稿艺文志拾遗》小说家类杂录之属著录。

110 《中国侦探三十四年案》一卷,吴趼人撰。《清史稿艺文志拾遗》小说家类杂录之属著录。

111 《卧游集》不分卷,佚名。《清史稿艺文志拾遗》小说家类杂录之属著录。

112 《壶天录》三卷,百一居士撰。《清史稿艺文志拾遗》小说家类杂录之属著录。

113 《无兢庐丛谈》不分卷,无兢庐主人撰。《中国古籍总目》小说类文言之属著录。

114 《无聊斋杂记》四卷,无聊斋主人撰。《中国古籍总目》小说类文言之属著录。

115 《吾庐笔谈》八卷,李佑贤编。《中国古籍总目》小说类文言之属著录。

116 《吴门百艳图》五卷,司香旧尉评花,花下解人写艳。《清史稿艺文志拾遗》小说家类杂录之属著录。

117 《珊海余郒》十二卷,玉车道人撰。《中国古籍总目》小说类文言之属著录。

118 《善恶案证》十二卷,佚名。《中国古籍总目》小说类文言之属著录。

119 《宋艳》十二卷,徐士銮撰。《清史稿艺文志拾遗》小说家类杂录之属著录。

120 《粟香五笔》四十卷,金武祥撰。《八千卷楼书目》小说家类杂事之属著录。

121 《随缘笔记》四卷,周大健撰。《八千卷楼书目》小说家类杂事之属著录。

122 《索东闻见纪实录》四卷,马鉴撰。民国《河南通志》小说类杂事之属著录。

123 《谈异》(《伊园漫录》)八卷,王景贤撰。《中国古籍总目》小说类文言之属著录。

124 《谭瀛》八种二集四卷,吴文藻撰。《中国古籍总目》小说类文言之属著录。

125 《天花乱坠》八卷,钟骏文辑。《中国古籍总目》小说类文言之属著录。
126 《嘻谈录》二卷、《嘻谈续录》二卷,小石道人辑。《清史稿艺文志拾遗》小说家类谐谑之属著录。
127 《老人梦语》二卷,鸥乡老人撰。《中国古籍总目》小说类文言之属著录。
128 《闻见异辞》四卷,许秋垞撰。《清史稿艺文志拾遗》小说家类志怪之属著录。
129 《委谈近录》一卷,佚名。《中国古籍总目》小说类文言之属著录。
130 《遁斋偶笔》二卷,徐崑撰。《清代毗陵书目》小说家类著录。
131 《仙踪记略》三卷续三卷,张鹤辑。《中国古籍总目》小说类文言之属著录。
132 《闲居新编》四卷,忘忧草堂辑。《中国古籍总目》小说类文言之属著录。
133 《秋灯夜录》,程恩培撰。民国《河南通志》小说类杂事之属著录。
134 《香饮楼笔谈》二卷,陆长春撰。《清史稿艺文志拾遗》小说家类杂录之属著录。
135 《小家语》四卷附《枭林小史》一卷,黄沐三撰。《中国古籍总目》小说类文言之属著录。
136 《绘图古今眼前报》四卷,吴鉴芳辑。《中国古籍总目》小说类文言之属著录。
137 《笑林择雅》二卷,沤醒道人辑。《中国古籍总目》小说类文言之属著录。
138 《续坐花志果》四卷附一卷,石屋寺侍者撰。《中国古籍总目》小说类文言之属著录。
139 《屑玉丛谭》初集六卷、二集六卷、三集六卷、四集六卷,钱徵、蔡尔康辑。《中国古籍总目》小说类文言之属著录。
140 《醒睡录初集》十卷,邓文滨撰。《清史稿艺文志拾遗》小说家类杂录之属著录。
141 《新编风月笑谈》一册,佚名。《中国古籍总目》小说类文言之属著录。
142 《异闻益智丛录》(《异闻益智新囊》)三十四卷,种蕉艺兰生撰。《中国古籍总目》小说类文言之属著录。
143 《科名显报》一卷、《续编》一卷,淡友居士辑,涤凡居士增订。《中国古籍总目》小说类文言之属著录。
144 《益闻录》不分卷,佚名。《中国古籍总目》小说类文言之属著录。
145 《逸农笔记》八卷,黄鸿藻撰。《中国古籍总目》小说类文言之属著录。
146 《有棠梨馆笔记》一卷,何兆瀛撰。《中国古籍总目》小说类文言之属著录。

147 《雨窗消意录》四卷，牛应之(即朱克敬)辑。《中国古籍总目》小说类文言之属著录。

148 《瞑庵杂识》二卷，《瞑庵二识》二卷，朱克敬撰。《中国古籍总目》杂家类杂学杂说之书著录。

149 《儒林琐记》三卷、《附记》一卷，朱克敬撰。《中国古籍总目》史部传记类总传之属著录。

150 《辍耕笔记》一卷，倪伟人撰。《书髓楼藏书目》小说家类著录。

151 《陶斋志果》八卷，郑观应辑。《中国古籍总目》小说类文言之属著录。

152 《只可自怡》一卷，吉珩(退一步居散人)撰。《清史稿艺文志拾遗》小说家类杂录之属著录。

153 《周婆制礼》三卷，芙蓉外史编。《中国古籍总目》小说类文言之属著录。

154 《科场异闻录五种》二十二卷附三种三卷，吴湘燮辑。《清史稿艺文志拾遗》小说家类类编之属著录。

155 《桔苓琐言》二卷，饶敦秩撰。《中国古籍总目》小说类文言之属著录。

156 《竹隐庐随笔》四卷，郑永禧(瘦竹词人)撰。《八千卷楼书目》小说家类杂事之属著录。

157 《妆楼摘艳》十卷，钱三锡撰。《中国古籍总目》小说类文言之属著录。

158 《庄谐选录》十二卷，汪康年(醉醒生)辑。《中国古籍总目》小说类文言之属著录。

159 《坐花精舍笔记》二卷，怀朔山人撰。《中国古籍总目》小说类文言之属著录。

160 《迩言》十卷补一卷，冯秉芸辑。《中国古籍总目》小说类文言之属著录。

161 《二刻泉潮荔镜奇逢》二卷，佚名。《中国古籍总目》小说类文言之属著录。

162 《寄龛甲志》四卷、《乙志》四卷、《丙志》四卷、《丁志》四卷，孙德祖撰。《八千卷楼书目》杂家类杂说之属、《清朝续文献通考》小说家类异闻之属著录。

163 《寄龙乙志》四卷，宛秀山民撰。《中国古籍总目》小说类文言之属著录。

164 《寄楮斋客窗续笔》二卷，荣禧撰。《中国古籍总目》小说类文言之属著录。

165 《畏庐琐记》(《铁笛亭琐记》)，林纾撰。未见著录。

166 《技击余闻》一卷，林纾辑。《中国古籍总目》小说类文言之属著录。

167 《林琴南笔记》一册，林纾撰。未见著录。

168 《蕉轩随录》十二卷，方浚师撰。《书髓楼藏书目》小说家类、民国《安徽通志稿》小说家类叙述杂事之属著录。

169 《蕉轩续录》二卷，方浚师撰。《清史稿艺文志拾遗》小说家类杂录之属著录。

170 《南亭笔记》十六卷，李伯元撰。《中国古籍总目》小说类文言之属著录。

171 《庄谐丛话》一卷，李伯元撰。《清史稿艺文志拾遗》小说家类杂录之属著录。

172 《耆英会记》二卷，乔莱撰。《中国古籍总目》小说类文言之属著录。

173 《艳迹编闺秀录》，孙兆溎撰。《中国古籍总目》小说类文言之属著录。

174 《千人镜》一卷，南屏老衲、白石道人撰。《中国古籍总目》小说类文言之属著录。

175 《潜庵漫笔》八卷，程畹撰。《清史稿艺文志拾遗》小说家类杂录之属著录。

176 《奇异随录》二卷，薛福成撰。《中国古籍总目》小说类文言之属著录。

177 《思古斋丛钞》八卷，佚名。《清史稿艺文志拾遗》小说家类杂录之属著录。

178 《四海记》一卷，虎林醉犀生撰。《中国古籍总目》小说类文言之属著录。

179 《阮庵笔记五种》八卷，况周颐撰。《中国古籍总目》小说类文言之属著录。

180 《兰苕馆外史》十卷，许叔平撰。《清史稿艺文志补编》子部小说家类著录。

181 《鹂砭轩质言》四卷，戴莲芬撰。《清史稿艺文志拾遗》小说家类杂录之属著录。

182 《漫游纪略》（《瓠园集》）四卷，王沄撰。《中国古籍总目》小说类文言之属著录。

183 《篱下闲谈》一卷，王衍霖撰。《山东通志艺文志订补》子部小说类著录。

184 《浙闱科名果报录》一卷，海天逸叟辑。《中国古籍总目》小说类文言之属著录。

185 《真正后聊斋志异》八卷，徐崑撰。《中国古籍总目》小说类文言之属著录。

186 《谈略》八卷,杜延闓撰。《山东通志艺文志订补》子部小说类著录。

187 《琐琐录》一卷,宋永年撰。《(宣统)山东通志》小说家类琐语之属著录。

188 《易余录》一卷、《旷世谈》二卷,刘晖撰。《山东通志艺文志订补》子部小说类著录。

189 《松窗话旧》三册,马星翼撰。《(宣统)山东通志》小说家类琐语之属著录。

190 《蜗居说梦》二卷,刘鹏礉撰。《(宣统)山东通志》小说家类琐语之属著录。

191 《荆山偶话》,韩谨修撰。《(宣统)山东通志》小说家类琐语之属著录。

192 《经余碎笔》,周远炳撰。《(光绪)黄州府志》子部十一小说家类著录。

193 《警睡编》初集四卷、二集二卷,华椿(荣萱)辑。《中国古籍总目》小说类文言之属著录。

194 《野记》二卷,张祖翼撰。民国《安徽通志稿》小说家类叙述杂事之属著录。

195 《芸窗丛话》五集、续集一卷,郭芳兰撰。《中国古籍总目》小说类文言之属著录。

196 《春宵籫剩》二卷,题梦花主人撰。《清史稿艺文志拾遗》小说家类杂录之属著录。

197 《古今劝惩录》一卷,佚名。《中国古籍总目》小说类文言之属著录。

198 《古今志异》六卷,佚名。《中国古籍总目》小说类文言之属著录。

199 《风月谈余录》六卷,徐兆年撰。《清史稿艺文志补编》子部小说家类著录。

200 《古榆阁谈荟》八卷,洪良品撰。《(宣统)湖北通志》小说家类杂事之属著录。

201 《瓜谈》,王克恭撰。项元勋《台州经籍志》子部十三说家类著录。

202 《广梦丛谈》四卷,李澍人撰。《中国古籍总目》小说类文言之属著录。

203 《归庐谈往录》二卷,徐宗亮撰。民国《安徽通志稿》小说家类叙述杂事之属著录。

204 《闺媛丛录》不分卷,王韬撰。《中国古籍总目》小说类文言之属著录。

205 《醉茶志怪》四卷,李庆辰撰。《清史稿艺文志补编》子部小说家类著录。

206 《憨叟新志》十卷,程锝撰。《(宣统)山东通志》小说家类杂事之属著录。

207 《恨冢铭》一卷,陆伯周撰。《清史稿艺文志拾遗》小说家类杂录之属著录。

208 《壶中志初集》二卷,壶庐主人撰,高古愚编。《中国古籍总目》小说类文言之属著录。

209 《花品》一卷,王再咸撰。《清史稿艺文志拾遗》小说家类谐谑之属著录。

210 《花史》一卷,题爱菊主人撰。《清史稿艺文志拾遗》小说家类杂录之属著录。

211 《记栗主杀贼事》一卷,潮生撰。《清史稿艺文志拾遗》小说家类谐谑之属著录。

212 《集苏百八喜笺序目》一卷,徐琪撰。《八千卷楼书目》小说家类琐语之属著录。

213 《稽古录》一卷,《听雨录》一卷,《碎金录》一卷,《昨非录》一卷,《卧游录》一卷,杨浚辑。《清史稿艺文志拾遗》小说家类杂录之属著录。

214 《喷饭录》一卷,杨浚辑。《清史稿艺文志拾遗》小说家类谐谑之属著录。

215 《近事碎录》不分卷,吴四克撰。《中国古籍总目》小说类文言之属著录。

216 《惊喜集》二卷,程畹撰。《中国古籍总目》小说类文言之属著录。

217 《某中丞夫人》一卷,《女侠荆儿记》一卷,《记某生为人唆讼事》一卷,《某中丞》一卷,《黑美人别传》一卷,《梵门绮语录》三卷,《俞三姑传》一卷,《玫瑰花女魅》一卷,《记某生为人雪冤事》一卷,《贞烈婢黄翠花传》一卷,《花仙传》一卷,《清史稿艺文志拾遗》小说家类杂录之属著录。

218 《七夕夜游记》一卷,沈逢吉撰。《清史稿艺文志拾遗》小说家类杂录之属著录。

219 《物妖志》一卷,葆光子撰。《中国古籍总目》小说类文言之属著录。

220 《香莲品藻》一卷,方绚撰。《清史稿艺文志拾遗》小说家类谐谑之属著录。

221 《小螺庵病榻忆语》一卷,孙道乾辑。《清史稿艺文志拾遗》小说家类杂录之属著录。

222 《笑笑录》六卷,独逸窝居士编。《中国古籍总目》小说类文言之属著录。

223 《杨娥传》一卷,刘钧撰。《清史稿艺文志拾遗》小说家类谐谑之属著录。

224 《冶游自忏文》一卷,佚名。《中国古籍总目》小说类文言之属著录。

225 《野客谰语》二卷,卯滨野客撰。《中国古籍总目》小说类文言之属著录。

226 《野叟闲谭》,杜乡渔隐撰。《中国古籍总目》小说类文言之属著录。

227 《侑尊琐语》《醉余琐记》,曹树毅撰。《(光绪)山西通志》小说类琐语之属著录。

228 《醉乡琐志》一卷,黄体芳撰。《清史稿艺文志拾遗》小说家类杂录之属著录。

229 《教学微言》一卷,江南程氏求无愧我心斋撰。《清史稿艺文志拾遗》小说家类杂录之属著录。

230 《梓里旧闻》一卷,吕湘燮撰。《清史稿艺文志拾遗》小说家类杂录之属著录。

231 《科名佳话》一卷,吕湘燮撰。《清史稿艺文志拾遗》小说家类杂录之属著录。

232 《见见闻闻录》(一名《因话录》),丁钰撰。民国《福建通志》小说家类著录,并辑其自序。

233 《剑侠传》四卷,《续剑侠传》四卷,郑观应撰。《清史稿艺文志拾遗》小说家类谐谑之属著录。

234 《金园杂纂》一卷,方绚撰。《清史稿艺文志拾遗》小说家类谐谑之属著录。

235 《金台品花词》一卷,佚名撰。《八千卷楼书目》小说家类琐语之属著录。

236 《酒话》一卷、《适言》一卷、《偶语》一卷,于鬯撰。《清史稿艺文志拾遗》小说家类杂录之属著录。

237 《香草校书》二十八卷,于鬯撰。《书髓楼藏书目》小说家类著录。

238 《老狐谈历代丽人记》一卷,鹅湖逸士撰。《清史稿艺文志拾遗》小说家类杂录之属著录。

239 《名隽初集》八卷,戴咸弼撰。《清史稿艺文志拾遗》小说家类杂录之属著录。

240 《罗浮梦记》一卷,醉石居士撰。《清史稿艺文志拾遗》小说家类杂录之属著录。

241 《梅花梦》,赵庆霄撰。《青岛历代著述考》小说家类著录。

242 《南沙新识》一卷,黄报廷撰。《书髓楼藏书目》小说家类著录。

243 《内自省斋随笔》一卷,陈宝衡撰。《中国古籍总目》小说类文言之属著录。

244 《续广博物志》十六卷,徐寿基撰。《八千卷楼书目》小说家类琐语之属著录。

245 《品芳录》八卷,徐寿基撰。《清代毗陵书目》小说家类著录。

246 《黔山采兰录》一卷,潜莽六公子撰。《中国古籍总目》小说类文言之属著录。

247 《鹊南杂录》一卷,戴束撰。《清史稿艺文志拾遗》小说家类杂录之属著录。

248 《忍默宧摭笔》一卷,张慎仪撰。《中国古籍总目》小说类文言之属著录。

249 《菽园赘谈》七卷、《庚宣偶存》一卷,邱炜蒌撰。《中国古籍总目》小说类文言之属著录。

250 《温柔乡记》一卷,梁国正撰。《清史稿艺文志拾遗》小说家类谐谑之属著录。

251 《世事杂录》,房甲山撰。《(宣统)山东通志》小说家类杂事之属著录。

252 《十八娘传》一卷,赵吉农撰。《清史稿艺文志拾遗》小说家类谐谑之属著录。

253 《松石庐笔记》一卷,秦文炳撰。《清史稿艺文志拾遗》小说家类杂录之属著录。

254 《说快又续笔》一卷,童叶庚撰。《清史稿艺文志拾遗》小说家类谐谑之属著录。

255 《麓濮荟录》十四卷,蒋超伯辑。王韬《弢园藏书目》子部小说家类著录。

256 《榕堂续录》四卷,蒋超伯撰。《中国古籍总目》杂家类杂记之属著录。

257 《南漘楛语》八卷,蒋超伯撰。《中国古籍总目》杂家类杂考之属著录。

258 《桐阴清话》八卷,倪鸿撰。《书髓楼藏书目》小说家类著录。

259 《珊瑚舌雕谈初笔》八卷,许起撰。《中国古籍总目》小说类文言之属著录。

260 《仙坛花雨》一卷,浮园主人辑。《清史稿艺文志拾遗》小说家类志怪之属著录。

261 《仙真衍派》八卷,徐衙编。《中国古籍总目》小说类文言之属著录。清刻本国图。

262 《夏闺晚景琐说》一卷,汤春生撰。《清史稿艺文志拾遗》小说家类杂录之属著录。

263 《香上记曲》不分卷,佚名。《中国古籍总目》小说类文言之属著录。

264 《消夏录》一卷,西湖退翁老人摘录。《中国古籍总目》小说类文言之属著录。

265 《小正韵言》,范世瑛撰。《(光绪)黄州府志》子部十一小说家类著录。

266 《孝感录》,张泰撰。《(宣统)山东通志》小说家类异闻之属著录。

267 《闲云舒卷》一卷附《亘虹日记》一卷,王树人撰。《清史稿艺文志拾遗》小说家类杂录之属著录。

268 《新厂谐译初编》一卷,周树奎译。《清史稿艺文志拾遗》小说家类杂录之属著录。

269 《香畹楼忆语》一卷,陈斐之撰。《清史稿艺文志拾遗》小说家类杂录之属著录。

270 《小嫏嬛福地随笔》不分卷,张燮撰。《中国古籍总目》小说类文言之属著录。

271 《小檀栾室笔谈》,胡培系撰。民国《安徽通志稿》小说家类叙述杂事之属著录。

272 《撷华小录》一卷,余嵩庆撰。《清史稿艺文志拾遗》小说家类杂录之属著录。

273 《续笔谈》四卷、《典谈》一卷,沈文露撰。项元勋《台州经籍志》子部十三说家类著录。

274 《雪窗新语》二卷,夏昌祺撰。《清史稿艺文志拾遗》小说家类志怪之属著录。

275 《中兴闻见录》,熊煜奎撰。《(宣统)湖北通志》小说家类杂事之属著录。

276 《珠江奇遇记》一卷,刘瀛撰。《清史稿艺文志拾遗》小说家类杂录之属著录。

277 《隐蛛庵笔记》不分卷,陈倬撰。《中国古籍总目》小说类文言之属著录。

278 《游梁琐记》一卷,黄轩祖撰。《清史稿艺文志拾遗》小说家类杂录之属著录。

279 《倚云轩笔记》,佚名。《中国古籍总目》小说类文言之属著录。

280 《游戏录》一卷,程景沂辑。《中国古籍总目》小说类文言之属著录。

281 《醋说》一卷,了缘子撰。《中国古籍总目》小说类文言之属著录。

282 《养吉斋丛录》二十六卷,《养吉斋余录》十卷,吴振棫撰。《清史稿·艺文志》史部杂史类著录。

283 《黔语》二卷，吴振棫撰。《八千卷书目》史部地理类杂记之属著录。
284 《蕉廊脞录》八卷，吴庆坻撰。《中国古籍总目》杂家类杂记之属著录。
285 《三晋见闻录》不分卷，齐翀撰。《(光绪)重修安徽通志》史部记载类著录。
286 《国朝掌故辑要》二十四卷，林熙春辑。未见著录。
287 《皇朝琐屑录》四十四卷，钟琦撰。《中国古籍总目》史部政书类通制之属著录。
288 《女聊斋志异》四卷，贾铭辑。《中国古籍总目》子部小说家类著录。
289 《湖墅小志》三卷，高鹏年撰。《中国古籍总目》史部地理类杂志之属著录。
290 《粤西溪蛮琐记》四卷补编一卷，林德均撰。《中国古籍总目》史部地理类杂志之属著录。
291 《粤游小识》七卷，张心泰撰。《中国古籍总目》史部地理类杂志之属著录。
292 《怡情馆笔记》，宗源瀚撰。未见著录。
293 《台州札记》十二卷，洪颐煊辑。民国《台州府志》卷六十九《艺文略六·史部三》著录。
294 《历下志游》八卷，孙点撰。《中国古籍总目》史部地理类游记之属著录。
295 《谈异》八卷，伊园主人。《中国古籍总目》小说类文言之属著录。
296 《沪游杂记》四卷，葛元熙撰。《八千卷楼书目》史部地理类游记之属著录。
297 《客中异闻录》一卷，杜晋卿等撰。《清史稿艺文志拾遗》小说家类杂录之属著录。
298 《一夕话》《半耕录》，王之藩撰。《(光绪)山西通志》小说类杂事之属著录。
299 《三五梦因记》一卷，东亚无情子撰，笑笑生评。《中国古籍总目》小说类文言之属著录。
300 《三续聊斋茗余助谈》四卷，绮园叟辑。《中国古籍总目》小说类文言之属著录。
301 《语录》二卷，钱学纶撰。《中国古籍总目》小说类文言之属著录。
302 《在野迩言》八卷，王嘉桢撰。《中国古籍总目》小说类文言之属著录。
303 《蕉窗小录》一卷，袁廷吉撰。《清代毗陵书目》小说家类著录。
304 《八述奇》十卷，张德彝撰。《书髓楼藏书目》小说家类著录。

305 《行素斋杂记》二卷,继昌撰。《书髓楼藏书目》小说家类著录。
306 《玩石斋笔记》二卷,路采五撰。《清史稿艺文志拾遗》小说家类杂录之属著录。
307 《闻所未闻录》《奇闻丛录》,王体仁撰。民国《河南通志》小说类异闻之属著录。
308 《海上怪怪奇奇》四卷,南谯庐山主辑。《中国古籍总目》小说类文言之属著录。
309 《谈瀛录》,袁祖志撰。《民国时期总书目》之"中国文学·笔记小说"著录。
310 《花烛闲谈》不分卷,于邕撰。未见著录,王文濡主编《说库》收录。
311 《扬州梦》四卷,周生撰。王文濡主编《说库》收录。
312 《大狱记》不分卷,黄人辑。《中国古籍总目》史部杂史类事实之属著录、《说库》收录。

宣　统

1 《转篷笔记》,江湖小散人撰。《中国古籍总目》小说类文言之属著录。
2 《谈屑》不分卷,金蓉镜撰。《清史稿艺文志拾遗》小说家类杂录之属著录。
3 《杂录》四卷,佚名。《中国古籍总目》小说类文言之属著录。
4 《云在轩笔谈》一卷,闺秀钱希撰。《清代毗陵书目》小说家类著录。
5 《增订儆信录》八卷卷首一卷附编四卷卷末一卷,佚名。吴兴刘氏嘉业堂抄本《台州经籍考》小说类著录。
6 《兰言室杂记》残编,姚文馥撰,姚锡光编。《中国古籍总目》小说类文言之属著录。
7 《娱清馆杂缀》二卷,岱山肃侯撰。《中国古籍总目》小说类文言之属著录。
8 《新天花乱坠》四卷,砚云居士编。《中国古籍总目》小说类文言之属著录。
9 《味退居随笔》五卷补遗一卷,黄世荣撰。《中国古籍总目》小说类文言之属著录。
10 《闻见偶录》四卷,雷铉撰。《中国古籍总目》小说类文言之属著录。
11 《谈笑奇观》二卷,佚名。《中国古籍总目》小说类文言之属著录。
12 《绘图谭笑奇观》二卷,佚名。《中国古籍总目》小说类文言之属著录。

13 《艺苑丛话》十六卷,陈琰辑。《中国古籍总目》小说类文言之属著录。
14 《覃思志奇》六卷,姚彦臣辑。《中国古籍总目》小说类文言之属著录。
15 《梦言》六卷,萍浪生撰。《清史稿艺文志拾遗》小说家类杂录之属著录。
16 《说破诞妄之征》,王鸿图辑。《中国古籍总目》小说类文言之属著录。
17 《无一是斋丛钞三十七种》三十七卷,编者不详。《清史稿艺文志拾遗》小说家类类编之属著录。
18 《笑话奇谭》二卷,佚名。《中国古籍总目》小说类文言之属著录。
19 《风月奇谈》二卷,佚名。《中国古籍总目》小说类文言之属著录。
20 《春冰室野乘》一卷,李岳瑞撰。《中国古籍总目》小说类文言之属著录。
21 《秦淮广记》四卷,缪荃孙撰。《清史稿艺文志补编》子部小说家类著录。
22 《都门汇纂》,杨静亭编,李静山增补。《中国古籍总目》小说类文言之属著录。
23 《芸窗琐记》,富察敦崇辑。《中国古籍总目》小说类文言之属著录。
24 《消暑笔记》五卷,章复辑。《中国古籍总目》小说类文言之属著录。
25 《笑史》四卷,陈庚撰。《清史稿艺文志拾遗》小说家类谐谑之属著录。
26 《海上梨园新历史》不分卷,茗水狂生撰。《中国古籍总目》小说类文言之属著录。
27 《旧笑话》,佚名。《中国古籍总目》小说类文言之属著录。
28 《张若痴笔记》一卷,张若痴撰。《中国古籍总目》小说类文言之属著录。
29 《师竹庐随笔》二卷,窦镇撰。《中国古籍总目》小说类文言之属著录。
30 《唐人小说六种》(一名《唐开元小说六种》)十一卷,叶德辉编。《清史稿艺文志拾遗》小说家类类编之属著录。
31 《韬厂蹈海录》四卷,陈仁熙撰。《中国古籍总目》小说类文言之属著录。
32 《天风阁荟谭》四卷,风生辑。《中国古籍总目》小说类文言之属著录。
33 《太平草本萌芽录》,易翰鼎撰。《中国古籍总目》小说类文言之属著录。
34 《剪烛闲谭》四卷,杜乡渔隐撰,李节斋校正。《中国古籍总目》小说类文言之属著录。
35 《俗语爽心》四卷,邵纪堂辑。《中国古籍总目》小说类文言之属著录。
36 《石城落花记》二卷,玉红仙客撰。《中国古籍总目》小说类文言之属著录。
37 《闲处光阴》二卷,彭邦鼎撰。《清史稿艺文志补编》子部杂家类著录。
38 《闲窗随笔谭略》八卷、《戏谭》一卷,杜延闿撰。《中国古籍总目》小说类文言之属著录。
39 《吟窗漫录》四卷,裴梁辑。《中国古籍总目》小说类文言之属著录。

40 《板桥杂记补》三卷,金嗣芬撰。《中国古籍总目》小说类文言之属著录。

41 《不远复斋见闻杂志》十卷,张廷骧撰。《清史稿艺文志补编》子部杂家类著录。

42 《七竹居杂记》,陈三立撰。《书髓楼藏书目》小说家类著录。

43 《筤厂笔记》五卷,张云骧撰。《中国古籍总目》小说类文言之属著录。

44 《苦海新谈》四卷,林真撰。《中国古籍总目》小说类文言之属著录。

45 《笠翁香艳丛录》三卷,李渔撰。《中国古籍总目》小说类文言之属著录。

46 《灯影录》一卷,孙正礽撰。《清史稿艺文志拾遗》小说家类杂录之属著录。

47 《鹅山琐言》一卷,赵增玚撰。《中国古籍总目》小说类文言之属著录。

48 《二峰草堂笔记》八卷,陈绦撰。民国《安徽通志稿》小说家类纪录异闻之属著录。

49 《秋灯琐忆》一卷,蒋坦撰。《清史稿艺文志拾遗》小说家类杂录之属著录。

50 《槐窗杂录》二卷,王荣商撰。《中国古籍总目》小说类文言之属著录。

51 《癯翁丛钞》二卷,李庚长撰。《中国文言小说总目提要》著录。

52 《懒窝随笔》,松江颠公(雷瑨)撰。未见著录。

53 《满清官场百怪录》二卷,雷瑨(云间颠公)撰。《中国古籍总目》小说类文言之属著录。

54 《清人说荟》,雷瑨编。未见著录。

55 《滑稽谭》,雷瑨辑。未见著录。

56 《老话》,雷瑨辑。未见著录。

57 《慈竹居漫笔》,云间颠公(雷瑨)撰。未见著录。

58 《梓闻漫拾》三卷,谢鼎镕撰。《中国古籍总目》小说类文言之属著录。

59 《西语解颐》,徐谦撰。《中国古籍总目》小说类文言之属著录。

60 《栩缘随笔》一卷,王同愈撰。《清史稿艺文志拾遗》小说家类杂录之属著录。

61 《都门识小录》不分卷,蒋芷侪撰。《中国古籍总目》史部杂史类琐记之属著录。

62 《秦淮感旧集》二卷,蘋梗撰。《清史稿艺文志拾遗》小说家类杂录之属著录。

63 《喟庵丛录》一卷,戴坤撰。《清史稿艺文志拾遗》小说家类杂录之属著录。

64 《哭庵碎语》一卷,易顺鼎撰。《清史稿艺文志拾遗》小说家类杂录之属著录。

65 《儵游浪语》三卷,傅向荣撰。《书髓楼藏书目》小说家类著录。

年代不详作品

1 《锡昆日记》不分卷,锡昆撰。《中国古籍总目》小说类文言之属著录。
2 《燕台花表》一卷,坦熙寓翁撰。《清史稿艺文志拾遗》小说家类杂录之属著录。
3 《红蕉仙馆闻见琐志》十二卷,松荣撰。《中国古籍总目》小说类文言之属著录。
4 《宦海见闻录》一卷,佚名。《中国古籍总目》小说类文言之属著录。
5 《乩仙偶录》不分卷,养心书房录。《中国古籍总目》小说类文言之属著录。
6 《谨舫小说》不分卷,慎圃氏撰。《中国古籍总目》小说类文言之属著录。
7 《客窗暇弋》一卷,佚名。《中国古籍总目》小说类文言之属著录。
8 《聊解渠怀》四卷,佚名。《中国古籍总目》小说类文言之属著录。
9 《梦晓楼随笔记》,宋顾荣撰。《中国古籍总目》小说类文言之属著录。
10 《名花留影》,佚名。《中国古籍总目》小说类文言之属著录。
11 《鸣剑楼笔记》一卷,佚名。《中国古籍总目》小说类文言之属著录。
12 《攀桂书屋随笔》,佚名。《中国古籍总目》小说类文言之属著录。
13 《蓬筿》不分卷,千晦子撰。《中国古籍总目》小说类文言之属著录。
14 《异闻》不分卷,佚名。《中国古籍总目》小说类文言之属著录。
15 《越嵪寄庐丛钞》,佚名。《中国古籍总目》小说类文言之属著录。
16 《静娱楼杂俎》一卷,刘咸荥撰。《中国古籍总目》小说类文言之属著录。
17 《兰池清话》二卷,蒋祖懋撰。《中国古籍总目》小说类文言之属著录。
18 《乐业斋村间旧语》不分卷,彭城撰。《中国古籍总目》小说类文言之属著录。
19 《蠡叟丛谈》一卷,锈竹居士撰。《中国古籍总目》小说类文言之属著录。
20 《闲暇笔记》不分卷,佚名。《中国古籍总目》小说类文言之属著录。
21 《闲笔记异》,佚名。《中国古籍总目》小说类文言之属著录。
22 《太乙老人》,佚名。《中国古籍总目》小说类文言之属著录。
23 《天香艳史》一卷,钟琴生撰。《中国古籍总目》小说类文言之属著录。
24 《述异续记》不分卷,魏坤撰。《中国古籍总目》小说类文言之属著录。
25 《说郛纂要》不分卷,佚名。《中国古籍总目》小说类文言之属著录。
26 《十景笑谈》,佚名。《中国古籍总目》小说类文言之属著录。

27 《松窗随录》不分卷,佚名。《中国古籍总目》小说类文言之属著录。
28 《柱了集》一卷附录一卷,范深撰。《中国古籍总目》小说类文言之属著录。
29 《痴庵全集》不分卷,思九平生撰。《中国古籍总目》小说类文言之属著录。
30 《丛谭摘录》二卷、《续录》二卷、《附录》二卷,董锦辑。《中国古籍总目》小说类文言之属著录。
31 《古今醒心快目斋人记》不分卷,佚名。《中国古籍总目》小说类文言之属著录。
32 《养闲琐语》不分卷,郭富奠撰。《中国古籍总目》小说类文言之属著录。
33 《醒世语》一卷,佚名。《中国古籍总目》小说类文言之属著录。
34 《雉山小纪》,胡思谦撰。《(光绪)黄州府志》子部十一小说家类著录。
35 《忠孝堂字问笔谈》,伍起撰。《(嘉庆)重修扬州府志》子部杂家小说类著录。
36 《追凉录》《晴窗臆言》《读画剩言》,陆端撰。《(嘉庆)重修扬州府志》子部杂家小说类著录。
37 《续新亭丛语》,何玉琴撰。《(光绪)黄州府志》子部十一小说家类著录。
38 《雪堂杂俎》,王椅撰。《(光绪)山西通志》小说类杂事之属著录。
39 《醒睡录》,邱瞻恒撰。项元勋《台州经籍志》子部十三说家类著录。
40 《修身教子篇》二卷,王德纯撰。《(光绪)黄州府志》子部十一小说家类著录。
41 《拙斋琐记》,薛华撰。《(光绪)山西通志》小说类琐语之属著录。
42 《拙斋偶谈》一卷,李维藩撰。《(宣统)山东通志》小说家类杂事之属著录。
43 《闻见录》,吴大桂撰。《(光绪)黄州府志》小说家类著录。
44 《闻见录》四卷,李榛撰。《(宣统)湖北通志》小说家类杂事之属著录。
45 《清代述异》,佚名。未见著录,《清朝野史大观》卷十一曾提及之。
46 《同姓名录》,朱约撰。《(嘉庆)重修扬州府志》子部杂家小说类著录。
47 《识小录》,陈景撰。《清代毗陵书目》小说家类著录。
48 《随意录》,王钺撰。《(光绪)重修安徽通志》小说类著录。
49 《所见笔存》七卷,牛耀麟撰。《(光绪)山西通志》小说类杂事之属著录。
50 《松窗闲笔》,董嗣存撰。项元勋《台州经籍志》子部十三说家类著录。
51 《笔谈初集》,阎台生撰。《(嘉庆)重修扬州府志》子部杂家小说类著录。
52 《扁舟杂忆》一卷,佚名。《清史稿艺文志拾遗》小说家类杂录之属著录。

53 《便记》一卷,王永德撰。民国《河南通志》小说类琐记之属著录。
54 《车盖亭脞志》,寇钫撰。《(宣统)湖北通志》小说家类杂事之属著录。
55 《春灯闲语》二卷,王应骙撰。《(光绪)重修安徽通志》小说类著录。
56 《代谈录》《识小录》,王桂撰。《(光绪)山西通志》小说类杂事之属著录。
57 《汾山偶谈》,张枚撰。《(光绪)山西通志》小说类杂事之属著录。
58 《甘蔗编》一卷,以庵氏撰。《清史稿艺文志拾遗》小说家类杂录之属著录。
59 《古今见闻录》,刘鸿风撰。孙诒让《温州经籍志》卷十八小说家类琐语之属著录。
60 《韩氏庭训》,韩名□撰。《(光绪)黄州府志》小说家类著录。
61 《黑田呓语》,王三绸撰。民国《河南通志》小说类琐记之属著录。
62 《棘园小语》,叶光炼撰。项元勋《台州经籍志》子部十三说家类著录。
63 《记闻琐言》,马化麟撰。民国《河南通志》小说类琐记之属著录。
64 《纪所纪》,姜国俊撰。《(宣统)山东通志》小说家类杂事之属著录。
65 《葭崖考古录》,钟怀撰。《(嘉庆)重修扬州府志》子部杂家小说类著录。
66 《假年日录》,团昇撰。《(嘉庆)重修扬州府志》子部杂家小说类著录。
67 《剪灯闲话》,赵汇撰。《清代毗陵书目》小说家类著录。
68 《见闻随笔》,张廷钰撰。《(光绪)山西通志》小说类杂事之属著录。
69 《见闻琐录》,宋在时撰。《(光绪)山西通志》小说类琐语之属著录。
70 《建南新话》,王令宣撰。《(嘉庆)重修扬州府志》子部杂家小说类著录。
71 《江湖异人传》四卷,静庵撰。《清史稿艺文志拾遗》小说家类谐谑之属著录。
72 《今齐谐》一卷,蹇蹇辑。《清史稿艺文志拾遗》小说家类杂录之属著录。
73 《敬俗编》,夏之时撰。《(光绪)杭州府志·艺文志》小说家类著录。
74 《客窗随笔》五卷,冯瑄撰。《(宣统)湖北通志》小说家类杂事之属著录。
75 《渔唱》,王追醇撰。《(宣统)湖北通志》小说家类琐语之属著录。
76 《类说》,陶金钜撰。《(光绪)黄州府志》小说家类著录。
77 《茅檐幻语》八卷,友琴生撰。《清史稿艺文志拾遗》小说家类杂录之属著录。
78 《孟氏闻见录》一卷,孟昭庆撰。民国《河南通志》小说类杂事之属著录。
79 《平海便览》二卷,马宝撰。《(嘉庆)重修扬州府志》子部杂家小说类著录。
80 《齐鲁纪游》《金台纪游》,宫鸿伟撰。《(嘉庆)重修扬州府志》子部杂家小说类著录。

81 《奇报编》,李檀撰。《(宣统)山东通志》小说家类异闻之属著录。

82 《情天恨史》一卷,《雷殛案》一卷,《少年鞭》一卷,柯则撰。项元勋《台州经籍志》子部小说家类著录。

83 《切斋随笔》,陈景撰。《清代毗陵书目》小说家类著录。

84 《三才书节录》,《勉德堂格言》,陈管撰。《(嘉庆)重修扬州府志》子部杂家小说类著录。

85 《煞风景》八卷,王瀚撰。《台州经籍考》小说类著录。

86 《箧闲剩语》,汪立灿撰。《(光绪)重修安徽通志》小说类著录。

87 《山城拾遗》一卷,朱震撰。《(宣统)山东通志》小说家类杂事之属著录。

88 《商原(源)孤啸》,周文份撰。民国《河南通志》小说类琐记之属著录。

89 《橘中呓语》,周文份撰。民国《河南通志》小说类杂事之属著录。

90 《吟花榭随梦纪笔》,傅家骥撰。项元勋《台州经籍志》子部十三说家类著录。

91 《疑年杂记》,李昌燊撰。孙诒让《温州经籍志》卷十八小说家类琐语之属著录。

92 《益智录》一卷,延陵红芙女史撰。《清史稿艺文志拾遗》小说家类杂录之属著录。

93 《芸窗闲遣编》,万篯龄撰。《(光绪)杭州府志·艺文志》小说家类著录。

94 《骇痴谲谈》,陈嵩泉著,胡协寅注。《民国时期总书目》之"中国文学·笔记小说"著录。

95 《窭存》,胡式钰著,朱太忙标点。《民国时期总书目》之"中国文学·笔记小说"著录。

96 《鹘突话》,鹘突汉子著。《民国时期总书目》之"中国文学·笔记小说"著录。

97 《快心醒睡录》十六卷,毛翔麟著。《民国时期总书目》之"中国文学·笔记小说"著录。

98 《香草谈荟》,南山老人著。《民国时期总书目》之"中国文学·笔记小说"著录。

99 《乐府本事》,平步青编。《民国时期总书目》之"中国文学·笔记小说"著录。

100 《拍案惊异》,王浩著。《民国时期总书目》之"中国文学·笔记小说"著录。

101《梯园谈荟》,杨大亨著。《民国时期总书目》之"中国文学·笔记小说"著录。

民国时期部分作品

（此据《民国时期总书目》及笔者所阅日记、报刊中所见者）

1 《太平天国宫闱秘史》不分卷,佚名。
2 《太平天国轶闻》四卷,佚名。
3 《甘簃随笔》,陈灨一撰。
4 《睇向斋谈往》《睇向斋逞臆录》《燕蓟拾零》《睇向斋秘录》,陈灨一撰。
5 《清代世说新语》,夏敬观纂。
6 《新世说》八卷,易宗夔撰。
7 《新语林》八卷,陈灨一纂。
8 《旧京琐记》十卷,夏仁虎撰。
9 《社会黑幕》不分卷,定夷编撰。
10 《绍闻杂述》,李宝章撰。
11 《梵天庐丛录》三十七卷,柴萼纂。
12 《近五十年见闻录》八卷,贡少琴、周运镛、吴之之、徐九香撰。
13 《栖霞阁野乘》二卷,孙静庵撰。
14 《民权素笔记荟萃》,张海沤等撰。
15 《清代轶闻》十卷,裘毓麐撰。
16 《罗瘿公笔记选》一册,罗惇曧撰。
17 《古今笔记精华录》二十四卷,佚名编。
18 《可言》十四卷,徐珂撰。
19 《康居笔记函十三种》,徐珂撰。
20 《清稗类钞》十三册,徐珂编。
21 《说部撷华》六卷,徐珂纂。
22 《清朝野史大观》十二卷,小横香室主人纂。
23 《纯飞馆笔记》,徐珂撰。
24 《春明梦录》二卷,何刚德撰。
25 《客座偶谈》四卷,何刚德撰。
26 《西江赘语》一卷,何刚德撰。
27 《星庐笔记》不分卷,李肖聃撰。

28《一澄研斋笔记》八卷,王东培撰。
29《里乘备识》不分卷,王东培撰。
30《凌霄一士随笔》九卷,徐一士撰。
31《人物风俗制度丛谈》一册,瞿兑之撰。
32《骨董琐记》八卷、《骨董续记》四卷、《骨董三记》六卷附《松堪小记》一卷,邓之诚撰。
33《瓜圃述异》二卷附《灵感志异》一卷,金梁撰。
34《四朝佚闻》二卷,金梁撰。
35《老上海》十八卷,伯熙撰。一名《上海轶事大观》
36《苌楚斋随笔》《续笔》《三笔》《四笔》《五笔》五种共五十卷,刘声木撰。
37《异辞录》四卷,刘体智撰。
38《新辑分类近人笔记大观》四卷,上海广益书局编辑部编。
39《世载堂杂忆》一册,刘禺生撰。
40《洞灵小志》八卷,《洞灵续志》八卷,郭则沄撰。
41《竹素园丛谈》一卷,顾恩瀚撰。
42《洪宪旧闻》一卷,侯疑始撰。
43《网庐漫墨》一卷,昂孙撰。
44《花随人圣庵摭忆》,黄濬撰。
45《退醒庐笔记》二卷,孙玉生撰。
46《健庐笔记》一卷,杜保祺撰。
47《佣余漫墨》四卷,《佣余续墨》不分卷,夏兆麐撰。
48《茶铛畔语》二卷续二卷,黄荣康撰。
49《石屋余瀋·石屋续瀋》一册,马叙伦撰。
50《蕉窗话扇》,白文贵撰。
51《梵天庐随录》,柴小梵撰。
52《秦淮感旧集》两卷,蘋梗撰。
53《平等阁笔记》六卷,狄葆贤撰。
54《菊庵杂话》,佚名撰。
55《翠娱堂丛谭》,章鉴撰。
56《磨盾余谈》,张炳撰。
57《天仇丛话》,天仇撰。
58《求幸福斋随笔》,何海鸣撰。
59《滇中琐记》,杨琼撰。
60《都门趣话》一卷,大雷啸公撰。

61 《都门趣话续编》一卷,大雷啸公编。

62 《短篇小说》,践卓翁辑。

63 《兰索室随笔》,邱剑舒撰。

64 《金川琐记》,李心衡撰。

65 《螺隐庐随笔》,螺隐撰。

66 《听莺仙馆随笔》,王文珪撰。

67 《凤台祗谒笔记》,董恂撰。

68 《碎佩丛铃》,刘仲绂撰。

69 《琐学录》,姚屺瞻撰。

70 《藤花馆笔记》,酉云撰。

71 《肇援杂录》,陈兆元撰。

72 《安裘居随笔》,十年说梦人撰。

73 《小南强室笔记》,周钟玉撰。

74 《荒鹿偶谈》,徐卓撰。

75 《抱冰室随笔》,傅宝堃撰。

76 《闲闲斋笔乘》,佚名。

77 《睡余偶笔》,王小隐撰。

78 《晚成斋笔记》,南田撰。

79 《先醒斋笔记》,缪少村撰。

80 《凌霄汉阁笔记》,徐彬彬撰。

81 《凌霄汉阁谈荟》,徐彬彬撰。

82 《北野闲抄》,娄谦撰。

83 《磨兜坚斋杂记》一卷,章涵汀撰。

84 《伴竹斋随笔》,佚名。

85 《清醒室丛话》,佚名。

86 《寄廑琐话》,沈世德撰。

87 《复辟之黑幕》二卷,天忏生撰。

88 《洪宪宫闱秘史》四卷,佚名。

89 《慈禧传信录》,沃丘仲子撰。

90 《今寓言》,寄尘撰。

91 《啸虹轩剧谈》二卷,冯叔鸾撰。

92 《游戏丛话》,灵凤撰。

93 《盾鼻余墨》,曹西侠撰。

94 《海巫杂记》,佚名。

95 《燕南琐忆》,李霖撰。

96 《此登临楼笔记》,陈式周撰。

97 《蠡园随笔》,君博撰。

98 《自强庐联话》,佚名。

99 《蓑笠野人随笔》,非吾偶撰。

100 《萤雪偶笔》,程仁祺撰。

101 《惜往轩宾退录》,石楠山民撰。

102 《癯翁笔记》,《清癯生漫录》,谭祖纶撰。

103 《新世界奇谈》(一名《新说林》)八卷,天愤生撰。

104 《新燕语》二卷,雷震撰。

105 《道咸以来朝野杂记》一册,崇彝撰。

106 《汪穰卿笔记》,汪诒年撰。

107 《问今何世漫笔室》,均耀撰。

108 《孤桐杂记》,章士钊撰。

109 《红冰碧血馆笔记》,寿州李警众撰。

110 《茗边客话》,程瞻庐撰。

111 《藤轩笔录》,李紫翔(超琼)撰。

112 《近十年之怪现状》,许指严撰。

113 《菊部丛谈》,张肖伧撰。

114 《乐斋漫笔》,岑春煊撰。

115 《老上海卅年见闻录》,陈无我撰。

116 《上海闲话》,姚公鹤撰。

117 《梨园佳话》,王梦生撰。

118 《抱香簃随笔》,庞檗子撰。

119 《龙禅室摭谈》,庞檗子撰。

120 《鸥夷室杂碎》,范烟桥撰。

121 《茶烟歇》,范烟桥撰。

122 《滨筵随笔》,袁寒云撰。

123 《寒窗话旧》,郑筹伯撰。

124 《抑抑堂札记》,佚名。

125 《荷香馆琐言》二卷,丁秉衡撰。

126 《梨窝琐记》,张次溪撰。

127 《闻尘偶记》,文廷式撰。

128 《芸阁偶记》,文廷式撰。

129《白醉拣话》,珊瑚村人徐沅撰。
130《窈窕释迦室随笔》,呹庵撰。
131《嗢噱联话》,曹绣君撰。
132《光宣小记》,金梁撰。
133《听鼓琐(谭)谈》,天壤撰。
134《吉林琐谭》,佚名。
135《新京备乘》,陈乃勋撰。
136《新札朴》,饮光撰。
137《朱庐笔记》,孙宣撰。
138《爱居阁胜谈》,梁鸿志撰。
139《健行斋笔录》,李希泌撰。
140《杶庐所闻录》,钝庵撰。
141《卓观斋笔记》,徐沄秋撰。
142《萧闲堂笔记》,萧道管撰。
143《静照轩笔记》,陈诗撰。
144《知过轩随笔》,文道希撰。
145《石芝西堪札记》,郑文焯撰。
146《双铁堪杂记》,郑文焯撰。
147《芙蓉庄红豆录》,徐兆玮撰。
148《寒碧簃琐谈》,郭啸麓撰。
149《忍饥楼谈屑》,乐观道人撰。
150《呹庵臆说》,夏敬观撰。
151《海燕楼随笔》,孙正荣撰。
152《四山一研斋随笔》,白蕉撰。
153《蘧庵笔记》,刘蘧撰。
154《东华琐录》,沈太侔撰。
155《二陵谈荟》,二陵撰。
156《牧牛庵笔记》,戚牧撰。
157《燕子龛随笔》,苏曼殊撰。
158《科学聊斋》,骥千撰。
159《茶熟香温录》,郑逸梅撰。
160《反果报录》,佚名。
161《宋人轶事汇编》,丁传靖辑。
162《樵隐庐随笔》,佚名。

163 《夷白楼随笔》,佚名。

164 《西楼画影录》,佚名。

165 《西行艳异记》,陈重生撰。

166 《清代逸史》,蒋志范辑。

167 《重订虞初广志》,姜泣群编。

168 《中国黑幕大观》,路滨生编。

169 《涵秋笔记》,李涵秋撰。

170 《太平军轶闻》,佚名。

171 《秋水月影录》,佚名。

172 《抱碧斋杂记》,陈锐撰。

173 《蜕庐丛笔》,佚名。

174 《评注阅微草堂笔记》,纪昀撰,会文堂注本。

175 《风尘余情》,岑楼撰。

176 《南屋述闻》,郭则沄撰。

177 《竹荫庵谈屑》,谭正璧撰。

178 《永安月刊》笔记萃编十二家十九种,郑逸梅等撰。

179 《梅龛散记》,郑逸梅撰。

180 《诗笺小识》,郑逸梅撰。

181 《海上艺林谈往录》,郑逸梅撰。

182 《逝者如斯》,郑逸梅撰。

183 《题蕉庐漫笔》,陈涵度撰。

184 《抱山簃诗话》,李晓耘撰。

185 《趋庭载笔》,李家咸撰。

186 《感旧漫录》,高吹万撰。

187 《呆斋随笔》,顾佛影撰。

188 《镂冰室话旧》,刘铁冷撰。

189 《镂冰室碎墨》,刘铁冷撰。

190 《蝶窠偶语》,许瘦蝶撰。

191 《文坛忆旧录》,许瘦蝶撰。

192 《蓬斋脞记》,陈运彰撰。

193 《思无邪庵诗话》,陈运彰撰。

194 《夜读书室随笔》,周今觉撰。

195 《卷庐随笔》,石寄松撰。

196 《学斋谈荟》,陈左高撰。

197《蝶衣金粉》,许瘦蝶撰。
198《夫须阁随笔》,冯君木撰。
199《风尘闻见录》,豁庵撰。一名《豁庵诗话》,
200《虫天阁摭谈》,毅公撰。
201《辰子说林》,张慧剑撰。
202《曼陀罗斋闲话》,张海沤撰。
203《自勉斋随笔》,陈邦贤撰。
204《满清野史》二十种,《满清野史续编》二十种,《满清野史三编》二十种,《满清野史四编》二十种,佚名编。该丛书收录笔记小说六十种,今列于下:《安士全书》,佚名《阳秋賸笔》,佚名《详刑公案》,欧阳兆熊《水窗春呓》,何圣生《檐醉杂记》,叶炜《煮药漫抄》,朱彭寿《旧典备征》,沈曾植《菌阁琐谈》,罗惇曧《宾退随笔》,陈恒庆《谏书稀庵笔记》,沈宗元《西藏风俗记》《董小宛别传》《圆明园总管世家》,钱塘九钟主人《清宫词》,佚名《骨董祸》《兰陵女侠》《洪福异闻》《梅花岭遗事》《乌蒙秘闻》《牧斋遗事》《指严笔记二则》《洪杨轶闻》《名人轶事》《梼杌近志》《外交小史》《蕉窗余话九则》《清代名人趣史》《俭德斋随笔》《舟车闻见录》《慧因室杂缀》《弢园纪事》《啁啾漫记》《悔逸斋笔乘》《九朝新语》《国闻备乘》《十叶野闻》《变异录》《秦鬟楼谈录》《小奢摩馆脞录》《清代之竹头木屑》《清稗琐缀》《三朝闻见录》《慈禧琐记》《洪杨轶闻》《胤禛外传》《满清兴亡史》《满清外史》《述庵秘录》《拳变余闻》《发史》《满清记事》《满清纪事》《蜀乱述闻》《张纹祥记》《清宫琐闻》《奴才小史》《咸同将相琐闻》《清宫禁二年记》《康雍乾间文字之狱》。
205《宁海漫记》四卷,《宁海三记》三卷,《宁海四记》二卷,《宁海六记》不分卷,《宁海续记》二卷,干人俊撰。
206《伴竹斋随笔》,佚名。
207《中国大骗子》,尘网俗人编。
208《军人道德》,陈镜伊编。
209《历代剑侠大观(下册)》,陈浪仙编。
210《清代奇闻(上下册)》,陈一谟编。
211《虞初近志》六卷,胡寄尘编。
212《虞初广志》,姜泣群编。
213《朝野新谈》,姜泣群编。
214《历代小说笔记选》,江畬经编。
215《古今闺媛轶事》六册,上海进步书局编辑所编。

216 《新谈汇》,李定夷总纂。

217 《异闻丛钞》,孟浩如编。

218 《买愁集》,〔清〕钱尚濠辑,阿英校点。

219 《当代名人轶事大观》,吴趼人编。

220 《上海之黑幕》,钱生可重编。

221 《古今怪异集成》,中华书局编。

222 《满清秘史》,中外书局编。

223 《忆语选》,周瘦鹃编。

224 《春灯夜谭录》,周恨石编。

225 《海虞野乘》,周知非著,俞友清编。

226 《京华春梦录》,陈莲痕著。

227 《勾栏人语》,黄公侠著。

228 《老上海三十年见闻录》,老上海(陈无我)编。

229 《红羊佚闻》二卷,胡仪鲫、徐枕亚著。

230 《清朝官场奇报录》,孙剑秋著。

231 《南楼随笔》,王鸿猷编。

232 《反聊斋》,吴绮缘著。

233 《风尘琐记》,汤冷秋著。

234 《野鹤零墨》,闻宥著。

235 《余园墨潘》,武克顺著。

236 《三十年来燕京琐录》,习庵著。

237 《卧云楼笔记》,苏逸云著。

238 《民国官场现形记》,宣南吏隐著。

239 《闲话上海》,马健行编。

240 《分类新辑近人笔记大观》,广益书局编辑部编。

241 《新语林》,陶菊隐编。

242 《冶城话旧》,卢冀野著。

243 《无锡轶事》,盖绍周编。

244 《歊事闲谭》三十一卷,许承尧撰。

参 考 文 献

一、目录学类：

[1]〔清〕永瑢等：《四库全书总目》，中华书局，1965年
[2]〔清〕周中孚：《郑堂读书记》，中华书局，1993年
[3]〔清〕丁立中：《八千卷楼书目》，国家图书馆出版社，2009年
[4]〔清〕耿文光：《万卷精华楼藏书记》，中华书局，1993年
[5]刘锦藻：《清朝续文献通考》，商务印书馆，1912年
[6]赵尔巽：《清史稿艺文志》，中华书局，1977年
[7]章钰、武作成编：《清史稿艺文志及补编》，中华书局，1982年
[8]王绍曾、杜泽逊等编：《清史稿艺文志拾遗》，中华书局，2000年
[9]中国古籍总目编纂委员会：《中国古籍总目》，中华书局，2012年
[10]上海图书馆编：《中国丛书综录》，上海古籍出版社，1986年
[11]石昌渝主编：《中国古代小说总目提要》，山西教育出版社，2004年
[12]宁稼雨：《中国文言小说总目提要》，齐鲁书社，1996年
[13]宋世瑞：《清代笔记小说叙录》，花木兰文化事业有限公司，2023年
[14]北京图书馆编：《民国时期总书目》（文学理论、世界文学、中国文学部分），书目文献出版社，1992年
[15]中国国家图书馆、中华书局编辑部：《民国时期出版物总目录·民国线装图书总目》，中华书局，2018—2020年
[16]中华书局编辑部：《民国时期出版物总目录·民国报纸总目》，中华书局，2021年

二、基本丛书类：

[1]《景印文渊阁四库全书》，台湾商务印书馆，1982—1986年
[2]《续修四库全书》，上海古籍出版社，2002年
[3]《四库全书存目丛书》，齐鲁书社，1997年

[4]《四库禁毁书丛刊》,北京出版社,1997 年
[5]《文津阁四库全书》,商务印书馆,2005 年
[6]《四库全书底本丛书》,文物出版社,2015 年
[7]《文渊阁钦定四库全书》,杭州出版社,2015 年
[8]《四库未收书辑刊》,北京出版社,2000 年
[9]《清代史料笔记丛刊》,中华书局,1957—2008 年
[10]《历代笔记小说集成》,河北教育出版社,1994 年
[11]《民国笔记小说大观》,山西古籍出版社,1996—1999 年
[12]《中国野史集成》,巴蜀书社,1993 年
[13]《中国野史集成续编》,巴蜀书社,2000 年
[14]《中国稀见地方史料集成》,学苑出版社,2014 年
[15]《中国地方志集成》,上海书店出版社、巴蜀书社、凤凰出版社,1991—2022 年
[16]《中国方志丛书》,成文出版社,1966—1970 年、1947—1976 年、1983—1985 年
[17]《丛书集成续编》,上海书店出版社,2014 年
[18]《丛书集成续编》,台湾新文丰出版公司,1985 年
[19]《中国风土志丛刊》,广陵书社,2003 年
[20]《中国风土志丛刊续编》,广陵书社,2015 年
[21]《清代学术笔记丛刊》,学苑出版社,2016 年
[22]《晚清四部丛刊》,文听阁图书有限公司,2013 年
[23]《稀见清代四部辑刊》,学苑出版社,2016 年
[24]《山东文献集成》,山东大学出版社,2007—2011 年
[25]《中国近现代稀见史料丛刊》,凤凰出版社,2014—2023 年
[26]《历代日记丛钞》,学苑出版社,2006 年
[27]《中国近现代日记丛刊》,上海人民出版社,2015—2021 年
[28]《近现代史料笔记丛刊》,上海书店出版社,2020 年
[29]《中国近代人物日记丛书》,中华书局,2014 年
[30]《广州大典》,广州出版社,2015 年
[31]《清代诗文集汇编》,上海古籍出版社,2010 年
[32]《笔记小说大观》,广陵书社,2007 年
[33]《笔记小说大观》,新兴书局有限公司,1977—1987 年
[34]《清代笔记小说大观》,上海古籍出版社,2007 年
[35]《清代稿钞本》,广东人民出版社,2007 年

[36]《近代史所藏清代名人稿本抄本》,大象出版社,2013 年

[37]《近世中国风土文献汇编》,学苑出版社,2021 年

[38]《上海图书馆藏稿钞本日记汇刊》,上海科学技术文献出版社、国家图书馆出版社,2017 年

[39]《苏州博物馆藏晚清名人日记稿本丛刊》,文物出版社,2016 年

[40]《中国近代各地小报汇刊》,学苑出版社,2010 年

[41]《湖北省图书馆藏稿本日记四种》,国家图书馆出版社,2021 年

[42]《清华大学图书馆藏稿钞本日记丛刊》,国家图书馆出版社,2018 年

三、专著类:

[1] 梁启超:《清代学术概论》,中华书局,2010 年

[2] 梁启超:《中国近三百年学术史》,天津古籍出版社,2003 年

[3] 谢国桢:《明清之际党社运动考》,北京出版社,2014 年

[4] 钱穆:《中国近三百年学术史》,商务印书馆,1997 年

[5] [美]司徒琳主编,赵世瑜、韩朝见、马海云、杜正贞、梁勇、罗丹妮、许赤瑜、王绍欣、邓庆平译,赵世瑜审校:《世界时间与东亚时间中的明清变迁》(上下卷),生活·读书·新知三联书店,2009 年

[6] [美]费正清:《中国:传统与变迁》,世界知识出版社,2002 年

[7] [美]邓尔麟著,宋华丽译,卜永坚审校:《嘉定忠臣——十七世纪中国士大夫之统治与社会变迁》,中央编译出版社,2012 年

[8] 蒋寅:《清代文学论稿》,凤凰出版社,2009 年

[9] 司马朝军:《〈四库全书总目〉编纂考》,武汉大学出版社,2005 年

[10] 王彬主编:《清代禁书总述》,中国书店出版社,1999 年

[11] 雷梦辰:《清代各省禁书汇考》,书目文献出版社,1989 年

[12] 张秀民:《中国印刷史》,浙江古籍出版社,2006 年

[13] 鲁迅:《中国小说史略》,上海古籍出版社,1998 年

[14] 石昌渝:《中国小说源流论》,三联书店,1994 年

[15] 刘叶秋:《历代笔记概述》,中华书局,1980 年

[16] 谢国桢:《明清笔记谈丛》,上海古籍出版社,1981 年

[17] 谢国桢:《江浙访书记》,上海书店出版社,2004 年

[18] 谢国桢:《明末清初学风》,上海书店出版社,2006 年

[19] 谢国桢:《瓜蒂庵文集》,辽宁教育出版社,1996 年

[20] 来新夏:《古代目录学浅说》,中华书局,1981 年

[21] 刘叶秋:《笔记小说案例选编》,中州书画社,1982 年

[22] 刘叶秋:《古典小说笔记论丛》,南开大学出版社,1985年
[23] 吴礼权:《笔记小说史》,商务印书馆,1993年
[24] 吴礼权:《清末民初笔记小说史》,台湾商务印书馆,2011年
[25] 董乃斌:《中国古典小说的文体独立》,中国社会科学出版社,1994年
[26] 吴志达:《中国文言小说史》,齐鲁书社,2005年
[27] 侯忠义:《中国文言小说史稿》,北京大学出版社,1990年
[28] 陈文新:《中国笔记小说史》,台湾志一出版社,1995年
[29] 陈文新:《文言小说审美发展史》,武汉大学出版社,2007年
[30] 黄霖:《古小说论概观》,上海艺文出版社,1985年
[31] 李剑国:《唐前志怪小说史》,南开大学出版社,1993年
[32] 宋常立:《中国古代小说文体论》,天津社会科学出版社,2000年
[33] 苗壮:《笔记小说史》,浙江古籍出版社,1998年
[34] 褚斌杰:《中国古代文体概论》,北京大学出版社,1998年
[35] 杜贵晨:《齐鲁文化与明清小说》,齐鲁书社,2008年
[36] 杜贵晨:《数理批评与小说考论》,齐鲁书社,2006年
[37] 谭帆:《中国雅俗文学思想论集》,中华书局,2006年
[38] 谭帆等:《中国古代小说文体文法术语考释》,上海古籍出版社,2013年
[39] 谭帆:《中国小说评点研究》,华东师范大学出版社,2001年
[40] 石麟:《中国古代小说评点派研究》,中国社会科学出版社,2011年
[41] 陈文新:《中国文学意识体派的发生和发展:中国古代文学体派研究导论》,武汉大学出版社,2003年
[42] 罗根泽:《中国文学批评史》,上海书店出版社,2003年
[43] 程毅中:《唐代小说史》,人民文学出版社,2003年
[44] 郑宪春:《中国笔记文史》,湖南大学出版社,2004年
[45] 张舜徽:《清人笔记条辨》,华中师范大学出版社,2004年
[46] 徐德明:《清人学术笔记提要》,学苑出版社,2004年
[47] 来新夏:《清人笔记随录》,中华书局,2005年
[48] 潘建国:《中国古代小说书目研究》,上海古籍出版社,2005年
[49] 朱东润:《中国文学批评史大纲》,上海古籍出版社,2005年
[50] 蔡镇楚:《中国文学批评史》,中华书局,2005年
[51] 黄勇:《道教笔记小说研究》,四川大学出版社,2007年
[52] 罗宁:《汉唐小说观念论稿》,巴蜀书社,2009年
[53] 陈平原:《中国小说叙事模式的转变》,北京大学出版社,2006年
[54] 陈平原:《小说史:理论与实践》,北京大学出版社,1993年

[55] 陈平原:《中国散文小说史》,北京大学出版社,2010年
[56] 宁宗一主编:《中国小说学通论》,安徽教育出版社,1995年
[57] 黄凤宜:《明代笔记小说俗语词研究》,巴蜀书社,2013年
[58] 徐一士:《近代笔记过眼录》,中华书局,2008年
[59] 陈卫星:《古典文献与古代小说理论研究》,光明日报出版社,2009年
[60] 陈洪:《中国小说理论史》,天津教育出版社,2005年
[61] 文珍:《王士禛笔记小说研究》,中国戏剧出版社,2009年
[62] 浦江清著、张鸣编选:《浦江清文选》,北京大学出版社,2010年
[63] 师纶编:《清风古韵:笔记小说中的道德故事》,湖南人民出版社,2010年
[64] 郗文倩:《中国古代文体功能研究——以汉代文体为中心》,上海三联书店,2010年
[65] 吴承学:《中国古代文体学研究》,人民文学出版社,2011年
[66] 王运熙、顾易生主编:《中国文学批评通史》(七卷本),上海古籍出版社,2011年
[67] 胡继琼:《中国古代小说文体流变刍论》,贵州大学出版社,2008年
[68] 林辰:《古代小说概论》,春风文艺出版社,2006年
[69] 占骁勇:《清代志怪传奇小说集研究》,华中科技大学出版社,2003年
[70] 詹颂:《乾嘉文言小说研究》,国家图书馆出版社,2009年
[71] 纪德君:《中国古代小说文体生成及其他》,商务图书馆,2012年
[72] 陈文新:《中国小说的谱系与文体形态》,中国社会科学出版社,2012年
[73] 吴波:《阅微草堂笔记研究》,上海古籍出版社,2005年
[74] 王海洋:《清代仿〈聊斋志异〉之传奇小说研究》,安徽教育出版社,2009年
[75] 林岗:《口述与案头》,北京大学出版社,2011年
[76] 陈军:《文类基本问题研究》,北京大学出版社,2013年
[77] 李剑国:《古稗斗筲录——李剑国自选集》,南开大学出版社,2004年
[78] 刘勇强:《中国古代小说史叙论》,北京大学出版社,2007年
[79] 张俊:《清代小说史》,浙江古籍出版社,1997年
[80] 胡益民:《清代小说史》,合肥工业大学出版社,2012年
[81] 童庆炳:《文体与文体的创造》,云南人民出版社,1994年
[82] 郭英德:《中国古代文体学论稿》,北京大学出版社,2005年
[83] 陶东风:《文体演变及其文化意味》,云南人民出版社,1994年

[84] 姚爱斌:《中国古代文体论思辨》,北京大学出版社,2012 年
[85] 吴承学、何诗海编:《中国文体学与文体史研究》,凤凰出版社,2011 年
[86] 吴承学:《中国古代文体形态研究》,北京大学出版社,2013 年
[87] [美]宇文所安等著、刘倩等译:《剑桥中国文学史》,生活·读书·新知三联书店,2013 年
[88] 罗书华:《中国小说学主流》,上海书店,2007 年
[89] 杨义:《中国古典小说史论》,中国社会科学出版社,1995 年
[90] 秦川:《中国古代文言小说总集研究》,上海古籍出版社,2006 年
[91] 程毅中:《古体小说论要》,华龄出版社,2009 年
[92] 陈文新:《传统小说与小说传统》,武汉大学出版社,2005 年
[93] 赵明政:《文言小说:文士的释怀与写心》,广西师范大学出版社,1999 年
[94] 唐富龄:《〈文言小说高峰的回归〉——聊斋志异》纵横研究》,武汉大学出版社,1990 年
[95] 崔来廷:《明清甲科文学世家研究》,知识产权出版社,2013 年
[96] 浦江清:《浦江清讲明清文学》,北京出版社,2014 年
[97] 寻霖、刘志盛:《湖南刻书史略》,岳麓书社,2013 年
[98] 姚继荣:《清代历史笔记论丛》,民族出版社,2014 年
[99] 樽本照雄:《新编增补晚清民初小说目录》,2002 年
[100] 刘永文:《晚清小说目录》,上海古籍出版社,2008 年
[101] 北京图书馆编:《民国时期总书目》,书目文献出版社,1986—1997 年
[102] 李豫:《清末上海石印说唱鼓词小说集成》,上海人民出版社,2013 年
[103] 胡宝国:《汉唐间史学的发展》,商务印书馆,2003 年
[104] 孙琴安:《中国评点文学史》,上海社会科学院出版社,1999 年
[105] 于立君、王安节:《中国诗文评点史研究》,时代文艺出版社,2001 年
[106] 朱万曙:《明代戏曲评点研究》,安徽教育出版社,2002 年
[107] 黄霖等:《文学评点论稿》,凤凰出版社,2017 年
[108] 刘玄:《批点成书:"四大奇书"评点本研究》,学苑出版社,2021 年
[109] 陈大康:《中国近代小说编年史》,人民文学出版社,2014 年
[110] 陈大康:《中国近代小说史论》,人民文学出版社,2018 年
[111] 沈津:《伏枥集》,广西师范大学出版社,2019 年
[112] [美]艾尔曼著,赵刚译:《从理学到朴学:中华帝国晚期思想与社会

变化面面观》，江苏人民出版社，2012 年
[113] 黄曼：《晚清海归与小说》，华中师范大学出版社，2017 年
[114] 阿英：《晚清小说史》，东方出版社，1996 年
[115] 阿英：《阿英文集》，三联书店，1981 年
[116] 欧阳健：《晚清小说史》，浙江古籍出版社，1997 年
[117] 吴士余：《中国小说思维的文化机制》，华东师范大学出版社，1990 年
[118] 周勋初：《周勋初文集》，江苏古籍出版社，2000 年
[119] 章群：《通鉴及新唐书引用笔记小说研究》，文津出版社，1999 年
[120] [美] 浦安迪：《中国叙事学》，北京大学出版社，1996 年
[121] [美] 浦安迪：《明代小说四大奇书》，中国和平出版社，1993 年
[122] 杨义：《中国叙事学》，人民文学出版社，1997 年
[123] 范荧：《笔记语境下的宋代信仰风俗》，大象出版社，2020 年
[124] 郭凌云：《北宋历史琐闻笔记研究》，中央编译出版社，2018 年
[125] 邹福清：《唐五代笔记研究——以文人风气、文学风气为考察重点》，中国社会科学出版社，2013 年
[126] [日] 岩井茂树著，付勇译：《中国近世财政史研究》，江苏人民出版社，2020 年
[127] 李泽厚：《中国近代思想史论》，安徽文艺出版社，1994 年
[128] 陈祖武：《清代学术源流》，北京师范大学出版社，2012 年
[129] 姜广辉：《中国经学思想史》，中国社会科学出版社，2003 年
[130] 姜广辉：《新经学讲演录》，中国社会科学出版社，2020 年
[131] 金岳霖：《知识论》，中国人民大学出版社，2010 年
[132] 史振卿：《〈焦氏笔乘〉研究》，齐鲁书社，2013 年
[133] 吴小如：《吴小如文集》，中国书籍出版社，2022 年
[134] 曹之：《中国古籍版本学》，武汉大学出版社，2007 年
[135] 徐有富：《目录学与学术史》，中华书局，2009 年
[136] 章宏伟：《十六—十九世纪中国出版研究》，上海人民出版社，2011 年
[137] 陈福康：《民国文学史论》，花城出版社，2014 年
[138] 熊月之：《西学东渐与晚清社会》，上海人民出版社，1994 年
[139] [加] 诺斯罗普·弗莱著，陈慧、吴伟仁译，吴持哲校译：《批评的剖析》，百花文艺出版社，2006 年
[140] [英] 阿拉斯泰尔·福勒著，杨建国译：《文学的类别：文类和模态理论导论》，南京大学出版社，2018 年
[141] 张剑：《华裘之蚤：晚清高官的日常烦恼》，凤凰出版社，2021 年

［142］张剑主编：《多元视角下的日记研究》,凤凰出版社,2021年
［143］张剑：《晚清日记中的世情、人物与文学》,凤凰出版社,2022年
［144］鲍思陶著,倪志云整理：《中国古典诗歌创作论》,齐鲁书社,2023年
［145］张高评：《论文写作演绎》,西北大学出版社,2023年

后 记

  本书是在笔者原博士论文《清代顺康雍乾四朝笔记小说研究》基础上，进一步增补改写而成。原博士论文在2018年被收入知网后，在学界反响尚可，以笔者所见，有数篇（或项）硕博士论文、核心论文、国家社科基金项目是由拙稿中的材料或观点发展而来，可见它在目前学界的"子部小说""笔记体小说""古体小说""笔记"的文献整理和研究中，是有价值的。不过由于笔者在世情上的后知后觉，这本书的出版可谓历经曲折。然而如果没有这些曲折，这本书的质量，恐怕要大打折扣。

  如前言所述，这本书是在《清代笔记小说叙录》撰写完成的基础上，进一步提炼概括而成。有时为了精炼和表示"创新"，不得不压缩篇幅，这就遗漏了不少笔者在读小说本文时产生的思想，甚至书中介绍的小说史变迁也不够全面。笔者敬请读者朋友们，有时间把读本书时，书桌边上也要放一本《清代笔记小说叙录》，这样对本书的理解就比较透彻了。

  本书得以出版，首先感谢山东师范大学文学院、华东师范大学中文系、山东大学儒学高等研究院的悉心培养，其次感谢国家社科办的公正资助，再次感谢上海古籍出版社的大力支持，最后感谢谭帆、杜贵晨、王勇、王承略、刘洪强、石雷、张剑、欧阳健诸位先生及王以兴、王立国、王锦城、鲁普平、段凯、邹虎、许中荣、汤志波、宣璐、李会丽、陈琳、郭桂彬等友人的帮助与鼓励。

  本书在校对过程中，阜阳师范大学文学院的张妍、章芷睿、李玟、孟雨诺、张金阳、刘欣姨、吴京、樊珂8位同学参与了这项工作，在此也致以谢忱。

2024年1月11日东明宋世瑞于阜阳师范大学图书馆小十驾斋

图书在版编目(CIP)数据

清代笔记小说研究 / 宋世瑞著. -- 上海 ： 上海古籍出版社, 2024. 11. -- ISBN 978-7-5732-1413-3

Ⅰ. I207.41

中国国家版本馆 CIP 数据核字第 2024SQ3195 号

清代笔记小说研究
宋世瑞 著

上海古籍出版社出版发行

(上海市闵行区号景路 159 弄 1－5 号 A 座 5F　邮政编码 201101)

(1) 网址：www.guji.com.cn

(2) E-mail: guji1@guji.com.cn

(3) 易文网网址：www.ewen.co

上海商务联西印刷有限公司印刷

开本 710×1000　1/16　印张 24.25　插页 2　字数 422,000

2025 年 1 月第 1 版　2025 年 1 月第 1 次印刷

印数：1—1,200

ISBN 978－7－5732－1413－3

I·3877　定价：128.00 元

如有质量问题,请与承印公司联系